Dictionnaire *amoureux* de la Belle Époque et des Années folles

DU MÊME AUTEUR

Aux éditions Gallimard

L'Amoureux malgré lui, « L'infini », 1989.

Tout doit disparaître, « L'infini », 1992 (Folio n° 3800).

Gaieté parisienne, 1996 (Folio n° 3136).

Drôle de temps, 1997, Prix de la Nouvelle de l'Académie française (Folio n° 3472, avant-propos de Milan Kundera).

Les Malentendus, 1999 (Folio n° 4937).

Le Voyage en France, 2001, Prix Médicis (Folio n° 3901).

Service clientèle, 2003 (Folio n° 4153).

La Rebelle, 2004.

Les Pieds dans l'eau, 2008 (Folio n° 5037).

L'été 76, 2011 (Folio n°5577).

L'Ordinateur du paradis, 2014 (Folio n° 6171).

Livre pour adultes, 2016 (Folio n° 6466).

En marche !, 2018 (Folio n° 6765).

Ma Vie extraordinaire, 2021.

Aux éditions Fayard

La Petite Fille et la cigarette, 2005 (Folio n° 4510).

Chemins de fer, 2006 (Folio n° 4774).

La Cité heureuse, 2007.

L'Opérette en France, 1997 ; nouvelle édition, Fayard, 2009.

Le Retour du Général, 2010 (Folio n° 5384).

À nous deux, Paris !, 2012 (Folio n° 5690).

Polémiques, 2013.

Pourquoi je préfère rester chez moi, 2017.

La Mort de Fernand Ochsé, 2018.

Dénoncez-vous les uns les autres, 2022.

(*suite en fin d'ouvrage*)

Benoît Duteurtre

Dictionnaire *amoureux* de la Belle Époque et des Années folles

Dessins d'Alain Bouldouyre

PLON
www.plon.fr

Collection créée par Jean-Claude Simoën
et
dirigée par Grégory Berthier-Saudrais

92, avenue de France
75013 Paris
Tél. : 01 44 16 09 00
Fax : 01 44 16 09 01
www.plon.fr
www.lisez.com

Mise en pages : Nord Compo (Villeneuve-d'Ascq)
Dépôt légal : août 2022
ISBN : 978-2-259-21822-1

MIXTE Papier issu de sources responsables FSC® C003309

Plon est un éditeur qui s'engage pour la préservation de son environnement et qui utilise du papier fabriqué à partir de bois provenant de forêts gérées de manière responsable.

À François Bellair

Préambule

Une histoire en deux parties

On pourrait écrire un *Dictionnaire haineux de la Belle Époque et des Années folles*. Facile à établir, l'index rassemblerait pêle-mêle : les crimes du colonialisme, le travail des enfants, la condition des femmes, l'esprit va-t-en-guerre, les nus pas très frais de la peinture pompier, le capitalisme débridé, l'atterrant comique du « pétomane », l'affaire Dreyfus (même si elle se termine bien), l'assurance du bourgeois qui fait dix ans de plus que son âge, croit tout ce que dit son journal et court après la bonne ; sans oublier, pour l'entre-deux-guerres, le cynisme des nouveaux riches, les scandales financiers, la déliquescence politique, la résignation des démocraties face aux périls, et tant d'autres méfaits encore... Je ne les ignore pas, je ne les admire pas, et je mesure même ce qu'on a peut-être gagné depuis, au moins sur certains points.

Si j'ai voulu clamer mon amour de la Belle Époque et des Années folles, c'est toutefois, évidemment, pour évoquer l'autre versant des choses ; celui qui, depuis l'adolescence, m'a toujours enchanté. Est-ce parce que je suis né en 1960 au Havre, en Normandie ? D'un côté, cette grande ville en béton armé des années 1950 résumait toute la prose des « Trente Glorieuses ». De l'autre, il me suffisait de me rendre au musée municipal pour découvrir un feu d'artifice pictural rattaché aux artistes qui vivaient ici quelques générations plus tôt : des toiles de Monet, qui avait grandi dans cette ville, à celles de Dufy, qui y avait appris son métier, tout comme ses amis Georges Braque ou Othon Friesz… Mieux encore : à deux pas de cette cité industrielle détruite par la guerre s'offraient les palaces et casinos de la côte fleurie, mais aussi tous ces fleurons de l'architecture balnéaire qui, d'une station à l'autre du littoral normand, donnaient d'idée d'un passé proche et toujours enchanteur. Mes lectures elles-mêmes complétaient cette fascination, moi qui m'éveillais à la littérature en lisant les nouvelles d'Alphonse Allais (il avait grandi tout près de là, à Honfleur), dans lesquelles se mêlent si bien l'humour et la chronique d'une époque ; mais aussi les volumes d'Arsène Lupin, gentleman cambrioleur dont l'élégante insolence semblait épouser la France du début du XXe siècle. Quant à la lecture de Jules Verne qui m'avait subjugué comme la plupart des jeunes garçons (les filles d'alors lisaient plutôt Pearl Buck), elle ne pouvait que renforcer ma fascination pour ces années 1900 et leur foisonnement d'idées : comme si le fabuleux sous-marin du capitaine Nemo ou la machine volante de *Robur-le-Conquérant* préfiguraient les vraies découvertes des frères Lumière, de Clément Ader, des pionniers des transports, de l'électricité, des communications et désignaient ce proche passé comme l'âge d'or des inventeurs.

Quand, adolescent, j'ai commencé à penser que je deviendrais écrivain, il m'est apparu plus encore que cette époque me donnait envie de devenir moi-même : la poésie des symbolistes (Verlaine et Mallarmé d'abord) me faisait aimer la littérature ; la musique était entrée dans ma vie depuis que j'avais découvert le *Prélude à l'Après-midi d'un faune* qui ouvre, en 1894, l'aventure de la musique moderne ; puis je m'étais grisé à écouter en boucle les éblouissants chefs-d'œuvre composés par Ravel et Stravinsky pour les Ballets russes. Des beautés 1900, j'étais passé à l'art moderne d'entre les deux guerres, comme si je devais suivre le fil du temps en m'essayant à la poésie dadaïste, ou à la musique dodécaphonique – mais découvrir aussi toutes ces fantaisies que le bon goût dédaignait et que j'adorais spontanément : opérettes, chansons loufoques, comédies jouées par Fernandel ou Pauline Carton dont j'avais acquis très tôt la partition de « Sous les palétuviers » en même temps que celle des *Variations pour piano, op. 27*, d'Anton Webern. Quant à la peinture, elle me mettait simplement en joie, à chaque découverte supplémentaire, dans sa façon fauve ou cubiste de jouer avec la représentation, puis dans les orgies colorées de l'abstraction comme dans les visions surréalistes : tel était mon âge d'or, telle était ma lumière qui l'est restée, jusqu'à ce jour, au gré d'une exploration jamais terminée de cette époque foisonnante où Paris, plus que jamais, se trouvait au centre du monde intellectuel et artistique.

Le touriste étranger ne s'y trompe pas. Qu'on s'en réjouisse ou qu'on le déplore, ce ne sont ni la Défense, ni l'Opéra-Bastille, ni le palais des congrès de la porte de Versailles qu'il vient admirer, mais toujours et encore la ville des impressionnistes, les grands boulevards, l'Opéra Garnier et la butte Montmartre : bref, cette France de la fin du XIXe et du début du XXe siècle qui apparaissait comme le pays des arts et de l'art de vivre. Je n'ignore pas les mouvements comparables qui se manifestèrent alors en Europe et partout dans le monde : tels l'âge d'or viennois du style Sécession, le jazz et les comédies musicales des Années folles, le génie d'Oscar Wilde et celui de Charlie Chaplin, tout comme celui de Paul Klee ou de Vassily Kandinsky… sans oublier ces innombrables artistes venus de tous les pays pour trouver à Montparnasse une nouvelle patrie. La capitale française, au centre de ce livre, apparaît grande ouverte sur le reste du monde.

*

Quant aux deux époques réunies dans ces pages, elles m'ont toujours semblé procéder d'un seul et même élan.

Les traités d'histoire de l'art tendent souvent à les opposer. Entre l'aube du XXe siècle (qualifiée de « Belle Époque ») et les années 1920 (désignées en France par l'expression d'« Années folles ») se dresse en effet le trou béant de la Première Guerre mondiale qui les sépare à tout jamais. Pis encore : cette distinction prend, parfois, le caractère d'une opposition morale. Les premières années du XXe siècle se voient ainsi fréquemment présentées comme un moment d'invention, d'expérimentation, d'audace qui aurait culminé artistiquement en 1913 – année du *Sacre du printemps*, de *Un amour de Swann* et des chefs-d'œuvre cubistes ; tandis que les années 1920-1930 seraient empreintes d'une forme de futilité, voire de régression intellectuelle. Même Stravinsky ou Picasso auraient alors sombré dans la tentation « néoclassique » où certains philosophes, comme Theodor W. Adorno, discernaient rien de moins que la préfiguration des régimes totalitaires. Dans un contexte de décadence, seuls certains mouvements marginaux, comme le surréalisme, auraient maintenu l'exigence de renouveler l'art tout en questionnant le monde.

Pourtant, si la Belle Époque fut si prodigue en découvertes et en expérimentations, les Années folles illustrèrent, pour une bonne part, le prolongement et l'épanouissement des mêmes tendances. Les jeux de formes et de couleurs nés de l'impressionnisme et du fauvisme allaient encore nourrir, après 1920, la libre figuration, de l'école de Paris, comme l'abstraction naissante et les explorations du surréalisme. Le rejet du sentiment romantique au profit de nouveaux enchantements harmoniques et rythmiques, déjà manifestes chez Debussy, Ravel ou Stravinsky avant guerre, allait triompher durant les années 1920-1930 avec une floraison de ballets et de symphonies aux couleurs inouïes signés Roussel, Milhaud ou Prokofiev. Des observations similaires valent pour la littérature, comme cette fantaisie poétique de Max Jacob ou Apollinaire, avant 14, qui se prolonge entre les deux guerres chez Aragon, Desnos ou Henri Michaux. De cette continuité témoigne d'ailleurs, plus que tout, la présence des mêmes artistes de part et d'autre d'une guerre censée tout séparer : Picasso, Matisse, Bonnard, Ravel, Stravinsky, Richard Strauss, Gide, Proust, Colette, Guitry, et tant d'autres n'auront pas éprouvé le sentiment de faire, après 1918, le contraire de ce qu'ils avaient accompli avant 1914.

La Belle Époque et les Années folles ont les mêmes racines intellectuelles. À Paris, dès la fin du XIXe siècle, les artistes ont rompu avec les élans douloureux de l'expression subjective comme avec les grands messages philosophiques ou humanistes. En prônant « l'art pour l'art », le Parnasse et le symbolisme ont affranchi les créateurs de toute autre mission qu'inventer des beautés nouvelles, mais aussi contribué à réhabiliter des notions comme le jeu, le divertissement, l'hédonisme. Verlaine a renoué avec les « fêtes galantes » du XVIIIe siècle, avant que Debussy n'appelle de ses vœux un art fondé sur la « jouissance immédiate ». Apollinaire a transformé la poésie en fantaisie de haut vol, tout comme les cubistes et leurs guitares démembrées. Beaucoup ont lu les derniers écrits de Nietzsche, abondamment traduits et commentés. Daniel Halévy, dès les années 1890, a consacré d'importants articles au philosophe allemand qui, dix ans plus tôt, entrevoyait chez Bizet ou Offenbach un art nouveau fondé sur le jeu, la lumière, la légèreté. La Belle Époque a illustré cette volonté en rompant avec la religion wagnérienne. Poursuivant dans la même voie, les Années folles marqueront l'apogée d'un athéisme artistique préférant l'effet à la signification, le jeu à la croyance, l'esprit ludique à l'esprit de sérieux.

Les Années folles comme la Belle Époque bousculent ainsi la hiérarchie des valeurs. Le grand et le noble s'y inspirent volontiers du petit et du populaire, le profond du léger. Un même goût du divertissement souffle dans les cafés et les salons où se retrouvent écrivains, peintres et musiciens. Quoique très wagnérien, Emmanuel Chabrier place son propre talent dans la composition d'une *Ballade des gros dindons*. Le chef d'orchestre André Messager, qui dirige et impose les créations d'avant-garde, passe le reste de son temps à composer des opérettes. Maurice Ravel adore le jazz, et Reynaldo Hahn entraîne son ami Marcel Proust au café-concert pour écouter Mayol chanter « Viens Poupoule ». André Breton lui-même, malgré son esprit de sérieux et son engagement politique, fait l'éloge de *La Belle Hélène* d'Offenbach, du chanteur comique Dranem ou des chroniques d'Alphonse Allais. Réciproquement, les comédies de boulevard de Feydeau ou de Guitry ne sont pas toujours loin du grain de folie dadaïste par leur fantaisie cruelle et débridée.

Une même continuité se retrouve dans la société tout entière. Car la Belle Époque est aussi le terrain d'expérimentation de nouvelles techniques et d'un nouveau style de vie qui vont s'épanouir après la Grande Guerre. L'élargissement des frontières mentales et géographiques se manifeste (pour le pire et pour le meilleur) dans l'expansion coloniale, mais aussi dans le développement des voyages lié à l'essor des chemins de fer et des paquebots puis de l'aviation, et à la découverte des cultures extraeuropéennes. C'est le temps des Expositions universelles qui se succèdent à un rythme régulier de 1889 à 1937 et présentent au cœur de l'Europe un fabuleux théâtre du monde. Ce sont la revendication des droits sociaux et les luttes de la classe ouvrière qui s'expriment, en 1890, avec la première Journée internationale des travailleurs et aboutiront aux congés payés de 1936. C'est l'essor des télécommunications et de l'électricité. Ce sont l'exploration freudienne de la sexualité, l'émancipation des femmes (des suffragettes de 1900 aux garçonnes de 1920), ou des homosexuels, à travers des combats encore périlleux... Tout cela germe à la Belle Époque et s'accomplit dans les Années folles où la vie s'affirme comme pleinement moderne.

Demeure pourtant cette faille béante des quatre années de guerre qui n'ont pas seulement ensanglanté l'Europe, mais amorcé son déclin. On ne saurait ignorer combien cette tragédie allait changer les esprits, nourrissant dans le camp des vainqueurs l'horreur de la guerre et chez beaucoup de vaincus l'esprit de revanche. Mais tel est justement le génie de ces années 1920 que d'avoir renoué, d'abord, avec ce plaisir de vivre qui avait marqué les premières années du siècle. Dès le 12 novembre 1918, la création de l'opérette *Phi-Phi* lance à Paris les Années folles. Les rythmes de fox-trot, les arts décoratifs, les comédies libertines jaillissent partout et nourrissent les échanges artistiques entre alliés qui connaissent des mouvements comparables : les « Roaring Twenties » aux États-Unis et les « Golden Twenties » au Royaume-Uni – cependant que même l'Allemagne défaite entame ses « Goldene Zwanziger ». L'horreur des quatre années passées inspirera, certes, des courants artistiques plus sombres chez les expressionnistes allemands comme dans le surréalisme parisien. Ce dernier aura pourtant, lui-même, commencé comme un divertissement donné en pleine guerre. Dans le ballet *Parade*, créé au Châtelet en 1917, se rejoignent deux époques et deux générations : la musique est d'Erik Satie, compositeur de la Belle Époque ; le texte du jeune écrivain Jean Cocteau, tandis que la scénographie de Pablo Picasso fait le lien entre l'esprit de 1910 et celui de 1920 ; enfin, c'est le poète Guillaume Apollinaire qui, dans sa présentation du spectacle, lance le mot de « sur-réalisme ». Une raison supplémentaire, à rebours d'une certaine doxa moderniste, de désigner la Belle Époque et les Années folles comme les deux pans d'une même histoire.

Âge d'or : le début et la fin

À tort ou à raison, la Belle Époque et les Années folles sont restées dans l'histoire occidentale – et dans la mémoire française en particulier – comme deux moments lumineux, par opposition à d'autres périodes plus sombres, à commencer par cette monstrueuse « Grande Guerre » qui les sépare. Ce ne sont pas les seuls, et on pourrait les rapprocher d'autres épisodes comme le XIIIe siècle et son gothique rayonnant ; la Renaissance et le règne de François Ier ; le « Grand Siècle » versaillais et plus encore, peut-être, le XVIIIe siècle des « fêtes galantes » qui sera une référence constante des années 1900. Celles-ci se distinguent toutefois par un éclat lié à leur caractère exceptionnellement inventif. On voit ainsi émerger en deux décennies tous les codes, les objets, les beautés, les façons de vivre qui caractériseront les temps modernes. Nouvelles sources d'énergie, nouveaux moyens de transport et de communication, nouveaux langages artistiques apparaissent simultanément à Paris, Berlin, Londres, Vienne, Barcelone, Chicago, New York ou Saint-Pétersbourg, faisant de l'aube du XXe siècle une autre Renaissance.

Tel sera du moins le sentiment de ceux qui inventeront le terme de « Belle Époque ». Comme l'a montré Dominique Kalifa dans *La Véritable Histoire de la Belle Époque*, cette désignation d'un moment radieux, inventif autant qu'insouciant, s'impose à la fin de la Grande Guerre pour désigner le début du siècle. On parle alors, plutôt, des « années 1900 ». C'est seulement en octobre 1940 qu'on leur associe explicitement le terme de « Belle Époque » dans le titre d'une émission de radio intitulée « Ah ! la belle époque, croquis musical de l'époque 1900 ». Sans-doute faut-il, plus encore après la Débâcle, idéaliser ce passé qui précède la Première Guerre mondiale puis la montée inexorable vers la Seconde. Quant à la notion d'Années folles, elle est présente aux États-Unis dès la Grande Dépression des années 1930, pour qualifier la décennie précédente, avec son essor économique et son énergie : on parle alors des « Roaring Twenties », ou « rugissantes années 1920 ». En France, la crise économique survient plus tard, et c'est pendant la Seconde Guerre mondiale que s'impose le terme « Années folles » dans un livre du critique Pierre Brisson : *Le Théâtre des Années folles* – avec ce que cette folie comporte de joie, mais aussi de course à l'abîme.

Si le caractère de ces deux périodes est ainsi clairement posé, il est plus difficile, en revanche, de délimiter le début de la Belle Époque, et la fin des Années folles. On pourrait s'en tenir à la séparation par les guerres, comme certains historiens qui n'hésitent pas à faire courir la Belle Époque de 1871 à 1914... En France, pourtant, les années qui suivent la défaite de 1870 ne furent pas si heureuses, loin de là. Elles restent marquées par l'instabilité politique, la guerre des monarchistes et des républicains, les luttes religieuses et une forme de puritanisme qui suit toujours les défaites militaires. En témoigne le sévère portrait des hommes d'État, tels Jules Ferry ou Jules Grévy, costumés de noir et sous leurs favoris qui rappellent ceux d'Abraham Lincoln. D'autres préfèrent partir de 1900, parce que c'est un repère facile, où la vigueur de la France est illustrée par la plus brillante des Expositions universelles. Cependant, les tendances artistiques et sociales nouvelles sont déjà en germe depuis plusieurs années.

C'est durant les années 1890 que s'affirme vraiment cette société prospère autant qu'inventive caractérisée par sa fantaisie décorative (l'« Art nouveau » qui émerge à Bruxelles, Londres et Paris), des modes plus souples, plus sensuelles, et qui épousent davantage le corps... et des hommes d'État plus voluptueux à l'image de Félix Faure, d'Émile Loubet ou de son successeur, le souriant Armand Fallières, qui mettra un point d'honneur à gracier systématiquement les condamnés à mort ! Ajoutons le développement économique et la stabilité financière, l'or immuable et la rente solide qui permettent à la bourgeoisie de dormir sur ses deux oreilles. Aucune date précise ne fait toutefois l'unanimité pour marquer le début de la Belle Époque, quand bien même on peut en proposer encore quelques-unes : ainsi la loi sur la liberté de la presse de 1881 qui contribue à affranchir les esprits et les talents ; mais plus encore l'Exposition universelle de 1889 qui voit naître la tour Eiffel et fait de Paris le centre du monde. C'est là, sans doute que je situerais volontiers, plutôt qu'en 1900, le commencement de cet âge radieux.

Si le début demeure plein d'incertitudes, la fin, elle, ne fait aucun doute. Elle survient brutalement à l'été 14, ouvrant la terrible parenthèse du premier conflit mondial. Bien plus long que ne l'avaient imaginé les belligérants, ce drame s'achève néanmoins presque aussi soudainement qu'il avait commencé, en novembre 1918. Malgré le cortège de morts, de blessés et de gueules cassées dans un continent dévasté, c'est alors le début presque immédiat des Années folles marquées par un besoin de plaisir, aussi impératif que celui des « Incroyables » et des « Merveilleuses » après les années sanglantes de la Terreur. Pourtant, si le début est net, la fin des Années folles – tout comme le début de la Belle Époque – reste difficile à fixer précisément. L'indicateur le plus souvent retenu est celui du krach boursier de 1929 qui préfigure la grande crise économique et la fin de l'insouciance... Mais ce choc qui se produit aux États-Unis parvient en Europe comme atténué, et même en France avec un temps de retard ; si bien que les années 1930 sont loin d'en finir avec l'euphorie de la décennie précédente. De l'Art déco à la peinture abstraite, en passant par la comédie de boulevard et le cinéma, sans oublier la production de ballets ou d'opérettes, l'esprit heureux des années 1920 se prolonge pour une part au-delà de 1930, et même après l'accession au pouvoir de Hitler en 1933. C'est pourquoi on peut voir dans la capitulation de Munich, en 1938, puis dans l'inexorable montée vers la guerre, l'ultime achèvement les Années folles.

Devant ces difficultés de calendrier, j'ai donc préféré, dans ces pages, éviter de donner à ces deux grands épisodes un début trop précis et une fin toujours discutable. Avec davantage de nuances, je m'en tiendrai à l'idée que la Belle Époque commence progressivement dans les années 1880 pour culminer dans les premières années du XXe siècle ; tandis que les Années folles, à leur apogée dans la décennie 1920-1930, s'éteignent progressivement au cours de la décennie suivante.

Alain

Émile-Auguste Chartier, dit Alain, fut le guide intellectuel des jeunes générations dans toute la première moitié du XXe siècle. Les lycéens et les étudiants de la IIIe République, tout en gravissant les échelons de la « méritocratie républicaine », trouvaient dans son œuvre une inlassable et stimulante réflexion sur l'existence, la civilisation, le bonheur ou la souffrance. Un des aspects les plus originaux de sa pensée tient dans sa façon d'éclairer les grandes questions morales et intellectuelles par des observations prosaïques liées à notre expérience et à notre corps. Selon lui, nos états d'âme dépendent souvent de nos états de santé : « L'impatience d'un homme et son humeur viennent quelquefois de ce qu'il est resté trop longtemps debout ; ne raisonnez point contre son humeur, mais offrez-lui un siège. » Ou, dans un autre genre : « Pascal, qui souffrait dans son corps, était effrayé par la multitude des étoiles ; et le frisson auguste qu'il éprouvait en les regardant venait sans doute de ce qu'il prenait froid à sa fenêtre, sans s'en apercevoir. »

Ce sont là quelques-uns des thèmes innombrables des *Propos* publiés dans la presse, sous forme de brèves chroniques, de 1905 à la Seconde Guerre mondiale. On les a regroupés par la suite en recueils vendus dans toutes les librairies, tels les *Propos sur le bonheur* ou les *Propos sur les pouvoirs*. Quantité de sujets y sont abordés selon la méthode propre à ce philosophe, qui part d'une observation du quotidien pour en tirer des idées profondes, ouvrir des perspectives, soulever des questions. Les textes d'Alain s'intitulent « Le Pinson », « La Jetée de Dieppe » ou « L'Odeur du réfectoire ». Ils relient la vie concrète à la pensée, sans jamais dépasser la longueur de quatre feuillets – imposée à l'auteur quand il publiait ses premières réflexions dans les journaux de sa Normandie natale. Il conservera ce format toute sa vie ; si bien qu'on peut facilement lire deux ou trois *Propos* d'Alain en se couchant le soir, en se réveillant le matin, et en tirer chaque fois une méditation, un plaisir littéraire, un sourire perplexe devant le mystère des choses. Le sourire est d'ailleurs une notion centrale pour ce philosophe qui voit en lui « la perfection du rire... Comme la défiance éveille la défiance, le sourire appelle le sourire : il rassure l'autre sur soi et toutes choses autour ».

Dans la seconde moitié du XXe siècle, les œuvres d'Alain sont entrées au purgatoire. Les nouvelles générations ont à peine entendu prononcer son nom. Pis encore, comme c'est souvent le cas, l'ignorance s'est transformée en condescendance. Le milieu intellectuel, obnubilé par la métaphysique allemande et ses admirables systèmes, a cessé de prendre au sérieux un écrivain qui semblait être à la philosophie ce que le théâtre de boulevard est à la tragédie. Les choses se sont aggravées dans les années 1970, quand l'université a succombé aux ivresses de la déconstruction structuraliste : la clarté même du propos est devenue suspecte au regard des sophistications de plume et des labyrinthes conceptuels !

Plus près de nous encore, l'admiration pour Alain s'est transformée en défiance depuis la publication du journal du philosophe en 2018. Celui-ci comporte en effet certains propos antisémites d'autant plus déplorables qu'ils coïncident avec la montée du nazisme ! Ces humeurs passagères (« aigres réflexions », dit Alain lui-même) n'étaient pas, toutefois, destinées à la publication, et on n'en trouve aucun écho dans son œuvre. Au contraire, les *Propos* publiés tout au long de sa vie brillent par un art plein de nuances et de tendresse pour l'humanité. L'affaire a paru assez grave, cependant, pour que la mairie de Paris, à l'initiative de quelques élus, « réfléchisse » à l'opportunité de maintenir ou non, dans le XIVe arrondissement, le nom de la rue Alain. De plus en plus fréquents, ces déboulonnages de statues semblent vouloir focaliser toute l'attention sur les égarements politiques d'artistes et intellectuels au détriment de leur œuvre et de leur réelle contribution à l'histoire. Personne, pourtant, ne s'intéresserait aux fautes personnelles des penseurs ou des artistes s'ils n'avaient été *d'abord* des créateurs dignes d'admiration. Ou bien ce sont des légions entières qu'il faudrait éliminer de la vie publique, à commencer par Degas, Renoir ou Cézanne, virulents antidreyfusards qui devraient disparaître des musées. Et que dire des écrits antimusulmans de Voltaire ou Chateaubriand ? De la misogynie sans bornes de Flaubert ou Maupassant ? Du colonialisme de Hugo ? Du stalinisme d'Aragon ? Du nazisme de Heidegger ?

Devons-nous d'abord les détester pour cela, au nom de la vertu ? Ou les aimer pour autre chose qui fait leur génie et leur singularité ? Quant à moi qui regarde Alain comme un aîné et comme un ami, je ne saurais mieux ajouter que ses propres mots : « Une amitié qui ne peut pas résister aux actes condamnables de l'ami n'est pas une amitié. »

Je ne saurais donc trop recommander sa lecture à ceux qui observent la vie au jour le jour, comme à ceux qui s'en vont à la découverte des sentiers du littoral, des prairies de montagne et des villages pittoresques avec leurs vieux murs de pierre et leurs toits de tuiles. Comme le souligne le philosophe dans son propos sur « Les Bûcherons », cette beauté du monde n'est pas exactement celle de la *nature* : « C'est le travail des hommes qui, sans le vouloir, a varié les couleurs et percé des fenêtres sur l'horizon. Ce que vous appelez beauté, harmonie, grâce, est dessiné par la charrue, la pioche et la hache. Le ruisseau qui murmure à vos pieds, l'homme l'a délivré des herbes et de la vase. » À l'heure où l'agriculture industrielle achève de bouleverser un équilibre subtil entre nature et culture, Alain nous invite à ouvrir les yeux et à rechercher dans chaque expérience la source d'une possible sagesse.

Allais, Alphonse

Le tableau monochrome est-il une création du peintre Yves Klein qui renonça, dans les années 1950, à toute autre couleur que le bleu ? Ou de Kasimir Malevitch qui peignait en 1918 son célèbre *Carré blanc sur fond blanc* ? La simple rigueur historique nous invite à remonter à la source en attribuant cette idée visionnaire à Alphonse Allais. Celui-ci, en effet, n'attendit pas la fin du XIXe siècle pour présenter à Paris, dès 1883, lors de l'exposition des « arts incohérents », une série de tableaux entièrement monochromes reproduits dans son *Album primo-avrilesque*. Le blanc s'intitulait *Première Communion de jeunes filles chlorotiques par un temps de neige* ; un autre entièrement rouge : *Récolte de la tomate par des cardinaux apoplectiques au bord de la mer Rouge*. Avec cette plaisanterie, le secrétaire de rédaction du *Chat noir* lançait simultanément l'avant-garde radicale et le persiflage de l'avant-garde. Proche des cercles artistiques novateurs, il contribuait aux expérimentations du temps ; mais il ridiculisait par avance les théories qui allaient transformer l'art moderne en système sérieux et redondant !

C'est dans une pharmacie de Honfleur que naquit, le 20 octobre 1854 (le même jour exactement qu'Arthur Rimbaud), le prince des humoristes : « normand par son père et breton par un ami de sa mère ». C'est là qu'il découvrit le goût des inventions explosives sous l'influence d'un père chimiste autant que pharmacien. Il y rencontra l'art moderne naissant en la personne de quelques artistes en villégiature : Charles Baudelaire ou Édouard Manet qui faisaient leurs emplettes à la boutique familiale... Comme nombre de jeunes Normands, Allais s'est trouvé ainsi, très jeune, en prise avec la fine fleur de l'esprit parisien installée sur la côte une partie de l'année. Comme beaucoup d'autres, il finira par monter lui-même à Paris, sous prétexte d'y accomplir des études de pharmacie. Mais, en fait de pharmacie, il entre en contact avec la jeunesse turbulente et bohème qui, du Quartier latin, se transportera bientôt sur la butte Montmartre (cet itinéraire rappelle celui de son compatriote honfleurais et presque exact contemporain : Erik Satie, génie de l'humour musical et autre obsédé du monochrome, lui qui déclarait ne manger « que des aliments blancs »).

Si le style d'Alphonse Allais a traversé le siècle, il doit beaucoup à cet esprit provocant, à cet humour froid qui règne à la fin du XIXe siècle dans certains groupes d'étudiants parisiens regroupés autour de Sapeck ou d'Émile Goudeau. Sous les appellations de « zutistes », « hirsutes », « fumistes » ou « hydropathes ». Ils se réunissent dans des cafés, publient des journaux et adorent les mauvaises blagues. Avec eux, Alphonse peaufine son art de raconter des histoires sans sujet ni dénouement, toujours énoncées avec le plus grand sérieux. Toute sa vie, Allais entretiendra cette façon de jouer avec le réel, ou de choisir des « têtes de Turcs » pour en faire les héros involontaires de ses chroniques : tels l'éminent critique d'art Francisque Sarcey ou le général de Poilloüe de Saint-Mars qu'il ridiculise à force de les citer et de les mettre en scène sur un ton empreint de faux respect. Plus tard, lié avec Albert Caperon, un fils d'aventurier devenu pilier de bistrot, il rebaptisera ce dernier le « Captain Cap » et le poussera à se présenter aux élections législatives du IXe arrondissement, avec pour projet « la place Pigalle, port de mer, ou encore « conjuguer l'imparfait du subjonctif et les classes pauvres ». Ce goût de la blague vécue, et pas seulement écrite, l'accompagnera toute sa vie. Quelques années plus tard, devenu célèbre, il voyage en Angleterre avec des amis journalistes. Reçu très officiellement au Cecil Hotel, il prend à part le directeur et lui dit avec un sérieux imperturbable avant de passer à table : « Si le prince de Galles vient me demander, tout à l'heure, vous le ferez entrer au salon et le prierez d'attendre que j'aie fini de dîner. »

Dans les années 1880, les jeunes provocateurs du Quartier latin ont émigré vers Montmartre où Rodolphe Salis a fondé le cabaret du Chat noir, fréquenté par des savants, des artistes en renom, des poètes maudits et des bourgeois bohèmes. Après avoir débuté par des monologues racontés sur scène (et recueillis dans son premier ouvrage, *À se tordre*, 1891), Allais devient rédacteur en chef de la revue du *Chat noir* et met au point le genre littéraire le mieux adapté à son talent : une chronique journalistique de quelques feuillets, tournant en dérision l'actualité de l'époque. Pendant vingt ans, le personnage central de son œuvre sera ce journaliste professionnel, apparemment consciencieux, qui nous tient au courant des détails de l'actualité parisienne et raconte les faits divers en les tirant vers l'absurde. Son imagination culmine dans les questions d'organisation sociale et les inventions techniques. Dès 1881, le jeune Allais avait d'ailleurs déposé un brevet de « sucre-café-soluble », puis imaginé qu'on puisse fabriquer de l'électricité « avec ces moteurs naturels qui s'appellent les chutes d'eau, le courant des rivières, le flux et le reflux des mers, le vent, etc. ». Par sa tournure d'esprit, il appartient lui-même au monde des inventeurs de la Belle Époque : « Impossible qu'on énonce devant moi une difficulté quelconque scientifique, industrielle, politique, sociale, religieuse, culinaire, etc., etc., sans qu'en mon cerveau affluent des troupeaux entiers de solutions définitives. » Mais surtout, il va tirer ce penchant du côté désopilant, consacrant d'innombrables chroniques à la réorganisation de l'industrie et de l'armée.

Il conçoit la « maison-ascenseur » qui s'enfonce dans le sol jusqu'à l'étage à atteindre ; le « phare olfactif » grâce auquel les navigateurs se guident dans le brouillard, entre un relent de roquefort et une odeur de verveine. Poussant à l'extrême l'exigence du rendement et la passion de l'organisation, il suggère de transformer les wagons de troisième classe – où il fait froid l'hiver – en *ateliers* pour réchauffer les passagers pauvres, tout en enrichissant la compagnie des chemins de fer.

Pour distinguer Allais du commun des humoristes, les commentateurs ont insisté sur sa « modernité ». Précurseur du surréalisme, maître du non-sens, styliste fin et aventureux, il excelle à glisser d'une histoire à l'autre, oublie de conclure, remplace le développement par des points de suspension ; il manie à la perfection l'anglicisme et se passionne pour les jeux littéraires comme les « vers holorimes ». Dans son anthologie de l'humour noir, André Breton rend hommage à l'écrivain subtil qui montrait pourtant beaucoup de négligence dans ses chroniques, hâtivement rédigées avant d'être remises au journal. Mais ce regard sur Alphonse Allais ne doit pas faire oublier le peintre social des années 1900 ni le satiriste des obsessions françaises. À la veille de la Grande Guerre, il parodie le style revanchard : « J'ai les yeux constamment tournés vers l'Est, au point que cela est très ennuyeux quand je dîne en ville » ; « Moi, je hais les Allemands ; mais je les hais tous, tous, tous ! Je hais la petite Bavaroise de huit mois et demi, le centenaire Poméranien, la vieille dame de Francfort-sur-le-Rhin et le galopin de Koenigsberg. Avec mon système, tous y passeront ». En 1905, l'année de sa mort, il songe même à l'intérêt d'entourer Paris d'un « littoral véritablement marin » en remplissant d'eau les anciennes fortifications, bordées d'hôtels et de casinos... une invention pour laquelle il imagine le nom de « Paris-Plage » !

« Partir c'est mourir un peu ; mourir c'est partir complètement », disait Alphonse Allais, disparu le 28 octobre 1905. Avant de pousser son dernier soupir, il aurait avoué à son épouse que sa vie restait entachée d'une honte ; et tandis qu'elle attendait l'aveu d'une tromperie, il aurait faiblement prononcé : « Mon seul regret est de n'avoir pu... réconcilier les œufs brouillés. » À ce point, la légende allaisienne l'emporte sur la vie d'un pince-sans-rire impitoyable, dépourvu de toute barrière morale. Le 20 octobre 2004, à Paris, pour le cent cinquantième anniversaire de sa naissance, les membres de l'Académie Alphonse Allais, créée par Henri Jeanson (avec notamment Philippe Bouvard, Alain Decaux, Raymond Devos, Pierre Tchernia, Sempé) inauguraient une plaque, rue Royale. Fait nouveau dans l'histoire des commémorations, la plaque ne fut pas posée sur le domicile d'Alphonse mais sur l'immeuble d'en face.

Amour et adultère

En théorie, l'ordre bourgeois et la morale religieuse pèsent sur la Belle Époque. En pratique, l'adultère y fait figure d'institution comme complément naturel du mariage. Il semble entendu – même si on ne le dit qu'au théâtre – que tout époux doit avoir une maîtresse et toute épouse un amant, sans que cela prête nécessairement à conséquence, divorces, partages de fortune, crimes passionnels. Les drames existent, évidemment. Mais dans la bourgeoisie, grande et petite, le mariage ne constitue souvent que la forme officielle du couple avec sa représentation, ses enfants, son patrimoine ; tandis que la tromperie demeure le royaume de l'amour, du plaisir, de l'aventure. Comme le résume Willy d'une formule : « L'adultère est le fondement de la société, puisqu'en rendant le mariage supportable, il assure la perpétuité de la famille. » Le dramaturge Maurice Donnay ajoute : « Depuis que j'ai une maîtresse que j'aime, je n'ai plus envie de tromper ma femme. »

Loin de notre XXIe siècle où l'on passe trop facilement des « feux de la passion » à « je te hais, on divorce et on calcule la pension alimentaire », ce mode de vie assure un équilibre durable dont le vaudeville va faire son principal sujet. Du Second Empire version Labiche aux Années folles de Guitry, en passant par la Belle Époque de Feydeau et Tristan Bernard, la comédie de boulevard offre une version rassurante de l'adultère où la seule règle est de sauver les apparences. On y trouve aussi un catalogue de tous les dérèglements possibles de cet équilibre instable (quiproquos, doubles ou triples tromperies, comme celle qui finit par réunir dans une même maison de rendez-vous tous les protagonistes de *Monsieur Chasse !*).

Si Feydeau apparaît comme le peintre génial de la démence légère qui se cache derrière la respectabilité des couples, Guitry s'applique à faire de la tromperie un style de vie et une morale. À travers les pièces écrites pour son épouse Yvonne Printemps, il évoque sans hypocrisie les rapports entre l'amour et l'argent ; mais il façonne aussi un type de femme plus moderne qui, au lieu de se marier, partage ses faveurs entre divers hommes. Il écrit pour elle deux livrets d'opérette : *L'Amour masqué* où elle chante sur la musique d'André Messager : « J'ai deux amants, c'est beaucoup mieux, car je fais croire à chacun d'eux que l'autre est le monsieur sérieux. » On retrouve le même sujet, quelques années plus tard, dans *La SADMP* dont le titre signifie « La Société anonyme des messieurs prudents ». Sur une délicieuse musique de Louis Beydts, l'héroïne de cette comédie s'efforce de répondre à tous ceux qui rêvent de la posséder. Pour ce faire, elle n'hésite pas à se transformer en société anonyme et divise sa personne en autant de parts chèrement rétribuées. Un de ses amants disposera d'elle le lundi, un autre le mardi, etc., le dimanche étant réservé à son amant de cœur, seul à pouvoir la chérir gratuitement. À l'inverse de ce qu'on professe aujourd'hui, l'émancipation de la femme (qui ne travaille pas encore, sauf dans les milieux populaires) passe ainsi par la liberté sexuelle et l'exploitation sans vergogne de l'homme. La maîtresse entretenue n'est pas une prostituée mais une femme libre qui se refuse à l'asservissement du mariage.

Anglomanie

L'esprit français de la fin du XIXe siècle était tourné vers l'Allemagne. Même après la défaite de 1870, le grand souffle wagnérien inspirait les musiciens, les peintres et les poètes. Inversement, les années 1900 seront anglophiles. Est-ce le rapprochement politique entre les deux pays qui marque le tournant ? Après le dernier épisode malheureux de Fachoda (1898), la perfide Albion cesse d'être vue comme l'ennemi héréditaire et les gouvernements se rapprochent, au point de nouer une « entente cordiale ». Au même moment, les rituels britanniques, dans leur mélange de raffinement et de désuétude, deviennent à la mode et apparaissent comme un antidote à la brutalité teutonne. En quelques années, les mots et les pratiques envahissent la vie quotidienne, du *bridge* au *whist*, en passant par la *nice cup of tea*, sans oublier le style *smart* auquel aspire la jeunesse, ni les *clubs* où se retrouvent les hommes du monde. L'Angleterre inspire également une façon d'être pince-sans-rire qui colle avec l'esprit moderne, affranchi du romantisme et des passions. Ainsi le très parisien Claude Debussy, après avoir renié Wagner, prend-il l'habitude de donner à ses œuvres des titres anglais, comme celui du fameux recueil *Children's Corner*, ou encore du prélude *General Lavine – eccentric*, directement inspirés du music-hall londonien. De son côté, Alphonse Allais, auquel on prête une « allure anglaise » et qui vit dans des meubles achetés à Londres, truffe ses chroniques loufoques d'anglicismes comme, par exemple, de placer l'adjectif avant le nom (« une fort divertissante histoire »), ou encore de traduire des formules anglaises *in extenso* : « un jeune groom se trouvait là pour la recherche des pipes oubliées (*for the research of the forgotten pipes*) ». Au même moment, Maurice Leblanc s'inspire du personnage anglais de Raffles pour inventer Arsène Lupin.

L'anglomanie française remonte certes beaucoup plus loin si l'on songe à l'admiration de Voltaire pour le libéralisme, à celle de Baudelaire pour le dandysme, ou à la fascination de Taine pour le système politique britannique. L'aristocratie libérale et la bourgeoisie admirent les réussites du capitalisme industriel et financier d'outre-Manche, et nombre de modes qui se sont imposées au XIXe siècle venaient déjà d'Angleterre : le développement des bains de mer, les séjours à la montagne et tout ce qui constituera bientôt le tourisme. Peu avant 1900, les nouveaux sports de balle s'installent en France, où le premier club de football est fondé au Havre en 1894. C'est également en observant les collèges anglais, notamment celui de Rugby, que le baron Pierre de Coubertin entrevoit dans la pratique du sport une façon d'élever et de discipliner la jeunesse avant même de s'inspirer du modèle grec des olympiades. Quant à l'aménagement des parcs de Montouris et des Buttes-Chaumont, il ajoute à la capitale française deux parfaits modèles de jardins à l'anglaise, tandis que l'hygiène s'impose peu à peu avec la généralisation des *water-closets* et du *tub*, ancêtre de la baignoire.

La victoire commune en 1918 marquera l'apogée de l'anglophilie... quand bien même les deux pays, dès le traité de Versailles, recommencent à se regarder avec méfiance. Dans les années 1920, Albion s'efforce de limiter la puissance française, quitte à encourager la renaissance allemande. Puis la France à son tour révélera de nouveau sa vieille anglophobie durant la débâcle de 1940... Les thèmes anglais n'en sont pas moins omniprésents durant les Années folles. En 1929, l'opérette à succès *Flossie* a pour héroïne une jeune Anglaise très délurée, quoique fille de puritains. Les personnages britanniques sont nombreux dans la littérature, à commencer, dès 1918, par *Les Silences du colonel Bramble* d'André Maurois. Et Yvonne Printemps joue une pièce à succès du Sacha Guitry anglais, Noël Coward. Au music-hall, l'heure est aux nouveaux rythmes d'origine américaine qui font déjà fureur à Londres : fox-trot, one-step, shimmy, charleston. Plus largement, la langue anglaise continue à rimer avec de nouvelles mœurs venues des États-Unis, comme la *surprise party*, cette réunion dansante improvisée entre jeunes gens qui fait fureur, comme l'écrit Maurice Sachs dans sa *Chronique joyeuse et scandaleuse* : « La mode en est tellement répandue qu'il y a un grand nombre de maisons où on ne se couche pas sans ressentir l'affreuse appréhension de voir une foule tomber chez soi au milieu de la nuit. »

Ajoutons que ce goût prononcé des Français pour l'Angleterre trouve un parfait symétrique dans la francophilie passionnée de nombreux Britanniques, surtout dans les milieux littéraires et artistiques. Après le prince de Galles, futur Édouard VII (qui préfère Paris à Londres et connaît sur le bout des doigts le théâtre, l'opérette et le café-concert), ou encore Oscar Wilde (venu trouver refuge en France, et une société plus éclairée en matière artistique et plus libérale en matière de mœurs), beaucoup d'autres choisiront ce pays, son climat, sa culture, son style de vie, et s'y fixeront durablement : tels le compositeur Frederick Delius (1862-1934) installé à Grez-sur-Loing, ou encore Somerset Maugham (1874-1965) qui a grandi à Paris et finira ses jours à Saint-Jean-Cap-Ferrat – sans oublier l'Irlandais James Joyce, qui fait paraître la première édition d'*Ulysses* dans la capitale française. Quant à Winston Churchill, il souligne pour justifier cette attraction mutuelle : « Le Tout-Puissant, dans son infinie sagesse, n'a pas cru bon de créer les Français à l'image des Anglais. »

Apollinaire, Guillaume

Les livres scolaires ont du bon. C'est en feuilletant le « Lagarde et Michard », manuel de français pour les classes de terminale, consacré à la littérature du XXe siècle, que j'ai découvert les premiers vers de « Zone » :

À la fin tu es las de ce monde ancien
Bergère ô tour Eiffel le troupeau des ponts bêle ce matin...

Je venais d'éprouver le même choc en musique avec Debussy et Stravinsky, en peinture avec Matisse et Picasso. À présent, la plume d'un poète, à l'aube du XXe siècle, me révélait un horizon inconnu. Elle ouvrait une porte où s'engouffrait l'air frais. Apollinaire le signifie lui-même en évoquant ce « monde ancien » dans lequel se complaisaient parnassiens et symbolistes par leur esthétisme raffiné, leur quête de l'art pour l'art. Tout à coup, et c'est une des nouveautés d'*Alcools*, les objets du monde moderne – comme ici la tour Eiffel – se mêlent au jeu poétique. La grande architecture métallique se transforme en bergère, cependant que les vers se libèrent de tout carcan formel. Mieux encore, l'auteur accomplit cette révolution sans rien sacrifier d'une grâce ni d'un naturel verlainiens. En ce sens, il demeure à la frontière des deux mondes. Même le jeu prédadaïste des poèmes dessinés de *Calligrammes* n'empêchera jamais la présence, dans son œuvre, de mots qu'on retient à tout jamais : ceux du « Pont Mirabeau », ou même les délicieux quatrains du *Bestiaire* – premier volume du poète paru en 1911 avec des illustrations de Raoul Dufy et ultérieurement mis en musique par Francis Poulenc :

Incertitude, ô mes délices
Vous et moi nous nous en allons
Comme s'en vont les écrevisses,
À reculons, à reculons.

Apollinaire, jeune poète de la Belle Époque, inspirera, plus que tout autre, la modernité des Années folles. Sa nature, sa générosité, sa curiosité, sa belle humeur d'aventurier de 1900 vont le conduire à inventer, pour une part, ce monde qu'il ne connaîtra pas. Cet homme qui aime mêler le réel et la fiction (depuis sa naissance italienne sous le nom de Dulcigni, bientôt changé pour Kostrowitzky, avant de devenir Apollinaire) enchaînera les épisodes de sa vie trop brève comme ceux d'un roman : épisode amoureux qui le conduit sur les bords du Rhin auprès de la belle Anglaise Annie Playden ; aventure bohème qui se poursuit dans les ateliers parisiens où il s'éprend de la jeune artiste Marie Laurencin ; chapitre sensuel après la rencontre de Louise de Coligny-Châtillon, dite « Lou » (avec autant de merveilleux poèmes à la clé) ; intrigue policière au cours de laquelle il se voit incarcéré pour le vol de *La Joconde*, suite aux soupçons injustifiés qu'ont éveillés ses mauvaises fréquentations ; vie d'explorateur pour le jeune critique passionné qui s'en va découvrir, dès avant 1910, les lieux et personnages qui inventent un art nouveau : le Bateau-Lavoir avec Max Jacob et Picasso (son futur témoin de mariage) ; mais aussi Matisse, Van Dongen, Braque, Derain, Picabia, Delaunay ou Le Douanier Rousseau qui peint son portrait. Infatigable, il écrit des contes, des proses, des pièces et d'innombrables poèmes qui jalonnent ses jours, offrant un époustouflant mélange de naturel et d'imagination parfois délirante dans *Les Onze Mille Verges* ou *Les Mamelles de Tirésias*.

La parution d'*Alcools* au Mercure de France en 1913 permet à Apollinaire d'obtenir une soudaine notoriété littéraire et attire vers lui la jeune génération. La guerre où il s'en va combattre n'éteindra pas ce succès, au contraire. Sa présence se fait de plus en plus marquante, alors même que sa langue magique parvient à transformer l'affreuse mêlée en poésie vibrante, pleine de musique et d'amour. Et c'est encore Apollinaire qui, après avoir été blessé et trépané, écrit en 1917 le texte de présentation du ballet *Parade* de Cocteau, Satie et Picasso, inventant pour l'occasion le mot « sur-réaliste ». D'autres jeunes poètes, Breton et Aragon en tête, mais aussi les dadaïstes du Cabaret Voltaire à Zurich, s'en souviendront et lui accorderont la première place parmi leurs inspirateurs... Apollinaire disparaît pourtant à l'aube de cette nouvelle époque, emporté par la grippe espagnole deux jours avant l'armistice, à l'âge de trente-huit ans. Prophète d'un siècle d'expérimentations poétiques, « au carrefour de tant de routes », comme dit Breton, il n'en conservera pas moins ce trait de génie qui manque à beaucoup de ses successeurs : cette simplicité, parlante et musicale, qui se mêle chez lui aux expériences les plus novatrices.

Art nouveau/Art déco

Aux expressions « Belle Époque » et « Années folles » on pourrait presque substituer les termes « Art nouveau » et « Art déco » – chacun étant le complément et le négatif de l'autre. Tout les oppose en apparence. Le foisonnement végétal du *modern style* de 1900, son goût des couleurs incertaines et des formes contournées font la splendeur des vases d'Émile Gallé, des buffets de Louis Majorelle, des rambardes de métro d'Hector Guimard. Quantité d'illustrations architecturales en sont heureusement conservées : de la merveilleuse brasserie Excelsior, à Nancy, aux édifices parisiens de Jules Lavirotte, en passant par l'immeuble Old England de Bruxelles (actuel musée des Instruments de musique), sans oublier les géniales architectures d'Antoni Gaudì ni les infinies variantes du style « Sécession », cousin de l'Art nouveau en Europe centrale... De toutes ces tendances, l'Art déco prendra l'exact contre-pied par son amour de la géométrie, du cube, du dépouillement décoratif – tout comme les femmes de 1920 abandonneront leur harnachement de tissus et leurs rebondissements de jupons. Ce sens de la ligne fait le charme des belles demeures de l'avenue Louise à Bruxelles (ville aussi riche en Art déco qu'en Art nouveau), des intérieurs du paquebot *Normandie* ou de l'hôtel George-V à Paris, mais aussi de certaines façades de cinéma ou des élégantes brasseries qu'on peut admirer encore, comme Le Dôme à Montparnasse ou La Lorraine place des Ternes. L'Art déco est classique comme l'Art nouveau était baroque. Il connaîtra son apogée en 1925 avec l'Exposition internationale des arts décoratifs et industriels modernes pour laquelle Robert Mallet-Stevens construit son étonnant Pavillon du tourisme.

La frontière toutefois n'est pas toujours si nette. Avant même la Première Guerre mondiale, l'étonnant immeuble en gradins recouverts de carrelage, dessiné par l'architecte Henri Sauvage à Paris, 26, rue Vavin, tout comme le théâtre des Champs-Élysées, conçu par Auguste Perret en 1913, préfigurent l'architecture à venir – également illustrée en Allemagne par le mouvement du Bauhaus. Inversement, quand l'Art déco éclipsera le foisonnement du *modern style*, sa sobriété de principe ne lui interdira pas de belles trouvailles décoratives dans le choix des matériaux, du marbre et du bois élégamment agencés. En témoignent certains intérieurs, comme cette « boiserie aux Palmiers » commandée en 1928 à Jean Dunand pour un appartement de la rue de Monceau : étonnant chef-d'œuvre aux camaïeux subtils et aux lambris de laque noir et or ; ou encore les meubles de Pierre Chareau, Paul Iribe et Jacques-Émile Ruhlmann. Art nouveau et Art déco explorent ainsi, successivement, deux facettes contradictoires de la beauté tout en cherchant, l'un et l'autre, à concevoir un décor idéal pour accompagner la vie nouvelle.

Le style Art déco ne doit pas, toutefois, être confondu avec les « arts décoratifs » au sens large. Cette dernière appellation recoupe en effet toute une série d'activités artistiques de second rang, mais non moins passionnantes, comme la conception des affiches, de la publicité, et d'autres objets d'agrément. Mis à l'honneur dès l'Exposition universelle de 1889, les arts décoratifs commencent ainsi par adopter le style de l'Art nouveau. En témoignent les affiches de Toulouse-Lautrec pour le Moulin Rouge, celles de Jules Chéret pour les Folies Bergère ou encore les publicités pour le champagne du tchèque Alfons Mucha – par ailleurs codécorateur de Maxim's. Mais ce sont aussi les kiosques à journaux les vespasiennes ou les papiers peints. De même, après la Première Guerre mondiale, la période Art déco coïncide avec un nouveau développement de l'art publicitaire illustré, notamment, par Cassandre et ses élégantes affiches pour les trains ou les paquebots. Les Années folles seront un âge d'or pour l'affiche de music-hall signée, entre autres, par le grand Paul Colin. Le cinéma de l'époque nous enchante également par ses décors d'intérieurs si riches en meubles et accessoires élégants, commodes, armoires, bureaux, bibelots... On peut dire ainsi que la Belle Époque et les Années folles ne sont pas seulement les temps de l'Art nouveau puis de l'Art déco, mais encore deux moments radieux des arts décoratifs dans toute leur diversité.

Assiette au beurre (L')

À ceux qui trouvent la Belle Époque détestable, on ne saurait trop recommander la lecture de *L'Assiette au beurre*, où ils trouveront quantité d'arguments. Nulle part on ne trouve de charges aussi violentes contre le militarisme, le cléricalisme, le colonialisme, les conditions de travail et tous les maux qui entachent la France au début du XXe siècle. À cette charge permanente contre la bassesse du temps, la célèbre revue apporte cependant une contradiction à chaque page, tant les talents des écrivains, peintres et dessinateurs rassemblés sont éblouissants et désignent une époque exceptionnelle ! *L'Assiette au beurre*, lancée le 4 avril 1901 par Samuel-Sigismond Schwarz, demeurera pendant une dizaine d'années un foyer de l'esprit anarchiste désireux d'« allier l'art avec la satire ». On y trouve côte à côte des signatures de droite et de gauche, ardemment républicaines ou farouchement réactionnaires. Adolphe Willette et Caran d'Ache, les talentueux – mais très antisémites – dessinateurs du *Chat noir* y côtoient l'écrivain Octave Mirbeau, proche de Clemenceau et dreyfusard militant, ou encore le très catholique Léon Bloy et même Anatole France. Mais *L'Assiette au beurre* est surtout le premier journal à réserver la place d'honneur aux illustrateurs les plus brillants comme le Normand Jacques Villon (frère de Marcel Duchamp), le Parisien Maurice Radiguet (père de Raymond), le Tchèque František Kupka, le Suisse Félix Vallotton, le Néerlandais Kees van Dongen, l'Espagnol Juan Gris, pas encore maître cubiste.

Par son titre même, la revue désire s'en prendre à tous les « profiteurs », bourgeois et politiciens qui s'engraissent en accaparant « l'assiette au beurre » ; mais elle constitue aussi une aventure journalistique d'un genre nouveau en proposant de grands numéros thématiques et une abondance inédite de dessins satiriques en couleurs qui font d'elle « la plus artistique des revues politiques », imitée dès 1903 par l'éphémère *Canard sauvage* où se retrouvent nombre des mêmes illustrateurs et auteurs. Ses charges dirigées contre les « trois parasites » que sont

« le prêtre, le juge, le soldat » lui vaudront des ventes importantes durant toute la Belle Époque, entre 20 000 et 40 000 exemplaires en moyenne. Seuls les numéros qui attaquent des souverains étrangers pâtiront de la censure, comme celui sur « l'Impudique Albion », illustré par un dessin de Jean Veber où l'on voit « Britania » relevant ses jupons, pour révéler le visage d'Édouard VII à la place de ses fesses... Après s'être éteinte une première fois en 1912, *L'Assiette au beurre* renaîtra sans grand succès dans les années 1920. Par son audace, son insolence polémique et ses provocations parfois outrées, elle restera un modèle et le point de départ inégalé d'une série de publications satiriques comme *Le Crapouillot* dans les années 1960, ou plus tard *Hara-Kiri* et *Charlie Hebdo*, où plusieurs dessinateurs se réclameront de cet ancêtre.

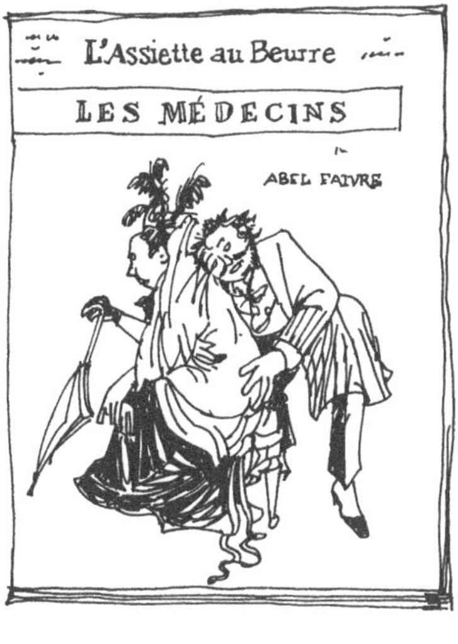

Astruc, Gabriel

Le théâtre des Champs-Élysées lui doit presque tout. Les Ballets russes beaucoup également. L'histoire est faite de génies artistiques, politiques, militaires, scientifiques... mais aussi de tous ces passionnés, entrepreneurs de spectacles et autres passeurs qui se sont démenés et parfois ruinés pour donner vie aux plus ambitieux projets de leur temps. Gabriel Astruc ne semblait guère prédisposé à un tel destin, lui qui a grandi dans un milieu intellectuel et religieux. Descendant d'une vieille famille juive française du Comtat venaissin, son père, Élie-Aristide Astruc, est un intellectuel de haut vol, devenu en 1866 grand rabbin de Belgique et fondateur de l'Alliance israélite universelle. Le jeune Gabriel se laisse toutefois rattraper par sa passion des arts. D'abord journaliste après ses études à Paris au lycée Condorcet, il devient éditeur de musique avec son beau-père Wilhelm Enoch et publie le *Quatuor à cordes* du jeune Maurice Ravel. Puis il fonde la revue *Musica*, se transforme en organisateur de concerts et monte les représentations à Paris de la *Salomé* de Richard Strauss, saisissante révélation de la saison 1907. Enfin et surtout, il invite les Ballets russes de Diaghilev qui vont éblouir le public parisien à partir de 1909. Il lance alors ce projet d'un nouveau théâtre, avenue Montaigne, avec le concours du financier Gabriel Thomas (également promoteur de la tour Eiffel). Il fait appel aux deux frères Perret pour le bâtiment, au peintre Maurice Denis pour la décoration et l'admirable histoire de la musique qui surplombe la grande salle. Les voix antisémites de Maurras ou Léon Daudet s'élèvent contre cette initiative – ce qui n'empêche pas Astruc de prendre la direction du théâtre, glorieusement ouvert au printemps 1913 avec plusieurs opéras, mais surtout *Le Sacre du Printemps* de Stravinsky, les *Jeux* de Debussy et les ballets de Loïe Fuller. La guerre mettra un terme à cet extraordinaire festival convoquant la fine fleur de l'art moderne. Les difficultés financières feront le reste et conduiront le fondateur à quitter son théâtre, racheté en 1922 par la cantatrice Ganna Walska qui le conservera jusqu'aux années 1960. René Peter dans *Le Théâtre et la vie sous la Troisième République* rend hommage à « cet Astruc encombrant et bruyant, au geste large, au cœur excellent qui se ruina pour avoir fait vivre l'art dans le luxe et les pierreries ». Après 1918, l'aventurier se tourne vers de nouveaux moyens de communication et dirige notamment l'Agence Radio de 1923 à 1927. Il meurt à Paris en 1938. Six ans plus tard, sa nièce, la sculptrice Louise Mayer-Ochsé, est assassinée à Auschwitz avec son mari, Fernand Ochsé, qui avait mis en scène les premiers spectacles du théâtre des Champs-Élysées. Gabriel Astruc a publié deux livres de souvenirs : *Le Pavillon des fantômes* et *Mes scandales*.

Baker, Joséphine

Les militants de la contrition peuvent toujours gloser sur le racisme « systémique » de notre pays... La France n'en fut pas moins, au lendemain de la Première Guerre mondiale, le pays chéri des Noirs américains, comme en témoigne l'histoire d'amour nouée dès 1925 avec la jeune Joséphine Baker. L'adoption enthousiaste par le public parisien de cette enfant de Saint-Louis du Missouri, qui débuta comme artiste de spectacles ambulants, ne doit rien au colonialisme ni aux clichés racistes, mais plutôt à l'engouement pour la culture noire et pour les rythmes du jazz qu'on découvre alors, coïncidant avec la découverte des arts africains chers à Picasso et aux surréalistes. Le corps noir, longtemps vu comme celui d'un inférieur et d'un esclave, se voit célébré pour son éclat et sa beauté au théâtre des Champs-Élysées dans la fameuse « Revue nègre » dont le titre, alors, n'a rien d'insultant. Le spectacle ne dure que quarante-cinq minutes au sein d'une soirée de music-hall et les vedettes annoncées sont Flossie Mills et Sidney Bechet. Mais une jeune danseuse fait aussitôt sensation, comme le relate le critique de l'hebdomadaire *Candide* : « Alors entre en scène un personnage étrange... qui marche les genoux pliés, vêtu d'un caleçon en guenilles et qui tient du kangourou boxeur, du sensen-gum et du coureur cycliste : Joséphine Baker. » Presque aussitôt ; une idylle commence entre la capitale française et l'artiste américaine. Suivront plusieurs générations de musiciens noirs familiers de Paris, tels Louis Armstrong (qui enregistre dans la capitale française en 1934 avant d'y séjourner souvent) et Sidney Bechet (qui s'installera en France quelques années plus tard). Jusqu'au second versant du XXe siècle, d'autres encore, tel Miles Davis, trouveront en France un pays curieux accueillant, préservé de la ségrégation qui sévit outre-Atlantique.

Joséphine, dans ses déclarations, ses interviews, ses écrits, ne manquera jamais de souligner ce qu'elle doit à la France : il lui suffit de comparer, très concrètement, la façon dont une jeune Noire américaine peut vivre à Paris (comme tout le monde) ou à New York (comme une Noire fille d'esclaves). C'est pourquoi elle entretiendra une relation si forte avec son pays d'adoption, symbolisée par la chanson de Vincent Scotto, Henri Varna et Géo Koger : « J'ai deux amours », qu'elle enregistre en 1930 avant de prendre la nationalité française en 1937. Quelques années après la « Revue nègre », Joséphine va également s'imposer comme une des grandes meneuses de revues du music-hall parisien : la première après Mistinguett qui, sans doute, avait plus d'autorité sur le plateau... tandis que les talents de danseuse de Joséphine étaient supérieurs à ceux de la Parisienne. L'exotisme demeurera très présent dans son répertoire, mais cet exotisme des Années folles mélange allègrement tout ce qui vient d'ailleurs : ainsi quand Joséphine Baker, Noire américaine, incarne une « Petite Tonkinoise » et entonne quelques couplets sur ce pays lointain où la géographie du Vietnam se confond avec celle de la Chine et de son « fleuve Jaune » ! J'avoue toutefois un faible pour les merveilleuses chansons douces qu'elle a gravées de sa voix menue tout au long de sa carrière française comme « C'est un nid charmant » (1937, sur une musique de Richard Rodgers), ou encore « Paris, Paris » (1950) qui marque ses retrouvailles avec la capitale française où elle a fait son retour, dès la Libération, en uniforme de lieutenant des Forces françaises libres. Elle restera définitivement, épousant en 1947 le chef d'orchestre Jo Bouillon, avec lequel elle élèvera en Dordogne, au château des Milandes, une nombreuse famille adoptive qui faisait encore la une des gazettes de mon enfance. Sauf qu'à l'époque on disait « Joséphine Baquaire », selon la volonté nettement exprimée par l'intéressée qui reprenait ceux qui prononçaient son nom à l'américaine en rétorquant : « Je suis française. » En 1975, âgée de soixante-huit ans, elle remonte sur scène pour la rétrospective « Joséphine à Bobino ». Mais elle meurt subitement après la quatorzième représentation. En 2021, elle sera la première artiste de music-hall célébrée au Panthéon à côté de toutes les gloires de la France.

Ballets russes, ballets suédois

L'aube du XXe siècle marque l'apothéose du ballet, cet art qui va conjuguer tous les autres dans une véritable féerie. Wagner avait porté le rêve du « spectacle total », mais ses œuvres devaient tout à l'inspiration d'un seul démiurge, à la fois auteur, compositeur et maître d'œuvre du théâtre conçu pour accueillir à Bayreuth ses drames musicaux… Avec les grands ballets des années 1910, puis ceux de l'entre-deux-guerres, c'est la réunion des talents qui devient la règle d'or. Les compositeurs s'appellent Debussy, Ravel, Stravinsky, Satie, Prokofiev, Poulenc, Respighi ; les décorateurs Bakst, Benois, Picasso, Rouault, Léger, Gris, Derain ; les chorégraphes Fokine, Massine, Nijinska, Balanchine. Quant aux sujets, ils s'inspirent aussi bien de la littérature ancienne que de jeunes poètes comme Blaise Cendras ou Jean Cocteau.

Avant même l'apparition des Ballets russes, plusieurs grands ballets ont préfiguré le mouvement, en particulier ceux de Léo Delibes dans les années 1870 (*Coppélia*, *Sylvia*), puis d'Édouard Lalo (*Namouna*) ou de Tchaïkovski à la fin du XIXe siècle (*Le Lac des cygnes*, *La Belle au bois dormant*, *Casse-Noisette*). La musique n'y est plus un simple prétexte à la danse, mais elle s'émancipe des conventions pour explorer des rythmes et des sonorités nouvelles. Au même moment, Stéphane Mallarmé consacre à la danse des textes qui lui attribuent un rôle central dans l'art de l'avenir. Puis deux grandes artistes américaines installées à Paris, Loïe Fuller et Isadora Duncan, révolutionnent la chorégraphie en l'affranchissant des codes classiques. Leur succès les conduit des music-halls aux scènes d'avant-garde où elles s'associent aux compositeurs et poètes. Loïe Fuller, entourée des voiles qui font la magie de sa « danse serpentine », crée en 1907 *La Tragédie de*

Salomé au théâtre des Arts sur un poème de Robert d'Humières et une musique du jeune Florent Schmitt.

C'est toutefois l'arrivée de la compagnie dirigée par Serge de Diaghilev, esthète et entrepreneur de spectacles, proche des cercles d'art moderne de Saint-Pétersbourg, qui va donner à l'art du ballet sa place rayonnante dans l'histoire musicale et picturale. Paris sera le lieu privilégié de cette conquête, même si les premières saisons des Ballets russes, en 1908-1909, mettent surtout à l'honneur des grands maîtres déjà consacrés, tels Borodine et ses *Danses polovtsiennes* ou Rimski-Korsakov et *Schéhérazade*. Tout change à partir de 1910 quand Diaghilev présente à l'Opéra Garnier *L'Oiseau de feu*, premier ballet de Stravinsky, jeune compositeur inconnu, dans une chorégraphie de Fokine, des costumes et décors de Léon Bakst. Un génie musical est né. Paris demeure sous le choc et le sera plus encore avec les créations, au cours des saisons suivantes, de *Petrouchka* (au Châtelet en 1911), dans les décors du grand peintre Alexandre Benois, puis en 1913 du *Sacre du printemps* chorégraphié au théâtre des Champs-Élysées par Vaslav Nijinski, génie de la danse et amant de Diaghilev. Cet événement – et scandale considérable – marque l'apothéose de la musique moderne à la veille de la Première Guerre mondiale.

Mieux encore, Diaghilev, après avoir révélé les fleurons de la jeune école russe, désire associer à ses créations des artistes français. Sa démarche n'est pas totalement désintéressée, car l'organisateur de spectacles a besoin d'argent pour sa compagnie, toujours au bord de la banqueroute. Pour ce faire, il sollicite les grandes mécènes de la Belle Époque, telles la comtesse Greffulhe ou la princesse de Polignac ; mais il s'appuie également sur de jeunes artistes en vogue, comme le compositeur Reynaldo Hahn ou le jeune poète Jean Cocteau, auxquels il passe commande d'un ballet, *Le Dieu bleu*. Celui-ci ne laissera pas un souvenir impérissable, contrairement à l'immense chef-d'œuvre créé au Châtelet en cette même année 1912 : *Daphnis et Chloé* de Ravel, suivi par la reprise de *L'Après-midi d'un faune* de Debussy dans une chorégraphie érotique et provocante de Nijinski. Quelques années plus tard, en pleine guerre mondiale, Diaghilev réunit Satie, Picasso et Cocteau dans la création du ballet *Parade*. Loin de refluer au lendemain de la guerre, les Ballets russes connaîtront durant les Années folles un second âge d'or, toujours associé à Stravinsky qui, en 1920, lance la mode « néoclassique » en revisitant la musique de Pergolèse dans *Pulcinella* (décors de Picasso, toujours), puis va donner un de ses plus grands chefs-d'œuvre avec *Les Noces* (1923). La jeune génération française du Groupe des Six est également à l'honneur en 1924 avec *Les Fâcheux* de Georges Auric (décors et costumes de Georges Braque), *Le Train bleu* de Darius Milhaud (décors d'Henri Laurens, costumes de Coco Chanel) et *Les Biches* de Francis Poulenc (décors de Marie Laurencin), créés tous trois sous la baguette du vieux compositeur André Messager.

La modernité des Années folles trouvera un autre complice en la personne de Rolf de Maré, riche héritier suédois qui fonde – à Paris toujours – la compagnie des Ballets suédois. De 1920 à 1925, celle-ci va promouvoir la jeunesse artistique avec son goût du non-sens, ses couleurs tranchées, ses combinaisons polytonales, ses inspirations venues du jazz ou de la fête foraine. Rolf de Maré, qui est également fou de peinture, se lance dans l'aventure avec son protégé, le chorégraphe et danseur Jean Börlin, ancien élève de Fokine, le maître d'œuvre des Ballets russes avant guerre. Cette éphémère compagnie restera célèbre pour avoir monté *Les Mariés de la tour Eiffel*, œuvre collective du Groupe des Six sur un texte de Cocteau, créée en 1921 au théâtre des Champs-Élysées. Mais on lui doit surtout des œuvres extraordinaires tombées dans un injuste oubli comme *L'Homme et son désir* (1921) composé au Brésil par Darius Milhaud sur un argument de Paul Claudel (musique vraiment inouïe par ses mélanges de chœurs et de percussions) ; *Skating-Rink* de Honegger dans les décors et costumes de Fernand Léger ; *La Création du monde* (1923) de Milhaud, point culminant de la rencontre entre classique et jazz, toujours dans des décors de Fernand Léger ; *Le Marchand d'oiseaux* (1923) de la jeune Germaine Tailleferre, grand succès avec 300 représentations ; *Relâche* (1924) d'Erik Satie, scénographié par Picabia et incluant un film de René Clair ; sans oublier les ballets de Poulenc (*Sculpture nègre*), Cole Porter (qui habite alors Paris), Alfredo Casella et d'autres encore associés à Bonnard, De Chirico ou Jean Hugo. L'aventure des Ballets suédois s'achèvera brutalement en 1925, quand la famille de Rolf de Maré décidera de lui couper les vivres !

Les Ballets russes, eux, poursuivront leur aventure après la mort de Diaghilev, en 1929. Ils s'implantent notamment à Monte-Carlo sous la direction de René Blum (le frère de Léon) et du colonel de Basil qui présenteront d'autres créations importantes comme *Gaîté parisienne* (1938) sur la musique de Manuel Rosenthal. Les chorégraphes de Diaghilev – Michel Fokine, George Balanchine, Léonide Massine, Serge Lifar – vont également transporter cet héritage aux quatre coins du monde : Lifar à l'Opéra de Paris, Balanchine à New York. D'autres personnalités passées par les Ballets russes deviennent mécènes et organisatrices de spectacles : en particulier la richissime danseuse Ida Rubinstein, entrée dans l'histoire pour avoir financé puis interprété *Le Martyre de saint Sébastien* de Debussy et D'Annunzio avant de commander à Ravel son *Boléro*. On lui doit également la création de deux chefs-d'œuvre de Stravinsky : l'oratorio *Perséphone* (1934) sur un texte d'André Gide, mais aussi le ballet trop méconnu *Le Baiser de la fée* du même compositeur, présenté au palais Garnier en 1928 : un merveilleux décalque des ballets de Tchaïkovski auquel le compositeur insuffle son art des rythmes bizarres, des faux accents, des mélodies obsédantes et des couleurs orchestrales si personnelles.

Cet âge d'or du ballet s'achève avec la Seconde Guerre mondiale. Certains directeurs de compagnies, comme le marquis de Cuevas ou Roland Petit, s'efforceront, après la Libération, de susciter de nouvelles émulations artistiques en créant des œuvres comme *Les Forains* (argument de Boris Kochno, scénographie de Christian Bérard, musique d'Henri Sauguet), *Le Loup* (argument de Jean Anouilh, décors de Jean Carzou, musique d'Henri Dutilleux) ou *La Croqueuse de diamants* (texte de Raymond Queneau, musique de Jean-Michel Damase)... La France, par la suite, a presque oublié ce fabuleux patrimoine qu'on n'a plus guère l'occasion de voir ni d'entendre, excepté les grands ballets des années 1910-1913. Quant aux décors des peintres, on ignore pour beaucoup dans quelles conditions ils ont été conservés ou détruits. Il y aurait pourtant là matière de fabuleuses redécouvertes.

Balnéaire (Style)

Les amoureux des cathédrales et des vieux châteaux dédaignent cet art frivole, qui est à la noble architecture ce qu'un vaudeville est à une tragédie de Racine... Trop d'exigence doit-elle nous empêcher d'aimer les charmes d'une esthétique impure qui s'est développée partout sur les côtes, mais aussi dans les stations de montagne durant la seconde moitié du XIXe siècle ? Est-il interdit d'admirer ce foisonnement d'extravagants chalets, de chaumières bourgeoises, de pagodes chinoises, de demeures mauresques, vénitiennes, flamandes, anglo-normandes ? Autant de faux en architecture constituent pourtant d'adorables logis avec leurs vérandas, leurs balcons, leurs salons, leurs chambres d'amis aux papiers fleuris, leurs greniers et leurs recoins. Il est même permis de trouver ces miniatures plus vivables que les palais, trop longs et trop froids, qu'on admire avec respect mais où on ne passerait guère la nuit… Une amie, propriétaire d'un des plus beaux châteaux de Normandie, avait abandonné le bâtiment principal aux visites guidées pour habiter une dépendance édifiée en 1900 : improbable mélange de ferme du pays d'Auge et de cottage anglais où l'on se sentait délicieusement bien…

L'architecture balnéaire est cette étonnante invention produite par la naissance du tourisme, le goût du pittoresque, l'imagination des clients et des bâtisseurs. Tout a commencé souvent, au XIXe siècle, par une maison de vacances dans le goût de la région, à laquelle d'excellents artisans ont apporté un soin particulier : plus vaste que les maisons de village, plus recherchée dans ses appareillages de pierre et de brique, ses sols carrelés, ses décors de mosaïques et ses vitres colorées. L'édifice initial s'est développé au fil des générations : la maison d'origine s'agrandissant d'une aile, puis d'une autre ; le travail du bois ajoutant ses décors, ses escaliers, ses balcons, ses mansardes. Ce sont des maisons d'été, trop fraîches pour l'hiver, à moins d'importants travaux, mais les intérieurs sont charmeurs avec leurs salons lambrissés et leurs baies vitrées faites pour goûter les plaisirs de la nature. Les lubies du propriétaire semblent parfois curieuses, quitte à se confondre avec le mauvais goût, la prétention, l'incongruité. J'adore pourtant ces chalets suisses dressés devant l'océan ou, inversement, ces colombages du pays d'Auge sur les pentes des stations de ski, ces fortins écossais juchés sur la côte méditerranéenne, ces fausses ruines médiévales rehaussant le parc d'un manoir bourgeois, ces maisons coloniales de Virginie face à la mer du Nord... Autant de demeures entourées souvent de vastes jardins qui sont le paradis des parterres fleuris, des cabanes et des abris.

Sur la côte normande comme ailleurs, ce style fera la prospérité d'entreprises de construction et d'architectes spécialisés. À Étretat, le « manoir de la Salamandre », très admiré des touristes pour son style médiéval... fut en réalité bâti au début du XXe siècle, puis orné d'une toiture et de colombages issus d'une vieille maison de Lisieux. L'architecte Émile Mauge n'a pas manqué d'ajouter des sculptures en bois évoquant les gargouilles et l'alchimie, ce qui renforce la curiosité des passants pour ce Moyen Âge digne de Viollet-le-Duc. Juste en face, l'ancien marché couvert traditionnel normand fut construit... en 1927. Même constatation de l'autre côté de la Seine dans ces petites gares qui, de Pont-l'Évêque à Deauville, se sont déguisées en chaumières, tout comme l'immense hôtel Normandy, chef-d'œuvre hors normes d'une Normandie fantasmée.

La Belle Époque, puis les Années folles cultivent l'anachronisme au gré des modes successives. La fin du XIXe siècle aime encore le faux classique genre Trianon. Elle adore surtout l'exotisme régional, mais aussi africain, arabe ou indochinois, auquel s'ajoutent les foisonnements chantournés et végétaux inspirés par le *modern style*. Les années 1920 privilégieront les lignes épurées de l'Art déco, mais sans renoncer à une diversité d'inspiration venue des quatre coins du monde dont on trouve maints exemples sur la Côte d'Azur, entre Cap-d'Ail et Monaco, sur la côte basque, dans les Landes... et plus encore en Floride où l'essor immobilier des années 1920 a donné lieu à un foisonnement d'architecture moderne au bord de l'eau. Miami Beach, lancé à la fin de la Première Guerre mondiale, abrite aujourd'hui dans son Art Deco Historic District d'innombrables témoignages de ce style – dont le succès trop rapide allait conduire avant même 1929 à une bulle immobilière. Après la Seconde Guerre mondiale, les rivages, pentes neigeuses et autres lieux de plaisir abriteront encore quelques belles fantaisies architecturales, mais ce sera pour l'essentiel une autre époque vouée au gigantisme, à l'industrie touristique, au bétonnage et aux programmes immobiliers qui refermeront l'époque enchantée de l'architecture touristique.

Belgique

Le royaume de Belgique a vu le jour tardivement, en 1830, après la révolution menée conjointement par les catholiques flamands et les élites wallonnes pour s'affranchir de la Couronne de Hollande. Situé en plein cœur de l'Europe industrielle, ce petit pays devient à la fin du XIXe siècle un des ateliers du monde. Rivalisant par son activité avec l'Angleterre et l'Allemagne, il voit naître la première ligne régulière de chemins de fer du continent, tandis que la production s'exporte jusqu'au tramway d'Odessa ou aux chemins de fer chinois. L'aventure personnelle de Léopold II au Congo (entreprise qui prétendait mettre fin à la traite des Noirs… avant qu'on ne s'avise des violences liées à cette conquête) dote son royaume d'un empire qui représente quatre-vingts fois sa surface. Une telle prospérité entretenue par une bourgeoisie active et stimulée par de multiples racines culturelles (françaises, anglaises, allemandes…) va favoriser un fabuleux épanouissement littéraire, artistique et architectural. Quoique très liée aux courants littéraires parisiens, la poésie symboliste belge apporte un souffle et un mystère encore inconnus sous les plumes d'Émile Verhaeren (auteur des *Villes tentaculaires*), Georges Rodenbach (connu surtout pour *Bruges-la-Morte*), et plus encore Maurice Maeterlinck, le dramaturge le plus influent des années 1900 avec son *Pelléas et Mélisande*. De Belgique viendra aussi, dans les années 1920, le merveilleux onirisme d'Henri Michaux ; mais les peintres ne sont pas en reste : tels le magnifique baron James Ensor, artiste anglo-flamand dont les scènes de comédie portent la grimace expressionniste avant l'heure ; puis le Wallon René Magritte, dont le génie visionnaire s'épanouit à Bruxelles avant même de rencontrer le surréalisme auquel se rattache également son confrère Paul Delvaux. Ce sont enfin les grandes figures musicales, tels César Franck, compositeur liégeois qui sera le maître le plus influent de la fin du XIXe siècle (il se fait naturaliser français en 1870) et son disciple Guillaume Lekeu ; sans oublier Eugène Ysaÿe, génial violoniste et grand inspirateur à l'aube du XXe siècle ; ni quelques mécènes au goût très sûr, telle la reine Élisabeth, épouse d'Albert Ier.

Cette glorieuse Belgique de la Belle Époque et des Années folles a laissé des traces profondes et durables, comme la glorieuse Compagnie internationale des wagons-lits dont les sleepings, les salons et les restaurants font encore rêver les amoureux des trains. On peut également, en débarquant à Bruxelles par la gare centrale, découvrir quelques purs joyaux de l'Art nouveau comme le musée des Instruments de Musique, fleuron de l'architecte Paul Saintenoy avec ses verrières et ses ferronneries en style nouille, sa tourelle moyenâgeuse et ses couleurs ocre. Plus discrètement, tous les quartiers de la ville abritent de ravissantes demeures du même genre : parfois modestes mais incroyablement raffinées dans chaque détail : balustrades ondulantes, bois sculptés en forme de flammes, mosaïques et vitraux, abondance de couleurs presque italienne. L'esprit Art déco triomphe à son tour dès les années 1910, avec la construction du palais Stoclet, villa réalisée en 1911 par l'architecte viennois Josef Hoffmann : un chef-d'œuvre moderne avec ses dalles de marbre blanc, ses sculptures en bronze, ses couleurs noir, blanc et or.

En 1914, la Belgique envahie transportera près du Havre le siège provisoire de son gouvernement. On peut admirer encore, à Sainte-Adresse, une statue de l'héroïque roi Albert Ier, et une autre de reconnaissance de la Belgique à la France. Mais les années 1920 permettront au royaume renaissant de déployer encore un style souvent plus libre et original que celui de son grand voisin du sud. En témoignent de nombreux édifices à Liège et dans les grandes villes wallonnes, mais aussi à Bruxelles, comme le magnifique palais des Beaux-Arts, signé Victor Horta, où se déroule le concours de musique Reine Élisabeth. Plus bas, dans le quartier de la Bourse, les grands cafés ont conservé un air de film d'avant-guerre. Au Greenwich, où Magritte avait ses habitudes, des Bruxellois de tous âges se retrouvent pour jouer aux échecs ou aux cartes dans une salle chaleureuse ornée de miroirs, de boxes en bois, de cuivres et de banquettes. Même les urinoirs en mosaïque sont proches du chef-d'œuvre. L'urbanisme destructeur a sévi à Bruxelles avec la disparition de quartiers entiers et l'implantation de verrues urbaines comme la tour Philips ou les immeubles de la banque Fortis qui écrasent le palais des Beaux-Arts. Cette même banque possède toutefois un autre building, rue du Fossé-aux-Loups : étonnante forteresse des années 1930 qui rappelle le style de *Metropolis* de Fritz Lang, avec ses tourelles et ses coupoles de bronze. Quelques mètres plus loin, à la brasserie de la Mort subite, rien ne semble avoir changé depuis l'ouverture en 1910, ni l'alignement des tables en bois ni la décoration rococo. On se sent bien dans les cafés de Bruxelles où l'on a, parfois encore, l'impression de croiser de vrais personnages de Hergé, un peu bizarres sous leurs chapeaux, comme les survivants d'une Europe disparue.

Bernard, Tristan

Avec plus de cinquante pièces de théâtre, une vingtaine de romans et recueils de nouvelles, Tristan Bernard est omniprésent dans la vie parisienne au début du XXe siècle. Depuis son premier succès, *Les Pieds nickelés* en 1895 au théâtre de L'Œuvre, jusqu'à *La Partie de bridge* à la Michodière en 1937, le public se presse à l'Athénée, aux Nouveautés, au théâtre Antoine ou à la Comédie-Française pour applaudir *L'Anglais tel qu'on le parle*, *La Petite Femme de Loth* (adapté en opérette par Claude Terrasse), *Embrassez-moi*, *Le Petit Café*, *Les Deux Canards*, et autres comédies bien troussées comme autant de miroirs de la société française à la Belle Époque. Il publie également des romans policiers et des recueils d'histoires drôles. Son œuvre, pourtant, ne connaîtra pas une postérité comparable à celle de Sacha Guitry (dont il n'a pas la verve éblouissante) ou Alphonse Allais (qui pousse plus loin le génie de la loufoquerie). On se réjouit de redécouvrir, occasionnellement, telle ou telle de ses pièces, mais l'occasion est rare et Bernard, somme toute, aura davantage traversé le siècle comme un merveilleux « personnage », aussi célèbre pour sa grande barbe que pour les mots d'esprit qui jettent sur son époque un regard drôle et désabusé.

Paul Bernard (son vrai nom) est né à Besançon comme Victor Hugo : « tous les deux dans la Grand-Rue, lui au 138, moi, plus modestement, au 23 ». Il a étudié à Paris, au lycée Condorcet, puis fait son droit avant de se tourner vers les affaires et surtout vers le journalisme. Il participe aux débuts de *L'Humanité* puis du *Canard enchaîné*. Durant son service militaire, il bénéficie de l'autorisation du port de la barbe, récemment accordé aux soldats par le général Boulanger, et il conservera la sienne comme une signature. J'ai chez moi un joli dessin de l'écrivain et caricaturiste Ferdinand Bac qui le montre en 1913 avec sa toison déjà grisonnante, penché vers une table de jeu avec pour légende : « Tristan Bernard observe, avec quelque perplexité, le jeu de sa femme à la roulette à Monte-Carlo. » Tristan (pseudonyme emprunté à un cheval de course) est en effet un joueur invétéré qui perd beaucoup d'argent sur les tapis verts. Il divertit également les auteurs de mots croisés en trouvant des définitions comme : « Ne reste pas longtemps ingrat » – *l'âge*, évidemment ! Il adore pratiquer la bicyclette et d'autres activités qu'il résume ainsi pour un annuaire mondain : « automobile, sabre de cavalerie, recherches historiques, poker, philanthropie, rébus, cor anglais ». Dans le Paris de 1900, il a pour proches son beau-frère le dramaturge Pierre Veber (avec lequel il cosigne plusieurs œuvres), mais aussi Jules Renard, Alphonse Allais, Lucien et Sacha Guitry, Léon Blum... Ses succès, sans doute, auraient pu le conduire à l'Académie française, mais il échoue à obtenir le fauteuil de Robert de Flers et conclut : « Je préfère faire partie de ceux dont on se demande pourquoi ils ne sont pas à l'Académie plutôt que de ceux dont on se demande pourquoi ils y sont. » D'autres mots et tirades sont restés dans les mémoires, tels que : « Les hommes sont toujours sincères. Ils changent de sincérité, voilà tout » (*Ce que l'on dit aux femmes*, 1922) ; « Il vaut mieux ne pas réfléchir du tout que ne pas réfléchir assez » ; ou encore : « Ah ! Que ne suis-je riche, pour venir en aide au pauvre que je suis ! »

À partir de la fin des années 1930, Tristan Bernard est un peu moins présent sur scène, mais il continue à observer son époque et, quand se produit la débâcle de 1940, il conclut tristement : « En 1914, on disait "on les aura", eh bien, maintenant, on les a. » Réfugié à Cannes pendant la guerre, il se fait portraiturer par le charmant Fernand Ochsé (portrait conservé à la SACD) et montre une certaine naïveté face à la police allemande en déclarant : « On n'arrête pas quelqu'un qui est dans le *Petit Larousse*. » Il est pourtant interné à Drancy en 1944 et, sur le point de partir pour Auschwitz, prononce le fameux : « Jusqu'à présent, nous vivions dans l'angoisse, désormais, nous vivrons dans l'espoir. » On connaît les efforts de Guitry et d'Arletty, qui ont l'oreille de l'ambassade allemande et parviennent à le faire libérer. Il survivra jusqu'en 1947 malgré la douleur de la disparition d'un de ses petits-fils à Mauthausen. Père d'une brillante lignée incluant le cinéaste Raymond Bernard (*Les Croix de bois*, *Les Misérables*), et grand-oncle du réalisateur

Francis Veber, Tristan Bernard est resté comme cette personnalité attachante et familière, au moins pour ses jolies trouvailles popularisées, aujourd'hui encore, par des émissions comme « Les Grosses Têtes ». Sur l'argent : « On ne prête qu'aux riches, et on a bien raison, parce que les autres remboursent difficilement. » Sur l'amour : « Beaucoup de divorces sont nés d'un malentendu. Beaucoup de mariages aussi. » Sur la tentation : « Le moyen le plus sûr de faire cesser la tentation est d'y succomber. » Ou encore, sur la paresse : « La vraie paresse, c'est de se lever à 6 heures du matin pour avoir plus longtemps à ne rien faire. »

Bernhardt, Sarah

L'art des grands comédiens, des acteurs ou des cantatrices des siècles passés nous échappera toujours, pour l'essentiel, faute de traces filmées et enregistrées. Impossible de comprendre – sauf à travers des descriptions littéraires – l'enthousiasme que soulevaient la voix de la Malibran et le jeu de Talma, l'acteur favori de Napoléon, car jamais nous ne pourrons simplement les entendre. Les choses sont plus complexes pour Sarah Bernhardt qui fut la plus grande idole théâtrale du monde, adoubée toute jeune par Victor Hugo, glorieuse en Amérique et au-delà des mers, créatrice audacieuse de la *Salomé* d'Oscar Wilde ou de *L'Aiglon* de Rostand (dans lequel elle joue à cinquante-six ans le rôle d'un jeune homme de vingt ans). Après avoir monté ses propres productions dans le théâtre qui porte alors son nom, place du Châtelet, elle se produit encore pendant la Grande Guerre où elle joue pour les poilus – malgré son amputation d'une jambe en

1915. C'est pour elle que Cocteau invente l'expression de « monstre sacré ». Mais surtout la grande Sarah, comme nombre de héros de la Belle Époque, se situe à la frontière du temps : l'essentiel de son art demeurant englouti pour toujours, cependant qu'une mince partie nous en est parvenue à travers les premiers enregistrements phonographiques et les premières images de cinéma. Le son crépitant des uns, l'image saccadée des autres confèrent à ces documents une valeur archéologique et même un pouvoir d'émotion – insuffisant toutefois pour éclairer vraiment l'emprise d'une telle artiste sur son époque.

Sacha Guitry qui adulait la comédienne et la considérait comme sa « seconde mère » – lui dont le père avait créé dans *L'Aiglon* le rôle de Flambeau – eut ainsi le privilège de filmer Sarah quelques années avant sa mort, en 1923. On les voit batifoler sur un banc dans une des propriétés de l'artiste (plusieurs sont restées célèbres, spécialement le fortin de Belle-Île-en-Mer). « La divine » y apparaît souriante mais couverte d'un fichu blanc qui ne laisse guère percer ses secrets. Un autre document la montre se battant en duel dans *Hamlet*, et permet d'admirer la beauté du corps, sa perfection dans un personnage travesti, et même la technique d'épée qui rappelle combien Sarah Bernhardt préparait méticuleusement chacun de ses rôles. Mais le plus extraordinaire se niche sans doute dans quelques enregistrements sonores du début du xxe siècle (*L'Aiglon* encore, et aussi quelques vers de son fils Maurice Bernhardt) où l'on entrevoit la voix si frappante de la comédienne : lenteur et qualité de la prononciation ; musique apportée à chaque intonation, vers le haut ou vers le bas ; emphase et vibrato éloignés de toute recherche du naturel ; respect du rythme des alexandrins : bref, tout ce qui a disparu souvent au théâtre... quand on n'y enseigne pas exactement le contraire. Ainsi transparaît brièvement l'art d'une idole qui, selon Guitry encore, n'était pas seulement de son temps : « Que l'on décrive avec exactitude et drôlerie sa maison, ses repas, ses accueils surprenants, ses lubies, ses excentricités, ses injustices, ses mensonges extraordinaires, certes. Mais qu'on veuille la comparer à d'autres actrices, qu'on la discute ou qu'on la blâme, cela ne m'est pas seulement odieux : il m'est impossible de le supporter. [...] Ils croient qu'elle était une actrice de son époque. Ils ne devinent donc pas que si elle revenait, elle serait de leur époque. »

Betove

Les Symphonies de Betove sont un 78 tours Odéon qui popularisa son interprète et compositeur : le fantaisiste Betove, pseudonyme de Michel-Maurice Lévy. Sur la face A, sous-titrée « Canard aux navets », celui-ci chante une recette de cuisine en s'accompagnant au piano sur des motifs musicaux détournés de Ludwig van Beethoven. Figure des cabarets de l'entre-deux-guerres, Betove avait à son répertoire quantité d'autres « pastiches musicaux » enregistrés pour beaucoup à la fin des années 1920. Avec un humour consommé, il imite dans ses *Folies musicales* le style de Debussy (« faux Debussy sur des paroles de faux Maeterlinck ») aussi bien que celui de Reynaldo Hahn, Massenet ou Wagner. S'inspirant des opérettes à succès de l'époque, *Ta bouche* et *Pas sur la bouche*, il en donne un délicieux condensé en 78 tours intitulé *Abouche ta bouche avec ma bouche*. On lui doit aussi un opéra-comique complet en sept minutes (*Les Amours de Jean-Pierre*), des fausses chansons de troubadours ou des plaisanteries sur le fonctionnement de la radio et des « appareils électriques en tout genre ». Dans chaque morceau Betove, qui s'accompagne toujours lui-même, déploie un mélange fascinant de loufoquerie et de virtuosité qui lui permet de revisiter les styles et de s'en moquer tout en leur rendant hommage.

Et pour cause : Michel-Maurice Lévy était en réalité un musicien de haut vol. Élève de Xavier Leroux au conservatoire de Paris, il devient dans ses jeunes années un accompagnateur très recherché, associé à de nombreuses créations ; il compose aussi des œuvres ambitieuses comme *Le Cloître*, drame lyrique d'après Émile Verhaeren créé en 1926 à Lyon et repris à l'Opéra-Comique. Passionné par le cinéma, il accompagne de nombreux films muets et compose pour Abel Gance la musique de *La Dixième Symphonie*... Quelque peu déprimé par l'insuccès de ses œuvres sérieuses, il finit toutefois par accepter une proposition du cabaret La Lune Rousse et met au point ses numéros de pastiches qui vont connaître un vif succès. Suivront de nombreux disques et d'autres musiques de film. On lui doit également *Pom-Pom*, une opérette en trois actes, puis *D'Artagnan* à la Gaîté-Lyrique en 1945. Betove se produira encore comme fantaisiste après la Seconde Guerre mondiale, ne laissant à la postérité que la partie la plus légère et la plus drôle de son œuvre de créateur, au détriment de ses hautes ambitions lyriques. Un volume de souvenirs annotés par Dominique Chailley, et une passionnante étude de Michel Denis lui ont été consacrés... Mais l'édition de l'ensemble de ses enregistrements reste à venir.

Bicyclette

Si le vélo est devenu, dans les villes du XXIe siècle, le mode de transport favori des jeunes cadres urbains, il en allait autrement dans les années 1900 où la bicyclette apparaissait plutôt comme un divertissement pour jeunes filles du monde… avant de devenir, entre les deux guerres, le principal moyen de déplacement de la classe ouvrière, pas encore en mesure d'acquérir des voitures. Divers modèles de véhicule à deux roues se sont répandus en Europe depuis la fin du XVIIIe siècle, telle la fameuse draisienne qu'on faisait rouler en poussant avec ses pieds ; puis le vélocipède aux deux roues inégales, déjà très en vogue sous le Second Empire. En 1880, les pédales sont placées entre deux roues grâce à l'Anglais Harry John Lawson, tandis que l'ingénieur suisse Hans Renold met au point la chaîne à galets. Enfin, dernière étape décisive, un vétérinaire de Dublin, M. Dunlop, a l'idée d'entourer les roues d'un « fourreau élastique » et il dépose le brevet du pneu à air avec valve le 7 décembre 1888. La bicyclette moderne est née. Elle va se répandre à toute vitesse et connaître une vogue extraordinaire, affublée du surnom de « petite reine » en référence, semble-t-il, à Wilhelmine de Hollande, devenue reine à l'âge de dix ans et qui utilise ce moyen pour se déplacer en ville. La mode se répand partout en France, comme en témoigne l'enthousiasme de Félix Faure qui la recommande à sa maîtresse Meg Steinheil. Des voix s'inquiètent aussi pour la pudeur féminine. On craint que ces jambes écartées sur la selle ne contribuent à entretenir certains vices. Sarah Bernhardt s'interroge, en 1896, dans la revue *La Femme à bicyclette* : « J'estime que la vie au-dehors, dont la bicyclette multiplie les occasions, peut avoir des conséquences dangereuses et même graves. »

Le vélo est également prisé par certains hommes comme Tristan Bernard, cycliste passionné, ou Maurice Leblanc, le père d'Arsène Lupin, qui s'extasie : « À bicyclette, vous respirez, admirez, entendez la nature elle-même. C'est que le mouvement nous dote d'une sensibilité inconnue jusqu'ici. » Émile Zola n'en est pas moins fervent : « J'aime la bicyclette pour l'oubli qu'elle donne. J'ai beau marcher, je pense. À bicyclette je vais dans le vent, je ne pense plus, et rien n'est d'un aussi délicieux repos. » Mais le vélo connaît aussi sa première illustre victime en la personne d'Ernest Chausson, compositeur de la fin du XIXe siècle, auteur du sublime *Poème* pour violon et orchestre. Tous les musiciens connaissent le détail de sa biographie qui précise : « mort le 10 juin 1899 d'un accident de bicyclette », alors qu'il avait perdu le contrôle sur un chemin pentu et se blessa fatalement à la tempe.

Le succès fulgurant de la bicyclette entraîne aussi la multiplication des journaux spécialisés, comme *Le Vélo*, qui tire à 300 000 exemplaires, et son concurrent *L'Auto-Vélo*, dirigé par Henri Desgrange, premier recordman de l'heure à bicyclette. Il va organiser – comme une opération publicitaire – le premier Tour de France qui s'élance de Montgeron, le 1er juillet 1903, devant le café Le Réveil-Matin. La course ne compte que six étapes passant par Lyon, Marseille, Toulouse, Bordeaux, Nantes et Paris. Le public, encore peu nombreux sur le parcours, se presse néanmoins pour l'arrivée à Ville-d'Avray, puis au Parc des Princes où il acclamera le premier vainqueur Maurice Garin. Presque seul, le journaliste Arthur Meyer ironise alors sur les « crétins à roulettes ». La grande aventure du Tour est lancée et ne s'interrompra que le temps des deux guerres mondiales… et d'une épidémie de Covid.

Blum, Léon et René

Tout a été écrit sur Léon Blum, ce fils d'une famille juive alsacienne devenu le chef de file du socialisme français. Tout a été dit sur son attitude au congrès de Tours, en 1920, parmi ceux qui refusèrent de se rallier à Moscou et voulurent sauver le mouvement ouvrier dans sa version modérée. Chacun sait comment il devint le président du Conseil du Front populaire, dans une période politique difficile qui allait néanmoins laisser quelques radieux souvenirs comme celui des premiers congés payés ; puis comment il fut brièvement désigné à la Libération comme président du Gouvernement provisoire de la République française. J'aimerais toutefois rappeler l'esthète qu'avait été d'abord le jeune Léon Blum, familier des salons de la Belle Époque et critique littéraire à *La Revue blanche*. Mais je voudrais insister, plus encore, sur le rôle de son frère cadet René Blum, acteur important du monde artistique avant d'être tragiquement emporté en 1942.

Né en 1878 (six ans après Léon), passionné de peinture autant que de musique et de littérature, René Blum se fait remarquer dès l'aube du XXe siècle comme critique d'art. Secrétaire général du journal *Gil Blas* auquel collaborent les meilleures plumes de l'époque, il soutient le mouvement cubiste naissant. On lui doit plusieurs pièces de théâtre sous le pseudonyme de Bergeret (un personnage de fiction d'Anatole France), mais il préside également le premier ciné-club de France. Parmi ses amis figurent Catulle Mendès, Tristan Bernard, Jacques Bizet ainsi que Marcel Proust. À la demande de ce dernier, c'est René Blum qui confie à l'éditeur Bernard Grasset *Du côté de chez Swann* – accepté avec enthousiasme avant d'être finalement publié chez Gallimard.

Mobilisé pendant la Première Guerre mondiale, René va se consacrer dans les années 1920 à l'organisation de spectacles, au moment où son frère aîné se voue pleinement à la politique. Engagé pour diriger les saisons des grands casinos, il connaît de brillants succès au Touquet et surtout à Monaco où il prend la direction du théâtre, puis celle des Ballets russes de Monte-Carlo après la mort de Diaghilev en 1929. La célèbre compagnie connaît avec lui ses dernières grandes heures pour lesquelles il fait appel aux chorégraphes Fokine, Balanchine, Massine, Kochno, Lifar, Nijinska. En tournée aux États-Unis au début de la Seconde Guerre mondiale, René Blum choisit de revenir en France, persuadé qu'un patriote doit rester dans son pays et minimisant le danger qui menace les juifs – surtout le frère d'un ex-président du Conseil ! Arrêté lors de la « rafle des notables » de décembre 1941, il s'efforcera de stimuler ses codétenus en donnant encore des conférences au camp de Royallieu, à Compiègne, avant d'être déporté à Auschwitz où il sera assassiné dès son arrivée. Ses mémoires, rédigés entre-temps, n'ont jamais été retrouvés. Après la mort de son fils, Claude-René Blum, tué en Allemagne où il combat en 1945, le souvenir de René Blum survivra à travers son épouse Josette France (1900-1986), personnalité du monde du cinéma et de l'édition.

Bœuf sur le toit (Le)

Ne pas confondre l'actuel restaurant parisien, situé rue du Colisée, avec l'établissement du même nom qui fut un lieu emblématique des Années folles. Même si le restaurant pourrait faire illusion par son style Art déco, l'authentique Bœuf sur le toit fut inauguré, en janvier 1922, au 28, rue Boissy-d'Anglas, tout en bas des Champs-Élysées. Son propriétaire, Louis Moysès, avait ouvert auparavant, à côté de la Madeleine, un premier bar nommé La Gaya, déjà fréquenté par Jean Cocteau et ses amis musiciens. Porté par le succès, il cherche alors un lieu plus vaste, doté d'une scène, et décide de le nommer Le Bœuf sur le toit. Ce nom étrange, qui pourrait faire songer à un tableau de Chagall, est en réalité le titre d'un ballet du jeune compositeur Darius Milhaud créé en 1920 par les clowns Fratellini – Milhaud ayant lui-même emprunté son titre à une chanson brésilienne entendue à Rio de Janeiro durant la Première Guerre mondiale.

Le grand succès du Bœuf tient à plusieurs facteurs. Outre l'influence de Cocteau qui possède l'art de créer des modes et attire ses amis, c'est la présence de deux musiciens d'exception : le compositeur Jean Wiener et Clément Doucet qui improvisent à deux pianos et détournent les grands classiques pour en faire des fox-trot. Doucet, virtuose hors pair, joue parfois en lisant un roman, et tourne les pages sans manquer une note ni une ligne. Wiener, quand il ne pianote pas, organise à Paris les premiers concerts de jazz et des concerts classiques où il fait connaître Arnold Schönberg et l'avant-garde viennoise. Bientôt le Bœuf attire de nombreux artistes, écrivains, peintres et autres qui en font le rendez-vous privilégié de leurs nuits – également fréquentées pour les rencontres homosexuelles. Selon le peintre Jean Oberlé : « Ce qui rendait le Bœuf unique en son genre, c'est qu'il alliait la désinvolture des artistes à l'élégance la plus rare. On y voyait les plus jolies femmes de Paris, accompagnées de messieurs en habit ou en smoking, voisiner avec Picasso en chandail et Derain fumant sa pipe. Boni de Castellane, sanglé dans son habit, semblait luxueusement empaillé. Max Jacob, le monocle à l'œil, faisait rire les princesses. Drieu la Rochelle, coqueluche des belles, appuyait sa longue silhouette au bar. » Parfois Jean Cocteau s'installe à la batterie. De son côté, le peintre Francis Picabia accroche au-dessus de la scène sa célèbre toile *L'Œil cacodylate* sur laquelle figurent les noms et signatures de toute l'avant-garde, poètes dadaïstes, futurs peintres surréalistes et compositeurs du Groupe des Six.

Emblématique de l'esprit nouveau qui souffle sur les arts après la Grande Guerre, le Bœuf sur le toit changera plusieurs fois d'adresse à l'intérieur même de la rue Boissy-d'Anglas, puis rue de Penthièvre et avenue Pierre-Ier-de-Serbie, avant d'émigrer en 1941 vers son adresse actuelle, 34, rue du Colisée. Ce sera même un haut lieu du Paris de l'Occupation où l'historien Philippe Erlanger raconte que soldats allemands et résistants se retrouvaient dans des salons presque voisins... Encore après guerre, ce nom, dans son étrangeté, est demeuré assez célèbre pour attirer ceux qui espèrent y retrouver la joyeuse humeur du Paris des Années folles.

Bohème

Dans la France du XIXe siècle, quelques fils d'employés, ou même de rentiers, éprouvent un besoin de rupture sociale et se tournent vers l'idéal artistique. Ils entrevoient chez les bohémiens d'Espagne et d'Europe centrale un exemple de vie libre chantée déjà par Balzac dans *Un prince de la bohème*. Soudée par la complicité de la misère et de l'idéal, cette jeunesse s'inspire également de certaines figures romantiques : Gérard de Nerval poursuivi par la folie, Musset atteint par la maladie de l'amour, Berlioz travaillant dans un grenier insalubre pour conquérir la gloire... De ce style de vie, le poète Henry Murger (mort à seulement trente-huit ans) va donner le tableau emblématique et pittoresque dans ses *Scènes de la vie de Bohème* (1851), immense succès de librairie avant de connaître un triomphe plus durable encore sous la plume de Puccini qui signe avec *La Bohème* (1896) un chef-d'œuvre omniprésent sur les scènes lyriques dès l'aube du XXe siècle.

La bohème est un idéal social autant que poétique : elle favorise la rencontre entre classes sociales habituellement cloisonnées. Dans le roman de Murger, les bourgeois en rupture de ban (Rodolphe et sa bande) côtoient des grisettes faciles et fortes en gueule (Mimi et Musette). À la Belle Époque, ce style de vie trouve son lieu d'élection sur la butte Montmartre, avec son peuple parisien, ses logements bon marché, ses cafés propices aux rencontres et aux nuits sans fin. Les figures de la bohème se confondent alors avec les milieux qui inventent l'art moderne : Verlaine et Rimbaud, Erik Satie, Toulouse-Lautrec, Signac, Picasso, Max Jacob... Souvent issus de la petite ou de la moyenne bourgeoisie, ils se retrouvent dans le dénigrement du bourgeois, ce « cochon qui voudrait mourir de vieillesse », selon Léon Bloy. Venus de partout pour tenter leur chance, certains ont réussi, d'autres sont restés obscurs ; mais ce mélange d'hommes célèbres et de maudits, d'inventeurs et de poètes, suit un même projet artistique et intellectuel opposé à la mesquinerie des conventions sociales.

Figure centrale de la bohème montmartroise, le Breton Max Jacob, arrivé à Paris en 1894, donne son nom au Bateau-Lavoir, cette coursive d'ateliers modestes proche du Sacré-Cœur où, parfois, du linge pend entre les murs et où les artistes désargentés utilisent la suie des lampes à pétrole pour noircir leurs toiles. Tour à tour critique, peintre, et surtout poète, Jacob vend ses tableaux dans les cafés et montre une inspiration pleine de fantaisie dans les textes pré-dadaïstes du *Laboratoire central*. Il côtoie au Bateau-Lavoir Picasso, Juan Gris, Modigliani, Freundlich et d'autres jeunes peintres qui feront la notoriété du lieu. Non loin de là, rue Cortot, les maisons qui constituent aujourd'hui le ravissant musée de Montmartre ont également abrité les travaux de nombreux peintres désargentés, de Renoir à Dufy, en passant par Suzanne Valadon, la mère de Maurice Utrillo. On peut découvrir aujourd'hui encore son atelier dans ce village étonnamment préservé, à deux pas du Lapin Agile et du cimetière Saint-Vincent.

Après la Première Guerre mondiale, chaque génération voudra pareillement s'affranchir des lois ordinaires pour se vouer au culte de l'art et l'imagination. En ce sens, les artistes venus du monde entier qui se retrouvent désormais à Montparnasse plutôt qu'à Montmartre, tout comme les dadaïstes et les surréalistes, sont bien des héritiers de la bohème. Désormais, écrit Léon-Paul Fargue, « tel poète obscur, tel peintre qui veut réussir à Bucarest ou à Séville, doit nécessairement avoir fait un peu de service militaire à La Rotonde ou à La Coupole, deux académies du trottoir où s'enseignent la vie de bohème, le mépris du bourgeois, l'humour et la soûlographie ». Certains connaissent encore la misère, tels Soutine, Hemingway à ses débuts, ou le jeune écrivain britannique George Orwell qui s'installe à Paris en 1928 et fait la plonge dans des arrière-cuisines sordides (souvenirs qui pimentent son récit *Dans la dèche à Paris et à Londres*). Dans les années 1930, l'Américain Henry Miller vit dans la dèche et presque à la rue dans la capitale française... où il trouvera cependant, quelques années plus tard, le premier éditeur (en anglais) de ses œuvres encore censurées aux États-Unis. Et c'est encore un prolongement de la bohème qui semble renaître après guerre dans le Germain-des-Prés de Boris Vian et du Café de Flore. Elle devient alors un modèle universel, repris notamment par les artistes américains quand le centre de gravité du monde artistique passe de Paris à New York. Le même rêve poétique guidera la Beat Generation, errant « sur la route » à la façon des bohémiens (Kerouac), abusant de la drogue comme on abusait de l'absinthe (Burroughs), balayant les normes sexuelles (Ginsberg), jetant des ponts entre la culture populaire et le chic mondain (la *Factory* d'Andy Warhol).

L'institutionnalisation progressive de l'art moderne et les enjeux de marché et de carrière videront toutefois le rêve de sa substance. De nos jours encore, tout aspirant à la gloire artistique connaît sa période bohème quand il a vingt ans et les « poches crevées », comme dans le poème de Rimbaud. Mais il n'a guère besoin de combattre la société bourgeoise ni de renier sa famille. Les magazines branchés cherchent avec excitation où se cache le « nouveau Bateau-Lavoir ». Une classe dominante décomplexée voudrait se croire elle-même rebelle et anticonformiste. Interrogé sur ses déclarations d'impôts, un dirigeant de la banque Lazard, amateur de musique punk, cite Verlaine, persécuté par les « sots et les méchants ». Ainsi l'artiste bohème – ce fils de la bourgeoisie en rupture de ban – a-t-il fait place au bourgeois bohème, figure emblématique de notre époque par son aspiration à conjuguer le pouvoir et la rébellion. Des origines il a seulement conservé ce trait caractéristique : une façon d'ironiser sur les bourgeois qui sont toujours *les autres*, tandis que lui-même préfère se regarder, simplement, comme un aventurier.

Bolduc (La)

Mary Rose Anna Travers, dite « la Bolduc », fut une des plus étonnantes fantaisistes de la chanson au Québec où elle a enregistré les 78 tours par dizaines, de 1929 jusqu'à sa mort en 1941. Ses comptines entrecoupées de ritournelles d'harmonica, de violon ou d'accordéon passent en revue tous les détails de la vie quotidienne, avec une préférence marquée pour les innombrables ennuis qui nous menacent et dont elle entend nous protéger avec son énergie roborative. Ainsi la chanteuse, originaire de Gaspésie, détaille-t-elle dans « Les maringouins » (les moustiques) les piqûres, enflures, démangeaisons, grattements et autres rougeurs infligés par ces insectes durant les beaux jours. « C'est cent fois pire que l'mal aux dents », ajoute-t-elle avant de nous indiquer comment nous en débarrasser. D'autres couplets servent à nous prévenir contre « Les agents d'assurances », qui viennent toquer à nos portes pour nous extorquer de l'argent ; ou à nous mettre en garde avant « Les vacances » qui lui inspirent une liste des innombrables catastrophes susceptibles de s'abattre sur les enfants.

LA BOLDUC

Égrenant joyeusement les malheurs de la vie, la Bolduc chante dans un autre refrain : « J'ai un bouton sur la langue [...] qui m'empêche de turluter. » Rien d'indécent. Car la « turlute » désigne une technique vocale qui ponctue les refrains de la chanteuse : un jeu avec la langue proche du yodel tyrolien (qu'on retrouve également chez les Pygmées ou dans la musique country). Forte de ses paroles catastrophistes, du martial accompagnement de sa fille au piano, de ses turlutes musicales et d'un entrain à toute épreuve, la Bolduc a laissé près de 200 faces de 78 tours qui ont leur place dans nos mémoires à côté de Fernandel, Spike Jones ou Slim Gaillard.

Bottin, guides, almanachs

Parmi les petits bijoux enregistrés par Yvette Guilbert, j'ai un faible pour « J'suis dans le Bottin », une chanson d'Aristide Bruant. Avec son art incomparable de diseuse, elle décrit un boutiquier peu amène, favorable au « parti de l'ordre » et fier de la réussite sociale qui a fait de lui « un homme considérab' ». Pour ponctuer cet autoportrait vaniteux, il lance à la fin de chaque couplet, comme preuve suprême de sa réussite : « J'suis dans le Bottin ! » Il ne s'agit pas toutefois du « Bottin mondain » pour lequel ce personnage n'est ni assez bourgeois ni *a fortiori* aristocrate..., mais plutôt du « Bottin des métiers de Paris », conçu dès l'aube du XIXe siècle par Sébastien Bottin comme un « annuaire du commerce et de l'industrie », avant de devenir l'ancêtre de notre moderne annuaire téléphonique.

Cette façon de répertorier les citadins en indiquant leur adresse, mais aussi de présenter les principales activités commerçantes, artisanales ou culturelles, va connaître un immense succès et susciter de nombreuses imitations, tel l'excellent *Annuaire* Hachette. Son édition de 1897, dont je possède un exemplaire, comporte d'innombrables rubriques incluant un plan des égouts de Paris, la liste des membres du Jockey Club, les tarifs des chemins de fer du Nord et maints encarts publicitaires ; mais aussi « les faits divers de l'année 1896 », où l'on découvre, entre autres joyeusetés conjugales que, le 23 mars, « Désiré Levasseur, âgé de 21 ans, et Yvonne Lafolie, âgée de 17 ans, après avoir quitté leur village non loin d'Épernay, s'asphyxient ensemble dans un hôtel 31, rue Tholozé, de désespoir de ne pouvoir se marier ».

Le fleuron du genre sera le *Bottin mondain* créé en 1903, toujours sous la houlette de la société Didot-Bottin. Il connaît une grande fortune pour son index de tous ceux qui comptent à Paris et aux environs, mais aussi pour les compléments qui invitent à découvrir un tableau généalogique des rois de France, des plans de Versailles et de Saint-Germain-en-Laye, une liste des théâtres avec un plan détaillé des places, un tableau des décorations françaises, une description des lieux de culte, sans oublier les sites touristiques. Contrairement au *Dictionnaire des châteaux* (qui concerne la seule noblesse), le *Bottin mondain* n'est pas réservé à l'aristocratie, mais concerne tous ceux qui ont un nom (comme plus tard le *Who's Who*). On y trouve aussi bien, dans l'édition de 1926, une chanteuse populaire comme Mistinguett (24, boulevard des Capucines), des écrivains comme Maurice Leblanc (81, rue de la Pompe, et « Le Clos Lupin » à Étretat), des personnalités politiques comme Léon Blum (126, boulevard du Montparnasse) ou Pierre Laval (64, rue du Faubourg-Saint-Martin), des militaires comme Foch (138, rue de Grenelle) ou Pétain (5, square La Tour-Maubourg), en bonne place à côté de la noblesse, des industriels ou des savants… C'est seulement après la Seconde Guerre mondiale que le *Bottin mondain* deviendra un répertoire plus élitiste et nécessitant d'être adoubé. Les éditions d'avant-guerre sont délicieuses à parcourir, comme un voyage dans la France bourgeoise à son apogée. Mais le voyageur peut également parcourir les guides touristiques en plein essor à la même époque : spécialement le Guide Jouanne et son successeur le Guide Bleu Hachette qui, dès 1916, propose cartes et informations sur toutes les régions françaises – également répertoriées par le Guide Vert de Michelin.

Une autre publication va rythmer, davantage encore, la vie des familles de la première moitié du XXe siècle, en s'adressant aux classes populaires qui l'achètent religieusement chaque année : c'est l'*Almanach Vermot*, lancé par Joseph Vermot le 1er janvier 1886. Sous sa célèbre couverture rouge, il indique pour chaque jour les heures de lever et de coucher du soleil, les noms des saints, des informations pratiques et conseils de santé. Il comporte aussi, ce qui fera sa gloire, des dessins humoristiques, calembours et histoires drôles. Leur humour lourdingue ne les empêchera pas d'entrer dans l'histoire, tel le fameux

« Comment vas-tu, yau de poêle ? » transformé en gag récurrent par le dessinateur Gotlib dans sa *Rubrique-à-brac* des années 1970. L'*Almanach Vermot*, selon Henri Jeanson, exercera une autre fonction en finissant souvent par être « lu d'un derrière distrait », dans la petite cabane au fond du jardin. Il n'en poursuit pas moins sa route et continue à paraître depuis bientôt cent quarante ans.

Boulanger (le général et l'amour)

De nos jours, on qualifierait de « populiste » ce général qui apparut comme un « sauveur » pour la France à la fin des années 1880 en rassemblant derrière lui républicains, monarchistes et bonapartistes. Officier farouche en 1870 et dans les guerres coloniales, Georges Boulanger avait été condisciple au lycée de Nantes du très républicain Clemenceau, qui fera beaucoup pour sa carrière en le nommant ministre de la Guerre en 1886. Le général va trouver dans cette fonction une réelle popularité, tant par son choix de l'excellent fusil Lebel que par son refus de lancer l'armée contre des ouvriers à Decazeville. Son image devient si glorieuse que le pouvoir préfère le limoger ; mais les boulangistes triomphent aux élections de 1888 avec pour programme la revanche contre l'Allemagne et, bien sûr, comme toujours, le « redressement national ». Ce n'est ni la première ni la dernière fois qu'un militaire prétend sauver la nation de l'effondrement et du désordre. Mais Boulanger – et là réside sa poésie très « Belle Époque » – préférera l'amour d'une femme au putsch politique. Cet homme qui fut malheureux dans son mariage a trouvé la passion en la personne de sa maîtresse Marguerite de Bonnemains. Il laisse ainsi passer l'occasion d'accéder au pouvoir après son élection comme président du conseil général de la Seine, en 1889, au moment où les circonstances semblent favorables pour un coup d'État. L'appareil en profite pour reprendre la main, attaquer Boulanger en vertu d'une loi sur les sociétés secrètes, et le contraindre à s'exiler en Belgique avec sa bien-aimée. Celle-ci, toutefois, meurt de la tuberculose en 1891. C'en est trop pour le général qui se suicide deux mois plus tard sur la tombe de Marguerite, au cimetière d'Ixelles. Fin digne d'un opéra romantique, pour ce qui avait commencé comme une épopée militaire. De l'aventure boulangiste restera une chanson de la grande vedette de café-concert Paulus : « En revenant de la revue » qui évoque le défilé du 14 juillet 1886, au plus fort de la gloire du général, et sera entonnée par plusieurs générations :

Ma tendre épouse bat des mains
Quand défilent les Saint-Cyriens
Ma belle-mère pousse des cris
En r'luquant les spahis
Moi, j'faisais qu'admirer
Not' brav' général Boulanger…

Bourgeoisie

Comme elle franchissait la porte du jardin, puis grimpait l'escalier du perron, j'ai trouvé un charme fou à cette cousine de quatre-vingt-dix ans, toujours droite et souriante sur ses chaussures à talons. Par ses attitudes délicatement artificielles, elle semblait cultiver d'anciens usages faits pour agrémenter la vie en société. Dans un français impeccable, elle évoqua pour moi quelques souvenirs : quand, le dimanche, avant guerre, elle retrouvait son oncle René Coty pour aller voir les roses de Bagatelle ou écouter les concerts Lamoureux. Nous étions en l'an 2000 et la sophistication naturelle de son attitude me semblait, à cet instant, bien plus intéressante que la vérité crue des choses. Tout en l'écoutant parler, je me sentais à la fois heureux, triste, ému d'imaginer que cette femme représentait l'ultime facette d'un style de vie presque disparu.

Selon cette science sociale oubliée, c'est la *convention* qui rend l'existence intéressante. Le fait de porter des bijoux pour déjeuner, de se montrer aimable et souriant, d'être attentif aux autres et de s'exprimer clairement, tout cela donne une forme délectable au temps qui passe. Aller au musée, se promener dans les jardins publics, se retrouver à la messe du dimanche, prendre le thé, parler du dernier film ou du dernier roman : autant de mornes habitudes nous rappellent l'équilibre subtil d'un ancien art de vivre. Même la fameuse *hypocrisie bourgeoise* peut apparaître comme une qualité lorsqu'elle consiste à masquer ses tourments, à laisser la part d'ombre dans l'ombre, plutôt que de donner libre cours à la sincérité et aux conflits. Voilà toute une esthétique du quotidien que nous ne connaissons plus guère, depuis que nos vertus s'appellent franchise et naturel. En ce sens, l'artifice bourgeois marque un point admirable de la civilisation.

Lorsque j'avais quinze ans, en pleine époque gauchiste après Mai 1968, la question de la bourgeoisie se réduisait à l'insulte « petit-bourgeois », résumant tout ce qui peut se concevoir de soumis, d'étriqué, de mesquin, de réactionnaire. Les slogans de mes amis révolutionnaires dénonçaient cette classe ignoble, toujours sur le point d'établir son pouvoir « fascisant ». J'éprouvais moi-même un certain mépris pour les gosses de riches qui ne doutaient de rien, skiaient à Courchevel et votaient Giscard d'Estaing ; et j'étais plus épouvanté encore par certaines branches de ma famille paternelle et leur milieu provincial, bondieusard, intolérant, moralisateur, tout droit sorti de la petite-bourgeoisie du XIXe siècle. Cette société grise des curés et des commerçants me semblait d'autant plus détestable que je redoutais d'y être assimilé, préférant le style plus « grand bourgeois » et « distingué » de ma famille maternelle.

Il m'a fallu des années pour comprendre que cet exécrable monde bourgeois – « grand » ou « petit » – avait engendré la plupart des artistes que j'aimais. Esprits libres, inventeurs, fantaisistes, presque tous provenaient de ce milieu parisien ou provincial, quelquefois étriqué : Baudelaire, Flaubert, Mallarmé, Verlaine, Valéry, Proust, Monet, Renoir, Degas, Cézanne, Matisse, Signac, Vuillard, Fauré, Debussy, Ravel... pour ne citer que d'illustres Français de la fin du XIXe siècle. Rassemblés en groupes loufoques et provocateurs, les étudiants anticonformistes de la IIIe République – hydropathes, zutistes ou fumistes – formaient eux-mêmes une coalition d'enfants de bourgeois dressés contre leur classe, dans ce qu'elle avait de conventionnel et d'obtus. Un siècle plus tard, le discours antibourgeois stéréotypé restait une manifestation de cet esprit bourgeois, dont la principale caractéristique est d'avoir inventé la détestation du bourgeois, comme l'a souligné Jules Renard : « L'horreur des bourgeois est bourgeoise. »

Je ne connais pas d'autre exemple d'une classe sociale dont l'une des activités principales aura consisté dans cette impitoyable critique d'elle-même. L'aristocrate n'a jamais montré tant de doutes ; et le monde ouvrier ou paysan exalte plus volontiers ses vertus, forgées dans la sueur et l'humiliation. Au contraire, la bourgeoisie – et c'est son génie – a donné jour aux analyses les plus aiguës du style bourgeois, du despotisme bourgeois ou de la morale bourgeoise. Elle a engendré des théories les plus hostiles à son propre pouvoir (chez le bourgeois Marx) comme à sa vertu sans taches (chez le bourgeois Freud) ; et ses enfants les plus brillants ont combattu sans relâche l'étroitesse d'esprit dont ils devaient s'affranchir pour déployer leurs talents d'artistes ou d'inventeurs. Dans son livre sur Emmanuel Chabrier – un des pères de la musique moderne, ami de Verlaine et des impressionnistes –, Francis Poulenc parle très justement de « ces *novateurs bourgeois*, comme Cézanne ou Manet, si typiques de la seconde moitié du XXe siècle ».

On peut même observer que beaucoup de ces esprits audacieux – y compris ceux qui dénonçaient l'exploitation du prolétariat, le colonialisme, l'hypocrisie morale et religieuse – ne rompaient guère pour le reste avec les mœurs codifiées par la société bourgeoise. Les règles de la courtoisie et de l'habillement, les sorties, les divertissements ne variaient guère du boutiquier au politicien et de l'artiste au savant. Lorsque certains s'émancipaient de la « petite » bourgeoisie où ils étaient nés, c'était pour entrer dans la « grande », plus fastueuse et plus tolérante. Petit-bourgeois de Saint-Germain-en-Laye devenu grand bourgeois du XVIe arrondissement, Claude Debussy, révolutionnaire en musique, ne manquera jamais de conclure ses lettres par un très conventionnel et légèrement teinté d'humour : « Madame Debussy se joint à moi pour vous adresser ses meilleurs sentiments. » Les plus grands novateurs en art peuvent même demeurer furieusement réactionnaires en politique, anticommunards comme Flaubert, antidreyfusards comme Degas. Et si leurs mœurs s'opposent parfois à leur classe par certains traits « bohèmes », ils habitent sur le même palier que les généraux et les ingénieurs. Du Paris de Haussmann aux plages de Normandie et des théâtres aux salons, la modernité naissante de l'art, de l'esprit, de la société s'est confondue avec le monde bourgeois autant qu'elle le combattait.

Voilà sans doute pourquoi cette ancienne bourgeoisie que je voyais à quinze ans comme détestable – parce qu'elle existait encore un peu – me semble désormais auréolée de lumière. Je ne regarde plus ce temps pour ce qu'il avait de haïssable mais pour ce qu'il nous a légué comme art de vivre disparu : cette élégance de Paris et des boulevards, ces villégiatures dorées, cet idéal d'artifice, de mesure et de légèreté. De ce monde j'ai moins regardé la violence pour en goûter la poésie : les richesses de la civilisation bourgeoise, les beautés de l'esprit bourgeois antibourgeois, les raffinements décadents de la bourgeoisie déclinante… et tout le charme disparu incarné, un jour de l'an 2000, par cette vieille cousine de quatre-vingt-dix ans, à la beauté devenue presque exotique.

Brasseries

Comme les théâtres, les gares ou les squares, certaines ont magnifiquement traversé le temps. Leurs décors nous plongent, en une coupe de champagne, au cœur de la

Belle Époque ou des Années folles. Beaucoup sont nées à la fin du XIXe siècle, souvent à l'initiative d'Alsaciens exilés après l'annexion de 1870 : tel Léonard Lipp qui inaugurait en 1880 le règne de la choucroute boulevard Saint-Germain, ou Charles Drouant qui ouvrait son bar-tabac la même année, puis eut l'idée d'y servir des huîtres élevées par un beau-frère breton. Une formule était née qui allait proliférer dans Paris aux grands carrefours, devant les gares et aux portes de la capitale, suivant les mêmes principes : une vaste salle de restaurant richement décorée selon les canons du temps, un service impeccable et rapide en noir et blanc, un écailler à l'œuvre sur le trottoir, une carte mêlant fruits de mer, choucroute et viande de bœuf avec frites ou sauce béarnaise…

Quand j'étais enfant, venant du Havre à Paris, la ville se révélait devant la gare Saint-Lazare par ses murs gris, les cinémas porno de la rue d'Amsterdam, mais aussi les brasseries qui faisaient face au flot de voyageurs : en particulier la maison Mollard dont le nom nous faisait sourire et contrastait avec son intérieur coloré, conçu en 1895 par l'architecte Édouard-Jean Niermans pour évoquer la vie parisienne. Ce magnifique décor de la Belle Époque ne doit certes pas faire oublier la quantité de bouis-bouis infâmes qu'on trouvait à Paris, à la fin du XIXe siècle, et qui servaient de cantine aux étudiants et employés. Huysmans en dresse le tableau sinistre et drôle dans ses écrits de jeunesse, *En ménage* et surtout *À vau-l'eau*, où M. Folantin, d'un établissement à l'autre, cherche en vain à trouver un menu convenable. On peut se réjouir toutefois qu'un des plus anciens « bouillons » populaires ait traversé le temps, rue du Faubourg-Montmartre : le fameux Chartier où Fernandel conduit Félicie et dont la carte, les prix et l'esprit sont restés longtemps presque inchangés.

Quant à moi, j'ai poursuivi l'exploration de la ville au rythme des brasseries où j'aime retrouver mes proches pour déjeuner ou pour dîner. On peut y manger seul ou à plusieurs, côte à côte ou face à face, lentement ou rapidement grâce à l'impeccable métier des maîtres d'hôtel. Si notre humeur est 1900, nous opterons pour le foisonnement Art nouveau de Vagenende à l'Odéon, pour le sublime décor alsacien de Bofinger à la Bastille, ou même pour Au pied de cochon jusqu'au petit matin. Beaucoup de ces brasseries sont désormais réunies dans des groupes de restauration qui ont altéré la singularité de chacune. Je n'en garde pas moins de tendresse pour l'antre sombre de Flo en plein Faubourg-Saint-Denis, à deux pas de la jolie salle tout en longueur de la brasserie Julien. Et, si nous sommes plutôt dans une humeur Années folles, nous irons à Montparnasse dont la gloire reste indissociable de ses quatre grandes brasseries : l'immense Coupole qui abrita le premier bal cubain de Paris et fut refaite assez fidèlement dans les années 1990 ; Le Dôme et son merveilleux intérieur boisé Art déco ; La Rotonde dont l'enseigne lumineuse nous ramène en un clin d'œil au style 1925 ; enfin Le Select qui, des quatre, a le mieux gardé son style. Mais j'aime aussi la fièvre urbaine du Wepler place de Clichy ou l'élégant agencement de La Lorraine, place des Ternes, qui ressembla longtemps à la salle à manger des premières classes sur un paquebot d'avant-guerre, avant d'être défigurée par une fâcheuse rénovation.

Je revois également quelques chères brasseries disparues dans l'indifférence qui préside souvent aux transformations urbaines : c'était face à l'ancienne gare Montparnasse la brasserie Hansi et sa salle ornée de fresques montagnardes dessinées par les élèves du peintre patriote alsacien (elle fut détruite et remplacée par une boutique de fringues) ; ou encore le décor non moins alsacien Jenny, place de la République. Fort heureusement, j'ai pu conserver mes habitudes Au Petit Riche près des grands boulevards, lieu de prédilection des comédiens et journalistes qui aiment ses salons, sa cave à vins de Loire et ses huîtres délicieuses ; sans oublier près de chez moi la Brasserie de l'Isle Saint-Louis face au plus beau paysage de la capitale. Et puis, selon la règle française qui fait de chaque préfecture française un Paris miniature, la plupart des grandes villes offrent encore d'admirables établissements de cette catégorie comme La Cigale à Nantes, L'Excelsior à Nancy (chef-d'œuvre *modern style* où je m'arrête entre deux trains), la brasserie Georges à Lyon ou Kammerzell à Strasbourg.

Breton, André

Le chef de file du surréalisme pourrait apparaître comme un esprit sérieux, voire dogmatique, et sectaire, lui qui voulut dépasser les provocations dadaïstes pour créer un mouvement plus structuré, dressé contre l'ordre social. Il y a dans son aventure quelque chose de religieux, et la pratique même de l'écriture automatique n'est jamais pour lui une simple plaisanterie. La philosophie, la psychanalyse, la politique règnent toujours, en arrière-plan, et il bannira impitoyablement ses camarades qui, tel Dalí, s'égarent trop sur les terres de la provocation, voire de la réaction. En ce sens, André Breton apparaît plutôt comme l'ennemi de la désinvolture des Années folles.

Pourtant, l'amour de l'art et de ses imprévus l'emporte quelquefois chez lui sur le dogme, comme je m'en suis avisé un jour qu'une amie m'avait entraîné, rue de Clichy, dans l'appartement de sa dernière épouse, Élisa Breton. Celle-ci nous avait reçus très gentiment et montré la fabuleuse collection d'objets chers à son époux qu'elle conservait – et qu'on peut voir aujourd'hui au musée national d'Art moderne. J'étais alors tombé sous le charme de cette pure fantaisie : des boîtes et miniatures fabriquées par Picabia aux pièces d'art océanien, en passant par quelques peintures du jeune Dalí, où culminait le bonheur de l'imagination. J'ai éprouvé un même plaisir à la lecture de son *Anthologie de l'humour noir* où l'amour du noir (celui de Sade, Rimbaud et de quelques autres) va de pair avec un goût prononcé pour la loufoquerie incarnée par Alphonse Allais dont Breton signe le vibrant éloge. Seules ses préventions politiques contre l'art bourgeois du boulevard l'auront probablement empêché d'ajouter à sa liste un auteur comme Feydeau qui s'y connaissait lui aussi en humour noir.

En matière musicale plus encore – et sans doute parce qu'il n'y entendait rien, se disant même ouvertement allergique à la musique –, la liberté spontanée des goûts d'André Breton le porte vers ce que la chanson et l'opéra ont de plus drôle, quitte à rejoindre les goûts populaires de son temps. Il adore Offenbach, unique compositeur officiellement révéré au sein du groupe surréaliste (Aragon en témoigne), tant pour les scénarios de ses opéras-bouffes qui ridiculisent la société sans épargner personne que pour sa façon de jouer avec le langage. Mais il proclame aussi son goût pour Dranem, le roi du café-concert à la Belle Époque devenu vedette d'opérette entre les deux guerres et demeuré le maître de la « chanson idiote » avec ses refrains fameux : « Les p'tits pois », « Les fruits cuits », ou encore « Le vrai jiu-jitsu »... Autant de chansons absurdes qui faisaient se tordre le populo... aussi bien que l'esprit subversif et sophistiqué du chef de file du surréalisme.

Cafés (Grands)

Ce sont les cœurs battants de la vie urbaine, lieux de rendez-vous privilégiés des artistes et des amoureux, des intellectuels ou des mondains. Leur vogue a grandi tout au long du XIXe siècle en même temps que s'établissait le « boulevard » – cet axe principal de la vie parisienne déployé de la Madeleine à la Bastille en passant par l'Opéra. Puis les autres quartiers, les autres avenues, les autres villes de France ont apporté autant de variantes au modèle. En tête des établissements les plus célèbres dès le Second Empire, le Café de la Paix se situe au rez-de-chaussée du Grand Hôtel qu'on peut voir aujourd'hui encore devant le palais Garnier. De l'autre côté de la Madeleine, rue Royale, le café Weber est un des plus courus par le monde littéraire, comme en témoigne cette description par Léon Daudet de Marcel Proust y apparaissant en fin de journée : « Vers 7 heures et demie arrivait chez Weber un jeune homme pâle, aux yeux de biche, suçant ou tripotant une moitié de sa moustache brune et tombante, entouré de lainages comme un bibelot chinois. » À propos de Reynaldo Hahn, Céleste Albaret précise de son côté : « Reynaldo et Debussy avaient chacun l'indéracinable conviction que l'autre n'avait pour lui que haine ou mépris. Ils se saluaient chez Weber de façon de plus en plus distante, et finirent même par ne plus se saluer du tout. » Autre haut lieu de la Belle Époque, le Napolitain se trouve 1, boulevard des Capucines, face au théâtre du Vaudeville (aujourd'hui cinéma Gaumont-Opéra). C'est le rendez-vous favori des dramaturges et des journalistes autour de 1900 : on peut y voir à la même table Georges Courteline, Georges Feydeau, Tristan Bernard et Alphonse Allais qui s'y retrouvent en fin d'après-midi.

Dans les Années folles, la vogue des grands cafés se transporte rive gauche, à Montparnasse, où se retrouveront Parisiens et aventuriers à La Coupole, à La Rotonde, au Dôme ou au Select mais aussi, un peu plus loin, à La Closerie des Lilas, ancien bal du XIXe siècle revenu en vogue – comme en témoignent les petites plaques accrochées aux tables près du bar, portant les noms de célèbres habitués, de Hemingway à Beckett en passant par Van Dongen et Fitzgerald. Quant à « La caissière du Grand Café » et à son célèbre refrain (« Elle est belle, elle est mignonne, c'est une bien jolie personne... »), elle n'évoque pas un établissement parisien mais le grand café Burtin situé place Victor-Hugo, à Grenoble. Ce classique du genre troupier, créé par Bach et Polin en 1914, décrit un jeune tourlourou qui s'en va prendre un café noir pour le seul plaisir d'admirer cette jeune femme assise à la caisse, « entourée d'un tas de verres à pied, bien tranquille devant son encrier ».

Capri

À Capri, les murs et les chemins regorgent de souvenirs sous les bougainvillées. Non seulement ceux qui remontent à l'Antiquité, quand l'empereur Tibère édifiait son palais au sommet de l'île, surplombant la Méditerranée à 354 mètres d'altitude ; mais encore ceux de la Belle Époque où une poignée de riches résidents crurent trouver ici, face à la baie de Naples, un paradis terrestre chanté par Debussy dans *Les Collines d'Anacapri*. L'île est alors fréquentée par Henry James, Oscar Wilde, Rainer Maria Rilke, Maxime Gorki, ou encore Fritz Krupp, héritier de l'empire allemand de l'acier. Certains feront construire d'admirables demeures comme la villa San Michele, édifiée à la fin du XIXe siècle par le médecin suédois Axel Munthe, auteur du *Livre de San Michele* (1929). Des jardins enchanteurs, plantés de jasmin et de citronniers conduisent au belvédère où un sphinx domine la baie de Marina Grande. Sur un autre rocher plus inaccessible encore, la villa Lysis fut le refuge du dandy Jacques d'Adelswärd-Fersen, contraint de quitter Paris après avoir été mêlé à des affaires de mœurs impliquant des adolescents. Né le 20 février 1880, cet aristocrate suédois fut un personnage emblématique des Années folles, ami de Cocteau, fumeur d'opium et fondateur d'*Akademos*, la première revue homosexuelle française. Réfugié à Capri avec Nino, son amant, il y meurt en 1923, épuisé par les excès. Un peu plus loin, surplombant les flots, on peut toujours admirer, dans son dépouillement moderne de la fin des années 1930, la villa de Malaparte popularisée par *Le Mépris* de Godard.

VILLA LYSIS

Carco, Francis

Il fut le peintre des milieux interlopes, des mauvais garçons et des trafics nocturnes aux abords du Moulin Rouge dans son roman *Jésus-la-Caille*. Auteur à succès entre les deux guerres, il a obtenu le Grand Prix du roman de l'Académie française pour *L'Homme traqué* qui raconte l'amour impossible d'une prostituée et d'un criminel dans le Paris des Années folles, mais il est aussi le poète simple et si juste qui saisit le frémissement de la vie et de l'amour en écrivant ces vers auxquels je songe souvent sous le ciel gris :

Il pleut – c'est merveilleux. Je t'aime.
Nous resterons à la maison :
Rien ne nous plaît plus que nous-mêmes
Par ce temps d'arrière-saison...

Francis Carco, pourtant, n'est guère resté « à la maison », lui qui naquit en 1886 (sous le nom de François Carcopino-Tusoli) en Nouvelle-Calédonie, puis suivit les pérégrinations d'un père fonctionnaire au gré de ses nominations : à Châtillon-sur-Seine, Villefranche-de-Rouergue, Rodez, Nice, Lyon, Grenoble... Depuis les premiers bagnards entrevus à Nouméa jusqu'aux bas-fonds des préfectures françaises, le jeune Francis s'éloigne souvent de la demeure familiale pour découvrir le monde. Installé à Paris à l'âge de vingt-quatre ans, il fonde le groupe des jeunes poètes « Fantaisistes » (avec Franc-Nohain, Tristan Klingsor, Paul-Jean Toulet, Tristan Derème...) qui prônent la simplicité des sentiments, l'humour et la mélancolie contre la sophistication des héritiers du symbolisme, tels Valéry ou Claudel. Il fréquente le cabaret montmartrois Le Lapin Agile où il commence par entrevoir Pierre Mac Orlan, Max Jacob et Picasso avant d'être lui-même admis à la « grande table », celle des artistes qui ont droit au crédit ! Une grande part de sa poésie, s'inspirera de ce Paris populaire et de ses chansons :

Bonjour, Paris des midinettes,
Des filles, des mauvais garçons,
Des clochards et des bals musette !
Si je te dois d'être poète,
C'est sur un air d'accordéon.

Remarqué d'abord comme poète, Carco conquiert le succès par ses romans en publiant en 1914 – au Mercure de France – son très montmartrois *Jésus-la-Caille.*

Entre-temps, il a connu une brève liaison avec Katherine Mansfield installée en France. La Néo-Zélandaise dressera de lui un sombre portrait dans *Je ne parle pas français*. Mais il se rapproche également de Colette qui restera l'une de ses intimes jusqu'à sa mort.

Carco publie beaucoup et ses plus grands succès surviennent après la guerre avec *L'Homme traqué* (1922) ou encore *Brumes* (1935), ouvrages qu'il définit lui-même comme exprimant « un romantisme plaintif où l'exotisme se mêle au merveilleux avec une nuance d'humour et désenchantement ». Il signe des biographies de Villon et de Verlaine, mais aussi de souvenirs comme *De Montmartre au Quartier latin*. En 1937, il est élu membre de l'académie Goncourt. Rien d'académique pourtant chez cet écrivain qui disparaîtra en 1958, resté fidèle à son idéal de poésie et de fantaisie, attaché à saisir l'existence humaine, jusque dans son versant sombre, à l'instar de ses décors favoris : « Des rues obscures, des bars, des ports retentissant des appels des sirènes, des navires en partance et des feux dans la nuit. » Son œuvre trop oublié reste dans les mémoires à travers des chansons comme « L'orgue des amoureux », « Chanson tendre » et surtout « Le doux caboulot », poème mis en musique par Jacques Larmanjat pour Marie Dubas qui l'interprète pour la première fois à l'Empire en 1931. Il sera souvent repris et enregistré, notamment par Suzy Solidor, Jean Sablon, Renée Lebas, Yves Montand ou Georges Brassens :

Le doux caboulot
Fleuri sous les branches
Est tous les dimanches
Plein de populo.
La servante est brune,

Que de gens heureux
Chacun sa chacune,
L'une et l'un font deux.

Carpentier, Georges

Il fut une idole populaire comme le sera plus tard Marcel Cerdan, disparu dans un accident d'avion en 1949… Sacré champion du monde des poids mi-lourds en 1920, Georges Carpentier, allait, quant à lui, couronner sa carrière par une glorieuse défaite. Boxeur au jeu de jambes inimitable et quasi chorégraphique, ayant vaincu tous ses adversaires, il décide en effet de se rendre aux États-Unis pour affronter le poids lourd Jack Dempsey (dix kilos de plus) et viser le titre mondial « toutes catégories ». Le match organisé à Jersey City le 2 juillet 1921 est un événement dont les résultats, transmis en direct par le télégraphe et la TSF, seront diffusés dans des lieux publics bien avant la création des « fan zones ». Les Français croient dur comme fer à une victoire contre l'Américain, à l'instar de Tristan Bernard, proche ami de Carpentier, qui écrit dans sa chronique de *L'Auto* : « Notre confiance ne s'appuie pas sur nos désirs, mais sur l'expérience et la raison. » Il est vrai que Georges Carpentier ajoute à ses qualités sportives un charme et une élégance assez rares dans ce sport. Réunis rue Magellan, chez l'épouse du boxeur, Maurice Chevalier, Mistinguett, le danseur Harry Pilcer et l'actrice Nina Myral suivent avec passion le « match du siècle ». Chacun pourra croire, un instant, à la victoire du Français plus léger, plus habile, plus rapide dans les deux premiers rounds. La solidité et le métier de Dempsey feront la différence et assureront sa victoire par K.-O. au quatrième round... laissant Paris consterné tandis que la presse américaine, belle joueuse, saluera l'art du Français jugé supérieur à celui de son adversaire. Carpentier, âgé de vingt-sept ans, et déjà auréolé par plusieurs années de gloire, arrêtera là sa carrière de champion mais montera encore sur les planches du music-hall (dans la revue « Femmes et sport »), tournera au cinéma et demeurera jusqu'à sa mort, en 1975, une figure populaire.

Carton, Pauline

Mon premier choc remonte à « Sous les palétuviers ». Animé par l'esprit de contradiction d'un adolescent des *seventies*, cherchant des contre-modèles à l'orthodoxie gauchiste qui régnait dans nos cercles lycéens, je me passionnais pour les chansons comiques d'avant-guerre où mes camarades trotskistes ne voyaient qu'un odieux divertissement conçu pour aliéner le prolétariat (ils préféraient les chansons engagées de François Béranger et Catherine Ribeiro). J'avais alors éprouvé un véritable ravissement en entendant pour la première fois ce duo loufoque des années 1930, sur des paroles d'Albert Willemetz et une musique du Cubain Moisés Simóns :

Ah ! Je te veux sous les pa
Je te veux sous les lé
Les palétuviers roses...
Aimons-nous sous les palais
Prends-moi sous les laitues
Aimons-nous sous l'évier !

Plus encore que les jeux de mots et le rythme effréné de one-step, c'était la voix féminine (si l'on peut dire) de

Pauline Carton, ici en duo avec l'excellent comédien René Koval, qui me subjuguait : voix éraillée, ingrate, fausse, ce qui ne l'empêchait pas d'avancer avec une énergie roborative, à l'image de cette actrice si vive et pleine d'énergie sous son chignon et ses tenues de bonniche. Au théâtre, il fallait alors chanter, qu'on ait une voix ou pas ; et si cette voix était laide, on en faisait un instrument comique, à condition de suivre le rythme et de se faire comprendre sans micro. Pauline Carton, dans quelques témoignages radiophoniques, s'amuse elle-même avec une volubilité joyeuse (passant continuellement du grave à l'aigu), de ses débuts de chanteuse. Elle avait notamment créé les fameux couplets de « Par le trou de la serrure » dans l'opérette *Pas sur la bouche* de Maurice Yvain, chanson qui se termine par cette conclusion crue du parolier (Willemetz, une fois encore) : « C'est par le trou qu'on connaît tout. »

Mon goût pour Pauline Carton (1884-1974) n'allait faire que grandir, au fil des découvertes de films en noir et blanc où elle joue souvent les domestiques, mais aussi les dames-pipi (dans le merveilleux *Vous n'avez rien à déclarer ?*), voire les douairières (précisément dans le film *Toi, c'est moi*, où elle chante « Sous les palétuviers » en pataugeant dans la mangrove d'une île des Caraïbes). Ma sympathie pour cette femme allait même frôler l'enthousiasme quand je découvris :

1) Que Pauline Carton, née Pauline Aimée Biarez, avait vu le jour dans une bourgeoisie plutôt intellectuelle (son grand-père était un libre penseur saint-simonien), avant de se tourner vers le théâtre et le cinéma muet. Se disant « laide comme un pou », elle était aussi une femme extrêmement intelligente et cultivée, observatrice amusée et parfois acerbe de tout ce qui l'entourait. C'est pourquoi son ami Sacha Guitry, qui la qualifiait de « bibliothèque ambulante », fit d'elle sa conseillère dans la préparation

et la réalisation de ses propres films. Dans tous ceux où Pauline joue les seconds rôles d'une cuisinière (*Désiré*), d'une femme de chambre (*Quadrille*), d'une secrétaire (*Le Nouveau Testament*), c'est donc Pauline, en réalité, qui est la patronne et qui a choisi une partie des comédiens qu'on voit jouer autour d'elle !

2) Que Carton, qui vivait pour le théâtre et détestait les travaux ménagers, n'avait pas de maison mais habitait un des plus élégants hôtels parisiens, le Saint James Albany, face aux Tuileries, où elle était servie par un personnel dévoué ressemblant à celui qu'elle incarnait au cinéma. Il lui arrivait aussi de retrouver en Suisse le poète Jean Violette, un ami de cœur, dont elle parlait peu et qu'elle n'épousa jamais, préférant regagner Paris pour jouer les excentriques et observer d'un œil lucide le monde qui l'entourait.

Tout cela, pour moi, fait de Pauline Carton un monument national. Et si j'éprouvais comme certains de mes contemporains l'irrésistible besoin de déterrer les morts pour les transporter au Panthéon, je lancerais une pétition pour qu'on y fasse entrer cette femme, comme pure incarnation de la loufoquerie intelligente des Années folles.

Casinos

En 1977, une chanson à la mode passait en boucle sur les radios : « Y a de la rumba dans l'air ». Alain Souchon planait au sommet du hit-parade avec ce refrain plein de nostalgie pour les vieux casinos. Son talent ranimait la présence frémissante d'un monde encore proche. Les rumbas d'avant-guerre n'avaient pourtant laissé que des traces défraîchies dans la station normande où je passais mes vacances. On y avait reconstruit, dans les années 1950, un vilain casino sur les ruines de l'ancien détruit par les bombardements ; mais cette seule présence rappelait qu'ici même des bâtiments plus élégants avaient accueilli une clientèle plus fortunée, venue gaspiller son temps au jeu, assister à des spectacles, participer à des bals ou à des ventes de charité. Ce n'était plus désormais qu'un dancing fréquenté le week-end par des campeurs allemands et des vedettes de la chanson sur le retour. Pour les jeux, tout se réduisait à une salle de boule, la roulette du pauvre, dans laquelle des croupiers à mi-temps (travailleurs agricoles l'autre moitié) attendaient patiemment une rare clientèle. Le casino, comme disait Souchon, n'était qu'« un tas de pierres » rafistolé par les temps modernes : et pourtant sa présence et cette chanson suffisaient à éveiller ma rêverie sur le temps perdu.

Quasiment toutes les stations balnéaires se sont construites à la fin du XIXe siècle autour d'un hôtel et d'un casino. L'implantation d'une clientèle urbaine et bourgeoise allait de pair avec cet établissement destiné non seulement aux jeux d'argent, mais encore à la vie sociale, sportive et culturelle. Dans beaucoup de stations balnéaires, la société fondatrice du casino avait un accès réservé à une grande terrasse surplombant la mer près de laquelle des maîtres nageurs (souvent des pêcheurs locaux) attendaient les messieurs en caleçon et les dames en jupon pour les tremper dans les vagues en les tenant solidement. Les familles se retrouvaient à midi pour bavarder, certains lisaient le journal. Mais le casino offrait aussi toute une gamme de divertissements pour jalonner la saison : pièces de théâtre, opérettes, concerts, bals d'enfants ou bals d'adultes. De ces festivités ne subsistait, dans mon enfance, qu'un cinéma occasionnellement transformé en salle de spectacle… avant d'être détruit pour faire place à un alignement de machines à sous. Retraités et chômeurs s'y rassemblent à présent pour tenter leur chance à la place des riches qui venaient hier gaspiller leurs biens.

À côté des petits casinos qui furent souvent détruits ou transformés pour de nouveaux usages, quelques grands palais témoignent toujours des fastes d'une luxueuse société en vacances. À Deauville, le grand casino se dresse devant la mer, tel un cousin maritime du Trianon. On y trouve un ravissant théâtre où se produisirent les meilleurs artistes (c'est aussi durant les saisons estivales des casinos que débutèrent les illustres chefs d'orchestre Pierre Monteux ou Paul Paray). Même si la plupart des salles se sont, elles aussi, adaptées aux jeux électroniques et aux écrans lumineux devant lesquels se presse une foule peu élégante, quelques salons privés continuent à proposer les divertissements qui, un siècle plus tôt, passionnaient André Citroën ou Tristan Bernard : la roulette, le baccara, le chemin de fer ou le trente et quarante, moyens favoris pour claquer une fortune avant guerre. La cravate y reste de rigueur, tout comme dans les salons privés de Monte-Carlo, d'Évian ou, plus près de Paris, de Forges-les-Eaux et d'Enghien-les-Bains qui entretiennent un vague parfum des années 1920.

Chanel, Coco

Elle a bouleversé la mode, transformé l'image de la femme, créé la plus glorieuse maison de couture, élevé le parfum au rang des beaux-arts... Le mythe Coco Chanel inspire continuellement de nouvelles variations littéraires ou cinématographiques sur son œuvre, sa vie (la vraie, et celle qu'elle aurait en partie inventée). Mais la présence de Gabrielle Chasnel, des années 1910 jusqu'à la Seconde Guerre mondiale, se manifeste également par des relations privilégiées avec les plus grands artistes dont elle fut l'amie et quelquefois la mécène.

Elle était née pauvre, descendante de forains, placée très jeune à l'orphelinat – du moins selon Edmonde Charles-Roux – et promise au métier de cousette. Comme dans une opérette, c'est le Grand Café de Moulins (préfecture de l'Allier) et le dixième régiment de chasseurs à cheval qui serviront de point de départ de son ascension. Elle s'y donne en spectacle et y trouve son pseudonyme Coco, car elle aime bien chanter « Qui qu'a vu coco dans le Trocadéro ». Elle y rencontre aussi le jeune officier Étienne Balsan, qui lui présente son ami anglais Arthur Capel, *alias* « Boy ». Ce dernier ouvre à la jeune femme les portes du succès : d'abord comme modiste à Paris, puis à Deauville en 1913, et surtout à Biarritz où elle ouvre sa première maison de couture en faisant venir des tissus d'Espagne et des ouvrières de Paris. En pleine guerre, alors que les revues de mode n'existent plus guère en France, le *Harper's Bazaar* de New York la remarque et, dès 1916, impose son style au-delà des frontières. Chanel raccourcit les robes, simplifie la coupe, crée des chapeaux tout simples, débarrasse les femmes du lourd appareil vestimentaire de la Belle Époque. Le succès est fulgurant, la maison grandit à toute vitesse, Gabrielle devient très riche, et le sera plus encore après la création, en 1921, du parfum « N° 5 » (initialement le numéro d'un échantillon préparé pour elle, à Grasse, par le chimiste Ernest Beaux). Au milieu des Années folles, le style Chanel s'impose plus que jamais avec sa petite robe noire, ses cheveux courts, ses emprunts aux vêtements masculins, et surtout sa ligne droite qui gomme la poitrine et laisse voir les genoux sous des tissus allégés. « Une femme n'est pas un bâton », s'indigne Marie Laurencin, tandis que Paul Poiret, qui a ouvert la voie avant guerre, compare les femmes de Chanel à « de petits télégraphistes sous-alimentés ». Celles de Poiret, réplique Coco, évoquent plutôt « des esclaves échappées du harem » sous leurs plumes et leurs tissus chamarrés.

Cette ascension la rapproche également des artistes novateurs. Picasso, sans doute, est celui qui la fascine le plus. Il vient toutefois de rencontrer Olga, une danseuse des Ballets russes qui va devenir sa femme. Misia Sert, liée d'amitié avec Coco depuis 1917, lui présente alors Stravinsky qui tombe amoureux : « Je lui plaisais. Dans ce milieu, je n'avais de goût vif que pour Picasso, mais il n'était pas libre. Stravinsky me fit la cour : "Vous êtes marié, Igor, lui disais-je ; quand Catherine, votre femme, saura..." Et lui, très russe : "Elle sait que je vous aime. À qui donc, sinon à elle, pourrais-je confier une chose si grande ?" » Exilée en France, la famille Stravinsky s'installe pour un temps à Garches dans la villa Bel Respiro, propriété de Chanel. Mais au même moment, Coco devient la maîtresse du grand-duc Dimitri. Misia se charge d'informer Stravinsky par télégraphe (il est alors en Espagne avec Serge de Diaghilev). Le compositeur est effondré. Diaghilev prévient Coco : « Ne viens pas, il veut te tuer. » Conclusion de Chanel : « Cette aventure, dont je ris aujourd'hui, a changé toute la vie d'Igor. Elle l'a transformé. D'un homme effacé, timide, elle a fait, contrairement à ce qui aurait dû se passer normalement, un homme dur et monoclé ; d'un conquis un conquérant. »

La couturière exagère probablement son influence sur la personnalité du musicien. Elle se montre en tout cas généreuse et finance, en 1920, la reprise du *Sacre du printemps* par les Ballets russes. On la retrouve encore au fil des années 1920, associée à d'importantes créations. Elle crée en 1924 les costumes du *Train bleu*, ballet de Darius Milhaud ; puis ceux d'*Orphée* et d'*Œdipe roi* de Cocteau, tout comme ceux de l'opéra *Antigone* d'Arthur Honegger, dans des décors de Picasso – en attendant *La Règle du jeu* de Renoir. Fidèle à ses premières amitiés artistiques, c'est encore Coco qui, en 1929, financera pour une part les funérailles de Diaghilev à Venise.

Chanson (Paris, capitale de la)

Les livres qui traitent aujourd'hui de la chanson française commencent quelquefois par un chapitre liminaire sur ces « précurseurs » qu'auraient été Piaf, Trenet, Brassens, Brel, Aznavour. Ils soulignent, avec un brin de fierté, la réputation dont bénéficient outre-Manche Serge Gainsbourg ou Françoise Hardy, comme s'il fallait convoquer le goût anglo-saxon pour démontrer que la France de la chanson n'est pas si ringarde. Nos responsables politiques semblent eux-mêmes persuadés que l'arrivée des yé-yé, dans les années 1960, fut un puissant renouveau, comme en a témoigné leur procession autour du cercueil de Johnny Hallyday... Ils ignorent que l'américanophilie de Johnny et de ses amis, enfourchant leurs motos et adaptant les succès d'outre-Atlantique, marqua plutôt la provincialisation d'une chanson française qui, jusque-là, résonnait partout dans le monde et qui, après avoir dominé jusqu'aux années 1960 le Concours Eurovision, finirait par s'effacer derrière cette variété mondialisée dont l'Eurovision Song Contest donne aujourd'hui le spectacle lamentable.

Le goût de chanter n'est pas seulement très ancien dans ce pays « où tout finit par des chansons ». Mais c'est à Paris, dans la seconde moitié du XIXe siècle, que le café-concert a fait de la chanson un véritable divertissement urbain, attirant un vaste public avant de se diffuser dans toute l'Europe et au-delà. La vieille tradition des guinguettes, goguettes, estaminets et autres cabarets chantants où la clientèle buvait et entonnait des refrains devient alors un spectacle à part entière donné sur des tréteaux puis dans des établissements spécialisés où le public boit et où les chanteurs montent sur scène, accompagnés par un orchestre. Ainsi voit le jour cet art d'un genre nouveau, porté dès le Second Empire par ses premières vedettes mondiales : la gouailleuse Thérésa, adulée de Paris à Moscou et Constantinople et l'immense Paulus dont la gloire et les cachets préfigurent ceux des stars d'aujourd'hui.

Situés d'abord dans le quartier des Champs-Élysées, les premiers grands cafés chantants, comme celui des Ambassadeurs, sont de véritables théâtres avec jardins dont Sacha Guitry a donné une représentation dans son film *Remontons les Champs-Élysées*. D'autres voient le jour dans le quartier des boulevards, en premier lieu L'Eldorado, boulevard de Strasbourg (parfois surnommé « la Comédie-Française du café-concert ») ; mais aussi La Scala qui attire les grandes vedettes ; L'Alcazar d'hiver, rue du Faubourg-Poissonnière, et son décor mauresque où Thérésa a conquis la gloire ; L'Alcazar d'été où se produit Paulus ; l'Éden Concert, boulevard de Sébastopol ; le Bataclan et son décor chinois ; sans oublier la Cigale, le Café Morel, L'Horloge, L'Estaminet lyrique, le Café Moka. Quelques-uns ont traversé le temps comme le Bataclan, d'autres se sont transformés en salles de spectacle modernes comme celui des Ambassadeurs (devenu l'Espace Cardin), La Scala ou L'Eldorado. De ce lointain âge d'or nous ne possédons malheureusement guère de traces sonores, car cette histoire précède celle de l'enregistrement.

Lieu à la fois musical et urbain, le café-concert se caractérise par ses croisements sociaux, ses mélanges de bourgeois en famille, de boutiquiers sautillants, d'employés, de commis, de célibataires des deux sexes, de militaires, d'ouvriers, de gens du peuple, d'artistes familiers des lieux tels Edgar Degas, Reynaldo Hahn, Jean Richepin, J.-K. Huysmans... Entre les différents établissements existent de subtiles hiérarchies, comme se le rappellera Maurice Chevalier : « L'ambiance de La Scala de 1906 n'a jamais été retrouvée depuis dans aucun music-hall de Paris. La Scala ne se mélangeait pas. Elle était snob, distinguée, distante. À l'exception de la troisième galerie qui, tout de même, coûtait un franc la place (le double de L'Eldorado, en face), le peuple ne s'y rendait pas volontiers. Même tout en haut, les populaires s'y sentaient dépaysés et, de ce fait, bien plus discrets dans leurs approbations artistiques. L'Eldorado était populaire, La Scala chic. » Quant au spectacle, il offre toute une palette de genres et de spécialités : *chanteur à voix*, *divette*, *gommeuse*, *diseuse*, *excentrique*, *troupier*, sans oublier les chansons grivoises ou patriotiques.

À l'aube du XXe siècle, le café-concert connaît son apogée et voit apparaître de nouvelles vedettes comme l'excentrique Mayol qu'adorait Marcel Proust ; Ouvrard père et Polin, les pères du comique troupier ; Fragson, artiste anglo-belge aussi populaire de part et d'autre de la Manche ; Dranem, le génie de la « chanson idiote » ; Yvette Guilbert, la reine des « diseuses », amie de Sigmund Freud qui l'admirait ; ou encore la « gommeuse » franco-polonaise Anna Held qui partira bientôt à New York au bras de son époux Florenz Ziegfeld, et imprimera quelque chose du savoir-faire parisien aux célèbres Ziegfeld Follies. Si l'influence du caf'conc' se diffuse partout dans le monde, il commence toutefois à décliner dans les années 1910, après un demi-siècle de gloire, puis il va s'éteindre après la Première Guerre mondiale en laissant toute sa place au music-hall.

Ce genre, importé de Londres dès le début du XXe siècle, a commencé à s'imposer à Paris aux Folies Bergère puis au Moulin Rouge, en mettant à l'honneur des chanteurs mais aussi quantité de numéros et d'attractions, incluant même le cinéma naissant. Après 1918, le music-hall parisien va connaître son véritable âge d'or avec les revues à grand spectacle du Casino de Paris, des Folies Bergère ou du Moulin Rouge. Y contribuent d'éminents metteurs en scène comme Jacques-Charles, mais aussi toute une flopée d'auteurs, de compositeurs, de chefs d'orchestre. Albert Willemetz (pour les paroles), Maurice Yvain (pour la musique) et d'autres signent pour ces spectacles leurs plus célèbres chansons. Une nouvelle génération de vedettes, souvent passée par le café-concert, se retrouve en haut de l'affiche, tel le couple Maurice Chevalier-Mistinguett. Suivront d'autres illustres meneuses de revues, telles Joséphine Baker, Jeanne Aubert ou encore, dans un genre plus inattendu, Cécile Sorel, vieille gloire théâtrale qui, à soixante ans, passe de la Comédie-Française au Casino de Paris et lance au pied du grand escalier son fameux : « L'ai-je bien descendu ? »

Créée sur scène, mais aussi relayée par le disque et par la radio, la chanson française connaît encore dans les années 1930 une extraordinaire profusion de styles. Le genre « réaliste » atteint des sommets de poésie noire grâce aux voix de Fréhel, Yvonne George, Berthe Sylva et Damia, en attendant Édith Piaf. Le surréalisme se mêle à la plaisanterie dans les parodies de Georgius, adorées de Robert Desnos et Fernand Léger. L'art consommé de la fantaisiste se mêle à tous les registres dans les récitals de Marie Dubas. Le comique troupier culmine avec

Gaston Ouvrard fils qui sert de modèle au jeune Fernandel. Dès le milieu des années 1930, la langue française épouse subtilement le swing dans de nouveaux fleurons signés Charles Trenet, Mireille et Jean Nohain, Ray Ventura, Paul Misraki. Enfin, elle connaît toujours un rayonnement mondial incomparable avec Chevalier triomphant outre-Atlantique, Lucienne Boyer adulée à New York, Jean Sablon à Buenos Aires, ou Tino Rossi à Yokohama. En 1939, écrit l'hebdomadaire *Match*, « il naît 30 chansons par jour. Plus de 400 000 ont officiellement été enregistrées à la Société des auteurs depuis 1921... Pour que la diffusion d'une chanson soit rapide, il faut que, le jour de sa création, un refrain soit lancé simultanément par le pick-up et le micro de la station d'émissions radiophoniques ». Les plus grosses ventes de l'époque sont « Sombreros et mantilles » par Rina Ketty, et surtout « Parlez-moi d'amour », la chanson de Jean Lenoir créée par Lucienne Boyer et enregistrée en dix-huit langues.

Dans les années 1990 encore, aux États-Unis, le plus imposant rayon de « world music » chez les disquaires était, de loin, celui consacré à la chanson française, sans commune mesure avec les autres pays. On dirait pourtant qu'une immense lacune, dans la mémoire collective, affecte en France même cet art trop futile pour un pays enclin à de si hautes prétentions. L'absence de la chanson est criante dans les musées parisiens où elle n'occupe aucune place bien qu'elle soit le vibrant miroir de cette ville. Où sont les affiches, photos, costumes, films et disques qui témoignent de cette épopée ? Cela ne va pas mieux à l'université où Thérésa, Paulus, Guilbert ou Dranem ne suscitent aucune étude approfondie ; ni dans la production cinématographique où cette épopée du spectacle parisien, longue de plus d'un siècle et riche de figures extraordinaires, semble se réduire à Édith Piaf et à quelques clichés sur les escaliers de la butte – quand Hollywood et Broadway savent mieux célébrer leur légende. Un immense chantier reste ouvert pour que la France revisite cette fabuleuse histoire.

Chaplin et la France

L'œuvre de Charles Chaplin montre certaines affinités avec la France de la Belle Époque. Au début du XXe siècle, le répertoire parisien du café-concert rayonne dans le monde entier, notamment à Londres où grandit le futur Charlot. On ne s'étonnera donc pas que son plus célèbre refrain – la fameuse « chanson incompréhensible » des *Temps modernes*, quelquefois attribuée au cinéaste – soit en réalité un succès français composé par Léo Daniderff et créé en 1917 sous le titre « Je cherche après Titine ». Chaplin n'a fait qu'ajouter à ce refrain populaire les paroles incompréhensibles qui font évidemment tout le sel de cette séquence ; et sa gestuelle emprunte beaucoup, elle aussi, à la tradition du caf'conc'.

Un autre artiste exerce une profonde influence sur le cinéaste, qui n'hésitera pas à déclarer : « Mon maître, c'est Max Linder. » Pour marquer cette complicité, les deux hommes tourneront ensemble quelques films amusants. Max Linder, toutefois, a précédé Charlot en interprétant dès 1905 ses premiers sketches burlesques pour Pathé ; puis en créant dès 1910 le personnage de Max, un dandy hâbleur, porté sur les femmes et entraîné dans des aventures abracadabrantesques. Ce personnage récurrent qui exerce quantité de métiers et porte la moustache va connaître un grand succès, inspirant tout le burlesque cinématographique à venir. Le jeune Chaplin reprendra lui-même certains scénarios de Linder avant de s'en éloigner pour inventer son propre personnage et lui donner une autre ampleur. La mort de Linder, qui se suicide avec sa femme, le 1er novembre 1925, âgé seulement de quarante et un ans, contribuera à l'oubli où est tombé ce dernier, même si la plus grande salle de cinéma parisien porte toujours son nom.

Les échanges de Chaplin avec la France ne s'arrêteront pas là. D'abord parce que l'esprit français a laissé sur lui d'autres traces, comme son admiration pour le chanteur Dranem et pour l'humoriste Pierre Cami, fondateur du *Petit Corbillard illustré, organe corporatif et humoristique des pompes funèbres*. Auteur de pochades et d'histoires drôles dans le sillage d'Alphonse Allais, Cami est selon Chaplin « le plus grand humoriste in the world ». Le cinéaste est également proche de Germaine Tailleferre, la compositrice du Groupe des Six qui s'est installée à New York en 1925 avec son mari, le caricaturiste Ralph Barton. Le mariage n'est guère heureux, mais agrémenté par la présence de Chaplin, ami intime de Barton. Il passe sa vie chez eux et improvise à deux pianos avec Germaine qui l'encourage à écrire ses propres musiques. Elle raconte dans ses souvenirs une visite impromptue de Sacha Guitry et Yvonne Printemps, Sacha voulant absolument rencontrer Chaplin et ignorant les autres personnes présentes : « La seule invitée qui n'obéit pas au scénario fut Yvonne Printemps. Avec beaucoup de naturel et d'esprit, elle se mit à faire les grimaces enfantines les plus imprévues, si bien que Charlie, ravi, l'accompagna. Un tabac ! Sacha était amer : il se sentait repoussé dans la coulisse ! Il quitta la soirée visiblement déçu. »

Quelques années plus tard, en 1947, Chaplin choisira encore un sujet de la Belle Époque pour son film *Monsieur Verdoux* – dont les images sont accompagnées d'un commentaire en voix off. L'action se déroule en France et s'inspire directement des crimes de Landru – dont il parvient à tirer une délicieuse comédie. Ce film marquera le début de ses démêlés avec l'Amérique. Chaplin finira par s'établir à Corsier-sur-Vevey... en terre francophone, et se rapprochera de Paris où on le verra souvent durant ses dernières années.

Chat noir (Le)

Le Chat noir a déménagé plusieurs fois. Je me rappelle encore, dans les années 1980, l'un des derniers du nom : un triste café au 68, boulevard de Clichy, dont le style ne correspondait en rien au souvenir de cet illustre cabaret, cœur battant de la bohème à la fin du XIXe siècle. Le véritable esprit du Chat noir, je l'avais découvert, adolescent, en chinant chez des bouquinistes de la place des Vosges (transformés depuis en boutiques de fringues) qui possédaient encore quelques numéros de la revue éponyme parus du temps où Alphonse Allais était son rédacteur en chef. On y trouvait quantité de chroniques, de nouvelles, d'illustrations et d'histoires drôles. On y reconnaissait surtout, à côté du titre, le fameux chat noir perché sur un croissant de lune, dessiné par Adolphe Willette, autre grande figure de la bohème montmartroise.

À l'origine de cette aventure, un certain Rodolphe Salis né à Châtellerault, en 1851, avant de monter à Paris où il fait ses débuts au Quartier latin, rendez-vous privilégié des étudiants, poètes, esprits anticonformistes et loufoques en tout genre. Proche du cercle des « hydropathes », il invente alors son propre mouvement artistique : « l'école vibrante », ou « école iriso-subversive de Chicago ». Puis, s'étant fait un nom, il décide en 1881 de quitter la rive gauche pour ouvrir boulevard de Rochechouart, sur la butte Montmartre, un cabaret du même esprit extravagant et blagueur. À l'ouverture de l'établissement, la porte est tenue par un garde suisse en uniforme et on prétend y servir, dans des coupes en or, l'absinthe préférée de Victor Hugo et de Garibaldi. Bientôt le groupe des hydropathes, son chef de file Émile Goudeau et ses principales figures comme Charles Cros ou Alphonse Allais, rejoignent Salis dans ce cabaret où s'ajouteront des reliques absurdes entrées dans la légende de l'époque. On peut y admirer notamment un « vrai morceau de la fausse croix de Notre-Seigneur Jésus-Christ », une « tasse avec l'anse à gauche, spécialement fabriquée pour un empereur Ming qui était gaucher », et surtout le fameux « crâne de Voltaire enfant ». Dès 1882, l'aventure se prolongera dans la publication d'un journal codirigé par Salis et Goudeau : *Le Chat noir* auquel vont contribuer nombre d'artistes bohèmes, de Verlaine à Léon Bloy en passant par Jean Lorrain ou le dessinateur Caran d'Ache.

En 1885, premier déménagement. Le Chat noir se transporte de l'autre côté du boulevard, au 12, rue de Laval (actuellement rue Victor-Massé), ce qui fournit l'occasion d'un grand défilé dans les rues de Montmartre. Dans ce nouvel établissement, Salis a privilégié un faux décor mêlant tous les styles sous l'apparence d'une auberge médiévale – avec le chat noir de Willette accroché à l'enseigne. Mais, surtout, le cabaret attire plus que jamais une clientèle très diverse où la jeunesse bohème se mêle aux écrivains établis, aux poètes comme Verlaine ou Jean Richepin, aux musiciens comme Erik Satie qui tient parfois le piano. Les ingénieurs et inventeurs en tout genre y croisent les têtes couronnées venues s'encanailler à Paris, à commencer par le prince de Galles. Loin de se cantonner dans l'humour et la provocation, le cabaret est aussi un lieu d'expérimentations où on peut y admirer le fameux « théâtre d'ombres » d'Henri Rivière :

système de projection qui préfigure le cinéma d'animation et conjugue les talents des illustrateurs, poètes et musiciens dans des spectacles évoquant « La tentation de saint Antoine » ou « Les pyramides d'Égypte ».

Fréquenté par nombre d'artistes débutants qui, tels Claude Debussy ou Paul Signac, y découvrent un milieu tout acquis à l'imagination, Le Chat noir est un des creusets de l'esprit moderne, quelques années avant 1900. Quittant la rue de Laval, l'établissement se transportera plus tard boulevard de Clichy près du métro Blanche et vivra quelque temps encore de sa réputation, tandis que disparaîtront les grandes figures qui ont fait sa gloire (Salis meurt en 1897, Allais en 1905, Goudeau en 1906). L'établissement sera également imité partout dans le monde où d'autres cabarets porteront son nom. Quant au triste café devant lequel je passais, dans les années 1980, il était le véritable successeur du dernier Chat noir, vivotant sans succès avant de donner lieu, de nos jours, à une imitation touristique de « restaurant 1881 ». Pour mieux retrouver l'authentique parfum de cette maison, mieux vaut écouter la célèbre chanson de Bruant, enregistrée au début du XXe siècle :

Je cherche fortune autour du Chat Noir,
Au clair de la lune, à Montmartre le soir...

Chevalier, Maurice

Au début des années 1960, Maurice Chevalier est invité à l'Élysée où de Gaulle l'appelle « cher maître » et ne lui cache pas son admiration. Il se produit également lors d'un gala officiel où l'on peut voir le Général entonner discrètement « Ma pomme » – quand bien même sa culture est nettement plus classique. Mais voilà : Chevalier est unique. Depuis un demi-siècle, il est le chanteur populaire par excellence et le plus célèbre artiste français dans le monde, notamment aux États-Unis où Walt Disney déclare : « Que seraient la France et le reste du monde sans Chevalier pour les égayer ? C'est notre docteur Soleil. »

On éprouve quelque peine à mesurer, aujourd'hui, la gloire extraordinaire de ce gamin de Paris, né en 1888 et qui allait par un mélange de talent, d'instinct, de rayonnement naturel, conquérir successivement Ménilmontant, Paris, la France puis le monde entier. D'un épisode à l'autre, il saurait se renouveler toujours au bon moment et dans la bonne direction : jeune vedette de café-concert avant 1914, idole du music-hall après 1918, chanteur d'opérette au début des Années folles, vedette du disque enchaînant les succès, star de cinéma outre-Atlantique dès les débuts du parlant, puis de nouveau roi de Hollywood dans les années 1950 ; enfin légende vivante achevant sa carrière dans de chaleureuses rétrospectives, non sans tendre la main aux jeunes générations lorsqu'il invite à ses côtés l'orchestre de Michel Legrand et chante « Le twist du canotier » avec Eddy Mitchell.

De très anciennes images publicitaires permettent de retrouver la silhouette du jeune « Momo » dans les années 1900. Âgé de douze ans, il chante à Ménilmontant, au Café des Trois Lions, contre un bol de café au lait. Il pose aussi en gamin de Paris pour des cartes postales, puis il débute dans des cafés-concerts de quartier où il s'essaie aux genres en vogue. À quatorze ans, on le voit costumé dans le « genre Polin », autrement dit le comique troupier ; un an plus tard, il a adopté la dégaine du « comique excentrique » et le « genre Dranem » avec sa veste étriquée et son pantalon à carreaux. Commençant à se faire un nom, il se produit l'année suivante au music-hall Parisiana. Bientôt on l'applaudit à la Gaîté-Montparnasse, aux Folies Bergère et aux Ambassadeurs dans des numéros de fantaisiste canaille.

Ses amours sont tumultueuses avec la toute jeune Fréhel qui, déjà lancée, le prend sous son aile en 1907. « La passion me prit lorsqu'elle m'ouvrit les bras », précise Chevalier, avant d'ajouter : « Le corps était aussi splendide que le visage... mais... mais le démon avait pris demeure dans ce séduisant logis. Il m'apprit à aimer trop boire et à goûter aux drogues en la compagnie ensorcelante de cette fille qui m'éblouissait. » Chevalier finit par la quitter, d'autant plus qu'il est tombé amoureux de Mistinguett, déjà grande vedette de treize ans son aînée. Fréhel, folle de jalousie, le poursuit avec un couteau, mais l'amour naissant est irrésistible : « Mistinguett, elle était mon étoile ! Mon étoile inaccessible, mais mon étoile tout de même. Je l'avais parfois rencontrée, mais elle ne me reconnaissait jamais. » Jusqu'à ce qu'elle finisse par le reconnaître et que leur histoire ne s'impose au public comme un roman-photo médiatisé avant l'heure.

En 1913, Maurice part au service militaire. Envoyé dans l'infanterie à Belfort, il sympathise avec Maurice Yvain, jeune musicien qui cherche encore sa voie entre classique, opérette et chanson. Maurice Chevalier, bien informé des modes naissantes, lui suggère d'employer des rythmes syncopés et des harmonies modernes. Les deux camarades de régiment vont se retrouver au lendemain de la guerre, avec le grand parolier Albert Willemetz, et donner jour ensemble aux premiers immenses succès de Chevalier, interprétées dans des opérettes ou des revues à grand spectacle. Ce sont notamment l'emblématique « Dans la vie faut pas s'en faire », entonné en 1921 dans l'opérette *Dédé*, « Si vous n'aimez pas ça, n'en dégoûtez pas les autres » dans *Là-haut*, ou encore « Dites-moi ma mère », en 1927, dans la revue *Les Ailes de Paris*. D'autres musiques sont signées Henri Christiné, comme la célèbre « Valentine » (1925). « Momo » a trouvé définitivement sa tenue de scène, en assistant à un spectacle à Londres en 1920 : le smoking et la canne, associés à son chapeau de canotier, permettent d'accorder le chic du boulevard et la gouaille du faubourg. De plus en plus maître de son jeu de scène, il possède, selon une revue de l'époque, l'art « d'imposer au public, par une mimique, par un geste, par une cabriole, par une danse, des textes et des airs simples. Son effort de chaque soir, c'est d'allumer une salle, de soutenir l'intérêt et la sympathie des spectateurs par des effets qui doivent atteindre aussi bien le premier rang des fauteuils d'orchestre que le bout de la galerie. Maurice Chevalier réussit ce miracle avec un canotier ».

Entre-temps, Maurice a quitté Mistinguett avec qui la vie de couple devenait difficile, troublée par la jalousie amoureuse mais aussi la concurrence des carrières, comme il le commente lui-même dans *Ma route et mes chansons* : « Deux artistes de taille peuvent, parfois, réussir à faire carrière ensemble, mais il est obligatoire que leurs talents se conjuguent et se complètent. Or, dans ces grandes revues du Casino de Paris, Mist et moi déchargions les mêmes fluides populaires parce que nous les possédions naturellement en nous-mêmes. Nous servions les mêmes genres de consommations, comprenez-vous ? Nous nous bousculions dans notre désir sincère de bien servir nos écouteurs... Toute notre histoire est là... rien n'y pouvait rien changer. Tout serait devenu compétition : chansons, sketches, danses, idées. La scène est une drogue qui transporte les cerveaux et les cœurs, et si elle le décide, elle domine les sentiments intimes de tout artiste sincère. » Cette séparation n'est pas simple, et se traduit par une sorte de dépression, après quoi Chevalier se marie avec Yvonne Vallée, une jeune artiste rencontrée en 1923 dans l'opérette *Là-haut !* Il retrouvera plus tard Mistinguett, mais en « bon ami ».

C'est à Hollywood que Maurice conquiert la gloire mondiale à partir de 1929, notamment dans *Parade d'amour* d'Ernst Lubitsch qu'il tourne en duo avec Jeanette MacDonald, suivi jusqu'à la guerre par plusieurs films chaque année, toujours en vedette. Le style Chevalier fait mouche outre-Atlantique, avec son chapeau penché sur le côté et son accent *so frenchy*. Son amitié avec Marlene Dietrich fait jaser. Mais chacun de ses retours à Paris est plus triomphal que le précédent. Les années 1930 voient s'enchaîner de nouveaux succès comme « Mimi » (1932) ou le fameux « Prosper (yop la boum) » (1935). Dans « Le chapeau de Zozo », enregistrée en 1936 avec l'orchestre de Roger Désormière, la voix de Chevalier montre une aisance rythmique irrésistible, improvisant librement au-dessus des musiciens comme la trompette d'un jazzman. La bonne humeur communicative de « Ah ! Si vous connaissiez ma poule »

(1938) – toujours sur des paroles de Willemetz – n'est pas moins irrésistible. Mais Chevalier est aussi un des premiers à s'intéresser à la nouvelle vague swing qui renouvelle la chanson française à partir du milieu des années 1930. Pour sa rentrée au casino de Paris en 1935, il inscrit au programme « Quand un vicomte » de Mireille et Jean Nohain, puis il crée « Y a de la joie » du jeune Charles Trenet quelques mois avant que celui-ci ne l'enregistre en disque.

À la veille de la guerre, Chevalier, toujours confiant, entonne « Paris sera toujours Paris ». La débâcle et l'Occupation en décident autrement. Refusant de partir en Amérique, il se retire dans le sud de la France pour protéger sa jeune compagne juive, Nita Raya. La propagande cherche toutefois à utiliser son nom, et il accepte de chanter – une seule fois et sans cachet – pour des prisonniers français en Allemagne, dans ce même camp où il avait été interné pendant la Première Guerre mondiale. À partir de 1943, Pierre Dac l'attaque sur Radio Londres avec une violence terrible, dont il s'excusera après la Libération. Au contraire, Louis Aragon et le Parti communiste refusent d'accabler la vedette préférée des Français, brièvement inquiétée à la Libération. Sa gloire en ressortira intacte, et même plus rayonnante que jamais après guerre, en France comme aux États-Unis où il tourne plusieurs grandes productions hollywoodiennes couronnées par *Gigi* de Minnelli, et sa flopée d'oscars... D'où mon étonnement, quelques décennies plus tard, d'entendre circuler de nouveau d'infamantes accusations toujours plus floues, lancées par ceux qui ne connaissent guère le contexte de l'époque. Comme je fredonnais un jour, dans un café, le refrain de « Valentine », le barman s'exclama, sarcastique : « Ah, "Valentine", Chevalier, la chanson collabo ! » Autant dire mon incompréhension d'entendre ce qualificatif appliqué à un refrain léger de 1925, sans aucun rapport avec la collaboration. Mais il faut toujours, en France, que l'opinion publique en revienne à cette période, réduite à un tableau caricatural. Chevalier, en réalité, fut l'astre du music-hall de la Belle Époque aux Années folles, la plus grande vedette française de Hollywood et le double rayonnant d'un peuple qui voulait être heureux et chanter. Il sera également l'idole et le modèle de plusieurs générations d'artistes, de Trenet et Brassens à Johnny Hallyday, tout en affirmant malicieusement jusqu'au dernier jour : « L'âge mûr est le plus beau de tous. On est assez vieux pour reconnaître ses erreurs passées, mais encore assez jeune pour en commettre de nouvelles. »

Cinéma (La séance de)

En France, on associe la naissance du cinéma aux frères Lumière et à leurs séances de 1895. Thomas Edison avait pourtant mis au point cette technique nouvelle dès 1891. Est-ce une forme de chauvinisme français qui désigne, pareillement, Clément Ader comme inventeur de l'avion (quand pour les Américains il s'agit plutôt des frères Wright) et Louis Pasteur comme celui de la vaccination (qui ne faisait que prolonger les découvertes du Britannique Edward Jenner) ? Dans la frénésie d'inventions qui fleurissent partout en Europe et aux États-Unis à l'aube du XXe siècle, chaque pays peut choisir ses héros. Il existe toutefois quelques raisons objectives de situer en France la naissance, sinon du cinéma, du moins de la séance de cinéma. Car ce qu'inventent les frères Lumière, le 28 décembre 1895, n'est pas seulement le perfectionnement d'un procédé mis au point par Edison (une technique permettant de regarder dans une boîte le défilement d'images) ; c'est aussi et surtout la projection de ces images sur un écran et la transformation du procédé initial en spectacle destiné à un public. Avec les films présentés au Salon indien du Grand Café de l'Opéra (ou Café de la Paix) où le public découvre *La Sortie de l'usine* et *L'Arroseur arrosé*, le cinéma naît comme divertissement et comme art.

Le développement de la représentation cinématographique passera, d'ailleurs, par ces lieux de spectacle et de divertissement que sont les music-halls. Dès les années 1900, sur la scène du Moulin Rouge, il fait partie des attractions proposées au public – à côté des pantomimes jouées dans un style très proche de celui des premiers films muets. Et quand les salles de cinéma se multiplient, au cours des années suivantes, elles empruntent à leur tour les attractions du music-hall qui ouvrent et entrecoupent la représentation. Prestidigitateurs, transformistes, chanteurs alternent avec les premiers films muets de cow-boys et les documents d'actualité. Une grande place revient aussi aux adaptations de romans comme *Nana* de Jean Renoir ou *Les Trois Mousquetaires* adaptés près d'une dizaine de fois à l'ère du muet (la version d'Henri Diamant-Berger dure plus de quatre heures, dans des décors de Mallet-Stevens et des costumes de

Poiret) ; mais également opéras sans chant ni paroles, comme cette *Carmen* tournée par Ernst Lubitsch en 1918 puis par Jacques Feyder en 1926.

L'orchestre ou le piano présents dans la salle sont les indispensables partenaires de l'image à laquelle ils apportent leur rythme et leur interprétation. La fumée des cigarettes s'élève dans la lumière des projecteurs, les chapeaux des dames s'interposent dans le champ de vision... Telles sont les conditions dans lesquelles plusieurs générations découvriront les chefs-d'œuvre du cinéma naissant signés Georges Méliès, David W. Griffith, Max Linder. Pour tous ces inventeurs du spectacle cinématographique, et pour beaucoup des acteurs qui jouent leurs films, l'arrivée du parlant à la fin des années 1920 sera vécue comme une catastrophe balayant tous les codes du premier cinéma. Chaplin parlera de « cataclysme » et Marcel L'Herbier de « désastre » pour caractériser cette fin d'un monde et la mort de cet art qui avait vu le jour trente ans plus tôt... et qui avait néanmoins de belles heures devant lui !

Citroën, André

Dans l'industrie comme dans la vie, et jusque sur les tables des casinos, il fut le plus étonnant joueur des Années folles et un aventurier de haut vol – lui dont le père, diamantaire juif venu d'Anvers à Paris, s'était suicidé à la suite d'une mauvaise affaire alors qu'il n'avait que six ans. Ces débuts difficiles n'empêchent pas le jeune André de devenir polytechnicien, puis de s'intéresser à la fabrication d'automobiles avant de se faire une réputation pendant la guerre dans l'organisation du ravitaillement des armées et la fourniture des munitions... Après l'armistice, il repère les vastes terrains vagues du quai de Javel à Paris et lance la production de voitures en série, selon le modèle fordien qui commence tout juste à apparaître en France où le trafic se développe rapidement. Le nombre de véhicules en circulation passe de 287 000 en 1919 à 1 700 000 en 1931, et *Le Petit Parisien* s'inquiète dès 1924 : « Dans un an, on ne pourra plus circuler. »

Toujours un œil sur son grand aîné et rival Louis Renault, à Boulogne-Billancourt, André Citroën est l'exact contraire de ce dernier : l'un renfermé, besogneux, organisé comme la cigale, tandis que Citroën ne marche que par coups, endettement, nouveaux modèles, aventures spectaculaires et publicitaires. Il lance en 1924 la « Croisière noire », une épopée automobile de Touggourt à Tombouctou qui préfigure le moderne Paris-Dakar ; puis, en 1931, la « Croisière jaune » de Beyrouth à Pékin, relayée en direct par la presse et dont le film sera également à l'Opéra de Paris. Il fait même – non sans mégalomanie – inscrire son nom en lettres lumineuses sur la tour Eiffel, transformée pour la première fois en support publicitaire.

Ce flambeur est aussi un joyeux viveur qui hante les nuits parisiennes avant de claquer sa fortune à Deauville. Comme l'écrit le journaliste Paul Brancafort : « Il invite à dîner chez Maxim's de possibles commanditaires lourds de millions et, soudain, le voilà qui les amuse par des tours de cartes. Il écrit à l'envers de la main gauche, il est prestidigitateur, il fait des imitations, il pousse un refrain. Après une journée de travail effréné, il passe une nuit devant le tapis vert. Il joue, et gros jeu. Il perd un soir, sept fois de suite, un million à la roulette. » Toujours en quête de fonds, Citroën finira par céder une partie de son pouvoir à la banque Lazard, mais il ne résistera pas longtemps à la consigne de son financeur David-Weill : « plus de roulette ». Plutôt que cette cure d'amaigrissement, André Citroën préfère chercher d'autres investisseurs puis lance encore avec succès en 1931 sa voiture C6. Mais le cercle infernal recommence et ce sont finalement de nouveaux actionnaires, les très raisonnables frères Michelin, qui entrent dans l'affaire et en prennent le contrôle en 1935. La société Citroën restera sous leur coupe jusqu'à son rachat par Peugeot en 1976. Le royal André, lui, meurt rongé par un cancer en juillet 1935, peu après la sortie du dernier modèle conçu par les ateliers de Javel sous sa direction : la 7 chevaux à traction avant qui sera, dans ses différentes déclinaisons, la voiture la plus célèbre de l'avant-guerre, mais dont il n'aura pas le temps de savourer le triomphe.

Clemenceau, Georges

J'aime voir en bordure des Champs-Élysées les deux statues de Clemenceau et de Gaulle presque face à face : l'un petit, débraillé, qu'on dirait courbé sous le vent ; l'autre droit, noble et digne sous son képi de général de brigade à titre provisoire. Pour beaucoup de Français, ces deux hommes représentent l'honneur politique du XXe siècle. Ils symbolisent le courage et les combats à contre-courant, portés par une vision de leur pays, du droit, et de la dignité. Ces qualités, Clemenceau les aura incarnées au fil de ses combats, de la Commune à la victoire de 1918, en passant par l'affaire Dreyfus ; de Gaulle dans le choix magnifique de juin 1940, mais aussi dans une France qui recouvrera grâce à lui, dans les années 1960, un peu de sa grandeur perdue. Évidemment, cette position particulière des deux hommes dans l'histoire de France leur aura valu aussi le plus grand nombre d'ennemis et de détracteurs qu'on puisse imaginer, les uns ne retenant du Vendéen que l'anticlérical ou le briseur de grève, les autres reprochant à de

Gaulle sa dureté militaire, notamment devant les malheureux harkis de 1962… Ils n'en restent pas moins nos deux grands héros, les derniers à incarner politiquement une forme d'héroïsme français.

Un des moments que je préfère, dans la vie du « Tigre », est sa visite à Claude Monet, le 18 novembre 1918. Sitôt l'armistice proclamé, écrit Sacha Guitry (en simplifiant un peu les faits, comme à son habitude, mais le sens y est), « la première décision de Clemenceau fut de demander sa voiture et de rouler vers Giverny. Arrivé devant le perron de la maison, il tendit les bras vers le peintre. Sans parler, Monet marcha vers lui et demanda simplement : "C'est fini ? – Oui." Et les deux hommes si grands s'embrassèrent en pleurant ». Imaginer que le chef du gouvernement qui vient de mettre un point final à quatre années d'horreur sanglante commence par rendre visite au vieux peintre qui obstinément, depuis le milieu du XIXe siècle, s'évertue à saisir la beauté de la lumière et de la nature a quelque chose de sublime. Dans l'euphorie qui suivra, Monet va mettre en chantier, pour fêter la victoire, une série de « grandes décorations », comme il les nomme modestement. Elles finiront par former l'ensemble des *Nymphéas*, don du maître de l'impressionnisme à son pays et à son ami.

Monet et Clemenceau se connaissaient depuis les années 1860. Quand ils s'étaient rencontrés pour la première fois, l'un était un jeune peintre dans la dèche, l'autre étudiant en médecine opposé au régime impérial. Très attaché à son père vendéen (incarcéré en 1851 pour avoir protesté contre le coup d'État de Louis-Napoléon), le jeune Clemenceau allait, à son tour, passer deux mois en détention pour avoir animé avec quelques amis une revue anticonformiste. Les convictions de ces jeunes gens, bien plus anticléricaux qu'on ne saurait l'imaginer aujourd'hui, impliquaient notamment de « s'engager à ne jamais recevoir aucun sacrement d'aucune religion ;

pas de prêtre à la naissance, pas de prêtre au mariage, pas de prêtre à la mort ». Le même Georges Clemenceau développe également une conception de la liberté plus ambitieuse que celle de notre XXIe siècle, renforcée par les quatre années qu'il passe aux États-Unis, de 1865 à 1869. Installé à Greenwich Village, il admire « la liberté absolue de parler et d'écrire, de se moquer, d'insulter, de médire, d'exciter à la haine et au mépris de qui et de quoi que ce soit, et non pas une liberté platonique mais une liberté réelle et vivante dont chacun use à ses risques et périls et dans la mesure qui lui convient ».

Après avoir épousé la jeune Américaine Mary Plummer, Clemenceau de retour en France pense mener en Vendée une vie de *gentleman-farmer*… quand la chute de l'Empire le remet en selle. Toujours dans le sillage de son père, il se rapproche des fondateurs de la IIIe République et se voit nommé par Arago maire du XVIIIe arrondissement de Paris. Au même moment, la Commune est proclamée et il s'efforce de défendre ses administrés contre la violence répressive de Thiers et des Versaillais, mais aussi de contenir les excès fanatiques des communards : rôle ingrat de modérateur devant cet affrontement à l'issue tragique. Résolument républicain, antireligieux, partisan de la liberté de la presse, de l'instruction obligatoire, d'une justice gratuite et équitable, de l'impôt sur le revenu, du développement des caisses de retraite, c'est un républicain social, sinon socialiste, qui devient député en 1876 et affirme : « Je suis pour le développement intégral de l'individu. Quant à me prononcer sur l'appropriation collective, je réponds catégoriquement non ! Non ! » Il est également l'adversaire résolu de Jules Ferry et du colonialisme à son apogée qui, selon lui, détourne l'attention des Français des affaires européennes. Peu d'hommes osent alors, comme Clemenceau (et plus tard de Gaulle) voir au-delà de ce rêve expansionniste en déclarant : « Regardez l'histoire de la conquête de ces peuples que vous dites barbares, et vous y verrez la violence, tous les crimes déchaînés, l'oppression, le sang coulant à flots, et le faible opprimé, tyrannisé par le vainqueur. »

Clemenceau est rapide, vif, incisif, maître des bons mots. Anatole France le décrit comme « républicain, libéral et patriote », en ajoutant : « Il est hors de pair pour le talent et pour l'énergie. » Parlementaire un temps hostile à l'existence de la présidence de la République, il vote Sadi Carnot en précisant : « Je vote pour le plus bête. » D'abord indulgent envers le général Boulanger qui fut son camarade de lycée, il prend vite ses distances, mais sera lui-même visé par la réprobation qui finit par toucher les partisans du militaire. Il subit également les conséquences du scandale de Panama quand ses ennemis, déjà nombreux, lui reprochent d'avoir été proche de Cornelius Herz, l'instigateur de l'affaire. Les antisémites se déchaînent. Édouard Drumont éructe. Clemenceau se bat en duel avec Paul Déroulède. Il n'est pas réélu à l'Assemblée et décide alors de devenir journaliste en déclarant : « J'ai fait mon premier article à cinquante-trois ans ! » Éditorialiste à *L'Aurore*, on sait le rôle déterminant qu'il jouera dans l'affaire Dreyfus, en ouvrant ses colonnes à Zola, en trouvant le titre « J'accuse », puis en consacrant à l'affaire une chronique permanente jusqu'à son dénouement.

Redevenu sénateur à l'aube du XXe siècle, Clemenceau montre son pragmatisme et sa modération en soutenant la liberté de l'enseignement malgré ses convictions laïcardes (quelques années plus tard, subissant une opération, il passera par les soins attentifs d'une religieuse, sœur Théoneste, qui veillera sur lui jusqu'à son dernier jour). En 1906, devenu ministre de l'Intérieur puis président du Conseil, il réprime sévèrement les grèves d'inspiration socialiste. La gauche lui reprochera pour toujours sa dureté face aux ouvriers du Pas-de-Calais puis face aux vignerons du Midi. Son débat récurrent avec Jean Jaurès n'en est pas moins empreint de respect mutuel malgré leur différence de tempéraments (Jaurès éloquent, Clemenceau cassant). Sa présidence du Conseil pendant près de trois ans (1906-1909) est en tout cas l'une des plus longues de la IIIe République.

Clemenceau donnera toute sa mesure à la faveur de la Grande Guerre. Partisan du combat le plus farouche contre l'Allemagne, il y voit plus qu'une guerre de nations : celle de la République et du droit contre la volonté d'asservissement, le despotisme et la barbarie. Sénateur et figure majeure de la politique française, il est d'abord maintenu loin du pouvoir par le président Poincaré, son vieil ennemi (« Poincaré sait tout et ne comprend rien ») ; ce qui ne l'empêche pas de visiter les soldats dans les tranchées. Dans son journal *L'Homme libre*, il subit la censure après avoir dénoncé certaines défaillances de l'armée – c'est pourquoi il décide le rebaptiser *L'Homme enchaîné*. Enfin, face à l'impasse militaire de l'année 1917, Poincaré finit par lui confier la présidence du Conseil, et les deux vieux adversaires vont former un duo inattendu pour permettre au pays de se ressaisir et d'obtenir la victoire. On peut déplorer son refus du projet de paix avancé par l'Autriche début 1918. On lui reprochera surtout son intransigeance au traité de Versailles et ses légèretés dans le redécoupage européen… sans mesurer la difficulté de l'exercice, entre les prétentions des Américains qui ambitionnent d'établir un nouvel ordre mondial, les méfiances anglaises face à la puissance française retrouvée, et le radicalisme du maréchal Foch, désireux de poursuivre la guerre en Allemagne.

Il en va de Clemenceau comme de Churchill ou de De Gaulle après la Seconde Guerre mondiale. La victoire étant acquise, la classe politique ne tardera pas à se débarrasser de ce personnage trop encombrant. Ceux qui devraient l'élire président de la République lui préfèrent Paul Deschanel. Le vieux Tigre reprend son indépendance, entre sa demeure vendéenne et son appartement de la rue Franklin, près du Trocadéro. Toujours aussi vif, bouillant, drôle, direct, il se passionne de nouveau pour l'Antiquité grecque et retrouve l'amour avec Marguerite Baldesperger, une femme plus jeune qu'il s'emploie à guérir de la mélancolie en déclarant : « Mettez votre main dans la mienne. Je vous aiderai à vivre, vous m'aiderez à mourir. » Il passe également beaucoup de temps auprès de Monet, octogénaire comme lui, souvent en proie au découragement. Comme la vue du peintre se dégrade, Clemenceau le pousse à se faire opérer de la cataracte. Il lui adresse des missives chaleureuses, touchantes et drôles, dans lesquelles il houspille son vieil ami qu'il appelle « petit bébé » ou « mon pauvre vieux maboul », en ajoutant : « Malgré le style geignard, si commun chez les vieilles gens, j'ai bien été content de recevoir votre lettre. » Il s'enthousiasme : « Peignez, peignez toujours jusqu'à ce que la toile en crève. Mes yeux ont besoin de votre couleur et mon cœur est heureux. » Comme Monet, une dernière fois, envisage d'abandonner tout son travail, Clemenceau menace de ne plus jamais le revoir, et les *Nymphéas* seront finalement achevés et inaugurés au pavillon de l'Orangerie en 1927, quelques mois après la mort du peintre et deux ans avant celle de Clemenceau. Le livre consacré par celui-ci à l'œuvre de son ami permet de mesurer l'extraordinaire mélange de culture artistique, philosophique, historique qui nourrissait cet homme politique unique en son genre.

Cocteau, Jean

Comment n'être pas épaté par son talent multiforme tourné vers la poésie, le théâtre, le dessin, le cinéma ? Comment n'être pas séduit par son génie de *passeur*, de Satie à Jean Marais en passant par Radiguet qu'il pousse à écrire et lance chez Grasset comme « romancier de dix-sept ans », auteur du scandaleux *Diable au corps* ? Véritable inventeur du Groupe des Six, il a échafaudé dans *Le Coq et l'Arlequin* (1919) une théorie de la musique qui vaut ce qu'elle vaut, mais qui colle parfaitement à un moment de l'histoire et va contribuer à faire connaître une nouvelle génération d'artistes. Ses idées comme son être sont rapides, sensibles à l'air du temps, désireuses de plaire, de surprendre ou de choquer. On ne peut lui contester l'art de la formule, du « monstre sacré » (pour Sarah Bernhardt) à « Ce que le public te reproche, cultive-le : c'est toi » (dans *Le Potomak*), en passant par la géniale tirade des *Mariés de la tour Eiffel* : « Puisque ces mystères me dépassent, feignons d'en être l'organisateur » ; et d'autres non moins justes comme : « Il est aussi difficile à un poète de parler poésie qu'à une plante de parler horticulture. » Et puis on souffre parfois avec lui, qui désirait tant plaire, des méchancetés qu'il endura toute sa vie, de la part notamment des surréalistes, si sectaires et injustes dans leurs exécutions sommaires.

Même en aimant Cocteau, j'éprouve cependant une impression mitigée en relisant ses œuvres avec leur inspiration vive et leurs défauts flagrants : ceux qui, probablement, l'auront empêché de rejoindre le panthéon des très grands écrivains auprès desquels il vécut. Le pire fut l'obsession de se faire remarquer, d'être à l'avant-garde, d'être original, puisque Cocteau – au lieu de dire quelque chose de vraiment personnel – semble vouloir toujours illustrer le fameux « Étonne-moi ! » que lui avait lancé à ses débuts Serge de Diaghilev, directeur des Ballets russes. Du coup, certains de ses écrits les plus réputés, *Thomas l'Imposteur* ou *Les Enfants terribles*, me semblent pécher par la volonté d'être bizarre, la recherche de phrases et d'idées aux formulations inattendues, la pose provocatrice… qui ne suffisent pas à donner profondeur et vérité à ses personnages. Son Dargelos n'est pas un enfant, mais une divagation de Cocteau sur l'enfance ; et je trouve plus convaincants *Les Parents terribles* qu'il mettra en scène huit ans plus tard, ou la femme seule accrochée à son téléphone de *La Voix humaine*.

Les mêmes faiblesses entachent, me semble-t-il, son cinéma qu'on peut goûter pour son esthétisme hyperstylisé, mais qui confine souvent à la préciosité. Si *La Belle et la Bête* ou *Les Parents terribles* peuvent encore nous emporter, *Orphée* ou *Le Testament d'Orphée* sont à mes yeux irregardables. Pourtant si l'œuvre de Cocteau est inégale, c'est que sa vie entière fut une création d'artiste, essayant dans tous les domaines sa baguette magique avec plus ou moins de bonheur. Comme l'écrit son biographe Claude Arnaud : « Son œuvre est faite de plumes de couleur, plus que de pierres de taille. Elle garde la fraîcheur du vivant, avec ses défaillances, sa variété et ses bonheurs. On découvrira encore Cocteau au hasard d'une promenade chez un bouquiniste ou d'une navigation sur le Net. Il restera cet élève buissonnier qui ne connut jamais les bancs de la faculté. » Quant au meilleur de l'écrivain, il se cache peut-être dans quelques textes moins connus comme les bouleversants poèmes de *Plain-Chant*, plus simples, plus vrais et peu soucieux d'étonner !

Colette

La vie de Colette – prolongée par ses écrits – offre le tableau le plus complet, le plus riche, le plus étonnant d'une femme française dans la première moitié du XXe siècle. De la Belle Époque aux Années folles, on y reconnaît tour à tour la fillette campagnarde, la provinciale d'origine modeste, la jolie Parisienne de 1900, l'épouse dominée par son mari, la figure des milieux artistiques, la rebelle qui devient danseuse et modèle, la journaliste infatigable, l'écrivain qui s'affirme, le symbole de l'affranchissement féminin, la personnalité du monde des lettres, la figure presque officielle de la IIIe République… Elle fut tout cela au fil d'un parcours dont témoigne largement son œuvre mêlant textes autobiographiques, articles de journaux, pièces de théâtre, romans : une vaste production toujours portée par cette simplicité sensible, cette finesse psychologique, ce dépouillement d'écriture, cette force naturelle qui auront valu à Colette d'être considérée, de son vivant, comme un des grands « écrivains » français du siècle – son statut d'égalité avec les champions de l'autre sexe n'ayant guère fait l'objet de discussions ni de contestations. C'est assez rare à l'époque pour être souligné.

L'art et la vie s'entremêlent partout chez Colette avec, pour commencer, le regard si poétique qu'elle porte sur sa jeunesse à Saint-Sauveur-en-Puisaye. Très jeune, elle apprend à humer le parfum de la campagne : « Mon enfance, ma libre et solitaire adolescence, toutes deux préservées du souci de m'exprimer, furent toutes deux occupées uniquement de diriger leurs subtiles antennes vers ce qui se contemple, s'écoute, se palpe et se respire. » Plus tard, dans le cercle de son premier mari Henry Gauthier-Villars, *alias* Willy, elle devient l'amie d'écrivains comme Courteline, Pierre Louÿs, Catulle Mendès, Jean Lorrain, mais aussi de compositeurs comme Debussy, et de comédiens comme sa chère amie Marguerite Moreno. Au cœur du mouvement artistique de l'époque, le couple donne l'impression d'un ménage moderne qui écrit à quatre mains les aventures de *Claudine*, couronnées par un immense succès. Même si Willy lance la série et s'en attribue d'abord seul la paternité, la figure même de Colette se confond bientôt avec son héroïne, incarnée à la scène par sa grande amie la chanteuse Polaire. La jeune femme commence également à publier sous son nom (*Dialogues de bêtes*, *Les Vrilles de la vigne*), si bien qu'elle est déjà un auteur réputé quand sa séparation avec Willy l'incite à se tourner vers la scène. Ce sera le temps des pantomimes dénudées et bientôt des amitiés féminines – à commencer par son aventure avec Missy, marquise de Belbeuf, fille du duc de Morny. Cette page très romanesque de la vraie vie, Colette l'évoque en 1910 dans *La Vagabonde*, et elle décrit merveilleusement le monde du spectacle dans *L'Envers du music-hall*.

Les années de mariage avec Henry de Jouvenel se dérouleront davantage sur un pied d'égalité. Après la Grande Guerre, l'égérie de la Belle Époque apparaît même comme un précurseur du style des années 1920, elle qui, depuis longtemps, a délaissé les accoutrements trop lourds ou trop vaporeux pour des vestes et des cravates plus conformes au style de la garçonne qui se montre, cigarette au bec, dans un nuage de fumée. La Colette des Années folles paraît pourtant plus sage que celle de 1910. Elle devient pleinement auteur, enchaînant les succès en librairie comme au théâtre : *Mitsou*, *Chéri*, *Le Blé en herbe*. Elle pose un regard naturel et subtil sur les hommes, les femmes, les rapports amoureux y compris leur cruauté (terrible dans une nouvelle comme *Le Képi*). Elle cultive comme nul autre certains plaisirs de la vie, à commencer par ceux de la bonne chère. Amie de Francis Carco, elle s'installe au Palais-Royal, séjourne à Saint-Tropez, écrit le livret de *L'Enfant et les Sortilèges* pour Maurice Ravel. Elle voyage, et donne des conférences dans de nombreux pays où on l'admire. En 1928, honorée par la République, elle devient officier de la Légion d'honneur, puis en 1936 commandeur. Après la parution de *La Chatte*, Henri de Régnier écrit : « Quelle surprise ravie auront les lecteurs quand ils liront l'admirable livre de Mme Colette, qui est un des plus originaux et des plus beaux qu'elle ait écrits et écrit en cette langue simple, drue, subtile, nuancée, profondément et fortement classique, en cette langue d'une perfection naturelle et d'une sève puissante qui a fait de l'auteur de *Chéri* le grand écrivain que nous admirons ! » La Colette immortalisée après guerre par Robert Doisneau, allongée chez elle ou assise parmi les jurés du Goncourt, est ainsi bien davantage qu'un simple écrivain : une aventurière du siècle qui révèle en souriant le fond de sa pensée dans *L'Étoile Vesper* (1946) : « Ils croient que j'ai des idées générales. Ce n'est pas à moi de leur révéler que je vis sur le fond de frivolité qui vient au secours des existences longues. Qu'un âge arrive où il faut choisir entre l'amertume et le pessimisme comme on disait autrefois, et le contraire, et qu'il y a beau temps que mon choix est fait. »

Cros, Charles

On lui doit quelques fleurons de la poésie française, tel ce « Nocturne » mis en musique par Ernest Chausson :

Bois frissonnants, ciel étoilé,
mon bien-aimé s'en est allé,
Emportant mon cœur désolé !

D'autres sont entrés dans les mémoires par le biais de la chanson, comme « Sidonie » entonnée par Brigitte Bardot dans *Vie privée* de Louis Malle. Mais Charles Cros (1842-1888) a laissé aussi son nom à une « académie » longtemps influente par les prix qu'elle décernait aux meilleurs disques. Et pour cause : c'est lui qui, en 1877, présentait pour la première fois à l'Académie des sciences un système de reproduction du son nommé « paléophone », fondé sur la gravure d'un support et la vibration d'une membrane. Le phonographe était né, même si Cros n'eut pas le temps de mener jusqu'au bout son idée alors même que Thomas Edison, aux États-Unis, lançait une invention comparable... Charles Cros, lui, quand il n'était pas occupé par ses recherches, avait beaucoup à faire avec ses amis de la bohème, écrivains, peintres, poètes, peintres journalistes et autres provocateurs avec lesquels il passa l'essentiel de sa vie, buvant beaucoup jusqu'à sa mort précoce à l'âge de quarante-cinq ans.

Figure extraordinaire de la fin du XIXe siècle, Cros est le seul à combiner à ce point la passion des sciences, le génie de l'invention et un art poétique très personnel où les surréalistes trouveront une inspiration. Tout jeune et presque autodidacte, il est devenu professeur de chimie à l'Institut des sourds-muets. Dès 1867, il présente à l'Exposition universelle son premier prototype de télégraphe automatique et surtout, l'année suivante, un procédé de photographie en couleurs dont il est l'un des inventeurs avec Louis Ducos du Hauron... Dans le même temps, avec ses frères Antoine et Henry, Charles Cros est un habitué des cercles anticonformistes du Quartier latin. Il participe aux dîners des « Vilains Bonshommes » avec les meilleurs poètes du temps et fonde à son tour le groupe des zutistes, premier d'une longue lignée de mouvements provocateurs. Il se rapproche d'Alphonse Allais qui restera son intime et déploiera, comme humoriste, ce même esprit d'inventeur que Cros illustre dans la réalité. Après le Quartier latin, tous migrent vers Le Chat noir. Le jeune Debussy qui fréquente ce cabaret met en musique un poème de Charles Cros. Quelques années plus tard, Ernest Chausson adapte son « Nocturne » dans sa bouleversante « Chanson perpétuelle ». Cros entretient une longue liaison avec la poétesse Nina de Villard qui inspire son principal recueil poétique : *Le Coffret de santal*. On y trouve à côté des poèmes les plus émouvants une simple blague : le fameux « Hareng saur », comptine qui a traversé le temps et dernier legs d'un étonnant génie au carrefour de la science, de la poésie et de la fantaisie. Aura seulement manqué à cette brève existence la juste gloire qu'elle méritait :

J'ai tout touché : le feu, les femmes, et les pommes ;
J'ai tout senti : l'hiver, le printemps et l'été ;
J'ai tout trouvé, nul mur ne m'ayant arrêté.
Mais Chance, dis-moi donc de quel nom tu te nommes ?

Cynisme

On associe souvent les Années folles à une forme de cynisme. Dans leur opérette à succès *Ta bouche*, créée au théâtre Daunou en 1922, les auteurs Albert Willemetz et Yves Mirande mettent en scène des personnages de faux nobles, de faux bourgeois et d'anciens domestiques provisoirement enrichis, prêts à tous les mensonges pour se griser ou faire illusion. Le désir de vivre et l'amour des apparences, au lendemain de la Première Guerre mondiale, ne s'embarrassent pas de morale exigeante ; et les mêmes caractères se retrouvent dans les comédies de Guitry avec leurs femmes sans scrupule, leurs mélanges assumés d'amour et d'argent, sans parler de l'auteur lui-même qui jette sur cette humanité un regard à la fois complaisant et cruel. Mais le cynisme de la décennie 1919-1929 est lié, aussi, aux scandales financiers qui se multiplient, un peu partout dans le monde, avec les premières « bulles » immobilières, comme celle qui éclate en Floride en 1926, trois ans avant la grande crise économique. En France même, la rente solide des années 1900 n'a pas résisté à la guerre. L'effondrement des valeurs à revenu fixe a poussé vers la spéculation, le gain facile et la recherche de « tuyaux » prodigués par des conseillers financiers plus ou moins fiables. Certains sont ruinés, d'autres s'enrichissent. La cote des peintres à la mode, comme Utrillo ou Dufy, se multiplie par dix en dix ans.

Le désir de se griser, de se distraire et, pourquoi pas, de s'enrichir à n'importe quel prix explique d'ailleurs pour une bonne part l'adjectif associé à ces années « folles ». Mais cette morale immorale fait écho à d'autres périodes comparables qui, dans l'histoire de France, suivent régulièrement les grandes crises et les heures sombres. On peut ainsi facilement rapprocher les années 1920, avec leurs cocottes et leurs milliardaires en toc, de la période du Directoire qui suivit la Terreur et vit fleurir des créatures extravagantes du même genre : ces « incroyables » et ces « merveilleuses » qui aimaient la futilité, la griserie, et ne se souciaient que de leurs tenues extravagantes, comme pour oublier le couperet des échafauds.

Le cynisme des Années folles résonne également avec la période du Second Empire, ses fortunes soudaines et sa frénésie de divertissements. En 1860 déjà, les artistes avaient une folle envie de se moquer du monde, comme le font génialement Offenbach et ses librettistes. Artistes favoris du pouvoir, ils n'hésitaient pas à tourner en dérision la Cour et ses intrigues amoureuses en arrière-plan de la politique. Cet âge d'or de la satire trouvera un prolongement presque naturel dans les années 1920. Car, si l'opérette et l'opéra-bouffe ont décliné à la Belle Époque, ils connaissent un extraordinaire regain de faveur dès 1918. Les années 1920-1930 voient paraître quantité de comédies chantées qui s'amusent des nouvelles mœurs affranchies de toute moralité. Loin des raffinements de l'art pour l'art et des séismes de la première modernité, l'esprit des Années folles se veut résolument narquois et détaché… au point que certains théoriciens désigneront cette immoralité comme le symptôme, voire la source des maux qui affecteront la politique à partir des années 1930, conduisant aux catastrophes que l'on sait.

D

Dada

Trouvée dans une anthologie de la poésie du XXe siècle, la « Chanson dada » de Tristan Tzara a rythmé mon adolescence. Elle égrène ses couplets aux allures de manifeste loufoque :

La chanson d'un dadaïste qui avait dada au cœur
Qui était donc dadaïste comme tous les dadas de cœur...

Puis elle se prolonge dans une sorte de refrain :

Buvez du lait d'oiseaux, lavez vos chocolats,
Dada, dada, mangez du veau.

De ce dadaïsme éclipsé au milieu des années 1920 par les surréalistes qui en venaient pour la plupart, j'aimai d'emblée l'esprit loufoque et frivole qui – même avec sa part de radicalisme politique – rejoignait le climat général des Années folles. Plus lointainement, Dada renouait avec une tradition du non-sens initiée dès le Second Empire par certaines opérettes d'Hervé (dit « le compositeur toqué ») et d'Offenbach (qui dans *Geneviève de Brabant* montre les croisés embarquant à la gare du Nord pour conquérir Jérusalem). Ce goût de l'absurde avait connu d'autres heures glorieuses à l'aube du XXe siècle avec les « Arts incohérents » d'Alphonse Allais, puis dans le théâtre d'Alfred Jarry et chez d'autres extravagants comme l'écrivain Raymond Roussel et ses *Impressions d'Afrique*. Même les vaudevilles de Courteline ou de Feydeau dont le réalisme social flirte souvent avec la folie annonçaient à leur façon ce règne de l'extravagance. Le culte de la provocation, de la fantaisie et du renversement des valeurs, assimilant la création artistique à un jeu, allait ainsi renaître avec le mouvement dadaïste : pendant la Grande Guerre au Cabaret Voltaire de Zurich et avec Hugo Ball, Emmy Hennings, Tristan Tzara, Jean Arp ; puis bientôt à New York où se retrouveraient Francis Picabia, Marcel Duchamp et Man Ray ; et enfin à partir de 1919 à Paris avec les mêmes, associés aux futurs chefs de file du surréalisme, Breton, Eluard et Aragon en tête.

La verve joyeuse du dadaïsme nous aura valu des créations aussi marquantes que la Joconde pourvue par Marcel Duchamp d'une moustache et d'un sobriquet

(L.H.O.O.Q.) ; un urinoir propulsé au rang d'œuvre d'art sous le nom de « ready-made » ; des spectacles qui préfigurent le théâtre de l'absurde et la musique bruitiste : spécialement cette soirée du 26 mai 1920, salle Gaveau, où tous les participants portent des chapeaux en forme d'entonnoir, tandis que Paul Eluard apparaît affublé d'un tutu. Je confesse toutefois une sympathie particulière pour Francis Picabia, héritier fortuné, encouragé par une famille d'artistes, qui se livre très tôt aux aventures artistiques les plus audacieuses. Véritable précurseur de l'art abstrait avec son *Caoutchouc* de 1909, puis *Udnie*, en 1913, il se rapproche de Duchamp puis de Breton au cœur du dadaïsme parisien. Il se définit alors comme « anti-tout » et conçoit *L'Œil cacodylate* accroché au Bœuf sur le toit et signé par toute la jeune garde des années 1920. Il se rapproche également du vieil Erik Satie avec lequel il crée les ballets *Mercure* et *Relâche*. Ce dernier inclut un film muet réalisé par le cinéaste débutant René Clair et intitulé *Entr'acte*. On y reconnaît le compositeur des *Gymnopédies* avec son parapluie et son chapeau, tirant du canon sur les toits de Paris. Présents dans la salle à la création, en 1924, les surréalistes, en rupture avec Dada, siffleront l'œuvre et ses auteurs.

Dès cet instant, l'esprit de sérieux reprend le dessus comme cela s'est déjà produit, en 1921, lors du procès fictif intenté par les dadaïstes à Maurice Barrès (« Mise en accusation et jugement de Maurice Barrès pour crime contre la sûreté de l'esprit »). Contre la volonté de Tzara ou de Picabia, Breton et Aragon voulaient transformer cette farce en véritable procès politique. En 1924, le très ambitieux (mais souvent très sectaire) mouvement surréaliste prend définitivement le dessus, marquant la fin du dadaïsme – quand bien même l'esprit dada continuera à inspirer beaucoup de ses créations. Picabia poursuivra sa vie d'aventurier pour la terminer ruiné. Quant à Tristan

Tzara qui avait incarné la liberté absolue des dadaïstes, il finira par rejoindre le Parti communiste en 1936, à l'instar d'Eluard et Aragon – tandis qu'André Breton apparaîtra, paradoxalement, comme l'ultime défenseur d'une certaine indépendance des artistes !

Daphnis et Chloé

Créé en 1912 par les Ballets russes au théâtre du Châtelet, *Daphnis et Chloé* prend le prétexte des amours antiques pour nous entraîner sur les rivages ensoleillés de la Méditerranée. Sur cet argument, Maurice Ravel a composé une partition d'une heure, pour chœur et orchestre, qui constitue, avec les *Nocturnes* et *La Mer* de Debussy, le sommet de l'impressionnisme musical. Le début de la troisième partie, intitulé « Lever du jour », est une des pages les plus puissantes de toute l'histoire musicale par sa façon de chanter l'éveil de la vie, symbolisé par de fervents élans de l'orchestre entier puis par un solo de flûte extraordinaire. Le frémissement du désir atteint une beauté extatique et nous rend plus confiants comme si cette musique, par la richesse de ses accords et ses raffinements de timbres, nous révélait un horizon infini. *Daphnis et Chloé* ne fut pas bien compris par son commanditaire, Serge de Diaghilev, mais l'œuvre est entrée au répertoire de tous les orchestres. La « deuxième suite », tirée par Ravel du ballet original, s'ouvre par cet irrésistible vague orchestrale qui semble dialoguer avec le vent, le soleil et la mer. Après l'enchantement de cette introduction et le solo de flûte traversière, un chœur frénétique et un rythme sauvage à cinq temps célèbrent la puissance dionysiaque de la vie... mais soulignent aussi la capacité du fragile et minuscule Ravel (1,61 mètre) de composer une œuvre gigantesque qui nous émerveille, nous enivre, nous réconforte. Ce chef-d'œuvre vaut plus encore lorsqu'on le joue – trop rarement – dans la version complète avec chœur, et non dans la simple réduction pour orchestre symphonique.

Debussy, Claude

Je lui dois ma passion de la Belle Époque, et plus généralement celle de la musique. Alors que je rabâchais au piano, depuis l'enfance, les morceaux obligés de Bach, Mozart, Beethoven ou Chopin, tout a changé le jour où, fouillant dans la discothèque familiale, j'ai trouvé un disque de ce compositeur. La sonorité si française de son nom (en général les grands génies étaient plutôt allemands), mais aussi l'allure du musicien reproduit sur la pochette commencèrent par m'envoûter. J'étais fasciné par ce visage carré, ce collier de barbe noire, ce regard mystérieux. Le portrait du jeune Debussy, peint en 1884 par Marcel Baschet, ne rappelait guère l'habituelle vision des artistes classiques et romantiques. Rien de ces épanchements douloureux ni de ces fièvres échevelées auxquels renvoie souvent l'art musical, mais une émotion étrange et calme, une pudique élégance 1900.

Entre le monde où je vivais et la mythologie des grands musiciens, j'allais découvrir avec Debussy une frange de l'histoire beaucoup plus proche de moi, un passé plus intime. Il comblait un vide entre légende musicale et temps présent. Son portrait – comme celui de Proust par Jacques-Émile Blanche – me renvoyait à un passé proche et presque familial. C'était le temps de mon grand-père, le monde de 14-18, à la frontière de l'Histoire et de mon histoire. Debussy avait la même allure que ces vieux jeunes gens rassemblés sur d'antiques photos souvenirs, desquels on disait : « Tiens, voilà l'oncle Léon... Et voici la tante Lucie. » Mais le choc se précisa, surtout, quand je posai ce disque sur le pick-up. Le son des premiers accords de piano (une pièce peu connue intitulée *D'un cahier d'esquisses*) reste dans ma mémoire comme le seuil d'un monde nouveau : un clavier aux timbres de bois exotiques, une percussion chaude aux nuances extraordinaires. C'était un document rare dans lequel Debussy jouait ses propres œuvres. En 1912, quelques années avant sa mort, le compositeur avait gravé plusieurs compositions sur rouleaux de cire. Cette trace sonore concrète d'un musicien légendaire donnait corps à mon sentiment de passé « proche et lointain ». Debussy jouait. Son piano sonnait avec une densité lente qui conférait à chaque note, à chaque silence un éclairage, un volume, un caractère, un parfum. Jamais je n'avais entendu pareille harmonie s'inventant librement d'un accord à l'autre.

Sur l'autre face était enregistré le *Prélude à l'Après-midi d'un faune* et je suis resté envoûté par la respiration de la flûte, ses élans sensuels, ses chutes, son mouvement aérien, expressif et décoratif. J'écoutais l'orchestre animé de chants, de mélancolies et d'élans fugaces ; un orchestre où chaque phrase raconte une histoire, tissée avec d'autres histoires. Cette musique me faisait songer aux campagnes qu'on regarde depuis la fenêtre d'un train, à cette succession de paysages qui changent légèrement par la disposition de quelques arbres, puis soudain laissent place à une vision radicalement différente. Debussy est un musicien du voyage. Toujours en mouvement, il découvre et, parfois, se souvient. Un libre enchaînement de formes développe les liens entre l'ouïe et l'imagination. Les écrits du compositeur affirment son goût pour les mystères du monde : « Posséder le décor naturel de la beauté du ciel, pouvoir commenter symphoniquement cette féerie quotidienne qu'est la mort du soleil sont des entreprises émouvantes pour quiconque a le sentiment des rapports qui unissent dynamiquement l'art et la nature. »

*

Dès ses débuts, le jeune Debussy s'était singularisé par une formidable indépendance d'esprit. Né en 1862 à Saint-Germain-en-Laye dans une famille petite-bourgeoise, il avait montré très tôt son goût du raffinement, quitte à se priver du strict nécessaire pour acquérir des objets rares. Lors de ses études au Conservatoire, il irritait ses professeurs en proposant des associations d'accords inédites échappant aux lois supposées du développement musical, mais guidées par la seule recherche de couleurs et de volupté. Ces enchaînements nouveaux trouveraient plus tard leur prolongement dans le jazz dont les grands maîtres, tel Duke Ellington, n'ont jamais caché ce qu'ils devaient à Debussy. Abordant le monde sonore sans aucune règle, Debussy inventait ainsi la musique moderne, dont nombre d'historiens fixent l'acte de naissance au 22 décembre 1894, jour de la création de son *Prélude à l'Après-midi d'un faune*. Cette partition d'une étonnante liberté semble n'avoir aucun modèle dans les deux siècles qui ont précédé. La souplesse du trait, la lumière, les teintes frémissantes, les accords voluptueux vaudront bien vite à Debussy le qualificatif de « compositeur impressionniste » – terme discuté par les musicologues, mais qui a le mérite de souligner à quel point son œuvre marque un tournant, tout comme Monet ou Cézanne ont marqué un tournant dans l'histoire de la peinture.

La révolution debussyste se précisera dans les années suivantes avec la création de ses *Nocturnes* pour orchestre, s'ouvrant par un irrésistible cortège de *Nuages* et s'achevant dans un chœur de *Sirènes* ; puis celle de l'opéra *Pelléas et Mélisande* où le chant épouse si subtilement la parole. En 1905, Debussy compose *La Mer*, fascinante symphonie dont l'écriture orchestrale a quelque chose de pointilliste plus encore qu'impressionniste. Ses premiers admirateurs ne le suivront pas toujours. Lui poursuivra obstinément son chemin. Affranchi de toutes les conventions et guidé seulement par l'oreille et l'imagination, son art ouvre les voies de ceux qui incarneront le modernisme musical : Stravinsky, Bartók, Schönberg, Varèse, Falla et tant d'autres.

Son autre idée fixe, défendue avec panache, est d'arracher la musique française à l'influence dévorante de Beethoven et plus encore de Wagner, dont tous les musiciens se réclamaient à l'aube du XXe siècle. Pour celui qu'on surnommera parfois « Claude de France », le wagnérisme est un « coucher de soleil que l'on a pris pour une aurore ». La musique doit s'en éloigner et renouer avec la fantaisie, le jeu, la légèreté, l'imagination. Rejetant toute idée de confession intime, vilipendant le poids du pathos, il veut faire de l'art un divertissement, au sens le plus noble du terme, et rejoint les idées d'un Nietzsche qui, déjà, entrevoyait dans *Carmen* l'horizon d'une musique « méditerranéenne ». Ce programme qui inspirera toute l'esthétique moderne entre les deux guerres va bien au-delà d'un trait « nationaliste ». Il marque une rupture avec le siècle romantique et installe Paris au cœur de la vie musicale internationale. C'est en effet sur les traces de Debussy que tous les jeunes compositeurs d'Europe centrale, d'Italie, d'Espagne, d'Amérique du Nord et du Sud se précipiteront bientôt dans la capitale française ; et c'est encore dans le sillage de Debussy que s'épanouiront les nouvelles générations de musiciens français : Poulenc, Milhaud, Ibert, Messiaen, Boulez puis encore, aujourd'hui même, les compositeurs dits « néotonaux ».

Durant ses dernières années d'activité, Debussy atteint de nouveaux sommets, comme en témoignent ses deux livres de *Préludes*, puis l'ultime floraison de chefs-d'œuvre composés sur la côte normande durant l'été 1915 : non seulement plusieurs sonates qui, d'une certaine façon (comme *Le Tombeau de Couperin* de Ravel ou la *Symphonie classique* de Prokofiev) annoncent le style « néoclassique » ; mais aussi un génial cycle d'*Études* pour piano : musique encore trop rarement jouée au concert, et dans laquelle le compositeur déploie, avec une prodigieuse liberté, les possibilités d'une tonalité nouvelle au sein d'une forme affranchie de toutes les règles préexistantes. En témoignent des pages aussi sublimes que « Pour les agréments », ou « Pour les arpèges composés ».

De retour à Paris après cet été radieux, Debussy entamera un véritable chemin de croix avec la soudaine aggravation du cancer du rectum dont il souffrait depuis plusieurs années. Une opération en décembre 1915 est suivie d'une brève rémission, puis d'une rechute et d'horribles souffrances qui vont quasiment suspendre toute activité. Son catalogue se referme ainsi, au cours de l'hiver 1916-1917, avec l'achèvement de la *Sonate* pour violon et piano. Debussy n'est pas du genre à s'épancher sur lui-même, même si le côté brisé de cette sonate laisse percer quelque chose de douloureux. Les photos de la fin de sa vie sont rarissimes et les dernières lettres du musicien n'abandonnent jamais complètement l'humour qui était chez lui une seconde nature.

Il meurt le 25 mars 1918, au moment où l'armée allemande lance sa dernière grande offensive sur Paris. Le jour de ses funérailles, les bombes de la Grosse Bertha tombent sur l'église Saint-Gervais, faisant de nombreuses victimes, si bien que la disparition de Claude Debussy passe au second plan derrière l'actualité guerrière... Elle n'en sera pas moins perçue dans le monde entier comme une perte irremplaçable : perte artistique d'abord, parce que Debussy était admiré comme l'homme qui, par sa liberté et son imagination, avait changé le cours de l'histoire ; perte symbolique également, parce qu'il avait, toute sa vie, revendiqué la spécificité d'une musique française affranchie du modèle allemand – ce qui prenait un sens particulier au moment où le conflit entre les deux nations atteignait les dimensions cataclysmiques. Ce contexte n'empêchera pas le jeune compositeur allemand Paul Hindemith, mobilisé dans les tranchées, de réunir quelques amis en mars 1918 pour jouer le *Quatuor à cordes* de Debussy, en hommage au compositeur disparu.

*

L'importante correspondance publiée par Gallimard en 2005 permet de mieux saisir la personnalité complexe de celui qui reste associé à la musique moderne, mais dont la vie contredit plus d'une fois la trop simple religion du progrès. Elle montre également des talents d'écrivain assez rares chez les musiciens, dont témoignent aussi les nombreux articles rassemblés sous le titre de *Monsieur Croche antidilettante*.

Première constatation : l'inventeur de la musique moderne n'était pas dans la vie un révolutionnaire. Durant sa jeunesse, il signe « de Bussy » et on sent qu'il évolue dans un milieu sceptique vis-à-vis des idéaux démocratiques ! Pour autant, le compositeur de *Pelléas* n'est pas un véritable réactionnaire. Toute sa vie il conservera des liens chaleureux avec son père, ancien communard condamné à l'emprisonnement. Et, quand survient l'affaire Dreyfus, il paraît plutôt indifférent, se gaussant des divers amis qui veulent l'entraîner d'un côté ou de l'autre. Dès qu'il s'agit de musique, ce bourgeois bon teint devient pourtant un homme curieux, épris de nouveauté : fasciné par le jeune Stravinsky, il lui accorde d'emblée une franche sympathie et le presse de revenir à Paris, pour « que l'on fasse enfin de la vraie musique ». Comme beaucoup d'artistes de sa génération, Debussy est un pur esthète. Sa seule religion, sa seule politique est celle de l'art, ce qui l'autorise à dédaigner le reste.

Et pas seulement le reste. Car, même sur son art, Debussy se montre discret. Ce styliste élégant trouverait indélicat de parler travail, comme il l'exprime en 1907 : « J'ai pris depuis fort longtemps la résolution de ne jamais rien dire sur ce que je fais ou ferai. » Il s'en tiendra à cette attitude, quoique certaines lettres précisent ses goûts et ses admirations, à condition de laisser de côté les compliments de circonstance (très proustien, Debussy flagorne chaque correspondant, toujours « un des rares » à comprendre les choses importantes). Mais les enthousiasmes sont nets : Moussorgski, Rameau, Chabrier, Weber et certaines œuvres de Wagner comme *Parsifal* (il aime nettement moins *L'Or du Rhin* et sa « petite senteur de marécage »). En fait, cet « antidilettante » ne parle métier qu'avec les musiciens, lorsqu'il doit régler des problèmes techniques avec le chef d'orchestre André Messager ou le compositeur André Caplet.

Si la Belle Époque fut un temps privilégié de rencontre entre artistes de toutes disciplines, Debussy montre lui-même un goût passionné de la littérature dont son œuvre est le reflet lorsqu'il met en musique Verlaine, Maeterlinck, Charles d'Orléans ou Gabriele D'Annunzio.

Il fréquente le cercle symboliste autour de Mallarmé et ses véritables amis sont de ce côté-là : Pierre Louÿs, Paul-Jean Toulet, Victor Segalen… même s'il glisse au passage quelques perfidies sur « André Gide, qui a un peu l'air d'une vieille demoiselle timidement gracieuse et polie à l'anglaise ; il est d'ailleurs charmant, très apte à échanger des idées finement ingénieuses, il a horreur de Wagner, ce qui est le signe d'un esprit filtré, peut-être un peu trop préoccupé d'une attitude, mais c'est là une manie très contemporaine ». Les peintres auxquels on a souvent associé sa musique « impressionniste » sont en revanche presque absents, ce qui n'empêche pas Debussy d'accepter « fièrement », dans une lettre, le titre d'« élève de Claude Monet ».

Malgré la diversité des rencontres, Debussy apparaît surtout comme un homme foncièrement solitaire. Le divorce avec sa première femme sera suivi par une rupture avec presque tous ses amis. Dans cette période difficile, Debussy souffre de la situation avec moins de méchanceté qu'on ne l'a dit. Mais il donne parfois l'impression d'être un misanthrope, foncièrement indifférent aux autres, à l'exception de sa seconde femme Emma et de leur fille Claude-Emma, *alias* « Chouchou ». « Ce monstre de Debussy » (comme disait Valéry) recourt aux formules assassines pour décrire ceux qui se croient ses proches ; tel ce couple d'amis (ou persuadés de l'être) qualifié de « pauvres petits moustiques ennuyeux, certes ! Mais avec un peu d'air froid l'on s'en débarrasse ».

Plus problématique est la question du nationalisme. En effet, dès le début de la Première Guerre mondiale, Debussy – alors compositeur mondialement célèbre – fait preuve d'un déchaînement qui tranche avec son goût habituel. En août 14, il se réjouit qu'on ait « nettoyé Paris de tous ses métèques, soit en les fusillant, soit en les expulsant » (référence aux arrestations d'Allemands vivant à Paris). L'année suivante, il regrette d'avoir depuis trop longtemps « senti les miasmes austro-boches s'étendre sur l'art ». Au même moment, de l'autre côté du front, Arnold Schönberg souhaite quant à lui « réduire les Français en esclavage ». La guerre est propice aux excès, même chez les plus grands créateurs, et il faut replacer ces phrases dans leur contexte, rappeler la brutalité de l'invasion du nord de la France et la ferveur nationaliste du temps... Il faut surtout ne jamais croire que les génies doivent être des saints, même si l'on peut préférer l'attitude d'un Ravel qui, par amour de la musique, refuse de signer les pétitions antiallemandes. Debussy, lui, signe désormais « musicien français » ; mais ce discours n'est pas insensé au regard de son évolution esthétique. Premier musicien à rompre avec le wagnérisme et à s'éloigner du romantisme, premier esprit moderne à chercher ses modèles classiques et baroques, il voit l'affrontement franco-allemand comme une cristallisation des questions qui le passionnent depuis toujours ; et sa dénonciation d'une certaine barbarie allemande n'est pas tellement éloignée des derniers écrits de Nietzsche qu'il a lu. Il ne manque pas cependant de lucidité pour se défier de ceux qui, au nom de l'exaltation des vertus françaises, en profitent « pour ressusciter de vieilles gloires un peu chancelantes ».

*

Disciple revendiqué de Claude Debussy, parmi beaucoup d'autres, le très dogmatique Pierre Boulez soulignera l'importance exceptionnelle du compositeur par une formule bien trouvée : « C'est avec la flûte du faune que commence une respiration nouvelle de l'art musical, non pas tellement l'art du développement musical que sa liberté formelle, son expression et sa technique. Cette partition possède un pouvoir de jeunesse qui n'est pas encore épuisé, et, de même que la poésie moderne prend sûrement racine dans certains poèmes de Baudelaire, on peut dire que la musique moderne commence avec *L'Après-midi d'un faune* » (*Encyclopédie de la Musique*, Fasquelle, 1958). De fait, nombre d'historiens de la musique retiennnent toujours cette création de 1894 comme le point de départ d'un art musical nouveau. Certes les créations contemporaines des poèmes symphoniques de Richard Strauss, des lieder de Gustav Mahler, puis les premières compositions d'Arnold Schönberg constituent d'autres étapes marquantes. Mais si la rupture debussyste est la plus radicale, c'est parce qu'elle ne vise pas seulement la grammaire, mais encore le sens même de la musique. Loin de l'organisation des thèmes dans une symphonie comme de l'illustration d'un « programme » littéraire ou psychologique, sa seule logique est celle d'un libre voyage qui peut s'inspirer de la nature, puiser des couleurs dans les musiques anciennes ou les gammes extraeuropéennes ; rechercher des timbres et des accords inouïs. Mais surtout Debussy largue définitivement les amarres de l'expression, de la douleur et du pathos, tout comme celles de la psychologie et de la philosophie qui, à la fin du XIXe siècle, sous-tendaient encore la musique. Désormais, le compositeur n'est plus héros, victime, ni prophète, mais simplement poète.

Pour cette raison, les musiciens, génération après génération, redécouvrent son œuvre comme une source de fraîcheur. De Bartók à Duke Ellington et de Boulez à Steve Reich, chacun a privilégié un aspect de ce créateur qui ouvrit les fenêtres avec une insolente liberté. Il glisse de la légèreté à la profondeur, du jeu décoratif à l'élan expressif, des brumes impressionnistes à l'architecture lumineuse. Son art n'est plus religion mais divertissement. À ceux qui voudraient le prendre trop au sérieux, le compositeur répond sous forme de boutade dans une enquête de *La Revue bleue* : « La musique doit humblement chercher à faire plaisir ; il y a peut-être une grande beauté possible dans ces limites. L'extrême complication est le contraire de l'art. Il faut que la beauté soit sensible, qu'elle nous procure une jouissance immédiate, qu'elle s'impose ou s'insinue en nous sans que nous ayons aucun effort à faire pour la saisir. »

Un siècle plus tard, paradoxalement, sa musique peut paraître relativement peu jouée même si *L'Après-midi d'un faune*, les *Nocturnes*, *La Mer*, *Pelléas* et les *Préludes* reviennent régulièrement à l'affiche. Les virtuoses préfèrent les concertos plus classiques de Ravel. Quant au postromantisme dont Debussy voulait s'affranchir, il a fait son retour en force sur les scènes musicales. Quand se succèdent inlassablement, d'une saison à l'autre, les intégrales de Tchaïkovski, Brahms, Bruckner, Mahler, Rachmaninov, Chostakovitch, la France elle-même ne semble plus pleinement comprendre ce musicien qui nous invitait à respirer autrement l'air du monde, comme allaient le faire dans son sillage les compositeurs modernes du XXe siècle. Cet échec même souligne en quoi sa musique nous invite, aujourd'hui encore, à des enchantements inconnus.

Diable à Paris (Le)

J'adore le sujet de cette opérette créée au théâtre Marigny en 1927 : le diable qui avait quitté Paris sous le Second Empire – après la création du *Faust* de Gounod dans lequel il jouait le rôle de Méphisto – décide de revenir en 1927 pour voir ce qui se passe dans la capitale française. Il en profite pour fuir son insupportable épouse, Proserpine. Quittant les Enfers, il découvre alors, dans le Paris des Années folles, un degré d'immoralité dans les mœurs, les affaires d'amour et les affaires d'argent, qui dépasse tout ce qu'il pouvait imaginer. C'est pourquoi en définitive il préfère regagner les ténèbres !

Le Diable à Paris fut d'abord imaginé par Robert de Flers et Francis de Croisset, deux des principaux auteurs de théâtre de la Belle Époque. Le premier avait d'abord connu le succès associé à son complice Gaston Arman de Caillavet dans des comédies comme *Miquette et sa mère* et *L'Habit vert*, mais aussi dans les opérettes de Claude Terrasse (*Les Travaux d'Hercule*, *Monsieur de La Palisse*, *Le Sire de Vergy*). Après la mort de Caillavet en 1915, il a formé un nouveau duo avec Croisset et connu de nouveaux succès comme *Les Vignes du Seigneur* ou l'opérette *Ciboulette*, mise en musique par Reynaldo Hahn. Après avoir écrit une partie du *Diable à Paris*, Robert de Flers disparaît à son tour quelques mois avant la première. Sachant que les livrets s'écrivent presque toujours à quatre mains,

Francis de Croisset se rapproche alors d'Albert Willemetz, le jeune et brillant auteur qui règne depuis 1918 sur les spectacles musicaux, et lui demande d'écrire les couplets du *Diable à Paris*.

En montant cette pièce à Marigny (théâtre qui vient d'être rénové dans le style 1925, à l'emplacement des premiers Bouffes-Parisiens d'Offenbach), le directeur, Léon Volterra, souhaite présenter une opérette à « grand spectacle » selon la mode lancée à Mogador et au Châtelet. L'affiche somptueuse annonce pas moins de quarante musiciens et trente danseurs. Elle fait également appel aux Dolly Sisters, les célèbres sœurs américaines qui ont réglé les ballets. Les principaux rôles sont joués par la délicieuse soprano Edmée Favart (créatrice de *Ciboulette*, aussi bonne comédienne que chanteuse), le jeune premier Aimé Simon-Girard, qui a connu un grand succès en d'Artagnan dans le film muet *Les Trois Mousquetaires*, mais aussi deux glorieux survivants du théâtre et du café-concert : la comédienne Jeanne Cheirel et, dans le rôle du diable, le fantaisiste Dranem qui emporte tous les suffrages dans la chanson sur sa femme :

Proserpine, Proserpine, vieille chipie, vieux hibou,
Vieille ruine, vieille fouine, veille toupie, vieux coucou,
Proserpine, Proserpine, vieille noix, vieux merlan mou,
Proserpine, Proserpine, je n'en peux plus d'être ton époux !

La ravissante musique de cette opérette est signée Marcel Lattès, jeune compositeur de talent, protégé d'André Messager. Ce musicien de qualité, personnage plein de fantaisie, écrira plus tard l'opérette *Arsène Lupin banquier*, puis de nombreuses musiques de film entre les deux guerres... avant d'être arrêté comme juif et déporté à Auschwitz où il mourra en 1943. Son *Diable à Paris* devait revoir le jour au théâtre de l'Athénée en 2021, mais fut reporté à une date ultérieure pour cause de Covid !

Diplomates (écrivains)

L'éloignement constitue, sans doute, une condition favorable au travail de l'écrivain. En témoigne le grand nombre de diplomates qui, de la Belle Époque aux Années folles, mirent à profit leurs voyages au bout du monde pour accomplir une œuvre inspirée ou non par ces séjours lointains.

Premier d'entre eux, Paul Claudel devient dès 1893 vice-consul de France à New York, puis résidera successivement à Boston, Tianjin, Prague et Hambourg, avant de devenir ambassadeur à Rio, Copenhague, Tokyo, Washington puis Bruxelles. Il est frappant toutefois d'observer que ces villes et ces pays comptent relativement peu dans l'inspiration de ses grands textes, bien plus ancrés dans la mystique chrétienne que dans l'exploration du monde (il envisagera même, en 1900, d'abandonner la carrière pour entrer dans les ordres : une autre forme d'éloignement). Sa quête mystique et poétique, initiée par la découverte de Rimbaud, subit certes quelques influences formelles extraeuropéennes dont témoigne le recueil *Connaissance de l'Est* (1900), où l'on voit les formes de la poésie chinoise inspirer l'écrivain sur les chemins de sa propre écriture. Mais cette influence assimilée, parmi d'autres, nourrira surtout l'ardente poésie religieuse des *Grandes Odes* (1911) ou de la *Cantate à trois voix* (1912). De même, au théâtre, c'est *L'Annonce faite à Marie* (1912) qui fait découvrir son art. Quelques années plus tard, sa plus grande création dramatique, *Le Soulier de satin* (1929), a certes quelque chose d'une cartographie universelle avec ses différents tableaux situés à Cadix, à Prague, au large de l'Orénoque, à Mogador au Maroc. Enfin Claudel, parvenu à la gloire et à la maturité, nous invite à franchir les mers dans *Le Livre de Christophe Colomb* (1933), ultérieurement adapté à l'opéra par Darius Milhaud. Ce compositeur avait découvert très jeune l'œuvre de Paul Claudel, de vingt-quatre ans son aîné, avant de le rencontrer et de sympathiser ; puis il avait travaillé sous ses ordres, en 1917, comme secrétaire à l'ambassade de France à Rio et entrepris avec lui de nombreuses collaborations : le ballet *L'Homme et son désir*, sur un argument de Claudel inspiré par la découverte de la forêt amazonienne, puis les adaptations musicales de plusieurs tragédies grecques revues par le poète. Ces marques d'estime et d'amitié du grand écrivain réputé hautain pour un jeune musicien d'avant-garde sont assez singulières pour être soulignées.

Une génération après Claudel, Alexis Leger, *alias* Saint-John Perse, est un autre héritier des raffinements symbolistes et de la poésie sophistiquée de la fin du XIXe siècle. L'œuvre qu'il commence à édifier, discrètement, à partir des années

1910, voit ainsi le jour parallèlement à une carrière diplomatique très active. On n'y trouve aucune trace des hautes responsabilités de leur auteur dans le mouvement de son siècle. Mais il plane sur son œuvre un parfum de lointain lorsqu'il évoque les navires, l'exil, la mer de Baal et autres souvenirs de quelques voyages qui ne furent pas si nombreux. Né en Guadeloupe, puis installé à Paris, Alexis Leger réussit en effet le concours des Affaires étrangères, puis est nommé secrétaire de légation à Pékin de 1916 à 1921. L'essentiel de sa carrière diplomatique s'exerce toutefois à Paris, où il entre à l'administration centrale en 1922. Onze ans plus tard, il devient le tout-puissant secrétaire général du ministère des Affaires étrangères. Il est un des inspirateurs de la politique extérieure des années 1930, minimisant le danger allemand jusqu'à son limogeage par Paul Reynaud peu avant la débâcle. Durant la Seconde Guerre mondiale, il s'opposera obstinément à de Gaulle qu'il voit comme un homme de Reynaud. Le Général lui a pourtant proposé de faire partie du Comité de la France libre, mais le diplomate dénie au militaire toute légitimité et s'exile aux États-Unis où il va contribuer obstinément à miner, dans l'entourage de Roosevelt, l'image de ce général « bonapartiste ». De Gaulle s'en souviendra et refusera de le féliciter après le Nobel de littérature acquis en 1960 pour une œuvre subtile consacrée aux *Vents*, *Pluies*, *Neiges* et autres *Amers*.

Si la Belle Époque a vu grandir, avec Claudel puis Saint-John Perse, deux maîtres de la prose poétique la plus raffinée, les Années folles seront marquées par deux autres diplomates nettement plus ancrés dans leur siècle, dont l'œuvre semble inspirée par les soubresauts du monde. Jean Giraudoux et Paul Morand se sont rencontrés très jeunes, en Allemagne, le premier comme précepteur du second dont le père, Eugène Morand (lui-même écrivain et peintre) se trouvait en poste à Munich. Celui-ci a prié l'ambassadeur de « dénicher quelque jeune agrégé » pour se charger de l'éducation de son fils. C'est ainsi que débarque Jean Giraudoux, normalien d'une vingtaine d'années, fort de mille talents et de mille curiosités, qui chante continuellement des airs d'opéra, comme le raconte Morand : « Souvent il me quittait pour aller au concert ; il adorait la musique, qu'il abandonna totalement par la suite (crainte, peut-être, d'abîmer son rythme intérieur). Il mettait alors Wagner au-dessus de tout et ne devint debussyste qu'à Paris, sous l'influence de P.-J. Toulet. On le voyait souvent au théâtre, car sa carte de correspondant du *Figaro* lui donnait accès partout. » De retour à Paris, Giraudoux viendra habiter chez les Morand et entretiendra une durable amitié littéraire avec son cadet (parmi leurs admirations aujourd'hui oubliées figure la poétesse Anna de Noailles qui était alors, selon Morand, « l'idole des jeunes » !).

L'un après l'autre, Giraudoux et Morand vont également se présenter au concours des Affaires étrangères qui promet aux plus doués une carrière brillante. Giraudoux commence par le « grand concours » auquel il échoue, mais réussit peu après le « petit concours » qui conduit à de moins hautes fonctions... mais permet de rester à Paris comme le désire, au fond, l'écrivain et l'homme de théâtre qu'il va rapidement devenir. Il débute en 1914 au bureau de la presse étrangère sous la direction d'Alexis Leger, puis gravit les échelons jusqu'à diriger ce même bureau, tout en menant avec succès sa carrière de romancier et de dramaturge dans laquelle vont briller son esprit, son intelligence mêlée d'humour, son regard sur son époque, ou encore son désir de paix et de rapprochement franco-allemand. En témoignent *Siegfried et le Limousin* (1922, puis 1928 pour l'adaptation théâtrale), *Bella* (1926), *Amphitryon 38* (1929) ou *La guerre de Troie n'aura pas lieu* (1935) et d'autres œuvres adaptées à la scène par Louis Jouvet qui rencontre le succès en créant la plupart des pièces de cet auteur… Jean Giraudoux, amoureux de l'Allemagne, saura ne pas s'égarer dans la collaboration, alors même que son fils combat à Londres dans la France libre. Il meurt toutefois peu avant la Libération, et quelques mois avant la création de son ultime et réjouissant succès : *La Folle de Chaillot*.

Parmi ces écrivains diplomates, Paul Morand est le seul à faire du voyage et de l'évocation du monde un sujet central de son œuvre. Dès sa prime jeunesse, il a pris l'habitude d'arpenter l'Europe dans le sillage de son père et d'observer partout les milieux artistiques et littéraires qu'on retrouve, par exemple, dans le délicieux *Venises* où il porte ses regards d'enfant sur la Sérénissime des années 1900, fréquentée par Henri de Régnier et son « Club des longues moustaches ». Il n'idéalise pas pour autant la Belle Époque, affirmant que « cet âge d'or se trompe avec impudence ; son monocle l'aveugle. Il ne croit à rien et il gobe tout ; il prend Flers pour Aristophane, Rochefort pour Chamfort et le palais des Glaces pour le pôle Nord » – point de vue qu'il amendera plus tard en évoquant dans une lettre à Jacques Chardonne ce Paris 1900 où se répandait partout « la vie gaie, débordante ». Entre les deux guerres, ses postes d'attaché d'ambassade le conduisent successivement à Londres, Rome Madrid, Berlin, tandis que naissent les récits vifs, colorés et bien rythmés de *Ouvert la nuit*, *Fermé la nuit*, *Flèches d'Orient*, *Rien que la Terre*, *New York*, *Bucarest*, *L'Europe galante*… La planète se parcourt à un rythme nouveau : « Bientôt le tour du monde, le tour de la cage sera vite fait. De nos jours, Hugo écrirait : “L'enfant demandera : – Puis-je courir aux Indes ?” Et la mère répondra : – Emporte ton goûter » (*Rien que la terre*, 1926).

Morand n'en est pas moins, comme Alexis Leger, un produit de cette diplomatie française qui ne brille guère durant les années 1930 et il montrera la même hostilité envers de Gaulle qui espérait son soutien dans la société londonienne où Morand était en poste en 1940. Il préfère rallier Vichy et se demande : « De quel droit cet officier donne-t-il des ordres ? Alexis Leger, mon chef direct, s'en est déjà offusqué. » Il passera ainsi la guerre comme ambassadeur en Roumanie, le pays de sa femme, où il continuera à mener grand train. Le Général ne lui pardonnera pas davantage qu'à Leger. Après avoir empêché une première fois son élection à l'Académie française, en 1958, il refusera de recevoir – une fois n'est pas coutume – le nouvel académicien Morand, finalement élu en 1968. Le vieux Paul Claudel, en retraite de la diplomatie, aura su naviguer plus « diplomatiquement » entre le plus fervent pétainisme de 1940 et le plus ardent gaullisme de 1944 – l'un et l'autre inspirant sans vergogne des odes aux deux grands hommes, publiées dans *Le Figaro* à quelques années d'écart.

Domestiques

Au début du XXe siècle, l'organisation sociale s'appuie encore sur l'existence de deux classes parallèles, étroitement imbriquées : celle des bourgeois, petits ou grands, et celle des « domestiques ». Les gens de maison sont omniprésents avec leurs différents emplois : bonne, cuisinière, femme de chambre, chauffeur, majordome, jardinier. Cette étrange coexistence fonde l'humanité depuis la nuit des temps, avec une évolution constante, depuis les esclaves antiques jusqu'aux valets et confidents du théâtre classique. Elle prend une forme nouvelle à la Belle Époque où le domestique est officiellement affranchi, libre citoyen payé pour accomplir une tâche, mais néanmoins étroitement attaché à la maison où il demeure. On l'interpelle par son prénom tandis qu'il appelle ses maîtres « monsieur » ou madame ». Ceux-ci décident pour une part de son destin par leur confiance et leurs lettres de recommandation. Il subsistait quelque chose de cette organisation sociale, quasiment disparue dans la seconde moitié du XXe siècle, chez mes grands-parents qui avaient encore à demeure une bonne, montée jeune de Bretagne et quasi jamais sortie de chez eux – sauf le dimanche après-midi où, rituellement, elle se rendait au bal.

La question des domestiques, en tout cas, est une continuelle source d'inspiration pour la littérature, le théâtre et le cinéma du XXe siècle naissant, que ce soit sur le mode de la dénonciation sociale ou sur celui de la comédie s'amusant des faux-semblants qu'induit cette cohabitation. Dans le registre sévère, c'est Mirbeau qui frappe le plus fort dans son *Journal d'une femme de chambre* où il écrit : « Un domestique, ce n'est pas un être normal, un être social… Il n'est plus du peuple, d'où il sort ; il n'est pas, non plus, de la bourgeoisie où il vit et où il tend… Du peuple qu'il a renié, il a perdu le sang généreux et la force naïve… De la bourgeoisie, il a gagné les vices honteux, sans avoir pu acquérir les moyens de les satisfaire… » Son héroïne a cependant le regard aigu pour démasquer les tares de ses patrons, y compris lorsqu'elle sert à table : « C'est là qu'on surprend ses maîtres dans toute la saleté, dans toute la bassesse de leur nature intime. Prudents, d'abord, et se surveillant l'un l'autre, ils en arrivent, peu à peu, à se révéler, à s'étaler tels qu'ils sont, sans fard et sans voiles, oubliant qu'il y a autour d'eux quelqu'un qui rôde et qui écoute et qui note leurs tares, leurs bosses morales, les plaies secrètes de leur existence, tout ce que peut contenir d'infamies et de rêves ignobles le cerveau respectable des honnêtes gens. » On n'est pas très loin des *Bonnes* de Jean Genet.

Ces rapports ambigus figurent également, sur un mode plus léger, au cœur du théâtre de Sacha Guitry qui, souvent, s'amuse à nous montrer les deux mondes parallèles : celui du salon et celui de l'office ; celui où les domestiques égaux se retrouvent dans la cuisine pour se faire des confidences ; et celui où ils adoptent une allure et une façon de parler tout au service de leur maître ; celui où l'on écoute derrière les portes et où on se fait parfois surprendre... Il excelle à mettre en scène la semi-familiarité qui, provisoirement, se noue entre le bourgeois et le domestique, ou entre la patronne et sa femme de chambre, transformée en complice et en confidente avant que la hiérarchie ne reprenne ses droits. Il fera de ces relations le sujet d'un petit chef-d'œuvre : *Désiré*, adapté au cinéma en 1937 et ainsi commenté par l'auteur dans *Paris-Soir* : « Fils, petit-fils, arrière-petit-fils de domestique, il éprouve à obéir une véritable volupté – et d'ailleurs il le dit lui-même : "servir, c'est quelque chose de merveilleux. C'est avoir le droit d'être sans volonté..." Mais, hélas ! Toute médaille a son revers et il n'a de goût réel que pour ses patronnes – et ce serait le drame de sa vie si je n'avais pas préféré en faire une comédie. »

On connaît également la proximité de Guitry avec deux grandes comédiennes qui auront joué plus que toutes autres les bonnes, concierges et autre personnel de maison : Pauline Carton (1884-1974), sa grande amie, conseillère et confidente, fait merveille en tablier. Elle conclura dans ses vieux jours : « Quand j'étais jeune, j'avais le visage lisse et des robes plissées, maintenant, c'est le contraire. » L'autre complice de Sacha est Jeanne Fusier-Gir (1885-1973) qui concurrence Pauline Carton, sa quasi-jumelle, dans les emplois de maison, tout en jouant elle aussi quelques rôles de grande dame : « J'ai connu Guitry quand j'avais seize ans. Il en avait à peine davantage ; il vint au cours d'art dramatique où je travaillais. Tout de suite, je compris qu'il ne venait pas pour apprendre à jouer, mais prospecter pour découvrir de futurs interprètes. Je lui donnais la réplique de Suzanne dans *Le Mariage de Figaro*, et ce n'est que plusieurs années plus tard qu'il me donna le petit rôle d'une bonne abrutie qui téléphonait au troisième acte de *L'Illusionniste*. Cette interprétation me lança. » L'ancienneté de leur relation lui valait le privilège (et c'était bien la seule parmi les comédiens) de tutoyer Sacha dans la vie !

À partir des Années folles, le monde des domestiques commence, peu à peu, à faire place à celui des employés de maison, obéissant à des règles mieux définies. C'est du moins ce que suggère, avec malice, le livret de *Ta bouche*, opérette de Maurice Yvain sur un livret d'Yves Mirande et Albert Willemetz. On y voit les classes sociales bouleversées d'une année sur l'autre, par les revers de fortune. Au premier acte, le couple de domestiques, Mélanie et Jean, est au service d'une fausse comtesse et d'un bourgeois également fauchés… Au deuxième acte ils ont fait un héritage et prennent la place de leurs patrons ruinés, avant un dernier retournement au troisième acte où ils entrevoient enfin les avantages d'une vie sans domestiques :

Ce que tout serait moins agaçant sans les domestiques,
Et la vie gagnerait cent pour cent sans les domestiques,
Ce qu'on se ferait moins de mauvais sang sans les domestiques,
Ce sont eux ma foi qui nous font la loi
C'est vraiment la plaie chez soi.

Doucet, Jacques

De la frivolité à l'histoire intellectuelle, Jacques Doucet a suivi une étonnante vocation d'esthète. Tout commence prosaïquement, dans un magasin du 21, rue de la Paix, où son père possède une entreprise de chemises pour hommes et sa mère une boutique de lingerie pour dames. À l'aube du XXe siècle, leur fils Jacques, né en 1853, transforme l'établissement en maison de haute couture fréquentée par les actrices et les femmes du monde. Il forme notamment le jeune Paul Poiret, futur prince de la mode et des nuits parisiennes... Doucet, lui, personnage plus discret, préfère mettre sa fortune au service de ses instincts de collectionneur et de mécène ; d'abord en se tournant vers l'art du XVIIIe siècle (il acquiert notamment les fameuses *Bulles de savon* de Chardin) ; puis en s'intéressant aux œuvres des créateurs contemporains, mais aussi aux manuscrits des grands auteurs. Pour ces activités ; il recourt à l'assistance et au conseil d'écrivains qu'il soutient financièrement : notamment André Suarès, déjà vieillissant mais toujours affublé de sa grande cape, de son chapeau et de sa longue barbe, tel un personnage christique. Doucet recourt également aux conseils de jeunes auteurs comme Max Jacob, André Breton, Louis Aragon ou Robert Desnos, pas encore surréalistes. Il acquiert quantité d'œuvres et notamment, sur la recommandation de Breton, *Les Demoiselles d'Avignon* de Picasso, délaissées dans un coin de l'atelier du peintre. En 1917, Jacques Doucet offrira à l'université de Paris sa bibliothèque d'histoire de l'art, désormais bibliothèque de l'Institut national d'histoire de l'art, collection Jacques Doucet. Il s'éteint en 1929, en même temps que les Années folles.

Dranem

Figure majeure du café-concert puis de l'opérette et du cinéma, Dranem connaît une gloire ininterrompue de la Belle Époque aux Années folles. De son vrai nom Armand Ménard – dont l'anagramme est Dranem –, il a porté au sommet le genre de la « chanson idiote » dans laquelle il s'agit d'entonner les paroles les plus stupides possible, tout en affectant d'être choqué par tant de bêtise. Vedette à L'Eldorado dès les années 1890, il adopte une tenue qui va contribuer à sa gloire : un pantalon écossais trop court, une veste étriquée, un chapeau sur la tête (trop petit lui aussi) qu'il appelle « Poupoute ». Ainsi affublé, il entonne le célèbre refrain des « P'tits pois », les contrepèteries du « Trou de mon quai » et d'autres moins connues qui enchanteront les dadaïstes. L'éminent critique Francisque Sarcey le qualifie d'« idiot de génie », sachant que Dranem n'a rien d'un crétin, mais qu'il a fait de la « chanson idiote » un genre à part entière ; c'est pourquoi il existe, dans les années 1900, un véritable « style Dranem », repris par d'innombrables imitateurs.

Quand la vogue du café-concert commence à s'estomper, Dranem en profite pour révéler ses talents d'acteur en jouant *Le Médecin malgré lui*, monté à l'Odéon par Antoine en 1910. Puis il utilise sa fortune pour créer la maison de retraite des artistes de la chanson à Ris-Orangis, inaugurée par le président Fallières, le 14 mai 1911. En 1924, il publie un roman : *Une riche nature*. Mais, surtout, il accomplit après guerre un retour fulgurant dans l'opérette. Son air d'imbécile heureux, ses mimiques et ses gestes choisis qui provoquent irrésistiblement le rire font de lui un fantaisiste hors pair, à l'honneur dans les nouvelles comédies musicales. Auteurs et compositeurs prennent l'habitude de lui fabriquer sur mesure des couplets chantés d'une voix inimitable dont la fausseté contrôlée semble vouloir atteindre les aigus sans y parvenir. On le voit déguisé en ange gardien dans *Là-haut !* de Maurice Yvain (où il éclipse son partenaire, le jeune Maurice Chevalier, qui en fera une dépression) ; puis en bourgeois de Calais dans *En chemyse* sur un livret délirant de Cami ; en homme vertueux dans *Trois Jeunes Filles nues*, et en descendant de Méphisto dans *Le Diable à Paris*. Le savoir-faire d'Albert Willemetz, avec ses couplets pleins de calembours, convient particulièrement bien au chansonnier vieillissant qui les entonne sur le ton désabusé du type qui se demande pourquoi on lui fait chanter des choses aussi indigentes… Certains de ses refrains sont pourtant entrés dans le langage courant, comme cette chanson de *Là-haut !* : « Si vous n'aimez pas ça, n'en dégoûtez pas les autres » ; ou encore cette rengaine de *Trois Jeunes Filles nues* : « Est-ce que je te demande si ta grand-mère fait du vélo ? » Après quelques rôles au cinéma au début des années 1930, Dranem tire sa révérence en 1935, âgé de soixante-six ans.

Dreyfus (Affaire)

Le vieil antisémitisme chrétien a beaucoup reculé dans la France du XIXe siècle, notamment depuis que Napoléon a établi le Consistoire central israélite de France en 1808. Plus encore sous le Second Empire, les grandes familles « israélites » ont pris dans la société une place de premier plan, que ce soit en passant par la conversion (comme les Halévy) ou en restant fidèles à leur religion (comme les Rothschild). Que des formes d'antisémitisme persistent ici ou là, comme dans les autres pays de tradition chrétienne, n'est pas contestable ; mais elles ne prennent guère sur le sol français les formes systémiques et brutales qu'on observe en Russie et en Europe centrale où persistent les ghettos et où se multiplient les pogroms. Ce contexte français plutôt favorable ne va pas empêcher, pourtant, l'essor d'un mouvement antisémite radical, brutal, incandescent, obsessionnel, qui enflamme la scène politique et sociale dans les trois dernières décennies du XIXe siècle. Il prend notamment racine dans à la défaite de 1871 – le juif étant associé à l'ennemi prussien et à la puissance financière du capitalisme allemand, si bien que l'antisémitisme trouve un écho jusque dans les milieux de la gauche socialiste. Mais c'est plus encore une forme de délire littéraire, initié par le polémiste Édouard Drumont, qui va constituer le détonateur de ce mouvement. Christophe Donner dans son beau roman *La France goy* a montré comment ce personnage abject, laid, méchant, intéressé, malhonnête, mais doué d'une brillante verve pamphlétaire, commence par bluffer le monde intellectuel *via* le salon d'Alphonse Daudet, son protecteur. Toute une partie de la France populaire, ouvriers et artisans autant que militaires ou aristocrates, va le suivre dans cette voie périlleuse. Porté par la fureur de tels propagandistes, l'antisémitisme français culminera dans les accusations contre le capitaine Dreyfus, auxquels se rallient quelques-uns des plus grands esprits et artistes du temps : Jules Verne, Edgar Degas, Auguste Renoir, Vincent d'Indy ou Paul Valéry…

Si, toutefois, la condamnation de Dreyfus marque l'aboutissement et le point culminant de cette rage antisémite, la lente mise en lumière de l'erreur judiciaire va exercer un mouvement inverse, permettant à la France de rejeter l'antisémitisme presque aussi nettement qu'elle l'a laissé grandir. La révision du procès qui paraît difficile, voire presque impossible, ne sera pas seulement le fait du hasard, ni du courage et de l'obstination d'un homme comme le colonel Picquart. Elle doit beaucoup à la détermination de tout un pan de la société pour qui l'antisémitisme porté par Drumont et ses disciples est contraire à l'esprit de la nation et de la République. Ce sont Georges Clemenceau, Émile Zola, Jean Jaurès, mais aussi d'autres artistes et surtout des écrivains tels Anatole France, Charles Péguy, Octave Mirbeau, qui vont accompagner ce fabuleux renversement : éveiller les premiers doutes sur la culpabilité du capitaine, créer un contre-mouvement et finalement obtenir, après dix ans, une victoire totale avec la réhabilitation de Dreyfus en 1906. C'est alors plus qu'un symbole. Dès les années 1910, l'antisémitisme cesse d'être un sujet central dans la société française, quand bien même L'Action française, sous la houlette de Charles Maurras et Léon Daudet (filleul de Drumont), s'efforce d'entretenir cette obsession. Les juifs retrouveront toute leur place parmi les élites et combattront auprès des autres dans les tranchées. Quelques années plus tard, Léon Blum deviendra président du Conseil – position quasi impossible pour un juif aux États-Unis ou en Allemagne. Cette Allemagne que les Français de 1880 assimilaient aux juifs va toutefois reprendre à son compte la fureur antisémite sur un mode bien plus radical... C'est ainsi que l'occupant nazi, après la débâcle de 1940, va raviver en France cette mauvaise flamme, aboutissant aux pages sombres de la collaboration et aux lois antijuives auxquelles la population française sera loin de s'associer massivement. Pour ces raisons l'antisémitisme français m'apparaît comme une dérive à laquelle s'oppose toute l'histoire moderne de ce pays, où l'affaire Dreyfus demeure le symbole d'une grande victoire de la justice et de la raison.

Dufy, Raoul

Le musée du Havre possède une des plus belles collections de Raoul Dufy. La plupart des tableaux furent offerts par sa veuve après sa disparition, en 1953, marquant son attachement à la ville où il avait grandi et qu'il a si souvent représentée. Né en 1877, il avait étudié à l'école des beaux-arts locale, dans la classe de Charles Lhuillier, avec pour condisciples d'autres artistes prometteurs : Othon Friesz, Georges Braque, et d'autres Havrais moins connus comme les excellents frères Henri et René de Saint-Delis. Il y avait découvert les techniques académiques, mais aussi l'impressionnisme si vivace dans cette région où, deux générations plus tôt, Claude Monet entraînait ses amis dans des expéditions picturales. Monté à Paris en 1900, il avait alors suivi le cheminement de sa génération, marquée par Cézanne, avant de s'épanouir dans le courant fauve, aux formes simplifiées et aux couleurs vives.

À quinze ou seize ans, j'allais souvent voir ses tableaux présentés dans ce beau musée à l'entrée du port. Et j'y voyais un exemple vivant de l'art moderne en son heure radieuse, joyeuse et décorative. J'admirais particulièrement ces transatlantiques aux couleurs éclatantes fendant les flots profonds, cette estacade chargée de promeneurs sur la plage de Sainte-Adresse, mais aussi cet atelier d'artiste surplombant la mer à Nice, cette partition de Debussy ouverte sur un piano, ou encore ce fameux petit violon rouge. Le jeu des couleurs et du dessin, souvent décalés l'un de l'autre, pouvait paraître brutal et presque enfantin, mais il apportait à ces toiles une formidable énergie. Au-delà même des mélanges de couleurs, cette peinture possédait plus que toute autre un *rythme* – rappelant qu'elle avait vu le jour au temps du fox-trot et du charleston. La musique est d'ailleurs omniprésente dans le monde de Dufy, peintre privilégié des orchestres classiques comme des fanfares de rue.

Ayant eu la chance de découvrir son art très jeune et sans préjugé, je me suis étonné plus tard d'entendre maints spécialistes évoquer Dufy avec dédain, comme un petit maître, évidemment négligeable au regard des grands fauves et particulièrement de Matisse. Outre que je ne partage pas cette conception de l'art limitée aux purs génies et méprisante pour les seconds rôles (tout ce

« Dictionnaire amoureux » illustre la volonté contraire), je ne puis cesser d'éprouver toujours la même joie devant la singularité de Dufy : celui qui, mieux que tout autre, accomplit la fusion de la peinture et des arts décoratifs. En témoignent les jolis bois gravés qu'il imagina pour la première édition du *Bestiaire* d'Apollinaire ou, dans le genre monumental, l'immense fresque de *La Fée Électricité* qui orne le palais de Tokyo. J'aime un peu moins les courses de chevaux qui allaient l'occuper dans la dernière partie de sa vie – mais je n'oublie pas cet attachement à la mer et au port du Havre, toujours présents dans l'histoire de la peinture sous son pinceau, deux générations après Monet et son *Impression, soleil levant*.

Édouard VII

On ne soulignera jamais trop le rôle du prince de Galles, fils aîné de la reine Victoria, dans le rapprochement franco-britannique à l'aube du XXe siècle. On ne saurait même comprendre cet événement politique majeur sans insister sur le rôle essentiel qu'y jouèrent les petites femmes, la passion du théâtre, l'amour du divertissement et des plaisirs de la vie qui poussaient irrésistiblement vers Paris le futur souverain britannique. Depuis plusieurs siècles, la France et l'Angleterre apparaissaient comme des « ennemis héréditaires », opposés dans une « guerre de cent ans » avant de s'affronter tout au long de l'histoire, et plus que jamais au XIXe siècle sous le règne de Napoléon. Certes la monarchie de Juillet et le Second Empire avaient déjà rapproché les deux pays, tandis que la guerre de 1870 désignait un nouvel ennemi pour les générations à venir : la Prusse devenue la grande et belliqueuse Allemagne – ce qui portait l'Angleterre à se réconcilier avec la France, dans son subtil jeu d'équilibrisme entre puissances continentales. La rivalité franco-anglaise n'en restait pas moins présente sur fond de guerres coloniales, comme l'illustrait encore, en 1898, la crise de Fachoda où les deux pays, rivaux en Afrique, faillirent de nouveau entrer en guerre. Pourtant, la sympathie entre Paris et Londres allait grandissant en cette Belle Époque où nombre d'Anglais admiraient en France des mœurs plus libres, mais aussi un foisonnement intellectuel et artistique sans pareil, tandis que les Français trouvaient dans le style de vie britannique une inspiration nouvelle illustrée par les sports (le tennis, le football), le goût des voyages et du tourisme (autre invention anglaise) et mille autres raffinements exotiques à leurs yeux. Longtemps tenu en marge par l'exceptionnelle longévité de sa mère (il a cinquante-neuf ans quand Victoria meurt en 1901), le prince de Galles, devenu Édouard VII, allait être le catalyseur de ce rapprochement malgré des pouvoirs politiques limités.

Dès le Second Empire, fuyant l'industrieuse et mercantile capitale britannique, il a pris l'habitude de séjourner en France et il n'aime rien autant que la vie parisienne à la façon d'Offenbach. Dans les théâtres du boulevard, aucun artiste n'a de secret pour lui. Il encourage même l'inventeur de l'opérette, Florimond Ronger, dit Hervé, à s'installer à Londres, après avoir applaudi son délirant *Chilpéric*. Habitué des cafés-concerts, cet homme à femmes fréquente aussi les lieux de plaisir où règnent les cocottes. Il sort le soir chez Maxim's et prolonge la nuit au Moulin Rouge où la Goulue lui parle familièrement, comme lors de cette soirée où elle s'approche du prince en s'exclamant : « Ohé, Galles, tu paies le champagne. » Et ça l'enchante. Organisant un dîner pour ses deux fils, il leur présente la danseuse et sa comparse « Grille d'Égout ». Fuyant son austère épouse Alexandra de Danemark, il a ses habitudes dans les « maisons » comme Le Chabanais et continuera, durant son règne, à se tenir informé des spectacles parisiens. En 1908, il applaudit encore la jeune Mistinguett avant de la rencontrer (chez une amie par discrétion) et de lui déclarer, si on en croit les mémoires de la chanteuse : « Je désirais faire votre connaissance, car vous êtes véritablement, purement parisienne. La Parisienne est à la fois grande dame et fille du peuple. Les seules Parisiennes authentiques que j'ai connues ont toujours été soit des femmes du monde capables de se conduire en comédiennes, soit des comédiennes capables de se conduire en femme du monde. C'est seulement à Paris que l'on rencontre quelque chose d'aussi complet. » Cette même année 1908, la personnalité d'Édouard VII inspire la comédie *Le Roi*, de Flers et Caillavet, qui triomphe au théâtre des Variétés.

Avec un tel souverain, l'Empire britannique n'a plus qu'à suivre la pente qui, depuis quelques années déjà, le rapproche de son vieux rival. Édouard y contribue activement lors de sa visite officielle en 1903, où il sympathise avec le président Émile Loubet, en prélude aux accords de 1904 où la France et l'Angleterre noueront une durable « Entente cordiale ». En 1913, Paris rendra hommage au roi défunt en construisant, dans le style anglais, le théâtre Édouard-VII où seront bientôt créés les chefs-d'œuvre de Sacha Guitry. Un couplet de café-concert résume cette amitié d'un roi et d'une ville, teintée de frivolité et dressée contre le nouvel ennemi commun :

Parmi nous, il vient en conquérant
Mais c'est pour conquérir les plus jolies
Allons, mesdames, placez-vous sur un rang...
Que chacun acclame ce bon roi rabelaisien
Et ça f'ra saigner ce brav' empereur Guillaume
Et bien marcher le commerce parisien.

Égéries

Loin des conventions de la famille bourgeoise, le monde des « courtisanes » brille à la Belle Époque d'un éclat vénéneux. Hors de chez eux, les hommes du monde n'ont d'yeux que pour ces icônes qui incarnent tout à la fois la beauté, l'élégance, le sexe, et qui éveillent leur rivalité. À cette pression du désir masculin, les grandes courtisanes (d'une catégorie plus élevée que la banale « cocotte ») répondent par leurs propres exigences. Le désir de pouvoir, la passion du luxe et des bijoux, la fascination des titres sont, pour ces femmes, les maîtres mots d'un style de vie largement illustré par la littérature. Les conquérir exige la plus ardente énergie et les plus grands sacrifices. Pour leur plaire, on organise des voyages, on crée des rentes, on achète des hôtels particuliers et on passe d'innombrables nuits chez Maxim's.

Habitué du célèbre établissement, Yves Mirande écrit dans ses *Souvenirs* : « Toutes les demi-mondaines arrivées s'habillaient chez les grands couturiers. Leurs équipages étaient splendides, supérieurement tenus et d'une correction qui les faisait rivaliser au Bois avec ceux des duchesses et des ambassadeurs. » Les chefs d'État se succèdent à Paris sous prétexte de diplomatie ou d'Exposition universelle, mais attirés surtout par ces égéries féminines et la liberté de mœurs qu'on prête à la capitale française. En 1899, le shah de Perse, dès son arrivée, trouve 554 lettres de Parisiennes offrant leurs services ; puis, assistant à un bal à l'Opéra, il demande s'il peut acheter le ballet tout entier. Ce monde à côté du monde où la femme règne et où l'homme paie rassemble les profils les plus divers : des danseuses pour beaucoup, comme le furent Caroline Otero, Cléo de Mérode, des femmes de bonne famille devenues aventurières comme Liane de

Pougy, de vraies artistes comme Méry Laurent qui anime un salon très recherché, ou encore des filles de milieu modeste transformées en princesses comme l'étonnante Émilienne d'Alençon, devenue maîtresse de Léopold II. Le roi des Belges adore la retrouver chez elle, enfiler un tablier et lui faire la cuisine, puis servir cette populaire compagne qui s'exclame : « Vrai, Sire, j'ai jamais aussi bien bouffé ! » Partageur, le souverain la présentera ensuite à son cousin Édouard VII.

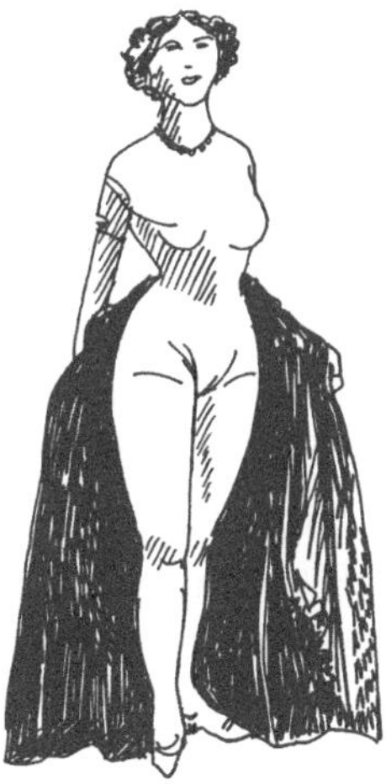

La plus spectaculaire de ces égéries fut sans doute Caroline Otero, dite « la belle Otero » qui, née en Espagne, faisait penser à la Carmen de Bizet par sa façon de soumettre les hommes à ses beaux yeux et à ses désirs : « Dès mon enfance, j'ai été habituée à voir tous les passants prendre en me regardant une expression de désir sensuel. Les femmes hypocrites s'en indignent ; j'ai eu la faiblesse de considérer cela comme un hommage. Est-ce donc méprisable d'être la fleur que l'on respire ou le fruit que l'on convoite ? » Elle n'était sans doute pas d'une beauté parfaite mais, transfigurée par la danse, ou parée de vêtements et de bijoux, elle devenait irrésistible. On peut lui appliquer la description que fait Jacques Chastenet de la « grande cocotte » qui « suit les mêmes modes que la femme du monde, mais sur un ton majeur : parfum plus capiteux, des jupes plus froufroutantes, une taille plus fine, une poitrine plus jaillissante, des aigrettes plus fournies, des paradis plus catapulteux. Les terrains de rencontre entre demi-mondaines et mondaines sont le Bois, les hippodromes, le Ritz, les générales ou les premières, Maxim's est le donjon central ». Caroline triomphe dès 1890 comme danseuse exotique au Moulin Rouge ; elle est invitée en tournée en Amérique et en Russie, puis devient tête d'affiche du cinéma muet dès avant 1900. On lui prête des liaisons avec Édouard VII, Léopold II, Gabriele D'Annunzio ou Aristide Briand. Mais les innombrables photos qui témoignent de sa gloire et de sa beauté contrastent avec celles prises à la fin de sa vie, dans une modeste chambre meublée de Nice où la vieille dame mourut en 1965 au milieu des souvenirs épinglés au mur, dans une société qui l'avait oubliée. La vieillesse ramenait à la modestie de ses origines cette femme que les hommes avaient couverte de bijoux.

Quelques-unes, parmi les courtisanes de haut vol, frôlent parfois le « fait divers », à l'exemple de Marguerite Steinheil, dite Meg, passée à la postérité pour avoir été l'ultime « connaissance » du président Félix Faure. Cette femme sans scrupule pour l'amour ni pour l'argent (elle échangeait un baisemain contre un louis d'or) est l'une des plus appréciées des hommes d'État. En 1904, de façon quasi officielle, le Quai d'Orsay lui confie le roi du Cambodge pour ses moments intimes, tant les attraits de Meg semblent irrésistibles. Elle tente pourtant, sans grand succès, de se bâtir une image de femme prude et dévouée. Ainsi lorsqu'elle prétend, après la mort de Félix Faure, être venue le voir dans son cabinet particulier parce qu'il voulait lui confier ses *Mémoires* avant de les publier... Raison pour laquelle, sans doute, on l'avait retrouvée nue à ses côtés. Un autre fait divers, plus sordide, la rattrape en 1908 avec le meurtre mystérieux de son mari. Soupçonnée par la police, elle échafaudera autour de ce drame un scénario alambiqué, évoquant un important et mystérieux ami dont elle ne peut révéler le nom – peut-être le grand-duc Vladimir – qui serait responsable du crime à la suite d'un malentendu. Elle s'en sort acquittée et finit ses jours en Angleterre où elle épouse un lord.

D'une tout autre envergure sont les deux grandes figures qui s'élèvent, en ces mêmes années, au-dessus du genre féminin et feront l'objet d'une véritable adoration : Liane de Pougy et Cléo de Mérode. Liane de Pougy d'abord, qui avait épousé, jeune, un lieutenant de vaisseau, puis divorcé de ce mari jaloux pour prendre son indépendance en montant sur les scènes de spectacle. Le dramaturge Henri Meilhac et le directeur des Folies Bergère, Édouard Marchand, seront ses chaperons. Le prince de Galles (toujours lui) vient l'applaudir dans un spectacle de « magie rose en collant noir ». De son côté, le romancier Albert Flament se pâme devant cette « belle sans ornement » qu'il voit apparaître « à Monte-Carlo, le sourire mystérieux du *Printemps* de Carpeaux aux lèvres. Pas un diamant, pas un rubis, pas un saphir, seulement une rose qui, pour devancer toute comparaison, était placée contre le sein ». Ce dénuement contraste avec le lourd harnachement de Caroline Otero, provoquant des scènes de rivalité entre les deux femmes chez Maxim's.

Liane de Pougy a toutefois d'autres ambitions que celle d'une « courtisane ». Elle joue dans toute l'Europe des pièces comme *Le Baiser* de Banville. Proche de l'écrivain décadent Jean Lorrain qui a failli l'épouser, elle écrit plusieurs romans : *L'Insaisissable*, *La Mauvaise Part-Myrrhille*.

Elle y parle d'elle-même, décrivant « ses larges yeux sombres, couleur d'étang, ses cheveux d'un blond si clair et si légers qu'on leur pardonnait leur teinte artificielle, tant elle semblait irréelle, son nez fin et droit, aux narines frémissantes, une bouche de baby, toujours mobile, soit rieuse ou faisant la moue... » À l'époque, ses amours saphiques – notamment avec Natalie Clifford Barney – sont de notoriété publique. Mais quand Liane, en 1910, épouse enfin le prince serbe Georges Ghika, certains observateurs diront qu'elle renoue avec son aristocratie naturelle... Elle n'en restera pas là. Alors que son mari l'a quittée en 1926 pour une femme plus jeune, la princesse Ghika se tourne vers la religion sous l'influence de mère Marie-Xavier, supérieure de l'asile Sainte-Agnès à Saint-Martin-le-Vinoux. Reçue en 1939 dans le Tiers-Ordre de saint Dominique, Liane de Pougy meurt en 1950 dans sa chambre de l'hôtel Carlton de Lausanne, transformée en cellule monacale.

Enfin, Cléo de Mérode, la plus fascinante peut-être de ces égéries, proclamait fièrement : « Je ne fus jamais une demi-mondaine, jamais. » Son nom, d'ailleurs, est authentique, et elle se montrera fâchée, à la fin de sa vie, quand diverses publications la décriront comme une « cocotte » ou une « courtisane » de la Belle Époque, elle qui se voulait chaste et pure, quand bien même des hommes s'étaient battus pour elle et lui avaient sacrifié leur fortune. De fait, c'est d'abord sa splendeur et son art de danseuse (dont témoignent encore quelques films muets) qui feront sa gloire. Ce visage et cette plastique si purs bouleversent le jeune Reynaldo Hahn qui devient son protégé (elle assiste à tous ses concerts) et lui vouera jusqu'à sa mort un véritable culte. Léopold II lui fait des avances au foyer du palais Garnier, cette antichambre de l'amour où se pressent les hommes puissants (c'est le sujet du roman de Ludovic Halévy *Les Petites Cardinal* où les mères placent leurs filles au ballet de l'Opéra pour rencontrer des messieurs riches – ce qui fait sourire à l'époque). Cléo de Mérode, pourtant, décline les offres royales, et acceptera seulement de jouer le rôle d'alibi en laissant courir les bruits sur cette supposée liaison... permettant à Léopold de convoler plus discrètement dans les bras d'Émilienne d'Alençon, puis ceux d'une ancienne serveuse de bar à Bordeaux, Caroline Lacroix, future baronne Vaughan. D'autres épisodes hauts en couleur suivront, comme lorsque Cléo quitte l'Opéra pour les USA avec un contrat cousu d'or. Plus tard, le maharaja de Kapurthala lui offre un énorme diamant et l'invite à chasser l'antilope. Elle refusera obstinément, cultivant sa liberté et sa solitude, dont témoignent quelques rares et belles photos prises dans ses vieux jours peu avant sa mort à Paris, en 1966, dernière survivante des beautés de 1900.

Eiffel, Gustave

D'un salon de l'hôtel Ermitage à Monte-Carlo jusqu'à la gare de l'Ouest à Budapest, et du viaduc de Garabit au palais Galliera, en passant par le grand pont de Bordeaux ou les infrastructures de la statue de la Liberté, Gustave Eiffel est partout dans la seconde moitié du XIXe siècle. Son génie de constructeur et son tempérament d'entrepreneur se conjuguent pour donner un élan irréversible à l'architecture métallique. Au travail jour et nuit, l'enfant de Dijon passé par l'École Centrale imagine et construit sans relâche, entouré par son cercle d'ingénieurs. Ce novateur aurait-il même fréquenté, brièvement, le cabaret du Chat noir où se mêlent poètes, hommes d'État, artistes bohèmes et savants plus ou moins loufoques à l'instar de Charles Cros ou d'Alphonse Allais ? On imagine les conversations entre le spécialiste des charpentes métalliques, l'inventeur du phonographe et l'humoriste qui rêve de maisons-ascenseurs s'enfonçant dans le sol pour changer d'étage... Un peu trop sérieux sans doute pour la bohème, Gustave Eiffel sera du moins récompensé par les artistes après l'achèvement, en 1889, de cette tour extravagante qui marque symboliquement la naissance de la Belle Époque et va inspirer des œuvres innombrables. Elle fascine notamment par son inutilité pratique : prouesse technique mais aussi acte gratuit, la tour n'a d'autre souci, à l'origine, que d'être la plus haute possible sans répondre à une exigence de rentabilité, à un projet immobilier ou à une vocation religieuse. C'est pourquoi Alphonse Allais, lui cherchant une improbable fonction, imagine de la refermer puis de la remplir d'eau pour servir de réservoir d'eau ferrugineuse.

La tour a commencé par mobiliser contre elle de grands esprits – tels Charles Gounod, Charles Garnier, Leconte de Lisle, Guy de Maupassant, ou Jorge K. Huysmans, désireux de « protester de toutes leurs forces, de toute leur indignation, au nom de l'art et de l'histoire français menacés, contre l'érection, en plein cœur de notre capitale, de l'inutile et monstrueuse tour Eiffel ». Celle-ci séduit pourtant de nombreux peintres dès son érection qui inspire à Georges Seurat une vibrante peinture pointilliste. Dès 1908, le jeune peintre Robert Delaunay consacre de nombreux tableaux à l'édifice, avant d'y trouver les plus beaux enchantements colorés de l'école « orphique ». Chagall mêle l'image de la tour à celle de son village de Vitebsk, avec un coq et une chèvre volant dans le ciel de Paris. Du côté des poètes, Guillaume Apollinaire, dans « Zone » (1913), compare la tour Eiffel à une immense bergère ; puis Cocteau et ses amis compositeurs créent au théâtre des Champs-Élysées leur ballet *Les Mariées de la tour Eiffel*, acte de naissance du Groupe des Six. Au même moment, le plus doué des jeunes cinéastes français, René Clair, situe dans les hauteurs d'Eiffel l'action de son film *Paris qui dort* (1924), et le photographe hongrois Brassai publie d'admirables photos de la tour, accompagnées par un texte de Paul Morand.

De son côté, Gustave Eiffel, jusqu'à sa mort en 1923, s'est surtout évertué à trouver quand même à l'édifice un usage pratique, afin d'éviter la destruction que certains clament. C'est chose faite dans les premières années du XXe siècle avec l'installation d'antennes militaires dont l'utilité se révèle décisive lors de la Première Guerre mondiale. Après guerre, les premières antennes de la radio naissante vont renforcer l'utilité pratique de la tour, outre l'accueil des millions de visiteurs du monde entier. Radio Tour Eiffel sera la première station diffusant ses émissions dans toute la capitale. Un siècle plus tard, cette silhouette de fer continue, dans n'importe quel reportage ou film à gros budget, à caractériser la capitale française avec en fond sonore un petit air d'accordéon – comme si Paris, décidément, demeurait pour toujours la ville de la Belle Époque.

Ellington, Duke

Déniché par hasard dans une pile de vieux disques, ce microsillon un peu rayé – « Jazz Party n° 12 – *Duke Ellington Greatest Hits* ; CBS 52529 » – rassemblait quelques gravures célèbres de l'orchestre du Duke au temps du 78 tours. Ayant posé l'aiguille sur le vinyle, je m'étais laissé emporter par ce flot de mélodies, de rythmes et de couleurs. Âgé de quatorze ou quinze ans, je n'avais pas l'impression d'écouter du *jazz* (dont je n'avais alors qu'une idée sommaire), mais j'étais ébloui par cette alchimie de timbres, de chants et de contre-chants. Les sarcasmes de « The Mooche » et la voix suspendue de « Creole Love Call » (1928), le velouté de « Sophisticated Lady » (1932) : tout cela me conviait dans un voyage musical, pas tellement éloigné de ceux où m'emportait la musique de Debussy, compositeur chéri de Duke Ellington.

On ne soulignera jamais assez l'impact que conservent sur nous les premières versions, celles par lesquelles on découvre une œuvre au hasard. Or ce disque commençait par le magnifique « New East St. Louis Toodle-Oo », enregistré en 1937. J'ai lu depuis que ce morceau est moins important – historiquement et musicalement – que son modèle de 1926 (« East St. Louis Toodle-Oo »). Je m'en suis convaincu moi-même en comparant les deux enregistrements, puis en découvrant d'autres chefs-d'œuvre du Duke dans sa première manière, avec le trompettiste Bubber Miley : notamment l'extraordinaire « Black and Tan Fantasy » de 1927, qui ressemble aux processions funéraires de La Nouvelle-Orléans. Il n'en reste pas moins que les premières notes de « New East St. Louis », avec leurs cloches, leur procession de saxophones et la divine trompette bouchée de Cootie Williams, se sont gravées en moi comme un condensé de la magie ellingtonienne. Pour les mêmes raisons, sans doute, j'ai toujours préféré les enregistrements brumeux de la période « jungle » à l'orchestre plus clair d'après-guerre – que certains de mes amis privilégient parce qu'ils ont commencé par là.

L'enchantement, quoi qu'il en soit, n'est jamais retombé. À travers ces morceaux, puis beaucoup d'autres, la poésie sonore de Duke Ellington m'apparaît toujours comme un des miracles de la modernité musicale. La recherche de nouveaux rythmes et de nouveaux timbres qui préoccupait tant de compositeurs d'avant-garde, gravement penchés sur leur papier à musique, a trouvé chez lui une réponse étonnante de fraîcheur et de liberté dont témoignent ces autres joyaux du style jungle : « Echoes of the Jungle » ou « Echoes of Harlem » au début des années 1930, puis l'étonnant « Diminuendo and Crescendo in Blue » enregistré sur deux faces, en 1937.

Mais j'ai appris aussi à aimer cette pure énergie swing par laquelle l'orchestre de Duke rejoint sans complexe les grandes formations dansantes des Années folles – sans se soucier d'être seulement original et raffiné. Rien de plus stimulant que ce répertoire qui fit la gloire du Cotton Club et qui atteint des sommets au début des années 1930 avec « Rockin, in Rhythm », avant de s'affirmer davantage encore pendant la décennie suivante. La Grande Dépression et la fin officielle des « Roaring Twenties » n'y changeront rien. « Take the A Train » en 1939, ou encore le délicieux « Swing Pan Alley » de 1937 nous rappellent qu'on est toujours tout près de Broadway dans une Amérique joyeuse… Ne pas oublier non plus tous ces petits trésors enregistrés sous leurs noms par les solistes de l'orchestre : Johnny Hodges, Cootie Williams, Barney Bigard, avec toujours le Duke au piano. Celui-ci accomplit ainsi comme aucun autre le grand écart qui va de la vraie musique de danse aux couleurs plus abruptes et quasi stravinskiennes de « Ko-Ko » (1940). Son legs apparaît comme un des monuments musicaux du XXe siècle, auquel il faut continuellement se ressourcer.

Enghien-les-Bains

Au début du roman *Le Bouchon de cristal* (un des meilleurs Arsène Lupin), une barque glisse sur le lac d'Enghien. Ses occupants s'apprêtent à cambrioler la villa Marie-Thérèse, une des propriétés qui bordent la pièce d'eau… Je me rappelais cet épisode quand, cherchant à fuir Paris le temps d'une journée, j'ai pris le train pour Enghien-les-Bains, authentique station balnéaire qui, à seulement onze kilomètres de la capitale, donne l'impression de basculer dans un autre temps. Ce sont les grands hôtels et leur établissement thermal réputé pour ses eaux sulfureuses ; mais aussi les demeures édifiées autour de cet ancien étang transformé en « lac » à la fin du XIXe siècle, tandis qu'on aménageait ses rives pour les plaisirs de la promenade et qu'on y donnait des concours de bateaux fleuris. C'est le grand casino bâti en 1900, le plus proche de Paris, proposant alors tout ce qu'il fallait de théâtre, de musique et de spectacles. Les flambeurs pouvaient s'y ruiner à la roulette, avant de regagner la capitale par le train de banlieue grâce au ticket de retour offert par l'établissement. Aujourd'hui on y joue aux machines à sous, mais Enghien-les-Bains a conservé un curieux air de vacances au cœur de la banlieue nord. Pour compléter le tableau, rappelons que Mistinguett, la plus populaire vedette du music-hall parisien, a grandi dans cette ville où elle était née en 1875 et où plane le parfum d'un monde disparu.

Épileptique

Le café-concert triomphant à la fin du XIXe siècle, puis le music-hall naissant à l'aube du XXe ne présentent pas seulement au public un assortiment d'artistes et de personnalités. Ils recourent aussi à toute une palette d'emplois et de spécialités qui vont sous-tendre, de façon durable, l'activité des chanteurs et des acteurs jusqu'au développement du cinéma parlant. Parmi ces genres, on peut signaler en particulier :

— L'*excentrique*, terme assez général pour qualifier les chanteurs comiques et leur jeu de scène.

— Le *gambilleur*, variante de l'excentrique qui agite les bras et les jambes en tous sens, telle une marionnette désarticulée. Ce genre est associé à la personnalité de Paulus, la grande vedette masculine du café-concert à la fin du XIXe siècle, si bien qu'on le qualifie parfois de « genre Paulus ». Dans ses succès comme « Les pompiers de Nanterre » ou « La chaussée Clignancourt », « il renverse la tête en arrière en faisant jouer en même temps ses bras et ses mains. Il gambade, il cligne de l'œil mystérieusement, il scande de sa tête chaque coup de cymbale ».

— Le *pochard* qui, comme son nom l'indique, semble passablement éméché.

— La *divette*, chanteuse lyrique au répertoire léger qui se produit aussi dans les opérettes.

— Le *chanteur à voix* qui entonne d'une voix d'opéra des grands refrains populaires comme « La chanson des blés d'or » ou « Les laboureurs de la mer ».

— Les *diseuses*, à l'élocution impeccable, qui racontent autant qu'elles chantent, dont la reine est Yvette Guilbert.

— Le *chanteur à diction* qui enchaîne très rapidement les syllabes sur quelques notes.

— Le *comique troupier*, genre créé par Ouvrard père puis repris par Polin, qui se perpétuera avec Bach, Ouvrard fils et Fernandel à ses débuts. Ce genre très populaire à l'aube du XXe siècle, dans le contexte patriotique et revanchard, coïncide avec l'apparition au café-concert de costumes militaires appropriés (sous le Second Empire, les artistes de caf'conc' devaient encore chanter sans déguisements, selon la réglementation compliquée des théâtres).

— La *pierreuse*, pauvre fille des rues, qui annonce toute la lignée de la chanson réaliste – la plus célèbre étant Eugénie Buffet.

— Le *gommeux* (et la *gommeuse*) : jeunes personnages désœuvrés et vaniteux d'une élégance ridicule, dans la lignée des « incroyables » et « merveilleuses » du Directoire (on parle aussi de « gandins » ou de « petits crevés »). La gommeuse peut être vraiment élégante, si l'on en croit André Chadourne : « Sous des toilettes tapageuses, empruntées aux modes les plus nouvelles, avec des chapeaux surmontés de fantastiques panaches, un luxe éblouissant d'atours, de bracelets, de bijoux, la femme vient célébrer la jeunesse, le plaisir d'être belle, riche, aimée et entretenue. » Mais le gommeux peut aussi être un minable, comme le précise Goncourt dans son journal : « c'est l'appellation de mépris que les femmes donnent, dans les cabarets de barrière, à ceux qui mettent de la gomme dans leur absinthe, à ceux qui ne sont pas de vrais hommes ».

Outre Paulus, d'autres gloires caf'conc' vont créer et incarner à elles seules tout un genre, à commencer par Thérésa, idole mondiale à la fin du XIXe siècle. Celle qu'on surnomme la « diva du ruisseau » ou « La Pattti de la chope », crée en effet un style et un répertoire mi-lyrique, mi-fantaisiste, aux titres évocateurs : « La gardeuse d'ours », « Rien n'est sacré pour un sapeur ! » ou encore « La femme à barbe », qui seront repris durant des générations. Son art très varié déploie toute une gamme d'accents et pratique même le yodel tyrolien dans « Fleurs des Alpes ». À la fin du XIXe siècle, un autre genre est associé aux succès de Dranem, le spécialiste de la chanson idiote qui, dans « Les p'tits pois », semble lui-même effaré par la stupidité de ce qu'il chante (on parle alors de « genre Dranem »). Mais on peut mentionner aussi le « genre espagnol » associé à la Belle Otero, ou encore le « genre Fragson » pour caractériser cette énergie et cet accent d'outre-Manche propres à la grande vedette franco-anglo-belge.

Quant au genre « épileptique », il traduit ce goût des agitations frénétiques et quasi maladives qui s'empare des scènes autour de 1900, alors que le professeur Charcot mène ses expériences publiques sur les dérèglements des comportements humains. La plus grande gloire de ce style populaire qui désigne également une pathologie sera la chanteuse Polaire, mince comme un fil de fer (sa taille de guêpe ne fait que 33 centimètres, un record) et qu'on surnomme parfois « la torpille vivante ». Elle est née en Algérie sous le nom d'Émilie-Marie Bouchaud avant de se faire remarquer à L'Européen et portraiturer par Toulouse-Lautrec. « Dès mon début, précise-t-elle dans *Polaire par elle-même*, je fis tout de suite ces gestes exaspérés qui m'ont toujours été propres. Rejetant ma tête en arrière, je chantais, en quelque sorte, avec mes cheveux battant au vent, avec mes narines frémissantes, avec mes poings crispés… » D'autres chanteuses, sur scène, développent un même jeu fondé sur la surexcitation et toutes ses variantes. « Ça me grattouille, ça m'excite, ça me chatouille », semblent-elles répéter inlassablement. Mais Polaire se fait aussi remarquer en portant les vêtements excentriques d'une gommeuse, si bien qu'on la classe plutôt comme *gommeuse-épileptique*, l'écrivain Jean Lorrain précisant : « Une taille douloureuse de minceur, mince à crier, mince à se briser dans un corsage étroit jusqu'au spasme, la plus jolie maigreur ! Et dans l'auréole d'un extravagant chapeau de gommeuse, un galurin orange empanaché de feuilles d'iris, la grande bouche vorace, les immenses yeux noirs, cernés, meurtris, bleuis, l'incandescence des prunelles, l'éperdue chevelure de nuit, le phosphore, le soufre et le poivre rouge de cette face de Goule et de Salomé qu'est l'agitante et l'agitée Polaire… »

Devenue intime de Colette et Willy, Polaire créera au théâtre les adaptations de *Claudine à Paris* et *Claudine à l'école*. Les deux amies prendront alors l'habitude de s'habiller en jumelles et quelques voix jaseront sur le « trio » que formeraient Willy, Colette et Polaire. Au cours des années suivantes, elle va connaître un succès international comme chanteuse et comme actrice, notamment à Londres et aux États-Unis où elle se produit en 1910. Polaire joue également dans de nombreux films et signera des souvenirs avant sa mort en 1939. Elle fut le modèle de nombreuses artistes comme la jeune Mistinguett.

Expositions universelles

Du pain et des jeux... Notre société du XXIe siècle ne connaît rien d'aussi important que le sport et ses compétitions toujours plus nombreuses, coûteuses, médiatisées. C'est pourquoi sans doute la mairie de Paris, candidate à l'organisation des jeux Olympiques de 2024, a immédiatement signifié que le projet d'une « Exposition universelle », porté par d'autres voix, passerait loin derrière... La France a ainsi obtenu ses jeux Olympiques sans une larme pour son exposition. Le contraire en somme du début du XXe siècle où rien ne comptait davantage que ces immenses salons à ciel ouvert, rassemblant le savoir-faire, les traditions et les inventions des cinq continents. De 1855 à 1937, les Expositions universelles furent le vrai calendrier de la modernité naissante, à Paris plus qu'ailleurs. Après les deux premières éditions organisées sous le Second Empire, puis celle de 1878, trois grandes expositions allaient ainsi jalonner la Belle Époque et les Années folles, laissant sur la capitale française des traces visibles aujourd'hui encore.

La première qui nous intéresse, celle de 1889, peut être regardée comme l'événement inaugural de la Belle Époque. Tout, dans son organisation, semble vouloir symboliser la renaissance française et le fabuleux essor – notamment industriel – du pays, vingt ans après le désastre de Sedan et les débuts difficiles de la IIIe République. On y découvre un foisonnement d'inventions présentées dans la spectaculaire « galerie des machines ». Chef-d'œuvre de l'architecture métallique naissante, la tour Eiffel devient le plus haut édifice du monde. Bien que boycottée par les puissances ennemies (Allemagne, Autriche-Hongrie), l'exposition connaît un succès considérable. Elle propose également une visite des contrées éloignées de la France coloniale, incluant une reconstitution du temple d'Angkor. Le jeune Claude Debussy y découvre avec fascination les sons du gamelan javanais. D'innombrables artisans apportent leur savoir-faire à l'ensemble de bâtiments conçus par l'architecte Charles Garnier pour illustrer « l'évolution de l'habitat » de la préhistoire à la Renaissance. De son côté, Herminie Cadolle présente le premier soutien-gorge moderne, coupé en deux sous la poitrine et plus confortable pour les femmes.

Symbole radieux du siècle nouveau, l'exposition de 1900 en finit avec l'esprit de revanche qui planait encore sur la précédente. Les nations du monde entier déploient chacune leurs richesses et leurs traditions dans l'espace délimité par les expositions précédentes : entre les Invalides, le Champ-de-Mars, le Trocadéro et les Champs-Élysées. Chaque pays rivalise d'invention dans la construction de véritables villes miniatures qui s'alignent le long de la Seine et invitent à visiter la terre entière sur quelques hectares : l'Allemagne est présente avec son pavillon de style néo-Renaissance dressé au-dessus du fleuve, tout comme l'allié britannique qui a édifié un manoir de style élisabéthain ou la Russie dans son « Kremlin du Trocadéro ». Pour faire le tour du monde sans se fatiguer, un tapis roulant de 3,5 kilomètres, édifié sur un viaduc métallique, transporte les visiteurs des Invalides à la tour Eiffel. La France de 1900 entend montrer sa prospérité nouvelle. Le pays est désormais créancier de l'étranger, la fortune privée des Français est évaluée à 240 milliards de francs-or et partout se développent la science, l'industrie, la construction de voitures et de chemins de fer, mais aussi de routes, de canaux, de grands magasins. Pour illustrer cette opulence, les organisateurs de l'Expo bâtissent des monuments devenus emblématiques de la capitale : le Grand et le Petit Palais, la gare d'Orsay, le pont Alexandre-III. Les films des frères

Lumière sont projetés au Cinérama et la première ligne de métro qui vient d'ouvrir permet de transporter les très nombreux visiteurs. Cinquante millions sont recensés durant l'exposition.

Enfin, deux ans avant la Seconde Guerre mondiale et en pleine montée des périls, l'Exposition universelle de 1937 semblera vouloir prolonger l'illusion d'un monde heureux, éclairé par les progrès, notamment ceux de *La Fée Électricité* peinte pour l'occasion par Raoul Dufy. Quelques années plus tôt, l'Exposition internationale des arts décoratifs et industriels modernes de 1925 avait déjà marqué l'affirmation de l'élégant style Art déco – par contraste avec les foisonnements de l'Art nouveau à l'honneur dans l'exposition de 1900. En 1937, l'heure est plus encore à la sobriété et au dépouillement, mais aussi à l'art monumental. Cette ultime grande exposition ajoute à Paris de nouveaux édifices marquants comme le monumental palais de Chaillot (ou Hitler se frottera les mains trois ans plus tard) et le musée d'Art moderne qui le prolonge. Une île artificielle est aménagée pour abriter un port le long du quartier Grenelle : c'est l'île aux Cygnes devenue aujourd'hui un lieu de promenade.

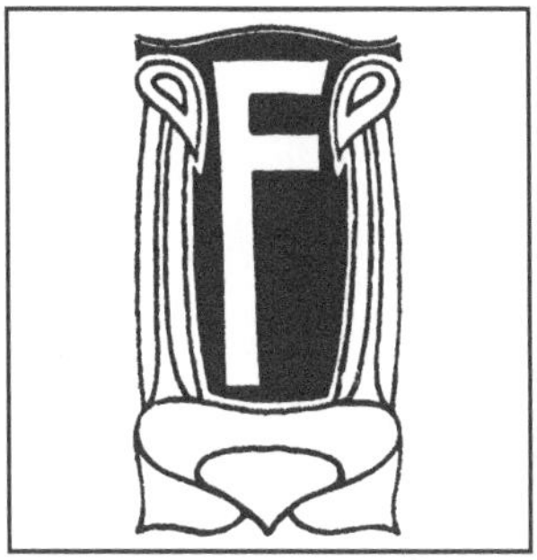

Faits divers

Aujourd'hui encore, sur les quais de Paris, on peut voir accrochés aux boîtes des bouquinistes quelques journaux de la Belle Époque aux couvertures en couleurs et aux titres accrocheurs. Le supplément illustré du *Petit Journal* est, en réalité, un grand format spectaculaire qui relate avec gourmandise les grands événements mais aussi les scandales, catastrophes et crimes de l'époque : conflits diplomatiques, guerres coloniales, crimes passionnels, naufrages de paquebot, attentats anarchistes, catastrophes naturelles. Tout est résumé dans la grande illustration d'ouverture : une reconstitution réaliste du fait divers du jour avec six couleurs à la une. Ce journal qui paraît de 1863 à 1944 et qui atteindra le million d'exemplaires à la fin du XIXe siècle propose des mises en scène théâtrales pour relater des faits divers à donner le frisson, tout comme les conquêtes militaires et autres faits glorieux. On y découvre Lyautey au combat dans le désert marocain, l'Assemblée nationale en pleine bagarre lors d'une séance houleuse, les visites officielles de souverains étrangers, une reconstitution de l'assassinat de Paul Doumer, sans oublier quantité de crimes ordinaires recourant aux moyens du temps : l'inusable revolver ou encore le vitriol, arme de vengeance favorite des femmes dans les années 1900. Parmi les grands feuilletons qui jalonnent l'époque et reviennent régulièrement figurent l'affaire Dreyfus, mais aussi le scandale de Panama dans les années 1890 ; la traque de la bande à Bonnot en 1912 ; l'assassinat, en mars 1914, du directeur du *Figaro* par l'épouse du président du Conseil Joseph Caillaux ; puis encore entre les deux guerres le procès Landru, la condamnation de Guillaume Seznec en 1924 ou le scandale Stavisky dix ans plus tard… Autant d'affaires dont les noms ont traversé le temps et qui racontent une époque aussi certainement que les romans, plus encore grâce au talent des illustrateurs. J'avoue quant à moi un faible pour le numéro 323 du supplément illustré du *Petit Journal* (dimanche 24 janvier 1897) sur lequel on voit, à la Chambre des députés, un homme en robe de Bédouin accompagné du titre : « Le musulman de la chambre – M. le docteur Grenier, député de Pontarlier ». La question des éventuels signes religieux arborés au cœur de la République laïque ne semble pas alors éveiller d'inquiétude, le Parlement désirant honorer une des cultures

constitutives du vaste Empire français. Telle fut l'œuvre de ce singulier Philippe Grenier (1865-1944) qui, après avoir participé aux conquêtes coloniales, s'était passionné pour la religion musulmane, puis converti en 1894 avant de se faire le défenseur des « populations autochtones » d'Afrique du Nord.

Famille

À quoi ressemblait donc ma propre famille à la Belle Époque et durant les Années folles ?

Côté maternel, mon arrière-grand-père René Coty, fils d'un directeur d'école du Havre, fait ses études de droit puis fréquente dès les années 1900 le milieu politique local, sous la houlette du maire, sénateur et ministre Jules Siegfried. Élu conseiller municipal en 1908 (il a vingt-six ans), il se fait remarquer comme avocat du syndicaliste Jules Durand, poursuivi pour un crime qu'il n'a pas commis. Son mariage avec la fille d'un riche armateur, Germaine Corblet, lui donne cependant accès à la bourgeoisie locale et aux milieux d'affaires. Combattant pendant toute la Première Guerre mondiale, il entame vraiment sa carrière politique durant les Années folles successivement comme député (1923), sous-secrétaire d'État (1930), et enfin sénateur très actif à partir de 1936. Installé à Paris, il retourne régulièrement au Havre. Son journal témoigne d'une vie familiale bourgeoise mais aussi de goûts d'esthète qui le conduisent le dimanche aux concerts Colonne et aux jardins de Bagatelle où il se remémore des vers de Mallarmé, des pensées de Bergson ou de Valéry. Sa fille Anne-Marie, ma grand-mère, née en 1910, fait partie des rares jeunes filles de sa génération à étudier au lycée où elle obtiendra le baccalauréat avant d'épouser mon grand-père Maurice Georges.

Celui-ci est né dans une famille paysanne originaire de Grandrupt, un petit village des Vosges situé dans l'ancienne « principauté de Salm ». Ses parents se sont installés dans la Meuse où son père a exercé les activités de représentant en vin. Mais, surtout, mon grand-père et son frère Albert sont bénéficiaires du fameux « ascenseur social » de la IIIe République. Brillants élèves à l'école communale de Lérouville, ils sont entrés comme pensionnaires au lycée de Commercy où ils ont obtenu leur baccalauréat. Dès sa majorité, Albert, fervent patriote, s'est engagé dans l'armée pour participer aux combats de la Grande Guerre. La paix revenue, il a retrouvé Maurice à Paris où les deux frères ont mené, pendant les Années folles, une joyeuse vie d'étudiants – l'un comme futur dentiste, l'autre comme futur médecin. Après son internat, mon grand-père s'est établi comme otorhino-laryngologiste au Havre où il a rencontré Anne-Marie Coty qu'il a épousée en 1932.

Côté paternel, on est résolument havrais. Mon arrière-grand-père Gustave Duteurtre est, à la Belle Époque, un des nombreux courtiers en café qui bénéficient de l'essor du port du Havre, devenu en quelques années le deuxième de France après Marseille. Il s'est marié en 1905 avec Marthe Loisel, issue du même milieu de petite-bourgeoisie catholique urbaine. Ils ont eu trois enfants, mais leur vie commune a été de courte durée, Gustave ayant passé toute la guerre au front avant de mourir de la grippe espagnole quelques jours avant l'armistice. Son fils aîné, mon grand-père Jean Duteurtre, connaîtra lui-même une jeunesse active dans les maisons de commerce du port, plus florissant que jamais entre les deux guerres avec le trafic transatlantique, mais aussi les importations de bois, de café, de coton. Il ne dédaignera pas, jusqu'à son mariage, les divertissements qu'offre cette ville avec son grand théâtre, produisant opéras et opérettes, et même ses « Folies Bergère » dirigées par Albert René, un ami d'Alphonse Allais. En 1935, il épouse ma grand-mère, Odette Colboc. Ils auront dix enfants dont mon père, l'aîné, venu au monde quelques mois plus tard.

Installés à Sainte-Adresse, la station bourgeoise qui jouxte Le Havre, les Colboc sont d'une bourgeoisie plus aisée que les Duteurtre mais comme eux d'un catholicisme fervent. C'étaient, à l'origine, des paysans et marchands de bestiaux du pays de Caux, semblables à ceux décrits par Maupassant, avant que mon arrière-grand-père n'ouvre au Havre une entreprise de construction. Il épouse Madeleine Charles, fille d'un entrepreneur passionné de peinture qui acquiert plusieurs tableaux de Boudin en cette époque où brille l'école havraise. Elle est fière de ses deux fils : l'un sera médecin, l'autre fera fortune comme architecte. Les filles comptent moins, et il s'agit d'abord de les caser : les deux aînées entreront au couvent. Ma grand-mère Odette, la troisième, deviendra mère de famille nombreuse.

Fauré, Gabriel

Sur les vieux pianos de famille traîne encore parfois un recueil de mélodies de Fauré, rappelant combien ce compositeur était apprécié au début du XXe siècle. L'admiration que lui vouait Proust après l'avoir souvent écouté dans les salons, chez la comtesse Greffulhe ou Marguerite de Saint-Marceaux, ajoute encore à cette réputation ; mais pas autant que le sublime *Requiem*, son œuvre la plus universellement connue qui contourne le drame de la mort pour nous conduire vers une forme d'extase. Un peu moins glorieux que Debussy et Ravel, Gabriel Fauré représente néanmoins, avec ses deux cadets, un moment capital de la musique française aussi important que l'impressionnisme en peinture ; mais cette association facile ne doit pas gommer la richesse d'une œuvre très singulière, née pour une grande part dans la difficulté et dans l'ombre.

Né à Pamiers, au pied des Pyrénées, le 12 mai 1845, Gabriel Fauré est issu d'un milieu mêlant petite-bourgeoisie et fonction publique. Son père, Toussaint-Honoré Fauré, fut directeur de l'école normale de musique de Foix. Le jeune garçon montre des dons assez éclatants pour être envoyé à Paris à l'école Niedermeyer qui forme les musiciens d'église, organistes, chefs de chœur. Cet apprentissage explique pour une part la couleur de la musique de Fauré, imprégnée de vieux modes grégoriens – quand bien même il restera un farouche agnostique. Dans cette école, il se lie également avec deux amis pour la vie : son aîné Camille Saint-Saëns et son cadet André Messager.

Après ses études, le jeune homme est engagé à l'église Saint-Sauveur de Rennes, ville dans laquelle, dit un de ses amis, il « prend pension chez des braves gens, très pieux, qui l'obligeaient à se coucher à huit heures du soir ». Il finit par s'enfuir à Paris, où Saint-Saëns lui trouve un poste en 1870 à Notre-Dame de Clignancourt. Il participe l'année suivante à la création de la Société nationale de musique, dont un des buts est de développer en France une grande école de musique instrumentale inspirée de l'exemple allemand. En 1875, sa *Sonate pour violon et piano op. 13* sera la première du répertoire français moderne. Elle est composée à Sainte-Adresse, près du Havre, chez un couple de riches industriels parisiens qui possèdent une villa où ils accueillent leurs amis artistes quasiment à l'endroit où Claude Monet, quelques années plus tôt, peignait son merveilleux jardin sur la mer.

L'évolution de la carrière parisienne du jeune compositeur se mesure à ses postes d'organiste : de Notre-Dame de Clignancourt il passe à l'orgue de chœur de Saint-Sulpice, puis à la Madeleine où il seconde Saint-Saëns. Mais trop de leçons particulières dévorent son emploi du temps. Faute d'ambition dans le domaine de l'opéra, il ne peut attendre un succès brillant. En revanche, il se produit dans ces cénacles de passionnés que sont les salons : celui de la cantatrice Pauline Viardot, rue de Douai, et surtout celui de Marguerite Baugnies, dite « Meg », épouse du peintre Eugène Baugnies et future Marguerite de Saint-Marceaux, qui accueille les meilleurs musiciens dans son hôtel de la plaine Monceau. Elle organise une loterie pour envoyer Fauré et Messager à Bayreuth – séjour qui va beaucoup les marquer l'un et l'autre. Mais c'est à la parisienne, avec une pointe d'ironie, qu'ils composent après ce voyage un quadrille à quatre mains sur les thèmes de la *Tétralogie*, intitulé *Souvenirs de Bayreuth*. Autre admirateur de Fauré, Robert de Montesquiou le présente à sa cousine, la comtesse Greffulhe, que le compositeur appellera bientôt « Madame ma fée ».

En 1883, il épouse Marie Frémiet, la fille du sculpteur animalier Emmanuel Frémiet, mais le quotidien reste difficile, comme il l'écrit à Meg : « Tuez-moi, je n'ai encore rien fait depuis l'été ! Je n'ai pas cessé d'aller à la Madeleine, je n'ai pas cessé de donner des leçons, et nos élèves sont à Versailles (deux fois par semaine), à Ville-d'Avray, *idem*, à Saint-Germain, à Louveciennes ! J'ai eu en moyenne trois heures de chemin de fer par jour… J'aurais besoin ne fût-ce que dix jours, d'interrompre tout cela, de voir d'autres pays que l'éternelle gare Saint-Lazare, d'autres gens… Tout ce que j'ai pu composer de nouveau dans cette existence de navette c'est une *Pavane* soignée je vous le jure, mais pas autrement importante. »

Cette belle *Pavane* s'ajoute aux pièces de musique de salon qui contribueront à faire connaître Fauré : *Berceuse*, *Élégie*, *Romance*, *Papillons*, ou encore *Sicilienne*. Mais le second *Quatuor pour piano et cordes* révèle une tout autre ambition, une profondeur, une intensité expressive qui s'éloignent de cette spontanéité charmeuse. En cette même année 1887, le compositeur qui ne croit pas en Dieu commence à composer son *Requiem* où la mort apparaît comme un horizon lumineux. Les admirateurs se font plus nombreux dans le milieu poétique et littéraire, comme en témoigne l'enthousiasme du jeune Proust qui lui écrit : « Je n'aime, je n'admire, je n'adore pas seulement votre Musique, j'en ai été, j'en suis encore amoureux. Bien avant que vous ne me connussiez, vous me remerciiez d'un sourire dans les concerts et les réunions, le tapage de mon enthousiasme ayant forcé à un cinquième salut votre dédaigneuse indifférence au succès. [...] Voilà monsieur cent fois moins que je ne pourrais vous dire car je connais votre œuvre à écrire un volume de 300 pages dessus, mais cent fois plus que par timidité je ne vous aurais jamais dit. » Pareille reconnaissance n'est pas indifférente à Fauré, comme il l'explique lui-même : « Quand on est ignoré du grand public, on est heureux d'être compris de quelques-uns. » Il est aussi un des premiers compositeurs à mettre Verlaine en musique, avec son *Clair de lune,* puis en 1891 les *Cinq Mélodies de Venise*, composées lors d'un séjour sur le Grand Canal chez Winnaretta Singer.

Au crépuscule du XIXe siècle, Fauré connaît dans sa vie sociale un tournant, et même une première consécration. En 1892, il devient inspecteur de l'enseignement et peut enfin s'affranchir des leçons particulières. En 1896, il obtient une classe de composition au Conservatoire. En 1900, il fait sensation avec la création, aux arènes de Béziers, de son oratorio *Prométhée*, joué par 800 exécutants, sur un livret de Jean Lorrain et André-Ferdinand Hérold. Sa vie continue à se partager entre travail et vie mondaine. Selon son fils et biographe Philippe Fauré-Frémiet : « L'après-midi, il compose. Le soir, presque tous les soirs, en habit et chapeau haut de forme, il sort et c'est soit un concert chez Érard ou chez Pleyel, soit une soirée musicale, soit un simple dîner chez des amis. Mais après le repas on le prie de se mettre au piano et jusqu'à minuit-une heure du matin, il joue ses nocturnes, ses barcarolles, il accompagne ses mélodies, ou, très gaiement aussi, la musique des autres. »

Cette habitude entretiendra l'image d'un musicien frivole, comme le fait Debussy, rendant compte d'un concert dans *Gil Blas* avec son habituelle mauvaise langue : « Mme M. Hasselmans tenait la partie du piano en remontant d'un geste charmant une épaulette qui se dérobait à toute gamme un peu vive. Je ne sais pas pourquoi il s'est établi en moi une association d'idées entre le charme du geste précité et la musique de Fauré. » Celui-ci pourtant souffre de s'entendre appeler un « charmeur », un « voluptueux », un « tendre », le « poète de l'intimité ». Ses pièces de salon entretiennent cette réputation. Quant à son goût des femmes, il le rapproche de ces bourgeois qu'on voit dans les pièces de l'époque, partagés entre leur épouse et leur maîtresse. De fait, Fauré, à partir de 1901, mène une double vie, entre sa famille et celle qui restera sa vraie compagne jusqu'à sa mort : la jeune Marguerite Hasselmans, comme en témoigne l'abondante correspondance où il l'appelle : « cher petit oiseau délicieux » ou encore « mon rémimi chéri ».

L'artiste n'en poursuit pas moins son cheminement vers des œuvres de plus en plus exigeantes et même sublimes : tel ce premier *Quintette* avec piano qui, une fois encore, souligne la prédilection de Fauré pour le mélange du piano et des cordes. Cette création doit beaucoup à l'immense violoniste belge Eugène Ysaÿe qui assure la création au Cercle Royal Gaulois de Bruxelles. En 1905, enfin, Fauré devient directeur du conservatoire de Paris, poste qu'il va occuper jusqu'en 1920. Quoique fort occupé par cette charge, il va profiter des années suivantes pour entreprendre ce qui reste considéré comme le couronnement d'une œuvre : l'écriture d'un opéra. Créée à Monte-Carlo en 1913, *Pénélope* comporte de très belles pages mais n'entrera pas au répertoire, Fauré n'étant pas, par nature, un compositeur de théâtre. C'est dans sa musique pour piano, ses mélodies et sa musique de chambre que s'épanouit à la fin de sa vie un art très personnel qu'on qualifie parfois de « troisième manière », en référence à Beethoven. Depuis le début du XXe siècle, Fauré, comme Beethoven, subit en outre des troubles de l'audition qui vont s'accroître jusqu'à une surdité presque totale. Mais dans le même temps, son écriture devient toujours plus personnelle avec ses traits caractéristiques : un flux musical continu, presque sans silences ; la répétition inlassable de certains motifs dans des progressions montant ou descendant degré par degré ; un contrepoint subtil, qui donne à sa musique quelque chose d'abstrait, dans la lignée de Jean-Sébastien Bach, même si l'expression demeure intense ; un cheminement harmonique singulier, glissant d'un ton à l'autre plutôt que modulant ; l'importance des intervalles de seconde et d'octave, présents de façon presque obsédante.

La *Sonate n° 2 pour violon et piano* inaugure cette série de compositions de musique de chambre qui vont couronner l'œuvre de Fauré, à soixante-dix ans passés. Elles voient le jour à un rythme resserré dont témoigne leur date de création : 1916, *Sonate n° 2 pour violon et piano* ; 1917, *Sonate n° 1 pour violoncelle et piano* ; 1921, *Quintette n° 2 pour piano et cordes* et *Sonate n° 2 pour violoncelle et piano* ; 1923, *Trio* avec piano ; 1924, *Quatuor à cordes*. Parallèlement à ces partitions, Fauré compose ses derniers chefs-d'œuvre pour piano seul (*Treizième Nocturne* et *Treizième Barcarolle*), mais aussi son ultime grand cycle de mélodies : *L'Horizon chimérique* sur un recueil de poésies de Jean de La Ville de Mirmont, tué au chemin des Dames. L'œuvre sera créée par le jeune Charles Panzéra, qui deviendra l'interprète emblématique du style fauréen.

En 1922, les amis de Fauré organisent un grand concert d'hommage à la Sorbonne en présence du président de la République Alexandre Millerand. La création du *Quintette n° 2 pour piano et cordes*, le 21 mai 1921, marque une ultime consécration relatée par le fils du compositeur : « Quand il fut joué pour la première fois dans la vieille salle du Conservatoire, par des artistes chauffés à blanc, bouleversés eux-mêmes dès les premières pages, le public fut emporté dans un seul élan fait de surprise et d'éblouissement. On s'attendait à une belle œuvre, pas à celle-là. On savait bien que Gabriel Fauré allait très haut ; on ne croyait pas qu'il fut parvenu à un tel sommet. À mesure que l'œuvre se déployait, l'enthousiasme augmentait, mêlé semblait-il d'un remords : celui d'avoir méconnu le vieillard qui avait dans les mains pareil présent. Au dernier accord, tout le monde fut debout. On criait, les mains tendues vers la grande loge des jurys où Gabriel Fauré, qui n'avait d'ailleurs rien entendu, était caché. Il s'avança tout seul, hochant la tête, jusqu'au premier rang. Il paraissait tout frêle, amaigri et chancelant dans sa lourde pelisse d'hiver. Il était très pâle. »

Dans la jeune génération qui perce autour de Cocteau, la mode consiste désormais à dénigrer Debussy et surtout Ravel... mais à célébrer Fauré qui incarnerait la vraie musique française. À l'approche de ses quatre-vingts ans, le maître montre toutefois des signes de fatigue. Durant l'été 1924, il termine son œuvre ultime : un quatuor à cordes. Il tombe malade en septembre, et n'a plus la force de relire sa partition qu'il laisse en l'état, priant son élève Roger Ducasse de compléter certains détails. Dans la nuit du 3 au 4 novembre, il disparaît entouré de son épouse légitime et de ses deux fils ; ce qui invite à rappeler ces mots qu'il disait à propos de son *Requiem* : « C'est ainsi que je sens la mort, comme une délivrance heureuse, une aspiration au bonheur d'au-delà plutôt que comme un passage douloureux. »

Féminine (Condition)

Élisabeth de Gramont souligne, dans ses *Souvenirs du monde*, tout ce qu'il y avait d'ingrat dans l'éducation des jeunes filles de bonne famille à la Belle Époque. Alors que les « courtisanes » apprenaient très jeunes à séduire et à se faire combler, l'éducation dans l'aristocratie et la haute bourgeoisie était autrement rigoureuse : « Tout ce qu'il y avait de bête, de factice, de conventionnel nous était réservé : les mélodies niaises, les pièces stupides, les conversations plates, les vêtements écœurants. Les jeunes filles bien élevées étaient vêtues de couleurs fades et claires, des tissus les plus pauvres, et tous les rehauts qui donnent le ton – les diamants, les poudres, les fards et les parfums – leur étaient rigoureusement interdits. C'est tout juste si elles ne sentaient pas mauvais... On nous réservait les jeunes gens laids, maigriots, qui ne savaient pas danser. Ils noircissaient nos souliers de satin, froissaient nos robes et nous soufflaient dans la figure une fade odeur de buffet. » La comtesse Jean de Pange dépeint un tableau moins sombre de la vie des jeunes filles dans une famille éclairée – elle qui naquit Pauline de Broglie et a publié, en quatre volumes, le passionnant *Comment j'ai vu 1900*. Quant à la condition des ouvrières et des femmes du peuple, maintes chansons la montrent triste à pleurer. Colette, enfin, donne le coup de grâce en décrivant une première nuit conjugale ordinaire : « L'époux rude et sans grâce procède à l'assaut de la couche nuptiale. Des appétits excessifs enluminent sa face, il pue le cigare et la chartreuse, et pour réclamer son dû, il a des galanteries de matelot en bordée. Des vieux lui ont affirmé que l'amour à la hussarde, il n'y avait que ça de vrai. »

Tels sont quelques aspects peu enviables de la vie des femmes en 1900. Elles restent pour l'essentiel sous la coupe légale de leur mari... mais cette époque marque aussi, pour la condition féminine, un certain nombre de progrès et de conquêtes. En 1880, la Sorbonne et les universités s'ouvrent aux jeunes filles et, l'année suivante, la loi Jules Ferry sur l'enseignement primaire et obligatoire concerne pareillement fille et garçons. En 1884, le recours au divorce est simplifié, y compris pour les femmes qui se voient également autorisées à pratiquer des métiers de plus en plus nombreux : avocate, médecin, dentiste. Elles peuvent également étudier aux beaux-arts et ce temps coïncide avec l'affirmation de grandes figures féminines dans les arts comme dans les sciences : Colette évidemment qui commence par n'être que l'ombre de son mari avant d'émerger pleinement comme écrivain ; ou encore Anna de Noailles, un des auteurs les plus admirés du temps, notamment par Marcel Proust, comme elle le dit elle-même : « Mes livres je les fis pour vous, ô jeunes hommes. » De son côté, la compositrice Cécile Chaminade connaît de grands succès en France et dans le monde ; la physicienne et chimiste Marie Curie obtient, en 1903, le premier prix Nobel attribué à une femme ; la harpiste Lily Laskine est la première femme à entrer dans l'orchestre de l'Opéra en 1909. Même les couples de femmes sortent de l'anonymat quand Colette, en 1910, évoque ses aventures avec Missy, marquise de Belbeuf. La même année, Élisabeth de Gramont, mariée au duc de Clermont-Tonnerre, s'affiche avec l'Américaine Natalie Clifford Barney (elle poussera plus loin la provocation contre ses origines en prenant parti pour le Front populaire en 1936). Beaucoup de ces évolutions restent toutefois réservées à de fortes personnalités dans les milieux aisés où d'autres grandes personnalités règnent sur les salons.

Après 1918, la condition féminine connaît une évolution plus rapide encore liée, pour une part, à la place prise par les femmes dans la vie active et le monde du travail durant le premier conflit mondial. Le pli est pris et les filles sont plus nombreuses à poursuivre des études secondaires depuis que le décret Bérard, en 1924, a rendu équivalents les baccalauréats masculins et féminins (mais plutôt qu'au bachot, elles se présentent en grand nombre au brevet supérieur). Les femmes sont également plus présentes dans les entreprises comme assistantes, secrétaires et parfois mieux. Elles peuvent jouir de leur salaire et se syndiquer sans autorisation de leur mari. Quant aux suffragettes qui défilaient en 1909 pour obtenir le droit de vote, elles emportent une première victoire en 1925 en obtenant le droit de participer aux élections municipales et cantonales... Le droit de vote aux élections législatives, en revanche, leur sera obstinément refusé par le Parlement jusqu'à la Seconde Guerre mondiale, en retard sur d'autres pays européens.

La transformation du vêtement féminin offre un intéressant miroir de ces changements. À la Belle Époque, le corps féminin demeurait dissimulé sous un harnachement de jupons, buses, corsets, fausses croupes, faux seins qui troublaient les hommes par leur excitant mystère. Dès 1892, le port du pantalon est permis aux femmes « à condition qu'elles tiennent à la main une bicyclette ou un cheval » (cette loi tombée en désuétude n'a été abrogée qu'en 2013). En 1906, le couturier Paul Poiret va plus loin et supprime le corset pour créer des robes de taille haute. Au lendemain de la guerre, la nouvelle ligne promue par Coco Chanel, tend à gommer les reliefs féminins pour approcher la femme de l'homme. Comme l'écrit Jacques

Chastenet : « Vers 1925, les élégantes n'ont ni poitrine, ni hanches, ni arrière-train ; leurs nuques sont rasées ; elles portent des robes chemises arrêtées au genou et faites, pour le jour, de crêpe marocain ou de jersey, pour le soir de tissu lamé avec décolleté dorsal ; elles ruissellent de perles baroques ; un fume-cigarette long de vingt centimètres sort de leurs lèvres fardées d'un pourpre saignant. Silhouette androgyne qui restera symbolique de l'époque, mais qui n'est en fait que celle d'une petite minorité. »

La mode s'allège également chez les hommes : le veston remplace la redingote, le chapeau mou éclipse le melon et le smoking l'emporte sur l'habit, tandis que la barbe disparaît au profit de la moustache. Les femmes, elles, raccourcissent leurs cheveux, comme le chante Dréan à L'Alhambra dans la revue de 1924 : « Elle s'était fait couper les ch'veux. » Ce nouveau genre androgyne coïncide avec l'immense succès de *La Garçonne*, titre d'un roman de Victor Margueritte qui paraît en 1922 et atteindra le million d'exemplaires, malgré les protestations de la « ligue des pères de familles nombreuses » et une mise à l'index par le Vatican. L'auteur sera quand même radié de l'ordre de la Légion d'honneur. Dans le film adapté de son roman, en 1936, on voit Marie Bell incarner une femme dégoûtée par les hommes. Elle se laisse séduire par Arletty, puis entraîner dans une boîte interlope où chante une grande fille à la voix grave jouée par Suzy Solidor. Ailleurs, on voit ces dames goûter à l'opium et fredonner « prends le plaisir quand il vient ».

Suzy Solidor reste une des plus belles figures de ce milieu. Née en 1900 près de Saint-Malo, elle se prétend descendante du corsaire Surcouf et fait merveille dans les chansons de marins... sauf qu'elle se met dans la peau des hommes pour chanter la beauté des femmes. Cette façon de s'approprier le répertoire masculin sera l'un des traits de son art, particulièrement érotique lorsqu'elle interprète

« Ouvre », poème d'Edmond Haraucourt. Au lendemain de la Première Guerre mondiale, après s'être passionnée pour la mécanique auto, Solidor monte à Paris et vit avec une antiquaire lesbienne, Yvonne de Bremond d'Ars qui transforme sa belle Bretonne en égérie du Paris littéraire et mondain. Elle pose nue ou en maillot de coquillage sur la plage de Deauville et fréquente un temps l'artiste polonaise Tamara de Lempicka. Dans son cabaret La Vie parisienne, rue Sainte-Anne, nombre de jeunes chanteurs viennent faire leurs débuts. Dufy, Foujita, Picabia peignent quelques-uns des innombrables portraits de Suzy qui décorent l'établissement. Mais celle-ci devient également la maîtresse de l'aviateur Mermoz, le grand amour masculin de sa vie. Après avoir tenu plusieurs cabarets jusqu'en 1960, Suzy se retire à Cagnes-sur-Mer où elle disparaît en 1983. Les photos de sa vieillesse la montrent toujours alerte et carrée en costume d'amiral (elle se fait désormais appeler « l'Amiral »), avec sur la poitrine un cœur en diamant percé d'une flèche, offert par Mermoz. Ses chansons sensuelles et viriles ont gardé un charme fou.

Fénéon, Félix

Critique littéraire, collectionneur d'art, militant libertaire, figure de la bohème, Félix Fénéon (1861-1944) est ce personnage inclassable qu'on découvre dans le fascinant portrait peint en 1890 par son ami Paul Signac. Cette grande composition pointilliste et polychrome montre Fénéon coiffé d'un haut-de-forme, tel un prestidigitateur « sur l'émail d'un fond rythmique de mesures et d'angles, de tons et de teintes ». Elle semble illustrer ces quelques lignes de Jean Ajalbert écrivant : « Tout était étrange en lui, de sa longue tête anguleuse, de sa face à barbiche, de Yankee de café-concert, à son flegme jamais démonté. »

Engagé jeune dans la mouvance anarchiste, Félix Fénéon est en 1894 un des accusés du « Procès des Trente », au cours du quel Mirbeau et Mallarmé se pressent à la barre pour faire son éloge. Mais il possède surtout un jugement artistique très sûr, lui qui entrevoit le courant néo-impressionniste dans son article *Les Impressionnistes en 1886*, soutient chaleureusement Signac, Seurat ou Bonnard. Non moins avisé dans ses lectures, il pressent avant tout le monde le génie de Mallarmé, Rimbaud, Apollinaire ou Valéry, et deviendra l'un des piliers de *La Revue Blanche*. Parmi les nombreuses activités qui ont jalonné son existence, j'aime toutefois spécialement celle qui l'occupa, entre 1904 et 1906, alors qu'il devait résumer les dépêches d'agences de presse dans le journal *Le Matin*, sous le titre de « Nouvelles en trois lignes ». Ses petits textes, tels de sanguinolents haïkus, sont autant de chefs-d'œuvre d'humour noir démontrant, bien avant l'invention de twitter, comment on peut raconter un fait divers en moins de cent signes. Morceaux choisis :

« Trop de gens annoncent : "Je vous couperai les oreilles !" Vasson, d'Issy, ne dit mot à Biluet, mais il l'essorilla bel et bien. »

« À Oyonnax, Mlle Cottet, 18 ans, a vitriolé M. Besnard, 25 ans. L'amour, naturellement. »

« Mondier, 75 bis, rue des Martyrs, lisait au lit. Il mit le feu aux draps, et c'est à Lariboisière qu'il est maintenant couché. »

« L'amour. À Mirecourt, Colas, tisseur, logea une balle dans la tête de Mlle Fleckenger et se traita avec une rigueur pareille. »

« Rattrapé par un tramway qui venait de le lancer à dix mètres, l'herboriste Jean Désille, de Vannes, a été coupé en deux. »

Forges et acier

On peut y voir une image de l'enfer, une entreprise cataclysmique et la source de tous les réchauffements climatiques. J'avoue quant à moi une fascination ressentie devant ces paysages industriels déments qui apparaissent en Europe au milieu du XIXe siècle. Une fois de plus, Jules Verne en aura fourni la vision hallucinée dans son roman *Les Cinq Cents Millions de la Bégum* (1879). L'action se situe aux États-Unis mais oppose un Français idéaliste, désireux de mettre à profit son héritage pour construire une ville utopique (France-Ville) à un Allemand qui investit dans l'industrie et la construction d'un gigantesque canon. La terrifiante description de la ville sidérurgique baptisée Stahlstadt (« la ville de l'acier »), préfigurant tous les films de science-fiction, est évidemment liée à l'essor de l'Allemagne impériale qui, à la même époque, se transforme en puissance industrielle et militaire prête à dominer le monde.

Un siècle plus tard, séjournant outre-Rhin lors de « voyages linguistiques », rien ne me fascinait comme nos excursions en voiture à Duisbourg, fief de l'empire Krupp, où j'écarquillais les yeux devant ces gigantesques étendues d'ateliers, de cheminées, d'usines, de chemins de fer et de canaux d'eau morte qui recouvraient encore la région de la Ruhr. Il existe également, sous forme de photos ou même de tableaux, des paysages de fer et de feu saisis en France à la même époque au Creusot où s'établit l'empire Schneider, avec ses forges et ses hauts-fourneaux d'où sortiront bientôt locomotives et chars d'assaut. Cette montée en puissance de l'industrie sidérurgique va de pair avec la naissance de véritables dynasties de « maîtres de forges » qui régneront sur la vie industrielle du pays et structurent aujourd'hui encore une partie de l'économie. D'une génération à l'autre, elles connaîtront la diversité de destins propres à toutes les familles fortunées où grandissent des hommes d'affaires mais aussi des politiques, des mécènes, voire des artistes. Plus singulier encore : Charles Schneider, héritier de l'empire du Creusot et petit-fils d'Henri Schneider épouse Lilian Constantini, petite-fille de Jules Guesde, chef de file du mouvement ouvrier français. C'est le sujet étonnant de *Fortune de mère*, livre autobiographique de leur fille Dominique Schneidre.

France, Anatole

Vingt-cinq grands volumes, dans ma bibliothèque, rassemblent l'œuvre intégral d'Anatole France, considéré dans les années 1900 comme le plus grand écrivain français avant de s'effacer des mémoires. En 1915, dans son film *Ceux de chez nous*, Sacha Guitry le fait figurer à côté de Monet, Renoir ou Rodin parmi les gloires nationales. Aujourd'hui, son œuvre semble se résumer à un titre : *Les dieux ont soif*, seul roman passé à la postérité. Anatole France y jette sur la Révolution un regard distancié, sans lyrisme, témoignant des paradoxes de l'histoire et des crimes qui s'exercent au nom de la vertu.

En partie responsables de cet effacement (on ne parlait pas encore de *cancel culture*), les jeunes surréalistes ont exprimé leur haine pour Anatole France dès le lendemain de sa mort, le 12 octobre 1924. Pressés d'enterrer ce glorieux aîné, ils dénonçaient à travers lui une forme d'art officiel, mais surtout des qualités trop éloignées de celles qu'ils prétendaient mettre à l'honneur. Anatole France était ironique et rationnel quand l'heure était à l'étrange, au rêve, au lyrisme sombre inspiré par Rimbaud ou Lautréamont ; il écrivait dans une langue économe, limpide, en ce temps où le mot d'ordre littéraire était de bouleverser le langage. Bref, France avait le tort de représenter, jusque par son nom, un esprit de mesure et d'élégante insolence, quand Breton et Aragon exploraient les pulsions profondes, les rêveries fantastiques, les visions hallucinées, et toute une esthétique tournée davantage vers l'Allemagne romantique que vers la clarté française. Ils allèrent jusqu'à cracher sur la tombe d'Anatole – dans un geste d'autant plus regrettable que ces auteurs « progressistes » auraient pu trouver mille bonnes raisons d'admirer leur aîné : dreyfusard, anticlérical, compagnon de route du socialisme français, libertaire à sa façon... mais dont l'esthétique littéraire leur déplaisait.

L'histoire a retenu cet épisode et répandu l'idée que France était un romancier « académique, » sans que beaucoup prennent la peine de rouvrir ses livres. Quant à moi, c'est d'abord mon goût pour la présence des animaux dans la littérature qui m'a conduit vers lui à travers un tout petit texte : *Pensées de Riquet* – autrement dit les pensées d'un chien dans une famille de Français moyens, comme celles-ci :

« Mon maître me tient chaud quand je suis couché derrière lui dans son fauteuil. Et cela vient de ce qu'il est un dieu. Il y a aussi devant la cheminée une dalle chaude. Cette dalle est divine. »

« Manger est bon. Avoir mangé est meilleur. Car l'ennemi qui vous épie pour prendre votre nourriture est prompt et subtil. »

« Une action pour laquelle on a été frappé est une mauvaise action. Une action pour laquelle on a reçu des caresses ou de la nourriture est une bonne action. »

De là je suis remonté au cycle romanesque *Histoire contemporaine*, cette fresque en quatre parties qui raconte la France des années 1900 à travers un professeur, sa femme, sa fille, leur chien Riquet, mais aussi quantité d'histoires parisiennes et provinciales sur fond de débats politiques et d'affaire Dreyfus. C'est merveilleusement écrit, clair, drôle. Mais France ne s'enferme pas pour autant dans le rationalisme. Loin de là, son dernier grand livre, *La Révolte des anges*, qui nous convie dans un registre très fantaisiste et place, au cœur de l'intrigue, un groupe d'anges gardiens qui, révoltés contre Dieu, ont choisi de prendre une apparence humaine.

Ce grand écrivain étant tombé dans le domaine public, ses livres ont fait l'objet de diverses rééditions que je ne saurais trop recommander. Marcel Proust, du moins, ne s'y trompait pas, lui qui avait demandé à cet illustre aîné de préfacer son premier volume publié : *Les Plaisirs et les Jours*. À relire aussi ses réflexions avisées rassemblées dans *La Vie littéraire* où figurent les éloges de certains contemporains, mais aussi des éreintements pleins d'humour, comme celui qu'il consacre au très oublié Georges Ohnet : « Je n'avais jamais lu encore un livre aussi mauvais : cela même me le rendit considérable, et je finis par en concevoir une espèce d'admiration. M. Ohnet est détestable avec égalité et plénitude ; il est harmonieux et donne l'idée d'un genre de perfection. C'est du génie cela. Je ne dis pas trop en disant qu'il a sa puissance, sa vertu et sa magie : tout ce qu'il touche devient aussitôt tristement vulgaire et ridiculement prétentieux. Les miracles de la nature et de l'humanité, la splendeur du ciel et la beauté des femmes, les trésors de l'art et les secrets délicieux des âmes, enfin, tout ce qui fait le charme et la sainteté de la vie devient, en passant par sa pensée, d'une écœurante banalité. Voilà donc ce qu'il voit, voilà donc ce qu'il sent ! Et il aime vivre ! C'est incompréhensible ! »

Pour la petite histoire, Anatole est un homme typique de la Belle Époque avec épouse et maîtresses. Après un mariage plutôt malheureux, il se prend de passion pour Léontine de Caillavet, la mère de Gaston Arman de Caillavet (auteur de comédies à succès comme L'*Habit vert*, avec son complice Robert de Flers). Léontine qui tient un salon recherché est, selon son amant, « une de ces femmes qui, nourrie dans la douceur du luxe et des arts, donnèrent à la vie, par le sel de leur intelligence, un goût fin qu'on n'y sentait pas avant elle ». Il finit donc par quitter son épouse et s'installe discrètement chez sa maîtresse, au second étage. Avec elle il met en scène un minutieux rituel. Lorsque Léontine reçoit, l'illustre Anatole s'annonce à la porte à un moment choisi. Sitôt arrivé, il sort un bouquet de violettes de son chapeau et répète toujours la même phrase : « Madame, comme je passais près de chez vous, je n'ai pu me tenir de venir vous offrir mes hommages et ces fleurs. Elles vous diront mieux que moi mon respect enchanté. » Cet amant transi aura toutefois d'autres maîtresses et l'élue tentera de se suicider. Après la mort de Léontine, en 1910, Anatole se rapprochera de sa femme de chambre, Emma, une fille solide et sûre d'elle qu'il finira par épouser en 1920. Du vrai boulevard !

Fumistes, zutistes, hydropathes…

C'est peut-être le vrai point de départ de l'art moderne. Au lendemain de la défaite de 1870, alors qu'un patriotisme sévère accompagne le redressement national et la mise en place de la République bourgeoise, des étudiants anticonformistes se rassemblent dans le Quartier latin. Ils ont en commun goût de la provocation, l'amour de la littérature, l'esprit voltairien et la haine de l'ordre social, militariste et religieux. On leur doit le fameux surnom du

« Boul'Mich », parce qu'ils n'aiment pas mentionner les saints et ont pris l'habitude de désigner la grande artère du Quartier latin comme le « boulevard Michel ». Avec leurs principaux chefs de file, Émile Goudeau et Arthur Sapeck, ils vont former successivement une série de groupes qui préfigurent les dadaïstes et qui portent les noms de « zutistes », « hirsutes », « fumistes », « hydropathes » pour les plus célèbres ; mais aussi « amorphes », « je-m'en-foutistes » et autres. Parmi leurs cibles figurent la bourgeoisie, l'armée, le clergé ou encore les concierges, connues pour leurs liens avec la police. Ils se réunissent dans des cafés et publient des journaux comme *L'Anti-Concierge*. Ils adorent les gags déconcertants et les mauvaises blagues. Leur profession de foi consiste dans « une sorte de dédain de tout, de mépris en dedans pour les êtres et pour les choses, qui se traduit au-dehors par d'innombrables charges et fumisteries ». De ce milieu sortiront nombre d'écrivains et artistes : Léon Bloy, Alphonse Allais, Jules Laforgue ou Charles Cros. Dans les années 1880, beaucoup émigreront du Quartier latin vers la butte Montmartre et se retrouveront autour de Rodolphe Salis au Chat noir qui deviendra, rive droite, l'héritier de cet esprit né rive gauche.

Pour préciser la spécificité de ces groupuscules, on peut consulter quelques spécialistes qui, tel François Caradec, nous aident à établir la chronologie suivante :

— Les *zutistes* (ou « cercle des poètes zutiques ») sont un groupe informel de poètes, peintres et musiciens français qui se réunissent à l'Hôtel des Étrangers, à l'angle de la rue Racine et de la rue de l'École-de-Médecine, à partir de septembre-octobre 1871. Le principal animateur semble être le jeune et génial Charles Cros, poète et inventeur, avec ses frères Antoine et Henry. Ils publient l'*Album zutique* où figurent également les noms de Verlaine, Rimbaud, Paul Bourget, Jean Richepin. Mais le groupe se saborde dès septembre 1872, probablement faute de combattants.

— Les *hydropathes*, parmi lesquels on retrouve une partie des mêmes, se constituent en 1878 autour du poète et romancier Émile Goudeau. Ils ont en commun une aversion pour les boissons non alcoolisées, ce qui induit un jeu de mots supplémentaire avec le nom de « Goudeau ». Le groupe existe de 1878 à 1880. Il publie la revue L'*Hydropathe* où figurent notamment les noms de François Coppée, Alphonse Allais, Sarah Bernhardt, Léon Bloy, Paul Bourget, Charles Cros, Jules Laforgue, Jean Richepin, Georges Rodenbach.

— Les *hirsutes* sont créés en septembre 1881 à la suite de la disparition du Club des Hydropathes et suivent les mêmes buts – toujours sous la houlette d'Émile Goudeau.

La même année commence la migration vers la butte Montmartre. La plupart des hydropathes et des hirsutes se retrouvent au Chat noir autour de Rodolphe Salis qui fonde sa propre revue. C'est là, désormais, que vont prospérer deux autres groupes éphémères : les *fumistes* entraînés par d'Alphonse Allais et son complice Sapeck ; puis, dès 1882, le mouvement des « arts incohérents » qui voudra conjuguer le rire et la création artistique sous la houlette de l'écrivain Jules Lévy, et présentera les premières expositions de tableaux monochromes.

Gares

Un film merveilleux et trop peu connu de Martin Scorsese, *Hugo Cabret*, se déroule presque entièrement gare de Lyon, dans le Paris des Années folles. Un gamin passe là ses journées parmi les voyageurs et les cheminots ; puis il s'aventure dans l'horloge néogothique dressée audessus de Paris où l'attendent d'étranges mystères. Il va également rencontrer, dans une boutique de la gare, le vieux cinéaste Georges Méliès : un clin d'œil à l'histoire puisque celui-ci, après avoir tourné ses chefs-d'œuvre, tenait à la fin de sa vie un magasin de jouets et de sucreries dans une autre gare parisienne, celle de Montparnasse. Rendue célèbre par chute d'une locomotive sur le terre-plein en 1895, l'ancienne gare Montparnasse fut détruite et reconstruite dans les années 1960. La gare de Lyon, elle, a vu le jour en 1901, remplaçant un premier bâtiment du Second Empire. Comme toutes les grandes gares, elle a des fonctions multiples souvent mises à profit par le cinéma : point de rendez-vous ; lieu de passage mêlant les voyageurs aux porteurs et aux ouvriers ; lieu de rencontres et de séparations pour les amoureux ; lieu de fantaisie et de rêve, comme en témoignent les grandes fresques d'une Côte d'Azur idéalisée qui ornent le fameux restaurant du Train bleu.

Les gares sont les forums et les cathédrales des années 1900. Posées au cœur des grandes villes, elles les relient à l'Europe entière. Leurs façades majestueuses s'ouvrent sur la vie urbaine avec ses hôtels, brasseries et grands boulevards. Elles abritent un fourmillement d'activités, de cafés, de marchands de journaux, de cireurs de chaussures et tout un peuple mêlant les voyageurs de luxe et les vagabonds. À Montparnasse, les jeunes filles arrivent de Bretagne pour chercher du travail ; à la gare de l'Est, les militaires attendent leur train pour les forts de la frontière allemande. À Paris, la vieille gare Saint-Lazare, aïeule de toutes les autres depuis 1837, fait place en 1885 à l'énorme bâtisse actuelle. Quelques années plus tard, la gare d'Orsay s'installe en plein Paris, à la faveur de l'Exposition universelle de 1900 sur les ruines de la Cour des comptes. Trois quarts de siècle après, elle sera sauvée *in extremis* par l'arrivée au pouvoir de Valéry Giscard d'Estaing, mettant un point d'arrêt aux grands travaux urbains de l'ère Pompidou pour créer le musée des arts du XIXe siècle. De nos jours, il n'est plus question de détruire ces édifices… Ce qui n'empêche pas de les modifier de l'intérieur quitte à en faire de banals centres commerciaux proposant leurs galeries de magasins franchisés, comme c'est déjà le cas à Saint-Lazare ou à la gare de l'Est, en attendant la gare du Nord promise au même genre de réforme.

La province compte aussi ses gares somptueuses. Celle de Metz, édifiée comme une grande partie de la ville sous l'autorité allemande, après l'annexion de 1870, est un chef-d'œuvre du style « wilhelmien », ce néoclassicisme monumental de l'époque de Guillaume II. À Strasbourg, malheureusement, on a cru bon d'engloutir un édifice du même genre sous une affreuse cloche de plastique censée lui donner un aspect plus moderne. Parmi les joyaux des Années folles, je recommande également la gare de Limoges, dont chacun connaît au moins la tour édifiée en 1929 dans un style qui oscille entre le palais oriental et le grand magasin. Mais ce sont aussi toutes ces petites gares qui jalonnent la campagne française et mettent en valeur son pittoresque : telle la gare de Trouville-Deauville en style néonormand couvert de colombages, ou ces stations de la Riviera, tels de simples pavillons perchés devant la mer au-dessus des rochers, de Saint-Raphaël à Monte-Carlo.

Georgius

Dans un film très loufoque de 1937 (*Vous n'avez rien à déclarer ?* de Léo Joannon), une séquence entière est interprétée par Georgius qui entonne un refrain endiablé, tout en se déplaçant d'une table à l'autre avec une verve irrésistible. L'énergie débordait chez cet artiste qui faisait merveille en compagnie d'excellents orchestres comme ceux de Pierre Chagnon ou plus tard de Raymond Legrand. Il donnera toute sa mesure à la fin des années 1930 dans un répertoire swing qu'il entonne avec une frénésie communicative… quitte à le tourner en dérision dans « Mon heure de swing ». C'est que Georgius, de son vrai nom Georges Guibourg, est le roi du détournement, l'auteur et l'interprète de parodies innombrables, qu'il s'agisse des musiciens de bal (« Au dancing du casino »), de la vogue du tango (« Tango… tango… »), de la chanson bretonne (« Sur la route de Pen-Zac »), de la chanson réaliste (« On l'appelait Fleur des Fortifs »), des histoires de gangsters (« Monsieur Bébert »). Il s'empare de la vie quotidienne pour en faire des chansons comiques : une sortie en voiture (« Ça, c'est de la bagnole »), une promenade en ville (« Le badaud du dimanche »), une visite à la fête foraine (« Keksekça papa ? ») ; et il excellera, sous l'Occupation, dans ses nombreuses chansons consacrées au marché noir (« Elle a un stock »).

Dans ces parodies, surtout, il montre une invention, une fantaisie, parfois même une forme de surréalisme qui enchantait les artistes, à commencer par Robert Desnos. De son côté, le peintre Fernand Léger consacre à Georgius dans *Candide*, en 1934, un article enthousiaste où il écrit : « Sa fantaisie poétique et scénique lui donne une place privilégiée dans la production populaire. Les poètes modernes l'apprécient à cause de sa liberté verbale. Son invention est constante, il rate quelquefois, mais quand il fait mouche, c'est un maximum. » Pour le grand peintre passionné par la classe ouvrière, Georgius « est vraiment le type parfait du *gars du faubourg*, populaire et racé… J'insiste sur ce fait, car je tiens à l'opposer à Chevalier qui, lui, justement est le contraire. C'est le faux populaire, le faux voyou pour gens du monde... Les mots *à la dure* que le premier glisse dans son répertoire pour épater sa clientèle sont choquants... Chez Georgius les mêmes expressions ne choquent jamais, car son public les connaît, il les emploie et sait s'en servir. »

Énergie, verve, voix canaille, fantaisie, sens du rythme communicatif... Autant de caractéristiques ne s'étaient pas affirmées d'emblée, si l'on en croit Georgius qui, né à Mantes-la-Ville en 1891, dit avoir commencé par chanter, au premier degré, le répertoire larmoyant qu'il parodierait plus tard. Il commence au théâtre du XXe, rue de Ménilmontant, mais sa carrière démarre vraiment en 1912 à la Gaîté-Montparnasse. Toujours selon Léger, « il a compris que son vrai public était là, à Montparnasse. Moitié artiste, moitié populaire, c'est une clientèle qu'il a faite sienne et dont il partage les faveurs avec Marie Dubas ». Suivront de nombreuses participations à des revues et tournées, un peu partout en France où il paraît toujours affublé d'un smoking blanc. Plusieurs de ses chansons enregistrées en 78 tours sont de grands succès, comme « Sur la route de Pen-Zac » ou encore « La noce à Rebecca » avec son tableau d'un mariage juif plein de clichés qu'on dirait aujourd'hui antisémites... mais qui à l'époque faisait beaucoup rire dans les familles juives où on l'entonnait lors des réceptions. Georgius est alors « l'amuseur public numéro 1 ». Interprète de nombreuses chansons, il en écrit aussi pour les autres. Certaines reprises font mouche comme « Au lycée Papillon » par l'orchestre de Fred Adison. On lui reprochera d'avoir trop chanté pendant la guerre, quand bien même il se moquait déjà d'Hitler en 1938 (dans « Il travaille du pinceau »). Un temps interdit d'activités publiques, il en profitera pour écrire des romans policiers dans la « Série noire » sous le pseudonyme de Jo Barnais – qui sonne comme « Jobard né ! ». Après quoi sa carrière reprendra avec encore quelques succès jusqu'à sa mort, en 1970. Les années passant n'ont fait qu'agrandir le cercle de ses passionnés, tous subjugués par l'exceptionnel talent de ce chanteur amuseur qui surpasse, au moins par l'esprit, les grands fantaisistes de sa génération.

Gérardmer

La vogue de la montagne s'impose à la fin du XIXe siècle en même temps que celle de la mer. Vues jusqu'alors comme des contrées rudes et hostiles, les villégiatures d'altitude sont popularisées simultanément par les Britanniques (toujours à la pointe, en matière de tourisme), mais aussi par les écrivains, peintres et poètes qui s'emparent de la nature. Si les Anglais contribuent largement au développement des premières stations alpines, de l'alpinisme et des sports d'hiver, ce sont plutôt des écrivains français qui s'enchantent pour la moyenne montagne vosgienne et sa « vallée des lacs » au cœur d'un immense massif boisé. Abel Hugo, le frère de Victor, de passage à Gérardmer, invente l'expression de « perle des Vosges » ; puis Maupassant, venu dans la région en 1890, écrit à sa mère : « Le pays que je viens de visiter est un des plus beaux qu'on puisse voir. Des vallées immenses, enfermées en des montagnes portant de gigantesques forêts de pins et de hêtres. Au fond de toutes ces vallées, des lacs. »

Portée par cet intérêt nouveau, la station de Gérardmer se développe rapidement avec sa gare, ouverte en 1878, qui permet d'atteindre la station depuis Paris « en sept heures et demie » ! La ville est une des premières en France à ouvrir un office de tourisme. Lancé en juillet 1875 sous le nom de « comité des promenades de la ville de Gérardmer », il invite les voyageurs à découvrir les beautés des environs : la splendide montagne du Hohneck, second sommet vosgien en plein cœur du massif ; le col de la Schlucht, poste-frontière avec l'Allemagne depuis l'annexion de l'Alsace-Lorraine, auquel on accède en passant sous l'impressionnante « roche du diable ». En 1897, un tramway partant de Gérardmer, et longeant les lacs de Longemer et Retournemer hisse les touristes jusqu'aux sommets (il existera jusqu'en 1939). En 1922, Gérardmer est candidat à l'organisation des jeux Olympiques d'hiver de 1924, en concurrence avec Chamonix et Luchon. Les hôtels et grands chalets de vacances se multiplient autour du lac où l'Union nautique propose promenades et traversées en barque ou en pédalo. Non loin des stations thermales vosgiennes (Vittel, Contrexéville, Bains-les-Bains, Plombières-les-Bains, Luxeuil-les-Bains) situées plus bas dans la campagne, Gérardmer devient ainsi, avec son casino, une des premières stations de montagne. Une grande partie de son patrimoine sera détruite par les bombardements de la Seconde Guerre mondiale. Ce passé n'en est pas moins toujours présent : comme en a témoigné la récente mise en valeur d'une collection de peintures (Watteau, Degas...) léguées en 1970 à la ville par Gabrielle Reinach, la fille du grand historien Théodore Reinach dont la famille avait pris, comme beaucoup d'autres, ses habitudes dans la station vosgienne.

Gershwin, George

Le terme de « comédie musicale » désigne parfois, de nos jours, un grand spectacle kitsch comme ceux qui revisitent *Notre-Dame de Paris* ou *Les Dix Commandements*. Dans un genre plus raffiné, le théâtre du Châtelet a proposé quelques reprises de Rodgers et Hammerstein (*The Sound of Music*), Leonard Bernstein (*West Side Story*) ou Stephen Sondheim (*A Little Night Music*, *Sweeney Todd*...) qui flirtent avec l'opéra et haussent le divertissement de Broadway au niveau des beaux-arts et flirtent avec l'opéra. Le public français ignore presque totalement, en revanche, ces fleurons du théâtre musical léger qui faisaient les belles heures du même Broadway dans les années 1920-1930. Le compositeur Richard Rodgers, en tandem avec Lorenz Hart, donnait alors des pièces décapantes et jazzy intitulées *Peggy-Ann*, ou *Babes in Arms* (tout juste quelques thèmes ont-ils survécu, comme « My Funny Valentine »). Il en va de même chez George Gershwin dont on reprend inlassablement le chef-d'œuvre *Porgy and Bess* (avec sa part de mélo et d'ambitions opératiques), dont on admire l'époustouflant talent de pianiste (heureusement conservé sur quelques rouleaux de piano mécanique), mais dont on connaît trop mal la vingtaine de comédies insolentes et enjouées.

De fait, le théâtre musical léger s'est toujours mal exporté, hormis quelques œuvres de Jacques Offenbach, Johann Strauss ou Franz Lehár. Les opéras-bouffes de Gilbert et Sullivan restent inconnus hors du monde anglo-saxon, tout comme l'art d'André Messager est ignoré du monde germanique. Quant à Gershwin, la seule de ses comédies *made in Broadway* adaptée en France de son vivant fut *Tip-Toes*, une satire des nouveaux riches en Floride au temps du boom immobilier qu'on n'appelait pas encore une « bulle ». La production fut jouée quarante et une fois en 1929 aux Folies Wagram. Pas assez pour aller plus loin quand bien même le compositeur, à New York, enchaînait les succès intitulés *Lady, Be Good, Oh, Kay !, Strike Up the Band, Girl Crazy*. Ces œuvres sont faites parfois de bric et de broc, rassemblant divers librettistes, lyricistes, producteurs, mélodistes, arrangeurs, interprètes parmi lesquels George et son frère Ira n'étaient que des pièces du puzzle. Qu'importe, ces spectacles vous mettent en joie, avec leurs chœurs de *boys* et de *girls*, leur construction rythmée, leur comique social qui culmine dans les créations des années 1930 : *Pardon My English* (une histoire policière sur fond de psychanalyse) ou *Of Thee I Sing* (une satire du monde politique américain en campagne électorale, sur un livret de George S. Kaufman).

Gershwin devait beaucoup à son aîné Jerome Kern dont on connaît surtout le mélancolique *Show Boat*, quand ce dernier, lui aussi, a signé maintes pièces légères sur les livrets de l'humoriste P. G. Wodehouse. Et nous avons oublié, ou presque (sauf quelques standards inlassablement repris), le très francophile Cole Porter, compositeur de *Fifty Million Frenchmen* et *d'Anything Goes*, son chef-d'œuvre. Cette comédie maritime fut pourtant composée au Touquet-Paris-Plage ! Et l'on s'est réjoui, fin 2021, de pouvoir redécouvrir un peu des aventures françaises de Cole Porter sur la scène du Châtelet (*Cole Porter in Paris*), grâce à l'initiative du metteur en scène Christophe Mirambeau. Aujourd'hui pourtant, même à Broadway, l'essentiel de ce répertoire a sombré dans l'oubli, éclipsé par les productions plus clinquantes de l'industrie du spectacle. Reste le disque, et notamment la merveilleuse série de reconstitutions des comédies de Gershwin enregistrées dans les années 1990 chez Nonesuch : une anthologie de petits trésors, dirigés par Eric Stern ou John Mauceri, qui raniment l'élan, les couleurs et la liberté d'un genre disparu.

Gide, André

Lorsque j'étais enfant, mon père nous conduisait, parfois, au cimetière de Cuverville où repose André Gide, à quelques kilomètres d'Étretat. L'écrivain, disparu en 1951, avait été le guide de sa jeunesse par ses romans, ses essais, son journal, son parcours d'homme de lettres faisant de sa propre existence le sujet d'une quête exigeante, provocante parfois, mais guidée par l'aspiration à la vérité. Contrairement à beaucoup des « intellectuels » de la seconde moitié du XXe siècle, Gide suivait un projet artistique et littéraire bien plus que social ou politique. Ses débuts dans l'ombre de Mallarmé le situent dans le prolongement du symbolisme, dont témoigne la prose poétique des *Nourritures terrestres*. Le souffle nietzschéen, l'aspiration au bonheur sensuel, débarrassé du carcan religieux et familial, trouvent leur illustration dans des réflexions, des témoignages, mais surtout des romans comme *l'Immoraliste* ou *La Porte étroite*. L'écrivain est passionné par la rencontre des arts, lui qui joue Chopin comme personne, rencontre très jeune Debussy, collabore avec Stravinsky, et s'emploie à faire découvrir de nouveaux talents par le biais de la NRF (il est un des premiers à repérer des écrivains aussi éloignés de lui que Georges Simenon ou Henri Michaux). Comme son siècle, mais toujours avec un temps d'avance, il passe de la sophistication d'écriture des années 1900 à la reconquête d'une prose pure, précise, cristalline et pleine de poésie sans effets poétiques : l'anti-Proust, en somme, que j'adorais dans mes premières lectures de *La Symphonie pastorale* (ce paysage de neige au début du livre). Il remet à l'honneur l'inspiration mythologique, mais aussi la satire, sous l'appellation de « sotie » dans *Les Caves du Vatican*. Et surtout, d'une œuvre à l'autre, il montre l'exigence très flaubertienne de se renouveler toujours dans une incessante expérimentation formelle.

Cet écrivain-là, pourtant, ne se lit plus guère et paraît aujourd'hui, plus encore que de son vivant, dissimulé par l'homme de son temps, menant des combats au sein de la société. L'acceptation des pulsions homosexuelle l'a désigné longtemps comme un héros de la libération des mœurs (un débat s'est ouvert, plus récemment, sur la nature de ces pulsions à l'évidence pédérastiques, qui feraient du libérateur un pervers criminel, loin de la revendication « socratique » de son époque). Il précise dans *Corydon* : « Je ne crois nullement que le dernier mot de la sagesse soit de s'abandonner à la nature, et de laisser libre cours aux instincts ; mais je crois qu'avant de chercher à les réduire et domestiquer, il importe de les bien comprendre. » Cette exigence de lucidité ne s'arrête pas aux questions intimes : en Afrique, il comprend la violence du colonialisme ; en URSS, il est un des rares intellectuels à discerner la réalité vécue du communisme. La figure de

Gide, avec son courage, devrait toutefois nous ramener plus souvent à sa prose et à ses grandes œuvres comme *Les Faux-Monnayeurs*, ce roman sans pareil qui réinvente sa propre forme d'un chapitre à l'autre. Son *Journal*, plus encore, est un livre majeur du XXe siècle qui noue le cheminement d'un homme, celui des arts et celui de l'histoire.

Longtemps après les excursions de mon père à Cuverville, je suis devenu ami des propriétaires du château d'André et Madeleine Gide, en pleine campagne cauchoise. Depuis la terrasse de cette belle demeure du XVIIIe siècle, je regarde avec émotion la vieille porte étroite, au fond du jardin, derrière laquelle s'ouvre le vaste monde, celui dont Gide, toute sa vie, aura été l'explorateur littéraire, aspirant à la lumière : « Lumière profuse ; splendeur. L'été s'impose et contraint toute âme au bonheur. »

Gould (Anna) et Boni de Castellane

Ah, qu'il était beau, ce Boni de Castellane – de son vrai nom Marie Ernest Paul Boniface, marquis de Castellane ! Descendant d'une grande famille provençale, snob jusqu'au bout des ongles, membre du Jockey Club et cavalier au bois de Boulogne, il possédait l'assurance que vous confèrent des siècles de domination ; mais en plus il était séduisant, grand, mince, les yeux d'un bleu froid irrésistible, les cheveux blonds, les vêtements choisis chez les meilleurs tailleurs. C'est pourquoi sans doute Anna Gould, héritière d'une des premières fortunes américaines (son père régnait sur les chemins de fer de l'Union), tomba folle amoureuse de ce Français magnifique autant que désargenté, puis qu'ils entamèrent le jeu de la séduction, sans se laisser berner l'un par l'autre. Anna qui était laide (ses photos le soulignent davantage que les portraits peints complaisamment) avait compris que ce sémillant aristocrate voulait l'épouser pour son argent. Lui-même faisait preuve d'autopersuasion et s'en sortit par une formule : « Bah ! Elle n'est pas si mal vue de dot. » Ils finirent même par se dire les choses franchement, avant de conclure un contrat qui accordait au jeune homme une solide pension, mais laissait à son épouse l'entière maîtrise de la situation en cas de divorce. Le catholique français épousa ainsi la milliardaire protestante à New York, le 4 mars 1895 ; après quoi Boni put mener pendant quelques années une vie de dépenses somptuaires : organisant des réceptions courues du tout-Paris, achetant des tableaux de maîtres ; acquérant le château de Grignan qui avait appartenu à sa famille ; et s'offrant un yacht, le *Walhalla*, avec cent hommes d'équipage. Enfin il fit bâtir le fameux palais de marbre rose de l'avenue Foch, malheureusement détruit en 1969.

Trois mâts. Walhalla

Boni et son épouse eurent plusieurs enfants, mais l'aventure ne dura qu'un temps. Anna Gould finit par se lasser et, surtout, s'avisa que le bellâtre entretenait d'autres liaisons. Elle divorça en 1906, laissant Boni quasiment sur la paille, poursuivi par les créanciers et contraint de retourner chez sa mère. Il se releva comme il put, se faisant élire à la Chambre comme représentant du parti le plus réactionnaire, puis se lançant dans les affaires sans grand succès, mais sans rien perdre de sa morgue élégante – cependant qu'Anna épousait un autre Français, guère plus riche, mais moins sûr de lui : Hélie de Talleyrand-Périgord, cousin de Boni de Castellane (« Je le connais très bien. Nous avons servi dans le même corps », dira plus tard ce dernier). La riche héritière s'en retourna ensuite aux États-Unis et ne revint à Paris que pour mourir, en novembre 1961, dans cette ville qui l'avait fascinée et où sa belle-sœur, Florence Gould, était elle-même une des grandes mécènes de l'art moderne. Le mariage d'Anna Gould et Boni de Castellane est demeuré l'une des plus emblématiques illustrations des alliances entre la nouvelle Amérique des milliardaires et la noblesse plus ou moins fauchée, comme le résume Armand Lanoux dans *Amour 1900* : « Une étrange hypnose marque ces relations amoureuses où les jeunes beaux d'un vieux monde roué et désargenté jouent le rôle du serpent pour ces oiselles de Paradis, au plumage d'or. Un mirage les dirige, contre lequel elles luttent, qu'elles réprouvent, qu'elles déplorent, qu'elles désirent et qui les emporte. »

Plus largement, cette aventure illustre la fascination que Paris et les Parisiens, à la Belle Époque et encore dans les Années folles, exercent sur le Nouveau Monde : comme si, une fois acquis les biens et la fortune, seuls l'esprit et l'élégance européenne permettaient d'accéder à un rang plus élevé en acquérant un supplément de goût, voire un supplément d'âme. Héritiers, bourgeois, artistes, plusieurs générations d'Américains cultiveront cette même fascination de l'ancien monde, avant de s'en affranchir peu à peu après la Seconde Guerre mondiale. Ce sujet inspirera à Édouard Bourdet sa pièce à grand succès *Le Sexe faible*, en 1929.

Guerre (Grande)

Ce trou béant qui sépare la Belle Époque des Années folles s'ouvrit, on le sait, dans une certaine inconscience. En témoigne la toile commémorative de 60 mètres carrés peinte par l'Américain Albert Herter : *Le Départ des poilus, août 1914*, inauguré gare de l'Est en août 1926, en présence du maréchal Joffre. On y voit les soldats partir joyeusement « la fleur au fusil », et embrasser une dernière fois leur fiancée par la fenêtre du train. Cette image, quelque peu simpliste, est restée dans les livres d'histoire comme un adieu à la douceur de 1900 avant le choc brutal, puis cette plongée dans une horreur sans nom qui, quatre années durant, va détruire l'Europe et rebattre les cartes de l'humanité.

La prise de conscience se fera au rythme des premiers morts, innombrables durant l'été 14 dans leur costume bleu horizon (parmi eux figurent Charles Péguy et Alain-Fournier) ; puis des vagues de permissionnaire marqués par l'épreuve, des annonces macabres, des grands titres de la presse et, bientôt, des premiers romans qui donneront un récit détaillé de la tragédie. Beaucoup paraissent pendant le conflit comme *Gaspard* de René Benjamin – un jeune journaliste qui raconte la déconvenue des conscrits partis faire joyeusement la guerre. Il obtient le prix Goncourt 1915. Un an plus tard, *Le Feu* d'Henri Barbusse révèle l'horreur des tranchées et emporte de nouveau le Goncourt. Maurice Genevoix publie ses récits de guerre, ultérieurement rassemblés dans *Ceux de 14*. D'autres livres suivent immédiatement la guerre comme *Les Croix de bois* de Roland Dorgelès (1919) ou, en Allemagne, les *Orages d'acier* d'Ernst Jünger (1920). La peinture expressionniste allemande porte un regard plus terrifiant encore sur les combats dans les tableaux hallucinés de George Grosz et Otto Dix montrant les soldats masqués, tels des pantins, grenade en main lors d'une attaque au gaz. Sous leur apparente frivolité, les Années folles resteront hantées par ce déferlement barbare dont témoignent les cimetières militaires et les anciens combattants devenus pour certains des « gueules cassées ». D'autres livres reviendront, inlassablement, sur ce moment de l'histoire qui a tout changé et sur l'absurdité de cette guerre, comme *À l'Ouest rien de nouveau* de l'Allemand Erich Maria Remarque (1929) et le *Voyage au bout de la nuit* de Louis-Ferdinand Céline en 1932.

Telle une page noire entre les deux époques de ce dictionnaire, la Grande Guerre est un sujet en soi. Mais j'aimerais souligner ici que cette épreuve, en France, ne va pas bouleverser totalement la conscience du pays, comme le fera la débâcle de 1940. Au contraire, cette nation dont la règle d'or est de résister va mettre un point d'honneur à cultiver son caractère politique, artistique, intellectuel, comme s'il s'agissait aussi de la survie de l'esprit français menacé dans son existence. En 1940, la France tombe et se repent. En 1914, la France tient et célèbre ses vertus. Malgré l'ampleur des batailles et l'invasion d'une partie du territoire, « l'arrière » redouble d'efforts pour soutenir les combattants. Le Parlement continue à parlementer, quoique dans les limites de l'Union nationale. Et tout ce qui symbolisait, avant guerre, la vigueur de l'esprit français paraît plus que jamais délectable. Certes la condition du poilu dans les tranchées exige de chacun une forme de respect et de dignité ; mais il s'agit aussi d'accueillir les soldats en permission pour leur offrir repos, joie de vivre et divertissements. On voit même d'anciennes stations chics, comme Deauville, accueillir blessés et convalescents dans leurs palaces transformés en hôpitaux.

À Paris, où nombre de monuments restent enfouis sous des sacs de sable qui les protègent des bombardements, le théâtre, le café-concert, le music-hall et l'opérette poursuivent leurs activités avec un répertoire d'inspiration largement patriotique. *La Cocarde de Mimi-Pinson* d'Henri Goublier fils, sur un livret de Maurice Ordonneau, connaît un durable succès en 1915 au théâtre de l'Apollo. On y découvre les amours d'une midinette devenue infirmière avec le fils de son patron, glorieux soldat blessé au combat, mais sauvé par la cocarde qu'elle a glissée dans son vêtement. Ces divertissements de circonstance ne sont pas les seuls spectacles, loin de là. L'avant-garde est toujours vaillante et la compagnie des Ballets russes reprend ses activités en 1917 pour présenter au Châtelet le ballet *Parade* de Satie, Picasso et Cocteau – qui entend un spectateur s'exclamer : « Si j'avais su que c'était si bête, j'aurais amené les enfants. » En ces mêmes années, dans les soirées de Montparnasse se retrouvent des artistes non mobilisés, parce qu'ils sont trop jeunes ou de nationalité étrangère, qui rallieront bientôt le Groupe des Six, l'école de Paris ou les dadaïstes... De son côté, Sacha Guitry, voulant rendre hommage aux gloires de son pays, a la géniale idée de prendre sa caméra pour aller filmer les seules images animées qu'on connaisse de Monet, Renoir, Degas, Rodin ou Saint-Saëns...

Pendant que certains réfléchissent aux destinées de l'art, les vagues de soldats se succèdent sur le front et certains ont à cœur de poursuivre leurs activités *sur place*. Reynaldo Hahn, combattant volontaire dans les tranchées, dispose d'un piano et compose sur le front... une suite de valses. Le compositeur André Caplet forme avec le grand violoniste Lucien Durosoir et le violoncelliste Maurice Maréchal un trio de haut vol sous la protection du général Mangin. De l'autre côté, le jeune Allemand Paul Hindemith joue avec ses camarades le *Quatuor* de Debussy pour honorer le compositeur français mort en mars 1918. Les permissionnaires de retour en ville se montrent toutefois de plus en plus éprouvés. On s'efforce de les fêter, et les grandes vedettes participent à l'accueil des poilus. Dans des films d'actualité, on voit la divette Edmée Favart leur prodiguer ses plus charmants sourires, tandis que Mayol se dandine sous les yeux amusés des tourlourous français et africains, fraternellement mélangés. L'ardeur patriotique va jusqu'à célébrer les « animaux héroïques », tels les « pigeons de Verdun » et autres « poilus à quatre pattes ». Au Trocadéro, la société protectrice des animaux organise un « hommage aux chiens de tranchée ». Certains chroniqueurs lancent la terrible question qui revient toujours aux heures dramatiques : « A-t-on encore le droit de rire ? » Pourtant, si d'innombrables hommes tombent sous le feu et les baïonnettes, force est de constater qu'un certain esprit insolent et frondeur subsiste, y compris dans la presse où la censure militaire n'empêche pas une certaine liberté de ton. En témoigne la naissance, en 1915, de deux grands journaux satiriques : *Le Crapouillot* et *Le Canard enchaîné.*

Un grand tournant social s'amorce toutefois depuis que les femmes constituent, avec les enfants et les vieillards, la population majoritaire à l'arrière. Beaucoup d'entre elles ont connu leur part de souffrance en perdant un mari, un frère, un fils. Comme l'écrit le journaliste Pierre Joffroy : « Au fil des batailles, des femmes prennent la robe et le voile noirs. Le peuple les regarde, hoche la tête. Elles sont, ces vivantes, le seul moyen qu'on ait de compter les morts. » Leurs épreuves leur valent toutefois l'admiration unanime, comme le souligne l'écrivain Henri Lavedan : « Les veuves de guerre n'ont pas honte d'être gaies ; leur gaieté candide a la force d'une vertu. » Mais surtout elles vont donner leur temps et leurs bras pour faire fonctionner les hôpitaux, usines, ateliers, services. Dans les manufactures comme à la poste, dans les transports publics comme dans les banques, les femmes prennent la relève et jouent un rôle nouveau... sans renoncer à l'ancien : Mme Budin, veuve d'un célèbre puériculteur, fait campagne pour que des salles d'allaitement soient annexées aux usines. À noter aussi que, si toute la production industrielle est tournée vers l'effort de guerre, de nouveaux objets apparaissent en ville pour faciliter la vie quotidienne : ainsi l'Autoped, véritable trottinette à moteur sur laquelle on se tient debout « comme un Romain sur son char »... bien avant qu'elle ne revienne à la mode au XXIe siècle !

Quant à Mme Verdurin – si l'on en croit Proust dans *Le Temps retrouvé* –, elle s'inquiète des horreurs de la guerre, mais aussi de ne plus avoir droit à ses croissants au petit déjeuner. Elle va même se faire délivrer une ordonnance afin de pouvoir conserver cette douce habitude : « Elle reprit son premier croissant, le matin où les journaux narraient le naufrage du *Lusitania*. Tout en trempant le croissant dans le café au lait et donnant des pichenettes à son journal pour qu'il pût se tenir grand ouvert sans qu'elle eût besoin de détourner son autre main des trempettes, elle disait : "Quelle horreur ! Cela dépasse en horreur les plus affreuses tragédies." Mais la mort de tous ces noyés ne devait lui apparaître que réduite au milliardième, car tout en faisant, la bouche pleine, ces réflexions désolées, l'air qui surnageait sur sa figure, amené probablement là par la saveur du croissant, si précieux contre la migraine, était plutôt celui d'une douce satisfaction. »

Guilbert, Yvette

Grande, maigre, le visage expressif et osseux, les mains gantées de noir : sa silhouette a traversé le temps sous le crayon de Toulouse-Lautrec, personnage qu'elle avait commencé par détester au Moulin Rouge. Mais, plus encore que ses images, nous avons conservé ses précieux enregistrements : des faces de 78 tours qui rappellent combien Yvette Guilbert (1865-1944) fut la plus géniale « diseuse » de son temps. À mi-chemin du théâtre et de la chanson, elle donne vie en quelques couplets précis et cruels au portrait d'une « fille mère » ou d'un petit-bourgeois. Tout comme Bruant chante les voyous et les quartiers de Paris, Guilbert décrit le monde des employés, des commerçants ou des étudiants désargentés. Après des débuts de comédienne, elle s'est fait connaître dans les cafés-concerts et a rencontré le succès à l'Éden Concert, au Concert parisien et au Divan japonais (qui existe toujours rue des Martyrs). Mais Guilbert est aussi une femme cultivée, fort intelligente, qui fréquente la crème des artistes et des poètes, comme elle l'évoque dans ses nombreux livres de souvenirs parus entre les deux guerres. Sa carrière dépassera les frontières pour s'étendre jusqu'aux États-Unis où elle se produit en 1906 à Carnegie Hall et où elle enregistre plusieurs disques. Elle devient aussi, avec son mari le biologiste viennois Max Schiller, une proche amie de Sigmund Freud qui accroche une photo d'elle dans son bureau. Le père de la psychanalyse admirait sans doute cette façon de peindre, d'une chanson à l'autre, le tableau réaliste de la condition humaine dans ses travers involontairement comiques. Un humour qu'elle sait s'appliquer à elle-même quand elle demande à Oscar Wilde : « Ne suis-je pas la femme la plus laide de Paris ? », et qu'il lui répond sans se démonter : « Du monde, madame, du monde. »

L'écoute de Guilbert est toujours une leçon musicale, tant sa voix joue avec le rythme, la mélodie et la couleur des mots. Dans ses chansons d'allure très simple comme le célèbre *Fiacre* – écrit par Léon Xanrof, jeune chansonnier au Chat noir à la fin du XIXe siècle –, elle parvient à varier continuellement la ritournelle et fait de chaque couplet un morceau de comédie. La « reine des diseuses » apporte ici une inflexion moqueuse, là un *glissando* éloquent, ailleurs une façon de détacher les syllabes ou de les scander. Dans « Quand on vous aime comme ça », « J'suis dans le Bottin », ou « Partie carrée », une médiocre humanité, qu'on dirait sortie de Maupassant, révèle en trois minutes son innocente méchanceté. Dans « Je m'embrouille », une femme ne parvient pas se rappeler ses trop nombreux amants – prétexte à toute une gamme musicale d'hésitations. Yvette Guilbert, dans la dernière partie de sa carrière, entretiendra une grande complicité avec la jeune pianiste Irène Aïtoff qui deviendra chef de chant du festival d'Aix-en-Provence et mourra centenaire (j'ai eu le bonheur de la rencontrer). Mais il faut également souligner que la diseuse du Divan japonais s'est intéressée, avant tout le monde, à la redécouverte des chansons anciennes, comme « La Passion du doux Jésus » ou « L'éloge des vieux » de l'abbé de Lattaignant. Après l'époque des enregistrements acoustiques, elle enregistre à la fin de sa vie, avec Irène Aïtoff au piano, quelques faces d'excellente qualité qui montrent cette géniale artiste radieuse dans son grand âge !

Guitry, Sacha

C'était lors d'un dîner entre théâtreux – de ce théâtre engagé, sombre et sérieux qui, en France, donne le ton sur les scènes subventionnées. Naïvement, un convive s'étonnait qu'on n'y joue presque jamais les maîtres légers : Labiche, Feydeau ou même Anouilh. Un élégant directeur de salle, réputé pour ses reprises de Bernard-Marie Koltès ou Jean-Luc Lagarce, lui renvoya un sourire charitable, tout en niant farouchement un tel ostracisme. Mais, comme un autre invité prononçait le nom de Guitry, ce noble programmateur à la chevelure d'artiste rétorqua, comme si on franchissait les limites de la décence : « Ah, non, quand même pas Guitry ! »

La frontière était fixée, interdisant d'accès certaines salles honorables à cet auteur… qui reste néanmoins l'un des plus joués parmi les maîtres de la comédie. Bien qu'il ait suscité des admirations ferventes (comme celle d'Orson Welles découvrant dans *Le Roman d'un tricheur* l'utilisation de la « voix off »), son nom continue à représenter, pour certains, une forme d'abjection idéologique autant qu'esthétique. Est-ce le cadre bourgeois de presque tout son théâtre ? Est-ce le dénouement heureux d'intrigues parfois frivoles ? Est-ce le machisme d'un expert en formules assassines (« Il faut s'amuser à mentir aux femmes, on a l'impression qu'on se rembourse ») ? Est-ce, tout simplement, ce génie trop flagrant, cette invention intarissable du beau parleur, ce plaisir spontané qui se dégage de son œuvre, qui paraissent insupportables à certains professeurs de bon goût ?

Malheureusement pour eux et heureusement pour nous, Guitry leur a toujours échappé. De son vivant déjà, l'histoire du grand art pouvait bien s'écrire hors de lui ; Sacha existait comme un monde à part, faisant de son existence une œuvre personnelle et se métamorphosant du dessin au théâtre, puis de l'opérette au cinéma. Impossible de distinguer Guitry intime de Guitry auteur ou de Guitry metteur en scène, se filmant lui-même dans son hôtel particulier de l'avenue Élisée-Reclus et donnant l'impression, lorsqu'il se raconte, d'interpréter une pièce. Cinquante ans après sa mort, on aurait pu imaginer que ce roi de l'esbroufe n'ait plus rien à nous dire. C'est le contraire qui s'est produit, depuis la Nouvelle Vague célébrant ses films comme un modèle de modernité jusqu'aux théâtres de boulevard qui ne cessent de reprendre ses comédies avec une garantie de succès. Mieux encore, chaque nouvel acteur qui enfile le costume de Sacha nous prouve que ses pièces, écrites pour lui-même, sont pourtant du vrai théâtre et peuvent aussi bien se voir jouées par d'autres, comme l'ont prouvé Jean-Laurent Cochet, Robert Hirsch, Claude Rich, Pierre Arditi ou Fabrice Luchini. Les livres se succèdent, biographies et recueils de bons mots, tout comme les rééditions de ses films qui surprennent les générations successives et désignent Guitry comme une figure majeure du XXe siècle, tant par la prodigieuse diversité de ses talents que par le côté romanesque de son destin.

*

Sacha commença, en effet, par être le fils du plus célèbre acteur de son temps, Lucien Guitry, idole de Paris et de Saint-Pétersbourg où l'enfant passa ses premières années. Malgré une longue fâcherie, il restera toute sa vie fasciné par ce modèle paternel (certaines photos soulignent leur ressemblance). Grâce à Lucien, il rencontre très jeune les têtes couronnées d'Europe et les plus grands artistes vivants comme Sarah Bernhardt qui sera presque une seconde mère. Mais c'est déjà la singularité du fils – et son inlassable curiosité – qui se révèle en 1915, lorsqu'il décide de prendre une caméra pour aller filmer des personnages célèbres : Claude Monet dans son jardin de Giverny, Rodin dans son atelier, Degas sur les boulevards… Étrangement, nul cinéaste n'y avait songé, si bien que nous devons à Guitry les seules images animées de ces figures immenses.

Ce Guitry découvrant le cinéma muet est déjà un auteur dramatique confirmé, lancé en 1905 par *Nono* où s'affirme son art des bons mots conjugaux (« Comme elle est embêtante. J'aurais dû l'épouser, nous serions séparés depuis longtemps »). D'autres pièces montrent une liberté qui dépasse les catégories du boulevard. Un grain de folie – cultivé auprès d'Alphonse Allais et de Tristan Bernard – nous conduit aux frontières du théâtre de l'absurde dans *La Prise de Berg-op-Zoom* ou dans *Jean III*, comme plus tard dans le film *Ils étaient neuf célibataires*. Mais c'est d'abord la comédie bourgeoise qui lui sert de modèle, et il s'en empare avec sa personnalité ébouriffante, fondée sur une verve intarissable tournant autour de la question de l'amour. Guitry démontre ainsi – au gré de ses humeurs – les bienfaits de l'adultère ou ceux de la fidélité, la divinité de la femme ou son abomination, il pousse jusqu'au sublime une morale du détachement qui l'autorise à regarder la vie comme un jeu. À croire son implacable logique, rien n'est plus naturel que d'avoir une maîtresse ou un amant, les cris de la passion sont fatigants et inélégants en comparaison des lois de l'esprit et du plaisir qui, par sa voix, relient les Années folles au siècle de Fragonard. Et quand on insiste pour savoir la vérité, il répond, comme le héros de *Toâ* : « C'est vrai et c'est faux. C'est comme dans la pièce. »

À peine l'homme s'éloigne-t-il parfois de l'auteur. Car il est possible que ce séducteur ait souffert par passion, surtout au cours de sa longue liaison avec Yvonne Printemps, devenue l'incarnation de la femme selon Guitry : séduisante, adulée, exigeante et capricieuse. Auprès d'Yvonne, Sacha découvre aussi les sortilèges de la musique et il signe plusieurs opérettes sur des musiques d'André Messager, Reynaldo Hahn, Oscar Straus et Louis Beydts. Une fois séparé de Printemps, il gardera l'habitude de placer au cœur de ses créations théâtrales et cinématographiques les femmes qui se succèdent dans sa vie : Jacqueline Delubac (*Faisons un rêve*, *Quadrille*...) ou Lana Marconi (*Deburau*, *La Vie d'un honnête homme*...).

Metteur en scène de tout ce qu'il vit et de tout ce qu'il aime, Guitry apporte ainsi, dans les années 1930, une des contributions les plus originales au septième art. Il pourrait donner l'impression de simplement « filmer son théâtre » qui lui sert de point de départ. Mais il possède aussi l'instinct de la caméra, notamment dans ces fameux génériques où il présente les acteurs, producteurs, assistants, techniciens. Lui-même figure toujours au centre de tout, tenant son rôle avec une fièvre hallucinante (comme dans le monologue téléphonique de *Faisons un rêve*). Il n'en est pas moins passionné par tous les personnages et les styles d'acteurs, premiers et seconds rôles qu'on retrouve d'un tournage à l'autre avec leurs voix pointues ou éraillées : Pauline Carton, Michel Simon, Fernandel, Gaby Morlay, Arletty.

La voix même de Guitry est un élément du spectacle. Son timbre est un peu nasal, très d'époque, posé dans le grave comme un basson, mais capable, lorsqu'il s'épanche, de grimper vers les couleurs d'une cornemuse. Son propos semble toujours guidé par une ligne éloquente, capable de variations infinies, pour nous expliquer quelque chose, faire briller une idée, ou tenter de séduire une femme. Dans la plupart de ses films, cette présence sert de fil conducteur et nous emporte, au point de créer un état de frustration quand le maître sort du champ. Dès le générique, sa parole s'occupe de tout. Pendant une heure trente, elle recourt aux procédés les plus divers, déploie toutes les variations rythmiques possibles dans une véritable composition musicale. Redevenant homme de théâtre, Guitry excelle à combiner le jeu de la voix et celui du corps : mouvements retenus, élancés, arrêtés de sa silhouette ponctuent son récitatif. L'héritage muet de Deburau, l'esprit de Molière et la gestuelle de la *commedia dell' arte* se joignent à l'art des vocalises dans ces créations qui nous enchantent et disent leur vérité, y compris par le mensonge.

À la Libération, ce personnage né dans le faste, philosophe du plaisir et de la légèreté, va plonger dans un trou noir, sans comprendre ce qui lui arrive. Le 23 août 1944, arraché de chez lui en pyjama, il est jeté en prison pendant deux mois et menacé plusieurs fois d'exécution, avant d'être finalement blanchi. À sa charge, il a continué, sous l'Occupation, à jouer les grands seigneurs devant l'occupant, avec une confondante naïveté. Il aurait pu se passer d'écrire un film historique intitulé *De Jeanne d'arc à Philippe Pétain* (il en a donné de bien meilleurs comme *Les Perles de la couronne* ou *Remontons les Champs-Élysées*). Mais il est injuste, comme l'a fait encore un téléfilm caricatural, de le dépeindre comme un salaud, arrogant et sans cœur. Dreyfusard de la première heure, Guitry fera tout pour sauver des vies, à commencer par celle de Tristan Bernard interné à Drancy ; mais sa légèreté politique, ajoutée aux jalousies et règlements de comptes de l'épuration, le transforment en bouc émissaire.

De ces *Soixante Jours de prison*, titre du carnet qu'il publie en fac-similé, l'homme sort profondément transformé. Non qu'il ait perdu sa rapidité d'esprit, sa verve, son humour, son appétit de l'existence. Mais il découvre sur le tard cette face sombre qui ne le préoccupait guère jusqu'alors et qui va inspirer une nouvelle série de films admirables comme *La Poison* ou *La Vie d'un honnête homme* – tous deux avec Michel Simon. Il donne aussi, pour couronner sa vie, une série de fresques historiques à grand succès où se côtoient tous les artistes, acteurs, chanteurs, parmi ceux dont il aime célébrer ou découvrir le talent (toute une génération a débuté sous sa houlette). Ce seront *Si Versailles m'était conté*, *Napoléon*, puis *Si Paris nous était conté*. Au même moment, les jeunes cinéastes commencent à se passionner pour Guitry, désigné comme représentant original du « film d'auteur » une aura avant-gardiste bienvenue face à tous ceux qui ne voient en lui que futilité.

Nous voici donc conduits à poser la question : et si ce magicien de l'artifice était, tout simplement, l'un des plus grands artistes de son temps ? Et si celui qu'on représentait comme la caricature d'une certaine « légèreté française » devait passer à la postérité pour avoir justement transformé cette tournure d'esprit en œuvre majeure ? À force de penser politiquement, on aura condamné l'auteur bourgeois en oubliant qu'il fut surtout le peintre de cette bourgeoisie du début du XXe siècle dont aucun trait ne lui échappe et qu'il pimente par sa fantaisie. Il partage avec les plus grands un mélange d'efficacité et de complexité qui fait la densité de son œuvre : apparemment futile mais plus profonde qu'il n'y paraît ; apparemment « boulevard » mais toujours inventive. Ainsi, parfois, ceux qu'on regardait comme des auteurs futiles, parce qu'ils n'avaient pas la pompe des artistes sérieux, traversent les générations pour s'imposer à l'avant-scène, quand les gloires provisoires se sont dégonflées depuis longtemps.

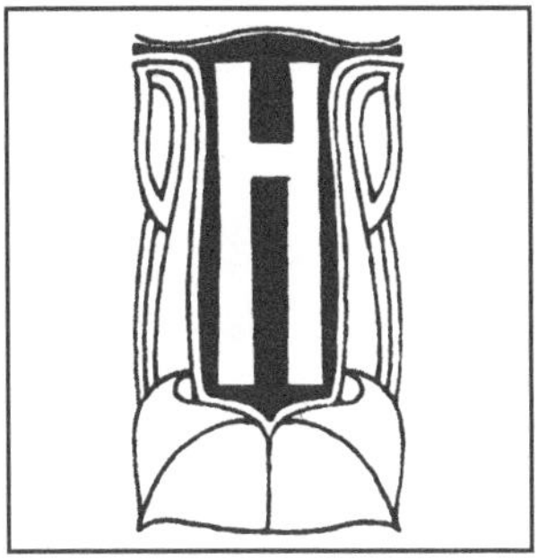
H

Hahn, Reynaldo

Singulier destin que celui d'un compositeur méconnu, mais intimement lié au plus grand romancier de son temps. Évoquant les relations de Reynaldo Hahn avec Marcel Proust, l'universitaire américain Philippe Kolb le désigne comme « son meilleur ami, celui dont l'influence fut primordiale y compris dans la naissance de la *Recherche* ». Cette aura proustienne n'atténue pas, pourtant, un regard condescendant sur le compositeur qualifié d'artiste « de salon », comme si le personnage proustien l'emportait sur le créateur. Reynaldo lui-même aura entretenu cette image en revendiquant son éclectisme : « Je n'aime pas moins la littérature que la musique, la peinture que la poésie, un paysage qu'une page de Chateaubriand, un Poussin que l'ouverture de *Don Juan*. » Ses admirables mélodies sur des poèmes de Verlaine demeurent certes prisées par les chanteurs ; et quelques morceaux d'opérette tournent encore dans les mémoires, comme le fameux duo *Nous avons fait un beau voyage* que j'entendais, enfant, à la télévision. Mais ce n'est pas grand-chose au regard de l'ampleur réelle d'une œuvre considérable, longtemps ignorée par les historiens de la musique. Peut-être parce que son art subtil demeure presque étranger aux grands mouvements de son époque : le wagnérisme, le debussysme ou le modernisme. Comme il l'écrit encore : « Je ne suis pas fait pour les innovations. Je fais partie des "profiteurs", de ceux qui viennent en second et qui coordonnent. Mais comme Virgile et Mozart étaient de ceux-là, je n'en conçois aucune honte. »

Né en 1875 à Caracas, Reynaldo Hahn n'a que trois ans quand sa famille s'installe à Paris. Entre son père ingénieur, d'origine juive allemande, et sa mère catholique espagnole, « Nano » grandit dans un milieu aisé où l'on adore le théâtre et où l'on douterait plutôt « du système solaire que de la suprématie du *Prophète* sur tous les opéras existants ». Il découvre l'opéra-bouffe qui l'enchante : « Quand j'étais petit, c'est au son des refrains d'Offenbach que mon père me faisait sauter sur son genou droit. » Doué pour la musique, il prend l'habitude de chanter en s'accompagnant au piano. Dès l'âge de six ans, il se produit chez la princesse Mathilde, cousine de Napoléon III. Ainsi, jusqu'à la fin de sa vie, l'image de Reynaldo Hahn restera celle d'un homme fredonnant des mélodies devant son clavier, la cigarette au bec. Il enregistrera d'ailleurs plusieurs disques, reprenant quelques extraits de ces opérettes d'Offenbach que son père lui avait fait découvrir.

À douze ans, il entre dans la classe de composition de Massenet au Conservatoire où il a pour condisciples Alfred Cortot, Maurice Ravel, Florent Schmitt ; mais il devient rapidement le favori de son professeur : « Le maître est très bon pour moi, ne perdant pas une occasion de me présenter à une personne influente, parlant de moi à ses amis, m'invitant – enfin, charmant. » Le jeune garçon est ainsi lancé comme compositeur prodige. En 1889, âgé de quatorze ans, il écrit *Si mes vers avaient des ailes*, sur le poème de Victor Hugo. À quinze ans, il compose *Les Chansons grises*, sur des poèmes de Verlaine – confirmant son exceptionnel talent de mélodiste. Il devient un des protégés d'Alphonse Daudet et l'ami de ses fils, Léon et Lucien. Tous sont fascinés par son rare talent pour allier la parole et la musique. Plus encore que Fauré ou Debussy, il met le chant au seul service du texte, comme il le proclame lui-même : « Une seule chose m'intéresse, m'obsède, m'enthousiasme : la réunion de la littérature et de la musique. » Edmond de Goncourt, qui entend habituellement la musique comme un « bruit sans intérêt », fait l'éloge de cette « musique littéraire » tandis que Mallarmé célèbre le jeune artiste en vogue :

Du do premier au final do
glissent les doigts de Reynaldo

En 1894, Reynaldo âgé de dix-neuf ans rencontre Marcel Proust chez Madeleine Lemaire dont le salon musical est fréquenté par Massenet, Saint-Saëns ou Fauré. Marcel est de trois ans son aîné ; mais ils sympathisent immédiatement. Quelques semaines plus tard, au mois d'août 1894, ils retournent ensemble chez Madeleine Lemaire au château de Réveillon, en Seine-et-Marne. Reynaldo évoque cette « vieille maison intéressante et artiste ; compagnie exquise ; Mme Lemaire souriante, sa fille Suzette complaisante [...] ; Proust extatique et rêveur, garçon de tout premier ordre, musicien vibrant comme une harpe éolienne à toutes les harmonies éparses ; moi riant ». Une amitié amoureuse se noue entre les deux jeunes gens sous houlette de leur protectrice. Il n'est pas très difficile, dans *Jean Santeuil*, de reconnaître Reynaldo sous le personnage de Henri de Réveillon. Durant cette période, ils écrivent ensemble une série de *Portraits de peintres* – textes accompagnés de musique, joués chez Madeleine Lemaire en présence d'Anatole France et Robert de Montesquiou. L'idylle sera toutefois de courte durée, car Marcel s'intéresse de plus en plus à Lucien Daudet, éveillant la jalousie de Reynaldo qui les a présentés.

Une sorte de rupture intervient dès juillet 1896 ; mais Proust et Hahn vont rester deux amis intimes, comme en témoigne leur correspondance. Ce texte paru chez Gallimard révèle ces grands enfants utilisant un langage codé qu'ils conserveront à quarante ans passés. Les lettres de Reynaldo ont pour la plupart disparu ; mais on relit avec amusement Proust lui écrivant en juillet 1911 du Grand Hôtel de Cabourg : « Monsieur mon Bunibuls, Je pense beaucoup à toi, et je ne t'écris pas parce que Cabourg ne me réussit pas cette année et que j'ai beaucoup d'asthme. Imagine-toi mon Bunibuls que tous les soirs quand le soleil se couche et que je n'ai pas encore allumé l'électricité, je pense à toi dans mon petit lit avec un peu de chasgrin, et à ce moment de grosses femmes viennent jouer au loin sur la plage des valses avec des cors de chasse et des pistons jusqu'à ce qu'il fasse nuit. C'est à se jeter dans la mer de mélancolie. »

La musique suscite leurs enthousiasmes communs quand, par exemple, ils vont écouter le chanteur Mayol au café-concert ; mais aussi de profonds désaccords, notamment sur *Pelléas et Mélisande* qui fascine Marcel tandis que Reynaldo juge l'œuvre précieuse et tarabiscotée. Décrivant son ami en train de chanter, Proust a laissé cet admirable portrait : « Quand il se place au piano, avec sa cigarette au coin des lèvres, tout le monde se tait, l'entoure et l'écoute. Chaque note est une parole ou un cri. La tête légèrement renversée en arrière, la bouche mélancolique, un peu dédaigneuse, laisse s'échapper la voix la plus triste et la plus chaude qui soit. Cet instrument de génie, qui s'appelle Reynaldo Hahn, étreint les cœurs, mouille les yeux, courbe l'un après l'autre, dans une silencieuse et solennelle ondulation. Jamais, depuis Schumann, la musique pour peindre la douleur, la tendresse, l'apaisement devant la nature, n'eut des traits d'une vérité aussi humaine, d'une beauté aussi absolue. »

Applaudi dans la meilleure société, Reynaldo Hahn la retrouve à travers l'Europe. Il se rend en Angleterre et enchante le roi Édouard VII par ses interprétations d'Offenbach. Il rejoint à Venise la princesse de Polignac dont il fréquente également l'hôtel parisien. Il donne même un concert nocturne sur une gondole où l'on a embarqué un petit piano et où il entonne des chants en dialecte vénitien. Ce familier du monde est également l'ami de quelques grandes égéries. Il s'est lié très jeune à Cléo de Mérode, encore élève au ballet de l'Opéra. Des années plus tard, toujours au premier rang de ses concerts, elle se souviendra : « Massenet qui était professeur au Conservatoire amenait avec lui à l'opéra son élève préféré, le “petit Hahn” ; c'était un garçon de bonne mine, à la figure ronde, un peu boulot ; il s'allongea par la suite. Il avait déjà de petites moustaches ; sous ses beaux cheveux bruns, ses yeux veloutés brillaient expressivement. Il s'asseyait volontiers près de moi et cela me faisait plaisir ; ses enthousiasmes étaient contagieux, il dégageait une espèce de magnétisme. » Plus tard, il se rapproche de Liane de Pougy, *alias* princesse Ghika qui lui adresse ces mots enflammés : « Écris-moi, mon amour, mon petit Reynaldo adoré, que tu es et que tu resteras mon amant, *mon seul amant*... Tu es le seul homme auquel je *voudrais* me donner et qui ne me prendra pas... » Rien n'égale toutefois, chez Reynaldo comme chez Proust, l'admiration éperdue pour Sarah Bernhardt à laquelle il consacre un livre : *La Grande Sarah*.

Par ses influences et ses goûts, Reynaldo Hahn prise d'abord l'art de son pays d'adoption : « Je suis français, français jusqu'à la moelle, parce que j'aime plus que tout la clarté dans le rendu. » Il songe à écrire une vie de Lully, puis une autre de Chopin, et beaucoup de ses articles sont consacrés aux anciens maîtres de l'opéra-comique. Parmi les modernes, il apprécie Ravel pour son classicisme, son élégance et sa concision ; mais son véritable maître reste Saint-Saëns. Ils partagent un même culte des formes classiques, de la musique pure, ainsi que le goût des pastiches et des formes anciennes revisitées : telle cette suite pour instruments à vent, deux harpes et piano dédiée à Saint-Saëns : *Le Bal de Béatrice d'Este* (1905).

L'œuvre abondant de Reynaldo Hahn accorde la première place aux mélodies : plus de 125 composées pour la plupart avant 1920 et rassemblées en recueils comme *Les Chansons grises* ou les *Études latines*. L'opéra constitue toutefois l'horizon du jeune musicien qui débute en

1898, salle Favart, avec un succès mitigé dans *L'Île du rêve*, adapté de Pierre Loti. Un critique écrit : « L'arbre de transmission du paquebot vénézuélien s'étant cassé, la musique a dû rester à Caracas ; il n'est parvenu jusqu'à nous qu'un peu d'accompagnement *alla* Massenet, avec quelques *grupetti* au deuxième acte, *alla* Wagner… » En 1902, il présente encore à l'Opéra-Comique *La Carmélite* sur un livret de Catulle Mendès. L'ouvrage a pour cadre Versailles que Reynaldo adore, tout comme Proust. Mais Reynaldo Hahn est également un chef d'orchestre réputé. Interprète de Mozart, il est invité en 1906 à Salzbourg, pour diriger *Don Giovanni* et travaille sur le manuscrit original. En 1908, Diaghilev, à peine arrivé à Paris, lui commande un ouvrage pour les Ballets russes. D'après Stravinsky, le directeur de la compagnie aurait utilisé Reynaldo pour se faire connaître dans les milieux mondains. Créé au Châtelet en mai 1912, *Le Dieu bleu*, sur un livret du jeune Cocteau, n'obtiendra qu'un demi-succès.

Quand la Première Guerre mondiale éclate, Reynaldo vient d'obtenir la nationalité française. Il n'hésite pas à s'engager et passe quatre ans au front, quand bien même on n'imagine guère ce personnage dans les tranchées : « Coucher dans la paille avec des brutes dont je ne connais aucune : quelle horreur ! ». Il se fait envoyer de Paris de l'eau de Vichy Célestins, un flacon d'encre myosotis, un fer à moustache très mince ; mais il montre suffisamment de courage pour devenir caporal en 1917 : « C'est la seule note risible du drame. » Il profite également de la guerre pour écrire un chef-d'œuvre de mélancolie légère : *Le Ruban dénoué*, suite de valses pour deux pianos. « Votre musique, écrit Proust, va chercher au fond insondable de l'être de Reynaldo. Vous avez là vos filles immortelles. »

Après guerre, Reynaldo, toujours très proche de Marcel, participe aux intrigues qui aideront ce dernier à obtenir le Goncourt, puis la Légion d'honneur. Quand la maladie de l'écrivain s'aggrave, il continue à le voir régulièrement. Selon Céleste Albaret : « De tous les familiers de M. Proust, Reynaldo Hahn était le seul qui fût toujours reçu quand il venait. J'ouvrais la porte et, si M. Proust était sorti de son repos et de sa fumigation, il allait droit à la chambre. Sinon, il me demandait des nouvelles et repartait. » Peu après la mort de son ami, Reynaldo se tourne pour la première fois vers le genre de l'opérette où il va connaître ses plus grands succès. Sollicité par les librettistes Robert de Flers et Francis de Croisset, il met en chantier *Ciboulette* qui reprend les modèles de Lecocq et de Messager – contre la mode anglo-américaine qui envahit les scènes françaises depuis 1918. Son but est de composer une « opérette bien traditionnelle, bien française, et de la réussir ». Créée en 1923 au théâtre des Variétés, l'œuvre connaît un succès immédiat. L'action se déroule dans les Halles d'avant Baltard, entre les marchands, les étudiants et le peuple de Paris.

Porté par ce triomphe, Reynaldo Hahn va se tourner de plus en plus vers le théâtre léger. En 1925, il accepte un curieux projet de Sacha Guitry : mettre en musique *Mozart*, une comédie musicale qui raconte le voyage du jeune Mozart à Paris. C'est évidemment un Mozart « à la Guitry », amoureux de Paris et de toutes les femmes. Comble du kitsch, le compositeur de vingt ans sera joué par Yvonne Printemps ! Reynaldo Hahn s'en tire avec une partition ravissante. Après avoir voulu défendre l'opérette traditionnelle, il montre également une curiosité croissante pour la comédie musicale moderne. En novembre 1926, le théâtre de la Michodière présente *Le Temps d'aimer*, une œuvre très « Années folles »

– avec station balnéaire et parties de tennis – qui a pour sujet les inconvénients du mariage entre une jeune femme et un homme trop âgé. Dans cette comédie ponctuée de chansons, Reynaldo Hahn sacrifie au rythme du fox-trot. En 1931, *Brummell*, sur un livret de Rip et Dieudonné, évoque la figure de George Brummell, l'arbitre des élégances. La partition comporte d'irrésistibles chansons sur les dandys (« Être un dandy »), sur l'horreur de la campagne (« Chanson pastorale »), ou sur le prince de Galles pratiquant l'équitation. L'utilisation des chœurs est particulièrement savoureuse. En 1933, Reynaldo retrouve Guitry pour composer *Ô mon bel inconnu*, comédie musicale en trois actes créée aux Bouffes-Parisiens. Cette « tragédie-comédie bourgeoise » a pour cadre une famille de Français moyens, chapeliers de leur état. Le rôle de la bonne est tenu par Arletty qui enregistre une chanson grivoise en duo avec Reynaldo Hahn.

Ce désir de mêler les voix lyriques et les voix d'acteurs n'a rien d'étonnant de la part d'un homme qui, plus que jamais, se passionne pour l'art des chanteurs. Il multiplie les conférences et rassemble ses écrits dans des volumes intitulés *Du chant* (1920) ou *L'Oreille au guet* (1937), où il fait l'éloge des artistes de café-concert : « La nécessité de donner un rôle prépondérant aux paroles des morceaux qu'ils chantent les maintient dans le bon chemin, leur impose cette règle commune à tous les arts qui est l'adaptation des moyens à l'idée et au sentiment qu'on veut exprimer. Par la méconnaissance de cette loi, bien des interprètes fameux de grands ouvrages lyriques manquent le but, alors qu'une Yvette Guilbert, un Duparc, un Villé, un Paulus, un Mayol, un Polin et bien d'autres ont pu se vanter d'avoir atteint, dans l'expression, à une perfection absolue. »

En 1936, on parle de Reynaldo pour l'académie Goncourt. En 1938, il devient critique musical au *Figaro*. Il dirige à l'Opéra-Comique et accompagne régulièrement la cantatrice Ninon Vallin. Après une série de grandes partitions instrumentales (*Quintette avec piano*, 1922 ; *Concerto pour violon*, 1928 ; *Concerto pour piano*, 1931 – créé par sa grande amie Magda Tagliaferro), il revient à une forme d'opéra sérieux dans *Le Marchand de Venise*, présenté en 1935 au palais Garnier. Quatre jours après cette première, Reynaldo Hahn présente à la Gaîté-Lyrique sa nouvelle opérette : *Malvina*, sur un livret de Maurice Donnay. Renouant avec le genre historique de *Ciboulette*, l'œuvre se déroule à Paris pendant les « Trois Glorieuses ». Hahn continue également à voyager. En 1938, il dirige au Caire une saison d'opéras-comiques français : *Ciboulette*, *Véronique*, *La Fille de madame Angot*. À Paris, le compositeur vit entre son compagnon le chanteur Guy Ferrant, sa servante Marie Martel... et son chien Candide, qui a pris la succession de Zadig – clin d'œil du compositeur à son écrivain préféré.

Après la débâcle, Reynaldo Hahn – du fait de ses origines en partie juives – gagne le sud de la France avec Guy Ferrant. Ils se fixent d'abord à Toulon où les problèmes financiers commencent : les droits d'auteur sont bloqués ; *Ciboulette* et *Mozart* sont déprogrammées à Paris par la Propagandastaffel. Hahn dirige régulièrement au casino de Cannes, mais l'invasion de la zone sud l'oblige à se réfugier à Monaco. Il doit vendre sa montre en or et ses bijoux – tout en continuant à donner des concerts avec la grande Ninon Vallin qui enregistre sa mélancolique « Dernière valse ». À la Libération, de retour à Paris en février 1945, Reynaldo est élu à l'Académie des beaux-arts puis nommé directeur de l'Opéra de Paris. Ce bel automne sera de courte durée, car le compositeur meurt d'une tumeur au cerveau en janvier 1947, âgé de soixante et onze ans. Ainsi disparaît l'un des derniers représentants d'un esprit musical français conjuguant le savant et le léger.

Pour ces mêmes raisons, quelques années après sa mort, l'ignoble Lucien Rebatet, dans *Une histoire de la musique* (1969), s'autorise à dépeindre Hahn comme un « vieil inverti à perruque, monocle et corset » écrivant « la plus mauvaise et la plus plate musique que l'on eût pu faire en un siècle et demi ». Le très fasciste écrivain mélomane préfère nettement Wagner... ou Boulez ! Pourtant, après des années de mépris, l'œuvre de Reynaldo résiste aux atteintes du temps. Ce musicien qui n'a jamais vraiment appartenu à l'histoire officielle de la musique continue à bénéficier de l'engagement des chanteurs qui adorent ses mélodies : tels le Français François Le Roux, l'Anglaise Felicity Lott ou l'Américaine Susan Graham. La reprise de *Ciboulette* à l'Opéra-Comique a connu un vif succès en 2013. Les enregistrements de ses œuvres lyriques et instrumentales se multiplient à l'aube du XXIe siècle. Enfin, la parution, en 2021, d'une monumentale et passionnante biographie du musicologue Philippe Blay laisse espérer que Reynaldo Hahn trouve enfin toute sa place – unique et fascinante – au cœur de l'histoire musicale, artistique et intellectuelle.

Havre, Le

Créé tardivement sous François Ier, le port du Havre connaît à la fin du XIXe siècle un fabuleux développement lié au trafic maritime international, au commerce et aux industries attenantes. Grâce aux lignes de paquebots transatlantiques, aux marchés du café (le premier au monde, avec sa bourse du café), de bois et de coton, la ville a l'une des plus fortes croissances démographiques de cette époque, passant de 50 000 habitants en 1850 à 130 000 en 1900 et 165 000 en 1930 – ce qui favorise, par ricochet, l'essor de la vie artistique locale. Le flux incessant de voyageurs, la proximité des stations balnéaires à la mode, et la présence de riches négociants amateurs d'art placent la sous-préfecture normande au cœur du mouvement de l'époque et favorisent les talents, tels ceux des grands peintres originaires du Havre. Symboliquement, le tableau qui marque la naissance de l'impressionnisme et de la peinture moderne représente un bassin du port : *Impression, soleil levant.* Après Eugène Boudin et Claude Monet qui grandissent dans la cité et y font leurs débuts, Raoul Dufy, Georges Braque, Othon Friesz sont tous élèves de Charles Lhuillier à l'école municipale des beaux-arts. Mais Le Havre est également une cité chère aux écrivains : ceux qui la fréquentent et l'évoquent dans leurs œuvres tels Maupassant, Gide, Céline, Mac Orlan ou ceux qui en sont issus comme le romancier Raymond Queneau, le dramaturge Armand Salacrou et le poète Georges Limbour. Enfin c'est aussi, fait moins connu, une ville de musiciens illustrant l'essor de la vie artistique dans ce qu'on appelle encore la « province ».

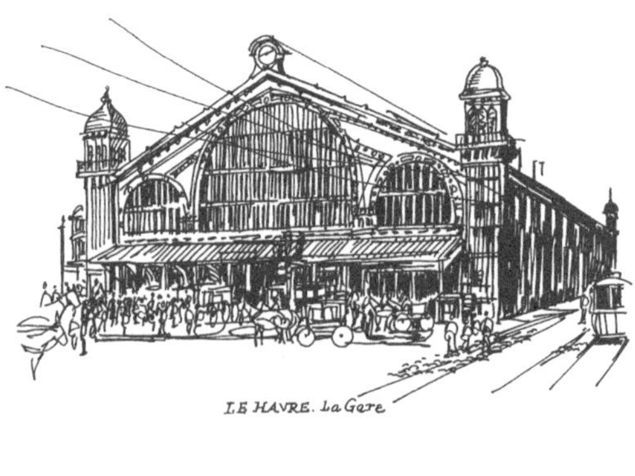

À la fin du XIXe siècle, l'architecte parisien Camille Clerc et sa femme reçoivent leurs amis compositeurs à Sainte-Adresse, près du Havre. Saint-Saëns y séjourne avec le jeune Fauré, qui compose là ses premiers chefs-d'œuvre : *Sonate pour violon et piano* et *Quatuor* avec piano. Puis c'est le tour d'André Messager, ami des précédents qui deviendra célèbre comme chef d'orchestre et compositeur d'opérettes. En 1883, il remplace Saint-Saëns lors d'un récital de piano au Havre où il tombe amoureux. Son mariage aura lieu dans une église de la ville avec Gabriel Fauré à l'orgue. Messager est également ami des Février, autre famille parisienne qui possède une maison de campagne aux environs. Pendant des années, le compositeur y séjourne chaque été et y achève ses opéras-comiques *Isoline* et *Fortunio*. Parfois il entraîne les enfants à vélo jusqu'à Étretat. L'un d'eux, Henry Février, deviendra un compositeur renommé, président de la Sacem et père du grand pianiste Jacques Février.

Lieu de villégiature, Le Havre est aussi une ville active, comme en témoignent les programmes des associations musicales – Société de musique moderne, Cercle d'art moderne – qui organisent des créations de premier plan. C'est là que se déroule, en 1899, la première audition de la magnifique *Chanson perpétuelle* d'Ernest Chausson. Albert Roussel est également présent, en 1909, pour le premier festival consacré à ses œuvres – bien avant sa consécration internationale des années 1920. La manifestation est organisée par Georges-Jean Aubry (1882-1950), écrivain et critique musical originaire du Havre. Grand défenseur de la musique moderne, il invite Debussy en 1910, mais demeure également célèbre pour sa traduction des œuvres de Joseph Conrad et pour l'édition complète de Mallarmé dans la « Bibliothèque de la Pléiade ». Roussel, ami de Georges-Jean Aubry, revient au Havre en 1911 pour diriger la création de son poétique *Marchand de sable qui passe*. En 1920, il achètera, un peu plus loin sur la côte, la villa de Varengeville sur mer où il finira ses jours.

Parmi les personnalités de l'aube du XXe siècle figure également Henry Woollett (1864-1936), compositeur d'origine anglaise qui il anime la vie musicale havraise entre 1900 et 1930. Auteur d'une *Histoire de la musique*, Woollett sera un professeur réputé. Le jeune André Caplet (1878-1925) étudie auprès de lui l'harmonie et le contrepoint. Après son prix de Rome en 1896, il devient un très proche collaborateur de Debussy. Chef d'orchestre à Boston, il est aussi un compositeur parmi les plus talentueux de sa génération avec des œuvres comme *Le Miroir de Jésus* ou *Épiphanie*. Gazé durant la Grande Guerre, Caplet connaîtra une fin pénible et déclarera un an avant sa mort : « Il faudra faire sentir que, toujours, j'ai aimé la mer : qu'enfant je restais des heures à flâner au bord des grands bassins du Havre ; que mon plus grand bonheur était de m'évader dans ces barques fragiles... »

Arthur Honegger, un des grands compositeurs du XXe siècle, restera lui aussi amoureux de la mer. Ses parents zurichois appartiennent à l'important milieu protestant de Suisses et d'Alsaciens venus pour le négoce. Né le 10 mars 1892, il entend à quinze ans André Caplet diriger au temple du Havre deux cantates de Bach. Choc décisif. En 1911, il entre au conservatoire de Paris mais c'est Henri Woollett qui fait jouer en 1917 une de ses premières œuvres, la *Rhapsodie pour deux flûtes, clarinette et piano*, et le marchand de musique havrais Desforges édite ses premières partitions. Quelques années plus tard, les voyages en train sur la ligne Paris-Le Havre lui inspireront son célèbre poème symphonique *Pacific 231*. Éloigné de sa ville natale, il écrira en 1951 : « Ce que je dois au Havre ? Mes années d'enfance et ce qui fut la passion de cet heureux temps... La mer a eu sur mon esprit une influence très profonde, elle a agrandi l'horizon de mon enfance. »

À côté de ces illustres figures, il faut mentionner enfin, au Havre comme dans maintes préfectures et sous-préfectures, la présence d'un grand théâtre qui donne tout le répertoire dramatique et lyrique, les opéras comme les opérettes. Plusieurs créations importantes s'y produiront comme la première française de *Frasquita* de Franz Lehár en 1931. L'existence d'un théâtre va de pair avec celle d'un orchestre et de chœurs ; sans oublier les luthiers ni la présence d'un piano dans quasiment chaque famille bourgeoise – à quoi s'ajoutent les musiciens de cinéma ou de brasserie. Beaucoup se produisent aux « Folies Bergère » de la ville, dirigées par l'écrivain et illustrateur Albert René, un ami d'Alphonse Allais. En ce sens, la France des années 1900-1950 paraît souvent plus musicienne que celle d'aujourd'hui – beaucoup de ces théâtres, orchestres et autres moteurs de la vie musicale ayant disparu après la Seconde Guerre mondiale... alors qu'on commençait à parler de « décentralisation » !

Hemingway, Ernest

Paris est une fête, un des plus beaux titres d'Hemingway, est en réalité un livre posthume paru en 1964, trois ans après le suicide de l'écrivain. C'est aussi un texte composite reprenant des notes datant de la fin des années 1920. Son titre n'en résume pas moins l'importance du Paris des Années folles pour toute une génération d'artistes et d'écrivains américains, installés comme chez eux au carrefour Raspail-Montparnasse, au temps où la carte de La Rotonde et celle de La Coupole n'étaient pas plus coûteuses que celle d'un bistrot.

Dans le cas d'Hemingway, on peut même dire que Paris est la ville fondatrice : celle où se cristallise le tempérament du grand artiste qui, jusqu'alors, n'était qu'un jeune correspondant de guerre venu suivre la progression des *Sammies* sur le front européen. Le coup de foudre pour la capitale française, brièvement traversée en 1918, est si fort qu'il se fait nommer en 1922 correspondant du *Toronto Star* à « Paname » – comme il dira désormais. Le journal paie mal, mais Ernest compense le manque d'argent par les joies d'une vie de bohème entre Américains échoués sur les rives de la Seine, riches ou pauvres, mais tous amoureux de la capitale des arts. Se nourrissant de poireaux, d'eau et de vin de Cahors, il se lie avec Ezra Pound, Gertrude Stein, et fréquente la libraire Adrienne Monnier et sa compagne l'américaine Sylvia Beach, fondatrice de Shakespeare and Company – et par ailleurs éditrice d'*Ulysses* de James Joyce. Il descend avec ce dernier de nombreuses bouteilles. Sommairement installé rue Notre-Dame-des-Champs, il fréquente le Bal nègre de la rue Blomet et les matchs de boxe du Cirque de Paris. C'est à ce moment et dans cette ville qu'émerge sa personnalité d'écrivain amoureux de la vie, aventurier, abusant des plaisirs, à commencer par l'alcool, et suivant un projet littéraire étroitement relié à ses expériences. Il écrit à heures fixes, et ne pense jamais à ses livres le reste du temps. C'est à Paris encore qu'il épouse en 1927 sa seconde femme, Pauline Pfeiffer, américaine elle aussi et correspondante du magazine *Vogue*.

De ces années il est beaucoup question dans son premier roman, *Le soleil se lève aussi*. Et si Hemingway, parvenu à maturité, sera davantage le romancier de l'Espagne, de la corrida, de la guerre puis des grands voyages africains, Paris n'en reste pas moins pour lui la ville initiatique : celle d'un bonheur désargenté, mais radieux, jeune et vif comme les années 1920. C'est pourquoi il mettra tant d'ardeur, en 1944, débarquant de nouveau avec l'armée américaine, à parvenir un des premiers dans la capitale française où il accomplit son plus désopilant fait d'armes : la libération de la cave du Ritz. Les temps ont changé. L'écrivain bohème fauché de 1920 est désormais un écrivain mondialement connu qui a ses entrées dans les palaces. La France a été le premier pays européen à le traduire et à le publier, tout comme son compatriote Faulkner, dès le début des années 1930. Mais la nostalgie du Paris de sa jeunesse continue à l'inspirer sur un chemin dont nul n'entrevoit encore l'issue tragique.

Herriot, Édouard

Incarnation du parti radical entre les deux guerres, avec son mélange de toute-puissance et d'impuissance politique, Édouard Herriot séduit d'abord par sa généreuse nature. Grand, large d'épaules, le veston déboutonné, la pipe au bec, il avait selon son ami le ministre Pierre-Olivier Lapie « une chevelure drue, rejetée en arrière et abondante jusqu'à la fin de sa vie. C'était l'homme de tous les appétits, il dévorait dans son wagon-lit une pile de sandwichs et une pile de livres, causait le reste de la nuit avec ses voisins et, de préférence, ses voisines, et apparaissait le matin au débarqué parfaitement frais, dispos et prêt à prononcer un superbe discours et, bien entendu, à faire honneur à un vaste déjeuner ». Par sa chaleur naturelle et sa gourmandise, le portrait n'est pas sans préfigurer celui d'un Jacques Chirac – encore que Herriot, s'il mangeait beaucoup, buvait peu. Il possédait aussi, en digne enfant de la IIIe République, une solide structure intellectuelle et allait écrire, tout au long de sa vie, plus de trente ouvrages sur les sujets les plus divers. Figuraient encore dans la bibliothèque familiale, lorsque j'étais enfant, sa vie de Beethoven d'excellente facture, et même un livre sur ma ville natale, Le Havre, intitulé *La Porte océane* – parmi beaucoup d'autres entièrement de sa plume, contrairement aux ouvrages des politiciens d'aujourd'hui.

Né à Troyes dans l'Aube, en 1872, Édouard Herriot fut l'inamovible maire de Lyon, sa ville d'adoption, de 1905 à 1940 puis de 1945 à sa mort. Il allait surtout s'imposer après la Grande Guerre comme un des chefs de file du mouvement radical, ce bloc centriste balançant entre la gauche et la droite et rassemblant les hommes d'État les plus divers, du « Tigre » Georges Clemenceau au pacifiste Aristide Briand. Ce faisant, Herriot se trouvait aussi l'héritier d'une tradition anticléricale qui n'allait pas sans contradiction, lui qui, tel le Peppone de *Don Camillo*, avait grandi dans une famille catholique, élevé par un oncle curé de village. Il possédait en outre, qualité indispensable à l'époque, un art d'orateur consommé et parlait admirablement sans micro, comme il avait appris à le faire en suivant les conseils d'un vieil acteur du Théâtre-Français.

Parvenu au pouvoir en juin 1924, comme président du Conseil et chef du « cartel des gauches », il hérite d'une situation internationale tendue après l'occupation de la Ruhr par l'armée française – suite au refus de l'Allemagne de s'acquitter de ses réparations. Les États-Unis et l'Angleterre ont pris position contre la France et Herriot cherche à renouer avec ses anciens alliés, notamment le Premier Ministre travailliste britannique MacDonald. Toujours bon vivant, il se rend pour une conférence à Genève, chargé de vivres et de fleurs et accompagné de sa fidèle gouvernante Césarine. Mais son talent et son lyrisme vont souvent de pair avec une certaine impréparation des dossiers, sans parler d'une grande incompétence en matière économique. C'est toutefois sur la question de la laïcité que tombera le gouvernement, en avril 1925, alors que le parti radical veut supprimer la représentation française au Saint-Siège. Herriot restera une figure centrale de la vie politique notamment comme président de l'Assemblée nationale. Parmi les rares élus à ne pas voter les pleins pouvoirs à Pétain en 1940, il sera la cible des collaborationnistes avant de retrouver une place éminente dans la vie politique sous la IVe République jusqu'à sa mort en 1957. Son recours aux derniers sacrements fera grand bruit ! On lui doit par ailleurs l'expression « Français moyen » et la formule célèbre selon laquelle « les Français ont le cœur à gauche et le portefeuille à droite ».

Horizon chimérique, L'

L'Horizon chimérique est un recueil de poèmes écrits peu avant 1914 par Jean de La Ville de Mirmont et publié à titre posthume en 1920. Ce titre prémonitoire, emprunté à un poème du volume, invite à réfléchir sur les destins d'artistes brisées par la guerre – à l'image de cet auteur mort au chemin des Dames en 1914 et dont Jérôme Garcin a brossé l'émouvant portrait dans *Bleus Horizons*. On pourrait dresser la liste infinie de ces talents de la Belle Époque qui restèrent à tout jamais des promesses, sans avoir le temps de devenir les peintres, les auteurs, les musiciens pleinement accomplis que leurs débuts annonçaient. Leurs œuvres brillent d'un éclat interrompu et s'achèvent sur un point d'interrogation. Quelques-uns, par leur génie précoce, eurent le temps d'accomplir une œuvre immense, en premier lieu Charles Péguy fauché par les balles à Villeroy, âgé de seulement quarante et un ans, mais déjà auteur d'un ensemble impressionnant de poèmes et d'essais qui allaient entrer dans l'histoire. La même remarque vaut pour Apollinaire, blessé par un éclat d'obus en 1916 et mort à Paris deux ans plus tard… de la grippe espagnole, en laissant un corpus poétique assez riche pour inspirer les décennies futures (on peut se demander, toutefois, comment lui-même aurait évolué auprès de ses disciples surréalistes). Plus vaillant encore, le compositeur Albéric Magnard – un des meilleurs symphonistes du début du XXe siècle – tenta d'opposer presque seul, en septembre 1914, une héroïque résistance à l'armée allemande devant son château bientôt réduit en cendres. D'autres n'ont eu que le temps de laisser un chef-d'œuvre qui nous interroge encore sur ce qu'ils seraient devenus : tel Alain-Fournier mort à vingt-sept ans en 1914, un an après la parution du *Grand Meaulnes* ; Louis Pergaud, l'auteur de la *Guerre des boutons* qui tomba aux Épargnes en 1915 ; mais aussi le peintre expressionniste allemand August Macke tué en Champagne à l'âge de vingt-sept ans. Après la guerre, en 1921, le vieux compositeur Gabriel Fauré (qui, lui-même, avait combattu les Prussiens en 1870) rendit hommage à ces artistes disparus en composant *L'Horizon chimérique* sur les poèmes de Jean de La Ville de Mirmont : un sublime recueil de mélodies avec piano qui est aussi le testament musical du compositeur.

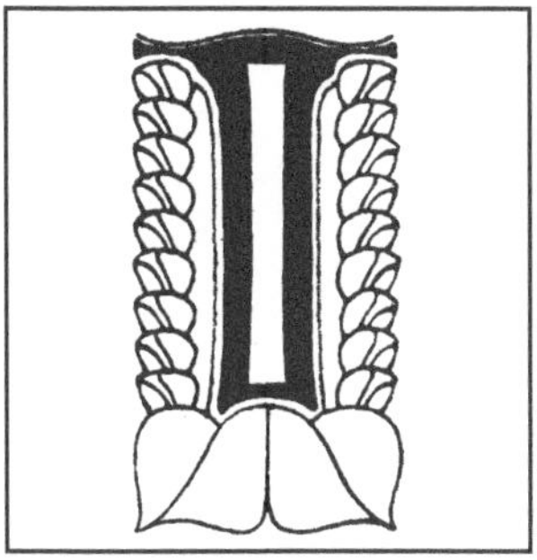

Ibert, Jacques

Les hasards de l'histoire ont voulu qu'il n'appartienne pas au fameux Groupe des Six formé par ses amis. Jacques Ibert reste néanmoins l'un des meilleurs compositeurs français de sa génération à l'égal de Honegger, Milhaud ou Poulenc. Moins avant-gardiste en apparence, c'est un musicien libre qui s'autorise toute la palette moderne ; mais, surtout, il apporte à son temps des qualités personnelles : un sens de la forme presque classique ; une fantaisie instinctive qui le place parmi les héritiers d'Offenbach ; un élan rythmique réjouissant ; un art symphonique éblouissant qui a valu à sa musique d'entrer très tôt au grand répertoire – quand les grands orchestres européens et américains inscrivaient à leurs programmes les rêveuses *Escales* (1922), le pétillant *Divertissement* (1930), et plus encore le célèbre *Concerto pour flûte* (1934).

Noble personnage, au visage finement découpé, Jacques Ibert a fait preuve, sa vie durant, d'une droiture exceptionnelle. D'abord en optant pour la carrière musicale avec fermeté contre la volonté paternelle. Puis en entrant tardivement au Conservatoire avec un sérieux qui lui a permis d'acquérir un métier couronné par le Grand Prix de Rome. Ensuite en s'affirmant comme compositeur sans jamais se laisser enfermer dans une case : capable d'écrire aussi bien des œuvres graves comme son *Chant de folie* (créé à Boston par Koussevitzky), que des opéras-comiques ou des partitions de musique pure. Nommé directeur de la Villa Médicis en 1937, Ibert sera également un homme public engagé, désirant poursuivre la guerre en 1940, puis relevé de ses fonctions par le régime de Vichy avant de retrouver une stature officielle à la Libération (de retour à la Villa Médicis, il entrera également à l'Académie des beaux-arts).

Le legs musical de Jacques Ibert est d'une constante qualité. Un premier pan est constitué par les partitions de théâtre comme *Angélique* (1928), portrait d'une épouse insupportable et chef-d'œuvre de l'opéra-bouffe moderne (la millième représentation eut lieu dès 1948 à Buenos Aires). Il faut mentionner aussi *Le Roi d'Yvetot* (1928), *Le Chevalier errant* (1935), et deux ouvrages composés à quatre mains avec Arthur Honegger : *L'Aiglon* (1937) et *Les Petites Cardinal* (1938). Mais Ibert laisse également plus de soixante partitions de cinéma dont celles d'*Invitation to the Dance* de Gene Kelly, ou encore les fameuses *Chansons de Don Quichotte* interprétées à l'écran par Chaliapine. La musique instrumentale constitue l'autre pan de sa production, incluant des partitions que les orchestres gagneraient à jouer plus souvent comme *Féerique* (1924), le *Concerto pour violoncelle et instruments à vent* (1925), l'*Ouverture de fête* ou la *Symphonie concertante pour hautbois* (1949). Dans un format plus réduit, le *Quatuor à cordes* (1942) est merveilleusement ciselé et *Le Petit Âne blanc* (1922) reste un tube dans les conservatoires. Bref, il est urgent de redécouvrir celui qu'Henri Dutilleux désignait, en 1945, comme le « chef incontesté » de l'école française contemporaine.

Illustration (L')

Je conserve précieusement quelques volumes de la collection complète de *L'Illustration*, reliée par semestres, telle une passionnante chronique illustrée de la Belle Époque et des Années folles. Le seul inconvénient de ces albums est leur grand format (40 × 30) et surtout leur poids (5 ou 6 kilos) qui rend la lecture difficile, sauf sur une grande table. Pourtant, quel extraordinaire voyage, digne des meilleurs documentaires. Et surtout quel foisonnement d'images, comme celui qu'offre, parmi beaucoup d'autres, le numéro 4 604 du 30 mai 1931, entièrement consacré à l'Exposition coloniale qui vient d'être inaugurée à Paris pour célébrer l'Empire français. Après la préface du maréchal Lyautey, la revue nous invite à découvrir en images cette fabuleuse mise en scène qui propose, à la porte de la capitale, une reconstitution du décor des pays lointains.

Le numéro de *L'Illustration* inclut un plan de cet ensemble aménagé entre la porte de Reuilly et la porte de Picpus, dite aussi porte Dorée. Dans ce parc féerique (dont quelques fragments ont subsisté au jardin d'agronomie tropicale de Paris), on peut arpenter le monde entier sur quelques kilomètres, en changeant de pays d'un pavillon à l'autre. Autour du lac Daumesnil, l'Algérie côtoie l'Indochine, et Madagascar fait face à l'« île des mille et une nuits » consacrée aux beautés de l'Orient extrême. On écarquille les yeux devant ces photos, gravures, peintures qui montrent le travail extraordinaire fourni par les archéologues et artisans pour rebâtir à Paris le temple d'Angkor avec tous ses détails sculptés. Dans la partie réservée à l'Afrique-Occidentale se dressent de superbes tombeaux et des fortifications traditionnelles comme on en trouve à Tombouctou ou dans le village soudanais de Dejenné. Plus loin, c'est un authentique village lacustre. Au pavillon de la Tunisie s'élève un palais arabe avec ses patios, pièces d'eau, colonnes et décorations arabo-andalouses. D'autres parties du bois de Vincennes nous transportent sur la côte de Somalie, à la Martinique ; mais aussi dans les Indes néerlandaises, ou même à la chasse aux phoques mise en scène dans le pavillon du Danemark. Les États-Unis, eux, ont édifié, dans le plus pur style colonial, une reconstitution de la maison de George Washington.

Les textes de *L'Illustration* célèbrent « la continuité de l'action coloniale française » ; mais une large place est également accordée à la science avec la reproduction de cartes anciennes ou de documents sur l'esclavage – aboli par la République qui se félicite d'avoir apporté de grands progrès dans le domaine de l'éducation et de la santé. Les arts contemporains sont présents avec plusieurs commandes, comme la fontaine « La belle fleur » d'André Granet ou les bas-reliefs du sculpteur Alfred Janniot. Devant le palais de la porte Dorée qui abrite le musée des Colonies (rebaptisé en 2007 musée de l'Histoire de l'immigration), une grande statue d'Athéna, édifiée par Léon-Ernest Drivier, et une cascade de Louis Madeline célèbrent « la France apportant la paix et la prospérité aux colonies ». Enfin, l'Exposition comporte un « zoo temporaire » permettant de découvrir la flore et la faune africaines, et qui sera le point de départ du zoo de Vincennes ouvert trois ans plus tard sous l'égide du Muséum.

D'autres numéros de *L'Illustration* reviendront sur l'Exposition au fil de l'année 1931. Y figurent également les actualités politiques ou sportives, les nouveautés scientifiques, des récits de voyages, une chronique des spectacles, quelques nouvelles de la mode et quantité d'autres informations qui font de ce journal une mine incomparable. Fondée en 1843, *L'Illustration* est devenue, sous la direction de la famille Baschet, le premier hebdomadaire illustré du monde. Son tirage est passé de quelques dizaines de milliers d'exemplaires au milieu du XIXe siècle à plus de 200 000 dans les années 1900, pour franchir les 600 000 en 1929. Pionnier dans l'art du grand reportage, se déployant sur les cinq continents, ce journal témoigne aussi de l'évolution des techniques d'illustration, de la gravure à la photographie, en recourant aux meilleurs artistes, journalistes et reporters. Les numéros hors-séries sont diffusés dans 150 pays et le siège de *L'Illustration*, à Bobigny, comporte une imprimerie surplombée d'une tour – mais l'entreprise ne survivra pas aux années de guerre ni à une tendance collaborationniste. Demeurent heureusement, dans les maisons de famille, ces collections reliées, qui demandent beaucoup de place, sont difficiles à manipuler, mais font la joie de ceux qui les redécouvrent pour entreprendre un grand voyage sur papier.

Immigrés : l'école de Paris

Quelques-uns furent misérables de leur vivant avant d'être couronnés par la postérité. Les plus chanceux survécurent aux années de galère avant de devenir de glorieux vieillards. C'est la force du marché de l'art que de pouvoir faire émerger des artistes inconnus en leur accordant une tardive reconnaissance, puis d'imposantes rétrospectives courues par les foules. Tel fut le destin de nombreux peintres de l'« école de Paris » : ces jeunes artistes venus du monde entier pour rejoindre le cœur battant du mouvement artistique. Des Russes Chagall et Soutine à l'Italien Modigliani et de l'Espagnol Juan Gris au Japonais Foujita, en passant par le Tchèque František Kupka, ou l'Allemand Otto Freundlich, ils se sont vus finalement accorder par l'histoire une place d'honneur sanctionnée par des cotes parfois vertigineuses.

Le destin se sera montré plus cruel envers les jeunes compositeurs qui, de la même façon, convergeaient vers Paris au lendemain de la Première Guerre mondiale, désireux de vivre dans le sillage de Debussy, Ravel et Stravinsky. Beaucoup d'entre eux connurent un certain succès de leur vivant, et certains adoptèrent la nationalité française pour marquer ce qui les liait de façon irréversible à leur pays d'adoption. Ils s'appelaient Alexandre Tansman (de Pologne), Bohuslav Martinů (de Bohême), Tibor Harsányi (de Hongrie), Marcel Mihalovici (de Roumanie) – auxquels il faudrait ajouter d'autres noms d'Amérique, d'Espagne, d'Italie, d'Angleterre ou d'Europe du Nord. Pour eux, l'avenir artistique s'inventait entre Montmartre et Montparnasse... Sauf que ces musiciens regroupés, eux aussi, sous le nom d'« école de Paris » n'ont pu bénéficier, comme les peintres, de la faveur des marchands qui assurent quelquefois la postérité. Loin de là, beaucoup se sont vu délaisser, puis oublier par cette France qu'ils avaient choisie !

Ce ne sont pourtant pas des artistes secondaires : Martinů, l'un des symphonistes majeurs du XXe siècle, est aujourd'hui encore honoré par quelques grands interprètes. Mais qui se rappelle qu'il vivait à Paris, côtoyait les « Six », avait épousé une Française et revint dans ce pays, après l'exil américain de la Seconde Guerre mondiale, pour passer ses dernières années à Nice ? Où se trouvent ses œuvres dans les programmations de nos grands orchestres ? Où figure le nom de rue qui l'honorerait dans cette capitale qu'il aimait ? Tansman, excellent compositeur lui aussi, allait retrouver son maître Stravinsky dans l'exil américain... avant de revenir à Paris où ses œuvres figuraient encore dans les programmes de radio et les concerts jusqu'aux années 1960. Pourtant, dès les années 1950, une jeune avant-garde très sectaire, tournée vers l'école de Vienne, prétendit rayer d'une croix tout ce courant musical soupçonné d'être « néoclassique » quand il était simplement moderne. Ces préjugés circulèrent et on cessa de jouer Tansman. Quant à Marcel Mihalovici, époux de la grande pianiste Monique Haas, on a oublié jusque son amitié avec Samuel Beckett, pour lequel il écrivit des musiques de scène que nul ne s'avise d'aller rechercher au fond des archives de la radiodiffusion française. La même négligence concerne Tibor Harsányi, compositeur entre autres de la ravissante *Histoire du petit tailleur*. Tous, et c'est triste à dire, semblent avoir commis une erreur en choisissant la France, qui ne leur aura apporté que le double oubli des apatrides : oubliés de leur pays d'origine comme de leur pays d'adoption.

Il existe heureusement quelques exceptions et c'est de Pologne, aujourd'hui, que vient le plus vif intérêt pour Tansman qui a retrouvé une patrie dans son pays natal. Mais il faudrait aussi, pour remettre à l'honneur ces grands artistes, que la France sorte un peu de son amnésie ; que les orchestres cessent de programmer à longueur de saison les mêmes symphonies de Mahler, Bruckner, Tchaïkovski et Chostakovitch ; que les organisateurs de la vie musicale se rappellent que Paris, dans la première moitié du XXe siècle, fut le cœur battant de la vie musicale et le siège d'un fabuleux répertoire qui mériterait d'être remis en lumière au fil des saisons.

Inventeurs (Le temps des)

Jamais on ne vit, en un petit nombre d'années, pareil foisonnement d'inventions et de découvertes. Qu'il s'agisse des sciences fondamentales, de la psychologie et des sciences humaines, des moyens de déplacement ou de communication, des objets du quotidien, des arts et des lettres, l'homme de 1900 semble pressé de créer les instruments d'un temps nouveau. Une telle profusion d'idées n'a sans doute pas attendu le passage du siècle. Elle est en germe depuis l'âge des Lumières et, plus encore, depuis le milieu du XIXe siècle : quand la maîtrise de la machine à vapeur a changé le cours de l'histoire, tandis que le romantisme et ses suites libéraient l'esprit créateur et ouvraient l'ère de l'individu porté par son génie. Mais la Belle Époque voit apparaître ou s'imposer quantité d'objets, de procédés et de concepts nouveaux qui vont changer la vie des générations à venir : à commencer par l'automobile, l'avion, le téléphone, le disque, l'enregistrement, la lumière électrique, la reproduction d'images, les vaccins et remèdes ; ainsi qu'une façon moderne d'envisager l'art, la vie, la société, le sexe, la femme, les classes sociales, etc.

Si ce foisonnement touche la plupart des pays d'Europe et d'Amérique, la France de 1900 semble désormais en pointe. Est-ce parce qu'elle rattrape le retard pris initialement sur la révolution industrielle ? Est-elle stimulée par les grandes Expositions universelles qui se succèdent à Paris, elles-mêmes expression d'une société éperdue de découvertes ? Les inventeurs en tout genre, des plus sérieux aux plus loufoques, se pressent pour déposer leurs brevets comme en témoignent, en cette seule année 1900, la naissance du projecteur à lentille conçu par Louis Blériot, celle de l'accéléromètre par Eugène Huguenard, l'invention de la clémentine (croisement de mandarine et d'orange) par le révérend père Clément, les tandems électriques par la firme Clerc et Pingault, les premiers sous-marins modernes à double coque par Maxime Laubeuf, le four électrique par Paul-Louis Héroult – sans oublier cette même année le premier jeu de Meccano du

Britannique Frank Hornby, le premier dirigeable rigide de l'Allemand Ferdinand von Zeppelin ou la machine à laver le linge électrique de l'Américain Alva J. Fischer.

Ce qui rend les inventeurs de 1900 si sympathiques, c'est qu'ils conservent un côté artisanal. Mi-savants rationnels, mi-visionnaires, mais aussi un peu bricoleurs, ils tâtonnent longuement avant d'aboutir. Nous sommes loin des scientifiques d'aujourd'hui, comptant inlassablement leurs séquences de gènes, lorsque Pasteur met au point ses premiers traitements grâce à l'oubli d'une culture de bactéries (« les grands artistes ont du hasard dans leur talent et du talent dans leur hasard », dit Hugo) ; ou quand Becquerel, en 1896, découvre par hasard la radioactivité en étudiant des sels d'uranium. Nous sommes loin des laboratoires informatisés et des projections en 3D avec Clément Ader qui assemble d'improbables machines volantes aux allures d'oiseaux mécaniques, avant de parvenir à faire décoller enfin l'une d'entre elles quelques centimètres au-dessus du sol ; nous sommes loin des files de production à la chaîne dans les ateliers de Levallois et de l'ouest parisien où quelques passionnés dessinent leurs modèles d'automobiles pilotées par des mécaniciens. Chez beaucoup de ces chercheurs, le poète se mêle à l'inventeur, comme s'ils étaient tous un peu les enfants de Jules Verne : Méliès conçoit les premières formes de truquage cinématographiques pour nourrir son imagination foisonnante ; le jeune Charles Cros, par ailleurs membre des cercles bohèmes anticonformistes, met au point les premières techniques d'enregistrement et de photographie en couleurs ; son ami Alphonse Allais enchaîne dans ses chroniques les inventions les plus loufoques (rouleaux de papier buvard pour assécher les rues, déversement d'huile pour calmer la mer déchaînée, aquariums en verre dépoli pour poissons timides, fusil à aiguille prolongé par un câble pour transpercer toute une rangée de soldats prussiens) – ce qui ne l'empêche pas d'avoir réellement déposé, en 1881, le premier brevet de café lyophilisé.

À la Belle Époque, l'invention est partout. Durant les Années folles, les découvertes s'étendent, franchissent de nouveaux caps, donnant lieu à des mises en scène qu'on dirait aujourd'hui médiatisées : quand par exemple, le 1er mars 1928, le premier appel téléphonique entre l'Europe et l'Amérique est passé, grâce au câble sous-marin, par le ministre des PTT entouré de personnalités. Ou quand les avions franchissent les continents, observés par la presse minute après minute : le vol tragique de Nungesser et Coli en 1927 sera suivi par celui, triomphal, de Lindbergh douze jours plus tard. Tout ce qui était en germe dans les années 1900 prend une dimension industrielle. André Citroën, inspiré par Ford, lance les premières chaînes de production d'automobiles, et l'éclairage électrique remplace partout l'éclairage à gaz, inspirant à Raoul Dufy sa *Fée Électricité* dont les 250 panneaux, commandés par la Compagnie parisienne de distribution d'électricité, sont inaugurés à l'Exposition universelle de 1937. Dans les années 1930 encore, les sciences fondamentales, l'étude des corpuscules et la mécanique ondulatoire connaissent en France un âge d'or avec les travaux de Louis de Broglie et Frédéric Joliot-Curie, tous deux prix Nobel dont les travaux prolongent les découvertes d'Einstein, Curie et Becquerel. La création en 1939 du CNRS, deux ans après celle du musée de l'Homme et du Palais de la découverte, porte à la connaissance du grand public ces révolutions scientifiques.

Au-delà même des sciences, cet âge d'or des inventeurs trouve des résonances dans tous les aspects de l'activité humaine. Le moment où décollent les premières machines volantes et où apparaissent les premières images sur des écrans coïncide avec celui où la couleur s'affranchit du dessin chez les fauves, où le dessin se libère de la représentation chez les cubistes ; avec celui où la musique s'affranchit des vieilles règles tonales chez Debussy ou Schönberg ; où la poésie s'affranchit de la versification chez Apollinaire ; où le roman s'affranchit du récit et de l'action chez Proust puis chez Joyce. Il en va pareillement pour les comportements humains qui, eux aussi, apparaissent sous un éclairage nouveau après les découvertes de Freud. Les mœurs évoluent à toute vitesse. Marie Curie et Colette propulsent les femmes au premier rang de la science et de la littérature. De Gide à Cocteau, l'homosexualité cesse de se dissimuler. Toutes ces évolutions caractéristiques de notre modernité, celles que nous cherchons aujourd'hui encore à défendre ou à étendre, prennent racine en ce temps des inventeurs où apparurent tous les traits, objets et comportements caractéristiques de notre modernité.

J

Jacques-Charles

L'escalier lumineux que descend la meneuse de revue affublée de plumes d'autruche, c'est lui. Au moins en grande partie, tant l'histoire du music-hall est faite d'allers-retours et d'influences mutuelles entre trois capitales : Londres, Paris et New York. Il n'en reste pas moins que ce spectacle emblématique, dont certains éléments ont perduré jusqu'à nos jours, doit beaucoup à Jacques-Charles – de son vrai nom Jacques-Charles Mardochée – un passionné qui allait s'évertuer à transformer le divertissement en œuvre d'art total.

Né en 1882, mort en 1971 (exactement comme Stravinsky), il débute comme journaliste, puis devient secrétaire des frères Isola, deux des principaux entrepreneurs de spectacles parisiens à l'aube du XXe siècle. Il déplore que la vogue naissante du music-hall, importée d'Angleterre, se traduise par des spectacles de bric et de broc où chacun – chanteurs, danseurs, illusionnistes et autres – fait ce qu'il veut… Jacques-Charles va s'appliquer d'abord à rechercher des numéros de haut vol, faisant venir des *girls* de Londres, ou allant chercher de nouvelles attractions à New York où il remarque notamment Al Jolson, le futur chanteur de jazz du premier film parlant. Mais, surtout, lorsqu'il monte sa première grande revue à l'Olympia en 1911, il recourt aux meilleurs talents pour concevoir et unifier les costumes, décors et chaque détail de la scénographie. Jacques-Charles dit alors s'inspirer des Ballets russes et marque ainsi, selon *Le Figaro*, « l'introduction de l'art au music-hall ».

La guerre éclate peu après mais, bientôt, l'entrepreneur de spectacles Léon Volterra souhaite relancer le Casino de Paris qui végète entre cinéma et music-hall. Désireux d'en faire une salle élégante et d'y donner un spectacle d'une qualité inédite, il sollicite Jacques-Charles qui rentre du front et dont le talent va enfin s'épanouir pleinement. C'est d'abord, en 1917, la revue « Laissez-les tomber » conçue autour de Gaby Deslys, vedette française célèbre en Angleterre comme aux États-Unis, et accessoirement maîtresse du roi du Portugal. Elle a pour partenaire le danseur Harry Pilcer qu'elle a découvert à New York. Pour l'occasion, Jacques-Charles imagine de dresser des échelles pour les transformer en escalier lumineux de

10 mètres de haut. La revue d'actualité, le tour de chant et les attractions s'organisent au sein d'un spectacle fastueux. Le music-hall moderne est né. L'année suivante, le couple Mistinguett-Maurice Chevalier prend la suite de Deslys et Pilcer. C'est un triomphe. Dès l'armistice, les grandes revues du Casino – « Pa-ri-ki-ri » (1918), « Pa-ri-ki-danse » (1919) – vont devenir l'emblème des Années folles et du Paris renaissant. Ce genre bientôt universel doit beaucoup, même si on l'a oublié, à la touche personnelle de Jacques-Charles, cet homme aux talents multiples, également auteur de quelques chansons et livres de souvenirs tels que *Cent Ans de music-hall* (1956) ou *La Revue de ma vie* (1958).

Jazz

L'essor du jazz au cours des années 1920 a fait l'objet d'innombrables études ; mais il est intéressant de rappeler combien sa définition paraît d'abord large et fluctuante. Depuis l'aube du XXe siècle, des rythmes issus du monde noir américain sont arrivés en Europe par le biais du music-hall, tels le ragtime ou le one-step, bientôt assimilés par les chanteurs populaires comme par les compositeurs savants (Debussy composant dès 1908 son *Golliwog's Cakewalk*). Les premiers orchestres de jazz, eux, arrivent en 1917 avec les soldats américains et se produisent dès la fin de la guerre lors de concerts ou de revues organisés par des passionnés. Toute la bande de Cocteau s'enthousiasme pour cette musique des Noirs américains, également jouée avec non moins d'enthousiasme par des musiciens blancs. Maurice Ravel n'est pas le dernier à les applaudir et il assiste, le 6 décembre 1921, au concert organisé par Jean Wiener par le jazz-band de Billy Arnold : « Comme vous avez bien fait de faire entendre ces musiciens américains ! C'était merveilleux. » C'est d'ailleurs à Paris que paraît, en 1926, le premier ouvrage sérieux consacré au jazz sous la double signature d'André Schaeffner et André Cœuroy. Quelques années plus tard, de jeunes passionnés comme Charles Delaunay et Hugues Panassié vont devenir les ardents promoteurs du jazz Nouvelle-Orléans puis des orchestres swing – toujours aussi chaleureusement accueillis dans une France qui ne connaît pas la discrimination.

Tout en demeurant l'œuvre des musiciens noirs qu'admirent tous les passionnés, ce premier jazz connaît aussi d'innombrables déclinaisons dans les genres les plus divers. Beaucoup s'approprient librement la nouvelle musique, à l'instar du duo des pianistes Jean Wiener et Clément Doucet qui revisitent en swing les tubes classiques. Les couleurs du jazz sont de plus en plus présentes au music-hall avec la vogue du fox-trot, du charleston et des rythmes syncopés. L'arrivée de la « Revue nègre » permet d'applaudir Joséphine Baker, Sidney Bechet et d'authentiques musiciens noirs américains qui se prêtent volontiers à ce divertissement – assez loin quand même du pur jazz qu'on joue et qu'on danse au Cotton Club de New York. En France comme aux États-Unis, l'influence de cette musique se répand aussi dans les spectacles de théâtre, notamment à Broadway où l'immigré juif Irving Berlin, après avoir lancé la vogue du ragtime avec « Alexander's Ragtime Band », signe quantité de chansons bien balancées comme « Puttin' On the Ritz » ou « Cheek to Cheek ». Celles de Jerome Kern, George Gershwin ou Cole Porter sont également reprises par les orchestres de danse. Des historiens puristes voudront dresser un mur entre ce jazz blanc supposément frelaté et le pur jazz des Noirs américains. Bien avant qu'on ne parle de *cancel culture* et d'appropriation culturelle, ils reprocheront aux uns d'avoir dénaturé la musique des autres, tenue à l'écart par la ségrégation. Ce sont pourtant d'authentiques passionnés, tels Paul Whiteman ou Bix Beiderbecke (avec le jeune crooner Bing Crosby) qui s'aventurent sur la terre des Afro-Américains qu'ils admirent. Inversement, les grands jazzmans sont les premiers à reprendre les succès de Gershwin et tous les tubes de Broadway pour les jazzifier à leur façon dans un parfait aller-retour.

Alors qu'émergent les prodigieux orchestres de Duke Ellington, Fletcher Henderson, Louis Armstrong ou Count Basie, le jazz se diffuse partout dans la société à des degrés divers, intégrant aussi bien les comédies musicales, les orchestres légers comme celui de l'Anglais Jack Hylton, puis bientôt en France des formations spécialisées comme le Hot Club de France, mais aussi des groupes de fantaisistes comme les Collégiens de Ray Ventura, sans oublier le jazz manouche pratiqué par les guitaristes tziganes et des accordéonistes italiens. Même l'orchestre qui accompagne les opérettes marseillaises des années 1930 porte le nom de « jazz marseillais » et contribue ainsi à désigner – sinon la musique des Noirs américains qui l'ont inventée et porté au sommet – un orchestre vivant avec cuivres, percussions et tout ce qu'il faut de couleurs pour accompagner les chansons sur des rythmes modernes. On peut estimer la définition quelque peu fallacieuse ; c'est ainsi du moins qu'entendent les oreilles de la première moitié du XXe siècle, avant d'apprendre à distinguer le bon jazz du mauvais, comme le vrai du faux.

K

Kérylos (Villa)

La villa Kérylos, à Beaulieu-sur-Mer, fut conçue par Théodore Reinach et bâtie par l'architecte Emmanuel Pontremoli entre 1902 et 1908. Héritier d'une illustre famille juive de la IIIe République, mais surtout helléniste et archéologue, Reinach (1860-1928) souhaitait reconstituer un décor et un art de vivre inspirés de la Grèce antique. Sa demeure nous plonge dans l'Antiquité avec ses pièces ouvertes sur la mer, ses mosaïques et son mobilier soigneusement reconstitué selon les modèles athéniens (on peut visiter, aujourd'hui encore, cette étonnante demeure, propriété de l'Académie des inscriptions et belles-lettres à laquelle Adrien Goetz a consacré en 2017 son roman *Villa Kérylos*). Dès la fin du XIXe siècle, Théodore Reinach, tout en poursuivant ses recherches, s'était engagé dans divers combats politiques et intellectuels (l'affaire Dreyfus), de concert avec ses deux frères, Salomon (autre éminent archéologue) et Joseph Reinach (créateur de la Ligue des droits de l'homme et du citoyen). Leur talent et leur générosité n'empêcheront pas la méfiance ni les insultes, les Reinach figurant parmi les cibles favorites du mouvement antisémite. Mais ils comptent aussi parmi ceux qui, à l'aube du XXe siècle, ont cultivé cette passion de l'Antiquité grecque qu'on retrouve partout, en France comme en Allemagne, dans les sujets d'opéra ou de ballets : du *Daphnis et Chloé* de Ravel au *Socrate* de Satie, et d'*Elektra* de Strauss à *Eupalinos* de Valéry en passant par *Les Choéphores* de Milhaud et Claudel ou *Œdipus rex* de Cocteau et Stravinsky... La tragédie rattrapera l'histoire de cette brillante famille quand Léon Reinach, fils de Théodore, sera arrêté par la Gestapo avec son épouse Béatrice de Camondo et leurs deux enfants. Internés à Drancy, tous seront déportés puis assassinés à Auschwitz.

L

Laurel et Hardy

Selon la hiérarchie du cinéma burlesque, l'homme de bon goût révère le subtil Buster Keaton, ou les très délirants Marx Brothers, tout autant que le génie de Charlie Chaplin – mais il accorde seulement un sourire condescendant à Laurel et Hardy, jugés lourdingues et sans réelle invention cinématographique en comparaison des précédents. Ils font rire les enfants, reconnaît-on en songeant aux gags éculés et aux pitoyables mésaventures des deux larrons s'essayant aux activités de bricoleurs, cambrioleurs, légionnaires, policiers ou livreurs de piano. D'un film à l'autre, ils enchaînent les épreuves et les humiliations pour laisser derrière eux un sillage de catastrophes, de maisons détruites et de commerces ruinés qui leur valent de se retrouver une fois encore à la rue... Est-ce mon esprit de contradiction ? Je dois avouer, quant à moi, la passion qui me porte depuis toujours vers Stan Laurel et Oliver Hardy. D'abord parce qu'ils incarnent merveilleusement, au temps du muet puis du parlant, cette figure si humaine du duo d'amis voguant ensemble de galère en galère, pour le meilleur et pour le pire : figure qu'on retrouve en littérature de Don Quichotte et Sancho Pança jusqu'à Vladimir et Estragon, en passant par Bouvard et Pécuchet. Je ne connais rien de plus touchant que cette union dans la détresse, avec tout ce qu'elle comporte aussi de colères, de règlements de comptes, mais somme toute de solidarité dans l'enfer que représente leur vie – encore aggravée par ces épouses toujours furieuses qui les traitent aussi mal l'un que l'autre. Le contraste du gros et du petit, de celui qui se prend pour le chef et de son second, plus malin qu'il n'en a l'air, ajoute encore à la poésie du tableau.

Dans l'Amérique de la Grande Dépression, Laurel et Hardy représentent en quelque sorte l'envers du décor : des personnages socialement largués, fauchés et incapables, qui tentent l'impossible pour s'en sortir. Le duo s'est toutefois formé avant la crise de 1929 et il a donné, dès le temps du muet, quelques belles illustrations de cette camaraderie de l'absurde et de ces pauvres types errant sur la route à la recherche de leur destin. Il faut revoir *Maisons à louer*, *Il était un petit navire*, ou encore les deux compères en peaux de bêtes dans *Laurel et Hardy à l'âge de pierre*, et autres gags parfois dérisoires mais qui constituent un genre en soi. Ce genre culminera dans les grands films sonores des années 1930-1940 : *C'est donc ton frère*, *Laurel et Hardy conscrits*, *Les Montagnards sont là*, *Les As d'Oxford* ou *Laurel et Hardy au Far-West* – incluant cette scène dansée à l'entrée du saloon, sur la musique chantée par les Avalon Boys, qui est un des plus beaux moments de l'histoire du cinéma. J'ajoute que même la version française d'époque, avec ses faux accents américains, apporte selon moi un charme supplémentaire à la stylisation de ce duo légendaire ; et je ne résiste pas davantage à ces passages dans lesquels Oliver joue les gentlemans et s'entortille les doigts en croyant séduire une jolie femme. Rien ne me semble aussi profondément humain, touchant et en même temps réconfortant que cette série de malheurs conçus pour nous faire rire... Dans les années 2000, devenu ami de la comédienne Suzy Delair, j'allais m'émerveiller du fait qu'elle ait joué, en 1949, le principal rôle féminin du dernier Laurel et Hardy : un vrai navet pour le coup, intitulé *Atoll K*, qui fut tourné sur la Côte d'Azur et ne permit pas de les relancer. Ils ne se parlaient plus guère, mais Suzy gardait un souvenir heureux de ces moments, face caméra, avec un Oliver charmant et « très américain », un Laurel plus « british », mais surtout fort malade qu'il fallait ranimer lui jetant un baquet d'eau froide à la figure entre deux scènes – comme dans un vrai Laurel et Hardy.

Léautaud, Paul

Paul Léautaud, né en 1872, traverse intégralement la Belle Époque et les Années folles sans sortir de chez lui, à Fontenay-aux-Roses... sauf pour accomplir son travail d'employé au Mercure de France où il observe le monde littéraire autour du directeur Alfred Vallette et de son épouse Rachilde. Il tient également la rubrique dramatique de la revue. Le reste du temps, il n'aime personne et préfère la solitude, voire les animaux qu'il recueille. Il publie un joli roman sur ses jeunes années, *Le Petit Ami* (1903), et d'autres écrits dans lesquels il montre « qu'on peut donner la sensation d'originalité à l'aide d'une attentive observation du plus quelconque et du plus familier de l'existence » (Gabriel Brunet). Mais il jette aussi sur ses semblables un regard désabusé, qui éclatera dans ses fameux entretiens avec Robert Mallet, enregistrés peu avant sa mort en 1955. Après tout, précise-t-il : « Il n'est pas d'entreprise plus raisonnable que de parler de soi, plus agréable pour l'auteur et ses lecteurs. » Ces conversations sont un chef-d'œuvre de cynisme, ainsi quand il raconte la disparition de ses proches en avouant sa totale indifférence. Elles rejoignent quantité de réflexions désabusées dont le côté négatif et l'exagération font le charme. Quand il parle de l'amour, il n'y voit que du « physique » et précise dans *Amours* : « L'amour est encore une forme de l'intérêt. Ce qu'on aime dans un autre, c'est soi, c'est son plaisir, c'est le plaisir qu'on lui donne et qui est encore une forme du nôtre. » Quant au célibat : « L'avantage d'être célibataire, c'est que lorsqu'on se trouve devant une très jolie femme, on n'a pas à se chagriner d'en avoir une laide chez soi. » Enfin, pour ce qui est des ambitions littéraires : « Un écrivain qui reçoit un prix littéraire est déshonoré. »

Lehár, Franz

La plus célèbre opérette du monde n'est pas française… mais elle se déroule à Paris, comme si nul autre décor ne pouvait accueillir une œuvre divertissante évoquant la Belle Époque. Déjà Franz von Suppé et Johann Strauss, les fondateurs de l'opérette viennoise, s'étaient inspirés de sujets parisiens : le premier empruntant l'argument de *La Belle Hélène* d'Offenbach pour en faire *La Belle Galatée*, tandis que le second allait connaître un succès universel avec *La Chauve-Souris* – adaptation d'une pièce française d'Henri Meilhac, le librettiste d'Offenbach. On a peine, d'ailleurs, à mesurer la gloire mondiale d'un auteur comme Meilhac à la fin du XIXe siècle. C'est donc tout naturellement vers lui que se tourne de nouveau le jeune compositeur viennois Franz Lehár, adaptant sa pièce *L'Attaché d'ambassade* pour écrire *La Veuve joyeuse*. Créée le 30 décembre 1905 au Theater an der Wien, elle n'a cessé d'être, depuis lors, l'opérette la plus jouée au monde. Le premier acte se déroule à l'ambassade du Pontévédro, et le finale chez Maxim's, où tous les protagonistes entament une danse endiablée avec les petites femmes. Mais surtout cette œuvre marque un tournant dans l'histoire musicale en privilégiant les rythmes langoureux de valse lente (« Heure exquise qui nous grise »), si caractéristique des années 1900.

Franz Lehár (1870-1948), fils d'un chef de fanfare austro-hongrois, sera l'un des principaux fournisseurs de succès du théâtre musical jusqu'à la Seconde Guerre mondiale. Ses œuvres sont toujours d'une excellente facture, à la fois personnelle et se renouvelant avec bonheur d'un sujet à l'autre. Ses débuts mettent à l'honneur une forme d'opérette romantique comme *La Veuve joyeuse* (dont la version française est créée en 1909), mais aussi *Le Comte de Luxembourg* ou encore *L'Amour tzigane*. Plus encore entre les deux guerres, Lehár va décliner un genre extrêmement populaire par ses mélanges de sentiments amoureux et de couleur locale, lorsqu'il repeint la Chine dans *Le Pays du sourire* (transposition du japonisme de *Madame Butterfly*), nous convie en Italie avec *Paganini*, puis en Espagne avec *Frasquita*. Rien n'est aussi beau, peut-être, que la Russie d'opérette qu'il évoque dans *Le Tsarévitch*, où culmine un art du chant sensuel et frémissant : « Küss, mich », « Es hat der Frühling » ou « Heute hab' ich meinen schönsten Tag... » comptent parmi les plus beaux morceaux du répertoire, spécialement dans la sublime version enregistrée par Rita Streich et Nicolai Gedda, ce ténor suédois amoureux de la France, qui possède le style et la grâce du ténor viennois.

On pourrait ne voir là qu'une musique facile au service des voix, tel un décalque affadi de Puccini. Ce serait méconnaître l'art de Lehár dans ses détails subtils et discrètement modernes. Le rythme de tango teinté d'harmonies slaves, au deuxième acte du *Tsarévitch*, est une page étonnante ; mais il est vrai que Lehár, comme beaucoup de compositeurs viennois, a également profité de l'engagement d'interprètes exceptionnels, en particulier Richard Tauber, un des plus grands chanteurs d'opéra de son temps, fidèlement associé à ses principales créations. Dans les années 1950 encore, Élisabeth Schwarzkopf va graver *La Veuve joyeuse* et *Le Pays du sourire* qui feront beaucoup pour la postérité du compositeur. De son côté, Franz Lehár, dont l'épouse est d'origine juive, s'est protégé comme il pouvait après l'Anschluss. Le régime nazi n'a pas voulu s'attaquer à un compositeur aussi populaire qui a continué à diriger ses œuvres, notamment à Paris sous l'Occupation. Son succès demeurera considérable sur les scènes françaises des années 1950... après quoi ses œuvres disparaîtront peu à peu – et injustement – du répertoire, à l'exception de l'immortelle *Veuve joyeuse*.

Lorrain, Jean

On peut découvrir aujourd'hui encore, tout près du port de Fécamp, un imposant bâtiment du XIXe siècle portant le nom d'« École primaire Jean-Lorrain ». La plupart des Fécampois (comme presque tous les Français, d'ailleurs) ont oublié le nom et la vie de cet illustre enfant de leur ville, né en 1855. Il ne reste pas grand-chose de son œuvre, comparée à celle de son aîné Guy de Maupassant qui passa ses jeunes années à Étretat, 15 kilomètres plus au sud. Celui-ci aimait la mer, la campagne, les personnages de paysans ou de fonctionnaires. Lorrain fut surtout attiré par la société artistique, mondaine et interlope où il apporta dans les années 1900 sa note décadente. Il sortait généralement fardé et, selon André Germain, « le violent maquillage dont il usait faisait ressortir ses yeux, assez beaux, comme des yeux de crapaud ». Tel était ce « gars normand » qui, selon Colette, « tenait beaucoup à l'épithète gars mais y renonçait facilement dans l'intimité ». Il couchait avec des éphèbes ou des lutteurs de foire, se droguait à l'éther, attaquait à tort et à travers les

célébrités du temps, et se battit même en duel avec le jeune Marcel Proust. Surnommé par Rachilde le « fanfaron du vice », et par d'autres le « dandy de la fange », il n'en faillit pas moins convoler avec la plus élégante des cocottes, Liane de Pougy, qui l'adorait… Mais le naturel reprit le dessus et il préféra mourir seul sur la Côte d'Azur. Son roman *Monsieur de Phocas* est un autoportrait non dénué de talent. Le reste a disparu. Son nom demeure toutefois près du port de Fécamp où l'école communale porte, sans le savoir, le nom d'un décadent éthéromane, pédéraste à l'occasion… On peut même redouter qu'un vertueux comité s'avise un jour de l'horrible malentendu et décide de débaptiser l'établissement pour lui donner un nom plus conforme à la vertu contemporaine.

Lupin, Arsène

Ce sont les seules fois où j'ai lu des romans en marchant dans la rue. Porté par l'intrigue des *Dents du tigre* ou des *Huit Coups de l'horloge*, je ne pouvais plus lâcher mon volume, impatient de savoir derrière quel masque se cachait le cambrioleur, ou comment il allait renaître d'entre les morts. À quinze ans, rien n'égale la magie des intrigues ni cet art de créer des personnages qui deviennent vos compagnons. Mais l'emprise exercée par Maurice Leblanc et Arsène Lupin tient aussi à une qualité plus rare : cette forme de légèreté qui le situe au cœur même de la Belle Époque.

Le plaisir du jeu, le sens de l'ironie qui inspirent Apollinaire ou Ravel, Maurice Leblanc les a appliqués au roman policier. La figure même de son élégant truand (tel un personnage de Labiche qui aurait mal tourné), son style de vie, ses continuels changements d'identité nous rapprochent autant d'un opéra-bouffe que d'un roman à intrigues. Ce charme si parisien doit paradoxalement beaucoup à l'anglomanie qui sévissait alors dans les arts, sur fond d'Entente cordiale. Quand Debussy compose son *Children's Corner* et qu'Alphonse Allais se régale de fausses tournures anglaises, Leblanc s'empare du terme de *gentleman* et propose un décalque français de Raffles, le premier cambrioleur mondain inventé par Ernest Hornung, le beau-frère de Conan Doyle. Lancé comme « le Conan Doyle français », Leblanc finira d'ailleurs par mettre en scène dans ses propres romans le personnage d'Herlock Sholmès – quitte à irriter l'auteur britannique. Mais la science du mystère déployée par le détective d'outre-Manche s'oppose à l'esprit d'Arsène Lupin fondé sur l'intuition, la séduction et la désinvolture d'un libre penseur de la IIIe République.

Né en 1864, Maurice Leblanc a connu Flaubert dans sa jeunesse rouennaise avant de susciter, comme jeune romancier, l'intérêt d'Alphonse Daudet, de Jules Renard ou de Léon Bloy. Il a quarante ans passés quand l'éditeur Pierre Lafitte lui souffle l'idée d'Arsène Lupin. Voici donc un écrivain déjà chevronné qui va s'appliquer, dans des nouvelles puis dans des romans plus charpentés, à créer ce personnage et à lui inventer un monde. L'œuvre possède sa propre géographie ou, si l'on préfère, son *triangle d'or* dont les trois extrémités sont Paris, Le Havre et Dieppe. Son décor est fait de manoirs, de villas et de casinos, mais aussi de vestiges historiques dont Leblanc s'empare avec un génie des lieux. Il leur associe des énigmes propices à la rêverie, qu'il s'agisse de l'aiguille d'Étretat abritant les trésors des rois de France, ou des abbayes comme Jumièges ou Saint-Wandrille. Cette présence du Moyen Âge relie d'ailleurs l'esprit de Leblanc à celui des symbolistes – tel Maurice Maeterlinck, son beau-frère, qui donne à *Pelléas et Mélisande* une couleur médiévale et qui finira par acheter l'abbaye de Saint-Wandrille (quelques photos le montrent en compagnie de son épouse Georgette Leblanc dans ce monument gothique transformé en maison de campagne).

Dans un article sur *L'Aiguille creuse*, en 1909, Maurice Leblanc cite Balzac comme le premier de ses maîtres. Il prétendra même avoir mis du Vautrin dans Lupin. De fait, leurs œuvres présentent certaines similitudes – toutes proportions gardées –, comme cette articulation de tous les épisodes au sein d'un vaste roman, avec ses figures récurrentes ; et cette façon de réinventer la société en mêlant personnages réels et personnages imaginaires. Les principaux protagonistes relèvent de la fiction, mais ils croisent quantité de personnages secondaires à clés, tel le président du Conseil Valenglay, double de Clemenceau, sans parler des noms détournés comme celui de l'inspecteur principal Ganimard (emprunté à Paul Gallimard, le père de Gaston). Les figures historiques s'autorisent même à intervenir quand le Kaiser, Guillaume II, visite Lupin à la prison de la Santé dans *813* pour lui arracher d'importants secrets. Les événements du siècle se combinent aux faits et méfaits du cambrioleur, dont on finit par découvrir le rôle essentiel, quoique méconnu, dans la politique européenne.

Il y aurait aussi beaucoup à dire sur la face sombre de Maurice Leblanc, particulièrement sensible dans *L'Île aux trente cercueils* (1919). Ce véritable roman d'horreur druidique nous rappelle que cet auteur adorait Edgar Poe. Le romancier avait plusieurs cordes à son arc, mais le fabuleux succès de Lupin (*La Demeure mystérieuse* s'est vendue à 2 millions d'exemplaires en 1928) devait le conduire à imprimer son nom sur certaines aventures qui ne concernent que de loin le gentleman cambrioleur. Ce dernier finira également par dépasser le cadre romanesque pour apparaître au théâtre où certaines aventures sont adaptées ; sans oublier l'opérette (*Arsène Lupin banquier*, créé par Jean Gabin, sur une musique de Marcel Lattès), ni le cinéma (avec des réussites inégales) et la télévision où nul n'a encore égalé le Lupin de Descrières, chanté par Jacques Dutronc.

Après avoir assuré la gloire de Lupin, Maurice Leblanc s'amusera encore à mêler le réel et la fiction lupinienne dans l'aménagement de sa villa d'Étretat, le Clos Lupin, où les fausses ruines et autres détails codés brouillent les pistes entre la vie de l'auteur et celle d'Arsène. Encore après la mort de Maurice Leblanc, en 1941, le personnage de Lupin va engendrer une abondante exégèse, à la frontière de la science et de la fantaisie, dont on ne trouve un équivalent que dans la tintinologie. Les initiés se réfèrent au *Dictionnaire Arsène Lupin* de Jacques Derouard, aux *Nombreuses Vies d'Arsène Lupin* d'André-François Ruaud, ou encore au collectif *Gentleman-philosopheur* signé, entre autres, par François George et André Comte-Sponville. La capacité de ce héros à renaître continuellement lui vaut, aujourd'hui encore, de nouvelles aventures, sous la plume d'auteurs qui ont goûté très tôt la magie de ces pages et rêvent de prolonger l'histoire-géographie lupinienne. Après Michel Zink et son excellent *Arsène Lupin et le mystère d'Arsonval* (2004), Adrien Goetz dans sa *Nouvelle Vie d'Arsène Lupin* plonge le héros de la Belle Époque en plein XXIe siècle.

M

Maisons (closes)

Le sujet paraît bien trop vaste pour un seul article, tant il a inspiré de romans, de récits, de pensées, de souvenirs, de films et autres peintures. En témoigne ce simple florilège :

Jules Renard à propos de Toulouse-Lautrec : « Il a sa chambre dans une “maison”, est bien avec toutes ces dames, qui ont des sentiments exquis, inconnus des femmes honnêtes, et qui posent admirablement. »

Philippe Hériat : « Il se dépense dans les maisons plus de bonne volonté, d'esprit de sacrifice et de continuité dans le courage, pour l'intérêt de la famille, que dans le pays pour le service de la nation. »

Armand Lanoux à propos du Chabanais, le Versailles des bordels, ouvert de 1878 à 1946 au 12, rue Chabanais, dans le IIe arrondissement : « Y parvenir comme pensionnaire était un maréchalat. *House of all Nations*, disait l'écriteau situé dans le vestibule. »

Florent Fels, toujours à propos du Chabanais qui proposait aux clients des décors choisis, une chambre japonaise, une chambre Louis XVI ou une chambre mauresque : « La patronne, qui était une lettrée, aimait évoquer le souvenir d'Anatole France, poussant le vaste Ernest Renan dans son escalier orné des dépouilles opimes de l'art gréco-pompéien. »

Mallarmé, Stéphane

Mallarmé qu'on associe à la poésie la plus sophistiquée de son temps – et de tous les temps – est une figure plurielle, poète en constante évolution, théoricien des arts et de la danse, ami des peintres et des musiciens, inspirateur de nouvelles générations littéraires. On peut donc préférer telle ou telle facette de son œuvre qui, depuis l'adolescence, me passionne dans sa diversité :

— C'est d'abord le jeune poète pessimiste et encore baudelairien des « Fenêtres », auquel je songe toujours en passant devant un vieil hôpital aux murs noirs, comme il en subsiste quelques-uns dans le Paris touristifié :

Las du triste hôpital, et de l'encens fétide
Qui monte en la blancheur banale des rideaux...

— Puis c'est le poète sophistiqué des grandes formes comme « L'après-midi d'un faune », aux vers irréguliers et au vocabulaire si recherché que les plus subtils Parnassiens paraissent banals en comparaison. À quinze ans, j'en connaissais des pages par cœur et me les récitais en écoutant le *Prélude* éponyme de Debussy :

Ces nymphes je les veux perpétuer.
Si clair,
Leur incarnat léger, qu'il voltige dans l'air
Assoupi de sommeils touffus.

— J'aime aussi, d'une autre façon, le professeur d'anglais aux allures de bourgeois moyen tenant, dans le VIIIe arrondissement fraîchement poussé autour de Saint-Lazare, le plus sophistiqué des salons littéraires où se pressent chaque mardi ses disciples, tels les jeunes André Gide, Paul Valéry, Pierre Löuys ou Jean de Tinan qui en fait le récit dans *Chez Mallarmé*.

— Enfin je prise plus que tout le poète réputé « hermétique » des derniers sonnets qui crée les associations de mots les plus saisissantes pour évoquer, par exemple, l'hiver :

Ce lac dur oublié que hante sous le givre
Le transparent glacier des vols qui n'ont pas fui !

On a parfois souligné, à juste raison, qu'une seconde lecture érotique convient souvent à ces poèmes, tels que :

M'introduire dans ton histoire
C'est en héros effarouché
S'il a du talon nu touché
Quelque gazon de territoire

— Sans doute suis-je un peu moins touché par le projet déjà quasi « conceptuel » du « Coup de dés », ce livre ouvert dont les feuillets peuvent se découvrir dans n'importe quel ordre pour inventer chaque fois un poème nouveau. On sait l'usage qu'en fera notamment Pierre Boulez en musique avec sa *Troisième Sonate*, mais aussi dans nombre de compositions inspirées par Mallarmé. Il est toutefois permis de préférer l'adaptation déjà très sophistiquée du poète par Ravel, en 1913, dans ses trois *Poèmes de Mallarmé*.

— Et puis, autant l'avouer, j'adore ces vers de circonstance rassemblés en un volume de la collection « Poésie/Gallimard » préfacé par Yves Bonnefoy. Mallarmé y adresse des remerciements, noircit des enveloppes, signe des éventails, passe des messages aux facteurs, compose de simples quatrains pour accompagner des fruits glacés (au nouvel an) ou des œufs de Pâques. Autant de portraits miniatures qui nous plongent dans un monde bourgeois et bohème. Exemples choisis (à dire à voix haute) :

À Claude Monet

Monsieur Monet, que l'hiver ni
L'été sa vision ne leurre
Habite, en peignant, Giverny
Sis auprès de Vernon, dans l'Eure.

À Edgard Degas

Rue, au 23, Ballu
J'exprime
Sitôt Juin à Monsieur Degas
La satisfaction qu'il rime
Avec la fleur des syringas.

À Ernest Chausson

Arrête-toi, porteur, au son
Gémi par les violoncelles
C'est chez Monsieur Ernest Chausson
22 boulevard de Courcelles.

Maupassant, Guy de

Sa courte vie d'écrivain commence à la fin des années 1870 et s'achève dix ans plus tard avec son internement, prélude à la folie puis à la mort... Interrompue à l'aube de la Belle Époque, son œuvre n'en demeure pas moins présente au cours des décennies qui vont suivre. Du petit fonctionnaire parisien à la servante de fille normande, il a brossé en 250 nouvelles une véritable comédie humaine de la fin du XIXe siècle. Mais ce maître du pessimisme et de l'humour noir, nourri par Schopenhauer, est aussi un esprit profondément moderne par son nihilisme, sa liberté de mœurs, son dédain des préjugés moraux, son absence d'illusions devant l'éternité, les grandes causes sociales, et même devant l'amour qu'il dit ranger « parmi les religions, et les religions parmi les pires bêtises où soit tombée l'humanité ». Nous sommes loin du XIXe siècle conservateur, bigot, autoritaire, colonialiste (Maupassant ne succombe pas à cette illusion lors de son voyage en Afrique). Est-ce parce que cet enfant a grandi dans une bourgeoisie bohème avant l'heure, entre une mère intelligente et un père fantasque, un peu fauché ? L'unique foi de Maupassant, c'est la fraîcheur de la mer qui bat les falaises d'Étretat, puis le soleil qui l'attirera en Méditerranée : un attachement viscéral au goût concret de la vie combattu par la présence obsédante de la mort, mais aussi par « l'abrutissement définitif de l'homme ».

Un siècle après sa mort, certains cénacles littéraires continuent pourtant à tenir Maupassant dans un étrange mépris ou du moins à le considérer comme un « petit maître ». Combien de fois ai-je entendu ces experts en littérature affirmer que « tout Maupassant tient dans *Un cœur simple* de Flaubert » ? Ce genre d'ânerie suggère que l'écrivain ne serait qu'un disciple de ce maître qui avait déjà fait entrer en littérature la campagne normande avec *Madame Bovary*. Pourtant, si Flaubert fut incontestablement un ami de la famille, puis le modèle du jeune Guy, la différence entre les deux artistes ne cessera de se préciser. Flaubert, s'appuyant sur une culture immense, s'essaie à des expériences littéraires d'où sortiront le naturalisme et le réalisme. Maupassant n'a pas ces obsessions théoriques : sa seule ambition consiste à saisir « de l'extérieur » la vérité profonde de l'humanité. Moins intéressé par l'innovation formelle, il consacre toute son énergie à représenter ses contemporains et les détails de leur vie, comiques, horribles, attendrissants ou bouleversants. Son style sert avant tout la précision du trait, la vérité du coup d'œil. Comment l'écrivain peut-il *faire voir* au lieu de *se faire voir* ? Comment créer un monde personnel en montrant simplement un coin de ciel venté sur le pays de Caux, un fonctionnaire dans l'attente d'une promotion ou une veuve qui achète un petit chien ? Cet art de l'effacement qui fascinait Hemingway trouvera ses meilleurs prolongements chez les grands prosateurs étrangers. Inversement, dans la France du XXe siècle, l'écrasante présence de Proust (qui aimait pourtant Maupassant) poussera des générations de romanciers vers un déploiement stylistique dont Maupassant-le-concis représente le contre-exemple absolu.

En 1888, déjà, dans la préface de *Pierre et Jean*, il marquait ses distances avec les jeux subtils du symbolisme qui commençaient à envahir le roman. Rejetant « ce vocabulaire bizarre, compliqué, nombreux et chinois qu'on nous impose aujourd'hui sous le nom d'écriture artiste », il préférait la précision de la langue française, cette « eau pure que les écrivains maniérés n'ont jamais pu et ne pourront jamais troubler. » À la fascination de la prose poétique il opposait une autre attitude consistant à savoir observer le monde qui nous entoure, parce qu'il y a « en tout de l'inexploré » et que « nous sommes habitués à ne nous servir de nos yeux qu'avec le souvenir de ce qu'on a pensé avant nous ». Cet œil vierge sur un monde neuf, à l'aube des temps modernes, explique probablement le caractère universel d'une œuvre dont la gloire mondiale frôle celle de Jules Verne ou d'Alexandre Dumas, malgré ses intrigues infiniment moins rocambolesques. Ses adaptations seront innombrables, de la *Partie de campagne* de Renoir au *Plaisir* de Max Ophüls, en passant par *Le Rosier de madame Husson* décliné aussi bien dans une comédie de Fernandel que dans un opéra de Benjamin Britten (*Albert Herring*).

L'autre confusion, dès qu'on parle de Maupassant, tient dans le rapport de l'écrivain à la folie. Comme l'écrivait son biographe René Dumesnil : « On en a fait la caractéristique de son existence, le point culminant de sa carrière. » La noirceur morbide de *Sur l'eau*, *La Peur* ou *Le Horla* constituerait ainsi le cœur de son art, préfigurant la fin tragique de l'écrivain. Pourtant, son pessimisme a trouvé longtemps un remède dans l'ironie et un plaisir non dissimulé dans l'observation des comportements humains, analysés avec une précision d'entomologiste. La lecture de ses nouvelles et de ses romans a quelque chose de jubilatoire jusque dans le cynisme : que ce soit l'expédition en Basse-Normandie des pensionnaires de *La Maison Tellier* ou l'extraordinaire description d'un couple obligé de faire un enfant pour toucher son héritage (dans *L'Héritage*, la plus longue de toutes les nouvelles). Cette veine satirique compte autant que les moments de mélancolie profonde. Mais Maupassant, à certaines pages, déborde aussi d'appétit simple pour l'existence, lui qui n'a jamais assez de temps pour goûter la mer, le soleil et les embruns : « J'avais marché depuis le matin sur ce gazon ras, fin et souple comme un tapis, qui pousse au bord de l'abîme sous le vent salé du large. Chantant à plein gosier, allant à grands pas, j'avais passé un jour heureux d'insouciance et de liberté. » Une forme d'émotion affleure également chez cet homme désillusionné qui, tout en démontant la mécanique humaine, peint de façon si touchante la vie des pauvres gens, quand bien même sa pudeur l'emporte sur les facilités de l'attendrissement : « Mes yeux disent à mon cœur : cache-toi, vieux, tu es grotesque. »

Le jeune Maupassant qui trimait au ministère de la Marine rêvait encore de devenir poète. Ses débuts de prosateur relèvent presque du hasard lorsqu'il écrit *Boule de suif* pour un livre collectif. Son récit a du succès ; il en commence d'autres pour les journaux ; la mode s'emballe... Dès lors, sa vie sera principalement vouée au travail, avec une certaine détestation de Paris et des mondanités. En quelques années fulgurantes, ses romans et nouvelles se succèdent, mais il ne s'étend guère sur cette activité qui occupe l'essentiel de ses efforts. Le reste du temps, cet immense écrivain est un véritable obsédé sexuel qui finirait aujourd'hui devant les tribunaux. Durant ses années de canotage dans les boucles de la Seine, il ne pense qu'à cela : comptabiliser les maîtresses, détourner les filles, trousser les domestiques. L'une des principales fiertés de ce Priape est de « bander à volonté » et de pratiquer les « coïts avec public ». Pastichant le style de Rabelais, il raconte comment, après avoir rencontré une Allemande au marché de Notre-Dame-de-Lorette, il l'a invitée chez lui et, aussitôt arrivée, « lui pri[t] le cul comme à toute femme que la doulce Providence [lui] octroye ». Ces rapports le fascinent, le dégoûtent, l'intriguent, comme il le résume sans délicatesse : « En même temps que son cul, elle a démasqué sa figure. Quelles drôles de toquées que les femmes. » Le sexe déluré, avec abondance de détails, est même un sujet d'échanges entre écrivains. Véritables potaches, ils aiment les farces, les bizutages et se montrent partageurs : « Je voudrais vous faire baiser ma maîtresse », dit Maupassant à Paul Bourget. Tels sont les grands prosateurs français de la fin du XIXe siècle : vivant entre hommes, parlant lourdement de sexe et ne devenant sérieux que pour la littérature. Dans cette confrérie, Maupassant fera longtemps figure de petit prince déluré, aimé pour sa bonne humeur, sa santé et ses récits de « jeune lubrique ».

Quinze ans plus tard à peine, un médecin qui soigne les yeux de Maupassant fait son diagnostic sur la progression du mal qui le ronge et va progresser rapidement : la syphilis. L'écrivain semble partagé entre la conscience de la menace et l'illusion d'autres maladies qui lui permettent d'évacuer la terrible perspective. Sombrant dans la folie, il se persuade que ses aliments « passent par ses poumons ». Sa démence qui éclate à Cannes, en 1891, excite la curiosité malsaine des journalistes. Ils se rassemblent pour voir débarquer du train le célèbre écrivain en camisole de force. Comme le notera un critique : « La maladie de M. de Maupassant a fait couler plus d'encre que ses œuvres les plus remarquables. Cent lignes étaient assez pour rendre compte de *Notre cœur* ou de *Pierre et Jean* ; on n'épuisera pas en cent colonnes les détails et antécédents de sa maladie. » Cette fin atroce, à quarante-deux ans, ne doit pas faire oublier, pourtant, cette vitalité, ce sens de la beauté, ce parfum de la vie, ce rire qui éclairent une bonne partie de ses écrits. Et que dire de la beauté des personnages féminins, si importants dans *Une vie*, *La Maison Tellier* ou *Histoire d'une fille de ferme*... sous la plume d'un homme qui aura montré tant d'appétit dédaigneux pour le beau sexe ? Son art n'a rien perdu de sa force plus d'un siècle après sa mort, au contraire. La littérature française, longtemps engluée dans les recherches d'écriture et les obsessions narcissiques, s'intéresse davantage au monde qui l'entoure. Dans son premier roman, Michel Houellebecq évoquait Maupassant, son humour, son pessimisme. Peut-être le grand défi romanesque de notre époque consiste-t-il, précisément, à savoir regarder l'humanité avec acuité pour y trouver, comme Maupassant, la substance d'une littérature nouvelle.

Maxim's

Temple des soupers chics et des soirs de première, le restaurant Maxim's occupe toujours son emplacement 3, rue Royale, à deux pas de la place de la Concorde. Sa façade et son décor Art nouveau nous rappellent que l'établissement remonte à la Belle Époque où il fut bien davantage qu'un restaurant : le haut lieu des plaisirs pour une riche société masculine, désireuse de s'encanailler au bras de jolies femmes – venues elles-mêmes se partager un gibier de princes et d'hommes d'affaires en villégiature. Comme le résume prosaïquement Armand Lanoux : « Fréquentée par l'aristocratie cosmopolite masculine et par les grandes demi-mondaines, cette honorable maison, en fait, devait son succès à une cohorte de petites femmes qui n'étaient ni plus ni moins que des entraîneuses. » L'endroit devient assez célèbre et emblématique pour que *La Veuve joyeuse* de Franz Lehár (opérette adaptée d'une pièce d'Henri Meilhac) s'achève dans ce restaurant où tous les clients entonnent :

Depuis qu'Ève écoutant le serpent
Séduisit cette bonne pâte d'Adam
L'homme ne sait jamais ce que trame
Cœur de femme, femme femme femme femme...

Le fondateur des lieux, en 1893, s'appelait Maxime Gaillard et il eut l'idée, sur fond d'anglomanie galopante, de transformer Maxime en Maxim's. Il imagina aussi de placer à la porte un jeune groom vêtu de rouge surnommé le « chasseur ». Il revendit toutefois l'établissement peu après et c'est seulement à la faveur de l'Exposition universelle de 1900 que Maxim's allait devenir le centre du monde. C'est là notamment, après le théâtre, que les fêtards parisiens et les voyageurs viennent retrouver leurs maîtresses, boire et festoyer avant d'entamer, en fin de nuit, une « tournée des grands-ducs » qui les conduira sur la butte Montmartre puis, au petit jour, dans les pavillons des Halles. « Prendre rang chez Maxim's, écrit Yves Mirande dans ses *Souvenirs*, c'était avoir un rang dans la vie parisienne. C'était avoir sa place dans "l'omnibus". Il y avait là Feydeau, Sem, le prince Murat, [...] Alexandre Duval, des fameux bouillons, le duc de Bouillon, comme l'appelait Forain qui était là lui aussi. Clément-Bayard, le premier magnat de l'automobile, plus de cent fois millionnaire. » Parmi ces habitués, Georges Feydeau fera beaucoup pour la notoriété de la maison avec sa comédie *La Dame de chez Maxim* (1899).

Paradis pour les hommes, en un temps où les mariages arrangés vont de pair avec les vies de noceurs, Maxim's perdra un peu de son utilité sociale dans les Années folles. En ces temps plus modernes, on verra même, chose nouvelle, quelques épouses légitimes fréquenter l'établissement au bras de leur mari... De quoi entretenir la nostalgie de Hugo Patacelli, maître d'hôtel de 1899 à 1918 qui écrit dans ses souvenirs : « En ce temps-là, que je crois avoir été béni des dieux, on avait du ventre et du fessier, des "formes" et l'on en était fier. Je regarde avec pitié les jeunes clients d'aujourd'hui : je vois le jour à travers eux et je pense à leurs grands-pères et à leurs pères, à ces forts et vrais chevaliers de la bonne vie. »

Messager, André

Comment peut-on aimer passionnément Wagner et composer des opérettes ? Diriger la première *Tétralogie* à l'Opéra de Paris et laisser à la postérité une valse intitulée « Poussez l'escarpolette » ? Comment peut-on être un bourgeois strict, aux allures d'officier de cavalerie, et défendre avec ferveur les compositeurs d'avant-garde ? Comment peut-on, dans une même existence, écrire des ballets pour les Folies Bergère, diriger la première de *Pelléas et Mélisande* puis celle des *Biches* de Poulenc aux Ballets russes ? Comment peut-on déployer beaucoup d'art dans un théâtre frivole ? Comment peut-on faire circuler autant de belle musique dans son époque, sans jamais abandonner une distance teintée d'ironie ? Telles sont quelques-unes des questions que pose la personnalité d'André Messager, figure emblématique de la Belle Époque et des Années folles dont toute la vie semble avoir tissé des liens entre les formes d'art les plus élevées et les plus divertissantes.

Né à Montluçon le 30 décembre 1853, André Messager entre à l'âge de seize ans à l'école Niedermeyer, un établissement qui forme des organistes et chefs de chœur pour les paroisses (le clergé catholique étant le principal employeur des musiciens). Parmi ses professeurs figure Gabriel Fauré, mais ils n'ont que huit ans d'écart et se lient d'une profonde amitié. Au cours des années suivantes, ils séjournent ensemble sur la côte normande, parfois accompagnés par leur aîné Camille Saint-Saëns. Messager devient organiste à Sainte-Marie des Batignolles. Le reste du temps, il compose pour les Folies Bergère des divertissements chorégraphiques intitulés *Fleur d'oranger* ou *Les Vins de France*. Comme beaucoup d'autres musiciens d'opérette – Hervé, Audran ou Claude Terrasse –, il partage ses premières années entre l'encens des offices et les parfums du music-hall.

En 1883, Messager, âgé de trente ans, est sollicité pour achever une opérette dont le compositeur, Firmin Bernicat, vient de mourir. Intitulé *François les bas bleus*, l'ouvrage obtient un grand succès aux Folies-Dramatiques, orientant la carrière du compositeur vers le genre léger. Il y montre une subtilité d'écriture très au-dessus de la moyenne ; des années plus tard, Reynaldo Hahn n'aura aucune peine à retrouver, sur la partition, l'endroit précis (au cours du duo de « la leçon d'écriture ») où la plume de Bernicat fait place à celle de Messager.

Composée peu après, *La Fauvette du Temple* (1885), premier ouvrage entièrement de sa main, nous entraîne en Afrique du Nord au temps des conquêtes coloniales. Mais la personnalité du jeune Messager se manifeste davantage encore dans son ballet *Les Deux Pigeons*, créés à l'Opéra en 1886 : une brillante partition d'orchestre où l'invention harmonique se rapproche de Fauré et la fraîcheur des combinaisons instrumentales de Chabrier. Messager s'associe également au poète symboliste Catulle Mendès pour composer *Isoline*, « conte de fées en trois actes et dix tableaux », créé au théâtre de la Renaissance en décembre 1888 ; mais le public reste déconcerté par cette musique un peu trop savante. Messager, comme la plupart des jeunes compositeurs français de la fin du XIXe siècle, admire éperdument Wagner. Toujours en compagnie de Fauré, il prend la route de Bayreuth. Les frais de voyage sont réglés par leur amie Marguerite Baugnies, future Mme de Saint-Marceaux. Admirateurs du *Ring*, mais aussi parisiens du temps du Chat noir, les deux musiciens rapportent de leur pèlerinage une pochade : les *Souvenirs de Bayreuth*, quadrille pour piano sur des thèmes de la *Tétralogie*.

Toujours partagé entre le théâtre léger et des partitions plus ambitieuses, Messager tente alors de s'imposer par une grande œuvre et donne en 1890, salle Favart, un opéra-comique en trois actes : *La Basoche*, qui se déroule dans le Paris du poète Clément Marot. L'ouvrage sera représenté plus de 200 fois en cinquante ans. Lors d'une production londonienne, en 1891, Bernard Shaw écrit : « Dans son genre, *La Basoche* est un si bon opéra que je ne parviens absolument pas à m'expliquer comment il a pu faire son chemin jusqu'à Londres pour être livré à la merci des artistes et du public britannique… » En 1893, Messager compose *Mme Chrysanthème*, première adaptation musicale du roman de Pierre Loti qui fournira la trame de *Madame Butterfly*. Un pas vers la musique sérieuse, immédiatement suivi par de nouvelles opérettes comme la charmante *Fiancée en loterie* (1896). Il compose également, pour une troupe londonienne, l'opéra-comique *Mirette* (1894), en collaboration avec miss Hope Temple, une musicienne britannique qui va devenir sa seconde épouse. En 1896, nouvelle composition ambitieuse en cinq actes : *Le Chevalier d'Harmental*, d'après Alexandre Dumas : un ouvrage dont l'échec total, après quelques représentations, laisse Messager complètement déprimé.

Peut-être cet échec favorise-t-il l'évolution de Messager vers une voie plus personnelle. Au cours des années suivantes, renonçant à l'opposition marquée entre grandes œuvres et répertoire divertissant, le compositeur revient au genre populaire léger ; mais il va mettre dans l'opérette tout son savoir-faire d'artiste. Coup sur coup naissent deux chefs-d'œuvre intitulés *Les P'tites Michu* (1897) et *Véronique* (1898), créés l'un et l'autre aux Bouffes-Parisiens. Leurs livrets sont teintés d'une sentimentalité quelque peu datée par ses intrigues amoureuses, ses beaux militaires, ses dimanches à la campagne. Ils nous montrent des petits drames aux dénouements heureux, contrairement aux grandes tragédies de l'opéra. Le théâtre de Messager colle aux conventions bourgeoises de la Belle Époque, mais sa saveur est d'abord musicale : les lignes élégantes bénéficient d'un soin d'écriture inhabituel (tout semble clair, mais rien n'est banal dans ces courbes mélodiques) ; l'orchestration offre des doublures et contre-chants subtils ; l'harmonie s'appuie sur les degrés faibles et des accords suaves. Quant à l'architecture, elle mêle habilement la simplicité de la chanson à une construction plus souple, discrètement inspirée par l'opéra wagnérien. Le style de Messager, par ses émotions légères et son expression contenue, cousine avec les mélodies de Fauré ou Debussy.

Au moment où André Messager devient le maître de l'opérette, il accède comme chef d'orchestre aux plus hautes sphères musicales. L'année de la création de *Véronique*, il est nommé directeur de la musique à l'Opéra-Comique où il va repérer puis diriger d'importantes créations : *Fervaal* de Vincent d'Indy (1898), *Louise* de Charpentier (1900), la première française de *La Tosca* (1903), et surtout *Pelléas et Mélisande* (1902) qui révèle Debussy au monde (le compositeur lui dédie d'ailleurs sa partition). Cet engagement pour la musique des autres lui vaut également d'être nommé, en 1901, directeur artistique de Covent Garden. En ces mêmes années, il perfectionne encore son style mi-grave, mi-léger dans la « comédie lyrique » *Fortunio* d'après la pièce d'Alfred de Musset. En 1908, il prend la tête du premier orchestre français – la Société des concerts du Conservatoire – qu'il accompagne en tournée aux États-Unis, puis la direction musicale de l'Opéra de Paris. À ce poste, il dirige, en 1909, les premières représentations de la *Tétralogie* au palais Garnier. Pendant le conflit mondial, il refuse – comme Ravel – d'adhérer aux pétitions contre la musique allemande. Mais cet anglophile ardent s'inspire également des circonstances pour composer *Monsieur Beaucaire*, « opérette romantique » sur l'amitié franco-britannique, transposée dans une histoire de cour du XVIIIe siècle.

Après l'armistice, au moment où Albert Willemetz et Maurice Yvain inventent le style de comédie musicale parisienne qui va régner durant les Années folles, André Messager accomplit son retour sur les scènes d'opérette où il va manifester un étonnant regain de jeunesse. Intéressé par cette nouvelle mode, il en adopte les principes, tant pour les livrets (des comédies modernes ponctuées de chansons) que pour la musique (rythmes de tango ou de fox-trot, orchestration réduite). À ces nouvelles conventions il ajoute son art de grand musicien. Encore balbutiant dans *La Petite Fonctionnaire* (1921) sur un livret d'Alfred Capus (l'histoire d'une employée des postes qui monte à Paris), le nouveau Messager resplendit dans *L'Amour masqué* créé au théâtre Édouard-VII en 1923. Le livret, signé Sacha Guitry, est indissociable de son interprète Yvonne Printemps. Des « Couplets du charme » à « J'ai deux amants », la musique soutient les jeux d'esprit interprétés par la comédienne. Mais Messager, dans son grand âge, poursuit également sa carrière de chef et reprend en 1919 la direction de l'Opéra-Comique, avant de diriger plusieurs créations des Ballets russes. À soixante et onze ans, c'est lui qui tient la baguette pour faire découvrir *Salade* de Milhaud ou *Les Biches* de Poulenc. Membre de l'Institut, il est sacré par Honegger « aussi moderne que Poulenc et Auric ».

Dans ses deux dernières œuvres sur des livrets d'Albert Willemetz, *Passionnément* et *Coups de roulis*, le style de Messager oscille entre les veines comique et sentimentale. Les deux auteurs se sont connus par l'intermédiaire de Guitry, avant de passer ensemble des vacances à Royan dans la propriété de Willemetz en compagnie du photographe Jacques Henri Lartigue, gendre de Messager. L'intrigue de *Passionnément* se déroule à Deauville et met face à face des protagonistes français et américains dans des quiproquos amoureux. En 1928, *Coups de roulis* nous convient à bord d'un navire de guerre où le cœur d'une jeune fille provoque une rivalité entre le commandant et l'aspirant qui chante : « En amour, il n'est pas de grade. » Messager disparaîtra l'année suivante, laissant la plus admirable contribution musicale à l'histoire de l'opérette française.

Grand musicien reconnu par ses pairs, figure centrale du monde artistique, André Messager incarne mieux que tout autre cette époque où le divertissement cesse d'être dédaigné comme un pis-aller, mais apparaît même comme la quintessence d'un esprit nouveau dont Paris est la patrie. Comme l'écrit son ami Gabriel Fauré : « Malgré la frivolité apparente de certaines de ses œuvres, on y sent toujours la main d'un maître et d'un artiste. » Nourri par l'esprit de recherche harmonique et orchestrale de l'école française moderne, il atteint dans ses opérettes ce que ses contemporains Fauré, Debussy ou Ravel ont recherché dans la musique « sérieuse » : une souplesse de la phrase et de l'écriture mélodique, une couleur délicate, une harmonie subtile… D'où l'admiration que lui ont vouée jusqu'à nos jours les meilleurs interprètes : tel le chef anglais John Eliot Gardiner qui, dans les années 1980, fera revivre *Fortunio* avec beaucoup de grâce, rendant justice au compositeur qui avait été l'un des premiers chefs d'orchestre de son temps.

Michaux, Henri

Difficile de rattacher sa poésie et son œuvre graphique à la frivolité des Années folles... Michaux est pourtant l'enfant singulier de cette époque, lui qui vit le jour à Namur en 1899 et allait accomplir en poésie le rêve surréaliste : celui que ni Aragon, ni Eluard, ni Breton, ni Desnos n'auront vraiment atteint parce que trop français, trop rationnels sous doute. Malgré l'expérience des jeux d'écriture automatique, le génie poétique d'un Aragon ou d'un Eluard s'épanouira davantage dans un mélange de lyrisme et de classicisme. Michaux, lui, est belge et surréaliste de nature. Dès ses premiers recueils, *Qui je fus* (1927) ou *Ecuador* (1929), il invente une langue imaginaire pour décrire par exemple « le grand combat » :

Il l'emparouille et l'endosque contre terre ;
Il le rague et le roupète jusqu'à son drâle ;
Il le pratèle et le libucque et lui barufle les ouillais ;
Il le tocarde et le marmine,
Le manage rape à ri et ripe à ra.
Enfin il l'écorcobalisse.

Au-delà même des mots et des formules saisissantes (j'adore aussi : « glo et glu et déglutit sa bru »), Michaux possède une imagination et un génie onirique irrésistibles dès les premières lignes du merveilleux *Un certain Plume* (1930) : « Étendant les mains hors du lit, Plume fut étonné de ne pas rencontrer le mur. “Tiens, pensa-t-il, les fourmis l’auront mangé...” et il se rendormit. » Ayant traversé le XXe siècle à l’écart de la société littéraire, et consommé les plus puissantes drogues hallucinogènes pour stimuler sa veine créatrice, comme en témoignent ses extraordinaires dessins, Michaux n’appartient pas vraiment à son époque, mais il accomplit, dans un splendide isolement, l’un des rêves littéraires de sa génération.

Mirande, Yves

Parmi les auteurs à la mode des années 1920, Yves Mirande est le champion du scénario. Après s’être fait connaître au théâtre avec *Le Chasseur de chez Maxim’s*, il collabore à plusieurs opérettes dont il n’écrit pas les paroles chantées, mais seulement la trame comique et les scènes parlées. Associé à Albert Willemetz (pour les *lyrics*) et Maurice Yvain (pour la musique), il est ainsi l’un des auteurs de *Ta bouche*, créé au théâtre Daunou en 1922 : l’histoire d’une bande d’aristos déclassés et d’imposteurs qui se la jouent dans la station à la mode de Truc-sur-Mer. Un an plus tard, l’opérette-bouffe *Là-haut !* raconte l’arrivée au paradis d’un gandin qui veut prouver à saint Pierre que « le seul, le vrai paradis, c’est Paris ». Après quelques succès scéniques, Mirande va toutefois se tourner vers le cinéma parlant, fournir quantité d’intrigues à succès et réaliser lui-même quelques comédies comme *La Merveilleuse Journée*, *Sept Hommes, une femme* ou *Café de Paris*.

Avant sa mort, en 1957, il publie un amusant livre de *Souvenirs* où il raconte comment, à peine débarqué de sa

Bretagne, il se rend au café Napolitain pour rencontrer les célébrités des lettres... mais il arrive trop tôt, à 9 heures du matin, et ne rencontre personne. Plus tard, il se rappelle avec admiration la rédaction rassemblée autour de la table de *L'Humanité* : « Jean Jaurès, Jules Guesde, Albert Thomas, Viviani, Marcel Sembat, Anatole France, Jules Renard, Léon Blum. Je n'ai jamais été aussi impressionné. » Ailleurs il évoque ses débuts, avec le jeune acteur Victor Boucher, puis précise la distinction entre les différentes catégories de théâtres : « Il y avait, à cette époque, ce qu'on appelait les "théâtres de genre" à côté des "grands théâtres". Les théâtres de genre, c'étaient les petits théâtres : les Capucines, la Comédie royale, le Tréteau royal, le Théâtre impérial, les Mathurins et le théâtre Michel... C'étaient des salons plutôt que des théâtres, qui étaient fréquentés par une clientèle choisie... J'ai vu dans la même soirée, aux Capucines, Léopold II avec la baronne Vaughan au premier rang des fauteuils d'orchestre. Dans une baignoire le grand-duc Alexis avec la belle Baletta. Dans une avant-scène, Alphonse XIII avec son ambassadeur... »

Retournant au Napolitain, à la bonne heure cette fois, et devenu proche des célébrités du boulevard, Mirande se rappelle aussi comment un convive, un jour, s'écrie en prenant son apéritif :

« Je viens d'avaler une mouche.

— Tant mieux, répond Georges Courteline. Je suis content quand il arrive malheur à ces sales bêtes. »

Mirbeau, Octave

Par sa générosité comme par sa violence, par sa vision noire du monde comme par sa capacité d'enchantement devant les autres, enfin par sa conception très hétéroclite du métier littéraire, Octave Mirbeau est un des écrivains les plus attachants de sa génération. Pessimiste radical, il découvre dès son enfance la face cruelle de la vie : la puissance destructrice de l'argent, de la religion, du désir de domination. Jeune écrivain réactionnaire, passablement antisémite, il accomplit toutefois à l'aube du siècle nouveau une révolution intérieure qui va le conduire à embrasser les idéaux de justice, de liberté, et à proclamer ses sympathies anarchisantes, tout en se livrant à la recherche des beautés susceptibles de transcender l'existence humaine. Dreyfusard de la première heure, proche des écrivains naturalistes dont il mesure cependant les limites (plus encore après avoir découvert les grands romanciers russes), il connaît le succès au théâtre dans *Les affaires sont les affaires* (1903), une comédie sur les jeux de l'argent et du pouvoir. Il se fait également connaître comme journaliste publiant dans la presse de l'époque quantité d'éditoriaux et de chroniques sur les sujets les plus variés.

Cette activité foisonnante nourrit ses plus célèbres romans dans lesquels il mêle librement la satire, l'essai, le récit d'imagination, sans trop se soucier de l'unité de la forme. Ce sera *Le Jardin des supplices* (1899) où le tableau des milieux de pouvoir gangrenés par la corruption fait mouche dès les premières pages. Grenouillant à Paris dans les médiocres coulisses du monde politique, le narrateur entreprend alors un long voyage en direction de l'Orient où il va décrire les tortures infligées à des forçats chinois dans une nature enchanteresse.

La dénonciation du racisme se mêle à de surprenantes digressions sur les variétés de plantes (une passion de Mirbeau). Clara, la compagne du narrateur, est à la fois perverse, cynique et cruelle : « Voulez-vous que nous allions donner à manger aux forçats chinois ? C'est très curieux... très amusant... C'est même la seule distraction vraiment originale et élégante que nous ayons, dans ce coin perdu de la Chine... voulez-vous, petit amour ? » Et quand il finit par accepter : « Clara manifesta sa joie en tapant dans ses mains, comme un baby à qui sa gouvernante vient de permettre de torturer un petit chien. » Suivront le *Journal d'une femme de chambre* (1900), popularisé par le cinéma, avec sa soubrette Célestine, et son patron Monsieur Lanlaire qui, dans un bourg normand, révèle la face cachée des gens honorables ; puis encore ces étonnants mélanges de roman et de recueils de chroniques intitulés *La 628-E8* et *Dingo*. L'abondance, la force et la diversité de cette œuvre (à laquelle s'ajoutent nombre d'ouvrages parus sous pseudonyme) donnent à Mirbeau, selon Dominique Jamet, la stature énorme d'un « géant des lettres, comparable à Maupassant par le sens aigu de l'observation, à Jules Renard par la dureté et la finesse du trait, à Courteline par l'ironie mordante, à Léon Bloy par la violence, à Georges Bernanos par les grandes colères, les justes indignations qui enflent sa voix ».

Le paradoxe de Mirbeau, homme d'allure solide, combattant farouche, plein d'éloquence et de fureur, est toutefois de posséder, au même point, une capacité d'émerveillement qui le rapproche dans la vie de personnages solaires : tels Sacha Guitry, un de ses amis les plus proches ; Georges Clemenceau, compagnon de combat à *L'Aurore* ; ou encore Claude Monet pour lequel il se prend de passion avant tout le monde, écrivant dans *La France* du 15 novembre 1884 : « Je ne connais pas, parmi les paysagistes modernes, un peintre plus complet, plus vibrant, plus divers d'impression que Claude Monet ; on dirait que pas un frisson de la nature ne lui est inconnu... Monet a fait sortir de sa palette tous les incendies et toutes les décompositions de la lumière, tous les jeux de l'ombre, toutes les magies de la lune et tous les évanouissements de la brume. » Cet amour du beau pousse aussi Mirbeau vers la critique littéraire, ou même musicale, à laquelle il consacre des chroniques enthousiastes. Se disant parfois lui-même « sans talent », il en déploiera beaucoup pour faire connaître ses contemporains Maeterlinck, Bloy, Rodin ou Maillol.

Misia

Le plus simple est d'appeler par son prénom celle qui fut tour à tour Mlle Godebska, Mme Natanson, Mme Edwards et Mme Sert. Parmi les grandes figures féminines qui règnent sur le monde artistique de la Belle Époque et des Années folles, Misia est aussi l'une des plus difficiles à ranger dans une seule case. Elle fut en effet, quoique sans fortune personnelle, une grande mécène en même temps qu'une artiste et une égérie. Son père, le sculpteur polonais Cyprien Godebski, installé à Paris avec sa famille, avait déjà un salon très recherché. Quelques années plus tard, Misia épouse le riche Thadée Natanson, fondateur de la très influente *Revue blanche* et leur maison, rue Saint-Florentin, est bientôt fréquentée par les plus grands écrivains, poètes, peintres et musiciens du temps. Mais la mécène est aussi une excellente musicienne. Elle a travaillé très jeune le piano avec Franz Liszt, et son charme en fait également une inspiratrice des peintres nabis qui adorent la représenter, à l'instar de ses amis Bonnard, Vuillard ou Toulouse-Lautrec. Connue pour son soutien à des auteurs parmi les plus audacieux – tel Alfred Jarry lors de la création d'*Ubu Roi* –, elle connaît en outre une vie conjugale mouvementée. Elle divorce de Natanson, presque ruiné, pour épouser le puissant patron de presse Alfred Edwards qui organise pour elle des croisières sur les fleuves d'Europe en compagnie des plus illustres peintres et compositeurs. Proche ami de Misia, Ravel compose pour ses neveux, Jean et Mimi Godebski, la merveilleuse suite de *Ma mère l'Oye*, créée en 1910 par les deux enfants au piano à quatre mains. Entre-temps, Misia est tombée amoureuse du décorateur catalan José María Sert, avec qui elle va former un des grands couples artistiques de la décennie 1910-1920. Ils se rapprochent de Serge de Diaghilev, directeur des Ballets russes, et de son protégé, le jeune Igor Stravinsky, que Misia présente à Coco Chanel avec laquelle il va connaître une brève idylle. Après avoir soutenu en 1917 la création du ballet *Parade* de Cocteau, Picasso et Satie, elle s'intéresse aux compositeurs du Groupe des Six. Séparée de José María Sert en 1927, elle connaîtra des heures plus sombres, même si sa nièce Mimi veille sur elle jusqu'à sa mort en 1950.

Misogynie

Plus encore peut-être que d'autres époques, 1900 est un temps d'obsession sexuelle. Les hommes ne pensent qu'à ça. Le sexe est partout, dans la littérature, dans la peinture, dans la chansonnette et surtout au théâtre. C'est presque l'unique sujet, et le regard écarquillé des mâles sur les femelles semble préfigurer le loup surexcité de Tex Avery. Cette passion va toutefois de pair avec un mépris qui inspire, chez nombre d'écrivains, la plus radicale misogynie. Maupassant déjà, dans le sillage de son maître Gustave Flaubert, avait accompli cette étrange performance d'être à la fois le plus émouvant portraitiste de femmes et le plus grossier obsédé. D'autres après lui font figure de misogynes virtuoses dont les outrances peuvent indigner, ou éventuellement faire sourire !

Le virtuose en la matière est évidemment Guitry, auteur d'innombrables fleurons du genre : « Il faut s'amuser à mentir aux femmes, on a l'impression qu'on se rembourse » ; ou encore : « On les a dans les bras, puis un jour sur les bras, et bientôt sur le dos. » Il est inépuisable sur l'adultère : « À l'égard de celui qui vous prend votre femme, il n'est de pire vengeance que de la lui laisser » ; et il peut se montrer carrément méprisant : « La femme est un être parfait et elle ne cesse de l'être et ne devient odieuse, insupportable, jalouse, bête, méchante, et impossible, que le jour où on lui demande d'aimer avec autre chose que son corps. » D'autres considérations de cet ordre pimentent les comédies à succès de Flers et Caillavet. Dans *Les Sentiers de la vertu*, un des protagonistes résume comment beaucoup d'hommes voient alors ces créatures qui les obsèdent : « Les femmes, c'est gentil, ça sautille, ça passe, ça change, ça amuse, ça ne préoccupe pas. Tandis que l'amour, ça grogne, ça pleure, ça obsède ! Oh ! là, là, ne me parlez pas de ça. »

Parmi les écrivains apparemment plus respectables, on peut citer Henri de Régnier : « Les femmes ne sont guère changeantes ; elles restent elles-mêmes, jusque dans leurs contradictions. » Ou encore Paul Valéry : « Dieu créa l'homme et, ne le trouvant pas assez seul, lui donna une compagne pour mieux lui faire sentir sa solitude. »

D'autres vont beaucoup plus loin, tel le furieux Paul Léautaud lorsqu'il évoque Meg Steinheil, la maîtresse qui apporta son ultime plaisir au président Félix Faure, puis se retrouva mêlée à une crapoteuse affaire de meurtre tout en clamant son innocence : « Moi, cette affaire me va. Elle rentre tout à fait dans mon antipathie féminine, mon mépris des femmes. Toute la femme est bien là, au complet : hystérie, mensonge, comédie, duplicité, absence de sens moral, raisonnement faux, bêtise incommensurable qui la fait s'enferrer sur des détails saugrenus. Rien que de la passion, aucune intelligence. »

Le record est toutefois battu, dans un autre genre, par Octave Mirbeau. L'écrivain qui combattit pour les impressionnistes et pour Dreyfus… n'en tenait pas moins des propos sur l'autre sexe qui lui vaudraient aujourd'hui de se retrouver au ban de la société : « Quelques femmes – exceptions très rares – ont pu donner soit dans l'art, soit dans la littérature, l'illusion d'une force créatrice. Mais ce sont ou des êtres anormaux, en état de révolte contre la nature, ou de simples reflets du mâle dont elles ont gardé, par le sexe, l'empreinte. Et j'aime mieux ce que l'on appelle les prostituées, car elles sont, celles-là, dans l'harmonie de l'univers » (*Propos galants sur les femmes*).

Mistinguett

Elle n'était ni vraiment belle ni très bonne chanteuse ; son visage était mutin et sa voix un peu fausse… Défauts qui ne l'empêchèrent pas de devenir la vedette la plus aimée des foules et la reine incontestée du music-hall dans la première moitié du XXe siècle. Elle subjuguait aussi bien le public populaire, qui connaissait par cœur « En douce », « Mon homme », « La belote » ou « La java », que les têtes couronnées comme Édouard VII, roi d'Angleterre qui à la fin de sa vie, en 1908, vint discrètement l'applaudir tant il voyait en elle la quintessence de l'artiste française, fille du peuple et grande dame à la fois.

L'explication ? D'abord cette personnalité flamboyante qui, faute d'atteindre la perfection du chant ou de la danse, imposait sa présence dès qu'elle entrait sur scène ; mais aussi cette figure de Parisienne qu'elle avait fini par incarner plus que toute autre. Loin des sombres destins de la chanson réaliste et de ses pauvres filles manipulées par de mauvais garçon, la Miss est une fleur de pavé heureuse célébrant les boulevards et les joies de la grande ville. Elle a certes succombé aux violences conjugales le temps d'une chanson restée son plus grand succès (« Mon homme ») ; mais elle se montre elle-même en dresseuse d'hommes, comme le suggèrent ces dizaines de *boys* à son service sur la scène de Casino de Paris. Sans scrupule pour dépouiller les richards qui lui font de l'œil (dans la fameuse adaptation de la chanson américaine « I'm Feeling Like a Million » devenue « Je cherche un millionnaire »), elle sait aussi réserver son amour à ceux qu'elle a choisis. Telle est cette artiste exceptionnelle par son énergie, son dynamisme, sa façon d'être et de rayonner.

Parisienne absolue, Mistinguett n'a pourtant pas grandi à Paris mais à Enghien-les-Bains, station thermale et villégiature à onze kilomètres de la capitale. Née en 1875 sous le nom de Jeanne Bourgeois, fille d'une couturière et d'un ouvrier journalier, elle prend bientôt le train pour se rendre chaque jour dans la grande ville à la recherche d'une vocation d'artiste encore imprécise. D'une expérience à l'autre, entre leçons diverses et rôles minuscules, elle s'exerce au théâtre, à la chanson, à la danse. Dès les années 1890, elle pousse quelques refrains sur les scènes des cafés-concerts, notamment à L'Eldorado où elle adopte un temps la spécialité de « gommeuse épileptique ». On la surnomme alors « miss Helyett », du nom d'une héroïne d'opérette – ce qui deviendra à coups de déformations successives Mistinguette, avec puis sans « e ». Volontaire, déterminée, elle est aussi organisée dans sa carrière que délurée sur scène lorsqu'elle s'assied sur le trou du souffleur. Dès les premières années du XXe siècle, elle acquiert le statut de vedette et se produit en duo avec l'illustre Dranem. Puis elle passe au Moulin Rouge en tandem avec Max Dearly (qui s'appelle en fait Lucien Rolland : c'est la mode des noms à consonance anglo-américaine). Dans la « Revue du Moulin » de 1908, ils triomphent ensemble dans « La valse chaloupée » sur une musique d'Offenbach, et Mistinguett commence à imposer sa gueule de « gigolette ». Enfin, elle rencontre le jeune fantaisiste Maurice Chevalier, avec lequel elle va former un duo de scène irrésistible dès 1911, dans « La Valse renversante » aux Folies Bergère. Le duo se transforme bientôt en vrai couple, suscitant la jalousie de Fréhel, qui poursuit Chevalier dans Paris avec un couteau dans son sac.

Si Mistinguett est souvent assimilée aux spectacles des Années folles qui verront naître ses plus grands succès, elle s'impose en réalité comme meneuse de revues avant même le début de la guerre. À peine nommé directeur de l'Olympia, Jacques-Charles la met à l'affiche de sa revue inaugurale en 1911, en duo avec le comique Boucot. La Miss retrouve ensuite Chevalier en tête d'affiche de la « Grande Revue des Folies Bergère » en 1917. Enfin, Jacques-Charles, devenu responsable du Casino de Paris, invite Mistinguett et Chevalier à prendre la suite du duo formé par Harry Pilcer et Gaby Deslys : deux vedettes pour lesquelles il vient de mettre au point la grande revue de music-hall avec escalier lumineux, costumes chatoyants et rythmes nouveaux. Dès lors vont s'enchaîner les spectacles « Pa-ri-ki-ri » (1918), « Pa-ri-ki-danse » (1919), « Paris qui jazz » (1920). Mistinguett devient la reine de Paris, jouant encore les jeunes filles... alors qu'elle a quarante-cinq ans !

Elle bénéficie de l'arrivée d'un parolier de premier plan (Albert Willemetz) et d'un musicien hors pair (Maurice Yvain), qui vont lui fabriquer plusieurs succès sur mesure comme « Mon homme », « En douce » ou « La belote ». Souveraine sur les plateaux de théâtre comme de cinéma muet, elle passe du Casino au Moulin Rouge dans « Mistinguett » (1925), « Ça, c'est Paris » (1926), « Paris qui tourne » (1928) en attendant les revues des années 1930 au Casino de Paris, mais aussi à L'Alhambra et à l'ABC ! Si son visage est imparfait, elle sait faire un mythe de ses jambes fines ou de sa chevelure châtaine qu'on dit « chevelure d'or ». Faute de bien chanter, elle s'entoure des meilleurs orchestres et de rythmes adaptés à sa voix pleine de gouaille : marches ou one-step riches en éclats de cuivres qui ponctuent les refrains de « Ça, c'est Paris », « Oui, j'suis de Paris », « C'est vrai ». Les films qu'elle a tournés en muet, puis en sonore (*Rigolboche* en 1936), soulignent autant ses défauts que ses qualités, sans restituer pleinement la magie des spectacles. Mais on peut en revanche déguster les interviews radiophoniques, dans lesquelles elle raconte sa vie avec une gouaille, une verve, une insolence et un comique irrésistibles. Quelques personnes, aujourd'hui très âgées, se rappellent peut-être avoir vu à l'ABC, en 1949, l'ultime revue de cette diva qui, sous le nom de « Paris s'amuse », espérait raviver les feux des Années folles. Mistinguett, à presque soixante-quinze ans, n'avait certes plus les moyens de sa jeunesse mais elle se flattait toujours d'avoir les plus belles jambes du monde, assurées à prix d'or. Peu importait cet ultime et dispensable spectacle d'une artiste devenue depuis longtemps, selon le mot de Colette, une « propriété nationale » et qui disparut en 1956, âgée de quatre-vingts ans.

Mobilier urbain

La fameuse « reconquête » des berges de la Seine, désormais interdites à l'automobile, présente maints avantages pour les cyclistes et les joggeurs. Elle se traduit aussi, dans le subtil équilibre parisien, par une conséquence moins heureuse sur les quais élevés où les véhicules – faute de voie rapide – s'accumulent dans un embouteillage permanent. C'est là que survivent les bouquinistes devant leurs casiers en bois pleins de livres anciens, soumis au chaos du trafic et de la pollution. J'évoquais l'autre jour cette petite tragédie avec un ami qui me demanda, l'air étonné : « Ils existent encore, les bouquinistes ? » Il semblait persuadé qu'Internet avait balayé depuis longtemps ce marché de la rareté et de l'occasion, mais aussi cet élément caractéristique du décor parisien.

Toujours présents, sur les quais de Saint-Michel ou de l'Hôtel-de-Ville, les bouquinistes préservent un peu de la poésie urbaine. Le piéton qui a encore le courage de flâner devant ces grandes boîtes vertes, malgré les sirènes d'ambulance et les pots d'échappement, y trouvera quantité de volumes consacrés, entre autres, à l'histoire de la Ville Lumière et aux divers sévices qu'elle a subis à travers les âges, désignées par l'historien Louis Chevalier sous le titre *L'Assassinat de Paris*. Quand parut ce livre, en 1977, l'assassinat consistait à raser des quartiers entiers pour bâtir les charmants ensembles de Maine-Montparnasse, de la place d'Italie ou de la place des Fêtes. Aujourd'hui, l'assassinat prend des formes nouvelles, moins violentes en apparence, mais non moins insidieuses quand il s'agit d'adapter la ville aux flux touristiques ou aux impératifs du « développement durable ». Je ne nie pas les bonnes intentions qui guident ces orientations. Mais nos édiles montrent parfois une fâcheuse indifférence à l'œuvre de leurs prédécesseurs et à la qualité de ces aménagements du passé qu'on ne qualifiait pas, alors, de « mobilier urbain ». Colonnes Morris, fontaines Wallace, bancs publics Davioud, kiosques à journaux, panneaux d'entrées de métro Guimard, ferronneries Art nouveau : telles sont quelques-unes des signatures du style parisien, qui, une fois encore, renvoient au grand moment de la fin du XIXe et du début du XXe siècle.

La politique municipale, elle, semble plus pressée de montrer sa créativité que d'entretenir ces objets emblématiques. Les vieux kiosques à journaux ont fait place, ces dernières années, à des imitations en toc, mieux adaptées sans doute à la vente de souvenirs. Place de l'Hôtel-de-Ville, on s'asseoit sur des poutres de chantier. Place du Panthéon, des blocs de pierre bruts jonchent le sol à la place des traditionnels « bancs publics » chers à Georges Brassens, aux peintres et poètes. De son côté, le président François Hollande, quelques mois avant son départ de l'Élysée, a lancé un plan visant à transformer l'île de la Cité en grande base touristique. Maître d'œuvre du projet, l'architecte Dominique Perrault a indiqué que le ravissant « marché aux fleurs » devrait être entièrement « repensé ». Édifié à la fin du XIXe siècle, ce petit carré de verdure, avec ses pavillons de bois et ses allées fleuries, demeure pourtant l'un des plus charmants endroits de la capitale, où se pressent les promeneurs du dimanche, jour du marché aux oiseaux – interdit en 2021 au nom de la défense du bien-être animal. Il a même été question d'engloutir ces petites halles sous une grande cloche de verre pour accomplir un de ces « gestes architecturaux » qui font tant de dégâts. Les partisans de la rénovation affirment que le marché aux fleurs serait « décati ». On connaît la méthode : à force de ne pas entretenir ces pavillons, la ville les laisse se dégrader… jusqu'au moment où elle nous annoncera qu'il faut les remplacer par de nouveaux modèles !

Un autre exemple au hasard des rues. Depuis l'aménagement des Grands Boulevards, les troncs des marronniers étaient entourés de grilles en fer parfaitement adaptées à la réception de l'eau de pluie et à la déambulation des piétons… Mais la fureur écolo-municipale a voulu transformer le tour des arbres en jardins potagers encadrés de sommaires barrières en bois qui gênent le piéton et cassent la perspective des rues au nom de la vertueuse « revégétalisation ». On a encouragé les citadins à y planter des fleurs, et pourquoi pas des choux, écologiquement arrosés de pipi de chien et vite transformés en dépotoirs – avant que la ville ne recule enfin sur ce fumeux projet. Nombre de petits jardins publics ont également perdu de leur élégance et de leurs parterres fleuris. On y voit désormais proliférer des formes de végétalisation sauvage et des créations artistiques supposément plus adaptées à l'air du temps que les statues de poètes. Quant aux gardiens qui veillaient sur ces lieux, ils ont abandonné leurs guérites et n'apparaissent plus qu'occasionnellement. Je ne dis pas qu'il faille tout conserver tel quel ni transformer Paris en musée. Mais l'ardeur du changement ne devrait pas empêcher de cultiver la personnalité de cette ville ni de l'entretenir avec amour pour permettre à la vie moderne de s'y épanouir.

Monet, Claude

J'ai souvent entendu d'éminents spécialistes d'histoire de l'art affirmer que Claude Monet, certes, serait un grand peintre... mais un peu moins grand que ses amis Manet ou Cézanne. Ils ajoutent que sa peinture, purement hédoniste, serait dépourvue de l'intelligence du premier comme de la force visionnaire du second. Monet, en somme, ne serait qu'un génial décorateur et ses amoureux, dans mon genre, d'incorrigibles naïfs. Lieu commun auquel je désire m'opposer en expliquant pourquoi cet artiste, à mes yeux, représente l'absolu de la peinture.

Encore lycéen, je me rendais parfois au musée municipal du Havre qui donne sur l'entrée du port – à cet endroit précisément où Monet, en 1872, avait peint son

Impression, soleil levant, donnant son nom à l'impressionnisme. Ce tableau est conservé au musée Marmottan, mais je pouvais au Havre admirer d'autres chefs-d'œuvre. L'un représentait le parlement de Londres sous la brume ; un autre la falaise de Pourville tissée comme une dentelle japonaise où mille filaments jaunes, verts, roses entremêlaient la pierre, la végétation, le ciel et la mer. Cette toile aurait pu n'être qu'un jeu de formes et de couleurs sans aucun sujet. Dans mon enthousiasme de jeune passionné d'art moderne, je m'enchantais d'ailleurs d'y voir une préfiguration de l'art abstrait. Aujourd'hui, je comprends que sa magie tenait également au fait qu'elle *représentait* quelque chose, qu'elle se tenait à la frontière de l'abstrait et du concret.

J'ai toujours vu Monet comme une personne de ma famille, un vieil oncle à barbe blanche passant ses journées au jardin, un être bienveillant auquel il n'était pas nécessaire de parler pour se comprendre. Est-ce parce qu'il avait vécu toute sa jeunesse dans cette ville normande avant de monter à Paris ? Est-ce parce qu'il y retourna souvent, entraînant dans son sillage Jongkind, Renoir, Pissarro et toute la génération impressionniste pour inventer une peinture nouvelle à l'ombre du cap de la Hève ? Est-ce parce que mes grands-parents habitaient Sainte-Adresse, « rue Claude-Monet », non loin de l'endroit où il avait brossé son merveilleux jardin fleuri sur la mer, dans un quartier où on aurait pu croiser une personne très âgée qui l'avait connu, lui qui était mort si âgé en 1926 ? Est-ce parce qu'il séjournait souvent dans ma chère station d'Étretat où Maupassant l'a si bien décrit en train de travailler : « Il prit à pleines mains une averse abattue sur la mer, et la jeta sur sa toile. Et c'était bien la pluie qu'il avait peinte ainsi, rien que de la pluie voilant les vagues, les roches et le ciel, à peine distincts sous ce déluge » ?

Si j'aime tellement Monet, c'est surtout parce qu'il y a, dans sa peinture, une passion de la *surface des choses* qu'il essaie continuellement de capter dans le miroitement de la lumière. De ce point de vue, il se rapproche précisément de Maupassant qui, sa vie durant, s'est appliqué à décrire le monde *de l'extérieur*, sans projection psychologique ou sentimentale, pour saisir la vérité d'une fille de ferme ou d'un employé de bureau. De même, le miracle de la peinture de Monet, apparemment si soumise à la nature, tient dans son art de saisir dans tout ce qu'il représente une forme, une beauté, un sens. Son imagination nous apprend à voir différemment un peuplier, une gare, une meule de foin qu'on ne regardera plus jamais de la même façon. Âgé de quinze ou seize ans, admirant les cimes des arbres dans la forêt, je découvrais que la nature n'était pas seulement sauvage, mais qu'elle était belle et parlante, depuis que je la regardais comme un tableau de Monet.

Cette attitude créatrice ne fait guère de différence entre l'étang aux nymphéas et la machine à vapeur. On pourrait supposer que Claude Monet s'est efforcé de fixer, en pleine révolution industrielle, les beautés d'une campagne déjà menacée ; mais il porte le même regard sur certaines beautés modernes. Les champs de coquelicots, les villages perchés sur une boucle de la Seine, les meules de foin ne sont pas tellement différents, chez lui, de la gare Saint-Lazare ou des boulevards parisiens si joliment peints au pied du Louvre. Comme cette époque où il vivait, à la frontière de l'ancien et du moderne, sa peinture conserve la fraîcheur d'un enchantement que le XXᵉ siècle s'est chargé de désenchanter.

*

Avant même de me rendre au musée du Havre, j'avais découvert sa peinture dans les pages d'un grand livre de reproductions. Depuis ce premier éblouissement, Monet représente pour moi l'idéal de la beauté pure. Cette peinture me *fait du bien*, presque physiquement. Mon amour de la musique est lié sans doute à cette même découverte : certaines trouvailles harmoniques, certaines subtilités rythmiques, certains alliages de timbres produisent un mystérieux sentiment de plénitude, à la frontière du plaisir intellectuel et du plaisir physique. Il y a pareillement, dans la peinture de Monet, un bonheur sensuel qui me semble être la qualité la plus civilisée de l'impressionnisme ; comme si cette première école de la modernité avait redécouvert les bienfaits de l'air, du vent, le bruissement des rivières et des feuillages, pour les transfigurer sur la toile. On perçoit ce bonheur dans le merveilleux petit film tourné en 1915 par Sacha Guitry, qui montre Monet au milieu des fleurs dans son jardin de Giverny – alors même qu'il commençait à perdre la vue. Je ne m'étonne pas que le vieux peintre de la beauté se soit laissé séduire par ce jeune magicien de la comédie, si habile à faire virevolter les mots.

Monet précède d'une génération les compositeurs « impressionnistes », Debussy et Ravel. Il est aussi l'aîné des poètes symbolistes. Son art préfigure toute la renaissance parisienne de la fin du XIXe siècle dans sa liberté formelle, son goût pour la couleur et la légèreté. Debussy fera bientôt l'éloge de la « jouissance immédiate » et se dira, dans une lettre, très flatté qu'on le regarde « comme un élève de Claude Monet ». Toute cette époque portera très haut l'idée même d'art « décoratif », également chère à Matisse ou Bonnard qui s'attacheront pareillement à la surface des choses. Par tous ces moyens, la modernité parisienne s'oppose au XIXe siècle, à sa passion romantique de l'expressivité, du tragique et de la profondeur (l'intérieur des choses). L'art se veut soudain radieux, ludique et enchanteur, du *Prélude à l'Après-midi d'un faune* à *Pétrouchka*, de Mallarmé à Apollinaire, et dans toute la peinture moderne naissante.

La seconde moitié du XXe siècle ne comprendra plus grand-chose à cet élan hédoniste. Elle se passionnera davantage pour les sophistications conceptuelles de l'art et ses vertus subversives. L'apparente facilité des peintures de Monet ne jouera pas en sa faveur. D'un côté, les « conservateurs » dédaigneront ce passionné du paysage inhumain, quand le grand art ne peut tenir que dans le portrait ; il paraîtra soudain plus difficile de prendre au sérieux Monet quand on admire Manet ou Degas (ce dernier, lui-même un peu sceptique devant l'œuvre de son ami, ne voulait y voir qu'un « œil » – en ajoutant aussitôt « mais quel œil ! »). De l'autre côté, certains modernistes désigneront Monet comme un impressionniste dépassé par ses pairs, s'obstinant à représenter cette nature que Cézanne commençait à *déconstruire* dans une peinture nettement moins séduisante (pour ne pas dire franchement laide, quand il s'agit des *Grandes Baigneuses*), mais parée d'un surcroît de vertu en raison même de ce manque de séduction. Pis encore, l'amitié de Monet avec Georges Clemenceau, faisant du peintre des *Nymphéas* une figure patriotique, achèvera de ternir sa réputation !

Comme une revanche, pourtant, chaque exposition vaut à Monet un triomphe à peu près unique dans l'histoire de la peinture. Rien ne peut lasser le public de cette œuvre « d'apparence modeste mais d'une exaspérante ambition », comme l'écrivait Clemenceau. La critique spécialisée se rappelle enfin que Kandinsky avait trouvé dans certaines meules du peintre normand le point de départ de l'abstraction ; elle s'avise que Monet portait l'audace aussi loin que Cézanne en explorant les effets de la couleur, de la forme, de la lumière ; elle lui découvre même une large descendance qui va de Bonnard à Pollock et aux tachistes américains... voire à Warhol, qui reprendra du peintre normand le principe de la variation. Les spécialistes ne citent guère, en revanche, la « seconde école de Paris » (officiellement démodée) qui prolongera l'héritage de Monet dans une abstraction lyrique enchanteresse, sous les pinceaux d'Alfred Manessier, Maurice Estève ou Gustave Singier.

Faut-il d'ailleurs s'appuyer sur la « descendance » et la « modernité » du peintre pour justifier sa peinture ? Après tout, les taches et les couleurs ont rapidement montré leurs limites, tandis que la *Falaise de Pourville* reste suspendue à la frontière de deux mondes, entre le réel et l'abstrait, chacun devenant le miroir de l'autre ; comme si la nature engendrait cette beauté idéale, purement formelle, merveilleusement *décorative* ; et comme si l'abstraction, en retour, nous révélait le monde, ses formes et ses couleurs à travers le travail du peintre. Monet relie ainsi l'abstrait et le concret, la nature et la pensée humaine, l'instant fugitif et l'écoulement du temps, le microcosme d'un étang fleuri et l'infini de l'univers.

Montparnasse

Montmartre et Montparnasse forment une dualité, tout comme la Belle Époque et des Années folles. L'histoire commencée dans le premier quartier se poursuivra dans le second qui en est le contraire et le prolongement. Si la butte de la rive droite fut la capitale des années 1900 autour du Moulin Rouge et du Chat Noir, celle de la rive gauche sera le théâtre de 1920 avec ses cafés aux enseignes lumineuses, ses lignes épurées, ses rythmes jazzy, ses illustres figures et ses artistes maudits.

Avant même 1900, Paul Gauguin a vécu dans le quartier, inscrivant sur sa porte de la rue Vercingétorix : « Ici, on fait l'amour. » Puis le poète Paul Fort s'est établi à La Closerie des Lilas où il a attiré ses amis par sa devise : « Poètes et artistes de tous les pays, unissez-vous ! ». Non loin de là, on peut voir Lénine et Trotski jouer aux échecs à La Rotonde, sous les surnoms du « Saint » et de « l'Aventurier ». Le café, ouvert en 1903, s'est agrandi en 1911. Le Dôme, juste en face, est également fréquenté par les artistes et déjà connu comme « café anglo-américain ». Dans le quartier apparaissent parfois certaines figures de la butte Montmartre venues prendre l'air, tel Max Jacob qui vend dans les cafés artistiques ses livres à compte d'auteur. Enfin Picasso lui-même, dès 1912, quitte Montmartre pour le XIVe arrondissement et Apollinaire peut écrire deux ans plus tard : « Montparnasse d'ores et déjà remplace Montmartre. Alpinisme pour alpinisme, c'est toujours la montagne, l'art sur les sommets. Les Rapins ne sont plus à leur aise dans le Montmartre moderne, difficile à gravir, plein de faux artistes, d'industriels fantaisistes et de fumeurs d'opium à la flan. À Montparnasse, au contraire, on trouve maintenant les vrais artistes habillés à l'américaine. »

Montparnasse, avant la Grande Guerre, accueille également des peintres allemands ou russes qui repartiront durant l'été 14 pour rejoindre leurs armées. Mais d'autres artistes étrangers et français vont se retrouver dans le quartier, pendant les hostilités, non loin du carrefour des boulevards Raspail et Montparnasse. L'atelier du peintre suisse Émile Lejeune, rue Huyghens, est fréquenté par Blaise Cendrars, Max Jacob, Arthur Honegger, Erik Satie et Jean Cocteau sur le point d'inventer le Groupe des Six. Venu de Montmartre, l'Italien Amedeo Modigliani se fixe rive gauche tout comme le Polonais Moïse Kisling et le Russe Chaïm Soutine, sans oublier le Japonais

Foujita et sa femme Youki (en réalité une Parisienne qui se nomme Lucie), ou la jeune Polonaise Tamara de Lempicka qui étudie avec André Lhote à l'académie de la Grande Chaumière. Suivront les écrivains américains Ernest Hemingway, Ezra Pound, Henry Miller ou F. Scott Fitzgerald.

Parmi les grandes légendes urbaines, celle de Montparnasse a son lot de misère, tout autant que la bohème montmartroise. Figure emblématique du nouveau quartier, Alice Prin, *alias* Kiki de Montparnasse, fut employée dans une boulangerie avant de devenir, à seize ans, amie de galère de Soutine. Ce dernier, selon son ami Léopold Zborowski, « peint surtout bien la viande quand il a faim ». Modigliani, installé dans la baraque d'un gardien de chantier, connaît une déchéance aggravée par les excès d'alcool et de drogue qui vont le conduire à une mort précoce. Il hurle la nuit dans les rues du quartier et la rencontre de Jeanne Hébuterne ne suffira pas à le sauver : elle se suicidera au lendemain de son compagnon en se jetant par la fenêtre du cinquième étage. L'artiste pourtant, commençait à susciter l'intérêt et l'admiration. Un jour, raconte Michel Georges-Michel, le jeune Maurice Utrillo, demeuré à Montmartre comme beaucoup d'autres, vient lui rendre visite à Montparnasse et lui affirme d'emblée :

« Modi, tu es le plus grand peintre vivant.

— Non, répond Modigliani, choqué, le plus grand peintre vivant, c'est toi. »

Pour trancher ce désaccord, ils commencent par se battre avant d'achever la nuit dans un bar.

Plus encore après 1925 et la grande exposition des arts décoratifs, Montparnasse devient le rendez-vous à la mode. Dans les dancings du quartier, très différents des bals de 1900, les filles plus minces ont des allures de garçonnes et les sonorités du jazz remplacent celles de la valse. L'ouverture de deux nouvelles grandes brasseries,

Le Select (1923) et La Coupole (1927), en pur style Art déco, achève de donner sa silhouette au quartier. Un bal antillais fait fureur au sous-sol de La Coupole. Au Jockey, boulevard du Montparnasse, raconte Jean Oberlé : « Un jeune pianiste et deux guitaristes hawaïens faisaient danser, et la salle était si petite et les danseurs si serrés qu'un soir j'y vis une jolie jeune fille danser complètement nue, et on la remarquait à peine. » Depuis Montmartre, Max Jacob s'indigne : « L'orgie est au sud ! L'orgie est à Montparnasse ! » Puis il inscrit sur son mur, près de la place des Abbesses : « Ne jamais aller à Montparnasse. »

L'âge d'or du Montparnasse artistique va pourtant bientôt s'achever. Une des dernières grandes nuits emblématiques des Années folles, au printemps 1929, sera la « fête Ubu » organisée par Madeleine Anspach au Bal nègre de la rue Blomet, cher à Robert Desnos et aux surréalistes. On y voit Youki, la compagne de Foujita, déguisée en reine, avec une robe à traîne et de longues nattes blondes. Kiki chante et danse, infatigable et débraillée. Foujita lui-même est déguisé en péripatéticienne. Malgré les saccages urbains des années 1960, Montparnasse survivra honorablement avec ses grands cafés jusqu'à nos jours. Mais dès le milieu des années 1940, la géographie de l'art et de la mode redescendra la rue de Rennes pour s'établir à Saint-Germain-des-Prés.

Moulin Rouge

Parmi les hauts lieux nocturnes de la capitale, le Moulin Rouge demeure en bonne place avec ses grandes ailes, à côté du métro Blanche – même si les touristes en autocar ont remplacé les princes de la bohème et les bourgeois venus s'encanailler. L'établissement fut inauguré le 6 octobre 1889 comme salle de spectacle, mais aussi salle de bal qui allait attirer tout Paris et le monde entier pour participer au fameux « cancan » : cette danse où se mêlaient canailles, entraîneuses, acrobates et gens du monde. Passé minuit, les oiseaux de nuit convergeaient vers la butte Montmartre. « À l'extrémité d'une rue sombre, écrit Pierre Mac Orlan, le moulin vermillon apparaissait. Ses ailes sanglantes tournaient lentement... On se sentait happé par ce mouvement inexorable qui animait la nuit. » Mieux encore, le Moulin Rouge, temple des plaisirs avant 1900, saura se renouveler pour devenir, pendant les Années folles, une des principales scènes de music-hall. Il aura également représenté une source inépuisable d'inspiration pour les artistes, tels les peintres Toulouse-Lautrec ou Willette (qui a soufflé le nom de l'établissement à son propriétaire Joseph Oller) ; les écrivains Huysmans, Lorrain, Carco ; et tous les auteurs moins célèbres d'une quantité de romans intitulés *La Vierge du Moulin Rouge*, *La Demoiselle du Moulin Rouge* et autres recensés dans le passionnant *Le Moulin Rouge en folies* de Francesco Rapazzini (éditions du Cherche Midi).

Tout commence par le cancan, intitulé d'abord le « chahut ». Cette danse frénétique s'inspire à la fois de la peinture (*Le Galop infernal* de Gustave Doré) et des rythmes d'Offenbach. Au cœur de l'assemblée en folie s'imposent les figures de la Goulue, Jane Avril, Valentin le désossé (qui a l'air d'un croque-mort et gère plusieurs immeubles quand il ne danse pas la nuit) ; mais aussi la Môme Fromage, la Sauterelle, Grille d'Égout, Rayon d'Or, ou encore Demi-Siphon qui mourra sur scène en se cassant les os pendant le grand écart. Cette transe collective n'est rien d'autre selon Huysmans que « de l'élixir de crapule, de l'extrait concentré d'urinoir transporté sur une scène, de la quintessence de berge, de dessous de pont, enrobée dans une musique poivrée de cymbales et salée de cuivres ».

Parmi les autres vedettes qui se produisent au Moulin, on peut rester perplexe devant le succès du fameux « pétomane » qui fait de la musique avec ses flatulences et contredit l'image d'une Belle Époque raffinée. Quelques photos montrent le jardin de l'établissement avec son grand éléphant en stuc (acheté à la fin de l'Exposition universelle) et sa scène d'été où se produisent les artistes de café-concert. Une des gloires de la maison sera la « diseuse » Yvette Guilbert, immortalisée par les affiches de Lautrec – un artiste qu'elle a commencé par détester en découvrant ses propres portraits : « Pour l'amour du Ciel, ne me faites pas si atrocement laide ! » Quoi qu'il en soit, le Moulin Rouge, avant 1914, est devenu l'emblème de Montmartre. Toujours selon Willette : « Le Sacré-Cœur se dresse sur la butte entre le moulin de la Galette et le Moulin Rouge, tel Jésus entre deux larrons. » Les personnages les plus divers y ont leurs habitudes, du vieux compositeur Jules Massenet à la grande Sarah Bernhardt, et de Maurice Barrès à Oscar Wilde, en passant par les sommités politiques, les têtes couronnées et le jeune Picasso qui fait ici quelques dessins. Les gloires du cancan commencent à vieillir, telle la Goulue, devenue dompteuse de fête foraine. « Grasse à faire craquer le maillot qui la moule », selon Jean Lorrain, elle « vole dans l'ondoiement d'une traîne de satin vert chou-fleur attachée à sa trousse ; c'est aussi brutalement laid que possible ». La légende continue toutefois à inspirer Francis Carco. Dans *Jésus-la-Caille* (1914), il décrit les papillons nocturnes qui se retrouvent chaque nuit autour de la place Blanche : prostitués, souteneurs, chanteurs de rue, clients et garçons de bar.

Un an après la sortie de ce roman, le Moulin Rouge est dévasté par un incendie. Il restera fermé près de dix ans jusqu'à son rachat en 1923 par Francis Salabert, le grand éditeur de chansons et d'opérettes. L'établissement revient alors au premier plan avec une salle de bal, mais aussi une salle de music-hall où les revues à grand spectacle rivalisent avec celles du Casino de Paris et des Folies Bergère. Sous la direction artistique de Jacques-Charles, on peut y applaudir en 1924 « New York-Montmartre », puis en 1925 la revue « Mistinguett » et surtout, l'année suivante, le grand retour de la Miss dans « Ça, c'est Paris », avec ses 2 500 costumes ! Le Moulin Rouge connaîtra d'autres parenthèses et se verra transformé en night-club à la fin des années 1930, avant de retrouver sa place de music-hall accueillant, en 1944, les débuts du jeune Yves Montand, puis quantité de vedettes des années 1950. Aujourd'hui encore, les dîners-spectacles qui constituent l'essentiel de l'activité de l'établissement incluent l'évocation du cancan sur la musique d'*Orphée aux Enfers*, mais le spectacle tient plus du kitsch de Las Vegas que de la mémoire parisienne. Le cinéma aura mieux célébré la mémoire de ce bal filmé dès 1897 par les frères Pathé, avant d'inspirer quantité d'œuvres dont les célèbres *Moulin Rouge* de John Huston (1952), *French Cancan* de Jean Renoir (1955), *Can-can* de Walter Lang (1960) ou *Moulin Rouge* de Baz Luhrmann (2001). Leurs images et leurs scénarios se mêlent désormais dans les mémoires à l'histoire vraie du plus célèbre bal parisien.

Moustache

Mon arrière-grand-père, René Coty, fut le premier président de la République au menton glabre depuis Adolphe Thiers et la fondation de la IIIe République. De 1873 à 1953, tous les chefs de l'État ont porté la barbe ou la moustache, voire les deux. À l'aube du XXe siècle, la moustache est quasi obligatoire chez les militaires et la barbe, longtemps proscrite, est autorisée depuis 1886, à l'initiative du ministre de la Guerre le général Boulanger. Comme le résume Tchekhov : « Un homme sans moustache, c'est comme une femme avec une moustache. » Autant dire que la Belle Époque et les Années folles furent indissociables de ces attributs, symboles de virilité mais aussi de pouvoir. Car si les patrons sont barbus et moustachus, il en va autrement chez les domestiques priés d'être bien rasés, tout comme les garçons de café (sans oublier les comédiens qui, pour des raisons professionnelles, ne portent que des barbes postiches). Il faudra du temps et des combats aux employés pour imposer la pilosité de leur visage… qui disparaîtra des mœurs masculines après la Seconde Guerre mondiale, avant de réapparaître triomphalement au début du XXIe siècle.

Mugnier (Abbé)

Au temps de la séparation des Églises et de l'État, quelques personnalités ecclésiastiques brillent encore dans le milieu intellectuel. L'abbé Mugnier, en particulier, fut une figure du monde littéraire et des salons où il tranchait par son allure de curé de campagne, ce qui ne l'empêchait pas d'être mondain, mais surtout esthète à l'écoute des romanciers et des poètes. Nostalgique de l'Ancien Régime, mais libéral par ses idées religieuses, Arthur Mugnier (1853-1944) pardonnait volontiers les fautes qu'on lui confiait et se montrait précurseur en prônant la messe en français. Selon l'écrivain André de Fouquières : « Il était le confident des pécheresses de la haute société. Peu d'apôtres eurent un plus édifiant tableau de conversions. On l'a vu au lit de mort de tous les vieux viveurs plus ou moins repentants, des actrices célèbres comme de grandes dames. On l'a vu officiant aux mariages les plus osés, prêtant son amitié aux unions les plus surprenantes. » Vicaire de l'élégante paroisse Sainte-Clotilde à partir de 1896, il fut estimé de Proust, Barrès,

Morand, Anna de Noailles ou du jeune Jean Cocteau. C'est lui aussi qui inspira l'évolution de Joris Karl Huysmans, larguant les terres sombres du réalisme pour l'idéal de la foi et du mysticisme.

À la génération suivante, le philosophe Jacques Maritain (1882-1973) exerce à son tour une profonde influence religieuse sur le milieu artistique et littéraire. Né protestant, converti au catholicisme en 1906 sous l'influence de Léon Bloy, passé par l'Action française, il évolue vers une conception moderne du christianisme. Son œuvre figure au cœur du mouvement « néothomiste » inspiré par saint Thomas d'Aquin et à l'origine des évolutions de l'Église catholique moderne. Maritain est aussi avec son épouse, la poétesse Raissa Maritain, l'ami d'artistes et d'intellectuels très nombreux, chrétiens et athées avec lesquels il entretient de riches correspondances : tels André Gide, Paul Claudel, François Mauriac, Georges Bernanos, Jacques-Émile Blanche, Julien Green. Il s'efforce finement de conduire chacun vers la religion, tout en encourageant la libre pratique de son art, sachant que « c'est vers la totalité de son être que le poète est ramené, s'il est docile au don qu'il a reçu ». Quand, après Jean Cocteau, le jeune écrivain et aventurier juif Maurice Sachs se fait baptiser à son tour, l'écrivain André Billy observe avec ironie : « La conversion de Cocteau et le baptême de Sachs mirent la religion à la mode dans le milieu du Bœuf sur le toit. Elle y fit un temps concurrence à l'homophilie. »

N

Navigateurs (écrivains et musiciens)

En 1900, l'exploration du monde est quasi achevée. Depuis le XVe siècle, les Européens ont sillonné les mers et accompli d'innombrables découvertes. Leurs conquêtes ont réorganisé le globe terrestre en colonies, comptoirs et autres territoires. Parallèlement à cette épopée géographique, politique et guerrière, les civilisations lointaines sont devenues pour les savants mais aussi les peintres, poètes, romanciers, compositeurs, une source d'inspiration nouvelle. Fascinés par les horizons lointains, mais désormais accessibles, certains d'entre eux s'en vont de port en port, à la recherche de l'inconnu comme à la recherche d'eux-mêmes. Beaucoup d'auteurs de la Belle Époque seront des marins, à l'instar du premier d'entre eux, Pierre Loti (1850-1923), de son vrai nom Julien Viaud, qui parcourt les mers sa vie durant comme capitaine de vaisseau et va trouver sur les cinq continents les décors d'une œuvre extraordinairement populaire – qui lui vaudra d'entrer dès 1891 à l'Académie française.

On a peine à mesurer, aujourd'hui, l'influence de cet écrivain sur plusieurs générations. À la fin du XIXe siècle, le jeune Marcel Proust et son ami Reynaldo Hahn ne placent rien plus haut que Loti, ce romancier de l'allusion qui écrit, dans un vocabulaire toujours simple, des phrases intenses et suggestives comme : « L'Orient se révélait à lui, plus oriental et plus lointain qu'il ne l'avait imaginé, dans le mystère de ces grands murs farouches enfermant la vie si impénétrablement... » Dans *Matelot*, l'appel du large se mêle aux grands sentiments humains et à un usage très personnel de l'adverbe devant l'adjectif : « Il se sentait pris d'une de ces pitiés infiniment tendres qui sont une des manifestations du grand amour pur. » L'influence de Loti dépassera de beaucoup le cercle de la littérature, puisque son récit des amours impossibles entre un marin et une jeune Japonaise, intitulé *Madame Chrysanthème*, sera deux fois adapté à l'opéra : une première par André Messager en 1893 sous son titre original ; puis une seconde, avec le succès qu'on sait, par Giacomo Puccini sous le titre de *Madame Butterfly*. Quant à Reynaldo Hahn, c'est également sur un livret tiré du *Mariage de Loti* qu'il écrit son premier opéra, *L'Île du rêve*, créé à l'Opéra-Comique en 1898. Aujourd'hui encore, quoique Loti ne soit plus maître ni inspirateur, son nom reste attaché à ces décors de la fin du XIXe siècle qui servent d'arrière-plan à ses romans, qu'il s'agisse de la Turquie (*Aziyadé*), de l'Afrique noire (*Le Roman d'un spahi*), ou encore en France même de la Bretagne (*Pêcheur d'Islande*) ou du Pays basque (*Ramuntcho*). Mais peut-être, désormais, le personnage de Loti fascine-t-il davantage que l'auteur : pour ses outrances de protestant extravagant, fardé, se mettant en scène dans des intérieurs orientaux en pacha ou même en pharaon égyptien, dissimulant l'homosexualité derrière ses histoires de marin et laissant, pour finir, un extravagant musée personnel en sa maison de Rochefort.

La marine comptera de nombreux écrivains dans le sillage de Loti. Claude Farrère, qui a fait sa connaissance en 1903 à Constantinople, sur le quai des Messageries maritimes, sert sous ses ordres puis s'inspire, à son tour, des voyages en Orient. Il évoque dans ses souvenirs leur vie d'esthètes à bord : « Dîners tout simples où, la tasse de café bue, on fumait, en bavardant, deux cigarettes ; jamais trois !... Et puis je retournais au quart ; et lui retournait à son piano : car il jouait du César Franck, interminablement, durant toutes ses heures de loisirs. » Mais la marine est également riche en compositeurs, à l'instar de Nikolaï Rimski-Korsakov, le cadet du fameux Groupe des Cinq. Avant de devenir une des principales figures de musique russe, celui-ci a commencé par accomplir, comme officier de marine, son tour du monde réglementaire pendant deux années. Cette expérience nourrira ses inspirations, à commencer par celle du poème symphonique *Shéhérazade*, inspiré par la légende de Sinbad dans *Les Mille et Une Nuits*. En France, quelques années plus tard, un des meilleurs compositeurs de la Belle Époque et des Années folles accomplit également de longs périples comme officier de marine : c'est Albert Roussel (1869-1937) qui a rapporté de ses voyages un passionnant *Carnet de bord*. Il renonce toutefois à naviguer dès 1894 et entreprend, âgé de vingt-cinq ans, des études musicales tardives afin de se tourner pleinement vers la composition. Le souvenir des mondes lointains reste présent dans son œuvre, et jusque dans la structure même de sa musique qui nous invite à de grands voyages sonores dans les *Évocations* pour chœur et orchestre, d'inspiration orientale, ou dans les deux premières symphonies. Son opéra *Padmâvatî*, créé en 1923, s'inspire d'une légende indienne. Roussel, dans les années 1920, évolue vers un classicisme plus abstrait qui va établir durablement sa gloire avec notamment la *Troisième Symphonie*, la *Suite en fa*, *Bacchus et Ariane*, et d'autres partitions parmi les plus puissantes et somptueuses du répertoire orchestral moderne. Mais c'est encore devant la mer qu'il choisira de composer et de finir ses jours sur la falaise normande de Vasterival, à quelques kilomètres de Varengeville où il repose désormais, non loin de Georges Braque, au cimetière marin.

Un autre compositeur, Jean Cras (1879-1932), passera une grande partie de sa vie sur les mers. On lui doit même la fameuse « règle de Cras », toujours utilisée dans la navigation. Contrairement à Rimski-Korsakov ou Roussel, il restera marin, atteignant le rang de contre-amiral en 1931, puis de major général du port de Brest, sa ville natale, où il meurt en 1932. Il a composé une large partie de son œuvre à bord, durant ses voyages – ce qui ne retire rien à la qualité ni à l'inspiration d'une œuvre dont se détachent le *Trio*, le *Quintette* ou la *Légende* pour violoncelle et orchestre. Les figures d'écrivains de marine et de compositeurs navigateurs paraissent toutefois moins marquantes durant les Années folles qu'à la Belle Époque. Avec le développement des voyages au long cours et des grands navires modernes, les rivages lointains ont perdu un peu de leur mystère. Les années 1920 voient apparaître en revanche des rêveries maritimes d'un genre nouveau, comme celle du premier navigateur solitaire, Alain Gerbault (1893-1941), qui renonce à sa carrière d'ingénieur et acquiert un voilier pour accomplir, en 1923, une première traversée, de Gibraltar à New York, relatée dans *Seul à travers l'Atlantique*. Il décide alors de poursuivre son tour du monde en traversant le Pacifique, l'océan Indien et les mers du Sud. Son expédition passionne l'opinion et s'achève triomphalement au Havre le 29 juillet 1929. Elle va inspirer un des grands succès discographiques de l'entre-deux-guerres : le *Pot-pourri d'Alain Gerbault*, deux grandes faces de 78 tours enregistrées par Yvonne Printemps, avec le concours de Maurice Yvain (qui a cousu des airs musicaux célèbres) et d'Albert Willemetz qui a signé les paroles, en imaginant les rêveries du navigateur, seul sur son navire au milieu de l'océan.

Négatif (Le côté)

Les furieux, les imprécateurs, les tempéraments négatifs, débordant de haine envers leur époque, ferraillant contre le « bourgeois » ou la République, quand ce n'est pas contre le juif et le métèque, sont nombreux à la fin du XIXe siècle. Ils sont parfois abominables, mais leur abomination même, avec son caractère théâtral, n'est pas toujours dénuée de talent. Certains sont par trop antipathiques pour trouver leur place dans ce « Dictionnaire amoureux », à l'instar d'Édouard Drumont qui enchaîne les coups tordus, vole ses amis, dépouille sa femme, mais subjugue Edmond de Goncourt et Alphonse Daudet. Ils en font un personnage en vue du Paris littéraire qui entretient sa réputation à coups de textes sulfureux, de duels et de provocations, avec le soutien des bouchers de la Villette. Le délire antisémite de son ouvrage *La France juive* et de son journal *La Libre Parole* repose sur un sens incontestable de la formule appliqué à ce qu'on appellerait aujourd'hui le complotisme. Parmi ses admirateurs, Charles Maurras, qui reprendra le flambeau de l'antisémitisme, voit dans cet aîné un « chroniqueur merveilleux, historien voyant et prophète ». Même Georges Bernanos, après avoir rompu avec l'Action française, consacre à Drumont son ouvrage *La Grande Peur des bien-pensants* et voit dans cet aîné une figure de rebelle non dépourvue de panache. Enfin le jeune Léon Daudet sera son disciple le plus fervent par son style provocant et ses dénonciations paranoïaques, lorsqu'il accuse, entre autres, la maison de lait pour enfants Maggi d'être une entreprise juive allemande dissimulée pour faciliter le passage des armées et la victoire du Kaiser ! Son style tonitruant déployé dans quantité de romans et d'essais, loin des sophistications littéraires du temps, le fait comparer par Jean-Marie Rouart à « un baron mérovingien, un glaive dans la main, un gigot dans l'autre ». Ses bons mots font quelquefois mouche : « Je crois sincèrement que les seules ententes internationales possibles sont des ententes gastronomiques. » Ses convictions antisémites et antidémocratiques ne l'empêcheront pas de soutenir Marcel Proust au jury Goncourt (« Un grand talent qui s'affirme, quelle excellente aubaine ! Je m'en réjouis comme d'un bonheur personnel »), puis d'être parmi les premiers à découvrir Bernanos et Céline.

D'autres imprécateurs me paraissent nettement plus touchants par leur génie solitaire quelque peu misanthropique. À cette famille d'esprit appartient Léon Bloy, passé par la bohème avant de se fâcher avec presque tout le monde et de se retirer dans la fureur et la pauvreté. Chez ce merveilleux styliste, la verve et la générosité de plume vont de pair avec le renoncement et un mysticisme ardent. Sa forme particulière de sainteté est sans indulgence pour ses coreligionnaires : « Je me suis demandé souvent quelle pouvait être la différence entre la *charité* de tant de chrétiens et la méchanceté des démons. » Installé à Montmartre après quelques années passées à Lagny-sur-Marne (qu'il rebaptise « Cochons-sur-Marne »), il exerce une influence décisive sur le jeune peintre catholique Georges Rouault ou sur le philosophe Jacques Maritain qu'il conduit sur la voie de la conversion… Ses haines, généreusement distribuées, visent notamment Drumont et son journal *La France juive* auquel il oppose *Le Salut par les juifs* en écrivant : « L'histoire des Juifs barre l'histoire du genre humain comme une digue barre un fleuve, pour en élever

le niveau. » Son philosémitisme ne l'empêche pas de conchier allègrement Émile Zola, et d'autres partisans de Dreyfus. Son *Exégèse des lieux communs* reste, parmi d'autres ouvrages, un chef-d'œuvre. Se penchant sur l'expression « On ne peut être et avoir été », Bloy réagit *illico* : « Mais si ! On peut avoir été un imbécile et l'être toujours. » Puis, s'intéressant au célèbre dicton « Qui paie ses dettes s'enrichit », cet écrivain qui fut toujours pauvre commente : « J'avoue ma complète inexpérience. J'ai assez souvent payé mes dettes, quelquefois aussi les dettes des autres, et je ne remarque pas que ma richesse en ait été considérablement augmentée » ; après quoi il précise : « Le manque d'argent est tellement le mystère de ma vie que, même lorsque je n'en ai pas du tout, il a l'air de diminuer. » Enfin, pour donner à réfléchir à notre époque, éprise de musculation et gavée de compétitions sportives, il affirme : « Je crois fermement que le sport est le moyen le plus sûr de produire une génération d'infirmes et de crétins malfaisants. »

Néoclassicisme

L'esprit de 1900 est rêveur, ludique, plein de contours et de détours à l'image des foisonnements végétaux du *modern style*. L'hédonisme et le sensualisme règnent dans le sillage du mouvement symboliste qui a tant compté à la fin du XIXe siècle, illustré par le verbe sophistiqué de *L'Après-midi d'un faune* de Mallarmé. Même à l'aube du siècle nouveau, dans le foisonnement coloré des fauves puis dans les premiers jeux cubistes, comme dans la sauvagerie du *Sacre du printemps*, aucune loi ne semble canaliser cette première modernité, pressée de s'affranchir de toutes les règles préexistantes.

Inversement, les années 1920 s'efforceront de conjuguer le langage moderne et les formes héritées des siècles passés. Ce seront les grands corps sculpturaux du Picasso des années 1920, qui semblent surgis de l'Antiquité grecque et romaine, tout comme les villes mortes de Giorgio De Chirico. Ce seront les explorations nouvelles de Stravinsky s'emparant des compositeurs anciens (Pergolèse, Bach et autres) pour les remettre au goût du jour en les pimentant d'harmonies et de rythmes nouveaux, du ballet *Pulcinella* au concerto *Dumbarton Oaks* ; ce seront les sonates, symphonies et concertos de Ravel, Prokofiev, Hindemith, Martinů qui renouent avec la forme en trois mouvements, presque délaissée avant guerre. En littérature, après 1920, maintes œuvres de Gide (*Œdipe*, *Perséphone*), de Valéry (*Eupalinos*) ou de Cocteau (*Antigone*, *Orphée*) regardent également vers l'Antiquité. Enfin, ce sont les lignes d'une architecture épurée qui s'épanouit, de façon très diverse, dans les séduisants intérieurs Art déco comme dans la pompe rigoureuse du palais de Chaillot, ou dans les sculptures de Bourdelle et Landowski – sans même parler des architectures monumentales du fascisme italien et bientôt du nazisme.

Une lecture politique de l'histoire de l'art ne manquera pas d'associer ce retour au classicisme à une évolution vers le totalitarisme : ce que fait notamment Theodor Adorno quand il oppose l'art de Schönberg à celui de Stravinsky, dénonçant la « régression » de ce dernier et ses rythmes motoriques comme un signe de la brutalité politique. D'autres historiens abuseront du terme « néoclassicisme » pour y englober toute forme d'art moderne se référant à une tradition et osant jouer avec la figuration, la narration ou la tonalité – comme si cette démarche était forcément *réactionnaire*. À rebours de ces analyses, on peut voir au contraire le « néoclassicisme » des années 1920 comme une nouvelle avancée du modernisme, accomplissant une synthèse entre les explorations foisonnantes du début du XXe siècle et les modèles d'autrefois qui recouvrent une paradoxale jeunesse, tout comme les arts de la Renaissance se ressourçaient dans l'Antiquité. Le goût des formes anciennes et classiques, dans les années 1920, nourrit une abondance de beautés nouvelles dont on ne saurait se priver sous prétexte qu'elles témoigneraient d'un conservatisme coupable, quand elles sont l'expression d'une imagination jamais en repos.

New York

La Belle Époque et les Années folles émergent partout dans la forêt d'immeubles new-yorkaise. Allongé sur une pelouse de Central Park, j'éprouve toujours un vif plaisir à observer, vers la 5e Avenue, la tour de l'hôtel Pierre, construite au début du XXe siècle à l'initiative de l'immigré corse, Charles Pierre Casalasco. Cet édifice illustre un aspect caractéristique de l'architecture à Manhattan : mélange de poussée irrésistible vers l'altitude et de copie presque naïve de l'ancien. On dirait qu'un pavillon de château du Grand Siècle a été posé au sommet de cette tour moderne de quarante étages et je m'imagine, là-haut, ouvrant les immenses fenêtres pour prendre l'air du parc. Un peu plus au sud, l'immense hôtel Plaza, ouvert en 1907, offre une autre illustration du goût new-yorkais d'alors, puisqu'il s'inspire délibérément des châteaux français de la Renaissance, transformés dans un énorme gâteau à la crème, aussi haut que large et long. Au bar du rez-de-chaussée (l'Oak Room), on peut admirer de belles peintures du New York encore très européen des années 1900, quand les voitures à cheval reconduisaient les élégantes vers leurs hôtels de l'Upper East Side... Néo-Renaissance, mais aussi néo-gothique (le Woolworth Building), néo-antique (le Flat Iron, inspiré par les ordres grecs et célèbre pour sa forme de fer à repasser), néo-Haussmann (sur Broadway, du côté de la 72e Rue, on a l'impression de voir plusieurs immeubles parisiens empilés les uns sur les autres), l'art de l'imitation, poussé jusqu'à des dimensions inconnues, fait le sel particulier de l'architecture Belle Époque, à New York comme à Chicago.

Les Années folles seront plus inventives, épurées et détachées des modèles anciens pour magnifier la nouvelle esthétique Art déco. Un de ses plus beaux accomplissements est le célèbre Chrysler Building, sous sa flèche d'acier achevée juste avant la crise de 1929 et dont King Kong fera son joujou favori. J'avoue toutefois une préférence pour le sublime ensemble de Rockefeller Center, bâti après la grande dépression, avec sa géométrie de béton, d'angles droits et de fenêtres alignées comme autant de miroirs. L'organisation des immeubles de tailles diverses, serrés les uns contre les autres, a quelque chose d'étonnamment joyeux sous le ciel, à quelques pas de la 5e Avenue. Quand les corps tournent sur la patinoire, au milieu de cet ensemble, à l'ombre de l'immense RCA Building, on a l'impression de retrouver la joie de vivre des films et du jazz d'avant-guerre – impression qu'on prolongera dans l'élégant salon Art déco du Rainbow Room. Juché tout en haut du même building, il offre la plus belle vue sur Manhattan, le parc au nord, la ville au sud, les fleuves et les arabesques des grands ponts à l'est et à l'ouest...

Nietzsche (Présence de)

Dans la seconde moitié du XIXe siècle, le pessimisme de Schopenhauer a profondément marqué nombre d'écrivains et d'artistes, de Wagner à Maupassant. À partir de 1892, les traductions françaises de Nietzsche (notamment celles de Daniel Halévy) vont révéler un horizon philosophique un peu moins désespérant. Dans ses premiers textes publiés à Paris, comme *Le Cas Wagner* puis *Par-delà le bien et le mal*, le philosophe prend en effet quelques distances avec Schopenhauer, sa source première, en même temps qu'il se détache du compositeur du *Ring*. Reniant le wagnérisme fanatique de ses premiers écrits (*Naissance de la tragédie*), Nietzsche se montre désormais amoureux de la France, vue comme la patrie d'un esprit vif et civilisé. Il aime Montaigne, Voltaire, Stendhal. La découverte d'Offenbach et de Bizet lui apparaît comme une alternative à Wagner, formulée dans ces lignes de *Par-delà le bien et le mal* qui semblent annoncer Debussy, Ravel et Stravinsky : « Un homme qui aime le Midi comme je l'aime, comme une grande école de guérison pour l'âme et les sens, comme une profusion de lumière et de soleil qui transfigure toute chose, cet homme-là se méfie un peu de la musique allemande qui, en le faisant retomber dans son mauvais goût, risque de compromettre aussi sa guérison. Un Méridional de cette espèce, méridional de *croyance* et non d'origine, s'il lui arrive de rêver à l'avenir de la musique et au moyen de la libérer de l'emprise du Nord, entendra en lui les premiers accents d'une musique plus profonde, plus puissante, plus cruelle peut-être et plus secrète, une musique *plus qu'allemande* qui en présence de la mer bleue et voluptueuse et de la clarté du ciel méridional cesserait d'apparaître expirante, fanée, pâlie... » Rejetant les fondements intellectuels du romantisme pour prôner un « gai savoir » libre, détaché, insolent, ce Nietzsche francophile devient lui-même une des sources qui inspirent l'esprit français de la Belle Époque et des Années folles. Debussy, Proust et beaucoup d'autres l'ont lu, tandis que Stefan Zweig, dans son *Nielzsche*, résume ce mouvement du philosophe vers une forme de légèreté qui recoupe l'idéal du Paris de 1900 : « La légèreté, c'est le dernier amour de Nietzsche, sa plus haute mesure de toutes les choses. Ce qui rend léger et qui donne la santé est bon : dans la nourriture, dans l'esprit, dans l'air, dans le soleil, dans le paysage, dans la musique. Ce qui permet de s'élever, ce qui aide à oublier la lourdeur et l'obscurité de la vie, la laideur de la vérité, cela seul est une source de grâce. La musique, une musique limpide, libératrice, légère, devient le plus cher réconfort de cet esprit mortellement agité. »

Noailles (Charles et Marie-Laure de)

Longtemps après sa mort, j'ai vécu avec Marie-Laure de Noailles. Je dormais chaque nuit dans son grand lit Majorelle durant mes séjours au mas des Hourtès. Elle avait acheté en pleine Camargue cette maison où demeurait toujours mon vieil ami Jean Lafont qui avait partagé sa vie dans les années 1950. Marie-Thérèse de Chevigné, la mère de Marie-Laure, avait épousé en 1902 le richissime banquier Maurice Bischoffsheim et leur fille unique en avait hérité une fortune considérable. Mécène, mais aussi artiste, Marie-Laure débordait d'imagination et, dans cette chambre où je dormais étaient accrochées de jolies aquarelles de sa main, poétiquement surréalistes. Dans la bibliothèque figuraient plusieurs volumes qu'elle avait écrits. Quand Jean Lafont l'avait connue, après la Seconde guerre mondiale, elle recevait encore beaucoup dans son immense hôtel du 11, place des États-Unis, orné de fabuleuses peintures, de Rubens et Goya jusqu'à Mondrian et Ernst. Elle est morte en 1970 et je ne l'ai jamais rencontrée. Je sais juste qu'elle n'était pas très belle (magnifique néanmoins dans son portrait par Balthus) mais surtout particulièrement loufoque. Elle rappelait volontiers qu'elle descendait du marquis de Sade. Et j'aimais aussi ces photos de Man Ray, accrochées aux murs des Hourtès, sur lesquelles Marie-Laure posait dans des robes extravagantes des Années folles.

En 1925, elle avait fait construire à Hyères avec son mari, le vicomte Charles de Noailles, une villa dessinée par Mallet-Stevens, en pur style Art déco, où le couple recevait ses amis, peintres écrivains et poètes. Charles n'était pas très attiré par les femmes, mais tous deux formaient un parfait duo de riches mécènes, chacun ayant sa vie et leurs existences se conjuguant dans les meilleures occasions. Ce fut notamment le cas pour le tournage de *L'Âge d'or* (1930), le film scandaleux de Dali et Buñuel entièrement financé par le vicomte et la vicomtesse. Ou encore de cette soirée du 20 avril 1932 durant laquelle fut créé le merveilleux *Bal masqué* de Francis Poulenc. En 1929, déjà, les Noailles avaient organisé à Paris un singulier « bal des matières » au cours duquel Charles recevait dans un vêtement de toile cirée et Marie-Laure dans une robe en houx, tandis que Paul Morand avait revêtu un costume reproduisant les couvertures de ses livres... Trois ans plus tard, pour une fête organisée à Hyères, ils demandèrent à leur ami Poulenc de composer une cantate. Celui-ci choisit quelques poèmes de Max Jacob, pleins de fantaisie et de « ricochets imprévus », qui contribuent à faire du *Bal Masqué*, « cantate profane pour baryton et orchestre de chambre », une des plus belles œuvres du compositeur. J'aurais adoré assister à cette première sous la direction de Roger Désormière, avec Poulenc au piano. Parmi les invités figuraient entre autres Luis Buñuel, Alberto Giacometti, Aldous Huxley, Jean Cocteau, Christian Bérard, Georges Auric, Igor Markevitch. Mais je n'étais pas né, et je ne connaîtrais jamais les Noailles... sauf en dormant dans le lit de Marie-Laure parmi les jolis souvenirs qui peuplaient encore le mas de Jean Lafont.

Normandie : le jardin de Paris

Le développement de la capitale française et de ses banlieues, l'essor des chemins de fer puis de l'automobile, l'attrait de la mer et des rivages transformés en stations d'agrément (une idée anglaise, tout comme le goût de la montagne) : autant de raisons expliquent le mouvement irrésistible qui, dès le milieu du XIXe siècle, pousse la bourgeoisie, le monde artistique et intellectuel vers la côte normande, la plus proche de Paris. L'exemple britannique s'impose d'abord à Dieppe où la première station balnéaire, inspirée de Brighton, s'est développée dès les années 1820 sous le nom de « bains de mer Caroline » en l'honneur de Caroline de Bourbon, duchesse de Berry. Mais la mode prend vraiment son essor au début du Second Empire où d'innombrables stations voient le jour, généralement autour d'un casino, tandis que poussent des villas parfois extravagantes. De Dieppe le mouvement s'étend vers le nord (la baie de Somme), et plus encore vers le sud où Étretat et les plages du pays de Caux voient affluer quantité de personnalités. Puis la mode gagne le Calvados où Deauville, station créée par le duc de Morny, connaît un développement spectaculaire qui va culminer durant les Années folles. Les trains permettent d'atteindre quantité de destinations depuis la gare Saint-Lazare dont l'architecture métallique est aussi une invitation à gagner la mer et les campagnes fleuries.

Les romantiques, tels Hugo ou Delacroix, aimaient déjà la côte normande pour son allure sauvage, ses falaises déchiquetées et ses tempêtes théâtrales. Désormais le littoral se transforme en plage de Paris, accueillante pour la bourgeoisie, ses habitudes, et tous ses besoins assurés par la population locale. Aux petits châteaux déjà nombreux dans les villages depuis le XVIIe siècle s'ajoutent quantité de nouveaux manoirs sur la côte et dans l'arrière-pays. Cette vogue suit également le cours de la Seine. Après les promenades du dimanche à Argenteuil et Bougival, les villégiatures se multiplient jusqu'à Médan, Vernon, Giverny, puis dans les boucles du fleuve entre Les Andelys et Pont-de-l'Arche où les falaises blanches rappellent celles du littoral. Plus au nord, dans le pays de Bray, la petite ville de Forges-les-Eaux mêle les attraits d'une station thermale et d'un casino tout proche de la capitale. Par son côté tempéré, fleuri, arrosé et ensoleillé, vallonné avec modération, la Normandie devient le jardin de Paris, où l'on peut se rendre régulièrement dès le printemps. D'autres littoraux, comme la côte Basque ou la Côte d'Azur, se développent eux aussi à la Belle Époque, mais ils sont moins en prise sur la vie parisienne, du fait de la distance géographique. La « grande bleue » restera longtemps la terre d'élection des Anglais et des Russes. Quant à la côte d'Opale, elle connaîtra son apogée après 1920 avec le développement du Touquet « Paris-Plage » aux splendeurs Art déco malheureusement saccagées à la fin du XXe siècle.

Autre point frappant : ce choix de la Normandie par les Parisiens va bénéficier aux Normands eux-mêmes qui se trouvent en contact avec ce que le monde artistique, littéraire, scientifique, compte de plus pointu : à Honfleur le jeune Alphonse Allais croise Charles Baudelaire à la pharmacie de son père. À Étretat Guy de Maupassant rencontre dès son enfance les grands peintres, musiciens et autres personnalités qui vont influencer son développement intellectuel. Au Havre, la présence des grandes lignes de navigation transatlantiques crée un mouvement continu de population qui ouvre l'esprit de la jeunesse et nourrit son cosmopolitisme. Précurseur de l'impressionnisme, Eugène Boudin commence par exposer dans une papeterie locale les œuvres d'artistes parisiens de passage. L'incessante navette de chemins de fer entre le port normand et Paris permet également au jeune Havrais Claude Monet, disciple de Boudin, d'entraîner dans son sillage ses amis Renoir, Pissarro, Jongkind et autres qui, à leur tour, vont prendre le goût de peindre les rivages. Ainsi, tandis que certaines provinces, comme la Bretagne, cultivent leur singularité et leur culture si profonde, inspirant les grands peintres de l'école de Pont-Aven, la Normandie, au XIXe siècle, devient parisienne et moderne autant que rurale et maritime.

Normandie (paquebot)

Conçu en 1929, mis à flot à Saint-Nazaire le 29 octobre 1932, puis longuement parachevé avec ses aménagements intérieurs, le *Normandie* est un somptueux aboutissement de la France prospère des Années folles. Sa première traversée régulière du Havre à New York, en mai 1935, marque l'apogée des voyages transatlantiques. Les paquebots en service jusqu'alors avaient encore une silhouette un peu lourde remontant au début du XXe siècle. L'*Île-de-France*, lancé en 1927, était certes fort attrayant par ses décors, et prisé sous la prohibition par un public américain désireux de goûter l'art de vivre français… incluant les plaisirs de la bouteille ! Mais le *Normandie* offre tout autre chose : une forme d'élégance, de vitesse et de légèreté, à l'image de sa silhouette fine et longiforme soulignée par ses trois cheminées (l'une d'elles est postiche). C'est comme si la ligne épurée de la mode 1925 trouvait un aboutissement dans ce navire tout entier : un vaisseau de 313 mètres de long et 83 000 tonnes, susceptible d'accueillir près de 2 000 passagers et 1 000 membres d'équipage. Son étrave semble conçue pour fendre aisément les flots et, de fait, le navire obtient dès son voyage inaugural le « ruban bleu » qui couronne la plus rapide traversée de l'Atlantique : quatre jours, trois heures et deux minutes à une vitesse de 32,2 nœuds (soit 55,5 kilomètres-heure de moyenne). Ce lancement est un événement médiatique. Quantité de reportages radiophoniques et cinématographiques qui mettent à l'honneur les performances du navire et les personnalités présentes à bord : l'épouse du président de la République Albert Lebrun, les écrivains Colette et Blaise Cendrars, l'actrice Valentine Tessier ou encore les chanteurs duettistes Pills et Tabet qui assistent tous, au milieu de l'océan, à la première du film *Pasteur* de Sacha Guitry.

À la ligne élégante du paquebot répond un aménagement intérieur presque entièrement commandé par la Compagnie générale transatlantique aux meilleurs artistes et artisans de l'époque. La salle à manger des premières s'étend sur 86 mètres de long et 9,50 mètres de haut (les dimensions de la galerie des Glaces à Versailles). Les parois sont constituées de verre moulé sous un éclairage féerique de René Lalique. Le grand salon est confié au célèbre Jean Dunand qui réalise six grands ensembles laqués et dorés sur « les jeux et les joies de l'homme », « la conquête du cheval », « la chasse », « la pêche », « les vendanges » et « les sports ». Le jardin d'hiver, décoré par Paul Iribe, est peuplé d'arbres, de fleurs et d'oiseaux vivants. La salle à manger des enfants est décorée par Jean de Brunhoff, l'auteur de *Babar*. Un bataillon de décorateurs est mis à contribution pour aménager *chacune* des 439 cabines de première dans un style différent ! Mais on trouve également à bord une piscine ornée par la manufacture de Sèvres, une salle de spectacles de 400 places et une chapelle, sans parler des grands ponts dégagés qui permettent de se livrer aux activités sportives. Le service est assuré par 187 cuisiniers et aides de cuisine, 9 bouchers, 10 boulangers, 15 pâtissiers, 3 médecins, 15 infirmiers... La gloire du *Normandie* est immense. Un an après les débuts du navire, le théâtre des Bouffes-Parisiens affiche une opérette portant le nom du navire. Sur un livret du cinéaste Henri Decoin, une musique de Paul Misraki et des couplets d'André Hornez, *Normandie* raconte les intrigues de jeunes matelots français pour séduire les filles d'un groupe de milliardaires américains à bord du paquebot. L'œuvre a laissé un refrain célèbre repris par Ray Ventura et ses collégiens : « Ça vaut mieux que d'attraper la scarlatine ».

Pendant plusieurs années, le *Normandie* restera le plus vaste, le plus beau et le plus luxueux paquebot jamais construit, mais son règne sera de courte durée. Après cinq années de bons et loyaux services, le navire est immobilisé par la guerre dans le port de New York, puis désarmé, transformé en transport de troupes et finalement détruit par un incendie en 1942... Une partie du mobilier intérieur a heureusement été démantelée puis conservée dans divers lieux publics. Certains décors seront même réinstallés dans l'*Île-de-France*, vétéran de la Compagnie générale transatlantique, qui reprendra du service après guerre, jusqu'à la livraison du *France*, dernier de la lignée en 1960.

Nostalgies 1900

Même les époques heureuses ont leurs nostalgies, comme s'il fallait rêver d'âges plus heureux encore. La Belle Époque n'échappe pas à la règle et cultive la nostalgie du XVIIIe siècle. Verlaine, un des premiers, remet à la mode les *Fêtes galantes* (titre d'un de ses recueils), et le *Pèlerinage à l'île de Cythère* de Watteau est une référence constante à la fin du XIXe siècle. L'esprit français réaffirme ses droits pour en finir avec l'influence romantique allemande. La tendance s'accentue pendant la Première Guerre mondiale, quand Ravel publie son *Tombeau de Couperin*, d'après des danses anciennes, tandis que Debussy compose ses trois sonates pour divers instruments dans l'esprit des vieux maîtres français.

Durant les Années folles, la nostalgie de l'antique l'emporte sur celle du XVIIIe siècle. En témoignent quantité d'œuvres néoclassiques, depuis les sculpturales peintures de Picasso jusqu'aux oratorios de Stravinsky : *Œdipus rex* composé sur un livret en latin de Jean Cocteau, puis *Perséphone* sur un texte d'André Gide – cependant que Paul Valéry écrit en 1921 son *Eupalinos*. Mais les frivoles années 1920 cultivent plus encore la nostalgie du Second Empire, comme si elles recherchaient, en amont de la Belle Époque et de ses extases éthérées, un âge plus joyeux et plus énergique. Déjà, les jeunes dandys des années 1900, à l'instar de Proust et de Reynaldo Hahn, étaient fascinés par ce monde qu'ils avaient à peine connu, mais qui demeurait incarné par quelques idoles vieillissantes, telles la princesse Mathilde ou Hortense Schneider, sans oublier l'ombre tutélaire de l'impératrice Eugénie qui ne disparaîtra qu'en 1920. Cette attirance pour le temps de Napoléon III se généralise après la Grande Guerre, avec un retour en force de l'opérette et de la parodie. Dès le 12 novembre 1918, la création aux Bouffes-Parisiens de *Phi-Phi*, parodie antique signée Willemetz et Christiné, constituera le véritable acte de naissance des Années folles dans le sillage d'Offenbach qui, lui-même, reviendra souvent à l'affiche durant la décennie suivante.

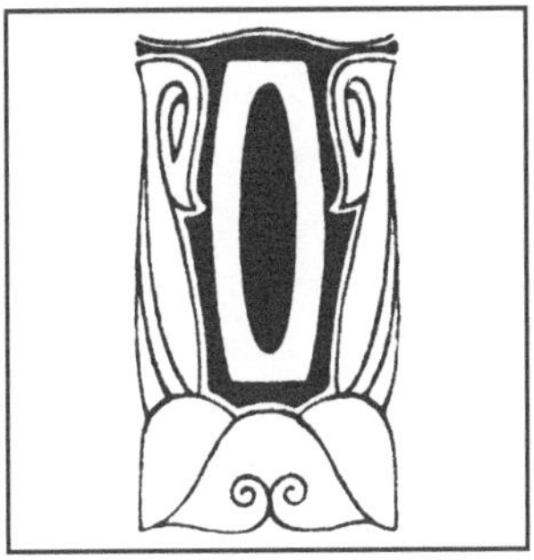

Ochsé, Fernand

Fernand Ochsé est un de ces « passeurs » qui exercent leur influence à l'ombre de la grande histoire. Sa vie traverse intégralement la Belle Époque et les Années folles. Dandy raffiné des années 1900, puis cheville ouvrière de nombreux spectacles entre les deux guerres, il aura marqué ceux qui l'ont connu par son goût, son originalité, ses conseils et ses collections merveilleuses... avant d'être emporté par un tragique destin.

Son père, d'origine juive allemande, avait fait fortune dans le commerce des ivoires, ce qui garantissait à ses rejetons une vie confortable. Fernand, né en 1879, en tire profit avec son frère aîné, Julien, pour se lancer dans l'aventure artistique et littéraire. Il étudie à la fois la musique, le dessin et la peinture, mais il écrit également des poésies et publie au début du siècle dans plusieurs revues : *La Phalange*, *Noir et blanc*, *Vers et Prose*. Mieux encore : il commence à monter dans la maison familiale de Neuilly d'étonnants spectacles qui attirent les esthètes par leurs mélanges de musique, de théâtre, de pantomime, de littérature. Toute la famille Ochsé participe aux représentations, de même que Louise Mayer-Ochsé, la jeune épouse de Julien, sculptrice déjà remarquée lors de plusieurs salons et expositions. Le poète Henri de Régnier, figure parmi les spectateurs les plus enthousiastes.

Entre-temps, Fernand s'est lié d'une amitié peut-être « particulière » avec Reynaldo Hahn, qui lui a dédié sa mélodie *Quand reviendra l'automne avec ses feuilles mortes* et l'a introduit dans le cercle de la princesse de Polignac. Après le succès des soirées de Neuilly, celle-ci charge Fernand, le 2 juin 1908, de mettre en scène dans son hôtel particulier une grande réception où se presse le tout-Paris. Au cours de la soirée, on peut découvrir un spectacle lumineux inspiré par les dessins du Britannique Aubrey Beardsley, accompagné à l'orchestre par le jeune chef d'orchestre Désiré-Émile Inghelbrecht.

Les frères Ochsé passent beaucoup de leur temps à Venise, à la recherche d'objets rares, en compagnie d'Henri de Régnier qu'ils retrouvent chaque jour au café Florian, sous le portrait du Chinois, avec les autres membres du « Club des longues moustaches ». Le poète évoque souvent les deux frères dans ses écrits : « Je les connais tous deux depuis longtemps déjà : Julien, poète délicat et raffiné, Fernand, excellent musicien, doué pour tous les arts, poète aussi à ses heures et peintre à ses moments perdus, collectionneur acharné de vieilleries, passionné du cocasse et du démodé et montrant un goût particulier pour les objets et les modes du Second Empire, adorant Offenbach et Stevens, les mobiliers capitonnés, les burgaux, les étoffes portées aux bals des Tuileries et aux soirées de Compiègne. De ce bric-à-brac d'hier, il a rempli l'étrange maison de Neuilly où ils vivent en famille, dans un décor de conte fantastique, parmi des daguerréotypes surannés, des mannequins costumés, des vitrines de jouets mécaniques. »

Ni vraiment poète, ni vraiment compositeur (il publie quand même un recueil de mélodies sur des poèmes de Verlaine), ni vraiment peintre, ni vraiment costumier ou décorateur, mais tout cela à la fois, et réputé pour son goût, Fernand devient un personnage du milieu artistique. Il se retrouve en première ligne à l'inauguration du théâtre des Champs-Élysées, au printemps 1913. Le directeur Gabriel Astruc, qui est aussi l'oncle de Louise Ochsé, lui commande la mise en scène de plusieurs opéras, ainsi que les décors des *Nocturnes* de Debussy dansés par Loïe Fuller.

À la fin de la Grande Guerre, ce personnage raffiné des années 1900 retrouve un rôle actif dans le milieu artistique et contribue à faire le lien entre la Belle Époque et les Années folles. Dispensé de l'armée pour raisons de santé, il se rapproche de Jane Bathori, en charge du théâtre du Vieux-Colombier dont le directeur, Jacques Copeau, est parti en Amérique. Il lui dessine des décors, assure des mises en scène et rencontre les jeunes artistes restés à Paris, ou en permission, qui vont bientôt former la nouvelle avant-garde. C'est lui en particulier qui repère le tout jeune musicien suisse Arthur Honegger, se prend d'amitié pour lui, l'invite à des spectacles, l'aide à s'installer et le conseille dans ses œuvres. Longtemps après la mort d'Ochsé, le compositeur devenu mondialement célèbre affirmera : « Je n'ai jamais entendu une œuvre nouvelle écrite par moi sans me demander : "Qu'en aurait pensé Fernand ?". »

Ce regain d'activité de Fernand Ochsé, quadragénaire, dans la France des années 1920, est indissociable du renouveau de l'opérette qui envahit les scènes parisiennes. Ochsé qui, depuis sa jeunesse, entretient une ardente nostalgie du Second Empire, connaît mieux que quiconque cette tradition héritée d'Offenbach dans ses mélanges de loufoquerie, de satire, de tendresse et de poésie. Il devient un décorateur très recherché de spectacles et de revues. Sollicité pour la reprise de *Chantecler* d'Edmond Rostand (1928) et pour la « Revue de la femme d'hier et d'aujourd'hui » au Palace (1930), il dessine aussi les costumes des opérettes *Brummell* de Reynaldo Hahn (1931) ou *Trois Valses* d'Oscar Straus (1937) ; et il conçoit les costumes du film expérimental de Jean Epstein *La Chute de la maison Usher*.

De son côté, Honegger lui dédie *Les Aventures du roi Pausole*, d'après le roman de Pierre Louÿs ; puis il orchestre l'opérette que Fernand a composée à partir d'un roman de Paul Reboux intitulé *Choucoune*. Représentée une seule fois en privé, en juin 1929, sous la direction d'Henri Casadesus, proche ami d'Ochsé, l'œuvre ne connaîtra jamais les honneurs de la scène, quand bien même Reynaldo Hahn écrit dans *Le Figaro* : « Nul n'est prophète en son pays, surtout quand ce pays est la France. Je connais une opérette intitulée *Choucoune* dont la musique, débordante de vie, de fantaisie et d'esprit, est de M. Fernand Ochsé. » Aujourd'hui, la partition semble perdue comme la plupart des biens de Fernand Ochsé qui avait accumulé de fabuleuses collections de peintures et d'automates dans son appartement de la rue de l'Estrapade. En 1929, la femme de lettres Élisabeth de Gramont note dans *Les Marronniers en fleur* : « Fernand Ochsé, épris du style Second Empire et qui possède après le musée de Bruxelles les plus beaux Stevens, aperçoit en soulevant ses rideaux de tulle le dôme du Panthéon, qui se bombe sous les nuages délicieux de Paris. »

Après la mort de son frère Julien, opiomane invétéré, Fernand épouse sa belle-sœur Louise en 1936. Mais tout bascule en 1940 après la débâcle. Sous l'Occupation, ces rentiers à la vie merveilleuse ne sont plus que des juifs pourchassés. Réfugiés en zone libre, à Cannes, ils survivent tant bien que mal jusqu'en 1944, Fernand s'occupant à dessiner des programmes pour l'Opéra, ou à peindre un portrait de Tristan Bernard, en exil lui aussi (on peut le voir aujourd'hui dans les locaux de la SACD). Après l'invasion allemande en zone sud, ils doivent se cacher dans une clinique où ils seront repérés, presque par inadvertance, par la police allemande. Immédiatement raflés, puis internés à Drancy, ils ne pourront en réchapper malgré les nombreuses tentatives de leurs amis Arthur Honegger, Sacha Guitry, Marie-Blanche de Polignac. Déportés par le convoi 77, le dernier grand convoi parti de région parisienne le 31 juillet 1944, Fernand et Louise, tous deux sexagénaires, périront dès leur arrivée à Auschwitz. Entre-temps, l'appartement de la rue de l'Estrapade a été entièrement pillé. Il ne restera aucune trace de Fernand Ochsé, sauf au gré des souvenirs publiés par ses amis. Seule une toile de Degas, *Le Souper au bal*, retrouvée en Allemagne, se trouve aujourd'hui au musée d'Orsay, mais rien n'est resté des automates qui faisaient courir tout Paris ni des nombreux portraits d'Alfred Stevens. Les plus abominables circonstances historiques ont presque tout effacé d'une existence vouée à l'art et à la beauté. C'est pourquoi j'ai voulu, en 2018, consacrer un livre à ce personnage pour tenter de reconstituer son existence peu ordinaire, telle une merveilleuse illustration de la société artistique parisienne dans la première moitié du XXe siècle.

Oller, Joseph

Né en Catalogne en 1839, cet aventurier débarque très jeune à Paris avec sa famille. Un oncle fou de chevaux lui fait découvrir le monde des courses dominé par les Anglais – face auxquels une poignée d'aristocrates, rassemblés au Jockey Club, tentent de développer des jeux français. Joseph Oller va jouer un rôle central dans l'importation d'un sport, d'une mode et d'un jeu d'argent, aboutissant à la construction des hippodromes de Longchamp, Auteuil ou Maisons-Laffitte. Il conçoit également la méthode de calcul du PMU qui va transformer la France en patrie des courses modernes. Cet homme débordant d'imagination ne s'en tient pas toutefois à la passion du spectacle hippique ; toutes les formes de divertissement l'intéressent et il installe en 1888 des montagnes russes boulevard des Capucines. L'année suivante, il fonde avec Charles Zidler le Moulin Rouge qui va devenir le haut lieu de la vie nocturne parisienne. Il acquiert également le très ancien bal Mabille ; mais il est aussi l'un des principaux promoteurs du music-hall naissant. On lui doit la création, en 1893, de l'Olympia à la place des montagnes russes. Mort à Paris en 1922, Joseph Oller laisse un héritage encore bien vivant, de la place Blanche aux champs de courses, en passant par le boulevard des Capucines. Le romancier Christophe Donner lui a consacré en 2012 son roman *À quoi jouent les hommes*.

Opéra-Comique

Inaugurée en 1898 par le président Félix Faure, l'actuelle salle Favart est le cœur battant de la création lyrique à la Belle Époque, et encore pendant les Années folles. Y verront le jour notamment *Louise* de Charpentier (1900) qui est à l'opéra ce que Zola est à la littérature ; *Pelléas et Mélisande* (1902), le chef-d'œuvre de Debussy et l'emblème de la musique moderne naissante ; *L'Heure espagnole*, « comédie musicale » de Maurice Ravel (1911) ; ou encore les premières françaises des opéras de Puccini et d'opéras russes inconnus ; puis, entre les deux guerres, *Le Petit Elfe Ferme-l'œil* de Florent Schmitt (1924), *Le Pauvre Matelot* de Darius Milhaud (1927) ou *Angélique* de Jacques Ibert (1930).

Si l'actuelle salle est inaugurée en 1898, cela fait en réalité deux siècles que l'opéra-comique explore une autre voie que celle de l'opéra officiel. Inventé à la fin du XVIIe siècle, ce genre spécifiquement français mêle scènes parlées et scènes chantées. Il aborde les registres les plus divers – comique, parodique, féerique, bucolique –, loin des tragédies ou des fresques historiques à l'honneur sur la scène du grand opéra. Dès 1783, le théâtre de Charles-Favart s'est vu reconnaître comme la seconde scène musicale française ; puis le répertoire n'a cessé de s'enrichir avec ses compositeurs admirés dans le monde entier : Grétry, Boieldieu, Auber, Adam... Au milieu du XIXe siècle, une nouvelle série de chefs-d'œuvre comme *Manon, Lakmé, Carmen, Les Contes d'Hoffmann* ont fait de la salle Favart le temple du chant français, attirant un public plus populaire que celui de l'opéra. Mais après l'incendie de 1887, il a fallu attendre encore quelques années pour voir naître le bâtiment actuel, conçu par l'architecte Louis Bernier, et remarquable par les décorations de son foyer dont les fresques évoquent, justement, l'histoire de l'Opéra-Comique.

Ce sera le génie d'Albert Carré, directeur de 1898 à 1913 puis de 1918 à 1925, que de donner à la nouvelle salle Favart un élan redoublé, en accueillant non seulement les spectacles qui relèvent de la tradition opéra-comique (avec son mélange de parlé et de chanté), mais encore toutes les créations qui ne trouvent pas leur place ailleurs, et notamment à l'Opéra. Alors que le fonctionnement du palais Garnier est alourdi par son énormité, ses infrastructures, son répertoire officiel, sa fonction de représentation, la salle Favart, plus petite, plus souple et plus intime dans la relation qu'elle offre entre le plateau et le public, sera le lieu de toutes les expériences. Carré fait venir à ses côtés le compositeur André Messager qui va soutenir, comme directeur musical, les créations des Debussy, Ravel ou Puccini, mais encore celles de *La Carmélite* de Reynaldo Hahn (1902), d'*Ariane et Barbe bleue* de Paul Dukas (1907), du *Chemineau* de Xavier Leroux (1907), de *Fortunio* d'André Messager lui-même ou de *Mârouf* d'Henri Rabaud (1914).

Le rayonnement du théâtre demeure presque inaltéré jusqu'à la Seconde Guerre mondiale. Outre de nouvelles créations françaises comme *L'Enfant et les Sortilèges* de Ravel (1926) ou les *Masques et Bergamasques* de Fauré (1920), la salle Favart inclut à son répertoire des opérettes comme *Le Testament de la tante Caroline* d'Albert Roussel (1937) ou *Rayon des soieries* de Manuel Rosenthal (1930) qui fait entrer dans la maison les couleurs du jazz... Elle demeure également un haut lieu de l'art du chant avec sa troupe et ses vedettes qui, tels Hector Dufranne, Lucien Fugère, Marguerite Carré ou Emma Calvé, interprètent des œuvres connues dans leurs moindres détails par un public passionné. Celui-ci se presse pour applaudir en 1928 la millième de *Werther* et deux ans plus tard la deux millième de *Carmen*. Il restera fidèle et enthousiaste jusqu'au démantèlement de 1972. Par la suite encore, les bonnes volontés se mobiliseront pour redonner son lustre à ce théâtre unique en son genre : on peut s'en féliciter aujourd'hui dans les programmations qui, d'une saison à l'autre (et malgré des moyens très inférieurs à ceux du « grand » Opéra), permettent de redécouvrir et de prolonger sa fabuleuse histoire.

Opérette

On associe spontanément les années 1900 à l'opérette, genre musical léger par excellence qui connaît effectivement quelques triomphes comme la délicieuse *Véronique* d'André Messager (1898), avec sa boutique de fleurs, son petit âne et son escarpolette. Si les grands amours s'imposent à l'opéra, sur un mode parfois tragique, l'opérette fait chanter les amourettes, les bluettes bourgeoises, les dimanches à la campagne et les histoires qui finissent bien, sur une musique fraîche et raffinée dans son apparente simplicité... Pourtant, ce genre, inventé sous le Second Empire par Offenbach et Hervé, connaît plutôt un certain déclin à la Belle Époque. Les opéras-bouffes des années 1860 brillaient par leur insolence, leur loufoquerie, leur moquerie universelle culminant dans *La Belle Hélène*, *La Grande-Duchesse de Gérolstein*, *La Vie parisienne* ou *Le Petit Faust*. Après la guerre de 1870, l'opérette a pris des allures plus sages et s'est transformée en petit opéra populaire célébrant l'histoire et les provinces françaises dans *La Fille de madame Angot*, *Les Cloches de Corneville* ou *La Mascotte*. La gaudriole y a aussi trouvé sa place avec d'innombrables histoires de couvent et de pensionnat. À la fin du XIXe siècle, toutefois, l'opérette tourne en rond et s'épuise, de plus en plus réduite à quelques fantaisies militaires comme *Les Vingt-huit Jours de Clairette*. Au même moment, l'essor de la chanson, du café-concert et du music-hall offre de nouvelles attractions dont témoignent les succès de Bruant, Mayol, Ouvrard ou Yvette Guilbert. Pour l'opérette elle-même, les recettes diminuent et de nombreuses salles abandonnent ce genre. Les Nouveautés, l'Athénée et même les Bouffes-Parisiens se tournent à l'aube du XXe siècle vers un théâtre sans musique. Le spectacle chanté qui, vingt ans plus tôt, prédominait sur les boulevards, s'estompe au profit de la comédie parlée jusque dans son temple même : le théâtre des Variétés où furent créés les chefs-d'œuvres d'Offenbach. En ce sens, les opérettes à succès d'André Messager constituent plutôt une exception. On peut y ajouter quelques autres compositeurs comme Claude Terrasse (véritable héritier d'Offenbach dans *Au temps des croisades*, *Le Sire de Vergy* ou *Les Travaux d'Hercule* qui ridiculisent le héros mythologique), Louis Ganne (excellent fabricant d'une opérette populaire qui triomphe avec *Les Saltimbanques*), ou encore Henri Hirschmann et Charles Cuvillier. L'événement le plus marquant de cette époque est toutefois la création française, en 1909 au théâtre de l'Apollo, de *La Veuve joyeuse* de Franz Lehár qui préfigure toute une vague d'opérettes viennoises plus romantiques que leurs cousines parisiennes, comme *Rêve de valse* d'Oscar Straus ou *La Princesse Dollar* de Leo Fall.

Ce répertoire austro-allemand prisé par le public autour de 1910 va disparaître du jour au lendemain en août 1914, alors que la France entre en guerre contre l'Allemagne et l'Autriche. D'une façon générale, les scènes d'opérette tourneront au ralenti pendant le conflit, tandis que les soldats souffrent dans les tranchées. Mais il faut quand même agrémenter leurs permissions par des spectacles où le goût des jolies femmes se mêle à la ferveur patriotique : le champion du genre sera Henri Goublier fils qui signe, en 1915, *La Cocarde de Mimi-Pinson* sur un livret de Maurice Ordonneau aussi « cocardier » que son titre l'indique : une histoire d'amour entre une midinette devenue infirmière et le fils de son patron, blessé au combat.

Si la Belle Époque a vu l'opérette française en recul, la victoire de 1918 va toutefois marquer son retour en force. À l'aube des Années folles, la fantaisie et l'insolence reviennent à l'honneur et la tradition bouffonne se retrouve au premier plan dès le 12 novembre de 1918, date de la création de *Phi-Phi* d'Albert Willemetz et Henri Christiné : un vaudeville amoureux sur fond de Grèce antique en carton-pâte. Le genre d'opérette qui va triompher à nouveau pendant vingt ans présente cependant certaines caractéristiques différentes des opérettes classiques. Plutôt qu'une œuvre lyrique calquée sur l'opéra, c'est une comédie de boulevard ponctuée de chansons et d'ensembles. Souvent qualifiée de « comédie musicale », elle recourt aux nouveaux rythmes venus d'Angleterre et d'Amérique (fox-trot, shimmy, one-step...), et sa distribution fait appel à des comédiens fantaisistes qui partagent l'affiche avec les chanteurs. Pauline Carton, Arletty, Fernandel, Gabin, Raimu débutent ainsi sur des scènes d'opérette où l'on retrouve aussi des vedettes de caf'conc' comme Dranem. Enfin, les fantaisies nouvelles s'inspirent de l'esprit et des décors du temps : casinos, parties de tennis, voyages en paquebot... Ce genre s'implante de nouveau sur les boulevards et reconquiert de nombreux théâtres jusqu'à la Seconde Guerre mondiale, avec ses compositeurs vedettes : Maurice Yvain (*Ta Bouche*, *Pas sur la bouche*, *Là-haut !...*), Raoul Moretti (*Trois Jeunes Filles nues*, *Un soir de réveillon...*), Henri Christiné (*Phi-Phi*, *Dédé*) mais aussi Josef Szulc, Marcel Lattès, Casimir Oberfeld, Moisés Simóns – associés à d'excellents auteurs comme Yves Mirande, André Barde et, surtout, celui qui est à la fois le principal parolier, producteur, directeur de théâtre de l'époque : Albert Willemetz.

Cette opérette légère qui triomphe au lendemain de la guerre est nettement tournée vers l'ouest par ses influences britanniques et américaines. Des amitiés se nouent entre les musiciens de Paris et de Broadway comme Gershwin et Yvain qui jouent ensemble à quatre mains et mettent en musique le même genre d'histoires loufoques et bien rythmées. Un peu plus tard, les opérettes new-yorkaises à grand spectacle feront l'objet des premières adaptations à Mogador et au Châtelet où l'on présentera *Mississippi*, *Rose Marie* ou *Robert le pirate* mais aussi des créations françaises comme *Sidonie panache*, opérette en deux actes et seize tableaux qui évoque la conquête de l'Algérie sur une musique de Josef Szulc et un livret d'André Mouëzy-Éon, le champion de ces superproductions. Mais l'influence viennoise va renaître, dès le milieu des années 1920, avec les nouvelles opérettes de Lehár ou de Kalman qui subjuguent un vaste public. Et l'opérette classique française va connaître elle-même un dernier âge d'or illustré par les créations de Reynaldo Hahn comme *Ciboulette*, *Brummell* ou *Malvina*... Avec ce foisonnement et cette diversité, l'opérette, on le voit, est le genre emblématique des Années folles, bien plus qu'elle ne fut celui de la Belle Époque.

Ouvrière (Classe)

L'histoire sociale, à l'aube du XXe siècle, est jalonnée par une succession de luttes, et parfois de conquêtes, visant à améliorer la condition des ouvriers et des paysans. On peut citer les grèves des mines de Decazeville (1886), celles des aciéries du Creusot et de Montceau-les-Mines (1899), et plus encore la révolte des vignerons du Languedoc en 1907 (dite aussi « révolte des gueux »), durement réprimée par Clemenceau, président du Conseil – cependant que les soldats du 17e régiment de ligne pactisent à Béziers avec les manifestants. Dans cette période d'expansion économique rapide, la condition des travailleurs paraît souvent moins bonne, en France, que dans l'Allemagne wilhelmienne : absence de protection contre la maladie et les accidents, infériorité systématique des salaires féminins, ravages de l'alcoolisme dans les milieux ouvriers. Mais la Belle Époque est aussi jalonnée par des progrès importants comme la légalisation des syndicats en 1884 (loi Waldeck-Rousseau), les premières limitations de la durée du travail (interdit en dessous de treize ans et limité à dix heures par jour par la loi du 2 novembre 1892), les lois sur les accidents du travail de 1893 et 1898, l'instauration d'un jour de repos hebdomadaire en 1906, et celle des retraites ouvrières et paysannes en 1910 (l'âge légal étant fixé à soixante-cinq ans... âge rarement atteint par les ouvriers et travailleurs agricoles !). Après la Grande Guerre, la fondation en 1919 de l'Organisation internationale du travail (qui commence par interdire les emplois industriels en dessous de quatorze ans) sera suivie par de nouvelles avancées aboutissant à la semaine de quarante heures et aux congés payés instaurés par le Font populaire en 1936. Cette évolution est certes émaillée par maints faits divers et scandales judiciaires, comme l'affaire Jules Durand, ce drame d'un docker et syndicaliste du Havre, faussement accusé en 1910 d'un assassinat par les représentants du patronat local et condamné au bagne où il deviendra fou avant d'être tardivement réhabilité (d'où le nom d'« affaire Dreyfus de la classe ouvrière »). Mais on doit souligner aussi la façon dont les hommes issus de différents milieux sociaux se rapprocheront dans les tranchées de la Première Guerre mondiale où ils seront exposés aux mêmes épreuves.

La condition ouvrière inspire une abondante production littéraire avec les fresques sociales d'Émile Zola dans *L'Assommoir* ou *Germinal* ; mais aussi les opéras tirés de son œuvre par Alfred Bruneau, comme *Le Rêve*, et d'autres ouvrages comme *Louise* de Gustave Charpentier (1900), point culminant du naturalisme lyrique. Dans ce « roman musical » sur les amours d'un jeune poète et d'une petite couturière, on découvre un tableau vivant du peuple de Paris avec ses chiffonniers, balayeurs, colporteurs et autres petits métiers. Quelques années plus tard, le très oublié *Chemineau* de Xavier Leroux (1907) a pour héros un paysan saisonnier et va connaître également un grand succès. Du côté de la chanson populaire, le barde socialiste Montéhus illustre abondamment (et non sans clichés) la classe ouvrière. Un de ses refrains les plus connus, « Gloire au 17e », célèbre le rapprochement des soldats et des vignerons lors de la révolte de 1907. Cet artiste antimilitariste, ami de Lénine, deviendra toutefois pendant la Première Guerre mondiale un patriote furieusement belliciste. De son côté, Aristide Bruant dépeint tous ces pauvres gars engagés sur de mauvais chemins qui conduisent à l'échafaud de la Roquette où tombent les têtes des malheureux. Il nous émeut par ses refrains sur les parias... sans oublier au passage d'engueuler copieusement le public bourgeois qui vient l'applaudir :

Tas d'inachevés, tas d'avortons
Fabriqués avec des viandes veules
Vos mèr's avaient donc pas de tétons
Qu'à zont pas su vous faire des gueules ?

Entre les deux guerres, la chanson réaliste donnera un équivalent féminin à ce répertoire. Les voix de Fréhel, Damia, Berthe Sylva ou encore Emma Liébel – en attendant Piaf – chanteront les destins tragiques de pauvres filles égarées, doublement manipulées par la vie et par les voyous qui en tirent profit. À noter que ce répertoire féminin est presque entièrement écrit par des hommes, à l'exception de la grande Marguerite Monnot qui apporte son talent musical aux refrains de la môme Piaf. Au même moment, de l'autre côté de l'Atlantique, Charlie Chaplin porte au cinéma la condition ouvrière et la standardisation du travail dans *Les Temps modernes*.

Tant de sombres tableaux ou de combats politiques ne résument pas toutefois la vie des pauvres gens. Dans la France du début du XXe siècle, la culture ouvrière est faite aussi des sorties et de rituels qui rassemblent chaque dimanche le peuple de Paris dans les bals des barrières ou dans les guinguettes de bords de Marne. Le goût de la valse et de l'accordéon inspirera quantité de refrains et toute une tradition musicale avec ses virtuoses comme Émile Vacher, le roi du « genre musette ». Comme le souligne Armand Lanoux : « Le peuple des villes est gai !

Ce n'est pas une illusion due aux perspectives historiques. Il est plus gai qu'aujourd'hui. Il participe aux grandes kermesses, qui font du mardi gras, du bœuf gras, du carnaval, du 14 Juillet les effusions d'une joie tumultueuse… Les fêtes foraines, les caf' conc', le cirque, les beuglants, les retraites, les bords de Seine, les bords de Marne, les guinguettes, les bals populaires fleurissent. L'ouvrier n'a pas de temps, pas d'argent, mais son samedi soir est sacré… 1900 est gai chez Maxim's comme à la fête à Neuneu. » Ce même peuple joyeux se retrouvera trois décennies plus tard sur les plages à la faveur des réformes du Front populaire, et trouvera son illustration au cinéma dans quelques films en noir et blanc comme *La Belle Équipe* de Julien Duvivier.

P

Pagnol, Marcel, et Marseille

Marseille a inspiré plus de refrains qu'aucune autre ville française hors la capitale. La grande cité méditerranéenne fut la seule à entretenir une tradition de music-hall avec ses théâtres spécialisés (L'Alcazar dont on peut voir encore l'ancien portail près du Vieux Port), ses sujets, ses auteurs, ses musiciens dont beaucoup accompliront de grandes carrières nationales et internationales. Il ne manquait qu'un génie pour transformer Marseille en miroir de l'humanité tout entière, comme le fit Marcel Pagnol par ses écrits, ses souvenirs, ses films. Sa fameuse trilogie a transformé un simple café marseillais en un décor à la fois local et universel. Quand bien même ce jeune homme né à Aubagne, puis nommé professeur de lettres à Paris, avait déjà produit d'excellentes comédies comme *Jazz* (1926) et *Topaze* (1928), quelque chose de plus singulier s'est cristallisé dans l'écriture puis la création de *Marius*, en 1929, au théâtre de Paris. Dans cette pièce, puis les épisodes qui vont suivre, éclate le génie d'un descendant de Molière qui s'inspire de la cité phocéenne pour nous montrer la vie dans sa drôlerie, sa cruauté, sa tendresse, ses grandeurs et ses travers.

Le succès des comédies, films et romans de Pagnol allait provoquer une immense vague sudiste dans la littérature et les spectacles entre les deux guerres. Le même esprit méditerranéen s'affirme dans les premiers romans de Jean Giono, très ancrés dans leurs paysages de Haute-Provence (certains sont adaptés au cinéma dès les années 1930 par Marcel Pagnol comme *Un de Baumugnes* rebaptisé *Angèle*). Mais c'est aussi en profitant de cette vogue que le compositeur Vincent Scotto, le parolier René Sarvil, le chef d'orchestre Georges Sellers et le chanteur Alibert inventent l'opérette marseillaise, lancée avec l'accent sur les boulevards parisiens et interprétée par les voix charmantes de Mireille Ponsard, Gaby Sims ou Andrée Turcy. Plus que jamais, Marseille apparaît comme un laboratoire du spectacle où se forment nombre d'acteurs, de chanteurs et de fantaisistes à l'instar de Cora Madou, Raimu, Fernandel, Andrex, en attendant le jeune Yves Montand. Une fois sacrés chez eux, ils n'ont plus qu'à se lancer naturellement dans la capitale – tandis qu'inversement de plus en plus de jeunes vedettes parisiennes viennent affronter le public marseillais, réputé fort exigeant... On en retrouve aujourd'hui encore l'héritage. Malgré la disparition des grands music-halls, Marseille abrite le dernier vrai théâtre d'opérette français (L'Odéon), et les refrains de Scotto (« Un petit cabanon », « Vous avez l'éclat de la rose », « Le plus beau tango du monde »...) sont toujours présents dans les mémoires, repris par des groupes de rap locaux comme Pont transbordeur ou Massilia Sound System. Quant à l'Opéra municipal – magnifique monument Art déco de 1923 –, il propose régulièrement des chefs-d'œuvre oubliés comme ceux d'Ernest Reyer, le grand compositeur marseillais de la fin du XIXe siècle. C'est toutefois Marcel Pagnol qui, par son génie, a donné ses lettres de noblesse à l'esprit marseillais en le rendant familier aux yeux du monde.

Palaces

À vingt-cinq ans, j'ai commencé à collectionner les nuits dans les grands hôtels, comme d'autres collectionnent les timbres ou les vieilles voitures. Toujours mon attirance pour la Belle Époque et les Années folles : devant un vieux palace balnéaire, juché sur son front de mer, je ressens un irrésistible besoin d'entrer. S'il faut, je puise dans mes économies, mais j'use également de stratagèmes pour me faire inviter à moindre coût. Tous les prétextes de reportages sont bons, pourvu qu'ils se traduisent par quelques jours, tous frais payés, dans une suite avec vue. J'aime découvrir la chambre, la corbeille de fruits et la bouteille de champagne, mais aussi la persistance d'un style de vie opulent grâce à l'abondant personnel aux petits soins, telle une survivance des domestiques d'hier. Après quoi, pendant deux jours entiers, je me fais livrer des *room service* sans mettre le pied dehors, en me contentant de regarder ce paysage grandiose et le mouvement des nuages à l'horizon.

À la Baule, en reportage pour le magazine *Playboy*, j'ai goûté les grandes plages de sable vues de ma chambre à L'Hermitage, grande bâtisse néonormande de 1926 ; mais j'ai apprécié aussi le charme plus « cosy » du Castel Marie-Louise acquis à la même époque par François André, le directeur du casino. À Deauville, j'ai souvent séjourné au Normandy – la plus vaste fausse-chaumière-normande du monde, inaugurée en 1912. La première fois, le directeur Lucien Barrière, que je devais interviewer, m'avait réservé une délicieuse suite face à la mer. La vue était seulement gâchée par les aménagements immobiliers et sportifs de la plage qui cachent le rivage et justifient le mot de Tristan Bernard sur Deauville : « si près de Paris et si loin de la mer ». J'ai dormi aussi au massif hôtel Royal, bâti l'année suivante, avant de préférer, somme toute, le style Art déco de l'Hôtel du Golf (1929) pour sa vue ravissante sur Trouville, la baie de Seine et les vergers fleuris.

Du temps où je ressentais l'attirance du Sud, j'ai passé de délicieux séjours à Monte-Carlo où survit également un luxe d'avant-guerre. Quoique classé légèrement en dessous de l'Hôtel de Paris, le merveilleux hôtel Ermitage (sans « h », à ne pas confondre avec celui de La Baule), est l'un des plus beaux palaces Belle Époque, bâti en 1896 avec ses ailes, ses salons et son jardin d'hiver à l'abri d'une coupole de Gustave Eiffel. Mais je pourrais ajouter d'autres établissements comme l'exquis hôtel Splendid à Dax, d'une grande pureté avec ses couleurs bleues et blanches, son salon fumoir, ses escaliers, ses vitraux, agencés en 1928 par l'architecte André Granet ; ou encore, à l'autre bout de l'Europe, l'hôtel Villa Igiea, un bâtiment néogothique de 1899 planté devant la mer, tout au bout du port de Palerme. Je n'oublie pas davantage ces délicieux établissements coloniaux, parfois un peu branlants, qui font le charme des voyages : tel l'hôtel Villa de France à Tanger qui ressemblait quand je m'y rendais, dans les années

1990, à une maison de campagne du Val de Loire pleine de senteurs méditerranéennes. Matisse y avait séjourné et peint quelques tableaux, si bien que le réceptionniste, posté devant son standard à manivelles, ne manquait pas de promettre à chaque client « la chambre de Matisse » qui s'était apparemment démultipliée. Un peu plus bas dans la même ville, à l'hôtel El Minzah, une pianiste bretonne, échouée depuis des années, jouait encore près du bar, à la fin du XXe siècle, entretenant toute la mélancolie de l'exil. D'Europe en Asie et en Amérique, la liste des vieux palaces est innombrable et suffit amplement comme programme de voyage.

Je n'en sais pas moins apprécier également les hôtels de moyenne catégorie qu'on trouvait encore partout en France, il n'y a pas si longtemps, et qui conservaient un vieux charme provincial caractérisé par leur personnel familial attentif, leurs lits couverts de gros édredons, leur mobilier rustique, et leurs salles à manger où les pensionnaires dînaient face à face sans se dire un mot, comme dans certains films en noir et blanc. Ces établissements toutefois se font rares et je les ai vus disparaître, tandis que s'imposait une nouvelle économie hôtelière fondée sur les marques, les normes, les économies d'échelle et la communication. Les hôtels, comme le reste, se regroupent sous des enseignes génériques. Oubliez le Relais des Galets ou l'Auberge du Cheval blanc. Ce ne sont désormais partout que des Mercure, des Iliad ou des Kyriad, quand ce ne sont pas des Choice, des Accord ou des Best Western. Plus encore dans les établissements de luxe, cette déclinaison a quelque chose d'inélégant, et ce fut pitié de voir le bel hôtel Normandy rebaptisé « Normandy Barrière »... avant de devenir un jour, pourquoi pas, hôtel « Normandy Nike » ou « Normandy Carrefour » ? Le monde de l'entreprise sait comment s'y prendre pour tuer le charme ancien. Et, lorsque débute la rénovation d'un établissement, on peut être certain que les derniers vestiges d'une beauté surannée se verront sacrifiés aux spas et Jacuzzi dont raffolent les émirs postmodernes, et que l'ancien faste bourgeois ne résistera guère au *design* cher aux jeunes loups de la finance.

Pantins (Théâtre des)

Le théâtre des Pantins fut une des plus audacieuses entreprises de cette jeunesse artistique qui, à l'aube du XXe siècle, mêlait volontiers création, provocation et canulars. Il rassemble quelques artistes de haut vol à l'aube de leur carrière : le poète Franc-Nohain, auteur notamment des drolatiques *Poèmes amorphes* (il sera par ailleurs le père de Jean Nohain et du comédien Claude Dauphin) ; le peintre Pierre Bonnard qui ne dédaignait pas d'abandonner ses grandes compositions colorées pour de simples dessins et illustrations ; et le compositeur Claude Terrasse, beau-frère du précédent, qui allait connaître le succès pour ses opérettes. Passés par Le Chat noir et les groupes anticonformistes, ils présentent à partir de décembre 1897 dans l'appartement de Claude Terrasse, 6, rue Ballu, des spectacles de marionnettes pour adultes qui n'hésitent pas à verser dans la loufoquerie pure. En cette fin de siècle très cocardière, leurs personnages en bois vont même subir les foudres de la censure pour une création satirique intitulée « Vive la France ». Mais le théâtre des Pantins accueille d'autres auteurs comme le poète André-Ferdinand Hérold, disciple de Mallarmé proche d'André Gide et de Pierre Louÿs : et surtout Alfred Jarry qui rejoint la bande et organise pour les marionnettes plusieurs représentations mémorables d'*Ubu roi* – personnage confectionné pour l'occasion par Bonnard, cependant que Terrasse compose pour l'occasion une terrifiante « chanson de l'écervelage ».

Paradis perdu

Sorti en 1940, cet émouvant film d'Abel Gance est un double adieu à la Belle Époque et aux Années folles. L'intrigue nous conduit d'abord en 1914. Le héros, mobilisé, doit quitter sa jeune épouse, mais lorsqu'il rentre de la guerre, celle-ci est morte en couches, laissant une petite fille et le souvenir d'une chanson : « Paradis perdu », sur une musique d'Hans May et des paroles de Roger Fernay. La toute jeune Micheline Presle, âgée de dix-huit ans, joue le principal rôle féminin, doublée par Lucienne Delyle dans ce refrain plein de nostalgie qui semble évoquer à la fois une histoire d'amour et tout un monde passé magnifié par les souvenirs de la Belle Époque… Le scénario raconte ensuite comment l'enfant née pendant la guerre devient elle-même une jeune fille, connaissant à son tour le bonheur dans une époque heureuse. Époque trop brève, cependant, avec la montée de nouvelles tensions européennes et l'approche inéluctable du second conflit mondial où va partir combattre son jeune amant, officier de marine. Tourné pendant la « drôle de guerre » avec Elvire Popesco et Fernand Gravey, le film d'Abel Gance pressent les drames qui s'annoncent. Le réalisateur qui avait déjà donné au temps du muet son génial *Napoléon*, et qui tournera encore, sous l'Occupation, le merveilleux *Capitaine Fracasse*, résume ici la double tragédie européenne du XXe siècle, en même temps qu'il nourrit le sentiment d'un âge d'or englouti pour toujours, sauf dans le souvenir d'une valse mélancolique.

Paris-Vienne

Comme l'a souvent souligné Jean Clair, historien d'art et ancien directeur du musée Picasso, l'intelligentsia française s'est longtemps contentée d'une vision univoque de l'histoire de l'art, calquée sur le schéma de progrès politique : « Un axe est-ouest, dans lequel les modernités se relaient victorieusement : Paris au début du XXe siècle, Moscou et Berlin entre deux guerres, puis New York dans les années 1950. Les milieux intellectuels connaissaient certaines figures viennoises, mais comme des cas isolés. Nul n'avait conscience que ces gens faisaient partie d'un monde et dessinaient une autre géographie : « un axe nord-sud qui relie Berlin, Vienne et Milan, à travers l'Empire austro-hongrois. »

En 1985, la Biennale de Venise présente une grande exposition intitulée « Les arts à Vienne ». On y découvre cette autre modernité : « sceptique, critique d'elle-même ». En 1986, Jean Clair présente au Centre Pompidou l'exposition « Vienne, naissance d'un siècle » ; et cette tardive découverte par la France du monde viennois trouve un écho chez certains écrivains. « Cioran commençait à être connu, se souvient Jean Clair ; et je me rappelle qu'il venait très souvent, tant ce monde lui était familier. C'était aussi le moment où Kundera, français d'adoption, regrettait une certaine méconnaissance, dans notre pays, de la "Mittel-Europa" et de son avant-garde à la fois moderne et antimoderne. » Trente ans plus tard, la connaissance des grandes heures de la modernité viennoise a beaucoup progressé : Mahler, Berg, Zweig, Klimt et Freud sont devenus autant de piliers de notre culture artistique et littéraire – qui s'autorise même parfois à dédaigner l'esprit parisien, désormais jugé trop futile en regard de la profonde mélancolie viennoise.

Parisien (Le siècle) : 1850-1950

La capitale française de 1830 était déjà un fabuleux carrefour. On pouvait y croiser Rossini et Verdi, Chopin, Liszt et Heine, tandis que Wagner débarquait pour tenter de se faire connaître. Mais la grande ville n'était pas encore devenue son propre sujet. Les romantiques rêvaient de Moyen Âge, de ruines, de montagnes et de brigands. Balzac fut le premier à se passionner pour le chaudron parisien en tant que tel et à pressentir la richesse de ce laboratoire, véritable condensé de l'expérience humaine. Au même moment, l'essor des chemins de fer pousse vers la capitale des trains chargés de Bretons, d'Auvergnats, de Belges et d'Alsaciens comme le résumera Jacques Offenbach dans *La Vie parisienne* : « À Paris, nous arrivons en masse. » Sous la monarchie de Juillet et le Second Empire, l'essor économique, l'enrichissement des nouvelles classes, l'extension de la cité, la concentration d'artistes et de poètes vont ainsi faire de cette ville davantage qu'une ville : la source principale des inspirations et le décor même de la vie, largement exploité par les successeurs de Balzac, de Flaubert et Maupassant à Céline et Marcel Aymé, en passant par Proust et Zola.

De 1850 à 1950, un véritable foisonnement de modèles littéraires, picturaux, musicaux, autorise même à parler de « siècle parisien ». La peinture, au même moment, découvre une lumière nouvelle sur les berges de la Seine. Elle s'empare des boulevards et des locomotives à vapeur prêtes à partir pour la Normandie ou la Côte d'Azur, elles-mêmes transformées en jardins d'agrément. Le théâtre n'est pas en reste et la comédie populaire emprunte beaucoup de son décor à la vie parisienne avec ses bourgeois et ses militaires, ses fonctionnaires et ses domestiques, ses arrière-cuisines et ses maisons de passe. Les intrigues qui s'y déroulent, signées Meilhac, Labiche, Feydeau, Guitry, Bourdet ou Bernstein connaissent alors des succès mondiaux comparables à ceux du futur cinéma américain.

Après l'éveil balzacien sous la monarchie de Juillet, puis la naissance de l'impressionnisme et l'âge d'or du vaudeville, Paris devient également le berceau de l'art moderne. Tout commence après la guerre de 1870 dans les cafés du boulevard Saint-Michel rebaptisé par anticléricalisme « boulevard Michel » (d'où le Boul' Mich), où quelques étudiants tiennent des conférences absurdes et forment des groupes nommés « zutistes », « fumistes », « hydropathes » ou « incohérents ». Émigrant vers Montmartre, ils se retrouvent au cabaret Le Chat noir où débute Erik

Satie comme « gymnopédiste », tandis qu'Alphonse Allais présente un tableau entièrement blanc intitulé *Première Communion de jeunes filles chlorotiques par un temps de neige*. Charles Cros, son meilleur ami, est à la fois poète, humoriste et véritable inventeur du phonographe. Réunis par l'amour de la nouveauté, les rejetons de la bourgeoisie bouleversent le monde tout en se moquant d'eux-mêmes.

À l'aube du XXe siècle, l'effervescence parisienne exerce une irrésistible attraction. Débarquant en France avec les Ballets russes, Stravinsky trouve dans la capitale française l'élan novateur qui va le conduire de *L'Oiseau de feu* à *Pétrouchka*. Les jeunes compositeurs ibériques convergent vers cette ville où Isaac Albéniz et Manuel de Falla préparent la renaissance musicale espagnole, tandis que Pablo Picasso peint ses chefs-d'œuvre au Bateau-Lavoir. Les liens se multiplient avec l'Angleterre dans le sillage du prince de Galles, futur Édouard VII, qui s'est pris de passion pour les cafés-concerts parisiens, cependant qu'Oscar Wilde vient goûter la liberté de ce côté-ci de la Manche.

Les historiens d'art situent fréquemment le point culminant de cette modernité parisienne dans les années 1912-1913 marquées par le cubisme, *Du côté de chez Swann* et *Le Sacre du printemps*. De fait, la foi dans « l'art pour l'art » et le rôle des salons s'estomperont après la Grande Guerre. Celle-ci ne marque pas, pour autant, un repli de l'esprit parisien. Au contraire : la défaite de l'Allemagne se veut aussi victoire de l'esprit français qui va cultiver davantage encore sa fantaisie. Les Années folles voient s'épanouir nombre de tendances esthétiques en germe depuis 1900 : l'amour du jeu, l'hédonisme, le goût de la clarté, l'ironie et la légèreté. Aux Russes et aux Espagnols succèdent les Américains. Reçu chez la princesse de Polignac, Cole Porter compose son chef-d'œuvre *Anything Goes* au Touquet « Paris-Plage ». Installé à Montparnasse,

Hemingway déjeune chaque jour à La Coupole. Les Sud-Américains viennent en masse, à l'instar du compositeur brésilien Villa-Lobos ; et les jeunes artistes d'Europe centrale ne sont pas en reste, tels Chagall, Kisling, Soutine ou Modigliani ; mais Paris est aussi la ville du compositeur tchèque Martinů, du Polonais Tansman et du Hongrois Harsányi. Tous ces artistes parisiens, de naissance ou d'adoption, incarnent une modernité rythmée, vive, dissonante et joyeuse.

Un lieu commun, répandu de nos jours et fondé sur la seule histoire politique, assimile les années 1930 à des « années sombres », par opposition à la légèreté des Années folles. Pourtant, malgré la crise de 1929, puis la guerre qui se profile, l'esprit parisien atteint encore, après 1930, des sommets lumineux dont témoigne le cinéma de Jean Renoir (*Boudu sauvé des eaux*, *Partie de campagne*, *La Grande Illusion*, *La Règle du jeu*), René Clair (*Sous les toits de Paris*, *Le Million*, *À nous la liberté*), Jacques Feyder (*Le Grand Jeu*, *La Kermesse héroïque*), Marcel Pagnol (trilogie marseillaise, *Le Schpountz*). C'est aussi le temps des grandes partitions de Roussel, Koechlin, Honegger et Ibert. Entre théâtre et cinéma, Pagnol, Guitry et Giraudoux alignent les chefs-d'œuvre. À la veille de la guerre, le septième art se montre même plus loufoque que jamais dans les comédies sur mesure tournées par Fernandel : *François Ier*, *Les Rois du sport*, *Les Cinq Sous de Lavarède* ou *Raphaël le tatoué*. L'opérette n'est pas en reste et fait courir comme jamais le public qui applaudit en 1934 *Toi, c'est moi* de Moisés Simóns (où Pauline Carton chante « Sous les palétuviers »), et encore en 1937 les *Trois Valses* d'Oscar Straus où Yvonne Printemps entonne « Oui je t'aime, ô Paris ! ».

Les tensions mondiales se font certes ressentir. Dès 1933, nombre d'artistes chassés par le nazisme sont accueillis à Paris. Beaucoup partiront bientôt pour les États-Unis, d'abord sous la menace militaire allemande qui se rapproche, mais aussi en raison du faible empressement que met parfois la France à les retenir quand l'Amérique leur offre des perspectives plus vastes. Comme l'expliquera Arthur Honegger, résumant la situation et l'esprit du temps dans une conversation avec le chef américain Maurice Abravanel : « C'est très simple. Il y a un seul gros fromage ; nous sommes tous autour de la table et il n'y en a que très peu pour chacun de nous. Si quelqu'un d'autre arrive, on ne le porte pas dans son cœur. »

La période de l'Occupation aggravera ce repli. Après le départ des compositeurs étrangers, l'État français mène certes une politique active d'enregistrements et de concerts pour soutenir les jeunes artistes. Mais Paris, qui fut pendant vingt ans la moins germanique des villes artistiques, se tourne vers l'Allemagne dans une fascination qui va de pair avec un certain mépris pour l'esprit français. L'écrivain fasciste Lucien Rebatet dénonce dans *Je suis partout* la médiocrité de la musique et du cinéma français. Au lendemain de la guerre, Pierre Boulez exprimera le même profond mépris pour « cette classe putride qui constitue le plus clair du monde musical parisien », allant jusqu'à déclarer à propos de l'Occupation où l'on jouait beaucoup Beethoven et Wagner : « Les Allemands apportèrent, en fait, la haute culture en France. »

Mais les morts sont lentes et le siècle parisien ne s'achèvera pas si vite. Dans les années 1950, les comédies d'Anouilh et les ballets de Roland Petit ravivent un temps la légèreté poétique d'avant-guerre. Au cinéma, les gueules de Gabin, Bourvil, Raimu et Michel Simon perpétuent la gouaille parisienne. De jeunes artistes américains comme Ned Rorem, Quincy Jones ou Philip Glass continuent à voir cette ville comme ce cœur battant de l'art moderne, où ils viennent recueillir les ultimes conseils de Nadia Boulanger, la grande pédagogue amie de Stravinsky.

Des changements profonds affectent toutefois la ville elle-même. Les plans d'urbanisme puis la pression immobilière vont mettre à mal le style de vie urbain dans ses mélanges de bourgeois, d'étudiants, de commerçants, d'artistes. Le fossé va se creuser entre la ville muséifiée et sa banlieue surpeuplée. L'Amérique, au même moment, décrétera la fin de la suprématie parisienne. L'avant-garde française contribuera elle-même à se marginaliser davantage en optant pour la radicalité sèche et le dogmatisme révolutionnaire. Le « nouveau roman » établira une littérature ennuyeuse réfugiée dans les universités. Le « théâtre public », supervisé par l'État, délaissera la tradition si française de la comédie de mœurs. Persuadée de se moderniser, la France se *provincialisera* en imitant les autres, et peu de voix s'élèveront pour contester ce tournant, comme s'il marquait un progrès incontestable.

Quand j'ai grandi, dans les années 1960-1970, il fallait ironiser sur tout ce qui semblait « franchouillard ». Quelque chose, pourtant, me poussait sur cette voie où je découvrais des merveilles. La France de ma jeunesse rêvait d'Amérique mais elle venait tout juste de changer. La France d'aujourd'hui est américaine de la tête aux pieds ; mais l'imagerie du siècle parisien attire toujours davantage les tour-opérateurs et soude les Français dans la nostalgie d'une culture commune quand bien même celle-ci finit par se réduire à quelques clichés. N'importe quelle scène parisienne d'un *blockbuster* hollywoodien commence sur une image de la tour Eiffel et quelques notes de valse musette qui semble résumer pour toujours l'identité cette ville. Tout ce qu'on a pu ajouter depuis paraît insignifiant au regard des immeubles haussmanniens, des théâtres, des squares, des escaliers et des passages. La capitale française demeure ancrée dans ce « siècle parisien » qui lui a donné sa résonance universelle.

J'ai eu quelques professeurs particuliers de Belle Époque et surtout d'Années folles, des témoins qui en portaient le souvenir encore vif. Rétrospectivement, je regrette d'avoir laissé passer trop d'occasions, trop de rencontres dont je ne mesurais pas alors le prix. Ce fut le cas notamment pour Dolly de Tinan, la belle-fille de Debussy, dernière à l'avoir intimement connu. J'aurais adoré la rencontrer, mais je n'y mis pas assez d'acharnement. Quelques années après sa mort, en 1985, je découvris... qu'elle était la tante d'une proche amie de ma mère, et que rien n'aurait été plus facile que de lui parler. Du coup je conserve en moi cette question (parmi d'autres) dont je ne connaîtrai jamais la réponse qui ne semble figurer dans aucun livre sur le compositeur : à quoi ressemblait la voix de Debussy ?

J'ai prêté davantage d'attention, par la suite, à ces rencontres, dont quatre au moins m'auront marqué durablement. La première fut celle de Manuel Rosenthal, grand chef d'orchestre et compositeur que je connus quand il avait quatre-vingts ans passés et que j'ai beaucoup fréquenté jusqu'à sa mort en 2003, âgé de quatre-vingt-dix-neuf ans. Né d'une mère juive qui avait traversé l'Europe à pied, il avait grandi avant 1914 dans le quartier du Marais, étudié la musique et fait ses débuts de violoniste au cinéma, puis il était devenu l'un des rares élèves de Ravel. Enfant de la Belle Époque, il avait fait ses débuts durant les Années folles et allait connaître un immense succès avec sa *Gaîté parisienne* sur des thèmes d'Offenbach, créée en 1938 par les Ballets russes de Monte-Carlo. De ce temps il avait gardé le goût d'un art brillant, détaché, piquant, ironique, généreux en rythmes et en couleurs, et jamais sentimental. Il trouvait le « je » haïssable, et parlait une langue d'autrefois, bien construite, timbrée et articulée. Il vénérait surtout l'esprit français et son école artistique dont il s'était fait comme chef d'orchestre un porte-parole.

En ces mêmes années, j'eus le bonheur de fréquenter beaucoup Madeleine Milhaud, l'épouse du compositeur Darius Milhaud. Elle avait connu très tôt l'aventure du Groupe des Six, étant la jeune cousine de Darius avant de devenir son épouse. Une fois même, elle avait joué du piano devant Debussy ! Habitant le boulevard de Clichy depuis les années 1920, elle me racontait la transformation du quartier depuis l'époque où celui-ci hébergeait une fête foraine. Elle me parlait de ses amis : Satie, Stravinsky, Claudel, Fernand Léger, Kurt Weill et beaucoup d'autres. Elle se rappelait comment les jeunes talents, alors, venaient facilement frapper à la porte de leurs aînés. Mais, surtout, elle m'appelait « Duteurtre », à l'instar d'une époque où on désignait plus volontiers les artistes par leur nom que par leurs prénoms – devenus de nos jours la marque de l'entre-soi. Madeleine est morte en 2008, âgée de cent cinq ans.

Pendant dix ans encore, j'ai eu le bonheur de connaître intimement l'actrice et chanteuse Suzy Delair qui, née en 1917, portait le souvenir vivant de la fin des Années folles. Dès l'âge de treize ou quatorze ans, elle s'était jetée à corps perdu dans le monde du spectacle. D'abord arpette dans le Paris des modistes, elle avait débuté sur scène avec les encouragements d'Albert Willemetz et de Maurice Lehmann, les deux grands hommes du théâtre de l'époque ; elle était devenue la maîtresse du journaliste Paul Brach, ami de Marcel Proust ; puis elle avait joué dans une revue de Mistinguett, qui l'avait encouragée. Elle racontait avec une mémoire sans faille la vie des jeunes actrices de l'époque, les rôles de « petites femmes », l'importance des protecteurs. Tout ce monde, elle l'avait connu, observé, pratiqué, enregistré, avec son intelligence et sa vivacité, avant de rencontrer Henri-Georges Clouzot qui avait fait d'elle une vedette de cinéma. Ultime témoin de ce temps perdu, elle en a emporté les derniers souvenirs en mars 2020, âgée de cent deux ans.

Enfin, j'ai le bonheur de compter parmi mes amis le charmant François Bellair, rencontré dans le cercle de Suzy Delair et lui-même fils de la chanteuse Marie Dubas, créatrice entre autres du « Doux caboulot » (écrit par Francis Carco) et du « Légionnaire » (que reprendra Édith Piaf). Trop jeune pour avoir connu la Belle Époque et les Années folles, François – né en 1938 – a toutefois grandi parmi des personnages de ce temps-là : Yvonne Printemps, Lucienne Boyer, Suzy Solidor et tant d'autres qui l'ont bercé et dont il peut parler de façon presque intime – dans un français qu'on n'entend plus guère. Mais François est aussi un collectionneur, un lecteur, un érudit, qui connaît mieux que quiconque l'histoire du théâtre et du music-hall d'avant-guerre, partagée avec d'autres passionnés comme le collectionneur d'affiches Jean-Pierre Capelle. Avec eux j'ai le bonheur de voyager vers ces mondes disparus où, parfois, nous nous sentons mieux que dans le temps présent !

Patinage

Pour retrouver presque intact un plaisir urbain des années 1900, il faut se rendre l'hiver à Central Park sur le perron qui surplombe la grande patinoire du jardin new-yorkais. De cet emplacement on peut s'asseoir sur un banc ou s'appuyer à la balustrade ; et c'est un enchantement de voir les corps tournoyer dans la nuit, sur la glace, avec en arrière-plan la plantureuse pâtisserie de l'hôtel Plaza, inauguré en 1907. Si l'on veut prolonger l'enchantement de la Belle Époque par celui des Années folles, on peut également sortir du parc et descendre la 5e Avenue sur quelques blocs jusqu'au Rockefeller Center. Ici, une autre patinoire en plein air, enfouie au milieu des buildings aux lignes Art déco, rappelle le New York radieux de *Gatsby le Magnifique*. Tous ces corps qui, aujourd'hui encore, tournoient sur des rythmes de jazz, rappellent l'importance acquise, à l'aube du XXe siècle, par les patinoires artificielles, faisant du patinage un divertissement urbain très prisé. Les plus belles sont des chefs-d'œuvre d'architecture à l'égal des grandes piscines Art déco dont les Bains Deligny, à Paris, furent une magnifique illustration. Elles sont aussi des lieux codifiés, explique Armand Lanoux dans *Amours 1900* à propos du palais des Glaces, ouvert dès 1893 à l'emplacement de l'actuel théâtre du Rond-Point : « Dans cet estimable établissement, l'après-midi, les demoiselles de bonne famille glissent dans les bras de professeurs déférents. L'orchestre joue d'innocentes polkas. Vers quatre heures, la lumière tombe. Les demoiselles quittent leur cavalier masqué, soupirent et gagnent les vestiaires en jacassant. Quelques minutes et le grand vaisseau glacé devient désert. Puis les lustres se rallument, l'orchestre attaque une valse brillante et les mêmes professeurs, bien carrés sur les patins, entraînent sur la piste Liane de Pougy, Otéro ou Polaire, poupées tourbillonnantes, dans un style autrement enlevé ! Les dernières fillettes harcelées par le chaperon jettent par-dessus l'épaule un ultime regarde vers les papillons épanouis du demi-monde. »

Péguy, Charles

Dans son *Anthologie de la poésie française* (« Bibliothèque de la Pléiade », 1949), André Gide a fait quelques omissions volontaires qui peuvent surprendre, concernant deux des plus grands poètes de sa génération… Elles étonnent moins si on souligne que l'un et l'autre furent de fervents catholiques dont l'œuvre tout entier est nourri par cette foi, aux antipodes des conceptions philosophiques de Gide. Le premier, Paul Claudel, n'est pas même cité dans la préface, et son absence suffit à rappeler l'antipathie naturelle entre les deux hommes (aggravée par la condamnation des mœurs gidiennes par l'auteur de *L'Annonce faite à Marie* et des *Cinq Grandes Odes*). L'absence de Péguy est plus surprenante si l'on songe aux lettres enthousiastes que lui adressait Gide, après avoir lu son *Porche du mystère de la deuxième vertu* qui comporte quelques-uns des plus beaux morceaux de la poésie française en vers libres. L'opinion de Gide semble pourtant devenue bien plus sévère après la mort de Péguy. Il s'en explique dans sa préface où il attaque en particulier l'immense poème « Ève », paru peu avant la mort de l'écrivain dans les *Cahiers de la Quinzaine* (1914). Ici, Péguy, loin du style de ses premiers poèmes, s'avance en effet dans une direction nouvelle : celle d'une écriture en vers réguliers, au rythme incantatoire fondé sur la répétition. Non sans mauvaise foi, Gide en donne pour exemple le passage qui suit :

Comme dormait Moïse au bord du fleuve Nil
Comme dormait Moïse au bord du premier Nil
Comme dormait Moïse au bord du large Nil
Comme dormait Moïse au bord du chaste Nil
Comme dormait Moïse au fil de l'eau du Nil

Comme dormait Moïse au confluent du Nil
Comme dormait Moïse au giron du vieux Nil
Etc.

En réalité, ces vers ne s'enchaînent pas ainsi dans « Ève » mais constituent chacun le début d'un quatrain, induisant un jeu de répétitions beaucoup plus subtil que celui dénoncé par l'auteur des *Nourritures terrestres* :

Comme dormait Moïse au long du fleuve Nil,
Ainsi l'enfant perdu dormait dans son berceau.
Mais la fille du roi, qui jouait au cerceau,
N'était point accourue en ce commun péril.

Comme dormait Moïse au bord du premier Nil,
Ainsi l'enfant dormait sous ces pauvres arceaux.
Mais la fille du roi, qui jouait aux ciseaux,
N'était point accourue en ce premier péril.

Comme dormait Moïse au bord du large Nil,
Ainsi l'enfant dormait dans son pauvre trousseau.
Mais la fille du roi, qui jouait au boisseau,
N'était point accourue en ce vaste péril.
Etc.

Quant à moi, je reste fasciné cette extraordinaire litanie où j'ose voir un des traits les plus fulgurants du génie de Péguy : un art qui semble procéder du chant grégorien et de ses inlassables versets, ou encore, comme le reconnaît Gide, qui « telle la flûte arabe reprend inlassablement la même phrase mélodique, avec pourtant une très légère (faible, insensible, imperceptible, subtile) modification. C'est cette répétition même sur laquelle il compte ; par laquelle il obtient un effet hypnotique de litanie ». J'oserais même voir dans cette écriture répétitive, progressant par transformations subtiles, quelque chose de visionnaire qui préfigure certaines voies les plus neuves de l'art moderne, comme celle du minimalisme et de la musique répétitive. Tout cela, Péguy l'accomplit avant de mourir au combat, âgé de seulement quarante et un ans. Durant les dix années précédentes, son génie se sera déployé avec une énergie folle dans quantité de textes, d'essais, de réflexions sur la France, la foi, la République, les instituteurs, le socialisme. Et c'est bien la même énergie qui se déploie dans ce poème aux mille neuf cent onze quatrains (!), où se répètent et se métamorphosent les mots, les images et les couleurs, comme les jeux fascinants d'un kaléidoscope.

Peindre (Le bonheur de)

La peinture moderne a ses beautés tragiques : du *Cri* de Munch au *Guernica* de Picasso, en passant par l'expressionnisme allemand, les foules hallucinées d'Ensor ou les corps écartelés de Dalí... Je n'en suis pas moins frappé, d'abord, par l'affirmation, à l'aube du XXe siècle, d'un immense bonheur de peindre et d'une abondante peinture du bonheur. De 1880 à 1930, dans le sillage de la révolution impressionniste, une véritable jubilation accompagne la découverte de formes nouvelles. Elle inspire le jeu de la composition, la frénésie de couleurs et les sujets eux-mêmes qui semblent vouloir explorer toutes les formes de volupté.

Monet et ses amis avaient ouvert la fenêtre dès le milieu du XIXe siècle, tant leur peinture, déjà, portait un regard extatique sur la beauté de la nature. Dans leur sillage, les pointillistes et les nabis s'essaient à des jeux nouveaux avec un même enthousiasme. D'*Un après-midi à l'île de la Grande Jatte* de Seurat à la *Nave Nave Mahana* de Gauguin, en divisant l'image à l'infini ou au contraire en la simplifiant, on perçoit cette joie de redécouvrir le monde et de réinventer sa représentation. Pierre Bonnard, jusqu'à la Seconde Guerre mondiale, fera de la peinture un art voluptueux, dont la magie s'empare des décors les plus banals : une maison, un jardin, une baignoire, transformés par sa brosse en monde enchanté. Il en va pareillement pour les fauves et spécialement Matisse, dont l'œuvre entier semble célébrer la volupté du quotidien, qu'il s'agisse de montrer les meubles d'un salon, la vue d'une fenêtre sur la Méditerranée, voire une simple nature morte, joyeuse et rythmée. La moindre chose devient, par la grâce de la peinture, un enchantement ; si bien qu'on ne saurait trop dire ce qui l'emporte de l'émerveillement du jeu pictural ou de la façon dont il nous apprend à regarder autrement tout ce qui nous entoure.

Le même bonheur, le même esprit ludique, la même gourmandise d'harmonies inconnues seront au cœur des expérimentations d'avant et d'après la Première Guerre mondiale : ainsi quand Braque, Picasso et Juan Gris s'emparent des personnages et des objets pour les déstructurer et les reconstruire, inventant le cubisme avec une fantaisie qui semble vouloir nous surprendre et parfois nous faire rire ; ou quand Duchamp brosse son jubilatoire nu désarticulé « descendant un escalier ». Les premiers abstraits ne procéderont pas autrement et la peinture de Kandinsky s'apparente à l'invention d'un monde où les formes étranges s'organisent et dansent sous nos yeux telles des créatures imaginaires. Mondrian préfère réinventer les arbres, tandis que Robert et Sonia Delaunay s'approprient la tour Eiffel pour en tirer de grandes compositions chromatiques au rythme ondulatoire... La figuration n'offre pas moins de motifs d'optimisme, quand Fernand Léger, passé lui aussi par un cubisme très personnel (où les tubes remplacent les cubes) peint ses fabuleuses et prosaïques familles en balade à la campagne, réjouissantes par la simplicité du trait, la franchise des couleurs, le mélange de foi dans l'homme et de naïveté. Au même moment, Paul Klee atteint la poésie pure aux frontières du rêve et du concret. Faut-il ajouter le très ludique Francis Picabia ou le Tchèque de Paris František Kupka qui inventèrent l'abstraction avant tout le monde ? Mais encore Herbin, Villon, Calder et tant d'autres ? Sans oublier l'art toujours facétieux de Picasso ou Matisse à maturité, redécouvrant l'art du portrait, de la sculpture ou du papier collé. L'aventure moderne, qu'on voudra parfois définir comme un projet cérébral, sophistiqué autant que révolutionnaire, s'évertuant à briser les valeurs acquises et à explorer les ténèbres, m'apparaît plutôt comme cette fête continue où il suffit de se laisser entraîner pour être heureux.

Comme la joie et le bonheur n'ont pas bonne presse dans la sphère intellectuelle, on voudra néanmoins chercher dans l'œuvre de tous ces artistes une douleur secrète. On cherchera un message plus tragique ou plus profond comme pour sauver les œuvres d'une trop fâcheuse frivolité. Le surréalisme, en particulier, se chargera de nous rappeler que l'art est une critique de l'ordre dominant, allant puiser dans les fantasmes et les obsessions les plus sombres de l'humain... Il n'empêche que les meilleurs peintres surréalistes, eux-mêmes, prendront plus d'une fois le relais de la fête continue en créant ces images fascinantes, extravagantes, qui élargissent notre horizon à la façon d'un grand jeu : qu'il s'agisse des créatures moléculaires de Miró ou des merveilleux papiers collés de Max Ernst qui nous entraîne dans ses étranges forêts, aussi bien qu'il nous fait rire en peignant la Sainte Vierge donnant une fessée à l'enfant Jésus. La modernité fut longtemps cette école du bonheur dont la force irrésistible me saisit, me réjouit et m'enthousiasme quand j'arpente les salles du musée national d'Art moderne au Centre Pompidou, celles du musée d'Art moderne de la ville de Paris au palais de Tokyo, et plus encore à New York celles du MoMA – merveilleusement agencées – ou du Guggenheim. D'une toile à l'autre me voici gagné par la joie, le rire, la tendresse, l'émerveillement devant cette capacité qu'eurent les artistes, pendant quelques décennies, de tout essayer, tout inventer, pour en tirer un perpétuel enchantement.

Philosophie

La fin du XIXe et le début du XXe siècle donnent quelques exemples remarquables d'une philosophie à la française : une conception littéraire de la pensée qui suppose d'écrire clairement, en mettant à profit toutes les ressources du style et des exemples concrets ; mais aussi une concision que la seconde moitié du XXe siècle finira par dédaigner en se tournant, presque exclusivement, vers la grande métaphysique allemande. C'est pourtant un Allemand, Friedrich Nietzsche, qui fut le plus grand admirateur de cette philosophie littéraire qu'il admirait déjà chez Montaigne, Pascal, La Bruyère, Voltaire... Parmi leurs successeurs, trop négligés de nos jours, figurent notamment Bergson, Alain, Valéry et Bachelard.

Henri Bergson, malgré ses titres parfois intimidants (*Essai sur les données immédiates de la conscience*, *Les Deux Sources de la morale et de la religion*), s'appuie toujours sur l'expérience et la sensibilité pour nourrir une pensée qui marque un tournant dans l'histoire de la philosophie par la place qu'elle apporte à la subjectivité. Il nous éclaire, entre autres, sur les rapports entre la pensée et l'intuition : « Il y a des choses que l'intelligence seule est capable de chercher mais que, par elle-même, elle ne trouvera jamais. Ces choses, l'instinct seul les trouverait, mais il ne les recherchera jamais » ; ou encore sur les liens entre l'expérience et le temps : « Notre durée est irréversible. Nous ne saurions en revivre une parcelle, car il faudrait commencer par effacer le souvenir de tout ce qui a suivi. » On connaît son influence sur Proust, mais aussi sur toute son époque… même Charles Maurras qui, malgré son antisémitisme fanatique, ne peut s'empêcher de reconnaître sa dette envers ce maître. Haute figure du Paris intellectuel et artistique de son temps, le sage Henri Bergson ne dédaignait pas même les comédies de boulevard et il adressa un exemplaire dédicacé de son essai sur *Le Rire* à Albert Willemetz après avoir assisté, en 1918, à son opérette *Phi-Phi*. De fait, sa réflexion éclaire, avec une rare pertinence, la drôlerie de ces intrigues dans lesquelles un système bourgeois bien ordonné se dérègle à la faveur d'un événement : « Les attitudes, gestes et mouvements du corps humain sont risibles dans l'exacte mesure où ce corps nous fait penser à une simple mécanique. »

De son côté, Émile-Auguste Chartier, dit Alain, formera des générations de lycéens et d'étudiants par ses chroniques d'un seul format (trois ou quatre feuillets), publiées dans les journaux à partir de 1906 et qui transforment l'expérience quotidienne en leçon de morale ou de métaphysique. On peut gloser aujourd'hui sur les erreurs personnelles qu'a révélées son journal publié en 2018. Alain n'en reste pas moins dans son œuvre de philosophe, tout en mesure intelligente, capable de nous conduire par l'exemple jusqu'aux idées les plus profondes. Comme il le résume lui-même : « Le plus difficile au monde est de dire en y pensant ce que tout le monde dit sans y penser. »

Autre maître de la réflexion brève, toujours superbement écrite et rayonnante d'intelligence, Paul Valéry exercera lui aussi une influence déterminante sur les esprits dans la première moitié du XXe siècle. Il n'eût guère aimé se voir rangé parmi les philosophes, lui qui se disant plutôt « antiphilosophe » parce que, sans doute, il se voyait d'abord comme littérateur. Formé chez Mallarmé, il en prolonge pour une part l'héritage « hermétique », conjugué au refus de toute sentimentalité et au culte de l'antiquité classique. On lui doit cependant, comme poète, le presque populaire « ce toit tranquille, où marchent des colombes » et le magnifique « Le vent se lève !... Il faut tenter de vivre ! » du *Cimetière marin*. Mais, surtout, Valéry montre un goût de la réflexion sur les sujets les plus variés – histoire, politique, arts, mœurs... – et déploie, selon Italo Calvino, l'exemple d'une « littérature que caractérisent le goût de l'ordre intellectuel et de l'exactitude, l'intelligence de la poésie jointe à celle de la philosophie et de la science ». On gagne ainsi beaucoup à se plonger aujourd'hui dans ses *Cahiers*, ses *Regards sur le monde actuel*, ou encore les recueils d'articles qui constituent les huit volumes de « Variété » où figure notamment le fameux « Nous autres, civilisations, nous savons désormais que nous sommes mortelles » (*La Crise de l'esprit*, 1919). Personnage de son temps, Valéry fut passionnément mélomane (on ne peut rien comprendre à la fin du XIXe siècle sans parler de musique, disait-il), fâcheusement antidreyfusard, poète officiel de la IIIe République (ses citations ornent le fronton du palais de Chaillot, inauguré en 1937) ; lucidement antifasciste, et honoré en 1945 par ses funérailles nationales voulues par de Gaulle. Mais surtout il mêle comme personne dans son œuvre d'essayiste l'esprit de finesse et l'esprit de géométrie à ce talent littéraire qui en a fait un des maîtres de la pensée française.

Celle-ci trouve une illustration toute différente chez Gaston Bachelard, authentique scientifique, maître de l'épistémologie, qui dirigera longtemps l'Institut d'histoire des sciences et des techniques. Porté par un réel sens littéraire, il conduit la philosophie jusqu'aux frontières de la poésie dans ses merveilleux essais sur *L'Air et les Songes*, *L'Eau et les Rêves* ou la *Poétique du feu* dont les titres ressemblent à ceux de peintures abstraites ou surréalistes. Encore après la Seconde Guerre mondiale, le public se pressera à la Sorbonne pour découvrir et entendre cet homme à la longue barbe blanche... L'esprit littéraire, intuitif et concis de la philosophie française des années 1900 se prolongera également, au milieu du XXe siècle, avec Jankélévitch et ses réflexions sur le *Je-ne-sais-quoi* et le *Presque-rien* – tandis que les essais ethnographiques d'un Claude Lévi-Strauss témoignent eux aussi de la puissance d'une pensée alliée au talent d'un écrivain. Les déconstructions structuralistes se réclameront pourtant de lui (souvent à tort) pour balayer la belle tradition de la philosophie littéraire et entrer dans l'âge du charabia. Dorénavant, l'amour de la raison, le sens de l'ironie, la finesse de l'observation et l'art de formuler ses idées ne pèseront plus guère au Panthéon de la pensée... avant de revenir en grâce à l'aube du XXIe siècle avec les réels talents d'écrivains d'un André Comte-Sponville, d'un Jean-Claude Michéa ou d'un Michel Onfray.

Picasso et Stravinsky

Le parallélisme entre Stravinsky et Picasso est, d'un bout à l'autre, fascinant. Ces deux génies protéiformes arrivent à Paris dans la première décennie du XXe siècle.

Tous deux sont issus de vieilles et grandes cultures, mais leurs pays sont en retard sur le mouvement européen. Ils ont connu pourtant chez eux un avant-goût de l'esprit moderne, que ce soit Picasso à Barcelone au cabaret Els Quatre Gats (un décalque du très parisien Chat noir), ou Stravinsky dans les cercles d'avant-garde de Saint-Pétersbourg où l'on joue Debussy et Vincent d'Indy. L'un et l'autre débarquent alors dans la capitale française, seule ville susceptible de donner à des artistes un rayonnement mondial.

Picasso arrive le premier et connaîtra quelques années de galère au temps du Bateau-Lavoir. Il fréquente Max Jacob et Apollinaire qui lui présente Georges Braque. Mais Pablo n'a pas le tempérament d'un maudit et il apparaît rapidement comme un des chefs de file de la jeune peinture ; plus encore après la rencontre de mécènes et de marchands importants comme Gertrude et Leo Stein en 1905, puis Ambroise Vollard et Daniel-Henry Kahnweiler. Les débuts de Stravinsky (né quelques mois après Picasso, en 1882) sont plus fulgurants encore puisqu'il arrive en France dans les « bagages » de Diaghilev, le directeur des Ballets russes qui a flairé son immense talent. Celui-ci programme en 1910 à l'Opéra de Paris une création du jeune compositeur : *L'Oiseau de feu* qui, du jour au lendemain, fait du prince Igor le musicien le plus en vue de la capitale française.

Les deux personnalités s'imposent plus encore à l'apogée de la Belle Époque, entre 1910 et 1914. En quelques années, le peintre des *Demoiselles d'Avignon* devient la figure emblématique de l'avant-garde cubiste, mère de toutes les modernités, quitte à éclipser quelque peu ses camarades Braque ou Juan Gris. En 1913, il connaît une première consécration new-yorkaise dans le cadre du célèbre Armory Show qui fait connaître les avant-gardes.

La même année, Stravinsky présente le foudroyant *Sacre du printemps* et devient à Paris le chef de file incontesté de l'avant-garde musicale. Enfin, pendant la guerre, Stravinsky et Picasso se retrouvent dans l'entourage de Diaghilev qui tient à associer le peintre espagnol à ses nouveaux ballets. En 1917, Picasso brosse les décors et costumes de *Parade*, sur un livret de Cocteau et une musique de Satie, en attendant ceux du *Tricorne*, sur une partition de Manuel de Falla. De la même époque date son admirable portrait dessiné de Stravinsky.

Véritables gourous de l'art moderne durant les Années folles, Picasso et Stravinsky attirent à Paris quantité de disciples et d'imitateurs venus d'Europe et d'Amérique. Les deux génies ne se laissent pourtant pas attraper aussi facilement, et leur activité créatrice est une continuelle métamorphose qui les voit se draper des habits artistiques les plus divers pour y imprimer leur marque. Après la période rose, la période bleue et le cubisme, Picasso tourne une nouvelle page au lendemain de la guerre en adoptant une figuration d'inspiration classique. Ses grands corps sculpturaux semblent sortis de l'Antiquité. Au même moment, Stravinsky s'amuse lui aussi à revisiter les modèles de la musique ancienne pour les réinventer à sa façon : sa première œuvre du genre est le ballet *Pulcinella* sur des airs de Pergolèse : une œuvre créée en 1920 à l'Opéra de Paris dans des costumes et décors... de Picasso. Suivront quantité de créations qui vont détourner les grands compositeurs classiques et marquer le sommet du mouvement « néoclassique ».

Il semble en effet que Stravinsky et Picasso possèdent en commun ce tour de main extraordinaire qui transfigure tout ce qu'ils touchent pour en faire une œuvre personnelle : on verra ainsi Picasso devenir surréaliste, puis s'essayer aux papiers collés et aux genres les plus divers sans jamais cesser d'être Picasso. Encore à la fin de sa vie, les sculptures faites d'objets hétéroclites et autres productions quotidiennes montrent une même déconcertante facilité. De son côté, Stravinsky va s'emparer tour à tour de Bach, du jazz ou du dodécaphonisme pour les réinventer à sa façon – tout en restant toujours immédiatement reconnaissable. Ces deux monstres sacrés, adulés par le public, la critique et les élites occidentales auront montré, aussi, le même talent pour faire fructifier habilement leur génie. Picasso, dès les années 1920, est devenu la première valeur marchande de la peinture nouvelle. Stravinsky, quant à lui, exilé de Russie en France puis de France aux États-Unis à la fin des années 1930, trouvera outre-Atlantique le surcroît de gloire qui fera de lui, jusqu'à sa mort en 1971, le symbole vivant de la musique du XXe siècle – tout comme Picasso, mort en France deux ans plus tard, restera le symbole même de la peinture moderne.

Poincaré (Le franc)

On peut trouver davantage de panache à son vieux rival Clemenceau, préférer le mousquetaire au bourgeois rentier, sagement conservateur… Le destin de Raymond Poincaré n'en demeure pas moins fascinant par ses rebondissements successifs et le rôle extraordinaire qu'il jouera encore en fin de parcours, après avoir été président de la République pendant sept ans. L'enfant de Bar-le-Duc, né en 1860, s'est fait connaître d'abord comme un brillant avocat proche des écrivains (et notamment de Jules Verne), avant d'entrer en politique et au sein du très centriste courant des « modérés ». À ce titre, il a ferraillé souvent contre le radical Clemenceau. Plusieurs fois ministre à la Belle Époque, il devient président du Conseil, de janvier 1912 à janvier 1913 avant d'être élu à la présidence de la République à l'âge de cinquante-deux ans. Clemenceau dit alors de lui : « Le don de Poincaré n'est pas à dédaigner : c'est l'intelligence. Il pourrait faire remarquablement à côté de quelqu'un qui fournirait le caractère. » La Grande Guerre va permettre à cette alliance de s'accomplir. Car, même si les pouvoirs du Président sont limités sous la IIIe République, le contexte de guerre mondiale donne une importance particulière à cette fonction qui incarne la stabilité de la nation. Après une succession de chefs de gouvernement plus ou moins heureuse depuis le début du conflit, Poincaré fait donc le bon choix en appelant à ses côtés Clemenceau nommé président du Conseil en novembre 1917 : les deux rivaux formeront désormais un duo associé à la victoire.

Tout pourrait donc s'arrêter glorieusement en novembre 1918, ou plutôt en février 1920, quand s'achève le septennat du président Poincaré… Mais celui-ci ne va pas tarder à accomplir un étonnant retour politique en redevenant président du Conseil pendant plus de deux ans, entre 1922 et 1924. Appelé à ces fonctions par Alexandre Millerand, son successeur à la présidence de la République, il ne s'arrête pas là et prend de nouveau la tête du gouvernement en juillet 1926, après l'échec électoral du cartel des gauches. Ce nouveau mandat (un des plus longs de la IIIe République, de juillet 1926 à juillet 1929), marque le retour à une orientation centriste et modérée. La confiance qu'on prête au vieux routier de la politique, âgé de bientôt soixante-dix ans, va surtout lui permettre de résoudre une des plus graves crises monétaires qu'ait connues le pays. Même si les indicateurs de l'économie sont au beau fixe, celle-ci est menacée par l'effondrement du franc mis en place par Napoléon et qui a été la monnaie la plus stable d'Europe durant tout le XIXe siècle. Les Anglais et les Américains ne sont pas pour rien dans cette chute, au moment où la France entend faire payer à l'Allemagne les réparations fixées par le traité de Versailles : les anciens Alliés préfèrent soutenir le redressement monétaire allemand, tout en se montrant impitoyables vis-à-vis des dettes françaises.

Durant son dernier mandat de président du Conseil, Raymond Poincaré, conseillé par Jacques Rueff (le même qui inspirera la naissance du « nouveau franc » en 1958), parvient à inverser la tendance avant de fixer les nouveaux taux d'une monnaie dévaluée, mais stable, le « franc Poincaré ». Ce « franc de quatre sous », comme on le surnomme alors (en référence à l'ancienne division du franc en 20 sous), se substitue durablement au franc Napoléon – dit aussi germinal – et franchira sans trop de dommages la crise de 1929. Poincaré, le bon gestionnaire, ne se sera pas lui-même enrichi par ses fonctions : après sa disparition, en 1934, le Parlement accordera une pension à sa veuve désargentée !

Poiret, Paul

Poiret est à la Belle Époque ce que Chanel est aux Années folles : le créateur de mode le plus influent, mais aussi un personnage fascinant par son style, son imagination, ses goûts, ses relations, ses réceptions. Peu après l'ouverture de sa maison de couture, en 1903, ce fils de drapier procède à une vraie révolution : la suppression du corset qui, jusqu'alors, entravait le haut du corps féminin. Le règne du soutien-gorge commence... Passionné par les arts, proche d'illustres comédiens qu'il habille, comme Réjane, Poiret fait illustrer ses catalogues par le décorateur Paul Iribe, s'inspire du style chatoyant des Ballets russes, conçoit des imprimés avec Raoul Dufy, organise des fêtes somptueuses dans son hôtel du faubourg Saint-Honoré. Au pavillon du Butard (qui, cinquante ans plus tard, hébergera les sulfureux « Ballets roses »), il reçoit sous des flots de champagne le tout-Paris des arts et du spectacle. Mais, surtout, il fait le lien entre deux époques de la mode : s'éloignant des rondeurs et des frous-frous de 1900 pour promouvoir une ligne féminine plus légère sous ses ornements (tissus colorés, plumes, turbans, chapeaux à aigrettes). La cheville apparaît. Les années 1920 remonteront jusqu'au genou sous l'influence de Chanel.

Après guerre, les fêtes continuent un temps et Poiret lance la môme Moineau, petite vendeuse de fleurs qui s'essaie à la chanson et chasse les héritages. Au cours d'une soirée, elle entre toute nue dans la salle à manger en valsant, et refuse de se vêtir tant que Poiret n'a pas consenti à lui tailler une robe dans la nappe ! Dès les années 1920, pourtant, l'étoile commence à pâlir et la ruine menace. Poiret monte encore sur scène avec Colette, lors d'une reprise de *Chéri*. Mais il meurt presque oublié en 1944. Yves Mirande, dans ses *Souvenirs*, l'évoque au temps de sa splendeur : « Paul Poiret était un phénomène, un des êtres les plus représentatifs de cette époque. Avec son élégance particulière et un peu excentrique, ses yeux énormes, qui avaient l'air de "sortir du champ", comme disent les cinéastes, sa barbe taillée en brosse, c'était vraiment un original, et un vrai. Son influence sur la couture et même sur les arts était considérable. Il imposait à sa clientèle les coloris, les étoffes et les formes qu'il aimait. Il découvrit Dunoyer de Segonzac, Derain, Vlaminck, Picabia, etc. Il donna des fêtes costumées, d'un goût parfait, auxquelles la meilleure société était ravie d'être invitée. Il était toujours entouré d'une dizaine de femmes plus ravissantes les unes que les autres… Les grands noceurs étaient indispensables à la vie parisienne. Ils gâchaient l'argent. Ils dépensaient. Ils entretenaient le commerce du luxe. »

Pompiers

J'avoue un goût légèrement pervers pour la « peinture de cardinaux » qui connut un certain succès à la fin du XIXe et au début du XXe siècle. Sur ces toiles d'un rouge éclatant, des prélats se livrent, en leurs palais sacerdotaux, aux occupations les plus prosaïques. La « peinture de mœurs » confine ici au maniérisme, tant par les sujets que par les décors et les couleurs. Sous le pinceau du Belge Georges Croegaert (1848-1923), un cardinal avale des huîtres avec un air de satisfaction et un appétit qui dépasse toute préoccupation spirituelle. Dans une peinture de Jean-Georges Vibert (1840-1902), un autre, coiffé de sa calotte, tend un sucre à son petit chien dressé sur une table. Ailleurs, Victor Marais-Milton (1872-1948) montre un groupe de cardinaux dans leurs robes écarlates qui terminent un repas bien arrosé, et félicitent leur cuisinier. D'autres cardinaux jouent aux échecs, fument le cigare ou s'exercent eux-mêmes à la peinture. Devant chacun de ces sujets, on se demande si l'artiste a voulu persifler l'hypocrisie d'un clergé gourmand de tous les plaisirs, ou au contraire célébrer le discret hédonisme du prélat parvenu au sommet de la hiérarchie religieuse.

La peinture de cardinaux est une des innombrables branches et spécialités de l'art pompier qui m'enchante souvent par la perfection de sa technique et les images qu'il représente. Je m'avoue moins sensible au registre allégorique et mythologique de la peinture académique, dont les nymphes et naïades ressemblent à des versions bourgeoises affadies de la *Vénus* de Botticelli ; et je ne me laisse guère transporter davantage par les jeunes paysannes de William Bouguereau, auxquelles je préférerai toujours la vraie nature parfumée de Monet ou de Manet. J'adore, en revanche, toute cette peinture qui met en scène le passé lointain, historique, biblique ou légendaire, avec un réalisme incomparable. *La Fuite en Égypte*, *Vercingétorix jetant ses armes à César*, *Les Énervés de Jumièges*, ou *Étienne Marcel* face au Dauphin sont admirables sous les pinceaux de Luc-Olivier Merson, Lionel Royer, Évariste-Vital Luminais ou Lucien-Étienne Mélingue. On sait d'ailleurs l'influence que cette peinture exercera sur l'imaginaire des cinéastes qui tourneront *Cléopâtre*, *Ben Hur* et autres péplums : leurs combats de gladiateurs et autres scènes antiques semblent directement sortis d'une toile de Gérôme ou de Cabanel.

On peut admirer quelques fleurons de la peinture d'histoire dans les musées mais aussi les bâtiments publics. La mairie de Paris en héberge de magnifiques, notamment dans le salon Jean-Paul Laurens, où le grand peintre toulousain du même nom fait revivre, comme si on y était, Louis VI octoyant leurs chartes aux Parisiens, ou la réception de Louis XVI à l'Hôtel de Ville. Dans les salons de réception, d'autres peintures, sur chaque pilier, au plafond et sur les corniches, célèbrent les richesses de province de France et semblent nous dire que cette mairie est celle du pays tout entier. On peut même parler de beauté devant les fresques des « saisons » de Puvis de Chavannes. Sur le même modèle, toutes les mairies de la IIIe République nous convient à une fête où se conjuguent le goût de l'histoire, l'éblouissement de la technique et l'amusement du kitsch.

L'orientalisme n'est pas moins délectable. Il a donné le meilleur comme le pire et Delacroix lui-même en a subi la tentation dans ses voyages algériens. Mais il est bien plaisant, aussi, de découvrir la vie nomade sous le pinceau d'Eugène Girardet, les harems rutilants de Georges-Antoine Rochegrosse (qui représente également fort bien Attila et les Huns), les félins dans le désert des orientalistes anglais (qu'il faudrait regarder en écoutant les musiques coloniales d'Albert Ketèlbey, compositeur de l'inoubliable *Sur un marché persan*) ; sans oublier les cités orientales chères aux peintres viennois Ludwig Deutsch ou Rudolf Ernst. Tous, un siècle après Ingres et son bain turc, nous entraînent dans un ailleurs revu par la bourgeoisie européenne et magnifiée par un métier sans pareil.

Ces courants picturaux académiques, soutenus par les institutions à l'heure où la révolution impressionniste peinait à s'imposer (malgré les soutiens de Zola, Huysmans ou Mirbeau), ont subi par contrecoup le mépris des historiens d'art du XXe siècle. Pour Élie Faure, « leur production n'appartient pas plus à la peinture que les livres scolaires ou les travaux d'archéologie à la littérature. Il y a beaucoup d'illustrateurs, en peinture et en sculpture, que l'on prend pour des peintres et des sculpteurs. C'est une affaire de définition. » Depuis quelques décennies, toutefois, s'amorce une lente recouverte qui nous permet au moins d'admirer pour elles-mêmes ces *illustrations*, dans leur esthétique très fabriquée mais pas indigne d'admiration.

Présidents de la République

Les années 1900 marquent un changement d'allure des présidents de la République française. Voyez les hommes politiques des débuts de la IIIe République. Encore marqués par la défaite de 1870 et la nécessité du redressement national, ils ont le visage grave et peu avenant, sans oublier ces favoris à la mode qui les font ressembler à Abraham Lincoln et aux puritains d'outre-Atlantique. On n'a guère envie de plaisanter avec Jules Ferry ou Jules Grévy, quelle que soit la grandeur de leur œuvre. Mme Grévy, heureusement, adoucissait un peu le trait par ses manières de bourgeoise naïve, elle qui nourrissait chaque matin les canards de l'Élysée, vérifiait les notes de la cuisinière, et dit à son époux après la visite du prince de Galles à l'Élysée, en 1884 : « Jules, reconduis donc monsieur. » Son successeur Sadi Carnot (petit-fils du révolutionnaire Lazare Carnot) est davantage un personnage de la Belle Époque, lui qui a reçu une formation d'ingénieur aux Ponts et Chaussées et inaugurera la tour Eiffel lors de l'exposition de 1889. À son aise dans les réceptions, il organise un banquet pour les 12 000 maires de France et se déplace toujours dans sa Daumont présidentielle avec six chevaux magnifiques et deux rangées de cuirassiers. Homme politique sans grand relief (« je vote pour le plus bête », avait dit Clemenceau en lui apportant son soutien), il contribue quand même au rapprochement franco-russe et sait user de sa modération pour traverser sans trop d'encombre des crises d'État, comme celle du boulangisme – avant de finir assassiné peu avant la fin de son septennat par un anarchiste italien. Son successeur, Casimir-Perier, démissionnera au bout de six mois. Après quoi les bons vivants s'installent à l'Élysée dès l'aube du siècle nouveau. Physique plus avenant, gourmandise de la vie et des plaisirs, accents et traditions des provinces françaises : les présidents de la Belle Époque riment avec la dénomination de leur temps.

C'est notoirement le cas de Félix Faure que le goût du plaisir conduira, on le sait, jusqu'au trépas après quelques ébats avec son irrésistible maîtresse, Meg Steinheil, qu'on dénommera désormais la « Pompe funèbre ». Nombre de blagues sur cette affaire sont restées fameuses, en premier lieu celle qui évoque le départ discret de Meg après la mort du président : « A-t-il toujours sa connaissance ? — Non, elle est sortie par l'escalier » ; ou encore ce mot de Clemenceau : « Il voulut être César, et il mourut Pompée » (elle faisait d'autant plus rire, en 1900, que le public connaissait son histoire romaine). Au-delà de cette fin digne d'un acte de Feydeau, le président Félix Faure, qui avait grandi au Havre dans une famille de négociants, adorait le luxe et menait grand train. Passablement vaniteux, il avait interdit à ses amis de le tutoyer après son élection et il ne lui déplaisait pas d'être appelé « le Président

Soleil ». Boni de Castellane lui trouvait « l'air d'un vendeur de bestiaux pour ville de province ». Ce qui n'empêcha pas son septennat écourté d'être associé à des moments fastueux, comme la visite de Nicolas II, mais aussi quantité de fêtes et banquets organisés à l'Élysée sous la houlette de son épouse.

J'avoue cependant mon faible pour les deux présidents suivants, Émile Loubet et Armand Fallières, qui eurent pour point commun de gracier systématiquement les condamnés à mort. Ils se ressemblent aussi par l'accent du Midi, même si celui de Loubet vient de Provence et celui de Fallières de Gascogne. Le premier, né dans une famille de cultivateurs, conserva toute sa vie une orientation politique modérée et un style simple qui faisait sa grâce au milieu des grands événements comme l'Exposition universelle de 1900. Un jour, comme il remontait la rue de Rivoli en voiture à cheval, en compagnie du roi d'Espagne Alphonse XIII, une bombe fut jetée sous le véhicule et les deux hommes échappèrent de peu à l'attentat. Mais Loubet, toujours débonnaire, se tourna vers son hôte royal en prononçant : « Je crois qu'on veut nous faire peur. » C'est lui qui signe la grâce de Dreyfus, retardée par Félix Faure... Armand Fallières, de 1906 à 1913 fut, quant à lui, le président de cet âge d'or qui précède la Première Guerre mondiale, avec son foisonnement d'inventions artistiques et scientifiques. Son goût pour les arts le conduit notamment dans l'atelier de Rodin où, découvrant des torses, des têtes et des mains entassés sur le sol, il dit au grand sculpteur : « Vous n'avez vraiment pas eu de chance, mon cher maître, avec ces déménageurs. » Et comme Alfred Sisley lui sert de guide dans un salon de peinture, il prononce encore : « Allez, allez, je vous suis les yeux fermés. »

Raymond Poincaré, le président de la guerre, est nettement plus politique que ses prédécesseurs. Ces années tragiques ne prêtent guère à la légèreté ; mais on se souvient comment ces quatre années furent celles de permanents conflits, puis, *in fine*, d'une alliance victorieuse avec son vieil ennemi Clemenceau, devenu président du Conseil. Quand bien même son mandat s'achève 1920, il accomplira un impressionnant retour politique durant les années 1920, non plus comme président de la République, mais comme président du Conseil, redressant les finances nationales avec le fameux « franc Poincaré ».

On trouve en revanche, parmi ses successeurs à l'Élysée, quelques figures en accord avec l'esprit des Années folles. À commencer par le malheureux Paul Deschanel qui, justement, termina quelque peu dérangé après une malencontreuse chute de train. Toute sa vie n'avait été tournée que vers l'ascension aux plus hautes fonctions politiques et à cette présidence à laquelle il comptait donner un lustre nouveau. Il était par ailleurs, selon Paul Morand, le « dernier républicain bien mis. Il portait la redingote comme le “Marquis de Priola” [titre d'une pièce célèbre d'Henri Lavedan]. Son plastron de satin noir venait de chez Charvet ». Sa présidence écourtée par sa démission ne dura que l'espace d'une saison. « Ça devait finir comme ça. M. Deschanel a toujours été pressé d'arriver », conclura Clemenceau. Son successeur, Alexandre Millerand, régnera moins de quatre ans avant de démissionner, lui aussi, du fait de son conflit avec le cartel des gauches victorieux aux élections de 1924. Désireux, comme son prédécesseur, de redonner au président de la République des pouvoirs oubliés depuis Mac Mahon (notamment comme chef de la diplomatie), il avait une grande puissance de travail. Sa passion pour la connaissance sous toutes ses formes l'avait conduit à installer, dans les W.-C. du palais présidentiel, le gros *Larousse* en dix-sept volumes dont il lisait une page ou deux chaque jour.

Ma préférence, en cette période, va toutefois au président suivant, le sympathique Gaston Doumergue, qui renoue avec la lignée des chefs d'État méridionaux. Originaire d'Aigues-Vives, près de Nîmes, issu d'une famille de vignerons, il est aussi l'unique protestant parmi les présidents français. Mais son protestantisme souriant lui vaut la sympathie générale, notamment celle de l'extravagante vicomtesse de Noailles qui lui déclare : « Vous êtes notre Gastounet national. »

Président de la République à l'apogée des Années folles, de 1924 à 1931, il saura par son étiquette de gauche et ses positions de droite parfaitement s'identifier au « Français moyen » ainsi désigné par Édouard Herriot. Les choses se gâteront avec son successeur, le malheureux Paul Doumer, qui a perdu quatre de ses cinq fils pendant la Grande Guerre, avant d'être lui-même assassiné par un immigré russe, Paul Gorgulov ; puis sous la présidence d'Albert Lebrun, qui coïncide avec la montée des périls et l'approche de la nouvelle guerre.

Printemps, Yvonne

Même simplement parlée, sa voix est ensorcelante. Il faut écouter les émissions de radio enregistrées par Yvonne Printemps avant guerre ; ou encore ces « Visages d'Yvonne Printemps » de 1956 où elle se raconte, entourée de vieux amis et admirateurs : Albert Willemetz, Francis Poulenc, Marcel Achard... Son intonation est étonnamment moderne, assez monocorde, avec un voile de mélancolie – loin des voix épicées des comédiennes de l'époque. Elle parle d'elle-même avec un mélange de distance et d'orgueil, telle une diva relatant un passé légendaire. Ses amis sont à ses genoux pour évoquer son art, comme ils le feraient avec la Callas, mais elle reste la maîtresse du jeu et s'exprime à mots choisis, parfaitement articulés... On ne soupçonnerait pas que celle qui fut – au théâtre, au cinéma, dans l'opérette et dans la vie – la femme emblématique des Années folles a grandi dans une famille modeste d'Ermont (Val-d'Oise), entre une mère attentive et un père volage ; ni qu'elle a fait ses débuts sur les scènes de la Belle Époque, âgée de seulement onze ans. Repérée par un des directeurs du Moulin Rouge, lors d'un spectacle de théâtre amateur, la jeune Yvonne Wigniolle apparaît alors sous le nom de « mademoiselle Printemps », puis elle joue d'autres rôles assez délurés comme celui du Petit Chaperon rouge dans *Nue Cocotte* à la Cigale (1908), avant de participer à la revue *Ah ! les beaux nichons* aux Folies Bergère avec Maurice Chevalier !

En quête de talents, tout autant que de jolies femmes, deux jeunes auteurs de premier plan remarquent alors la jeune fille et commencent à s'y intéresser : ce sont Sacha Guitry et son ami d'enfance Albert Willemetz, tous deux associés dans l'écriture de revues. Ils ne tardent pas à exploiter les facilités d'actrice et de chanteuse d'Yvonne.

Puis bientôt, Guitry, fou amoureux, va déployer son art pour lui offrir des rôles sur mesure. Tout commence en 1916 avec la comédie *Jean de La Fontaine*. En 1919, Sacha épouse Yvonne après s'être séparé de sa première femme Charlotte Lysès – et il se réconcilie pour l'occasion avec son père, Lucien Guitry. Mais surtout, pendant plus de dix ans, il va mettre son génie au service de ce personnage. Il crée pour la scène un double théâtral d'Yvonne qui n'est plus la cocotte des années 1900, mais une femme libre dominant les hommes par sa beauté, son charme et ses exigences infinies de bijoux, de chapeaux, de maisons et de plaisirs ; une femme élégante et mince autant que celles de la Belle Époque étaient rondes ; une femme qui se marie sans renoncer à ses amants et fait monter les enchères entre ces derniers... On dirait alors que la véritable Yvonne va ressembler, toujours davantage, à ce personnage inspiré par elle et créé pour elle !

Elle met également à profit ses dons vocaux – sa large tessiture, son souffle infini, son articulation précise et naturelle – en perfectionnant sa technique vocale auprès de Mme Paravicini. Elle se forge ainsi un style unique dans l'histoire du chant, à mi-distance des artistes de music-hall et des artistes d'opéra. Elle gravera quelques airs classiques au cours de sa carrière mais pas, hélas, *La Jeune Fille et la Mort* qu'elle avait donné lors de son récital, salle Pleyel, en avril 1937. Jamais une artiste n'a si subtilement mêlé le parlé et le chanté. Yvonne cultive cette singularité en réservant son art à quelques créations choisies sur des livrets de Sacha : *L'Amour masqué* (1923), ravissante comédie mise en musique par André Messager ; *Mozart* (1925), où elle joue le rôle du compositeur autrichien âgé de vingt ans (!) sur une partition de Reynaldo Hahn ; *La SADMP* (1931), sur une musique du jeune compositeur Louis Beydts ; ou encore *Mariette* (1928), opérette d'Oscar Straus où Guitry joue le rôle du prince Louis-Napoléon (futur Napoléon III) et Yvonne celui de sa jeune maîtresse qui dit toujours non avant de finir par dire oui (ils enregistrent pour l'occasion un irrésistible duo). Elle chante également en anglais la *Conversation Piece* de Noël Coward. Mais son caractère de feu se heurte de plus en plus à celui de Guitry. Peut-être a-t-elle aussi besoin de s'affranchir de son mentor. On connaît le mot de celui-ci affirmant : « Sur votre tombe, Yvonne, on écrira : *enfin froide* ! » – auquel elle aurait répondu du tac au tac : « Sur la vôtre, Sacha, je ferai écrire, *enfin raide* ! » Sans doute n'était-ce là qu'une blague de chansonnier.

En 1931, enfin, Yvonne Printemps tombe amoureuse de l'acteur Pierre Fresnay alors qu'ils jouent ensemble une pièce de Guitry. Elle quitte bientôt Sacha et demeurera avec Fresnay jusqu'à sa mort en 1975, sans pour autant l'épouser. Ce nouveau couple connaîtra lui aussi beaucoup d'éclats ! Sauf que, désormais, c'est Yvonne qui mène le jeu. Sa carrière ne s'arrête pas pour autant et, selon l'habitude prise avec Guitry, elle met à l'honneur son propre couple dans *Trois Valses*, adaptation très parisienne d'une opérette viennoise d'Oscar Straus, avec le concours d'Albert Willemetz et de Léopold Marchand. On y retrouve un couple d'amoureux, de père en fils et de mère en fille, à trois époques successives : sous le Second Empire, à la Belle Époque et dans les années 1930. Créée au théâtre des Bouffes-Parisiens en 1937, l'œuvre connaît un véritable triomphe. Assistant aux représentations avec ses amis, Jean-Roger Caussimon se rappellera leur jalousie vis-à-vis de Fresnay : « Nous étions tous amoureux d'elle. Le charme de sa voix et de son corps ne faisait qu'un. On le subissait, comme enivrés. Et, un peu jaloux, nous nous demandions ce qu'une femme comme elle pouvait faire avec un homme comme lui. » L'opérette est adaptée au cinéma l'année suivante avec autant de succès… même si certains reprochent à Yvonne un jeu plus théâtral que cinématographique avec ses œillades, ses mots murmurés comme en aparté. Elle veille en tout cas sur chaque détail de son image, plus encore en 1949 dans *La Valse de Paris*, libre évocation de la vie d'Offenbach tournée par Marcel Achard, toujours en duo avec Fresnay. Yvonne tient en effet à garder son air de jeune fille, alors qu'elle approche les soixante ans ! Au cours des années suivantes, elle monte encore sur scène avec son compagnon, et prend la direction du théâtre de la Michodière en 1937 jusqu'à sa mort, en 1977.

L'épreuve de la vieillesse sera difficile pour cette diva irascible, attachée à un âge d'or qui s'éloigne… Pierre Fresnay en fait les frais avec une imperturbable placidité. Yvonne n'en demeure pas moins l'une des voix les plus fascinantes du XXe siècle, comme en témoigne une série incomparable d'enregistrements incluant le *Pot-pourri d'Alain Gerbault*, l'air de la grande-duchesse d'Offenbach, les chansons « De mon temps » ou « Je chante la nuit » de Maurice Yvain, et surtout la valse de « Les chemins de l'amour » de Francis Poulenc, composée pour la pièce de Jean Anouilh *Léocadia*. Le compositeur Jean

Wiener résumera : « Sa voix vient d'ailleurs, des régions où règnent la flûte, l'elfe, l'oiseau. La regarder chanter, ce n'est pas seulement un plaisir des yeux, c'est une joie de l'esprit. Ce qui est beau, c'est de faire comprendre et aimer une œuvre en employant uniquement des moyens à soi. »

Proustophilie

Tout a été écrit sur Proust, y compris un excellent « Dictionnaire amoureux ». Je ne saurais donc rien ajouter à la proustologie, sauf le souvenir personnel de mon premier enchantement...

À quatorze ou quinze ans, je passais quelquefois la soirée chez mes grands-parents, dans une vaste maison couverte de vigne vierge, où le dîner était servi par la cuisinière, devant la télévision. À la fin du repas, tandis que mes aïeux s'assoupissaient, je regardais un programme de l'ORTF. Jacques Charon jouait *Mais n'te promène donc pas toute nue* de Feydeau mis en scène par Jean-Laurent Cochet. Plus tard, grimpant l'escalier, j'entrais dans l'ancienne chambre de mon oncle Pierre, monté à Paris depuis des années, mais où presque rien n'avait changé. J'aimais le décor de cet aîné passionné d'art et de littérature. Aux murs s'accrochaient des reproductions encadrées : une femme sans yeux de Modigliani et une autre à plusieurs nez de Picasso. Je m'approchais de la bibliothèque pleine d'auteurs qu'on lisait peu dans ma famille, et mon regard s'arrêtait à un volume de Proust. Mon père, qui préférait Gide, Péguy et les écrivains engagés dans leur siècle, trouvait Marcel trop sophistiqué. Mon oncle l'avait choisi pour maître.

Désireux de suivre l'exemple de cet esthète, je tirais du rayonnage *Un amour de Swann* dans l'édition de poche annotée d'innombrables traits de stylo. Ouvrant une page au hasard, je tentais de plonger dans ce roman aux phrases infinies, si étranges qu'elles commençaient par se dérober, ce qui renforçait leur attraction : tel un objet rare et presque inaccessible qui rassemblait ses lecteurs dans une religion à laquelle je rêvais d'adhérer. Je lisais alors beaucoup de poésie, surtout celle de la fin du XIXe siècle. Mon grand-père m'avait offert un volume de Verlaine qui était mon préféré ; mais je découvrais aussi, passionnément, Mallarmé et je récitais à voix haute « L'après-midi d'un faune » en écoutant Debussy (son portrait par Marcel Baschet me rappelait celui de Proust par Jacques-Émile Blanche : même présence énigmatique dépourvue de tout romantisme). L'enlacement des mots rares, les sens qui affleuraient, tout cela me grisait ; et j'éprouvais le même plaisir en tournant les pages de *Swann*, sans y comprendre grand-chose, sans vraiment m'y jeter comme dans un récit, mais juste pour goûter le parfum de cette langue, des propositions dans les propositions, des tournures musicales, des images qui s'agençaient au rythme des virgules et des parenthèses.

Il me faudrait quelque temps pour comprendre que cette *écriture* était l'entrée d'un monde ; et que derrière ce style envoûtant foisonnaient les regards sur l'époque et sur l'humanité pleins de poésie, de profondeur, et souvent très drôles. J'aurais besoin de pratique et de temps pour me laisser emporter et lire la *Recherche* comme on lit une histoire et admirer enfin le tableau si juste d'une soirée mondaine ou d'un détail de la vie. Il me faudrait du temps pour comprendre que Proust, à l'aube du XXe siècle, avait été le grand réconciliateur des deux courants de la littérature française : le réaliste et le symboliste, l'allusif et le concret. C'est pourquoi son roman s'élevait au-dessus de tous les autres. Tous les raffinements d'une écriture artistique y sont mis au service d'une comédie humaine prolongeant la lignée de Balzac. Une génération avant Céline, il accomplit la fusion de la prose et de la poésie, ouvrant une voie nouvelle aux générations suivantes… pour le meilleur et parfois pour le pire.

Proustophobie

Il sera beaucoup pardonné à André Gide pour avoir fait amende honorable et s'être excusé auprès de Marcel Proust après avoir refusé son manuscrit. Il s'était contenté de le parcourir, butant sur des passages qui lui semblaient obscurs et confirmaient ses préjugés sur ce « mondain amateur ». Le premier véritable ennemi littéraire de Proust sera toutefois Jean Lorrain, qui l'affronte en duel après avoir écrit : « *Les Plaisirs et les Jours*, de M. Marcel Proust : de graves mélancolies, d'élégiaques veuleries, d'inanes flirts en style précieux et prétentieux. » Parmi les géants de cette génération, Claudel se montre lui aussi fort réservé, déclarant qu'il se sent séparé de Proust « en quelque sorte *zoologiquement*, comme un lézard peut l'être d'une poule ». En janvier 1955, quelques semaines avant sa mort, il trouve *Le Temps retrouvé* « effroyablement ennuyeux, à peine soutenable ». Quant à Paul Valéry, il déclare à Henri Mondor : « Quel délayage ! Que c'est déglingué ! Avec ça, trop de pédérastie, musquée ou masquée, comme ils voudront, pour une substance assez maigre et même, avec ses amplifications magnifiques, un peu passée. »

Le cas Céline est particulièrement intéressant. Antisémite et passablement homophobe (comme on dirait aujourd'hui), celui-ci commence par observer Proust sous cet angle. Dans son pamphlet *Bagatelles pour un massacre*, il s'en prend à « la très minusculisante analyse d'enculage à la Prout-Proust ». En 1949, encore, dans une lettre à Jean Paulhan, il affirme que « Proust n'écrit pas en français, mais en franco-yiddish tarabiscoté absolument hors de toute tradition française ». Dans un ultime entretien de 1960, il revient toutefois sur ces mots faciles, et reconnaît l'exception : « Ça fausse un peu le jugement qu'on peut avoir sur Proust, ces histoires pédérastiques, cette affaire de bains-douches, mais ces enculages de garçons de bain, tout ça, c'est des banalités... Mais il en sort que le bonhomme était doué... Extraordinairement doué... Proust est un grand écrivain, c'est le dernier... C'est le grand écrivain de notre génération, quoi... »

Chez les auteurs étrangers, quelques-uns se montrent pour le moins prousto-sceptiques, tel Rainer Maria Rilke qui, tout en admirant certains passages, écrit à la princesse Marie de la Tour et Taxis : « La longue partie intermédiaire, l'amour de Swann et sa jalousie, pourrait bien n'être ni mieux ni certainement de moindre valeur que ne le sont ordinairement ces sortes de traités français ; il n'en est pas moins étonnant qu'on ne cesse point d'en écrire encore et qu'on destine le talent et le penchant à couper encore davantage ces cheveux en quatre (postiche à mon avis)… C'est là l'impression que produit d'ailleurs l'abondance démesurée du livre, non pas celle d'une vivante abondance mais d'une collection intégrale, dans laquelle chaque objet figure à juste titre sans qu'aucun n'y soit en somme heureux. »

Provocateur de nature, le Polonais Witold Gombrowicz se montrera également sincère dans sa dénonciation, en 1968, d'un certain esthétisme français incarné par la *Recherche* : « Je me demande parfois pourquoi je n'aime pas Proust. C'est l'atmosphère queue-de-pie et robe de chambre de son œuvre qui me hérisse tant ; jamais il ne sort de son milieu, pas même un court instant. Ce martyr a connu la mort et la souffrance et les pièges de la vie, mais pour ce qui est de la beauté et du charme, il n'a pas su se libérer. Ses profondeurs, ses acuités, ses analyses, oui, tout cela fonctionne assez bien. Mais ses extases,

ses charmes, ses séductions ont des relents de salon de beauté et de chambre à coucher, ils ont quelque chose de maladif et de salonard, ils sont “délicats”. Le sort de la beauté française tient donc à ceci : qu'à ces produits de haute civilisation, artificiels et maniérés, la légèreté sache faire face et passer outre en ralliant la vie la plus courante » (*Entretiens avec Dominique de Roux*).

Quant aux surréalistes, ils ne placeront jamais Marcel Proust dans leur Panthéon, mais le railleront tout comme ils raillent son maître Anatole France. En 1921, ils entreprennent de noter les écrivains célèbres : Eluard donne à Proust « - 8 » et Aragon « 0 ». Le même répétera à Pierre Juquin des années plus tard : « Proust, mon petit, mais il est chiant ! » Un point de vue que certains osent encore soutenir aujourd'hui, sous le manteau.

Q

Quintonine

« La Quintonine » a résonné dans toutes les oreilles entre les deux guerres, quand les familles se retrouvaient autour du poste de radio à galène sur lequel alternaient programmes et réclames chantées. Le nom de la marque, scandé sur l'air de « La cucaracha », était suivi par quelques arguments vantant cette boisson à base de quinquina : « Avec la Quintonine, vous faites pour 4,95 francs 1 litre entier de délicieux vin fortifiant qui ramène l'appétit et décuple les forces. » Le rapprochement de la chanson mexicaine et du médicament fortifiant est une trouvaille du poète surréaliste Robert Desnos qui, dans les années 1930, inventera d'autres slogans pour les Fructines Vichy (« Quand l'intestin va, tout va »), l'antimigraineux Finidiol (qui « arrache la douleur ») ou la pastille Ricqlès (« la menthe forte qui réconforte »).

Parmi les premiers écrivains qui ont compris l'essor de la publicité figure le dramaturge Armand Salacrou, fils d'un pharmacien du Havre qui, en 1922, lance une lotion contre les poux avec une formule bien trouvée : « Marie Rose, la mort parfumée des poux. » Devenu maître de l'art publicitaire, il entraîne le jeune Desnos dans cette voie, tout en enchaînant les succès au théâtre. La radio devient ainsi le rendez-vous des hommes d'affaires, des écrivains et des chanteurs. Les plus grandes figures du music-hall viennent cachetonner en enregistrant des refrains détournés à la gloire de l'insecticide Cobra, du vermifuge Lune ou de la brillantine Roja. Le chansonnier René Dorin chante « Vite, vite, vite, dans ma 508 » pour le nouveau modèle Fiat de 1932. Dranem célèbre « Le bonhomme en bois » des galeries Barbès et Trenet détournera son propre « Boum » pour chanter « La margarine Adi ». Certaines grandes marques iront plus loin en parrainant des émissions de radio comme « Le Micro de la Redoute » qui reçoit les jeunes duettistes Charles et Johnny (Charles Trenet et Johnny Hess), ou le « concert Lustucru » qui met à l'honneur Ray Ventura et ses Collégiens.

Ravel, Maurice

Fasciné depuis toujours par Ravel et sa musique, Jean-Jacques Sempé m'en parlait en soulignant : « Quel contraste entre ce tout petit bonhomme, poli, réservé, et la puissance fabuleuse de sa musique. » Le regard du dessinateur résumait, en une phrase, ce cas très singulier dans l'histoire artistique. Voici en effet un compositeur qui se défiait des sentiments, voire de l'inspiration, et qui dénonçait cette « haïssable sincérité de l'artiste, mère de tant d'œuvres bavardes et imparfaites ». En ce sens, Ravel est probablement, avec Stravinsky, le plus anti-romantique des musiciens ; ce qui fait aussi de lui un personnage emblématique de l'esprit des années 1920, si éloigné de toute forme de romantisme. Or cet homme qui se méfie de l'inspiration et préfère affirmer : « Mon objectif est la perfection technique » atteint dans beaucoup de pages – *Daphnis et Chloé*, *Gaspard de la nuit*, *La Valse*, les deux concertos... – une force expressive, une musicalité bouleversante qui nous emporte par son élan, très loin de la retenue qui gouvernait sa vie et son être.

Tout est paradoxe chez ce génie qui incarne, avec Debussy, le tournant moderne des premières années du

XXᵉ siècle. Bien davantage que son aîné – novateur inclassable qui a changé l'orientation de la musique dès 1894, avec son *Prélude à l'Après-midi d'un faune* –, Ravel demeure ancré dans une certaine tradition. Après sa rencontre déterminante avec le jeune pianiste Ricardo Viñes, il commence, encore adolescent, par ouvrir son oreille à des musiques peu conformistes : qu'il s'agisse de Chabrier ou d'Erik Satie rencontré au café La Nouvelle Athènes où le père de Ravel, ingénieur en machines à vapeur, prenait parfois des verres avec le compositeur des *Gymnopédies*. Viñes fait également découvrir à Ravel la musique russe et la musique espagnole... Mais, Ravel montre également dans ses premières œuvres un goût non moins prononcé pour certains modèles académiques. Il s'associe même, en 1896, à un hommage à Saint-Saëns et loue « cette clarté, cette élégance ailée, cette facilité qui se relie à l'esprit du XVIIIᵉ siècle français ».

Saint-Saëns a été le maître de Gabriel Fauré qui, à son tour, fut le professeur aimé de Ravel, et ces trois musiciens ont en partage le goût d'une élégance, d'une concision et d'un classicisme formel qui les éloigne des tendances expressives de l'école de César Franck... Cet esprit se manifeste notamment dans l'amour du pastiche et le goût des danses anciennes : chez Fauré dans l'*Élégie* ou la *Pavane*, et chez Ravel qui commence par écrire en 1896 un *Menuet antique* puis la *Pavane pour une infante défunte*. « Ainsi, écrit le musicologue Marcel Marnat, se manifestent, tout de suite, les équivoques et les malices de l'univers ravélien, cette liberté d'action trouvée derrière un respect affiché des doctrines. » Son premier chef-d'œuvre sera encore un pastiche : *Jeux d'eau*, pièce pour piano qui détourne un modèle (les *Jeux d'eau à la villa d'Este* de Liszt) et qui, en même temps, le transcende par ses harmonies étonnantes et ses traits ruisselants. « Les *Jeux d'eau*, parus en 1901, sont à l'origine de toutes les nouveautés pianistiques qu'on a voulu remarquer dans mon œuvre », écrit Ravel. La partition porte en épigraphe une citation d'Henri de Régnier (« Dieu fluvial riant de l'eau qui le chatouille »), poète également convié en exergue des *Valses nobles et sentimentales* : « le plaisir délicieux et toujours nouveau d'une occupation inutile ». On ne saurait mieux résumer une sorte de détachement qui va de pair avec les plus hautes ambitions.

Gabriel Fauré ouvre au jeune compositeur les portes des salons : celui de Mme de Saint-Marceaux, mais aussi de Winnaretta Singer, princesse de Polignac, à laquelle Ravel dédie sa *Pavane* et qui accueillera chez elle nombre de ses créations. Autre cercle important : le groupe des Apaches formé vers 1900 par des musiciens et des écrivains, en référence aux voyous parisiens désignés par ce sobriquet. Ils se réunissent chaque samedi chez le poète Tristan Klingsor, ou dans l'atelier de Maurice Delage à Auteuil. Ils défendent Claude Debussy après la création de *Pelléas et Mélisande* en 1902. Il y a encore toutefois quelque chose de paradoxal à voir Ravel affublé du titre d'« apache », lui qui est l'homme le plus urbain, le plus aimable, le plus tiré à quatre épingles.

Son tempérament à la fois classique et novateur peine à convaincre l'institution, comme en témoignent cinq échecs au concours de Rome, alors même qu'il aligne déjà des compositions de premier plan. Son *Quatuor à cordes* achevé en 1903 lui vaut en revanche un chaleureux encouragement de Debussy, alors que certains suggèrent à Ravel de refaire le dernier mouvement : « Au nom des dieux de la musique, et au mien, ne touchez à rien de ce que vous avez écrit de votre *Quatuor*. » Après les miroitements des *Jeux d'eau*, cette œuvre au style aérien, coloré, léger rejoint en effet la voie ouverte par son aîné, qu'on qualifiera parfois d'« impressionnisme musical ».

Cette notion sera combattue par nombre de musicologues pour des raisons de date – l'impressionnisme pictural datant des années 1860, tandis que les œuvres dites impressionnistes de Debussy et Ravel sont des années 1900. Debussy, dans la vie, est plus proche des symbolistes que des impressionnistes ; tandis que Ravel, par certains traits, serait plutôt un « fauve ». Pourtant, leurs noms demeureront associés à ce mouvement pictural : car, tout comme l'impressionnisme marque, en peinture, une rupture fondamentale, Debussy et Ravel abandonnent les codes et formes romantiques encore prédominants chez Saint-Saëns ou Fauré, et ouvrent un nouveau temps artistique. Ils ne cherchent plus à s'exprimer mais peignent des tableaux musicaux fondés sur le libre jeu des motifs, des harmonies, des timbres ; cette révolution change le cours de l'histoire musicale, tout comme elle a changé l'histoire picturale. Debussy et Ravel semblent alors très proches et montrent la même liberté pour composer – malgré ce qui déjà les éloigne, notamment ces accords très riches qui foisonnent dans leurs œuvres : ceux de Debussy plus voluptueux, ceux de Ravel plus incisifs.

Les *Miroirs* pour piano, composés entre 1904 et 1906, sont les plus caractéristiques de ce moment « impressionniste » chez Ravel. Il accepte d'ailleurs le terme dans sa présentation du recueil où il rejette l'idée d'une « théorie subjectiviste de l'art ». L'expression de soi, voilà ce qu'il veut éviter à travers cet « impressionnisme » ainsi défini par Jankélévitch dans *L'Enchantement musical* : « L'impression, qui est à la fois sensorielle et objective, neutralise l'expression qui est à la fois exhibitionniste et subjective : l'impressionnisme, en ce sens, est un moyen de ne pas parler de soi, une forme de la très secrète et très discrète pudeur, un alibi en même temps qu'un dérivatif aux confidences ; écoutant les grillons, les rainettes et les soupirs du vent, il contrebat les vieux démons de la mauvaise conscience introvertie et de la subjectivité malheureuse. »

Après les *Miroirs*, Ravel compose l'extraordinaire *Gaspard de la nuit* (1908), trois pièces pour piano qu'il qualifie de « poèmes romantiques de virtuosité transcendante ». Encore un paradoxe puisque Ravel, on l'a dit, se défie de l'influence romantique ; mais le romantisme dans *Gaspard* est un sujet plutôt qu'une passion : c'est un style qu'il revisite à sa façon, non pour parler de lui-même, mais pour le magnifier avec une volupté sonore qu'on peut encore qualifier d'*impressionniste*. Il partage également avec Debussy une passion de l'Espagne qui traduit la volonté d'en finir avec les influences allemandes, nordiques, wagnériennes. Les deux compositeurs puisent à cette source d'inspiration et vont, à leur tour, inspirer la jeune génération de compositeurs espagnols, à commencer par Manuel de Falla. Cette couleur espagnole est presque constante chez Ravel, depuis la *Habanera* (1895) jusqu'au *Boléro* (1928), en passant par *Alborada del gracioso* (1905), la *Rapsodie espagnole* (1907), *L'Heure espagnole* (1907).

Le monde poétique ravélien regarde également vers la littérature française, ses poètes et ses conteurs, des *Histoires naturelles* de Jules Renard à *L'Enfant et les Sortilèges* sur un texte de Colette, en passant par Perrault et les contes de *Ma mère l'Oye* : cinq pièces faciles pour piano à quatre mains, composées en 1908 pour Jean et Mimi Godebski, les enfants de ses amis Ida et Cipa Godebski. Elles soulignent combien Ravel, tant par son allure que par sa personnalité, reste proche du monde de l'enfance. Il adore plus généralement l'art de la miniature qui présidera à l'aménagement de sa maison de Montfort-l'Amaury. Ce goût du minuscule rend d'autant plus fascinant l'émergence, en 1912, d'un ample chef-d'œuvre ample comme *Daphnis et Chloé* : grande vague symphonique et chorale de plus d'une heure et point culminant de l'impressionniste orchestral. Toujours discret, Ravel se contente, dans son *Esquisse autobiographique*, de préciser que cette « symphonie chorégraphique en trois parties fut commandée par le directeur de la compagnie des Ballets russes : M. Serge de Diaghilev. L'argument en est de Michel Fokine, pour lors chorégraphe de la célèbre troupe. Mon intention en l'écrivant était de composer une vaste fresque musicale, moins soucieuse d'archaïsme que de fidélité à la Grèce de mes rêves, qui s'apparente assez volontiers à celle qu'ont imaginée et dépeinte les artistes français de la fin du XVIIIe siècle ». Quelques mots sobres pour décrire un des sommets de la musique du XXe siècle.

Cette œuvre voit le jour après la rencontre de Stravinsky qui vient de conquérir Paris avec *L'Oiseau de feu* et *Pétrouchka* par les mêmes Ballets russes. Les deux hommes sont devenus amis. Les lettres sont nombreuses à partir de 1912. Ils s'appellent mutuellement « mon vieux ». Stravinsky parle beaucoup de lui-même et demande des services, tandis que s'exerce une influence réciproque. Le Stravinsky de *L'Oiseau de feu* était encore un élève de Rimski, génial mais inaccompli, et sans doute la découverte de Debussy et Ravel l'a-t-elle aidé sur le plan harmonique à prendre la liberté qui éclate dans *Pétrouchka*. Inversement, les audaces du jeune Russe, dépassant soudain les siennes, auront sûrement poussé Ravel sur la voie de la polytonalité. Et quantité de traits les rapprochent, à commencer par la passion du pastiche. Il est d'ailleurs amusant de noter que *Daphnis et Chloé* est en partie inspiré par *Shéhérazade* de Rimski-Korsakov, le professeur de Stravinsky. Manuel Rosenthal affirmait que Ravel, ne sachant comment terminer cette immense partition, avait sollicité son ami Louis Aubert qui avait refusé de l'aider et préféré l'encourager à finir lui-même. « Alors, disait Ravel, j'ai posé *Shéhérazade* sur mon piano, et j'ai recopié. » Merveilleuse humilité pour expliquer ces pages sublimes qui constituent la dernière partie du ballet.

Deux ans après *Daphnis*, la Première Guerre mondiale éclate et va souligner les qualités personnelles de Maurice Ravel. Par solidarité avec l'effort de la nation, ce compositeur mondialement connu décide de s'engager. Bien que quadragénaire et dispensé d'obligations militaires, il devient chauffeur dans les convois automobiles. Comme il écrit à la cantatrice Jane Bathori depuis Verdun, en 1916 : « Je suis un poilu en peau de bique, casqué, masqué, qui se promène en auto sur des routes rébarbatives, jusqu'au sein de la lutte gigantesque. » Présent sur le front, Ravel n'appartient pas pour autant à la clique des compositeurs va-t-en-guerre qui tels Saint-Saëns ou Debussy, lancent des pétitions pour faire interdire la musique allemande. « Il m'importe peu, affirme-t-il, que M. Arnold Schönberg, par exemple, soit de nationalité autrichienne. Il n'en est pas moins un musicien de haute valeur, dont les recherches pleines d'intérêt ont eu une influence heureuse sur certains compositeurs alliés, et jusque chez nous. » Il voit en revanche dans cette guerre l'illustration d'une barbarie allemande dirigée contre la France républicaine, comme il l'écrit à Cipa Godebski, le 20 août 1914 : « Et maintenant : vive la France ! Mais surtout : à bas l'Allemagne et l'Autriche ! Ou du moins ce que ces deux nations représentent à l'heure actuelle. Et de tout cœur : vive l'Internationale et la paix. »

Avant de s'engager, il achève son *Trio avec piano*, nouveau chef-d'œuvre qui marque une frontière entre les deux grandes périodes de sa musique. Le *Trio*, en effet, possède encore les séductions harmoniques du jeune Ravel ; son invention rythmique moderniste fait songer par instants à Stravinsky ou à Bartók ; mais il renoue aussi avec un classicisme formel qui va prédominer dans les œuvres ultérieures. Toujours avare en explications, Ravel se contente de préciser, à propos du merveilleux premier mouvement, que « le premier thème est de couleur basque ». Cette œuvre en quatre mouvements annonce pourtant une évolution en germe dans tout le milieu musical. L'année suivante, en 1915, c'est Debussy qui composera une série de sonates en référence aux maîtres anciens. Encore un an plus tard, le tout jeune Prokofiev va écrire sa *Symphonie classique*... Et enfin, d'une certaine façon, Stravinsky et Diaghilev emporteront le morceau en lançant officiellement la vogue du retour à l'ancien avec *Pulcinella*, en 1920. Après quoi, pendant vingt ans, les compositeurs vont proposer toutes sortes de synthèses entre l'héritage classique et l'esprit moderne.

Le fait d'avoir initié ce tournant « néoclassique » n'empêchera pas certains malentendus dans les relations de Ravel avec les jeunes compositeurs d'après-guerre. La mort de Debussy, en 1918, le désigne comme la figure majeure d'une école française qui s'est épanouie depuis 1900, mais elle éveille aussi un besoin d'opposition. C'est ainsi que Cocteau, publiant *Le Coq et l'Arlequin*, ne veut voir chez Ravel que l'impressionniste, incarnant cette musique floue dont il faut maintenant se détacher. Écrivant ces mots avec un temps de retard, il ne voit pas en quoi le compositeur, par la netteté de son trait, sa distance, ses références classiques, préfigure mieux que tout autre les tendances nouvelles. Quant à Satie, transformé en prophète par le même Cocteau, il se montre méchant et jaloux du succès de son cadet qui l'a pourtant soutenu, mais qu'il qualifie de « premier des sous-debussystes ». On connaît sa formule, très injuste après que Ravel a refusé la Légion d'honneur : « Il refuse la Légion d'honneur, mais toute sa musique l'accepte. »

L'esthétique de Ravel rejoint pourtant naturellement l'avant-gardisme des années 1920 davantage que celui de la Belle Époque. Jankélévitch vantera la « modernité aiguë de cet homme modernissime » qui s'oppose à « la furie expressionniste soit en n'exprimant rien, soit en disant le contraire : dans les *Chansons madécasses*, il feint l'apathie et une sorte d'indifférence que démentent des paroles violemment pathétiques ; à l'exemple de Satie, de Milhaud et de Poulenc, il inscrit volontiers entre les portées l'indication paradoxale : "sans nuances" ». Cette volonté d'impersonnalité avait déjà inspiré, en 1911, la création de ses *Valses nobles et sentimentales*, jouées anonymement au cours des « Concerts sans noms d'auteurs » de la SMI où les auditeurs votaient pour l'attribution de chaque morceau. « La paternité des *Valses* me fut reconnue à une faible majorité », ajoute presque fièrement Ravel – comme s'il aimait cette sorte de perfection anonyme.

Partant des modèles musicaux les plus divers, il les reconstruit tel un « horloger suisse », selon la formule de Stravinsky. Chez ce dernier, le décalage du pastiche est toutefois bien plus visible. Derrière l'imitation de Bach ou de Tchaïkovski, on reconnaît aussitôt Stravinsky qui fait marcher ses modèles à cloche-pied. Ravel, lui, se fond davantage avec eux, comme s'il voulait les magnifier. Jamais il ne renonce à l'impératif de chanter et d'enchanter, comme il le dit clairement dans un rare propos sur son art : « Je demanderais la permission de reprendre à mon compte les simples déclarations que Mozart a faites à ce sujet. Il se bornait à dire que la musique peut tout entreprendre, tout oser et tout peindre, pourvu qu'elle charme et reste enfin et toujours la musique. » C'est ainsi que *La Valse*, ce chef-d'œuvre de l'immédiat après-guerre, fruit d'un travail très difficile, est à la fois une valse sublime, et un tableau de ce romantisme disparu qui jaillit du brouillard avant d'y retourner. Diaghilev, pour l'occasion, se fâchera avec Ravel en observant : « Ravel, c'est un chef-d'œuvre, mais ce n'est pas un ballet. C'est la peinture d'un ballet. »

Après ce moment d'incompréhension entretenu par Coteau, Satie ou Diaghilev, Ravel finit toutefois par rattraper la mode et la dépasser par son fabuleux instinct. Il est l'un des premiers à saluer le jazz naissant qu'il découvre à Paris au début des années 1920. Un peu plus tard, il publiera son fameux article : « Il faut prendre le jazz au sérieux », dans lequel il précise : « Vous, les Américains, prenez le jazz trop à la légère. Vous semblez y voir une musique de peu de valeur, vulgaire, éphémère. Alors qu'à mes yeux, c'est lui qui donnera naissance à la musique nationale des États-Unis. » Il insiste aussi sur le fait qu'un compositeur classique ne saurait imiter cette musique nouvelle mais qu'il lui faut plutôt l'assimiler. Et cette façon d'intégrer un genre nouveau, au sein de l'idiome français et ravélien, va nourrir quelques-unes de ses plus belles pages : dans les deux concertos pour piano et dans *L'Enfant et les Sortilèges* qu'il qualifie lui-même d'« opérette américaine ».

La fin des années 1920 marque, après le temps de *Daphnis et Chloé*, un nouveau sommet dans l'œuvre de

Ravel. En 1927, il termine la *Sonate pour violon et piano* ; l'année suivante, il fait un voyage triomphal aux USA où Gershwin lui demande des cours de composition. Ravel refuse : « Vous perdriez la grande spontanéité de votre mélodie pour écrire du mauvais Ravel... Pourquoi seriez-vous un Ravel de seconde classe, alors que vous pouvez devenir un Gershwin de première classe ? » Cette année est également celle du *Boléro*, dans lequel se manifeste de nouveau le goût de Ravel pour une mécanique musicale qui semble réduire le rôle du compositeur à rien – sinon à la fabrication de cet immense thème et à son orchestration. Blague mal comprise ou coup de génie, on a tout écrit sur cette œuvre parmi les plus populaires de l'histoire et que Ravel lui-même disait « vide de musique ».

Je laisserai de côté le chapitre toujours mystérieux de ses amours : quelles furent-elles, et de quel genre ? Ce musicien qui n'aimait pas parler de son art, ni de sa personne, est parvenu à laisser dans l'ombre cet aspect de sa vie, réduit à quelques microtémoignages contradictoires qui ne changent pas grand-chose à la fascination qu'il exerce. Il a laissé par contre le souvenir d'un grand ami, recevant chaleureusement ses proches à Montfort-l'Amaury, ou traînant tard avec de jeunes musiciens dans les cafés de la capitale. Il n'abandonne jamais, pour autant, cet esprit de mesure qui va de pair avec ses convictions. Ses lettres et articles sont sans doute moins drôles que ceux d'un Debussy, habile à mêler la méchanceté et l'humour. Ravel, lui, essaie toujours d'être juste. Précision, élégance, distance : voilà le contraire même de l'artiste que nous représente la mythologie romantique.

Pourtant, sa façon de s'emparer de n'importe quel modèle musical, pour jouer avec l'expression propre à ce modèle, fait qu'on se demande parfois si ce n'est pas Ravel lui-même qui chante, et qui pleure par la voix des autres. Ainsi le deuxième mouvement de sa *Sonate pour violon et piano*, créée en 1927 : cet irrésistible *blues* qui s'appuie, comme le blues, sur les fameuses *blue notes*, joue sur l'ambiguïté entre majeur et mineur et dont le lyrisme débordant semble à la fois un pastiche de lyrisme et un vrai lyrisme. Ravel entreprendra encore en 1929 la composition de deux merveilles, le *Concerto pour la main gauche* et le *Concerto en sol*. Ce dernier reste sans doute, avec le *Boléro*, la plus jouée de ses œuvres, chaque jour, partout dans le monde. Il trouve un équilibre parfait entre la forme classique, le plaisir de la virtuosité, et en même temps l'amour de la couleur, la richesse de l'harmonie et les rythmes modernes. Peu après la création de ce dernier chef-d'œuvre va se déclarer la maladie du cerveau qui réduira bientôt Ravel à l'inactivité totale, alors même que sa conscience reste intacte. L'ultime tentative d'opération ne réussira pas et le compositeur disparaîtra le 28 décembre 1937.

Sa gloire n'a cessé de grandir au long du XXe siècle, avec toutefois quelques nuances. Car si certaines de ses œuvres sont devenues populaires, le goût du milieu musical sera parfois plus condescendant, réservant à Debussy la toute-puissance de la novation, tandis que Ravel, dans son sillage, se voit plutôt regardé comme génial faiseur… Restent au bout du compte la perfection et la force intacte de ses œuvres qui parlent une langue si naturelle qu'elle s'impose toujours davantage au répertoire. Il y a chez ce compositeur un miracle de la simplicité : quand tant de ses contemporains nous proposent des musiques passionnantes, novatrices, mais souvent compliquées, Ravel conjugue les audaces de toutes sortes et un trait toujours simple, un élan mélodique, une évidence de la forme qui fait sa force incomparable. Comme le souligne encore Vladimir Jankélévitch : « Ce miracle propre à Ravel, c'est le contraste entre l'ingénuité foncière de son cœur et la complexité sublissime de son art, car il fut aussi simple que raffiné. »

Régnier, Henri de

Avec son monocle, son air triste, son menton en galoche, son mélange de civilité et d'éloignement du monde, Régnier aura connu une gloire à la mesure de l'oubli. Ses *Poèmes anciens et romanesques* le désignèrent comme l'héritier de Mallarmé dont il fréquentait les « mardis » ; puis ses romans comme *La Double Maîtresse* connurent un certain succès. Il épousa Marie de Heredia, la fille du poète parnassien – bien que celle-ci fût bientôt connue davantage comme la maîtresse de Pierre Louÿs ; il se battit en duel contre Robert de Montesquiou (soupçonné de s'être lâchement enfui lors de l'incendie du Bazar de la Charité) et il fut élu en 1911 à l'Académie française. Mais on a peine aujourd'hui à se représenter le rayonnement d'un auteur qui, à l'aube du XXe siècle, enthousiasmait Marcel Proust ou le jeune André Gide, avouant avec une sincérité désarmante : « J'aime infiniment l'ennui même de vos œuvres. » La génération suivante l'aura déjà presque oublié, à l'instar d'André Breton ironisant sur l'« absurde Henri de Régnier » – ce qui, sans-doute, ne comptait guère pour un homme qui se défiait de la critique comme des admirateurs, préférait le goût mélancolique du passé à celui de l'avenir conquérant, et allait jusqu'à résumer le cours de l'existence par son fameux : « Vivre avilit... » (*Donc...*, 1927).

Figure des éditions du Mercure de France, Régnier incarne le raffinement de cette génération symboliste qui voyait la littérature comme une religion, se vouait exclusivement au culte de la forme et affectait en tout une forme de détachement. Il fut une sorte de guide, à l'aube du XXe siècle, pour nombre d'écrivains et d'artistes – comme ceux qui le suivaient à Venise au sein du « club des longues moustaches ». On ne saurait dire qu'il s'agissait d'un dandy, lui qui détestait ce terme et n'était pas spécialement recherché dans son allure. Bernard Quiriny dans sa jolie monographie de *Monsieur Spleen* note même que, selon Paul Léautaud, les mouchoirs de Régnier étaient « pleins de trous, plus encore que les siens ». Mais, ajoute Léautaud : « Je ne crois pas qu'on puisse trouver un homme à la fois plus distingué et plus simple, plus discret et plus affectueux. C'est un écrivain et un poète de grand talent, et il n'a jamais l'air de le savoir ni d'y penser. » Autre fervent admirateur du poète, Maurice Ravel a choisi un vers de Régnier en exergue de *Jeux d'eau*, son premier opus pianistique, et un autre – irrésistible – pour ses *Valses nobles et sentimentales* : « le plaisir délicieux et toujours nouveau d'une occupation inutile ». Le journal de l'écrivain est également une mine d'anecdotes et de réflexions d'un homme qui savait observer la beauté des êtres et des choses, en même temps que leur caractère éphémère omniprésent dans sa poésie :

Le vrai sage est celui qui fonde sur le sable
Sachant que tout est vain qui n'est pas éternel
Et que rien ici-bas n'est guère plus durable
Que le souffle du vent et la couleur du ciel.

Tenu de 1887 à 1910, le *Journal* de Jules Renard est un chef-d'œuvre où tous les genres se rejoignent : l'art de la description, celui du portrait, la réflexion philosophique, la poésie, l'imagination, le témoignage... Tout cela fait merveille au jour le jour sous forme de fragments, de phrases, de paragraphes, jamais inutilement développés, mais saisissants par la justesse du coup d'œil et la perfection du style. Pour Renard, « la clarté est la politesse de l'homme de lettres ». Ici, il décrit des animaux avec une passion jamais démentie (il en a fait le sujet de ses *Histoires naturelles*) ; là, une promenade dans le Paris de 1900 ; ici, une sortie au théâtre pour applaudir Lucien Guitry ; là, une soirée entre amis avec le même Guitry, Capus et quelques autres gloires du temps ; ici, des pensées sombres sur l'existence qui préfigurent celles d'un Cioran ; là, un simple petit bonheur du jour... Même si nous connaissons encore le bouleversant *Poil de Carotte*, et même si Jules Renard a écrit nombre d'autres romans et pièces de théâtre, il aura traversé le temps par ce *Journal* aussi bien tourné qu'un ouvrage de poète, aussi précis et juste qu'un roman réaliste, aussi profond qu'un traité de sagesse. « Ces notes sont ma prière quotidienne », écrit-il. Exemples au hasard : « Musique. Je dois au chantonnement d'une bouillotte mes plus douces rêveries », « L'oiseau en cage ne sait pas qu'il ne sait pas voler », « Au théâtre. Fauteuils vides : toutes ces dents arrachées ».

On sait que son enfance auprès d'une mère qui ne l'aimait pas a inspiré celle de son jeune héros François Lepic. Après quoi, selon l'itinéraire de nombreux artistes, Jules est monté étudier à Paris puis s'est lancé dans le milieu bohème. Il y vit désargenté mais sans trop d'excès, sachant qu'il ne fume pas (« ma fumée me gêne ») et ne boit guère (« je n'ai pas soif »). En 1889, il devient l'un des fondateurs et responsables du *Mercure de France*, la revue littéraire la mieux inspirée de cette fin de XIXe siècle. Il a lui-même ainsi résumé ce parcours : « Je présente à la *Revue indépendante* un article et Félix Fénéon, qui la dirige, me le refuse sans baragouiner. Je deviens membre d'un cercle de poètes, les "zutistes", qu'avait déjà fondé Charles Cros, et là on me sacre grand homme. Déjà ! Et je n'avais pas le sou : je donnais des leçons, quelques jours même je fus employé dans une maison où l'on vendait du charbon, mais le patron me congédia en me prédisant d'autres destinées, prédiction qui, en attendant qu'elle se réalisât, me mit sur le pavé. Je récitais aussi des vers dans le sous-sol d'un café de la place Saint-Michel, c'était Goudeau qui présidait... La première fois que je montai sur l'estrade, on me hua... J'avais récité, sans m'en douter, des vers qui, paraît-il, étaient inconvenants. Enfin, tout s'arrange, je me marie, je fonde avec Vallette le *Mercure de France*. »

Renard devient dès lors une personnalité influente des lettres dont les romans se succèdent à intervalles réguliers, et dont les histoires parfois cruelles se déroulent souvent à la campagne, pas très loin des bêtes et des arbres. Outre *Poil de Carotte* et *L'Écornifleur* (l'histoire d'un parasite qui s'incruste chez des bourgeois en vacances), il connaîtra quelques succès comme *Le Pain de ménage* et sera élu à l'académie Goncourt – mais il souffrira de voir certains proches, et même certains protégés tel Edmond Rostand, obtenir des triomphes auquel il ne parviendra jamais. Tout cela figure aussi dans son *Journal*, tout comme la formation, autour de Renard, d'un groupe d'esprit caractéristique des années 1900 où se mêlent les milieux du théâtre et de la littérature, les auteurs de comédies populaires et les maîtres de l'humour noir : Alphonse Allais, Georges Courteline, Tristan Bernard, tout comme Lucien Guitry sont ses proches, rassemblés par des convictions plutôt républicaines, dreyfusardes et anticléricales. On entrevoit aussi, derrière leurs relations, l'importance considérable du théâtre dans la vie des écrivains de l'époque – y compris sous forme d'adaptations comme celle de *Poil de Carotte* qui, mis en scène et joué par André Antoine, fera beaucoup pour la gloire de son auteur et pour ses revenus.

Sa quête de la perfection et son écriture incisive susciteront l'admiration de nombreux jeunes artistes, parmi lesquels Ravel qui met en musique certaines de ses *Histoires naturelles* en 1906 ; mais aussi Marcel Proust qui écrit dans *Contre Sainte-Beuve* : « Il est admirable parce qu'il ne cherche pas d'échappatoires, au contraire de presque tous qui ne pouvant approfondir leur sensation, au lieu d'insister, de chercher ce qu'il y a dedans, ne s'obstinent pas, glissent ailleurs, ne peuvent y pénétrer davantage et, de ratages en ratages, finissent par couvrir une immense circonférence, croient que cela finit par être plus beau que, d'un point de vue quelconque, avoir su descendre au centre. Lui approfondit, saisit la vérité cachée dans la sensation. » Ces propos de 1894 sur les *Histoires naturelles* pourraient s'appliquer à chaque page du *Journal*. Renard avait songé à le publier. Henri Bachelin s'en chargera après sa mort et une première édition paraîtra à partir de 1925. L'épouse de l'écrivain, pour ne blesser personne, a toutefois procédé à de nombreuses coupes et des fragments entiers du *Journal* semblent aujourd'hui perdus, sans diminuer la valeur exceptionnelle de cette œuvre.

Revues (d'actualités et de music-hall)

Si le café-concert constitue le divertissement favori des Parisiens, dans la seconde moitié du XIXe siècle, l'esprit politique et frondeur des Français trouve également un spectacle de prédilection dans la « revue d'actualités » qui, de façon satirique, évoque les événements politiques et sociaux. Présent au sein même des cafés-concerts, ce genre devient également la spécialité de petits théâtres où il se donne au rythme d'une ou deux éditions par an (en juin et en décembre). Il inclut des sketches, des saynètes et des chansons. En tête des grands « revuistes » de la Belle Époque figure le célèbre Georges Gabriel Thenon, *alias* Rip – dont le pseudonyme en trois lettres signifie : « Rire, Ironie, Plaisanterie ». En tandem avec l'écrivain Jacques Bousquet, il attire le public au théâtre du Palais-Royal et aux Capucines où il présente *Le Coq d'Inde* (1908) sur une musique de Claude Terrasse, *Sans rancune* (1909), *Sauf vot' respect* (1910), *Paris fin de règne* (1912), *Les Petits Crevés* (1913), etc.

En ces mêmes années, le music-hall, d'importation anglaise, concurrence de plus en plus le café-concert et présente au public quantité d'attractions et de numéros chantés, mais aussi dansés. Il se distingue par la richesse des décors et des costumes tels qu'on peut les voir à Londres sur les scènes de L'Empire et du Paladium, ou encore à l'immense Wintergarten de Berlin où défilent nombre de vedettes parisiennes comme Yvette Guilbert, Fragson ou Cléo de Mérode... Le premier haut lieu français du genre sera les Folies Bergère, théâtre ouvert sous le Second Empire. Véritable institution, il présente les chanteurs à la mode mais aussi des funambules, jongleurs, transformistes, ventriloques, prestidigitateurs, contorsionnistes... Le public peut arpenter le vaste « promenoir » qui invite à fumer et déambuler sans perdre de vue le spectacle. Dès la première décennie du XXe siècle, le music-hall gagne du terrain au détriment du café-concert et s'impose dans de nouvelles salles comme l'Olympia, le Moulin Rouge ou L'Alhambra.

Après 1918 s'impose la « revue à grand spectacle », lancée par Jacques-Charles à l'Olympia, puis au Casino de Paris. Loin du côté fourre-tout du premier music-hall, ce spectacle total présente une certaine unité de scénographie. On y retrouve certains éléments des revues d'actualité sous forme de sketches et de refrains sur les événements de l'année, comme dans la revue « Cach' ton piano » (Casino de Paris, 1920) où Dréan chante « Si tu n' veux pas payer d'impôts, cach' ton piano », suite à la nouvelle taxe sur les pianos. Mais la chanson et la danse prennent le dessus dans des mises en scène rutilantes, notamment à la fin du premier acte, quand apparaît la meneuse de revues sur sa rampe lumineuse, avec ce qu'il faut de plumes, de *boys*, de *girls*. Le nu féminin s'offre désormais aux regards, sans les maillots ni les voiles qui le dissimulaient encore avant la guerre. Le reste du spectacle comporte des attractions et divers refrains créés par tout ce que Paris compte de fantaisistes, chanteuses réalistes ou chanteurs à voix. Les revues du Casino

(« Pa-ri-ki-ri », « Pa-ri-ki-danse », « Paris qui jazz »...), puis du Moulin Rouge (qui se rallie au genre en 1924) et des Folies Bergère (rénovées en 1926 selon les nouveaux canons Art déco), mais aussi du Palace, constituent ainsi, entre les deux guerres, le vivier d'un immense répertoire où se croisent tous les grands noms de la chanson : Mistinguett, Maurice Chevalier, Joséphine Baker, Damia, Marie Dubas, Georgius, Tino Rossi et tant d'autres. De cet âge d'or nous restent beaucoup de disques, mais aussi quelques scènes de film et d'actualités. Après guerre, le public applaudira encore plusieurs notoires meneuses de revues de music-hall comme Line Renaud, Mick Micheyl ou Zizi Jeanmaire. Mais les actuels spectacles pour tour-opérateurs ne donnent, malgré la débauche de moyens, qu'une idée affadie de cet art si parisien.

La revue d'actualité, elle, continuera sa propre histoire sur les scènes des Capucines et d'autres théâtres où Rip continue à enchaîner les succès entre les deux guerres, tandis que s'impose une nouvelle génération d'auteurs. Jean Saint-Granier, par ailleurs chanteur de charme qui a lancé l'immortelle « Ramona », présente dans des cabarets des revues d'actualité, tout en écrivant des textes et de chansons pour les revues à grand spectacle. Il se partage la tâche avec son ami Albert Willemetz qui, dès 1907, a rodé son métier dans l'écriture de revues comme « Viv' la presse de Paris », avant de se spécialiser dans les paroles de chansons et d'opérettes. Sacha Guitry écrit également de nombreuses revues mêlant saynètes et chansons interprétées notamment par Yvonne Printemps, comme « La revue de Paris », coécrite avec Willemetz en 1918 sur une musique de Claude Terrasse. Le public populaire se presse à la Cigale et à la Gaîté-Rochechouart pour entendre ces commentaires de l'actualité dont la tradition se perpétuera jusqu'à nos jours dans les spectacles présentés aux Deux Ânes, au théâtre de Dix Heures ou au Caveau de la République par des « chansonniers » – terme trompeur qui désigne un commentaire de l'actualité politique dans lequel la chanson n'a quasiment plus aucune place.

Revues littéraires

Le temps des groupes artistiques, des cafés et des salons, voit aussi fleurir d'innombrables revues littéraires dont les auteurs se regroupent par affinités. Jamais ces publications hebdomadaires, mensuelles ou trimestrielles n'auront joué un tel rôle dans la vie intellectuelle pour lancer de nouveaux talents, servir d'atelier romanesque ou poétique, mais aussi donner le ton dans les domaines les plus divers. La plus fascinante aventure du genre est celle du *Mercure de France* – dont l'histoire remonte au XVIIe siècle, sous le nom de *Mercure Galant*, mais qui renaît en 1890 sous la direction d'Alfred Vallette et va jouer un rôle central dans la vie littéraire à l'aube du XXe siècle. Vallette est indissociable de son épouse Rachilde. De son vrai nom Marguerite Eymery, celle-ci a publié en 1884 un roman intitulé *Monsieur Vénus* où l'homme est efféminé à la femme virile, puis d'autres textes scandaleux où elle affirme n'avoir « jamais cru à aucune innocence féminine ». Mais Vallette et Rachilde réunissent également un groupe d'amis autant que d'écrivains parmi les plus talentueux, tels Jules Renard, Jean Moréas, Alfred Jarry, Albert Samain, Rémy de Gourmont... Ils se retrouvent au Café de la Mère Clarisse, rue Jacob, ou encore à Corbeil, chez les Valette pour des dimanches à la campagne. Paul Léautaud les rejoint en 1908 comme secrétaire de rédaction, poste qu'il occupera pendant trente-trois ans et qui va constituer l'essentiel de sa vie sociale, relatée dans ses entretiens et souvenirs. Au cœur du mouvement symboliste et de ses suites, le *Mercure* publie les premiers textes de Claudel, Colette, Apollinaire, Duhamel, ou encore *Les Nourritures terrestres* du jeune André Gide. La revue prolonge bientôt ses activités dans les Éditions du Mercure de France où paraissent des anthologies de grands poètes, Hérédia, Mallarmé, et les premières traductions françaises de Nietzsche. En 1908, André Gide s'inspirera du Mercure de France pour fonder, avec Charles Louis-Philippe, Jacques Copeau et Jean Schlumberger, la Nouvelle Revue Française, elle-même point de départ de la maison Gallimard.

Nombre d'autres revues littéraires, sans laisser la même éclatante postérité, ont accompagné le mouvement artistique de la Belle Époque et des Années folles. Ce sont notamment *La Revue Indépendante* de Félix Fénéon (1884-1895), proche elle aussi du milieu symboliste, tout comme *La Plume* (1889-1914), ou encore la belle revue artistique franco-allemande *Pan* (1895-1900). Quant à l'illustre *Revue blanche* (1889-1903) fondée par les frères Natanson, elle est la vraie rivale du Mercure de France et couvre l'ensemble du champ artistique. On y retrouve notamment Fénéon comme rédacteur en chef et le jeune Léon Blum en secrétaire de rédaction, tandis que Claude Debussy assure la critique musicale. Non moins importants sont les *Cahiers de la quinzaine* (1900-1915) animés par Charles Péguy. Mais on peut mentionner aussi la revue poétique *Vers et prose* (1905-1914), dirigée par Paul Fort, où écrivent Henri de Régnier, Marcel Schwob, Émile Verhaeren ; puis *La Phalange* (1906-1939) qui publie notamment Francis Carco, Max Jacob, Francis Jammes, Jules Romains et le jeune Apollinaire. Entre les deux guerres naissent encore *Commerce* (1924-1932) dirigé par Léon-Paul Fargue, Paul Valéry et Valéry Larbaud, mais aussi *La Révolution surréaliste* (1924-1929) du groupe éponyme, *Le Grand Jeu* (1927-1935) de René Daumal et Roger Vailland ou *Les Cahiers du Sud*, lancés en 1925 à Marseille par Jean Ballard.

D'autres publications à grand tirage comptent également dans la vie littéraire et artistique, comme la très ancienne *Revue des deux mondes* qui compte 26 000 abonnés en 1885. Plus influent encore, le *Gil Blas illustré*, supplément hebdomadaire du quotidien *Gil Blas* qui, de 1891 à la Seconde Guerre mondiale, propose nouvelles, feuilletons et poésies des meilleurs auteurs. Le quotidien *Comœdia*, fondé en 1907 par Henri Desgrange (par ailleurs passionné de cyclisme et créateur du Tour de France) est lui-même entièrement consacré aux arts et aux lettres et joue un rôle central dans la vie culturelle. Son supplément *Comœdia illustré*, qui fusionne avec *Le Théâtre*, relate l'actualité théâtrale, et bientôt cinématographique sous la direction de René Clair. Parallèlement, *La Petite Illustration*, supplément de *L'Illustration*, publie chaque semaine une nouvelle ou une pièce inédite, et *La Rampe* étend son domaine d'intérêt jusqu'au music-hall.

Rivages

Lancé en France sous le Second Empire, le tourisme balnéaire va connaître son apogée à la Belle Époque et dans les Années folles qui voient les côtes françaises se recouvrir de casinos, palaces et villas balnéaires, tandis que des affiches colorées invitent à rallier ces contrées par les chemins de fer. Le règne de Napoléon III a été celui de la côte normande, de Dieppe à Étretat, mais aussi l'âge d'or de Biarritz, fréquenté par l'impératrice à deux pas de son Espagne natale. D'autres fleurons se sont développés dans la foulée : Cabourg, Trouville, Deauville, ou encore La Baule et Dinard, la plus élégante station bretonne chère au public britannique. La présence des courses de chevaux achève de donner leur lustre à certaines communes qui redeviennent pendant l'hiver de simples villages. Pour la haute société des années 1900, le départ à la mer rythme désormais le calendrier. Au lendemain du Grand Prix (course qui se déroule à Longchamp le 14 juillet), tous fuient vers la Manche. Mais la grande mode de Deauville, station créée dès les années 1860 par le duc de Morny, ne s'impose vraiment que vers 1910 et connaît son apogée durant les Années folles.

Le début du XXe siècle voit aussi se développer les stations de la Côte d'Azur. Les Anglais, une fois encore, ont précédé le mouvement en établissant, de longue date, leurs quartiers d'hiver entre Nice et Menton, où les Russes fortunés ont également leurs habitudes. Puis les artistes, à leur tour, se sont montrés gourmands de soleil. À la fin des années 1880, Maupassant, lassé par la fraîcheur normande, embarque sur son voilier le *Bel-Ami* et prend ses quartiers d'hiver à Antibes. Les postimpressionnistes et les fauves – Signac, Bonnard, Matisse – découvrent la lumière méditerranéenne et contribuent à lancer la vogue du « Midi ». Dans leur sillage, toute une société bourgeoise et aristocratique implante des villas enchanteresses sur les hauteurs de Cannes, Nice, Antibes et Juan-les-Pins. On peut en visiter aujourd'hui certains fleurons : du style néo-Renaissance de la villa Ephrussi de Rothschild au cap Ferrat (1912) à la pureté Art nouveau de la villa Noailles édifiée à Hyères par Mallet-Stevens (1925). La vogue de la Côte d'Azur pendant les Années folles aura pour témoin privilégié le jeune photographe Jacques Henri Lartigue qui, appareil en main, observe la vie mondaine : le ski nautique à Juan-les-Pins, les revues à Monte-Carlo ou de simples déjeuners à Saint-Tropez (paisible port qui est alors « l'anti-Juan-les-Pins ») en compagnie de sa jeune épouse, Bibi, fille du compositeur André Messager. Leur fils Dany Lartigue restera jusqu'à sa mort, en 2017, une personnalité tropézienne conservant maints souvenirs dans son minuscule « musée du Papillon ».

Les Années folles sont aussi celles de l'extrême nord avec le développement du Touquet, station créée dès la fin du XIXe siècle, mais qui connaît sa plus grande vogue après la Première Guerre mondiale. À « Paris-Plage » séjournent les plus brillantes personnalités françaises, britanniques ou américaines à l'instar de Cole Porter qui compose dans cette station du Pas-de-Calais sa plus célèbre comédie musicale : *Anything Goes*... Au milieu des années 1930, les congés payés achèvent de faire des plages la villégiature favorite des Français. Les arts témoignent abondamment de cette passion des rivages illustrée par d'innombrables créations artistiques et littéraires : les scènes de genre d'Eugène Boudin sur le sable de Trouville, les vacances proustiennes des jeunes filles en fleurs, les sorties pointillistes en Méditerranée de Paul Signac, ou encore les photos de Debussy arpentant la plage d'Houlgate tel un parfait touriste du XXe siècle naissant. En 1922, l'opérette à succès *Ta Bouche* (1922) situe ses actes à « Truc-sur-Mer », « Pouic-les-Flots » et « Truc-les-Bains », simples décalques de Deauville et du Touquet, en attendant l'ultime *Feux de joie* de Ray Ventura et ses Collégiens, qui, en 1939, s'en vont en vacances sur la Côte d'Azur en chantant : « Qu'est-ce qu'on attend pour être heureux ? »

Quant à la façon de se comporter sur la plage, elle a beaucoup changé elle aussi, depuis les premiers temps où la femme descendait entièrement habillée dans des cabanes flottantes qui la protégeaient des regards. Le demi-nu s'impose peu à peu, suscitant l'effroi des survivants de la Belle Époque, tel l'écrivain Ferdinand Bac qui s'inquiète au Lido en septembre 1927 : « Où est-on ? À Newport ? À Ostende ? À Miami ? En quel siècle ? Dans quelle planète ? Est-ce une civilisation qui se meurt dans l'excès, une confusion de styles, de lois, de sexes ? L'aurore d'une barbarie nouvelle ? Une fête de la peau ? Une teinturerie d'épidermes ? Une héliothérapie en musique, accompagnée de boissons glacées ? C'est une rôtisserie de chairs vivantes, dans une incroyable cacophonie de jazz, d'hygiène et d'inconscience, de toutes les nationalités mêlées. »

Roaring Twenties, Goldene Zwanziger…

Si le terme de « Belle Époque » est apparu en France et fut repris tel quel, partout dans le monde, pour désigner la société française de 1900, le concept des « Années folles » est beaucoup plus international et a donné lieu, dans chaque pays, à une dénomination différente.

Encore fallait-il que ces époques fussent achevées pour que des historiens ou des journalistes commencent à les nommer. C'est seulement en 1919, après la Première Guerre mondiale, qu'on a commencé à parler de « l'époque 1900 » pour désigner les années supposément heureuses d'avant-guerre, avant que le terme de « Belle Époque » ne l'emporte après 1940. De même, il faudra attendre la crise économique de 1929 aux États-Unis, puis la Seconde Guerre mondiale en Europe, pour s'aviser que les années 1920 ont constitué, un peu partout, un moment d'euphorie – mais aussi d'insouciance coupable, selon certains, d'avoir engendré par son caractère futile les crises qui allaient suivre. L'expression « Années folles » semble ainsi remonter en France à 1956 où elle apparaît pour la première fois dans un ouvrage collectif : *Le Roman vrai de la IIIᵉ République*. Dans le même temps, chaque pays aura forgé un terme pour désigner cette décennie à la fois joyeuse et dangereuse.

Aux États-Unis, on parle des « Roaring Twenties », autrement dit d'« Années rugissantes » ou « Années vrombissantes ». L'expression semble apparue dès les années 1930 et désigne le fabuleux mouvement qui a gagné la société après le retour des soldats partis combattre en Europe. Le désir d'oublier la guerre compte moins, ici, que sur le Vieux Continent profondément meurtri. Mais il s'agit aussi de caractériser un élan nouveau de la technique, de l'automobile, du téléphone, de l'aviation et de l'industrie du divertissement. La grande poussée architecturale repart de plus belle après les premiers gratte-ciel des années 1900, bientôt surplombés par de nouveaux géants comme le magnifique Chrysler Building (77 étages, 1928), puis l'Empire State Building (102 étages, 1931). Les villas Art déco se multiplient dans les nouveaux quartiers de Miami Beach. La production de voitures se standardise et les avions commencent à relier les continents. L'industrie hollywoodienne atteint son premier âge d'or et envahit le marché mondial dès les années 1920 (*La Ruée vers l'or* de Chaplin date de 1925), avant l'apparition du parlant quelques années plus tard. Le jazz s'impose comme le genre musical du siècle avec Louis Armstrong ou Duke Ellington, mais aussi à travers d'innombrables orchestres de danse, comédies musicales et chansons influencées par les rythmes nouveaux. Quant à la littérature, elle témoigne du même état d'esprit dans les romans de Hemingway où l'Américain s'émancipe à la découverte du monde ; et plus encore dans le tableau de la société dépeint par F. Scott Fitzgerald dans *Gatsby le Magnifique*. De New York à Venise en passant par Londres et Paris, quelques écrivains, artistes, aristocrates et bourgeois partagent alors une existence insouciante et privilégiée au sein de la Café Society, ancêtre de ce qu'on appellera plus tard la jet set… Après cette décennie radieuse, du moins pour ceux qui ont pu s'amuser ou s'enrichir, le « jeudi noir » de Wall Street marquera aux États-Unis un coup d'arrêt brutal. La déflagration sera moins nette en France où l'esprit des Années folles perdurera pour une part durant les années 1930, malgré la crise économique, l'approche de la guerre et ce qu'on appellera bientôt la « montée des périls ».

D'autres termes apparaissent en Europe pour caractériser les années 1920, notamment en Angleterre où on préférera au terme américain de « Roaring Twenties » celui de « Happy Twenties » ou de « Golden Twenties ». Il désigne cette même période heureuse et légère dont on retrouve l'écho dans les comédies de Noël Coward ou dans les orchestres de danse comme celui de Jack Hylton. Même dans l'Allemagne vaincue, plongée dans la crise politique et monétaire, le désir d'être heureux et de s'ouvrir au monde nourrit un mouvement intellectuel et artistique, spécialement à Berlin, nouveau foyer de l'avant-garde. Dès 1918, le jeune compositeur Paul Hindemith, de retour du front, rompt avec l'héritage romantique allemand pour écrire des œuvres énergiques, asentimentales, puisant leur inspiration dans les danses à la mode. D'autres en Autriche épousent la même tendance, comme le talentueux Erwin Schulhoff. Le cabaret et le music-hall connaissent un âge d'or (ce fabuleux répertoire a fait l'objet d'une magnifique redécouverte, depuis l'an 2000, par l'orchestre de Max Raabe). Les plaisirs de la vie se cristallisent dans le quartier de Charlottenburg, à l'image du Montparnasse parisien ou du Greenwich Village new-yorkais. La jeune Marlene Dietrich devient l'image emblématique de cette Allemagne où le goût du jeu se mêle à une inspiration plus sombre, marquée par le souvenir des tranchées. Les malheurs à venir se profilent déjà dans les premiers films de Fritz Lang et, bientôt, les pièces chantées de Kurt Weill et Bertolt Brecht.

Il en va différemment en Italie où les troubles de l'après-guerre, rapidement suivis par la montée du fascisme mussolinien (au pouvoir dès 1922), laissent moins de place à la fantaisie – quand bien même les peintres futuristes comme Marinetti établissent des ponts entre l'avant-garde artistique et le nouveau régime. L'esprit des Années folles présente, quoi qu'il en soit, un caractère international, répondant partout aux mêmes caractéristiques : progrès technique, liberté des mœurs, rythmes nouveaux, frénésie d'affaires et d'innovation. Les mêmes artistes circulent de New York et Londres à Paris et Berlin. Les mouvements politiques autoritaires qui grandissent dans les années 1930, ne s'y tromperont pas et voudront rompre avec cet esprit ludique assimilé à une forme de décadence – que la France vichyste de 1940 dénoncera elle aussi comme la cause de toutes les défaites.

Romains, Jules

C'est le destin de nombreux artistes : avoir bâti une œuvre immense dont il ne reste rien, sauf un ou deux titres – pas forcément les plus importants – qui préservent l'auteur de l'oubli. Jules Romains, né Louis Farigoulle, illustre parfaitement cette grande ambition littéraire sauvée par quelques blagues. J'étais à peine adolescent quand mon père me suggéra de lire *Les Copains* (1913), une farce dont les protagonistes se sont donné pour mission de « punir » de leur médiocrité les sous-préfectures auvergnates d'Ambert et Issoire, en y organisant une série de canulars. Le roman sera adapté au cinéma par Yves Robert. Et c'est aussi par le cinéma, *via* la télévision, que j'allais découvrir au même âge *Knock ou le triomphe de la médecine*, joué par Louis Jouvet qui en fut le créateur en 1923. Cette géniale histoire d'un médecin de campagne qui invente de fausses maladies à ses patients, sachant que « tout homme bien portant est un malade qui s'ignore », garantit à elle seule l'immortalité de Jules Romains

Si la province est présente dans l'œuvre de cet auteur originaire de Saint-Julien-Chapteuil, en Haute-Loire, c'est toutefois la ville qui fut son principal sujet d'étude. Dès l'enfance il s'installe à Paris où son père est nommé instituteur et où il obtient l'agrégation de philosophie. Puis il participe à la fondation du « Groupe de l'abbaye » de Créteil avec le dramaturge Charles Vildrac, le romancier, Georges Duhamel, le peintre Albert Gleizes et quelques autres. Avec eux il élabore le concept d'*unanimisme* illustré par son ample poème *La vie unanime*, qui ambitionne de saisir la vie multiple et foisonnante de la grande ville avec ses destins multiples et ses décors contrastés. Romains se dit porté par « l'intuition d'un être vaste et élémentaire, dont la rue, les voitures et les passants formaient le corps et dont le rythme emportait ou recouvrait les rythmes des consciences individuelles ». Plus tard, il va déployer cette même ambition dans un immense « roman-fleuve », genre qui connaît une vogue nouvelle entre les deux guerres mondiales dans le sillage de *La Comédie Humaine*, des *Rougon-Macquart* et d'*À la recherche du temps perdu*. Ces vastes sagas qui, souvent, content l'histoire d'une famille, mobilisent des écrivains tels que Roger Martin du Gard et ses *Thibault* (huit tomes), Georges Duhamel et sa *Chronique des Pasquier* (en dix romans), Romain Rolland et son *Jean-Christophe* (dix tomes également)... Mais le champion du genre reste Jules Romains avec les 27 volumes de sa fresque *Les Hommes de bonne volonté*, publiés de 1932 à 1946. Dans ce tableau de la vie sociale en France au début du XXe siècle, l'écrivain s'applique à suivre les destins entrecroisés et précise subtilement : « Je désire même qu'on s'aperçoive, en me lisant, que certaines choses ne vont nulle part. Il y a des destinées qui finissent on ne sait où, comme les oueds dans le sable. Il y a les êtres, les entreprises, les espérances *dont on n'entend plus parler*. »

Rubinstein, Arthur

Prince de la musique entre les deux guerres, Arthur Rubinstein appartient encore à une époque où le virtuose, idole des foules, reste le serviteur des compositeurs vivants. Après ses débuts d'enfant prodige en Pologne, puis sa formation académique en Allemagne, le jeune pianiste juif aux talents multiples (il lit le polonais, le russe, le français, l'anglais, l'allemand) choisit de se rendre à Paris où il se rapproche de l'illustre Saint-Saëns, du jeune Ravel et d'autres musiciens modernes. Installé dans la capitale française, il crée la version pour piano du *Pétrouchka* de Stravinsky puis la célèbre *Danse du feu* de Manuel de Falla qui fait sensation dans ses concerts. En Amérique du Sud, il accroît sa renommée en révélant les œuvres du compositeur brésilien Villa-Lobos, mais aussi en fréquentant, à l'ambassade de France, l'ambassadeur-écrivain Paul Claudel et son secrétaire Darius Milhaud… Revenu à Paris entre les deux guerres, Rubinstein s'installe dans le quartier Montmartre. Il fréquente la vie mondaine mais aussi les théâtres. Il assiste aux premières de Sacha Guitry et Yvonne Printemps. Puis il entreprend aux États-Unis et partout dans le monde ces tournées qui, bientôt, feront de lui l'idole du piano, célébrée pour ses interprétations de Chopin. Seul le flamboyant immigré russe Vladimir Horowitz connaît une gloire comparable de part et d'autre de l'Atlantique (en faisant lui aussi la part belle aux compositeurs contemporains, Rachmaninov ou Scriabine). Mais Rubinstein possède en outre cette vaste culture, cette intelligence drôle et ce panache qui éclateront dans ses passionnants *Mémoires*. Dans la seconde moitié du XXe siècle la gloire des virtuoses interprétant sans fin le « grand répertoire » reléguera dans l'ombre celles des compositeurs de plus en plus coupés du grand public musical. Mais rien, pour Rubinstein, ne restera aussi important que d'avoir servi ces derniers et de posséder encore le manuscrit de *Pétrouchka* minutieusement calligraphié par Stravinsky avec la dédicace en russe : « À mon ami Arthur Rubinstein, grand artiste, en pleine propriété. »

Rythmes

On identifie une époque à ses rythmes favoris. Si les années 1760 furent celles du menuet et les années 1960 celles du twist, rien n'égale peut-être la frénésie de danse qui s'est emparée de l'Europe, dans la seconde moitié du XIXe siècle, après l'invention de la grande valse viennoise par Johann Strauss père et fils. De l'opéra aux bals populaires, le rythme à trois temps s'impose partout, en alternance avec une série de pas répertoriés : mazurka, polka, polka-mazurka, marche, galop, quadrille. La Belle

Époque ne rompt pas avec ces rythmes, mais elle leur apporte de nouvelles variantes et un ton différent : après le temps des grandes valses, ce sera plutôt le temps de la « valse lente » et de la « valse-hésitation » dont certains musiciens se font une spécialité tel Rodolphe Berger, compositeur d'*Amoureuse*, Marchetti qui signe le célèbre *Fascination*, ou même Erik Satie et son *Je te veux*, écrit pour la chanteuse Paulette Darty. Une des formes de la valse lente est la « valse Boston » lancée aux États-Unis. Quant aux marches, bien enlevées sur des rythmes à 6/8, elles prennent souvent une allure quasi militaire conforme à l'air du temps. Le compositeur d'opérettes Louis Ganne en use et en abuse dans ses œuvres *Hans le joueur de flûte*, *Cocorico !*, et *Les Saltimbanques* où une grande valse lente (« C'est l'amour ») répond à l'air martial du jeune lieutenant : « Va, gentil soldat ». Ganne signe également en 1892 la célèbre *Marche lorraine* pour une visite à Nancy du président Sadi Carnot. Mais les années 1900 sont aussi, déjà, celles de la diffusion massive des nouveaux rythmes américains, souvent passés par Londres avant d'arriver à Paris : tel le cake-walk qui fait fureur dans les cafés-concerts dès 1902, suivi par d'autres danses aux noms imagés : grizzly-bear, texas-tommy, bunny-hug, turkey-trot, castle-walk... Debussy s'en inspire dans son *Golliwog's Cakewalk* de 1908 – dix ans avant le débarquement des soldats américains et des premiers orchestres de jazz.

Cette tendance va s'accentuer durant les Années folles où, pour la première fois depuis un siècle, la musique à trois temps perd sa prééminence. Si la valse dominait encore les années 1900, ce sont désormais le fox-trot, le one-step ou le shimmy qui sont en vogue, comme en témoignent les chansons de Maurice Yvain ou Raoul Moretti. De nouvelles danses apparaissent comme le charleston qui fait fureur à partir de 1925, en attendant quelques années plus tard le très britannique lambeth-walk. Durant les années 1930, le swing inspire les plus talentueux jeunes chanteurs français : Charles Trenet, Mireille, Jean Tranchant, Jean Sablon, Ray Ventura et ses Collégiens. Mais c'est aussi, toujours, le temps du tango qui avait commencé à s'imposer dès avant 1914 comme une danse passablement immorale et qui, désormais, se décline sous toutes les formes : dans la chanson à l'exemple du « Plus beau tango du monde » de Vincent Scotto (1935), comme dans la parodie avec le « Tango neurasthénique » de Georgius en 1922. La valse est certes toujours présente, notamment quand il s'agit d'évoquer Paris dans les chansons réalistes de Fréhel, Damia ou Berthe Sylva et ses « Roses blanches ». Désormais affranchie du style viennois, c'est une valse de bistrot, bien marquée sur les temps, à l'exemple de sa cousine la java. Prisée dans les quartiers populaires et devenue le symbole de Paname, celle-ci est illustrée par des tubes comme « La java » et « La belote » de Maurice Yvain en attendant « La java bleue » chantée par Fréhel. Chez les grands accordéonistes, Tony Murena et Gus Viseur, la valse musette, accompagnée à la guitare, alterne avec le répertoire jazzy.

Les années 1930 voient également se multiplier les rythmes antillais et latino-américains, qu'on retrouve à Paris au Bal nègre de la rue Blomet comme au Bal antillais de La Coupole où la biguine fait fureur. Une véritable fièvre rythmique, mêlant les influences les plus diverses, sous-tend les couplets et refrains qui règnent dans le Paris d'avant-guerre, comme en témoignent les one-step des revues de Mistinguett ou les frénétiques « Palétuviers » entonnés par Pauline Carton et Koval dans l'opérette *Toi, c'est moi*, sur une musique du compositeur cubain Moisés Simóns. Le composeur viennois Oscar Straus donnera toutefois un dernier éclat – nostalgique – à la grande valse viennoise dans son opérette à succès *Trois Valses* (1937) dont l'action commence sous Napoléon III et se termine en plein XXe siècle au rythme d'un fox-trot.

S

Salomé et Mélisande

Pourquoi ces deux figures féminines fascinent-elles à ce point autour de 1900 ? Le symbolisme est passé par là, répandant parmi les arts un raffinement décadent, l'amour du non-dit, mais aussi l'attrait des rêveries antiques ou médiévales.

Ce goût va trouver une incarnation sublime et cruelle dans la biblique Salomé, remise à l'honneur par Flaubert, dès 1877, dans son conte *Hérodias*. Le martyre de saint Jean-Baptiste a également inspiré, dix ans plus tôt, le jeune Stéphane Mallarmé dans son long poème « Hérodiade ». En 1891, Oscar Wilde reprend le sujet dans sa pièce éponyme, écrite directement en français et créée cinq ans plus tard au théâtre de l'Œuvre. Les peintres ne sont pas en reste et célèbrent cette figure qui mêle les chatoiements orientaux, le sexe et le goût du sang. Après la célèbre *Salomé dansant devant Hérode* de Gustave Moreau (1876), le jeune dessinateur anglais Aubrey Beardsley conçoit en 1894 une série d'illustrations en noir et blanc pour l'édition anglaise de la pièce de Wilde. L'opéra en fait également un sujet de prédilection avec *Hérodiade* de Jules Massenet (1881), inspirée du conte de Flaubert, mais aussi la *Salomé* d'Antoine Mariotte (1908), directement écrite sur le texte français de Wilde ; et surtout, bien sûr, la luxuriante *Salomé* de Richard Strauss créée en 1905, qui produit un choc retentissant sur l'Europe musicale. Quelques mois après la création parisienne de l'œuvre, en 1907, le poète Robert d'Humières présente au théâtre des Arts sa propre *Tragédie de Salomé*, un spectacle dansé par l'Américaine Loïe Fuller sur une musique sauvage de Florent Schmitt qui enthousiasmera le jeune Stravinsky.

Entre-temps, une autre pièce de théâtre a subjugué les musiciens par ses personnages insaisissables et ses décors légendaires : c'est le *Pelléas et Mélisande* de Maurice Maeterlinck, créé en 1893 au théâtre des Bouffes-Parisiens, avant de devenir la source d'inspiration de plusieurs compositeurs majeurs. L'opéra de Claude Debussy, entrepris dès 1894 et créé à l'Opéra-Comique en 1902, marque un tournant dans l'histoire de la musique française (malgré la brouille entre Maeterlinck et le compositeur qui n'a pas voulu confier le rôle de Mélisande à l'épouse de ce dernier, la cantatrice Georgette Leblanc). Vient ensuite la musique de scène de Gabriel Fauré, composée en 1898 pour une représentation de la pièce à Londres, et reprise dans une sublime suite d'orchestre ; après quoi deux autres maîtres de la modernité naissante vont s'inspirer à leur tour de *Pelléas et Mélisande* : l'Autrichien Arnold Schönberg en 1905 dans un vaste poème symphonique, puis le Finlandais Jean Sibelius dans une nouvelle musique de scène en 1908. On a rarement vu, hors des sujets mythologiques, des personnages littéraires inspirer autant de créations de premier plan.

Salons

Les riches maris font des affaires, se retrouvent dans leurs clubs, vivent aux pieds de leurs maîtresses ou s'en vont rechercher l'aventure au Moulin Rouge. Pendant ce temps-là, certaines épouses tiennent salon. Elles ont leur « jour » qui attire la société artistique et littéraire, avec ses personnalités établies et ses talents en herbe. Certaines sont nobles, d'autres bourgeoises. Elles achètent des tableaux, aménagent dans leurs hôtels particuliers des salles de concert. Leurs choix donnent le ton. Elles vont plus loin, parfois, parrainant les artistes, les soutenant financièrement et les traitant d'égal à égal quand elles les admirent. Proust a immortalisé ces figures en détaillant la hiérarchie et les nuances qui séparent une Mme Verdurin d'une Mme de Guermantes. On trouvera par ailleurs, dans ce dictionnaire, un portrait plus détaillé de quelques figures de premier plan : Winnaretta Singer, princesse de Polignac (1865-1943), la principale mécène musicale de son temps dont l'hôtel particulier, transformé en fondation, donne aujourd'hui encore une idée des grands salons ; Misia Sert (1872-1950), la plus artiste des grandes protectrices ; ou Marie-Laure de Noailles (1902-1970), figure des Années folles entre poésie, peinture et cinéma.

À ces noms prestigieux il convient d'ajouter celui de la princesse Mathilde (1820-1904), cousine de Napoléon III, seul membre de la famille Bonaparte demeurée en France après la déchéance de l'empereur. Amie de Théophile Gautier, elle donne jusqu'à sa mort des réceptions très convoitées rue de Courcelles ou dans sa maison de campagne. Le jeune Reynaldo Hahn y fait ses débuts en s'accompagnant au piano dans des mélodies sur des poèmes de Verlaine devant un public extasié. Autre haut lieu de la vie littéraire, le salon de Julia Daudet (1844-1940), épouse d'Alphonse Daudet qui reçoit le jeudi, rue de Bellechasse puis rue de l'Université, ses amis et ceux de son mari : Edmond de Goncourt, Maurice Barrès, Émile Zola, Rosemonde Gérard, Guy de Maupassant, Ernest Renan. Dernier témoin de l'école naturaliste, elle meurt quelques semaines avant la débâcle de juin 1940, âgée de quatre-vingt-quinze ans. Non moins importante est Geneviève Straus (1849-1929), fille du compositeur Fromental Halévy, épouse de Georges Bizet, qui comptera tant dans la jeunesse de Proust, très lié à son fils, Jacques Bizet. Son hôtel particulier du 104, rue de Miromesnil, est un haut lieu dreyfusard qui accueille des personnalités comme Joseph Reinach, Paul Bourget, Lucien Guitry, Jacques-Émile Blanche ou le jeune Léon Blum.

Pour son importance dans l'histoire musicale, il faut évoquer aussi Mme de Saint-Marceaux (1850-1930), qui reçoit chez elle la fine fleur de l'école française. Issue d'une famille de drapiers, passionnée par les arts, elle a épousé le peintre Eugène Baugnies puis s'est remariée en 1892 avec le sculpteur René de Saint-Marceaux. Son hôtel particulier du boulevard Malesherbes devient le foyer des artistes les plus novateurs. Gabriel Fauré compte parmi les habitués avec son ami André Messager. Marguerite de Saint-Marceaux – « Meg » pour les intimes – finance leur séjour à Bayreuth. Debussy chante pour la première fois chez elle son *Pelléas et Mélisande* en s'accompagnant lui-même ; et c'est ici encore que Ravel rencontre Colette qui écrira pour lui *L'Enfant et les Sortilèges*. L'oreille musicale de Marguerite de Saint-Marceaux ne l'empêche pas d'avoir un regard aiguisé sur la société : elle en délivre, dans son journal intime, un tableau passionnant d'intelligence et de précision. Un peu plus jeune, la comtesse Greffulhe, *alias* Élisabeth de Caraman-Chimay (1860-1952), sera le principal modèle de la duchesse de Guermantes. Aussi belle qu'intelligente, elle reçoit chez elle, rue d'Astorg, mais aussi dans son château de Seine-et-Marne ou dans sa villa de Dieppe. Fondatrice de la Société des grandes auditions musicales, elle soutient les opéras de Wagner et la venue des Ballets russes à Paris, ainsi que les scientifiques telle Marie Curie. Parmi ses amis écrivains figurent Heredia, Mallarmé ou Anatole France (dont la maîtresse, Léontine de Caillavet, tient également un salon réputé).

Après la Première Guerre mondiale, beaucoup de salons disparaissent et le style de ceux qui subsistent évolue au rythme de la société. Le « jour » des visites tombe en désuétude ; les menus des dîners sont moins copieux ; on ne donne plus toujours le bras aux dames en se rendant à table, et certaines invitations se lancent même par téléphone. Quelques figures prennent toutefois le relais des grandes inspiratrices de la Belle Époque, telle Marie-Laure de Noailles, ou encore la charmante Marie-Blanche de Polignac (1897-1958) – à ne pas confondre avec Winnaretta Singer, princesse de Polignac. Née Marguerite di Pietro, fille de la grande couturière Jeanne Lanvin, elle a épousé le comte Jean de Polignac, neveu de Winnaretta. Passionnée de musique et elle-même soprano, elle accueille les artistes dans son château breton de Kerbastic la fine fleur artistique des années 1920. Le compositeur Francis Poulenc est un de ses intimes. Sous la direction de Nadia Boulanger, elle participe également à la redécouverte de la musique ancienne et enregistre en disque (avec Nadia et Dinu Lipatti aux pianos) les *Liebeslieder Walzer* de Brahms, compositeur alors très peu joué en France.

Satie, Erik

À quoi tient l'extraordinaire présence de cet artiste, près d'un siècle après sa mort ? D'abord à quelques morceaux de musique très simples, mais extraordinairement personnels et novateurs, que tout le monde aime et que chacun a joués, comme les *Gnossiennes* ou les *Gymnopédies*. Ensuite à ses liens avec deux avant-gardes successives, puisque Satie fut une figure de la bohème montmartroise, avant d'inspirer la jeune génération des années 1920 par ses ballets *Parade* ou *Relâche*. Cette influence lui valut d'ailleurs autant d'admirateurs (Debussy, Ravel Picasso ou plus tard John Cage) que de détracteurs parfois méprisants (de Willy à Boulez). Enfin, et surtout peut-être, Satie continue à subjuguer par son étrange personnalité, ses écrits, son humour, son accoutrement, bref, tout ce qui fait de sa vie entière une œuvre d'art.

Il est né à Honfleur, en 1866, d'un père courtier maritime et d'une mère d'origine écossaise. Bourgeois cultivé, quoique sans grands moyens, son père fréquente les spectacles et traîne son jeune fils aux leçons du Collège de France. Après un bref passage au Conservatoire, le jeune Erik préfère prendre la direction du Chat noir, 12, rue Victor-Massé, véritable creuset où se mélangent la bourgeoisie et la bohème, la science et l'extravagance. Il se présente à Rodolphe Salis comme « Erik Satie, gymnopédiste » et compose les morceaux qui le rendront à jamais célèbre : *Sarabandes* (1887), *Gymnopédies* (1888) dont le rythme à trois temps évoque les supposées danses de jeunes Grecs antiques sur une harmonie affranchie des règles tonales, *Gnossiennes* qui déploient la même liberté sur des rythmes binaires, et *Ogives* (1886) aux longues suites d'accords parallèles.

Engagé comme « tapeur à gages » à l'auberge du Clou, il y rencontre en 1891 le jeune Debussy et se lie avec lui d'une amitié durable. Ils déjeunent régulièrement ensemble au cinquième étage, rue Cardinet, où Debussy prépare des œufs et des côtelettes arrosées de bordeaux blanc. Il lui demandera d'être son témoin de mariage. Mais Satie fréquente également le Sar Peladan, de son vrai nom Joseph-Aimé Péladan (1858-1918), personnage un peu ridicule, fondateur du « tiers ordre esthétique de la Rose+Croix catholique ». Participant un moment à ses projets ésotériques, le musicien finit par se fâcher, peu content d'être assimilé à un disciple et proclamant pour l'occasion : « Suis fort surpris que Moy, pauvre homme quy n'ay d'autres pensées que dedans Mon art, sois toujours poursuivy avec le titre d'initiateur musical des disciples de monsieur Josephin Péladan. Cela me fait grand'peine et désagrément, car sy dois être l'élève de quiconque, croys pouvoir dire que ce n'est de nul autre que Moy. » Il préfère donc fonder, le 15 octobre 1893, sa propre « Église métropolitaine d'art de Jésus Conducteur » dont il est le « grand parcier du définitoire »... et le seul membre.

Installé dans une chambre rue Cortot, sur la butte Montmartre, Satie connaît une liaison avec Suzanne Valadon, peintre et mère de Maurice Utrillo. Cette relation amoureuse, la seule qu'on lui connaisse, durera précisément selon lui « du 14 janvier au 20 juin 1893 ». Leur rupture lui inspirera la composition des *Vexations* : soit la répétition du même motif 840 fois, en fonction d'un calcul ésotérique lié à la section d'or, dont la durée totale dure une vingtaine d'heures. Original par nature, Satie n'en cherche pas moins à attirer l'attention et se présente, âgé de vingt-six ans, à l'Académie des Beaux-Arts au fauteuil de Charles Gounod. Il lance des attaques contre les journalistes Mirbeau et Willy qu'il traite de « brucolaque » ; Willy répond « pou mystique ». Mais c'est en réalité, pour le compositeur, une période difficile, désargentée et fort alcoolisée. Désireux de changer de vie, il finit par s'installer à Arcueil dans une maison ouvrière où il loue une chambre que vient de quitter « Bibi la Purée », un clochard ami de Verlaine. Il quitte également le vêtement de prélat qu'il portait jusqu'alors pour un complet de velours, acheté en sept exemplaires, qu'il portera sept ans. C'est à Arcueil qu'il écrit les textes étonnants et pince-sans-rire qui seront rassemblés dans les *Mémoires d'un amnésique* et qui le rapprochent de son concitoyen honfleurais Alphonse Allais, souvent croisé au Chat noir.

Pour gagner sa vie, Satie se tourne vers le café-concert où il écrit plusieurs chansons avec Vincent Hyspa, auteur, compositeur, humoriste et personnalité montmartroise. La chanteuse Paulette Darty, également sous le charme de Satie, crée sa valse lente *Je te veux* et son « intermezzo américain » *La Diva de l'Empire*. Pourtant, comme il l'écrit à son frère : « Tout ce que j'entreprends timidement rate avec une hardiesse inconnue à ce jour » ; puis il ajoute :

« Si je n'avais pas Debussy pour causer des choses un peu au-dessus de ce dont causent les gens vulgaires, je ne vois pas comment je ferais pour exprimer ma pauvre pensée. » C'est d'ailleurs pour répondre au compositeur Vincent d'Indy, qui juge « sans forme » le *Pelléas et Mélisande* de Debussy, que Satie compose en 1903 ses merveilleux *Morceaux en forme de poire*.

En 1905, contre toute attente, Satie, âgé de près de quarante ans, s'inscrit à la Schola Cantorum, la très sérieuse école du même Vincent d'Indy, pour y reprendre ses études musicales, spécialement celle du contrepoint. Son professeur Albert Roussel le trouve « prodigieusement musicien ». Peu après, Maurice Ravel choisit Satie comme parrain de la nouvelle Société musicale indépendante. Au même moment, Satie recommence à composer, dans un style nouveau, quantité d'œuvres aux titres drolatiques qui jouent sur le contrepoint, la miniature, et le détournement de motifs musicaux célèbres : *Aperçus désagréables*, *Préludes flasques (pour un chien)*, *Descriptions automatiques*, *Les Trois Valses distinguées du précieux dégoûté*, *Chapitres tournés en tous sens*, *Heures séculaires et instantanées*, *Sonatine bureaucratique*... Redevenu presque à la mode, il se montre pourtant ingrat vis-à-vis de Ravel sur lequel il lance son mot fameux : « Il refuse la Légion d'honneur, mais toute sa musique l'accepte. » Ce qui ne l'empêche pas lui-même de porter fièrement ses palmes académiques !

Pendant la Grande Guerre, son influence grandit encore auprès de la jeune génération de peintres, de poètes et de musiciens. Parmi ceux-ci, Georges Auric, élève au Conservatoire, a déjà publié un article élogieux sur le compositeur des *Gymnopédies* qui est venu sonner à sa porte et s'est étonné de rencontrer un si jeune admirateur. Puis Auric lui a présenté ses amis comme Germaine Tailleferre, Louis Durey et ceux qui vont former le Groupe des Six. De son côté, Jean Cocteau organise une rencontre avec Diaghilev, le directeur des Ballets russes, et suggère de commander au compositeur un ballet dont il écrira l'argument. Ce sera *Parade*, un spectacle qui se déroule avant le spectacle, devant l'entrée d'un théâtre forain, avec un prestidigitateur chinois, une petite fille américaine et des acrobates. L'œuvre est créée au Châtelet, 18 mai 1917, dans des décors de Picasso et une chorégraphie « cubiste » de Massine. Guillaume Apollinaire qui a rédigé les notes de présentation explique qu'il voit dans *Parade* un esprit « sur-réaliste » et célèbre « cet esprit nouveau qui se promet de modifier de fond en comble les arts et les mœurs dans l'allégresse universelle ».

La chanteuse Jane Bathori, quant à elle, présente Satie à la princesse de Polignac qui lui commande *Socrate*, une étrange cantate à la musique dépouillée sur des extraits du *Banquet*, de *Phèdre* et du *Phédon* traduits par Victor Cousin. La première publique se déroule en mars 1919, à la librairie d'Adrienne Monnier, en présence d'André Gide, Paul Valéry et James Joyce. Stravinsky, enthousiaste, déclare : « Il y a Bizet, Chabrier et Satie. » La composition des *Nocturnes* pour piano (1919) vient également équilibrer l'image de Satie satiriste et révèle un vrai poète.

À la fin de sa vie, Erik Satie est devenu une figure centrale de la vie artistique et non plus seulement musicale. Jean Cocteau, dans *Le Coq et l'Arlequin* (1919), en a fait l'inspirateur des Six ; mais il parraine aussi un autre groupe de jeunes musiciens qui forment en 1923 l'École d'Arcueil. Il renoue avec le spectacle dans *La Belle Excentrique*, suite de danses créées en 1921 par Élisabeth Toulemont, *alias* Caryathis, figure extravagante des milieux d'avant-garde qui épousera plus tard Marcel Jouhandeau. Au-delà des frontières, Arnold Schönberg fait jouer Satie à Vienne et le mouvement Dada se réclame de lui, à Zurich tout comme à Paris. Tristan Tzara l'invite à nombre de soirées et manifestations où le vieux compositeur apparaît comme un chef de file et semble accepter ce rôle de bon gré. Il se rapproche également de Gertrude Stein et de nombreux plasticiens, lui qui pense que « l'évolution musicale est toujours en arrière de cent ans sur l'évolution picturale ». Il se lie avec Francis Picabia, Man Ray ou Fernand Léger dont il partage la sympathie pour les ouvriers et la vie populaire. Georges Braque avec qui Satie dîne régulièrement illustre son œuvre *Le Piège de Méduse* et peint une nature morte incluant la partition de *Socrate*.

Désormais consacré, Satie reste fidèle à son pauvre logement d'Arcueil. Inscrit à la SFIO depuis l'assassinat de Jaurès, il semble néanmoins très à son aise dans le monde, que ce soit chez Étienne de Beaumont ou chez la princesse de Polignac où il se rend à pied, toujours muni de son parapluie. *Mercure*, son nouveau ballet, scénographié par Picasso et Massine, est créé à la Cigale en 1924. L'œuvre est fondée sur le mélange du goût de l'antique et de la vie quotidienne, mais elle n'est pas du goût des jeunes surréalistes qui viennent de rompre avec Dada. Satie en fait les frais et subit les sarcasmes de Breton et d'Aragon qui hurle : « Vive Picasso, à bas Satie ! » Le ballet *Relâche*, créé fin 1924 sur un argument de Francis Picabia, est la dernière œuvre importante du compositeur. Le spectacle inclut un film muet du jeune René Clair, intitulé *Entr'acte*, on peut voir Satie tirer du canon sur les toits de Paris, toujours avec son chapeau et son parapluie. Malade du foie, il doit toutefois quitter Arcueil pour s'installer au Grand Hôtel place de l'Opéra, puis à l'hôtel Istria, à Montparnasse, où Darius et Madeleine Milhaud le veilleront jusqu'à sa mort, le 1er juillet 1925.

Après avoir influencé Debussy, Ravel, Poulenc, Milhaud ou Sauguet, l'œuvre de Satie va connaître un grand rayonnement aux États-Unis où quelques-unes de ses trouvailles figurent parmi les sources d'inspiration de ce qu'on appellera l'art conceptuel. C'est le cas par exemple de la *Musique d'ameublement*, imaginée au début des années 1920 : une sorte de musique d'ambiance qui, nous dit Satie, « remplit le même rôle que la lumière, la chaleur et le confort sous toutes ses formes ». John Cage, le groupe Fluxus et les compositeurs répétitifs se souviendront des voies qu'il a ouvertes. Mais Satie, tout au long du XXe siècle, deviendra également un modèle pour les musiciens de jazz, de variété, de cinéma, qui lui empruntent certaines tournures... Son langage, dans sa simplicité, crée de véritables archétypes musicaux : un titre de gloire que nombre de compositeurs plus savants pourraient lui envier. Quant au personnage, il appartient autant à la littérature qu'à la musique par sa singularité indomptable. Quelques années après leur fâcherie, André Breton s'amendera en écrivant : « Je regrette d'autant plus d'avoir compris trop tard, après sa mort, l'être de haute exception qu'il fut et qu'un rideau d'épines – sa malice, ses tics étudiés – me voilait… Le passage du XIXe au XXe siècle n'a déterminé aucune évolution d'esprit aussi captivante que celle de Satie. Nulle plus haute école de liberté à l'égard de toutes les conventions, nul sourire plus espiègle et, en fin de compte, si poignant par-dessus le gouffre intérieur, de l'espèce la plus noire. »

Satie : emploi du temps

« Voici l'horaire précis de mes actes journaliers :

Mon lever : à 7 h 18 ; inspiré : de 10 h 23 à 11 h 47. Je déjeune à 12 h 11 et quitte la table à 12 h 14.

Salutaire promenade à cheval, dans le fond de mon parc : de 13 h 19 à 14 h 53. Autre inspiration : de 15 h 12 à 16 h 07 […]

Je ne mange que des aliments blancs : des œufs, du sucre, des os râpés ; de la graisse d'animaux morts ; du veau, du sel, des noix de coco, du poulet cuit dans de l'eau blanche ; des moisissures de fruits, du riz, des navets ; du boudin camphré, des pâtes, du fromage (blanc), de la salade de coton et de certains poissons (sans la peau).

Je fais bouillir mon vin, que je bois froid avec du jus de fuchsia. J'ai bon appétit ; mais je ne parle jamais en mangeant, de peur de m'étrangler.

Je respire avec soin (peu à la fois). Je danse très rarement. En marchant, je me tiens par les côtes et regarde fixement derrière moi.

D'aspect très sérieux, si je ris, c'est sans le faire exprès. Je m'en excuse toujours et avec affabilité…

Mon médecin m'a toujours dit de fumer. Il ajoute à ses conseils :

— Fumez, mon ami : sans cela, un autre fumera à votre place. »

(Extrait des *Mémoires d'un amnésique*.)

Sculpteurs

Quand j'habitais Montparnasse, j'adorais m'enfoncer dans la sinueuse rue Antoine-Bourdelle où venaient de pousser plusieurs buildings sans âme, entre de vieux immeubles et quelques impasses autrefois pleines d'ateliers. Réchappé du massacre, le petit musée Bourdelle fut celui de cet illustre sculpteur né en 1861 et mort en 1929. Tous les écoliers de ma génération le connaissaient par son Héraklès tirant à l'arc, imprimé sur les cahiers de classe du même nom. Cette œuvre figure d'ailleurs au milieu du jardin du musée Bourdelle, parmi tout un amas de statures néoclassiques, dans ce goût d'inspiration grecque qui régnait à l'aube du XXe siècle… Outre la beauté de certaines pièces, le plaisir du lieu tient dans l'accumulation qui préserve l'esprit d'un atelier et nous rapproche des artistes. Ceux-ci disposaient alors, sur la rive gauche, de vastes espaces difficiles à trouver de l'autre côté de la Seine. Quelques lieux ont survécu comme la cité d'artistes de La Ruche dans le quartier Saint-Lambert, ou la villa d'Alésia près du métro du même nom… Mais c'est aussi, bien sûr, le musée Rodin, installé dans le magnifique hôtel de Biron, un bâtiment du XVIIIe siècle, acquis par la République en 1905 et mis à la disposition de l'illustre sculpteur qui accueillera souvent sur place son ami allemand Rainer Maria Rilke. Un film de Sacha Guitry, tourné en 1915, montre le génial sculpteur au travail dans ce bâtiment que fréquentera également son élève Camille Claudel. Plus modeste mais non moins ravissant, avec ses airs de pavillon de campagne, ses jolies collections et son jardin fleuri, le musée Zadkine se trouve près du jardin du Luxembourg, rue d'Assas. C'est l'ancien atelier du sculpteur cubiste russe Ossip Zadkine, installé à Paris de 1910 à sa mort, en 1967. D'autres promenades parisiennes invitent à découvrir la sculpture de la Belle Époque et des Années folles, spécialement présente dans ces quartiers où l'on peut encore admirer les œuvres d'Auguste Maillol au musée du même nom (il ne s'agit pas toutefois d'un ancien atelier), et d'autres œuvres dispersées ici ou là comme cette belle sculpture d'Henri Laurens, autre maître de l'art moderne naissant, qui recouvre sa propre tombe au cimetière du Montparnasse.

Signac, Paul

Dans un train qui traverse l'Esterel, deux hommes à la barbe grise pouponnent une fillette calée entre eux sur un coussin. Ils lui parlent, la cajolent et s'apprêtent à la déposer pour les vacances à Saint-Tropez chez sa deuxième mère – la première étant restée à Antibes. Cette scène qui pourrait illustrer la vie des actuelles « familles recomposées » se déroule pendant la Première Guerre mondiale. Les deux hommes sont le peintre Pierre Bonnard et son ami Paul Signac, père de la petite Ginette à laquelle il accorde tellement d'attention. Quant aux deux mères, celle qui demeure à Saint-Tropez est Berthe, son épouse ; l'autre est Jeanne avec laquelle il partage sa vie depuis plusieurs années. Signac, toutefois, divisé entre ses convictions libertaires et une certaine fidélité à l'ordre bourgeois, tient à ce que l'enfant issu de son amour avec Jeanne soit aussi l'héritier du couple légitime qu'il continue à former avec Berthe. La fille du maître postimpressionniste descendra ainsi d'un père et de deux mères !

On connaît Signac pour ses tableaux pointillistes, et notamment pour ses merveilleux paysages de la côte méditerranéenne ou des ports de France – sans oublier le fascinant portrait de son ami Félix Fénéon, tel un prestidigitateur sur un « fond rythmique de mesures et d'angles, de tons et de teintes ». L'exposition « Paul Signac collectionneur », présentée en 2021 au musée d'Orsay, a également souligné combien cet artiste était un découvreur. En témoigne cette fabuleuse collection rassemblant aussi bien *Le Cirque* de Seurat et les œuvres des amis pointillistes Cross ou Van Rysselberghe que des tableaux de Pissarro, Matisse, Vallotton, Bonnard… Le journal de Signac rappelle aussi comment ce personnage de la bohème, familier du

Chat noir, appartenait à l'aile « gauche » du monde artistique. Au moment de l'affaire Dreyfus, il est, avec Monet et Pissarro, l'un des rares peintres à prendre clairement le parti de l'accusé (Degas, Cézanne et Renoir sont furieusement antidreyfusards). C'est un esprit libre et généreux – qui ne s'en trouvera pas moins, sur le tard, tel un personnage de Feydeau, pris dans une double vie de couple à laquelle il tentera d'appliquer une forme d'honnêteté qui frise la naïveté, voire la maladresse ; ainsi lorsqu'il écrit à l'épouse délaissée, peu avant la naissance de l'enfant conçu avec l'autre : « Celui qui va venir, tu l'aimeras, j'en suis sûr, comme étant de moi. »

Il est vrai que Signac a vécu heureux avec Berthe Roblès depuis leur rencontre au Chat noir. Le bonheur de cette jeunesse artistique transparaît dans ses toiles, mais ils n'ont pas eu d'enfant. Tout change vers 1909 après leur installation au Castel Béranger, un immeuble Art nouveau du XVIe arrondissement. Paul et Berthe sympathisent avec un jeune couple de voisins, Pierre et Jeanne Selmersheim, qui les accompagnent en vacances. C'est alors qu'éclate la liaison entre le peintre et Jeanne. Celle-ci n'hésite pas à délaisser mari et enfants pour vivre avec son amant. Mais Paul Signac aime toujours Berthe, comme en témoignent ses lettres où se mêlent culpabilité et justifications. De son côté, l'épouse fourbit ses armes, refuse le divorce et accumule les dépenses, financées par Signac, pour compenser chaque faveur accordée à l'autre (il doit vendre ainsi, en 1922, le *Cirque* de Seurat). La vie de bohème s'empêtre dans le drame bourgeois, au moment même où la guerre désespère cet ardent pacifiste.

Signac, toutefois, semble avoir suivi un projet obstiné en associant obstinément Berthe à sa nouvelle vie, l'associant même au choix du prénom de la petite Ginette ! Après guerre, de retour à Paris avec sa jeune compagne, il persuade enfin celle-ci de faire adopter leur fille par son épouse, tant il n'est pas envisageable de laisser sortir le patrimoine de la lignée. Jeanne accepte et la petite Ginette s'accommodera de cette double maternité : « J'étais le lien inconscient de ces deux femmes entre lesquelles la paix armée a duré plus de vingt ans. » Racontée dans *Glissez, mortels* par Charlotte Hellman, l'arrière-petite-fille de Signac, cette histoire familiale, amoureuse et romanesque apporte un éclairage inattendu sur la bohème, et le monde enchanté des postimpressionnistes.

Singer, Winnaretta, princesse de Polignac

L'hôtel Polignac, à deux pas du Trocadéro, fut un des grands salons artistiques de la Belle Époque. C'est aussi le dernier à n'avoir presque pas changé grâce à la fortune et à la volonté de Winnaretta Singer, princesse de Polignac. Le bâtiment comporte un atelier du XIXe siècle séparé par un ravissant jardin de l'hôtel principal, édifié en 1905 dans l'actuelle avenue Georges-Mandel. Quand j'y suis entré pour la première fois, vers 1990, le sénateur Édouard Bonnefous, chancelier de l'Institut de France, présidait la « Fondation Singer-Polignac » installée en ces murs depuis la disparition de la princesse en 1943 – celle-ci ayant pris les dispositions nécessaires pour que sa maison et sa fortune continuent à favoriser les activités artistiques et scientifiques. Presque rien n'a changé dans l'agencement de cette demeure avec sa cour, son escalier monumental, sa salle de spectacle, ses salons, ses appartements, ses communs et le souvenir des musiciens qui fréquentaient ce lieu quelques générations plus tôt : Debussy, Ravel, Satie, Stravinsky, Poulenc et tant d'autres dont plusieurs chefs-d'œuvre furent créés ici même. Proust s'est également inspiré de cet hôtel pour le chapitre final du *Temps retrouvé*.

Avant de devenir princesse de Polignac, Winnaretta Singer avait hérité de moyens considérables par son père, l'Américain Isaac Singer, propagateur de la machine à coudre. Française par sa mère, passionnée de musique et de peinture, elle s'était fixée très jeune à Paris où elle avait d'abord épousé le prince Louis de Scey-Montbéliart. Dès cette époque, elle fréquentait l'avant-garde des compositeurs et pratiquait la musique de chambre et le chant choral. Camille Saint-Saëns, Vincent d'Indy, Gabriel Fauré se succédaient dans le vaste atelier lambrissé pour lequel la princesse avait commandé un portail inspiré de *Parsifal* au sculpteur Jean-Joseph Carriès, un des maîtres de l'Art nouveau. L'œuvre est restée inachevée, mais la passion wagnérienne animait ce milieu, parallèlement au goût de la peinture impressionniste dont Winnaretta avait acquis plusieurs toiles emblématiques, tels les fameux *Dindons* de Claude Monet accrochés dans ce même atelier.

Son premier mariage n'avait guère duré, car la princesse abhorrait le corps des hommes. Un peu trop entreprenant, le prince de Scey-Montbéliart (qui comptait sur elle pour refaire sa fortune) avait dû prendre la porte ! De cette réalité prosaïque Winnaretta parlait assez librement à ses vrais amis, les artistes, tel Emmanuel Chabrier, cet Auvergnat monté à Paris pour devenir compositeur. Elle l'avait invité en vacances à Bayreuth avant de présenter chez elle l'avant-première de son opéra *Gwendoline*. S'intéressant aussi à Verlaine, devenu dans sa déchéance une légende vivante, la princesse lui avait rendu visite à l'hospice Saint-Antoine pour lui commander le texte d'un spectacle dont elle souhaitait confier la musique à Gabriel Fauré. Le projet n'avait pas abouti.

Le mécénat de la princesse de Polignac allait connaître un rayonnement plus vif encore après son second mariage avec le prince Edmond de Polignac qui n'aimait pas plus les femmes que son épouse n'aimait les hommes – conditions idéales pour un couple heureux. Dans le prolongement de son atelier de musique, la princesse fait alors construire ce vaste bâtiment donnant sur avenue Georges-Mandel – à l'époque avenue Henri-Martin – où elle présente, à partir de 1905, quantité de créations commandées aux pionniers de la musique moderne. Le pianiste Ricardo Viñes y donne en avant-première les chefs-d'œuvre de Debussy et Ravel ; puis Stravinsky, autre familier des lieux, y crée sa sonate pour piano dédiée à la princesse ; mais ce sont aussi Francis Poulenc, Cole Porter durant ses années parisiennes, Kurt Weill en exil et tous les talents des Années folles, souvent repérés par Nadia Boulanger, confidente de la princesse, qui vont marquer l'âge d'or du salon.

La salle de spectacle, où se donnent toujours les concerts, est décorée par des fresques de José María Sert dans un goût qui évoque ce XVIIIe siècle cher à beaucoup d'artistes depuis les *Fêtes galantes* de Verlaine. Seul détail troublant : au plafond, des jeunes femmes dénudées jouent avec une bande de singes qui donnent une vision peu flatteuse du genre masculin – que partageait peut-être la princesse Winnaretta. C'est sous ce plafond, aujourd'hui, encore, que des colloques et des concerts sont organisés par la Fondation Singer-Polignac. Les plus brillants talents s'y succèdent depuis plusieurs décennies et la fondation a connu un nouvel essor à l'initiative du professeur Yves Pouliquen, son président de 2006 à 2020, qui en a fait un foyer d'activités musicales (concerts, répétitions, enregistrement) parmi les plus actifs de la capitale. Les invités viennent y goûter à la fois les souvenirs de la Belle Époque et la musique bien vivante qui continue à enchanter ce lieu exceptionnel dont l'histoire se poursuit désormais sous la présidence du professeur Pierre Corvol.

Straus, Oscar

Il ne faut pas confondre les Strauss de Vienne, le Strauss de Paris, le Strauss de Munich et le Straus avec un seul « s »... La famille Strauss de Vienne (Johann père, Johann fils, Josef et Eduard) a porté la grande valse à son apogée durant le XIXe siècle. Dans le même temps, Isaac Strauss, dit « le Strauss de Paris », dirigeait les bals de la cour impériale (c'est l'arrière-grand-père de Claude Lévi-Strauss). Quant à Richard Strauss, le Bavarois, sans aucun lien de famille avec les précédents, il est tout simplement l'un des deux ou trois plus grands compositeurs du XXe siècle.

Je dois toutefois confesser ma tendresse spéciale pour Oscar Straus qui, contrairement aux précédents, n'a qu'un seul « s » et dont la brillante carrière musicale se déploie sur toute la durée de la Belle Époque et des Années folles. Né en 1870 à Vienne, comme ses illustres aînés, Oscar Strauss portait en réalité le même patronyme, dont il ôta un « s » pour éviter les confusions. Il s'éloigna en outre de l'Autriche pour étudier à Berlin et il allait prendre goût, dans les cabarets de la capitale allemande, à une opérette insolente et satirique, loin des canons plus sentimentaux de l'opérette viennoise. Il compose ainsi en 1904 *Die lustigen Nibelungen* (« Les joyeux *Niebelungen* »), une parodie du *Ring* de Wagner qui renoue avec la tradition d'Offenbach. Rallié à temps à l'opérette romantique mise à la mode par Franz Lehár au début du XXe siècle, il signe ses plus grands succès avec *Rêve de valse* (1907) qui va durablement conquérir le monde d'avant 1914, mais aussi *Le Soldat de chocolat* (1908), popularisé ultérieurement par une adaptation hollywoodienne. Ce musicien léger, plein de fantaisie, regarde aussi vers Paris où il noue de solides amitiés, notamment avec Sacha Guitry et Yvonne Printemps pour lesquels il compose l'opérette *Mariette* (l'histoire d'une maîtresse du futur Napoléon III) créée en 1928 au théâtre Édouard-VII, et parvenue jusqu'à nous par une merveilleuse face de 78 tours où Sacha/Louis-Napoléon presse Yvonne/Mariette de venir souper avec lui – à quoi elle oppose un « non » résolu qui finit par se transformer en « oui » (on appellerait cela, aujourd'hui, du « harcèlement »).

Le plus grand succès parisien de Straus sera toutefois l'opérette *Trois Valses*, adaptation d'une œuvre créée d'abord en Suisse allemande, puis entièrement revue pour la scène française. Composée à partir de thèmes de

Johann Strauss père, Johann Strauss fils et Oscar Straus lui-même, elle est présentée aux Bouffes-Parisiens en 1937 sur un texte d'Albert Willemetz et Léopold Marchand, dans des décors et costumes de Fernand Ochsé. C'est une véritable ode à Yvonne Printemps associée désormais à Pierre Fresnay (elle a entre temps quitté Guitry) pour évoquer successivement le Second Empire, la Belle Époque et les Années folles. L'œuvre entrera dans l'histoire : 430 représentations d'affilée, une superbe adaptation au cinéma l'année suivante et un succès qui fera l'objet de nombreuses reprises avec ses chansons emblématiques : « C'est la saison d'amour » ou « Je ne suis pas ce que l'on pense ». Entre-temps, l'immense talent d'Oscar Straus (dont presque toute la famille est morte en déportation) a trouvé asile aux États-Unis où il se tourne de plus en plus vers le cinéma… Un genre qu'il retrouvera en France après guerre, en signant les musiques de deux chefs-d'œuvre de Max Ophüls, *La Ronde* et *Madame de*, avant de finir ses jours dans son Autriche natale en 1954.

Strauss, Richard

« Richard Strauss ? De la poudre aux yeux ! Son contemporain Mahler est tellement plus profond ! » Combien de fois ai-je entendu cette sentence, devenue lieu commun dans les années 1970, quand se dessina l'apothéose posthume du compositeur de l'*adagietto* de la *Cinquième Symphonie*, associé à *La Mort à Venise* de Visconti ? Selon cette opposition répandue, la douleur mahlérienne et son théâtre tragique de l'existence humaine représentaient la quintessence de l'école musicale austro-allemande à l'aube du XXe siècle. Inversement, la féerie straussienne, par trop tapageuse et séduisante, n'accordait qu'un plaisir vulgaire, aussi éloignée de la mélancolie viennoise que peut l'être une fête de la bière munichoise. À ces observations s'ajoutait toujours le même codicille : Strauss aurait accompli une rédemption douloureuse dans quelques chefs-d'œuvre ultimes, les *Métamorphoses* et les *Quatre Derniers Lieder*, qui s'élèveraient au-dessus du reste de son œuvre. Rien n'y fait, pourtant. Plus j'écoute Strauss – et tout Strauss –, plus je pense le contraire : que son génie nous conduit au paradis de la musique.

Il faudrait plus d'une page pour entrer dans le détail et répertorier les « trucs » irrésistibles qui créent l'enchantement straussien, comparable à l'art des magiciens. Je songe, parmi beaucoup d'autres, à ces grands élans de cordes divisées, qui, dans les poèmes symphoniques, sous-tendent les épisodes extatiques ou langoureux : ainsi le second thème magistralement amené de *Don Juan* ; ou encore l'immense phrase qui conclut la troisième variation de *Don Quichotte* ; et plus encore le passage de la « certitude de la victoire » dans *Une vie de héros* ; ou l'épisode sur la cime de la *Symphonie alpestre.* Moments suspendus de volupté harmonique, ils se figent dans un temps immobile (tout comme le finale du *Chevalier à la rose*) ; mais ils peuvent aussi s'animer avec une extraordinaire souplesse, respirer puis s'enfler en vastes crescendos, tandis que les lignes de violons, d'altos, de violoncelles se démultiplient à l'infini. Encore jeune homme, Strauss avait stupéfié le monde musical de la Belle Époque par ces poèmes orchestraux composés pour l'essentiel entre 1886 et 1903. Il inventait une forme de Technicolor musical incluant tout ce qu'il faut de sensualité, d'idées simples mais époustouflantes comme la fameuse introduction de *Ainsi parlait Zarathoustra*.

Cette apparition fulgurante, dans la dernière décennie du XIXe siècle, avait suffi pour désigner le jeune Richard Strauss, aux yeux de l'Allemagne et du monde, comme le nouveau génie de la musique. Après le premier sommet des poèmes symphoniques, il allait en atteindre d'autres avec des opéras expressionnistes aux sujets caractéristiques du temps : *Salomé* (celle de Wilde adaptée en allemand) puis *Elektra* (première collaboration du compositeur avec son librettiste Hofmannsthal). Et que dire, enfin, de cette capacité du compositeur à se réinventer, qui allait faire de lui, après les années 1910, le plus grand compositeur d'opéras du monde, donnant une succession ininterrompue de chefs-d'œuvre, du *Chevalier à la rose* à *Capriccio*, en passant par *Ariane à Naxos*, *La Femme sans ombre* ou *La Femme silencieuse*... ? Sans pour autant verser dans la frivolité des Années folles, Strauss amorce dans ces compositions une évolution vers une forme de retour au classicisme qui le rapproche des autres compositeurs des années 1920. Même si la grammaire reste en grande partie wagnérienne, il souffle sur ses œuvres un esprit de légèreté ancré, pour une part, dans le XVIIIe siècle musical et littéraire, et même dans la culture française souvent évoquée dans *Le Bourgeois gentilhomme* ou dans *Capriccio*.

Strauss commit certes la faute, dans sa gloire immense, d'entretenir quelques liens avec le régime nazi censé redresser l'Allemagne. Il se laissa proclamer président de la Chambre de musique du Reich par un pouvoir désireux de s'approprier la plus grande gloire musicale du temps. De fait, Strauss, pas plus qu'un Guitry sous l'Occupation, ne semble avoir vraiment saisi l'ignominie spéciale du système, dont il aura plutôt, comme tant d'autres, tâché de s'accommoder. Pis encore, l'attachement à son style de vie, à sa propriété bavaroise, aux quatre-vingts théâtres allemands qui jouaient continuellement sa musique et assuraient sa fortune semble avoir davantage compté à ses yeux que la réalité totalitaire. Pour autant, la situation de Strauss pendant ces dix années apparaît complexe. Loin d'être hitlérien, il a suivi avec mépris la montée du parti nazi. En 1933-1934, sans doute, il s'est laissé brièvement griser par la renaissance supposée du patriotisme allemand. Persuadé que le nouveau pouvoir lui demandait d'œuvrer pour la musique, il ne lui aura pas fallu beaucoup de temps pour comprendre le piège et renoncer à toute fonction officielle. Parfois docile, souvent tenace, Strauss aura montré, en outre, une totale fidélité à son librettiste juif Stefan Zweig, au point d'irriter Hitler et de perdre progressivement son statut d'intouchable.

Le coup de grâce viendra de Klaus Mann, le fils de Thomas Mann. En juin 1945, se présentant comme un reporter américain, il se rend incognito chez Strauss. Il écrit alors un portrait à charge du compositeur, ridiculisé à dessein lorsqu'il énumère les tracas liés à cette guerre abominable : comme l'impossibilité pour sa belle-fille juive de participer à des chasses et de monter à cheval ; ou la prétention qu'ont eue les autorités allemandes de lui faire héberger des réfugiés dans sa propriété... N'est-ce pas la preuve qu'il a lui-même souffert du nazisme ? L'article de Klaus Mann, dans sa méchanceté, est pourtant fort déplaisant : on y voit le parti pris d'un jeune homme venu juger un vieux bourgeois allemand, désigné par avance comme fautif. On y sent surtout, entre les lignes, un reproche qui s'adresse à l'art même de Strauss, coupable de désinvolture par sa quête obstinée du bonheur musical au sein d'une époque scandaleusement violente et immorale.

Strauss allait subir les critiques d'autres détracteurs, en particulier le chef d'orchestre Bruno Walter et Alma Mahler, veuve du compositeur. Dans ses souvenirs truffés de vérités approximatives, celle-ci peint le tableau édifiant d'un Mahler souffrant, incompris, crucifié, auquel se serait opposé, dans les années 1900, un Strauss cynique, indifférent, glanant les succès par un talent trop facile. Cette opposition est pour le moins fallacieuse. Car, si Mahler souffrait, Richard Strauss, en bourgeois heureux, mais attentif au talent du compositeur viennois, de quatre ans son aîné, allait régulièrement le soutenir, programmer sa musique et la diriger. Mieux encore, longtemps après la mort de Mahler, il montrera une naïve obstination à vouloir persuader les autorités nazies qu'il serait absurde d'interdire la musique de ce compositeur exceptionnel. Cette attitude nous éclaire, elle aussi, sur la fâcheuse légèreté d'un grand artiste, engagé pour la musique mais aveugle à la réalité du contexte historique et politique. Vingt ans plus tard, quarante ans plus tard, les mêmes *a priori* n'ont cessé d'orienter le regard porté sur Strauss. En 1997, le critique du *Monde* se rendant à une représentation du *Chevalier à la rose* commencera son article en écrivant : « Richard Strauss est agaçant. On a envie de s'en détourner quand on pense à son goût pour le succès, autant qu'à ses faiblesses politiques. »

Rien n'y fait pourtant : sa musique demeure, grandit, figure partout au cœur l'activité des orchestres et des enregistrements parce que Strauss nous transporte au-delà de nos humeurs, de nos souffrances intimes et nous conduit vers des beautés inconnues. Voilà qui fascinait le public et les artistes parisiens du début du XXe siècle, les mêmes qui trouvaient la musique de Mahler lourde, outrancière et boursouflée dans ses intentions. Pendant la création de la *Deuxième Symphonie* de ce dernier, au théâtre du Châtelet en 1910, Paul Dukas, Claude Debussy et Gabriel Pierné avaient ostensiblement quitté la salle. Mais il serait hâtif d'en déduire que les compositeurs français avaient les oreilles sourdes à tout ce qui venait d'Allemagne et d'Autriche. Car les mêmes, tout comme Ravel et Fauré, avaient proclamé leur admiration en découvrant Richard Strauss – par ailleurs grand ami de l'écrivain Romain Rolland qui lui a consacré des pages enthousiastes. Après la création française d'*Une vie de héros*, en 1903, Debussy, abandonnant son ironie souvent cruelle, précisait dans *Gil Blas* : « Il pense certainement par images colorées et il semble dessiner la ligne de ses idées avec l'orchestre. C'est un procédé peu banal et rarement employé ; M. R. Strauss y trouve, au surplus, une façon de pratiquer le développement tout à fait personnelle ; ça n'est plus la rigoureuse et architecturale manière d'un Bach ou d'un Beethoven, mais bien un développement de couleurs rythmiques ; il superpose les tonalités les plus éperdument éloignées avec un sang-froid absolu qui ne se soucie nullement de ce qu'elles peuvent avoir de "déchirant", mais seulement de ce qu'il leur demande de vivant. » Et plus loin encore : « C'est un livre d'images ; c'est même de la cinématographie. Mais il faut dire que l'homme qui construisit une pareille œuvre avec une telle continuité dans l'effort est bien près d'avoir du génie. »

Pourquoi ce jeune compositeur wagnérien enchantait-il les Parisiens incapables d'apprécier Gustav Mahler, lui aussi pétri de Wagner ? C'est qu'en réalité Richard Strauss s'approprie la technique wagnérienne (avec son chromatisme, ses colorations instrumentales), mais pour aboutir à tout autre chose qu'une confession postromantique. Son propos est de peindre, d'envoûter, d'hypnotiser, de conduire l'auditeur dans un dédale de sensations et de couleurs sonores. Voilà qui le rapproche davantage du Debussy des *Nocturnes*, du Dukas de *L'Apprenti sorcier* ou du Ravel de *Daphnis et Chloé*, que de Brahms, Bruckner, Mahler et autres tenants de l'art allemand fin de siècle. C'est le magicien des sons qui, chez Richard Strauss, fascinait les Parisiens de 1900 et leur semblait si moderne, quand le chemin de croix mahlérien leur paraissait vieillot, moribond et souffreteux, avant de faire l'objet d'une juste réévaluation dans la seconde moitié du XXe siècle.

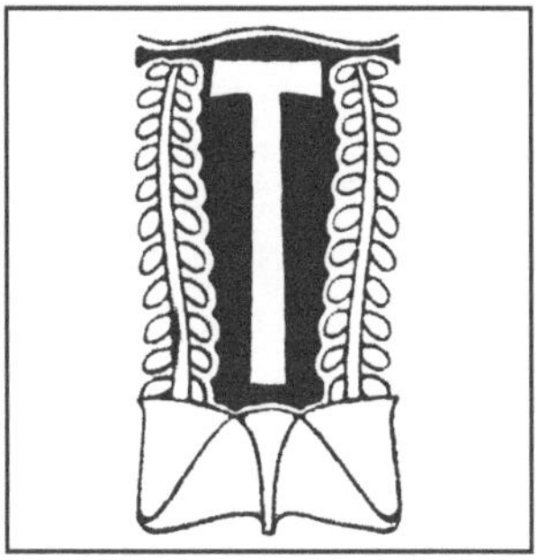
T

Tailleferre, Germaine

Dire qu'elle fut la plus grande compositrice de son temps : voilà qui risquerait de réduire Germaine Tailleferre à un cas sociologique et à une représentante du sexe féminin. Pour cette raison, elle n'aimait guère le mot « compositrice » auquel elle préférait le masculin « compositeur » : une façon de se situer dans la musique tout court, comme ses collègues, sans différence sexuée ! L'autre malentendu provient de son appartenance au célèbre Groupe des Six, sous le parrainage de Satie et de Cocteau. Car si ces amis furent réunis, un peu artificiellement, pour incarner l'avant-garde des années 1920 éprise de fanfares et de frottements tonaux, le goût personnel de Germaine Tailleferre paraît plus profondément classique, tout en clarté, en concision, en finesse – qualités saluées très tôt par Maurice Ravel dans une conférence où il la qualifie de « géniale ». Voilà qui la rapproche davantage de Jacques Ibert ou de Jean Françaix que d'Arthur Honegger ou Darius Milhaud.

C'est la musique de chambre qui la fit connaître, en particulier sa *Première Sonate pour violon et piano* créée par Jacques Thibaud et Alfred Cortot. Quelques années plus tard, en 1923, le Paris élégant se presse pour applaudir son *Marchand d'oiseaux* aux Ballets suédois. Mais Germaine Tailleferre laisse également un remarquable catalogue de musique pour deux pianos. Les États-Unis comptent beaucoup dans la vie et l'œuvre de cette artiste qui épouse en 1926 le célèbre caricaturiste Ralph Barton et s'installe avec lui au cœur du tout-New York – non loin de Charlie Chaplin, grand ami de Barton, qui passe sa vie chez eux et improvise au piano avec Germaine. Ce mariage, toutefois, ne sera guère heureux et Tailleferre retourne en France après le suicide de Barton en 1931. Elle compose le ballet *Paris-Magie* créé à l'Opéra-Comique en 1949, dans des décors de Félix Labisse, suivi en 1951 de *Il était un petit navire*, opéra-comique sur un livret d'Henri Jeanson. Ses petits opéras-bouffes radiophoniques, dans les styles de Rameau, d'Auber, d'Offenbach et de Charpentier, révèlent un art consommé du pastiche. Mais il faudrait citer aussi son *Concerto pour piano* créé par Cortot à Philadelphie et son *Concertino pour harpe*, un peu mieux connu que les étonnants *Concerto pour soprano et orchestre* ou *Concerto pour deux pianos, chœur et orchestre.* Autant d'œuvres qu'on aimerait voir plus souvent à l'affiche des formations... où, malheureusement, la plupart des directeurs musicaux ignorent même l'existence de Tailleferre. Peu carriériste, sans fortune, elle accepta de devenir, à quatre-vingt-quatre ans, accompagnatrice pour enfants à l'École alsacienne, où quelques-uns se rappellent encore cette extraordinaire vieille dame, morte en 1983.

Téléphone, phono, radio

En 1876, l'inventeur américain Alexander Graham Bell réussit la première transmission d'une voix au moyen d'un fil. Ce nouvel instrument va devenir, en quelques années, un objet de la vie courante, également présent dans la création artistique et littéraire. Dès la fin du XIXe siècle, diverses œuvres théâtrales, musicales puis cinématographiques mettent le téléphone à l'honneur. En 1891, le compositeur Gaston Serpette présente au théâtre des Nouveautés un vaudeville-opérette intitulée *La Demoiselle du téléphone*. Sa jeune héroïne est une de ces opératrices qui, jusqu'aux années 1930, resteront les intermédiaires obligées de toute conversation à distance. Avec la Grande Guerre, le téléphone s'impose comme moyen de liaison entre le commandement et les tranchées reliés par des rouleaux de câbles ; mais l'amélioration des communications fait évoluer aussi l'utilisation du téléphone. En quelques années, cet objet pratique, destiné à transmettre des messages urgents, se transforme en siège de longues conversations amicales ou sentimentales. Sacha Guitry écrit dès 1916 un étourdissant monologue téléphonique dans sa pièce *Faisons un rêve*, adaptée vingt ans plus tard au cinéma. De son côté, Jean Cocteau s'inspire du téléphone sur le mode tragique en écrivant en 1929 *La Voix humaine* : étonnant *lamento* d'une femme éconduite qui supplie son amant, dans un monologue sans cesse interrompu par des problèmes de liaison (sur le même sujet, la chanteuse Germaine Lix enregistre en 1931 « Ne coupez pas, mademoiselle ! »). Créée par Berthe Bovy, la pièce de Cocteau donnera lieu en 1959 à une magnifique adaptation musicale de Francis Poulenc.

En même temps que le téléphone, deux nouveaux modes de transmission du son modifient la vie quotidienne dans les premières années du XXe siècle. Le premier est ce phonographe sur lequel tournent des galettes à la vitesse de 78 tours par minute (parfois 80), et dont le grand pavillon restitue miraculeusement le timbre des voix et des instruments. Le système a été conçu, dès la fin des années 1870, par le Français Charles Cros et l'Américain Thomas Edison. Peu avant 1900, c'est un Allemand émigré aux USA, Emile Berliner, qui dépose le brevet du Gramophone, rapidement suivi par la diffusion des phonographes et des premières galettes de cire, munies de leurs étiquettes. Les disques des frères Pathé commencent à circuler dès 1896, en même temps que ceux-ci bâtissent leur empire cinématographique. La production est considérable dès les années 1900 où sont convoqués tous les chanteurs en activité. Seules les vieilles gloires du café-concert, comme Paulus ou Thérésa, sont trop âgées pour laisser leur témoignage ; mais Juliette Simon-Girard, créatrice de plusieurs opérettes d'Offenbach sous le Second Empire, enregistre quelques faces. En 1907, l'Opéra de Paris scelle plusieurs disques d'artistes illustres comme Caruso, Melba, Chaliapine, Paderewski, Kreisler, conservées dans des urnes comme un témoignage pour le futur (ce legs a été dévoilé en

2007). Si le disque appartient déjà à la vie quotidienne avant 1914, un grand tournant se produit au milieu des Années folles avec l'apparition, en 1926, de l'enregistrement électrique. Jusqu'alors, la gravure acoustique directe imposait ses limites techniques, comme la nécessité pour les musiciens de se serrer autour de l'appareil enregistreur. Le microphone est une révolution qui améliore la qualité des enregistrements et permet de saisir aussi bien les orchestres, les pianos, et toutes sortes de sources en préservant leur couleur. Le microsillon apparaîtra vingt ans après, dans les années 1950, permettant d'enregistrer des morceaux beaucoup plus longs. Avant guerre, tout se découpe encore par tranches de trois minutes – six au maximum pour certains disques. Un opéra de Wagner tient dans d'énormes albums pesant chacun plusieurs kilos. Mais il y a toujours un vrai plaisir à les ressortir et à faire tourner le plateau d'un phono muni de cette aiguille spéciale qui ressuscite les sons d'autrefois, dans un halo de craquements, et nous fait soudain voyager dans le passé.

Parmi les disques qui circulent dans les années 1920, quelques-uns ne manquent pas de tourner en dérision l'autre invention en passe de bouleverser la vie quotidienne. C'est le cas du fantaisiste Betove qui, sur une face intitulée *T.S.F., appareils en tous genres*, reproduit les ondes embrouillées auxquelles se réduisent quelquefois les programmes radiophoniques. La radiotransmission, ou télégraphie sans fil, est effet, après le téléphone et le disque, la troisième découverte fondamentale qui réduit les distances et transporte les sons d'un bout à l'autre de la terre. Elle prolonge les découvertes de l'Allemand Heinrich Hertz sur la possibilité de transmettre les ondes (1887), du Français Édouard Branly sur les radioconducteurs (1890), du Russe Alexandre Popov qui a mis au point l'antenne (1895), enfin et surtout de l'Italien Guglielmo

Marconi qui transmet les premiers signaux d'un toit à l'autre, puis bientôt d'un pays et d'un continent à l'autre. Le nouveau procédé se développe rapidement, spécialement en mer où la radio, le 14 avril 1912, permet au *Titanic* d'alerter le *Carpathia* et de sauver 705 passagers. Le 28 mars 1914, la Belgique diffuse pour la première fois, depuis le domaine royal, un concert mêlant des airs de Wagner, Verdi, Puccini et Grétry. Il faut toutefois attendre la fin de la Première Guerre mondiale pour voir se développer la radio du quotidien sous l'impulsion de la firme allemande Telefunken. Après la diffusion d'un premier concert relayé par un émetteur sur la tour Eiffel (1921), la Société française radioélectrique propose en 1922 les premières émissions au public français. Les postes de TSF, aux allures de lourds coffres en bois, font leur entrée dans les maisons avec leurs programmes musicaux, leurs informations, leurs émissions sponsorisées. Sur la station Radiola (1922), futur Radio-Paris, se produit le premier speaker, Marcel Laporte, *alias* Radiolo. D'autres vedettes se produisent à l'antenne de Paris PTT et de Radio Tour Eiffel, où le vieux chanteur de caf'conc' Dranem chante des publicités. Désormais, comme nous le montrent quelques images de l'époque, des familles entières se regroupent religieusement autour de l'appareil pour écouter le programme du jour.

Tennis

Venu d'Angleterre comme beaucoup d'autres modes, le tennis débarque en France à la Belle Époque. Témoignant de cet engouement, le ballet *Jeux* de Claude

Debussy, composé en 1913 pour l'ouverture du théâtre des Champs-Élysées, met en scène des joueurs et leurs raquettes. Nijinski assure la chorégraphie de cette œuvre qui mêle des mouvements « modernes » évoquant le sport (selon les principes du musicien suisse Jaques-Dalcroze) avec une danse sur pointe plus académique.

Le tennis, avant 1914, n'intéresse toutefois qu'une poignée d'amateurs. C'est au lendemain de la Première Guerre mondiale que se multiplient les courts, les associations, les compétitions, favorisant l'apparition d'une génération d'élite qui va dominer le tennis mondial durant les années 1920. Voici venu le temps des « mousquetaires » : Jean Borotra, le plus populaire, est un jeune polytechnicien qui emporte le tournoi de Wimbledon en 1924 et 1926 ; René Lacoste, bien avant de fonder la marque au crocodile, entre à dix-sept ans dans l'équipe de France de Coupe Davis et gagne à Wimbledon en 1925 et 1928 ; Henri Cochet domine pendant plusieurs années le tennis de son temps et prend la première place mondiale en 1927 et 1929 ; enfin Jacques Brugnon est le spécialiste de la « gifle » de volée. Durant ces mêmes années, la France règne sur la Coupe Davis qu'elle détient sans interruption de 1927 à 1932.

Le tennis féminin n'est pas en reste avec sa championne Suzane Lenglen. Née en 1899, elle devient la première joueuse française dès 1914, puis gagne à Wimbledon de 1919 à 1925. C'est la plus grande championne mondiale, adulée en Angleterre, présente dans les actualités comme dans les chansons. Devenue professionnelle en 1928, alors qu'elle n'a pas perdu un seul set en simple depuis huit ans, elle meurt précocement d'une leucémie en 1938. Borotra, lui, traversera le siècle pour mourir presque centenaire en 1994.

Terroir

« J'ai deux grands bœufs dans mon étable », dit une célèbre romance du chansonnier Pierre Dupont, par ailleurs anarchiste et communard, disciple de Proudhon et ami de Gustave Courbet. Durant toute la Belle Époque, ce refrain fut entonné sur un ton grandiloquent par ce qu'on appelait autrefois les « chanteurs à voix », à mi-distance de la chanson populaire et de l'art lyrique. Cette évocation des bœufs de labour avec lesquels travaillent encore les paysans, au début du XXe siècle, rejoint tout un répertoire exaltant les vertus de la terre et des villages français : ainsi le « Credo du paysan » (1890) sur des paroles de François Borel et une musique de Gustave Goublier, « La chanson des blés d'or » créée à la Scala en 1882, ou encore « La Petite Église » « au fond d'un hameau dont le fin clocher se mire dans l'eau » – chanson écrite en 1902 par Paul Delmet, compositeur montmartrois qui n'hésite pas à chanter aussi les vertus de la province.

Si ce *Dictionnaire amoureux de la Belle Époque et des Années folles* est d'abord un livre urbain, c'est parce que le mouvement de la civilisation se produit alors dans les grandes villes, à commencer par Paris. Cette France qui se transforme n'en demeure pas moins, principalement, un vaste pays agricole aux mille richesses et terroirs qu'on retrouve jusque dans la capitale. Les accents y demeurent nombreux dans la classe politique, dans l'organisation des métiers (les bougnats et leurs comptoirs de charbon, les bistrots aveyronnais, les fonctionnaires corses...) comme dans celle des quartiers (tel Montparnasse où se sont installés de nombreux Bretons arrivés par la gare du même nom). Ce peuple des campagnes qui alimente chaque jour les grandes halles de Baltard se fera plus visible encore à deux moments tragiques : pendant la Grande Guerre où les paysans côtoieront soudain les ouvriers et les bourgeois dans les tranchées (avant que leurs noms ne s'alignent sur les monuments aux morts du moindre village) ; et plus encore en 1940 quand les Français découvriront ces innombrables cousins de province qui les hébergeront et les alimenteront dans l'épreuve.

Cette France paysanne, chacun la connaît alors, depuis l'enfance, grâce aux livres scolaires comme *Le Tour de France par deux enfants*, édité pour première fois en 1877 et qui restera en usage jusqu'à la Seconde Guerre mondiale. Ce manuel patriotique dont le tirage dépasse 7 millions d'exemplaires en 1914 dépeint un pays idéal et quasi autosuffisant dans lequel déambulent les deux jeunes héros fuyant l'Alsace annexée. L'artisanat et l'industrie tiennent beaucoup de place dans ces pages, tout comme les savants et les héros de la nation ; mais on y découvre d'abord cette France des campagnes racontée successivement à travers une ferme lorraine bien entretenue (où les femmes brodent le soir tandis que les enfants travaillent), une porcherie et un élevage de volailles dans la Bresse, les puys d'Auvergne et leurs bœufs de Salers, une vache bretonne et sa production de lait, la fabrication du vin, les techniques de la pêche, la vie des montagnards du Jura qui, le soir, taillent des ressorts pour l'horlogerie… Autant d'aspects d'une prospérité merveilleuse acquise grâce aux traditions et aux efforts de tout le pays, quitte à heurter parfois nos conceptions modernes, quand il s'agit de lutter comme les animaux nuisibles, comme l'explique fièrement M. Gertal à propos des aigles : « Les montagnards font une chasse continuelle à ces bêtes malfaisantes : ils les poursuivent dans les creux des rochers ; ils luttent contre elles, et, de jour en jour, aigles et ours deviennent plus rares. » On est loin de la protection des espèces sauvages !

Malgré toutes ses richesses, le monde rural de la première moitié du XXe siècle est déjà en recul : un peu partout des paysans quittent leurs fermes pour s'installer en ville ou travailler dans les usines des vallées. Les raisons économiques jouent pour une part, le niveau de vie des campagnes demeurant faible et stagnant. Mais les échanges sociaux liés à la Première Guerre mondiale ont également stimulé, chez certains, le désir de changer de vie et l'aspiration à d'autres formes de confort et de culture. De 1919 à 1931, près d'un million de paysans quittent leur campagne d'origine. Le nombre d'ouvriers augmente dans les mêmes proportions. En cette même année 1931, la population urbaine devient majoritaire, avec 51,2 %. Mais on voit aussi la campagne se moderniser avec l'installation de fermes modèles et la mécanisation. Les premières moissonneuses-lieuses et moissonneuses-batteuses sont apparues dès les années 1880, suivies par les tracteurs de labour, nouvelle spécialité des grands constructeurs Renault, Peugeot et Citroën.

Les traditions paysannes demeurent néanmoins une source d'inspiration inépuisable dans la poésie, mais aussi dans les romans de terroir : la Sologne dans *Raboliot* de Maurice Genevoix, la Haute-Provence dans *Le*

Chant du monde ou *Que ma joie demeure* de Jean Giono. Au théâtre, Edmond Rostand, dans *Chantecler*, met à l'honneur la basse-cour tout entière, avant que Jules Romains ne triomphe avec *Knock* et sa comédie de village. Les compositeurs célèbrent les provinces dans quantité de morceaux : *Rapsodie d'Auvergne* de Saint-Saëns, *Dimanche breton* de Guy Ropartz, *Villageoises* de Poulenc, *En Languedoc* de Déodat de Séverac... La peinture de genre célèbre la terre dans la lignée de *L'Angélus* de Millet. Les animaux deviennent la spécialité de quantité de peintres obsédés par les troupeaux : tel Ferdinand Chaigneau qui, à Barbizon, peint inlassablement bergers et moutons ; ou Eugène Boudin, en Normandie, qui fait de la vache un inépuisable sujet, repris par quantité de petits maîtres moins connus. Cette nature travaillée par l'homme et enchantée par la lumière ne fascinera pas moins les fauves et l'école moderne... Seuls quelques écrivains et artistes, trop urbains dans l'âme, demeurent rétifs aux vertus du grand air. Dans l'opérette *Brummell* de Reynaldo Hahn, quelques dandys partis découvrir la nature déplorent que « les paysans sentent mauvais » et que dans les fermes grouille la vermine. Paul Valéry observe que « toutes les parties de campagne finissent par des démangeaisons ». Tel n'est pas le point de vue du jeune Jacques Tati qui dans son premier film, en 1949, choisira un village de l'Indre pour faire revivre, une dernière fois, les beautés de l'ancienne France villageoise et agricole, arpentée par un facteur à bicyclette.

Théâtre : l'âge d'or

Autour de 1900, écrit Armand Lanoux, le théâtre « occupe une place énorme dans la vie urbaine, au moins aussi importante que le cinéma aujourd'hui, mais davantage en symbiose avec la ville ». En témoignent toutes les salles des grands boulevards qui, de la Madeleine à la République, ont fait de Paris la capitale de ce divertissement : théâtre de la Madeleine, Mathurins, Comédie Caumartin, Athénée, Édouard-VII, Daunou, Bouffes-Parisiens, Variétés, Nouveautés, Gymnase, Renaissance, Porte Saint-Martin, Déjazet – sans compter les théâtres du boulevard Rochechouart, du boulevard Sébastopol, de Montparnasse et des autres quartiers.

Le triomphe du théâtre français date en réalité du Second Empire où des auteurs comme Labiche ou Meilhac ont connu une gloire mondiale et contribué à imposer un genre léger qui a pour sujet presque unique l'amour, et son corollaire la tromperie. Ce modèle qui continue à prédominer dans le premier tiers du XXe siècle n'est pas nouveau, comme le souligne encore Lanoux dans *Amours 1900* : « On a certes toujours ri du mari trompé, avec Aristophane, au Moyen Âge comme chez Molière, mais pas au point d'en faire l'unique objet du cocasse. » Les auteurs de la Belle Époque et des Années folles – tels Maurice Donnay, Alfred Capus, Flers et Caillavet, Georges Feydeau, Tristan Bernard, Sacha Guitry, Édouard Bourdet – ne se lassent pas, quant à eux, de revisiter cet archétype à l'infini : « Aussi figée que ne le fut jamais le théâtre le plus religieux, le plus formaliste, d'Extrême-Orient, cette comédie du Boulevard ne chérit qu'un thème, l'adultère. La pièce comporte trois personnages, le mari, la femme et l'amant » avec sa variante « la femme, le mari et la maîtresse ». Dans ce répertoire qui occupe la première place, certains auteurs mériteraient néanmoins d'être redécouverts : tels Maurice Donnay, ancien familier du Chat noir et de la bohème qui connaît d'immenses succès avec *Éducation de prince* (1895), adapté deux fois au cinéma, ou *Amants* (1897). Entré à l'Académie française en 1907, il restera selon Jules Renard « ingénu et charmant. Il a toujours l'air de débuter. Il n'a pas l'arrogance du succès, ni même de l'insuccès ». Quelques années plus tard, en 1914, Donnay recevra lui-même à l'Académie Alfred Capus, rédacteur en chef au *Figaro*, mais aussi peintre talentueux des mœurs de la Belle Époque dans ses chroniques et pièces de théâtre comme *Brignol et sa fille*, *Les Deux Écoles*, *La Châtelaine*, *Monsieur Piégeois, L'Aventurier* et autres comédies qui tournent autour de l'éternel sujet sur un ton spirituel : « Le mariage, pour une femme d'aujourd'hui, c'est bien délicat. Tandis qu'une liaison, une bonne liaison avec un homme marié, ça, c'est la sécurité ! »

À côté du vaudeville amoureux, et souvent imbriqué avec lui, la comédie sociale triomphe à la Belle Époque grâce au duo Flers et Caillavet – digne héritier du duo Meilhac-Halévy sous le Second Empire. De même que ces derniers persiflaient les mœurs de la cour impériale, Robert de Flers (1872-1927) et Gaston Arman de Caillavet (1869-1915) s'inspirent des ridicules de la haute société bourgeoise. Un de leurs plus grands succès, *Le Roi* (1908), s'inspire des vraies amours du prince de Galles avec les petites femmes parisiennes. Dans *L'Habit vert*, qui triomphe en 1912, ils s'amusent des enjeux de l'Académie française. Comme leurs devanciers également, ils partagent leur activité entre le théâtre et l'opéra-bouffe, genre dans lequel ils ont leur Offenbach : Claude Terrasse, très bon musicien autant qu'enfant de la bohème. *Les Travaux d'Hercule* qui montrent un Hercule paresseux incapable d'accomplir ses travaux, tout comme *Le Sire de*

Vergy où les croisés s'en vont faire la bringue à Montmartre, n'ont pas pris une ride. Flers et Caillavet ravivent ainsi la lignée des duos d'auteurs comiques, prolongée jusqu'à nos jours par Barillet et Grédy. Après la mort précoce de son partenaire, Robert de Flers s'associera encore à Francis de Croisset pour écrire de nouveaux succès comme *Les Vignes du Seigneur* et l'opérette *Ciboulette*. Robert de Flers sera par ailleurs un auteur engagé, notamment du côté du capitaine Dreyfus. En 1920, pour bien conclure la comédie, l'auteur de *L'Habit vert* sera élu à l'Académie française !

S'ils occupent le devant de l'affiche, le théâtre de boulevard et la comédie amoureuse partagent toutefois les faveurs du grand public avec d'autres genres populaires, tel le comique troupier que Courteline porte à un sommet d'esprit et de cruauté mais qui s'épanouit également dans le théâtre chanté, sous forme de « vaudeville opérette » avec des succès comme *Les Vingt-huit Jours de Clairette* de Victor Roger (1892). Il faut y ajouter le répertoire sanguinolent qui faisait déjà le succès du boulevard du Temple avant sa destruction en 1862. Désormais sis cité Chaptal, dans le IXe arrondissement, le « Grand Guignol » héberge l'actrice Paula Maxa, spécialisée dans les rôles de victimes. Elle sera mise à mort sur scène 30 000 fois entre 1917 et 1933, ce qui lui vaudra le titre de « femme la plus assassinée du monde ». Enfin, le Châtelet est le lieu de sortie des familles, pour des divertissements à grand spectacle et autres féeries qui tiennent inlassablement l'affiche, à commencer par *Le Tour du monde en 80 jours* et *Michel Strogoff*, avec leur profusion de tableaux et d'effets spéciaux (c'est seulement après 1929, sous l'impulsion du directeur Maurice Lehmann, que cette immense salle se tournera vers le divertissement musical et l'opérette à grand spectacle).

Cette organisation apparemment simple et codifiée du succès n'empêche pas certains passionnés, découvreurs, aventuriers d'avancer dans des directions très différentes, Lugné-Poe, fondateur du théâtre de l'Œuvre, présente les pièces d'écrivains symbolistes, tel Maurice Maeterlinck, et fait appel pour les décors aux peintres contemporains comme les nabis. De son côté, André Antoine, fondateur du « Théâtre-Libre », s'éloigne de la routine du boulevard, mais aussi du théâtre d'esthètes façon Maeterlinck, pour défendre des œuvres plus ancrées dans le réel. Il propose des adaptations d'écrivains naturalistes comme Zola, assure le triomphe du *Poil de Carotte* de Jules Renard, ou encore les versions scéniques des romans de Courteline. En 1900, il met en scène *Le Marché*, première pièce d'Henri Bernstein qui sera dès avant 1914, puis entre les deux guerres, le grand auteur d'un théâtre bourgeois au regard social aigu. Antoine lance également en France les dramaturges nordiques comme Strindberg ou Ibsen. Firmin Gémier, son successeur à la tête du théâtre Antoine, crée en 1920 le Théâtre national populaire.

Enfin, d'illustres acteurs jouent leur rôle dans cette ouverture du théâtre à de nouveaux registres : telle Sarah Bernhardt accompagnant les débuts d'Edmond Rostand qui va devenir, à lui seul, le principal phénomène théâtral de la Belle Époque, réhabilitant l'écriture en vers et le genre héroïque – par lesquels il rompt lui aussi avec les trucs du boulevard. Pour ma famille maternelle, lorraine et patriote, *Cyrano* demeurait cette idole dont on déclamait les tirades, connues toujours par cœur d'une génération à l'autre. Rostand, par son inspiration flamboyante et son génie de l'alexandrin, avait redonné vie à un théâtre réellement national et populaire – dont *L'Aiglon* serait le deuxième sommet, avec son arrière-plan historique marqué par la nostalgie de l'Empire. Je n'en goûte pas moins, davantage peut-être, l'étonnant *Chantecler* qui ne connut pas le même succès mais ravivait une belle tradition animalière, venue du *Roman de Renart* et de La Fontaine.

Les grandes orientations de la vie théâtrale ne changeront pas tellement durant les Années folles où les inlassables succès de la comédie de mœurs, avec amants et maîtresses, se prolongent chez Sacha Guitry ou Édouard Bourdet qui devient célèbre avec *Le Sexe faible* au théâtre de la Michodière. Mais on assiste aussi à un renouvellement du répertoire sous la houlette de plusieurs acteurs, directeurs de salle et metteurs en scène, comme Jacques Copeau (par ailleurs cofondateur de la NRF) qui ouvre le Vieux-Colombier en 1913 et souhaite mettre à l'honneur une véritable littérature théâtrale. Parmi ses disciples figurent les membres du « cartel des quatre » qui cherche à promouvoir des mises en scène de qualité, à présenter le théâtre classique et à faire découvrir de nouveaux auteurs. Charles Dullin, dans son théâtre de l'Atelier, lance ainsi les comédies de Pirandello comme *Chacun sa vérité* ou *Six Personnages en quête d'auteur* qui vont connaître un immense succès ; puis il crée les pièces du jeune Armand Salacrou comme *Atlas Hotel*, à la frontière du boulevard et du surréalisme. Gaston Baty, influencé par le metteur en scène russe Stanislavski, monte au théâtre Montparnasse les grands auteurs du passé, mais aussi *L'Opéra de quat'sous* de Bertolt Brecht. Georges Pitoëff et sa femme Ludmilla mettent à l'honneur Tchekhov et renouvellent l'art de la mise en scène. Quant à Louis Jouvet, que chacun connaît de nos jours comme génial acteur de cinéma disant à Michel Simon le fameux « bizarre, bizarre », il est aussi le promoteur actif du théâtre de Jules Romains dont il crée l'irrésistible *Knock ou le Triomphe de la médecine* ; et il s'engage davantage encore pour Jean Giraudoux dont il assure les premiers succès, de *Siegfried* (1928) à *La guerre de Troie n'aura pas lieu* (1935) ou encore pour le jeune Marcel Achard qui apporte une note poétique pleine de fantaisie avec *Jean de la lune* (1929), créé par Jouvet avec Valentine Tessier et Michel Simon.

De cette passion française et parisienne du théâtre nous reste un immense répertoire aujourd'hui fort délaissé, notamment par la Comédie-Française. Cette compagnie qui pourrait remettre à l'honneur de tels fleurons semble les ignorer pour la plupart et préfère, bizarrement, en ce début de XXe siècle, faire entrer au répertoire des adaptations de film (comme *La Règle du jeu* de Renoir) plutôt que de monter les œuvres expressément conçues pour la scène. Pour s'en consoler, il faut lire et relire les fleurons de cette « littérature théâtrale » de la première moitié du XXe siècle, souvent signée par de grands écrivains qui furent tout à la fois romanciers, poètes et dramaturges. On peut ainsi s'aventurer aux frontières du théâtre et de la poésie avec Maeterlinck et Claudel ; mais aussi se plonger dans les mécaniques délicieuses des grands boulevardiers Guitry, Feydeau ou Courteline ; s'enthousiasmer des élucubrations d'Alfred Jarry et de son *Père Ubu* ; redécouvrir les critiques sociales d'Octave Mirbeau et d'Henri Bernstein ; sans oublier les adaptations de Colette, ni les comédies de Bourdet, Giraudoux ou Salacrou ; en attendant Marcel Pagnol qui va illuminer la fin des Années folles en leur apportant l'accent marseillais.

Pagnol est également de ceux qui font entrer le théâtre au cinéma. Ce mouvement concerne les acteurs, théâtreux et autres chanteurs d'opérette qui deviennent des vedettes de l'écran : Raimu, Arletty, Gabin, Fernandel... Il touche aussi les auteurs qui se transforment en scénaristes. Yves Mirande, après avoir signé *Le Chasseur de chez Maxim's* et l'opérette à succès *Ta Bouche*, enchaîne les scénarios de comédies filmées dès la fin des années 1920. D'autres deviennent réalisateurs à l'instar d'Henri Bernstein et, bien sûr, de Sacha Guitry qui reprend ses vraies pièces pour en faire du vrai cinéma. Une large partie du répertoire oublié par la scène est ainsi parvenue jusqu'à nous et mérite largement le détour, du *Fric-Frac* de Bourdet sorti en 1939 par un trio de haut vol (Arletty, Fernandel, Michel Simon), au *Mélo* de Bernstein revisité par Alain Resnais (1986), en passant par *Éducation de prince* de Maurice Donnay joué en 1938 par Elvire Popesco et Louis Jouvet, *Le Roi* de Pierre Colombier ou *L'Habit vert* de Roger Richebé. À quoi s'ajoutent bien sûr les innombrables adaptations de Feydeau (*La Dame de chez Maxim*, *Un fil à la patte*...), de Courteline (*Messieurs les ronds-de-cuir*, *Le Train de 8 heures 47*...), les pièces filmées de Guitry et celles de Pagnol dont *Topaze* et la trilogie ont aisément franchi le mur du temps.

Toi, c'est moi

Installé à Paris dans les années 1930, le compositeur cubain Moisés Simóns avait déjà composé en 1928 un tube mondial, *El Manisero* (« Le Marchand de cacahuètes »), connu également dans sa version anglaise *The Peanut Vendor*. Ses succès contribuent à lancer les rythmes latino-américains – rumba, samba, biguine – également propagée par les orchestres antillais de La Coupole ou au bal de la rue Blomet. Mais on lui doit surtout *Toi, c'est moi*, merveilleuse opérette exotique sur un livret d'Henri Duvernois et des couplets d'Albert Willemetz, directeur du théâtre des Bouffes-Parisiens où fut créé l'ouvrage. Le titre de la pièce détourne celui d'un recueil poétique à succès paru en 1913 : *Toi et moi* de Paul Géraldy. Dans l'opérette, les deux héros sont deux copains, interprétés par les duettistes Jacques Pills et Georges Tabet, qui mènent une vie de patachons avant d'être privés de leur pension par une vieille tante fortunée, jouée par Pauline Carton. Les jeunes gens sont expédiés dans une plantation, sur une île des Caraïbes, où ils vont rencontrer deux jolies femmes – l'une étant jouée par Simone Simon, future star de cinéma des deux côtés de l'Atlantique. Grand succès scénique adapté au cinéma, l'œuvre est restée célèbre par son frénétique duo des « Palétuviers roses » chanté par Pauline Carton et René Koval, un des meilleurs fantaisistes de l'entre-deux-guerres. Mais le passage le plus touchant est « Adieu Paris », cette chanson entonnée par les deux amis contraints de quitter la grande ville. Dans cet hommage à la joyeuse capitale des années 1930 qui allait disparaître dans la débâcle, ils évoquent tous les plaisirs et les figures parisiennes venues des quatre coins du monde, en ajoutant :

Adieu adieu ô mon Paris joyeux
Pays divin et mélangé où fleurit l'étranger...

Tourlourous – et comique troupier

« J'ai la rate qui se dilate », dit un refrain populaire entré dans les mémoires. Le chanteur énumère alors, sur un rythme effréné, quantité de maladies plus ou moins imaginaires : « J'ai le foie qu'est pas droit, j'ai le ventre qui se rentre, l'estomac bien trop bas, et les côtes bien trop hautes... » Le charme spécial des paroles tient au fait qu'elles ne sont pas entonnées par une vieille fille malade ou un intellectuel hypocondriaque... mais par un jeune soldat fraîchement engagé, persuadé de souffrir de mille maux qu'il détaille avant de se rendre à l'infirmerie. « Je ne suis pas bien portant », créée en 1932 par Gaston Ouvrard sur une musique de Vincent Scotto, appartient à l'immense répertoire de « comique troupier », florissant en France sous la IIIe République. On pourrait n'y voir qu'une série de blagues lourdingues sur la vie quotidienne des soldats. Sauf que ces refrains, nés à une époque où les citoyens avaient remplacé les soldats professionnels dans les casernes et sur les champs de bataille, offrent aussi un tableau de l'humanité la plus touchante et la plus fragile : les conscrits y sont amoureux comme des jeunes filles timides, ils chantent l'amitié et la camaraderie, et le spectre de la guerre ne les empêche pas de s'inquiéter pour leur petite santé : « Depuis que je suis militaire, ce n'est pas rigolo, entre nous, je suis d'une santé précaire, et je m' fais un mauvais sang fou. »

Créateur de cette chanson, Gaston Ouvrard était le fils de l'inventeur comique troupier : Ouvrard père, gloire du café-concert à l'aube du XXe siècle, auquel on doit des refrains comme « Y a qu'un cheveu sur la tête à Mathieu ». D'autres grandes figures allaient populariser le genre, en particulier Polin, créateur de « L'ami bidasse », également chanteur d'opérette. Costumé lui aussi en militaire, le fantaisiste Bach – de son vrai nom Charles-Joseph Pasquier – chante pour la première fois « La Madelon » à L'Eldorado en mai 1914 (il connaîtra de grands succès comiques entre les deux guerres avec son partenaire Henry-Laverne en formant le duo « Bach et Laverne »). Enfin, Ouvrard fils, après avoir combattu dans les tranchées, deviendra cette grande vedette reprenant, avec une extraordinaire énergie et une diction magnifique, tout un répertoire de « tourlourous » incluant « Je ne suis pas bien portant », mais aussi « Le conseil de révision », « Mes tics » ou « Suzon la blanchisseuse »... Lui-même sera l'un des modèles du jeune Fernandel et disparaîtra en 1981 après quelques apparitions à l'ORTF, démontrant que l'hypocondrie n'empêche pas de vivre vieux, même avec une « rate qui se dilate » : en l'occurrence à l'âge de quatre-vingt-onze ans.

Train bleu (Le)

Lancé en 1886 par la Compagnie internationale des wagons-lits, le Train bleu est le plus agréable moyen de rallier la Côte d'Azur. Durant la Belle Époque et les Années folles, il permet de se coucher à Paris et de se réveiller au bord de la « grande bleue » après un luxueux trajet – du moins pour ceux qui peuvent se l'offrir. Ces voyages enchanteurs ont inspiré des films, des chansons, des romans à succès comme *La Madone des sleepings* de Maurice Dekobra (un des plus grands succès de l'entre-deux-guerres) et même un ballet de Darius Milhaud, costumes de Coco Chanel, décors d'Henri Laurens et de Picasso : *Le Train bleu*, créé au théâtre des

Champs-Élysées en 1924. Nous autres, malheureux nés après la Seconde Guerre mondiale, n'avons pu voir que les images de ces *sleepings* avec leurs lambris, leurs élégants restaurants où le maître d'hôtel s'attachait à vous être agréable, leurs salons où l'on pouvait bavarder, boire un *drink* et même... fumer. Tout juste avons-nous connu, à la fin du XXe siècles, les derniers trains de nuit réguliers où les cabines de wagons-lits permettaient encore de voyager dans une petite chambre avec vue sur les voies ferrées et les gares où l'on stationnait... avant de se laisser réveiller par la lumière au petit matin et d'entrevoir les eaux scintillantes de la mer entre les montagnes couvertes de pins.

De jour comme de nuit, l'arrivée en train sur la côte méditerranéenne a heureusement conservé une part de sa magie, comme si le chemin de fer évitait la plupart des verrues péri-urbaines qui ont gâché la Riviera. Le train nous réserve le meilleur avec ses vues plongeantes sur les criques et les villages. Mais, pour imaginer la Côte d'Azur que découvraient les voyageurs au début du XXe siècle, le mieux est encore de faire un tour au Train bleu, le grand buffet de la gare de Lyon. Inauguré en même temps que la gare lors de l'Exposition universelle de 1900, ce fleuron de la compagnie PLM proposait encore, durant mon enfance, un petit déjeuner offert après les voyages de nuit. Sur les murs, de merveilleux paysages méditerranéens montrent une campagne aux couleurs vives, où l'on respire les fleurs sauvages à l'ombre des sentiers. Quelques bourgs fortifiés se dressent à l'horizon. La Côte d'Azur paraît idyllique avec ses plages encore vierges et ses villages de pêcheurs sans corsets de lotissements. Ni parkings, ni centres commerciaux, ni lignes électriques, mais seulement quelques ânes au bord des chemins. Vêtues de robes provençales, des paysannes gardent leurs troupeaux sur les collines parfumées par les pins et la lavande. D'autres paysages évocateurs ont été restaurés dans la vaste galerie des Fresques. Sans bouger de cette gare où les trains partent vers le soleil, on a déjà l'impression d'accomplir un voyage ; le monde est *beau*, tel qu'il était vraiment, ou comme on a voulu le montrer aux voyageurs en fabriquant ces merveilleuses peintures publicitaires.

Un jour, déjeunant avec un ami sous un de ces paysages du Train bleu, je m'interrogeais sur cette beauté perdue, ce monde dépaysant qui s'offrait quand des « trains de plaisir » conduisaient les passagers vers les côtes encore vierges. Comme je rêvais devant l'une de ces fresques montrant le port de Saint-Tropez, bien avant le déversement des cars touristiques et des yachts hideux qui referment l'horizon, mon camarade répliqua : « C'est vrai, le monde était charmant et doux… pour un tout petit nombre de personnes. Le personnel abondant, nombreux, peu coûteux, assurait le bien-être de quelques-uns. »

Quoique peu démocratique, cette conception du luxe m'a toujours hanté comme un rêve fugitif englouti par l'industrie des loisirs. Venu au monde un siècle plus tard, j'en ai recherché les restes sans en avoir les moyens, me faisant inviter dans des villas décaties ou de vieux palaces en bord de mer pour m'y inventer une luxueuse bohème au parfum périmé.

Trenet, Charles

Pour nous qui grandissions dans les années 1970, il était difficile de mesurer l'importance de ce vieux monsieur aux cheveux jaunis qui frétillait encore, le dimanche après-midi, sur les plateaux de télévision. Pourquoi inspirait-il tant de respect à tous les artistes, à commencer par Georges Brassens ou Jacques Brel qui tenaient alors le haut de l'affiche ? On se demandait ce qu'il y avait d'extraordinaire à chanter « Y a de la joie » d'une voix chevrotante, un sourire aux dents blanches collé sur le visage. Nous découvrions Trenet trop tard, et il nous faudrait quelques années avant de comprendre combien cet homme, avec un génie pas du tout conventionnel, avait réinventé la chanson française.

L'apparition de Trenet dans les années 1930 est une révolution poétique. Avant lui, le music-hall était déjà d'une richesse extraordinaire, mais enfermé dans ses catégories et ses conventions : chanteurs de charme genre Tino Rossi, chanteurs comiques à la Fernandel, chanteurs de revues comme Chevalier et Mistinguett, chanteuses réalistes comme Damia ou Fréhel. Pour tous ces artistes, des attelages d'auteurs et de compositeurs concoctaient des couplets sur mesure. Loin de cette usine à rengaines, le jeune Charles Trenet, monté de Narbonne à Paris au début des années 1930, fait son apprentissage auprès des peintres et des poètes. Enfant des Années folles, influencé par Cocteau et les surréalistes, il aborde le music-hall comme un art nouveau et personnel, n'hésitant pas à devenir tout à la fois auteur, compositeur et interprète. Le premier. Dès ses débuts, une forme de légèreté, de fraîcheur, de jeunesse et d'imagination balaie toutes les traditions pour faire de chaque chanson une création à part entière.

Mais Trenet incarne également une révolution musicale, car il va contribuer – avec Mireille, Jean Sablon, Jean Tranchant et Ray Ventura – à introduire l'esprit jazz dans la chanson française, sans pour autant la dénaturer. On n'est pas très loin de ce que voudront faire les yé-yé, trente ans plus tard, en s'appropriant le rock'n'roll… Sauf que leurs chansons seront souvent de simples décalques de tubes américains. Trenet, lui, préfère réinventer le swing en lui prêtant une couleur parisienne. Dans « Je chante », « Boum », ou « Fleur bleue », soutenu par l'orchestre de Wal-Berg, il trouve le juste équilibre entre la chanson à texte, l'inspiration poétique et l'élan rythmique. Testée d'abord en duo avec son comparse Johnny Hess, puis en solo dès 1936, la formule va faire mouche et, par son fabuleux succès, donner des ailes à plusieurs générations d'artistes. Quant à Trenet lui-même, insouciant des modes qui se succèdent, il continue à créer comme un meunier produit son pain ces chefs-d'œuvre intitulés « Verlaine », « Que reste-t-il de nos amours ? », « La mer », « La folle complainte », « Le jardin extraordinaire » et tant d'autres… Jusqu'à son dernier concert, salle Pleyel, en 1999, il portera son chapeau et sa jeunesse après avoir bouleversé l'histoire de la chanson tout naturellement, sans brutalité ni conflit des générations, mais avec la vérité naturelle des plus grands artistes.

Trente (Années)

C'est un procès qui commence au printemps 1940. Devant l'ampleur de la débâcle et après la victoire de l'Allemagne, le nouveau pouvoir incarné par le maréchal Pétain n'aura pas de mots assez durs pour fustiger l'inconscience, la frivolité, le goût du plaisir qui, dans la société française d'avant-guerre, auraient été les responsables de l'effondrement national. Ce point de vue, d'ailleurs, n'est pas sans rejoindre celui de la résistance gaulliste qui accuse également l'aveuglement de la IIIe République face à la montée des périls. Presque tous déplorent que la société française – quand Mussolini en Italie, puis Hitler en Allemagne faisaient grandir un péril mortel – en soit restée à l'état d'esprit des Années folles, consistant à oublier la guerre, à vivre pleinement, à gaspiller son temps en débats parlementaires, à réclamer pour les classes laborieuses les congés payés, etc. Le même procès a laissé quelques traces jusqu'à nos jours où, régulièrement, face au supposé danger fasciste ou populiste, les voix qui s'élèvent pour nous alerter font référence aux tristement fameuses « années 1930 », comme si cette maudite décennie n'avait été qu'une lente plongée dans l'obscurité.

Pourtant, cette inconscience française ne m'apparaît pas, sur le fond, complètement négative. L'envie de vivre encore et de se divertir, le refus de la guerre et l'envie de prolonger la fête des années 1920 me semblent presque aussi respectables que la mobilisation de l'effort national en vue de nouveaux combats. Même si leur comportement fut sans doute naïf et inapproprié, je comprends les pacifistes d'alors, les Alain, les Giono, qui avaient trop connu l'horreur de la Première Guerre pour vouloir entendre parler de la Seconde. J'observe aussi que Paris, devenu provisoirement le refuge de ceux qui fuyaient le nazisme, demeura jusqu'au bout une capitale joyeuse et cosmopolite – quand bien même certaines voix commençaient à dénoncer l'arrivée des « métèques » comme une menace... Pendant quelques saisons, pourtant, la fine fleur intellectuelle et artistique d'Europe centrale s'est retrouvée en France. Elle y serait restée, pour une part, si le pays ne s'était pas effondré sous l'assaut de la Wehrmacht. Arnold Schönberg, Kurt Weill, Max Ernst, Bertolt Brecht, Joseph Kosma, Vassily Kandinsky, Max Ophüls... tous songèrent alors à devenir français avant de se réfugier aux États-Unis.

Beaucoup, même, participèrent au dernier feu d'artifice parisien qu'offrirent les années 1930 dans la continuité des Années folles, mais de façon plus brillante encore. La musique, la littérature, les spectacles de cette période restent, pour une bonne part, indifférents au pessimisme politique du moment, comme si l'art affirmait plus que tout son indépendance. L'hédonisme et le goût de la lumière inspirent plus que jamais les grandes revues de music-hall ; une invention foisonnante se manifeste au cinéma chez Jean Renoir ou René Clair, mais aussi dans les films poétiques de Julien Duvivier, dans *Drôle de drame* et les chefs d'œuvres du jeune Marcel Carné, comme dans les comédies innombrables interprétées par Fernandel, Arletty, Michel Simon, Jules Berry, Raimu, Pauline Carton. C'est également le temps des grandes œuvres romanesques signées Giono, Aragon, Céline, et celui du renouvellement ininterrompu de Picasso, Matisse ou des surréalistes. Enfin, c'est en musique un âge d'or qui voit naître les symphonies d'Albert Roussel et les concertos de Ravel, l'oratorio *Perséphone* et le *Concerto pour deux pianos solo* de Stravinsky, les grandes créations de Prokofiev et celles de Kurt Weill qui présente à Paris *Marie Galante*. La fête continue jusqu'en 1938, au moins partiellement. Et je ne puis totalement reprocher à ses auteurs d'avoir préféré la prolonger que de se préparer au pire... même si la catastrophe allait bientôt frapper.

Troisième ordre (Artistes de)

J'ai retrouvé, dans ma bibliothèque musicale, quantité de partitions de musique de salon, comme en jouaient les jeunes filles dans les familles bourgeoises d'autrefois. Ce sont des dizaines de *Paysage d'automne*, *Romance printanière*, *Valse des blés d'or*, *Ballade sous les palmiers* ; et même quelques compositions plus ambitieuses sobrement intitulées *Nocturne op. 43*, *Ballade héroïque* ou *Romance sans parole op. 522*. Leur seul point commun tient dans l'anonymat des compositeurs, tous oubliés pour l'éternité. Les noms figurent, certes, pompeusement imprimés sur les partitions dans leurs sonorités d'époque : Edmond Thuillier, Maurice Pesse ou Victor Blanluette-Luce. Mais il est vain de chercher la moindre trace de leur existence dans les index, les dictionnaires, les ouvrages spécialisés car ils n'appartiennent pas même à la catégorie des « compositeurs injustement négligés ». Ceux-ci ne sont jamais entrés dans l'histoire.

Peut-être faut-il pourtant qu'une telle armée des ombres s'agite à chaque époque, au fond du tableau, afin qu'émergent des artistes de premier ordre. Peut-être fallait-il qu'Edmond Thuillier et Maurice Pesse se dépensent toute leur vie à donner des leçons de piano, des récitals à Mont-de-Marsan, et qu'ils écrivent leur *Escarpolette* et leur *Scaramouche* pour que des musiciens plus puissants et plus chanceux, nommés André Messager ou Darius Milhaud, connaissent le succès avec ces mêmes titres. Peut-être fallait-il que Paul Wachs, organiste à Saint-Merri, compose *Bonjour Colinette !* (dédié à « Madame Ducatez-Lévy, officier d'Académie ») pour que Ravel existe vingt ans plus tard. Peut-être toute une partie de l'humanité artistique n'est-elle que le nécessaire terreau puis l'écume du génie. Tous ont pourtant, comme les autres, aspiré à la gloire véritable, individuelle et durable. Ils ont rêvé que ce *Nocturne op. 34* et cette *Ballade héroïque* s'imposent par leur beauté. Ils se sont imaginés au Panthéon de la musique, sans quoi jamais ils n'auraient suivi cette vocation – car la plupart des artistes, qu'ils le disent ou non, aspirent à la première place.

Le doute, heureusement, n'effleure guère les jeunes musiciens, pas plus que les peintres ou les écrivains poussés par leur ambition. Après quoi, d'un insuccès à l'autre, beaucoup doivent se résoudre à n'accepter que la deuxième place, puis la troisième, puis jouer la modestie du bon artisan qui, toute sa vie, aura fait son métier, récompensé au mieux par l'insigne de chevalier des Arts et des Lettres. De leur œuvre subsistent ces quelques partitions perdues dans des albums, dispersées dans des brocantes, enfouies dans le fond des bibliothèques d'où elles ne sortiront plus jamais, sauf quelquefois sur les enchères d'Internet... mais aussi ces morceaux de musique ouverts sur mon piano et ces charmants tableaux accrochés aux murs, peints autrefois par des petits maîtres qui sont devenus mes amis.

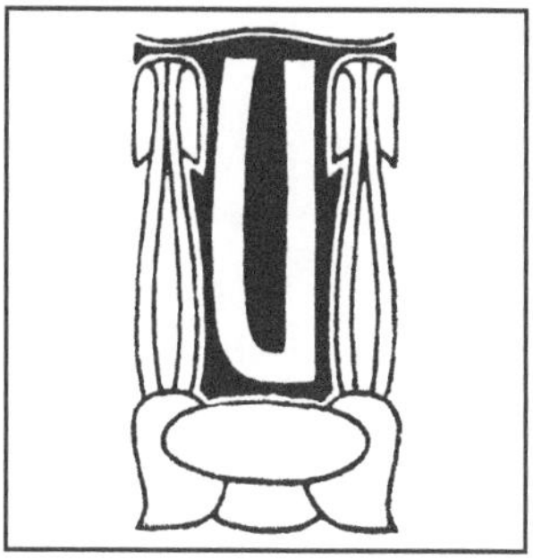
U

Urbanisme

Comme je rentrais d'un long voyage et que l'avion allait atterrir sous un ciel radieux, nous avons lentement tourné au-dessus de Paris et j'ai ressenti une impression extraordinaire qui ne m'avait jamais frappé à ce point : vu d'en haut, le plan de la ville semblait si parfait, si harmonieux qu'on aurait pu le croire dessiné d'un seul geste, quand bien même il abritait des époques et des mélanges innombrables. Depuis mon fauteuil aérien, j'étais saisi par l'équilibre doux et réellement apaisant de cet ensemble urbain sillonné par une large boucle de la Seine, à laquelle les boulevards répondaient par d'autres boucles délimitant les quartiers, tous peu ou prou à la même hauteur, bordés d'arbres et coiffés d'une même couverture de zinc et d'ardoises qui scintillait sous le ciel bleu.

Ce plan façonné par plusieurs siècles, puis unifié par les travaux du baron Haussmann, a pu soulever bien des critiques lorsque, sous le Second Empire, d'innombrables chantiers réduisaient en poussière certains vieux quartiers. Mais le miracle est là, présent, vibrant, enchanteur, malgré les tours et les ensembles qui ont poussé plus tard comme des champignons : ce sentiment d'une magnifique unité urbaine abritant, dans le détail des rues entrelacées, quantité de quartiers, de styles, d'époques, mais conservant partout la marque de la fin du XIXe siècle. Vue du ciel, la forme même de la ville, avec ses cinq gares et leurs lignes de chemin de fer filant vers l'extérieur, semblait figurer le cœur et les vaisseaux d'un organisme vivant. Et tandis que l'Airbus entamait sa descente, j'admirais cette ville bienveillante qui m'appelait avec ses jardins, ses cimetières, ses monuments devant lesquels bientôt, reprenant mon bâton de promeneur, j'allais retrouver la richesse et les enchantements de l'histoire.

Le voyageur qui arrive à Paris par la route connaît lui aussi, d'une autre façon, ce moment précis où l'enchaînement des banlieues s'interrompt, tandis que certains détails indiquent soudain : « Ça y est, tu es arrivé. » Même lorsqu'il vient pour la première fois, un enchantement s'accomplit à cet instant où le décor des rues, l'alignement des arbres ne laissent plus aucun doute. Est-ce la colonne Morris à l'ombre des feuillages ? Ou ce kiosque à journaux ? Est-ce l'omniprésence d'immeubles à six étages, avec façades en pierres et balcons de fer forgé, presque toujours au deuxième et au cinquième ? Ou peut-être le café, la boulangerie, l'épicier du coin et ses étalages de légumes. Est-ce le panneau d'entrée du métro et ses ferronneries d'inspiration Art nouveau ? Incontestablement, certains détails confirment qu'on est à Paris ; et la plupart de ces indices renvoient au même grand moment parisien, de part et d'autre de 1900.

Les grandes cités du monde ont chacune un âge d'or. Leur histoire peut remonter à la nuit des temps et s'épanouir aujourd'hui encore sous mille formes nouvelles. On dirait cependant qu'une période plus marquante que les autres leur tient lieu de signature : Athènes et le siècle de Périclès, Florence et la Renaissance, New York et l'élan des années 1940... De même l'idée de Paris demeure-t-elle indissociable de ce temps qu'on appelle la « Belle Époque ». C'est ce Paris de Balzac et de Proust, d'Eiffel et de Monet, le Paris des grands boulevards, de la butte Montmartre et de l'Opéra Garnier qui continue à faire rêver sur les cinq continents. Né dans la lumière impressionniste pour s'achever dans une complainte d'Édith Piaf, il vibre encore pour le touriste qui rêve d'en retrouver la présence intacte. Paris des gares, Paris des squares, Paris des théâtres, Paris du zoo de Vincennes et du jardin d'Acclimatation, Paris des faubourgs : la capitale française rappelle à chaque pas cette identité « 1900 », malgré tout ce qui a poussé sans en modifier le caractère principal. Qu'on les aime ou qu'on les méprise, les tuyauteries baroques du Centre Pompidou, les transparences de la pyramide du Louvre, la poussée vers le ciel des tours de la Défense se sont ajoutées au style de Paris sans modifier profondément sa nature.

Mais l'esprit d'une ville se tient aussi dans la singularité d'une vie concrète, dans le rythme des quartiers et les détails du quotidien. Le mythe parisien, toujours présent dans l'esprit de ceux qui « montent » à la capitale, reste ainsi façonné par ces habitudes qui relient le présent au temps d'avant-guerre : un comptoir en zinc où l'on mange un croque-monsieur, une promenade chez les bouquinistes, un journal du matin et un journal du soir, un marché d'arrondissement, une sieste sur une chaise au jardin du Luxembourg, une pièce de théâtre : autant de lieux, de sorties, d'habitudes qu'on a pu s'imaginer indestructibles parce qu'on les retrouvait d'une époque à l'autre. Même les saccages urbains des années 1960 et 1970 n'ont pas eu raison de ce style de vie... quoique, derrière les murs figés, les transformations s'accélèrent. Les brasseries alsaciennes se transforment en magasin de vêtements ; le zinc des comptoirs semble menacé par la prolifération des *lounges* ; la flânerie sur les berges vacille sous l'assaut des joggeurs et des cyclistes. Le rêve pourtant demeure, et de nouvelles générations s'acharnent à repérer les nouveaux quartiers à la mode qui succéderont à Montparnasse, Montmartre ou Saint-Germain-des-Prés.

Le promeneur qui arpente Paris sillonne ainsi, tout à la fois, une ville et un chapitre d'histoire, où chaque détail revêt un sens. D'ailleurs – pour le cas où nous l'aurions oublié –, quelques plaques métalliques fixées aux tables des grands cafés rappellent les noms des personnages illustres qui s'y sont assis avant nous. Tel est le sel et le poison de Paris où l'on vit aussi par procuration. Si bien que les accordéonistes roumains, à peine débarqués, savent que leur meilleure chance de se faire quelques sous consiste à jouer inlassablement « La vie en rose » sous les yeux enchantés de couples chinois ou japonais persuadés d'entendre d'authentiques poulbots et de découvrir le véritable Paris qui n'a pas changé.

V

Vaudeville (les folies du) : Courteline et Feydeau

Tout comme Labiche, Meilhac et Halévy régnèrent sur le Second Empire, Courteline et Feydeau sont les purs génies du vaudeville à la Belle Époque. L'un et l'autre ont ajouté à la mécanique de la comédie de boulevard un regard cruel sur l'humanité qui n'en est que plus drôle. L'apparente routine de leur théâtre avec ses quiproquos, ses portes qui claquent, ses maîtresses et ses maris trompés rejoint même, d'une certaine façon, la littérature d'avant-garde :

quand les fonctionnaires de Courteline, tout à leurs obsessions, à leurs procédures, à leurs codes, à leurs règlements, semblent préfigurer certaines situations de Kafka ; tandis que les couples bourgeois de Feydeau avec leurs tromperies, leurs obsessions, leurs non-dits et leurs paroles vides de sens paraissent jouer sous nos yeux un délire freudien dont quelques scènes annoncent le théâtre de l'absurde.

Que Georges Courteline ait eu la comédie dans le sang, c'est plus qu'une évidence : il était le fils de Jules Moinaux, auteur en vogue sous Napoléon III, et l'un des premiers librettistes d'Offenbach (notamment des *Deux Aveugles* qui simulent leur infirmité pour gagner de l'argent). Il n'en fut pas moins un bourgeois de son temps, passé par les fonctions d'employé d'administration, selon l'itinéraire fréquent des artistes de sa génération : Huysmans, Maupassant, Chabrier et tant d'autres. Expéditionnaire au ministère de l'Intérieur, il observe les rapports de force, la veulerie, les revendications, la griserie du pouvoir administratif, les folies de l'organisation dont témoignent ses romans *Messieurs les ronds-de-cuir* ou *Bourbouroche*, ultérieurement adaptés au théâtre. Dans ses pièces, la loi et la justice ressemblent « à deux demi-sœurs qui se crachent à la figure en se traitant de batardes ». Mais Courteline a également accompli, en 1879, son service militaire au 13e régiment de chasseurs à cheval, cantonné à Bar-le-Duc, et il y a trouvé un autre terrain de création dans des romans comme *Les Gaîtés de l'escadron* ou *Le Train de 8 h 47* – histoires de troufions en goguette, souvent sadisés par leurs supérieurs et qui vivent un véritable chemin de croix comique : « La découverte de cette nouvelle catastrophe arracha aux deux missionnaires le soupir long et grave des bœufs qu'atteint le coup de masse du boucher... » Il va enfin triompher au théâtre, plus encore après la rencontre d'André Antoine, fondateur du « Théâtre-Libre » qui rompt avec les routines du boulevard pour favoriser les auteurs naturalistes et fait découvrir de grands dramaturges étrangers comme Strindberg ou Ibsen. Cette orientation ne l'empêche pas de présenter aussi les pièces de Courteline comme *Le commissaire est bon enfant*, *Les Balances*, *La Paix chez soi*, qui connaissent un succès immédiat, tout comme les adaptations scéniques de ses romans. En 1912, après la parution de son roman *Les Linottes* sur la bohème montmartroise, Courteline décide qu'il a suffisamment écrit. Il entre à l'académie Goncourt et connaîtra de son vivant l'adaptation au cinéma et toutes les marques de la gloire jusqu'à sa mort en 1929, après l'amputation d'une jambe.

Quant à Georges Feydeau, je ne saurais trop recommander à toute personne perplexe devant son singulier génie de visionner (c'est facile à trouver) l'enregistrement de *On purge bébé*, réalisé en 1961 par la télévision française avec Jean Poiret, Michel Serrault et Jacqueline Maillan : la façon dont le couple se déchire furieusement pour une histoire de pot de chambre, l'intense vacuité du dialogue qui, partant du pot de bébé, fait jaillir toutes sortes de questions incongrues et sans aucun rapport avec le sujet : voilà bien l'une des satires les plus aiguës jamais conçues sur l'impossibilité des relations humaines et les différents degrés du langage qui dit autre chose que ce qu'il dit… La même observation peut s'appliquer à d'autres pièces en un acte écrites par Feydeau à la fin de sa vie comme *Feu la mère de Madame* (où l'homme venu annoncer un deuil s'est simplement trompé d'étage) et *Mais n' te promène donc pas toute nue* (dans laquelle la question du pot de bébé fait place à une affaire de changement de rideaux dans l'appartement). C'est dans ces comédies brèves aux personnages médiocres qu'il se montre peut-être le plus décapant, même si on peut admirer tout autant la mécanique et la construction des grandes pièces comme *Monsieur chasse*, *Un fil à la patte*, *Le Dindon*, *La Dame de chez Maxim* où le spectateur, ébahi, voit l'auteur poser l'une après l'autre les pièces de son puzzle, jusqu'à l'apothéose, et user du

« pouvoir de faire rire infailliblement, mathématiquement, à tel instant choisi par lui et pendant un nombre défini de secondes » (Guitry). Ce génie comique, on le sait, ne connut pas lui-même un destin très joyeux. Après une violente dispute avec sa femme, le spécialiste des scènes conjugales s'installe à l'hôtel Terminus de la gare Saint-Lazare où il va demeurer dix ans, malgré des troubles psychiatriques de plus en plus fréquents causés par la syphilis. Il finit interné dans une clinique à Rueil-Malmaison. Son ami Sacha Guitry sera l'un des rares à le visiter encore jusqu'à sa mort en 1921, âgé de cinquante-huit ans.

Venise

En 1895, André Suarès, génie solitaire et désargenté, décide de se rendre en Italie… à pied ! Cette aventure a inspiré un de ses plus beaux livres, *Le Voyage du Condottière* qui évoque les villes et paysages de la péninsule, notamment Venise où rayonne son inspiration : « Sur le Grand Canal, il pleut des violettes. La nuit vient avec ses cœurs de pavots et ses mauves… Les palais sont des torches qui brûlent dans une flamme heureuse… » Fasciné par cette « prairie liquide », émerveillé par « la légèreté et la grâce », il voit cette cité comme « un miroir ouvert au ciel et à la lumière. Ce ne sont point les espaces, ici, qui définissent les façades, mais les fenêtres ». L'aventurier Suarès, aussi curieux d'architecture que de littérature, de peinture ou de musique – sujets qu'il abordera dans ses nombreux essais et chroniques – célèbre ainsi les noces de la littérature française avec Venise qui vont se prolonger durant toute la Belle Époque.

Quelques décennies plus tard, Paul Morand évoquant dans *Venises* ses séjours d'enfant avec son père se rappellera les écrivains qui, dans les années 1900, se réunissaient, place Saint-Marc au café Florian autour du poète Henri de Régnier : « Derrière son fier profil apparaissaient Edmond Jaloux, Vaudoyer, Charles Du Bos, Abel Bonnard, Émile Henriot, les frères Julien et Fernand Ochsé. » La Sérénissime n'était pas encore une destination en vogue, sauf pour une poignée d'aristocrates, de rentiers et d'artistes qui s'y retrouvaient chaque hiver pour de longs séjours. Parmi eux, Régnier apparaissait comme une sorte de guide. Le cénacle littéraire qui se formait autour de lui, sous un talbeau du café Florian représentant un Chinois, est resté dans l'Histoire sous le nom de « Club des longues moustaches » et Régnier lui-même a évoqué cette époque dans *L'Altana ou la vie vénitienne*.

On y entrevoit la princesse de Polignac qui possède alors, sur le Grand Canal, un palais Renaissance où elle reçoit ses amis. Gabriel Fauré et Henri de Régnier s'y retrouvent pour dîner avec le prince de Galles. D'autres soirées se déroulent à bord du *Nirvana*, le yacht de la princesse de Béarn. La Venise de 1900 conserve une splendeur mystérieuse réservée au peuple de la lagune et aux snobs de l'Europe entière. Reynaldo Hahn en fait lui aussi le tableau dans son *Journal d'un musicien*, où il relate avec humour les petits désagréments de l'aristocratie en villégiature : « Ayant trouvé ce matin dans sa baignoire un scorpion, la princesse Winnie songe à vendre son palais et à se retirer en Écosse. » Il raconte également comment, un soir, il a donné une sérénade nocturne en gondole et chanté des mélodies en dialecte vénitien en s'accompagnant lui-même : « Dans une barque illuminée, j'étais seul avec le piano et deux rameurs. Les gondoles se sont groupées autour de moi ; nous nous sommes installés à un carrefour où débouchaient trois canaux, au-dessous de trois ponts d'une coupe charmante. J'ai chanté de tout ; pas un mot n'était perdu… Peu à peu, des passants se sont rassemblés, garnissant les balustrades

des ponts ; un public plébéien s'est formé, compact, attentif... “Ancora ! Ancora !” criait-on de là-haut. »

Quelques années plus tard, en 1908, Claude Monet, invité par la riche Américaine Mary Young Hunter séjourne au palazzo Barbaro et peint 37 toiles qui transcendent la beauté minérale, liquide et lumineuse de Venise. Ce décor où les fêtes navales de Guardi et Canaletto semblent englouties par la brume, et où l'industrie touristique n'existe pas encore, ne fascine pas seulement les artistes français. L'Europe centrale est également présente en cette ville où Wagner est mort en 1883 et où Thomas Mann situe l'action de sa célèbre nouvelle de 1912 – *Der tod in Venedig* (« La mort à Venise »), adaptée au cinéma par Luchino Visconti. La fascination vénitienne de la Belle Époque se prolongera entre les deux guerres. Le mieux pour s'en faire une idée est de prendre le Vaporetto jusqu'au cimetière San Michele qui occupe une petite île, puis de s'enfoncer dans les allées jusqu'à cet emplacement où Igor Stravinsky a choisi de reposer, juste à côté de celui qui l'avait lancé : Serge de Diaghliev, disparu en 1929. Pas très loin d'eux se trouve également la tombe du poète Ezra Pound qui, comme eux, avait choisi de se fixer pour la vie à Paris, mais préféra Venise pour l'éternité.

Vichy

Du Second Empire jusqu'au milieu du XXe siècle, les stations thermales sont, avec les plages du littoral, les principaux centres de villégiature, de soins et de délassement. Comme l'écrit Maupassant en 1887 dans *Mont-Oriol* : « C'est incroyable, ces villes d'eaux. Ce sont les seuls pays de féerie qui subsistent sur la terre ! En deux mois il s'y passe plus de choses que dans le reste de l'univers durant le reste de l'année. On dirait vraiment que les sources ne sont pas minéralisées, mais ensorcelées. Et c'est partout la même chose, à Aix, Royat, Vichy, Luchon. On y rencontre des échantillons de tous les peuples, de tous les mondes, des rastaquouères admirables, un mélange de races et de gens introuvables ailleurs, et des aventures prodigieuses. » Aujourd'hui encore, en bordure des Vosges, des Pyrénées, de l'Auvergne ou des lacs alpins, les stations thermales continuent à fournir leurs « eaux », tout en abritant les vestiges d'une splendeur perdue. On y reconnaît les silhouettes des anciens palaces ; mais ceux qui sont restés des hôtels ont souvent dégringolé de catégorie, et les autres se sont transformés en résidences vendues en appartements.

Vichy, toutefois, par la dimension considérable qu'elle avait acquise, donne encore une idée du grand monde thermal. Dès le règne de Napoléon III, elle accueillait chaque été tous les spectacles et concerts qui se donnaient à Paris l'hiver. On pouvait notamment y applaudir Isaac Strauss, chef des bals de la cour (et par ailleurs arrière-grand-père de Claude Lévi-Strauss) dont une villa porte toujours le nom. À l'aube du XXe siècle, tandis que s'agrandissaient les thermes et que poussaient des villas dans les styles les plus variés, un des plus vastes Opéras de France voyait le jour sous la houlette de l'architecte Charles Le Cœur. Ses dimensions considérables – près de 1 500 places – justifieront la convocation à Vichy des parlementaires en juin 1940, tandis que l'abondante hôtellerie de la station en fait une des seules villes susceptibles d'accueillir du jour au lendemain l'appareil d'État.

Malgré la marque du « régime de Vichy », la station retrouvera pour une bonne part ses activités thermales et touristiques. La population européenne d'Afrique du Nord y conservera ses habitudes dans les années 1950. Le foisonnement culturel va toutefois rapidement décliner, cependant que le thermalisme poursuivra ses activités, permettant la sauvegarde de maints détails qui font toujours le charme du lieu : le hall des sources édifié en 1903 ; la galerie couverte de près d'un kilomètre qui permet de profiter, même sous la pluie, du parc thermal ; le somptueux Opéra, étrangement disproportionné dans cette commune de 25 000 habitants ; l'hôtel Aletti (1905), dernier survivant des palaces d'autrefois ; la Brasserie du Casino (1897) qui a conservé quantité de souvenirs ; l'église Saint-Blaise (1925-1931), étonnant édifice religieux de style Art déco... Autant de bonnes raisons d'aller à Vichy retrouver un délicieux parfum d'avant 1940. Le même qu'on respire dans quelques autres stations européennes, de Karlsbad en Bohême à Baden-Baden en Forêt-Noire où, dit Stefan Zweig dans *Le Monde d'hier* : « Il n'est pas nécessaire de sortir de la petite ville pour jouir du paysage. La belle forêt vallonnée pénètre insensiblement entre les maisons. On s'assied partout en plein air dans les cafés et les restaurants, on peut se mêler à son gré au peuple enjoué des curistes qui font le corso dans le parc thermal ou se perdent sur des chemins solitaires. » Les curieux ne manqueront pas non plus de filer à Budapest pour admirer et même goûter les extraordinaires thermes Gellért, construits en 1918 et agrandis en 1927 : un pur joyau du style « Sécession », l'Art nouveau dans sa version austro-hongroise – dont on trouvera d'autres déclinaisons admirables à Vienne, à Prague et dans toute l'Europe centrale.

Vin Mariani

Sur les affiches publicitaires du vin Mariani, une parade de personnages illustres fait la promotion de ce breuvage tonique réputé au début du XXe siècle. Leurs sourires en témoignent : tous semblent ravis d'une potion qui leur a rendu la santé. Beaucoup des « fortifiants » de l'époque, sous le masque sérieux de la pharmacie et celui attrayant des spiritueux, incluaient en effet des substances qu'on dirait aujourd'hui stupéfiantes, notamment la coca réputée pour ses effets stimulants. C'est pourquoi nous pouvons observer la bouille réjouie d'un pape, d'un ancien président de la République ou d'un membre de l'Institut, apparemment en pleine forme après avoir absorbé leur dose quotidienne de ce « vin » qui leur inspire toutes sortes d'éloges et de bouts-rimés. Dans un autre genre, le « vin Désiles », mélange de liqueur, de quinquina et de coca, fera également fortune, comme le souligne cette affiche de 1907 sur laquelle plusieurs grands compositeurs, notamment Giacomo Puccini, y vont de leurs portées pour écrire une mélodie en hommage à ladite boisson.

Les drogues épousent ainsi le ton festif et innocent de la Belle Époque et des Années folles… quand bien même d'autres formes de toxicomanie plus désastreuses marqueront ces périodes : la vogue de l'absinthe à la fin du XIXe siècle, illustrée par la célèbre peinture d'Edgar Degas ; celle de l'opium auquel succombera Cocteau qui en tirera de beaux dessins, mais devra entrer en cure de désintoxication ; celle de l'alcoolisme omniprésent, ou encore celle de la « coco » des Années folles. Inspirée par ces addictions, l'irrésistible fantaisiste Marie Dubas en fait matière à rire dans son « Tango stupéfiant » où elle chante :

Pour calmer mon âme chagrine
Je résolus en un sursaut
De me piquer à la morphine
Ou de priser de la coco.
Mais ça coûte cher, tous ces machins.
Alors pour fuir mon noir destin

Je me pique à l'eau de Javel
Pour oublier celui que j'aime...

Vitesse

Nous voici entrés dans l'ère du ralentissement. Même si les trains à grande vitesse filent élégamment entre les grandes villes, nos vaillantes automobiles sont priées d'aller moins vite. On ne fonce plus sur les routes et l'automobiliste urbain doit épouser le rythme du cycliste. Les avions de ligne supersoniques ont disparu avec le Concorde et le transport aérien se voit frappé d'infamie comme coupable du réchauffement climatique. On en oublierait presque que toute la première moitié du XXe siècle fut guidée par une pulsion contraire : l'envie d'aller toujours plus vite et d'en faire la preuve sur les routes de France comme sur celles du monde entier, tout en rapprochant les continents par les eaux et par les airs. Une fois encore, la modernité naissante poursuivait les rêves du vieux Jules Verne qui avait envisagé, dès 1872, un *Tour du monde en 80 jours*.

Les perfectionnements du transport automobile, dans les années 1900, allaient inspirer, notamment, l'organisation de courses d'une ville à l'autre, censées mettre à l'honneur l'endurance des conducteurs (souvent eux-mêmes fabricants de voitures) autant que la qualité des véhicules. L'une des premières est le Paris-Rouen de 1894, suivi en 1897 par un Paris-Bordeaux aller-retour. Ces épreuves ont alors un caractère chaotique lié à l'inadaptation des routes dépourvues de revêtement. Les accidents se multiplient, mais aussi les victimes, liées à l'imprudence des spectateurs. Après le Paris-Vienne de 1902, ces imprévus vont culminer dans le Paris-Madrid qui s'élance de Versailles le 24 mai 1903 au son d'un refrain vendu sur petit format :

Hardi ! Les pneus ! C'est la veillée
Avant le signal des départs
Et voici que de toutes parts
La foule arrive émerveillée.

Durant la première étape, de Paris à Bordeaux, un record de cinq heures et quartoze minutes est établi, mais la journée vire à la catastrophe et se solde par une dizaine de morts, spectateurs et coureurs parmi lesquels Marcel Renault, le frère de Louis Renault (qui emporte la deuxième place). Les journaux du lendemain titrent sur « La course à la mort », « Les chauffeurs tragiques », « Les autos homicides : écraseurs et écrasés ». Les organisateurs préfèrent interrompre l'épreuve qui n'atteindra jamais Madrid.

Par la suite, ils privilégieront les courses sur circuit fermé. Certaines deviendront célèbres comme le rallye de Monte-Carlo lancé en 1911 ou le rallye des Alpes françaises en 1932. Mais les constructeurs et passionnés d'automobile regardent aussi vers les autres continents en imaginant dès 1907 de relier Pékin à Paris en passant par la Sibérie. Cinq équipages se lancent dans cette traversée remportée par le prince Borghèse, avec un mécanicien et un journaliste à bord de sa voiture Itala. Pareilles épopées connaissent une faveur nouvelle entre les deux guerres, avec le lancement de la « Croisière noire » (1924-1925) organisée par André Citroën de l'Algérie à Madagascar, suivie par la « Croisière jaune » (1931-1932), de Beyrouth à Pékin en passant par le Turkestan, le Xinjiang et le désert de Gobi. L'une et l'autre sont abondamment relayées par les journaux, accompagnées de reportages illustrés, et prolongées par des films pris sur le vif, comme *La Croisière noire* projeté le 2 mars 1926 à l'Opéra de Paris.

Les trains ne sont pas en reste dans cette conquête. Dans les années 1910-1920, la construction de locomotives puissantes, comme la célèbre Pacific, assure entre les villes d'Europe des liaisons plus rapides dont la vitesse n'évoluera plus guère jusqu'à l'apparition du TGV. Le jeune compositeur Arthur Honegger s'inspire de ces machines pour composer en 1923 son mouvement symphonique *Pacific 231*. Les paquebots, eux aussi, relient les continents durant des voyages toujours plus brefs. Il fallait encore deux semaines pour traverser l'Atlantique au milieu du XIXe siècle à bord des premiers navires à vapeur. Dès les années 1900, la puissance des machines réduit l'itinéraire à moins de six jours sur les vaisseaux allemands ou britanniques comme le *Lusitania* ; en 1935, le *Normandie* accomplit un nouvel exploit en reliant Le Havre à New York en quatre jours, trois heures et deux minutes, record battu l'année suivante par le britannique *Queen Mary*. Les grands navires ont toutefois atteint une limite qui ne diminuera plus guère et les contraindra, dans la seconde moitié du XXe siècle, à céder la place aux avions.

Dans les airs, en effet, la conquête s'est accélérée après les sauts de puce de « l'avion » de Clément Ader en 1897. Ce furent successivement les premiers vols motorisés des frères Wright en 1903 (284 mètres franchis en cinquante-neuf secondes), les tentatives de Santos-Dumont, puis les records de Louis Blériot, premier à traverser la Manche le 25 juillet 1909. L'année suivante, Henri Fabre invente l'hydravion sur l'étang de Berre. La Première Guerre mondiale favorise le développement des machines volantes et révèle de nouveaux héros, les « as des as », tels Georges Guynemer, René Fonck ou, côté allemand, Manfred von Richthofen... Dans les années 1920 commence le temps des liaisons intercontinentales. Aujourd'hui encore, sur la falaise d'Étretat, un monument honore Charles Nungesser et François Coli qui furent sur le point d'assurer la première liaison Paris-New York sans escale, le 9 mai 1927. Les journaux et radios suivaient l'événement minute par minute, et les habitués de la plage normande virent passer *L'Oiseau blanc*... qui disparut en mer. Quelques jours plus tard, un Américain de vingt-cinq ans, Charles Lindbergh, relevait le défi en reliant New York au Bourget à bord du *Spirit of Saint Louis*, après avoir parcouru 6 300 kilomètres à la vitesse moyenne de 180 kilomètres-heure. Sa gloire mondiale allait inspirer des œuvres innombrables comme *Le Vol de Lindbergh*, une cantate de Kurt Weill et Bertolt Brecht.

Concurrence ou émulation, l'Europe et les États-Unis rivalisent déjà d'ambition dans les airs, comme une préfiguration de l'affrontement entre Boeing et Airbus. Et la France va se rattraper en assurant, avec Jean Mermoz, les premières liaisons régulières entre l'Europe et l'Atlantique Sud pour le compte de l'Aéropostale. Le jeune et beau pilote, passé par l'armée de l'air, puis engagé par la société Latécoère, à Toulouse, est un héros de son temps. Il prend des risques, ne dédaigne pas les acrobaties et manque de peu la catastrophe lors de vols périlleux. Enfin, en 1930, il traverse l'Atlantique Sud. Aussi populaire en Amérique latine qu'en France, il disparaîtra le 7 décembre 1936, âgé de trente-quatre ans, à bord du *Croix-du-Sud*, au cours de sa vingt-quatrième traversée de l'Atlantique.

L'horizon de l'humanité ne cesse de s'élargir (on peut désormais aller partout) en même temps qu'il se rétrécit (le reste du monde semble de plus en plus proche). Les villes, les régions, les pays, les continents deviennent toujours plus accessibles par l'auto, le rail, le bateau ou l'avion. De son côté, la vitesse des communications se voit démultipliée par l'arrivée de l'électricité, le développement du télégraphe, du téléphone et de la radio qui relient en temps réel les cinq continents. Tout va plus vite, et le monde s'enthousiasme, malgré les mises en garde de ceux qui, déjà, appellent à mesurer raisonnablement ces progrès, comme le fait l'écrivain Georges

Duhamel : « Il faudra s'efforcer d'apprendre aux hommes étonnés que le bonheur ne consiste point à parcourir cent kilomètres en une heure, à s'élever dans l'atmosphère sur une machine ou à converser par-dessus les océans, mais bien, surtout, à être riche d'une belle pensée, content de son travail, honoré d'affections ardentes. »

Voix

Les voix ont commencé à changer au milieu du XXe siècle. Le parler d'aujourd'hui n'a plus rien de commun avec celui de la Belle Époque ou des Années folles. Une diction rapide et monocorde l'a emporté sur l'étonnante palette de timbres qui régnait entre les deux guerres, quand chaque acteur possédait une voix semblable à un instrument personnel : le cor anglais de Sacha Guitry, la voix d'oseille d'Arletty, le grognement de Michel Simon, l'accent de Raimu, l'élégance pointue d'Yvonne Printemps, le grincement de porte de Pauline Carton... Le timbre de chacun constitue alors une singularité, tout comme sa bouche ou son nez. Pour ces artistes qui ont grandi avant l'heure du micro, le rythme de l'élocution et l'articulation sont toujours suffisamment soutenus pour demeurer compréhensibles (c'est aussi l'art des hommes politiques, tel Édouard Herriot, qui s'imposent d'abord comme tribuns). En comparaison, les voix des comédiens de la Nouvelle Vague paraîtront étonnamment semblables les unes aux autres, à force de rechercher un supposé « naturel ». Quant aux jeunes comédiens d'aujourd'hui, beaucoup semblent ignorer tout autant l'art des liaisons que le simple souci de se faire comprendre... qui ne semblent guère préoccuper davantage ceux qui les mettent en scène. Pourquoi un tel changement s'est-il amorcé dans les années 1960, puis accéléré jusqu'à la disparition des timbres d'autrefois – en même temps que se faisaient plus rares les « gueules » du cinéma français ? La question reste ouverte, mais à coup sûr il existe autant de différence entre les voix d'hier et celles d'aujourd'hui qu'entre la France d'avant-guerre et le pays où nous vivons.

Une observation du même ordre s'applique aux chanteurs classiques chez lesquels l'exigence de la diction a longtemps guidé le travail musical, comme en témoignent d'immenses artistes de la première moitié du XXe siècle : le ténor Georges Thill ou la soprano Ninon Vallin, universellement admirée, mais dont le timbre, aujourd'hui, semble « démodé » à certaines oreilles, parce qu'elle parle en même temps qu'elle chante. Dans les années 1960, en effet, s'est répandue l'idée que la voix ne serait qu'un instrument, devant chercher principalement un beau son et se plier aux seules exigences solfégiques. Les mélomanes se sont habitués à ne rien comprendre, comme si c'était la chose la plus naturelle ; et c'est ainsi désormais, dans les maisons d'opéra, qu'un spectateur français doit recourir à la lecture des surtitres pour saisir quelque chose du français qu'on chante – quitte à oublier la réalité de cet art qui mêle subtilement les mots et les notes. Reynaldo Hahn s'inquiétait déjà, en 1937, de ces dérives qui sont devenues la règle : « Les bons artistes de café-concert sont dans la vérité technique et esthétique du chant, c'est-à-dire qu'ils se servent du timbre de la voix pour faire entendre des paroles, au lieu de prendre les mots comme prétextes à des exhibitions de sons. »

Voyageurs (écrivains)

Paul Gauguin est un des premiers, parmi les grands artistes, à entendre l'appel des horizons lointains. Dès 1891, il s'embarque pour Tahiti puis pour les Marquises où, après la Bretagne, il va trouver une inspiration radieuse. Il n'en repartira plus. Le voyage a certes toujours accompagné la vie des poètes depuis l'*Odyssée* et nous avons étudié, en classe, les écrits de Chateaubriand sur la découverte de la forêt américaine. Les romantiques, eux aussi, ont traversé les mers, succombé à la fascination du désert mis en musique par Félicien David, ou à la beauté des Algériennes peintes par Delacroix – tandis que Théophile Gautier découvrait en Espagne un monde géographiquement proche, mais figé dans une autre civilisation et un autre temps. À présent, c'est plus loin encore que certains vont chercher ce qui, peut-être, va donner un sens à leur vie. Certains voyagent par profession, qu'ils soient ambassadeurs à l'instar de Paul Claudel ou de Paul Morand (voir « Diplomates »), ou qu'ils soient officiers de marine comme Pierre Loti et Albert Roussel (voir « Navigateurs »). D'autres voyagent simplement pour voyager, sans savoir forcément ce qu'ils recherchent, mais désireux de trouver *ailleurs* ce qu'ils ne trouvent pas chez eux.

Les préoccupations ethnographiques en sont parfois le prétexte, comme dans le cas du Breton Victor Segalen (1878-1919) qui a commencé par découvrir la Polynésie, en tant que médecin à bord d'un navire militaire, et qui va désormais retourner régulièrement vers l'Orient, tant pour se livrer à de savantes études sur *L'Art funéraire à l'époque des Han*, que pour visiter la Chine, le Tibet, et y puiser des inspirations très personnelles. Sa superbe prose poétique, cousine de celle du Claudel de *Connaissance de l'Est*, cherche à saisir le mystère et la beauté d'un monde étranger, quasi inaccessible. En témoignent le recueil des *Odes* ou le roman inachevé *René Leys* qui se déroule à Pékin et fut publié en 1922, trois ans après la disparition prématurée du poète, retrouvé mort au pied d'un arbre dans la forêt bretonne.

Certains voyagent à la recherche des décors de leurs œuvres : tel Pierre Benoit (1886-1962) qui a commencé par dépeindre dans *Kœnigsmark* une principauté imaginaire en Europe centrale, puis dans *L'Atlantide* une civilisation oubliée au cœur du Sahara. Sur ces mondes fantasmés règnent d'étranges héroïnes qui, telle Antinéa, seront les personnages emblématiques de son œuvre. Cette géographie onirique est nourrie de souvenirs personnels comme ceux de la monumentale cathédrale d'Albi, qui a marqué son enfance ; ou ceux des années en Algérie où son père était fonctionnaire. Porté par ses premiers succès de librairie, Pierre Benoit va dès lors enchaîner les romans d'aventures au rythme d'un par an, correspondant aux voyages qu'il effectue comme grand reporter : se succèdent entre autres *La Chaussée des géants* (qui se déroule en Irlande) ; *La Châtelaine du Liban*, *Le Soleil de minuit* (en Mandchourie), *Le Roi lépreux* (à Angkor). Il interviewe d'illustres personnalités politiques comme l'empereur d'Éthiopie Hailé Sélassié, ou le dictateur italien Mussolini. Proche des milieux nationalistes de Barrès et Maurras, mais aussi ami des poètes Carco ou Mac Orlan, il entre à l'Académie française en 1931. Ce pacifiste germanophile saura toutefois rester à l'écart de la collaboration, et enchaînera de nouveau les succès après guerre. Son *Kœnigsmark*, réédité en 1953, sera le numéro 1 de la célèbre collection du Livre de Poche.

D'autres ne cherchent rien, mais s'en vont au loin pour échapper à la banalité de la vie. Ainsi, Valery Larbaud (1881-1957), riche héritier des eaux de Vichy Saint-Yorre, qui aurait pu couler des jours tranquilles dans le Bourbonnais, préfère arpenter l'Europe et rouler à bord des *sleepings* vers les plus somptueux palaces. Il tirera de ces voyages l'essentiel de son œuvre aux consonances autobiographiques, notamment dans l'étonnant *A. O. Barnabooth, c'est-à-dire un conte, ses poésies et son journal intime*. Tel un double de l'auteur, Barnabooth est un riche Sud-Américain embarrassé par sa fortune et qui cherche à vaincre l'ennui par le voyage. Il nous conduit à Kharkov, Rotterdam, Stockholm, Londres, Berlin et sur l'océan Indien. Ce volume fera entrer Larbaud dans l'histoire littéraire, au moins pour quelques passionnés. Son œuvre se fera plus rare encore entre les deux guerres, et davantage tournée vers la femme et l'amour, comme en témoignent les titres de *Fermina Márquez* ou *Amants, heureux amants*. Mais nul n'a aussi bien évoqué les trains de nuit, notamment dans cette *Ode* qui commence par :

Prête-moi ton grand bruit, ta grande allure si douce,
Ton glissement nocturne à travers l'Europe illuminée,
ô train de luxe ! et l'angoissante musique
Qui bruit le long de tes couloirs de cuir doré,
Tandis que derrière les portes laquées, aux loquets de cuivre lourd
Dorment les millionnaires.
Je parcours en chantonnant tes couloirs
Et je suis ta course vers Vienne et Budapest,
Mêlant ma voix à tes cent mille voix,
Ô Harmonika-Zug.

Je prolongerai cette évocation par Blaise Cendrars (1887-1961), aventurier d'un tout autre genre que Valery Larbaud dont il ne possède pas la fortune, loin de là. Son goût de l'inconnu le conduit toutefois aux quatre coins du monde où il exercera les activités les plus diverses : explorateur, trafiquant, légionnaire et même scaphandrier… Ce voyageur de haut vol refusera toujours de faire une carrière littéraire, préférant affirmer dans *L'Homme foudroyé* : « Je ne trempe pas ma plume dans un encrier, mais dans la vie. Écrire ce n'est pas vivre. C'est peut-être se survivre. Mais rien n'est moins garanti » (*L'Homme foudroyé*, 1945). Il retire néanmoins de ses pérégrinations des poèmes et récits improvisés entre prose et poésie. Dès avant la Grande Guerre, la libre écriture des *Pâques à New York* (1912) et de *La Prose du Transsibérien* (1913) frappe Guillaume Apollinaire qui s'en inspire. Pendant la guerre, Cendrars s'engage dans la Légion où il sera amputé du bras droit ; puis il se rapproche des jeunes artistes de Montparnasse. Il écrit notamment l'argument du chef-d'œuvre de Darius Milhaud : le ballet *La Création du monde*, créé au théâtre des Champs-Élysées dans des sublimes décors de Fernand Léger, sous la double influence du jazz de l'art nègre. Cendrars voyage encore au Brésil en tant que grand reporter, avant de se retirer à Paris et de publier des romans d'aventures comme *Moravagine* (1926) et des recueils de souvenirs comme *Bourlinguer* (1948).

Voyous

Mauvais garçons, voyous et autres surineurs se tiennent en embuscade dans les années 1900. *Casque d'or*, le film de Jacques Becker, en donnera cinquante ans plus tard un tableau inspiré par la véritable histoire d'Amélie Élie, surnommée « Casque d'or » du fait de sa. belle chevelure. Venue d'Orléans à Paris, elle a grandi dans la rue, protégée par une prostituée avant d'être prise en main et brutalisée par des souteneurs. Mais elle va éveiller une jalousie mortelle entre deux bandits, Joseph Pleigneur, dit « Manda », et François Leca. Ils s'affrontent avec leurs bandes dans les rues de Paris et suscitent l'engouement du public, avide de faits divers relatés dans *Le Petit*

Journal : « Ce sont là des mœurs d'Apaches, du Far West, indignes de notre civilisation. Pendant une demi-heure, en plein Paris, en plein après-midi, deux bandes rivales se sont battues pour une fille des fortifs, une blonde au haut chignon, coiffée à la chien ! » Les premiers westerns sont à la mode au cinéma muet et les Indiens jouent déjà le rôle des méchants. Ils vont inspirer quelques chansons parisiennes sur ces individus qu'il vaut mieux ne pas croiser la nuit :

C'est nous qui sommes les apaches
Les voyous, les hiboux.
Dans le jour nous planquons nos mirettes
Mais le soir nous sortons en casquette.

Après leur guerre sanglante, Leca et Manda finiront condamnés aux travaux forcés à Cayenne, d'où ils ne reviendront pas. Casque d'or, elle, deviendra un temps une égérie, modèle recherché et même sujet de quelques pièces de théâtre… avant de finir comme tenancière de maisons closes, rue des Rosiers.

L'APACHE EST LA PLAIE DE PARIS

La dénomination d'« apaches » sert aussi, curieusement, à l'un des groupes artistiques les plus raffinés, auquel appartient Maurice Ravel. En se nommant ainsi dans les années 1900, ils entendent défier les règles artistiques préétablies. Quant aux apaches des mauvais quartiers, on les retrouve entre les deux guerres, puis jusqu'aux années 1950 dans quelques bals de la Bastille, comme Le Balajo où se mêlent commerçants, artisans, souteneurs, prostituées, truands et très bons musiciens. J'en ai entrevu les dernières images quand Jo Privat, Bellevillois haut en couleur, faisait tourner ces couples bien serrés pour danser la toupie sur l'air du « Dénicheur », célèbre java composée en 1912 par Léo Daniderff et inspirée par le monde des voyous.

On l'appelait le Dénicheur
Il était rusé comme une fouine.
C'était un gars qu'avait du cœur
Et qui dénichait des combines.

Le Paris des mauvais garçons entrera également dans les mémoires à travers l'extraordinaire galerie de portraits que brosse Aristide Bruant dans son recueil *Dans la rue*, et ces couplets qu'il chante d'une voix qui donne le frisson. Victimes de toutes les injustices du destin, ses personnages sont entraînés sur une pente fatale qui finit toujours de la même façon, même si le grand chanteur en rajoute parfois pour faire trembler son public avec un art irrésistible :

La dernière fois que je l'ai vu
Il avait l' torse à moitié nu
Et le cou pris dans la lunette
À la Roquette...

W

Weill, Kurt

Trop souvent réduit à *L'Opéra de quat'sous* et au théâtre de Brecht, Kurt Weill est un des musiciens les plus doués de son temps : porteur d'un solide métier classique, influencé par le jazz et par la chanson, il oriente la musique moderne sur une voie nouvelle, aux antipodes de l'avant-gardisme abstrait qui règne à Vienne autour d'Arnold Schönberg. Au début des années 1920, son aîné Paul Hindemith avait déjà rompu avec le romantisme pour composer une musique jeune et sauvage aux rythmes syncopés. Weill incarne plus encore cette modernité berlinoise, en prise sur la vie urbaine, où l'esprit du music-hall se croise avec les expériences artistiques radicales. Devenu compositeur pendant les « Goldene Zwanziger » – la version allemande des Années folles –, il invente avec Bertolt Brecht une forme nouvelle d'opérette politique aux chansons subtilement désaccordées, interprétées par des acteurs et chanteurs de cabaret comme Lotte Lenya. L'Europe entière va se reconnaître dans *Mahagonny* (1927) et *L'Opéra de quat'sous* (1928) qui offrent un miroir déformant de la société nouvelle avec ses rapports d'argent exacerbés, ses personnages sans scrupules, ses références américaines autant qu'européennes, et un pessimisme qui préfigure la montée des périls. En 1931, Georg Wilhelm Pabst adapte et tourne *L'Opéra de quat'sous* en trois versions – allemande, française et anglaise – qui vont amplifier le succès mondial de l'œuvre. Créées en France par Florelle, Albert Préjean et Margo Lion, certaines chansons entreront pour toujours dans les mémoires : telles « Mack the Knife », « Alabama Song » ou « Surabaya Johnny ».

En 1933, Kurt Weill, qui vient d'avoir trente-trois ans, est aussi l'un des premiers artistes bannis d'Allemagne par le nouveau régime. L'œuvre qu'il a commencé à édifier avec Bertolt Brecht, mais aussi sans lui (*Requiem berlinois*, *Le Lac d'argent*, *Symphonie n° 1*), l'a pourtant installé comme un des principaux compositeurs de la jeune génération. Mais il est juif, engagé à gauche, et trouve d'abord refuge à Paris où il bénéficie d'un accueil chaleureux : la princesse de Polignac lui commande une seconde symphonie ; *Mahagonny Songspiel* est applaudi chez Marie-Laure et Charles de Noailles devant Stravinsky et Gide enchantés ; en juin 1933, le théâtre des Champs-Élysées accueille la création du magnifique ballet chanté *Les Sept Péchés capitaux*, sur un texte de Brecht ; puis Weill compose une musique de scène pour *Marie Galante*, une pièce de Jacques Deval donnée au Théâtre de Paris en 1934. Il signe pour l'occasion de superbes chansons créées également par Florelle (« J'attends un navire », « Le roi d'Aquitaine »), enregistrées également par Marianne Oswald et Lys Gauty.

Le jeune compositeur allemand subit, certes, quelques manifestations d'hostilité – notamment celle du compositeur Florent Schmitt qui déteste sa musique et croit drôle de crier « vive Hitler » lors d'un concert de ses œuvres. Cet épisode souvent cité ne résume pas, pour autant, la carrière française de Weill, riche en succès et en chansons. Dès le milieu des années 1930, pourtant, les sirènes de l'Amérique se feront plus fortes, tout comme les moyens offerts au compositeur par Broadway dont il deviendra l'un des rois jusqu'à sa mort précoce en 1950. Madeleine Milhaud, femme de Darius Milhaud, me racontait comment, les deux jeunes compositeurs ayant sympathisé depuis le début des années 1930, Darius et Madeleine Milhaud avaient accueilli gare du Nord, en 1933, Kurt Weill et son épouse, Lotte Lenya, exilés d'Allemagne et débarquant de Berlin. Sept ans plus tard, quand la guerre avait éclaté en Europe, et devant la progression des armées allemandes, les Milhaud allaient partir pour l'Amérique… C'est ainsi que Lotte Lenya les accueillerait à son tour sur les quais de New York, tel un passage de relais entre réfugiés. Les Années folles étaient vraiment terminées.

Wilde, Oscar

Nul autant que lui n'aura aimé la France, et surtout Paris qu'il voit dès sa jeunesse comme la patrie des arts – sans imaginer qu'il y finira misérablement ses jours. Pour le jeune Irlandais entré à Oxford, puis rapidement remarqué comme dandy d'un genre nouveau, les premières influences esthétiques sont certes britanniques, à commencer par le mouvement préraphaélite (qui inspire également à Paris les symbolistes et Claude Debussy). Mais quand le jeune Oscar, devenu porte-parole de la renaissance artistique anglaise, commence à voyager, c'est vers la capitale française que le portent ses déplacements, et vers le milieu littéraire parisien que se concentrent ses attentions. Après ses premiers succès, il séjourne en 1883 dans un hôtel donnant sur le Louvre, tout en précisant que la vue n'a aucune importance car « un gentleman ne regarde jamais par la fenêtre ». Il s'empresse de rencontrer Verlaine, poète déjà mythique qui l'horrifie par son visage de satyre « vraiment trop affreux ». L'année suivante, après son mariage avec Constance, c'est encore Paris qu'il choisit pour leur lune de miel – quand bien même son regard sur le couple est déjà pour le moins sceptique : « Un homme peut être heureux avec n'importe quelle femme, pourvu qu'il ne l'aime pas. »

C'est surtout à la fin de la décennie que Wilde rejoint vraiment le milieu poétique français. Chaleureusement accueilli en 1889 aux fameux « mardis » de Mallarmé, il se rapproche de plusieurs jeunes écrivains, tel André Gide, encore à la recherche de lui-même. Wilde exerce sur lui une influence décisive, contribuant à « déchristianiser » et à « démoraliser » son cadet qui va bientôt s'en aller pour l'Algérie et prendre pleinement conscience de sa sexualité. La parution en 1890-1891 du *Portrait de Dorian Gray* achève de désigner Wilde comme un écrivain sulfureux ; mais il est pour l'heure très en vue, au moins comme une curiosité. Il rencontre Jean Lorrain, Henri de Régnier, Maurice Barrès, Anatole France, et se voit décrit par Marcel Schwob dans un portrait physique peu flatteur : « Grand, glabre, gros de face ; sanguin des joues, l'œil ironique, des dents mauvaises et avancées, une bouche vicieuse d'enfant aux lèvres molles de lait, prêtes à sucer encore... En mangeant, et c'est très peu, il ne cesse de fumer à demi des cigarettes d'Égypte trempées d'opium. »

L'écriture de *Salomé* constitue une étape décisive dans la francisation de Wilde. D'abord par les influences qui nourrissent sa pièce : le conte *Hérodias* de Flaubert et le tableau de Gustave Moreau. Ensuite parce qu'il écrit son œuvre directement en français avec l'ambition de la faire jouer dans un théâtre parisien. Mais aussi parce qu'il fait appel à Pierre Louÿs pour l'aider à corriger ce texte qu'il va lui dédier. Il bénéficie également du soutien enthousiaste de Sarah Bernhardt qui doit créer la pièce à Londres. L'aura mondiale de la comédienne n'y suffit pourtant pas : la censure britannique interdit les représentations sous prétexte que *Salomé* comporte des personnages bibliques (la pièce paraîtra néanmoins en traduction anglaise, en 1894, avec les fameuses illustrations en noir et blanc d'Aubrey Beardsley). Wilde songe alors à s'installer en France et déclare : « Il n'y a qu'un Paris, c'est la ville des artistes, je dirais volontiers : c'est la ville… artiste. » Il se montre toutefois par trop optimiste car, à Paris même, les littérateurs n'apprécient pas tous d'être associés à ses comportements de plus en plus scandaleux. Pierre Louÿs, auteur de récits érotiques plus qu'osés mais indisposé par l'homosexualité, se montre même fâché par la dédicace de *Salomé*. Il rompt avec Wilde au cours d'une rencontre qui se serait terminée sur ces mots : « Adieu, Pierre Louÿs. Je voulais avoir un ami ; je n'aurai plus que des amants » (propos rapportés par Gide qui soutient Wilde et se fâche avec Louÿs).

À ce moment de sa vie, Oscar Wilde connaît ses plus grands succès, notamment pour ses comédies de mœurs présentées en Angleterre et aux États-Unis. En 1895, la pièce *L'Importance d'être constant* est un triomphe relativisé par son auteur : « J'ai mis mon génie dans ma vie ; je n'ai mis que mon talent dans mes œuvres. » Sa conversation brillante est toujours pleine de traits d'esprit : « Il est absurde de classer les gens entre bons et mauvais. Ils sont charmants ou ennuyeux. » Il en fait parfois trop, au risque de passer pour un hâbleur – reproche qu'il adresse lui-même à ses compatriotes : « En Angleterre, les gens veulent être brillants au petit déjeuner. C'est affreux ! Seuls les raseurs sont brillants au petit déjeuner. » Survient alors le procès intenté à Wilde par le père du jeune Alfred Douglas qui va mettre au grand jour l'homosexualité de l'écrivain et lui valoir une terrible condamnation, à la mesure du puritanisme britannique. Sa détention durant deux ans à la prison de Reading ne sera qu'une succession d'humiliations et de mauvais traitements propres à détruire un homme – plus encore un esthète comme Wilde qui survit cependant, malgré l'échec de plusieurs tentatives de libération anticipée.

Quand il sort de captivité, en 1897, c'est donc encore la France qui lui apparaît comme salutaire. L'opinion publique se montre pourtant mitigée de ce côté-ci de la Manche où plusieurs sommités du monde littéraire (Goncourt, Daudet...) ont prudemment évité de signer un appel en faveur de Wilde. *Le Figaro* le décrit désormais comme celui qui « termine d'une façon si misérable sa carrière littéraire ». Ce pays n'en est pas moins un refuge, d'abord parce que les mœurs y sont bien plus libres qu'en Angleterre, que l'homosexualité n'y est pas réprimée ; mais aussi parce que Wilde y compte des soutiens fidèles comme Octave Mirbeau ou Henri de Régnier. Mieux encore, le directeur de théâtre Lugné-Poe a monté *Salomé* en 1896, au théâtre de l'Œuvre, alors même que l'auteur était emprisonné à Reading (on sait quelle postérité glorieuse connaîtra cette pièce avec, notamment, l'adaptation lyrique de Richard Strauss).

Wilde entame ainsi la dernière partie de son existence par un long séjour en Normandie, à Berneval-sur-Mer, où il écrit : « La France a été charmante pour moi et à mon propos pendant toute ma détention et maintenant, en véritable mère de tous les artistes qu'elle est, elle m'a donné asile. » Il met un point final à son œuvre en écrivant *La Ballade de la geôle de Reading* (1898). Après quelques voyages, désireux de retrouver Paris, il s'installe dans le modeste Hôtel d'Alsace, rue des Beaux-arts. Mais de plus en plus de gens l'évitent. Même le fidèle Gide n'aime guère se montrer en sa compagnie, tout en notant lucidement : « La société sait bien s'y prendre quand elle veut supprimer un homme. Sa volonté a été brisée. » Il lui prête un peu d'argent car Wilde sollicite continuellement les uns et les autres. Ses habits sont élimés, son physique fatigué, bien qu'il s'efforce de donner le change par sa conversation dans les cafés. Il aimerait écrire encore, notamment des chroniques dans les journaux parisiens, sachant que « les Français peuvent traiter avec esprit n'importe quel sujet, et lorsqu'on rit, il n'y a rien d'immoral ; l'immoralité et le sérieux vont ensemble ». Tous ses projets échouent peu ou prou. L'énergie n'y est plus, la santé se détériore, le manque d'argent devient obsédant malgré la gentillesse du patron de l'Hôtel d'Alsace, M. Dupoirier – une des rares personnes présentes aux obsèques de l'écrivain. L'année 1900 se termine. Wilde aurait quarante-six ans. Il repose désormais au Père-Lachaise.

Willemetz, Albert

Nul auteur n'a exercé une telle influence sur l'histoire de la chanson, de l'opérette et de la revue. Son art de parolier, mais aussi de directeur de théâtres, associé aux meilleurs artistes du temps, résume à lui seul l'esprit des Années folles. Il en a donné, d'ailleurs, le véritable coup d'envoi en écrivant le livret de l'opérette *Phi-Phi*, créée le lendemain de l'armistice. Plus largement, la chanson à la Willemetz représente une partie essentielle du répertoire entre les deux guerres, interprété par Chevalier, Mistinguett et quantité d'autres. Parmi ses caractéristiques figurent la gaieté sans lourdeur et le sens aigu du jeu de mots. Son art de la formule peut s'aventurer, parfois, du côté réaliste, du côté poétique, du côté comique ou du côté grivois – mais sans jamais abandonner son parfum parisien.

Fin lettré comme en produit la IIIe République (il a fait sa khâgne au lycée Henri-IV), Albert Willemetz a sympathisé au lycée avec le jeune Sacha Guitry qui est devenu son meilleur ami. Fonctionnaire le jour et habitué des cabarets la nuit, il commence à écrire des pièces et de petites revues ; puis il devient pendant la guerre secrétaire de Clemenceau. Quelques mois avant la fin du conflit, il conçoit une opérette qui raconte des histoires de ménages dans la Grèce antique. Pour composer la musique, Gustave Quinson, directeur du théâtre des Bouffes-Parisiens, sollicite le célèbre compositeur de chansons Henri Christiné. Jusqu'à cette date, le théâtre lyrique était principalement une affaire de musiciens. Pourtant, lorsque *Phi-Phi* triomphe le 12 novembre 1918 (la représentation, prévue la veille, a été reportée « pour cause de victoire »), le mérite en revient largement à Willemetz qui vient d'inventer l'opérette nouvelle. Parfois qualifié de « comédie musicale à la parisienne », ce genre va régner pendant vingt ans avec ses caractéristiques : retour au style parodique délaissé depuis Offenbach, ton enlevé d'une pièce de boulevard ponctuée de chansons, mélanges d'interprètes lyriques et de chanteurs de music-hall...

Porté par ce succès, Albert Willemetz devient aussi l'un des principaux fournisseurs de chansons pour les grandes revues qui se multiplient après guerre. Il collabore notamment avec un des meilleurs musiciens de la jeune génération récemment revenu d'Allemagne : Maurice Yvain qui signe avec lui, dans la revue « Paris qui jazz » (1920), une extraordinaire série de succès pour Mistinguett : « En douce », « Mon homme », « La java », « J'en ai marre »... Les deux hommes composent également ensemble (avec le concours d'Yves Mirande) deux opérettes où se précise le nouveau style à la mode avec ses rythmes enlevés et ses intrigues joyeusement immorales.

Ta bouche, créé en 1922 au théâtre Daunou, connaît un vrai triomphe suivi par celui de *Là-haut !*, présenté aux Bouffes-Parisiens dont Willemetz est devenu entre-temps le directeur. Cette œuvre est un véritable manifeste des Années folles. L'action se déroule au paradis, mais le paradis est un décalque du Casino de Paris où le chœur des anges ressemble à un chœur de *girls* qui rêvent de visiter Paname. Dans le rôle fantaisiste de l'ange gardien, le vieux chanteur Dranem entonne un refrain qui entrera dans le langage courant : « Si vous n'aimez pas ça, n'en dégoûtez pas les autres. » Quelle plus belle consécration pour un parolier !

Ce n'est d'ailleurs pas la première fois puisque Willemetz a déjà concocté pour l'opérette *Dédé*, en 1921, l'immortel « Dans la vie faut pas s'en faire » ; et il imaginera aussi en 1925, pour l'opérette *Trois Jeunes Filles nues* le très loufoque « Est-ce que je te demande si ta grand-mère fait du vélo ? » ou encore le fameux « amusez-vous, foutez-vous de tout » entonné par Henri Garat en 1934. Pour enchaîner de pareilles trouvailles, Albert Willemetz travaille sans fin et mène presque une vie d'ascète, ce qui ne l'empêche pas de filer dans de belles voitures modernes jusqu'à la côte Atlantique avec son ami d'enfance Sacha Guitry… Le reste du temps, il passe sans relâche de l'opérette au music-hall et signe de nouvelles chansons pour Mistinguett (« La belote ») ou Maurice Chevalier (« Valentine »), sur des musiques composées par Yvain et Christiné, rejoints par une nouvelle vague de compositeurs comme le Marseillais Raoul Moretti ou l'érudit Georges van Parys.

Albert Willemetz n'est pas seulement écrivain : c'est un passeur, un organisateur attentif aux nouveaux talents. À la tête des Bouffes-Parisiens, le théâtre d'Offenbach, il accueille les meilleures créations d'opérettes. Parfois il ajoute quelques chansons de sa plume, mais incognito, car un règlement interdit d'être à la fois directeur et auteur. Les déclarations de la Sacem en témoignent : même sous d'autres noms, Willemetz est caché derrière une bonne partie du répertoire de cette époque. C'est le cas, par exemple, de l'excellente comédie musicale *Toi, c'est moi* qui triomphe en 1934, avec son duo des « Palétuviers ». Et c'est encore lui qui signe les merveilleux couplets des *Trois Valses* sur la musique d'Oscar Straus. Yvonne Printemps, créatrice du rôle, connaît le parolier depuis ses débuts et restera une amie intime jusqu'à sa mort. Mais Willemetz accompagne également ses amis jusqu'aux studios de cinéma pour lequel il collabore à nombre d'adaptations : *Dédé*, *La Dame aux camélias*, *Trois Valses*, *Défense d'aimer*... Ainsi, jusqu'en 1940, cet homme donne le ton. Son regard bienveillant chante une joyeuse comédie humaine que son ami Guitry (à ses yeux « le plus grand auteur dramatique de son époque ») dépeint sur un ton plus cynique.

Il n'est pas indifférent qu'Albert Willemetz ait aussi adapté en français quelques-unes des premières comédies musicales américaines, de *Robert le pirate* en 1929 à *Annie du Far West* en 1950. Aux États-Unis, depuis le début du siècle, la création d'un spectacle musical reposait en effet sur une rigoureuse division du travail entre le compositeur, les arrangeurs, le librettiste et le lyriciste. Véritable coéquipier du compositeur, ce dernier écrit les paroles des chansons et Willemetz se montre inégalable dans cet art. Il est le roi incontesté du mot musical, de la rime chantée, du refrain bien trouvé. Le principe de ses succès repose ainsi, souvent, sur le retour continuel d'une formule de quelques mots qui va constituer l'essentiel du refrain et donner son titre au morceau. Chacun tourne autour de cette idée pivot, associée à la juste mélodie : « Dans la vie faut pas s'en faire », « J'ai fait ça en douce », « Ah, si vous connaissiez ma poule », « Félicie aussi »...

Le musicien et le lyriciste travaillent tantôt à partir de la musique, tantôt à partir du texte. Mais ce travail a des détours parfois inattendus, comme lors de la composition de « Mon homme » : Yvain a commencé par trouver l'air du refrain, puis Willemetz a plaqué dessus les paroles d'une recette de cuisine, avant que les deux compères – devant une Mistinguett réticente – ne songent à ralentir leur fox et à lui donner ce ton mélo qui appellera finalement les paroles que chacun connaît.

Un jour, rendant visite à sa petite-fille Jacqueline Willemetz – dans l'immeuble familial –, je regardais avec admiration les innombrables carnets et cahiers sur lesquels le parolier travaillait continuellement ses formules. Car, chez Willemetz, le sens inné du calembour se prolonge dans un travail méthodique : il essaie toutes les possibilités, change les adjectifs, les intervertit, polit son effet. Ce rodage minutieux finit par déboucher sur des couplets simples et naturels. Willemetz est un artisan, un orfèvre des mots, un explorateur du verbe – à cette époque où la poésie surréaliste accomplit ses propres voyages au pays du langage. Une marque de son génie tient d'ailleurs dans les rapprochements qu'il accomplit entre les goûts de l'avant-garde, des classes populaires et de la bourgeoisie. Après la création de *Phi-Phi*, le philosophe Henri Bergson fait porter un exemplaire dédicacé du *Rire* « à Albert Willemetz, qui est aussi un philosophe ». Les écrivains dadaïstes, peintres et compositeurs d'avant-garde comptent eux-mêmes parmi les spectateurs de music-hall et ils signent des articles enthousiastes sur les nouvelles comédies musicales ! Tous ont la même ambition : plaire et se moquer du monde, saisir la poésie de la vie quotidienne, jouer avec le langage, comme le fait continuellement Willemetz dans un esprit pas tellement éloigné de Cocteau avec lequel il déjeune parfois.

Au milieu des années 1930, le style Willemetz vacillera quelque peu avec l'apparition d'une nouvelle génération d'auteurs-compositeurs : Mireille et Jean Nohain, Jean Tranchant, Charles Trenet, Paul Misraki... La jeunesse adopte un nouveau style poétique, swing et léger. Pourtant, certaines continuités demeurent. La bonne humeur, le goût de la vie quotidienne mis à la mode par Willemetz depuis les années 1920 trouvent un prolongement dans cette nouvelle vague, loin des noirceurs de la chanson réaliste. Durant les années d'après-guerre, Albert Willemetz participe encore à quelques opérettes comme *Andalousie* chantée par Luis Mariano. Il consacre également son énergie à la présidence de la Sacem et disparaît en 1964. Mais ses grands succès sont encore sur toutes les lèvres, car il a révélé mieux que tout autre une des natures éternelles de la chanson : cette gourmandise des mots et cette vivacité de l'esprit au service de la joie de vivre.

X

Xanrof, Léon

« Le fiacre » est une chanson Belle Époque demeurée célèbre grâce à l'interprétation drôle et cruelle d'Yvette Guilbert. Dans cette voiture lancée sur un boulevard parisien, une femme se trouve en compagnie de son amant, quand les chevaux s'emportent et renversent un passant, tué sur le coup. Ce pourrait être un drame mais la femme passe une tête, puis se retourne en s'exclamant : « Chouette, Léon, c'est mon mari ! » Cet humour noir, inspiré par la vie quotidienne, est caractéristique de l'esprit montmartrois à l'aube du XXe siècle ; et parmi les meilleurs spécialistes du genre figure Léon Xanrof, auteur en 1888 de cette chanson puis d'autres succès comme « L'hôtel du numéro 3 », « La complaintes des quatre-z-étudiants », « Partie carrée entre les Boudin et les Bouton », tous merveilleusement enregistrés par Yvette Guilbert. Né à Paris en 1867, Xanrof s'appelait en réalité « Fourneau » avant de prendre pour pseudonyme le renversement du mot « fourneau » en latin (*fornax*). Il avait commencé comme journaliste, en même temps que chansonnier au Chat noir où il interprétait ses propres textes, repris par beaucoup d'autres. Polin, grande vedette du caf'conc', fit ainsi découvrir « Le fiacre » à la jeune Yvette Guilbert qui allait en faire son plus grand succès. Xanrof, lui, poursuivit sa route en écrivant des comédies et des opérettes. Il a signé l'adaptation française de *Rêve de valse* d'Oscar Straus ; et le film *The Love Parade* d'Ernst Lubitsch (avec Maurice Chevalier et Jeannette MacDonald) est adapté d'une de ses pièces. En digne cousin d'Alphonse Allais et de Charles Cros, Xanrof avait également un tempérament d'inventeur et il imagina d'ajouter des roues aux valises... bien avant que cela ne devienne réalité. Décoré de la Légion d'honneur, vice-président de la Sacem et membre de l'Académie de l'humour, il mourut en 1953, âgé de quatre-vingt-cinq ans.

MIG

Yvain, Maurice

Maurice Yvain est le maître de l'opérette parisienne entre les deux guerres. Digne héritier d'Offenbach, il a inventé pour les Années folles un nouveau style. Ses chansons faciles à mémoriser, ses duos et ensembles merveilleusement troussés se prolongent dans des finales enfiévrés. Dans les opérettes et comédies musicales d'Yvain, les valses langoureuses de la Belle Époque alternent avec des rythmes binaires, comme le fox-trot, pour raconter des histoires légères dans lesquelles amour rime avec argent, mari avec amant, et où des jeunes gens se ruinent au casino de Deauville entre deux parties de tennis. Si, toutefois, Honegger, Diaghilev et Picasso se pressent aux premières du compositeur, c'est aussi parce que sa musique, d'une merveilleuse facture, est bien plus riche et subtile que celle des autres compositeurs du genre, Henri Christiné ou Raoul Moretti.

Maurice Yvain a reçu la meilleure des formations. Quand il naît sur la butte Montmartre, en 1891, son père joue dans l'orchestre de l'Opéra-Comique où le petit garçon entend d'innombrables créations, à commencer par celles de *Pelléas* et de *Louise*. Il grandit parmi les musiciens. L'épouse du futur grand chef d'orchestre Pierre Monteux le guide dans l'apprentissage du piano. Dès l'adolescence, il se fait remarquer comme accompagnateur et improvisateur hors pair ; il joue le dimanche au cabaret des Quat'z'arts, travaille l'harmonie au Conservatoire dans la classe du compositeur Xavier Leroux. Il fréquente le Bateau-Lavoir, devient l'ami de Max Jacob et de Picasso, puis collabore avec d'autres jeunes artistes : notamment Sacha Guitry et Tiarko Richepin qu'il épaule comme pianiste dans une opérette. Il est ensuite engagé par Louis Ganne – l'éminent compositeur des *Saltimbanques* qui anime la saison musicale de Monte-Carlo. Sous sa baguette, Yvain joue en soliste la quasi-totalité du répertoire classique et romantique, arrangé par Ganne pour son petit orchestre. Le reste du temps, il pianote dans les cafés de la principauté.

Musicien surdoué, éclectique, lancé dans la carrière sans but précis, le jeune Yvain est réquisitionné en 1912 pour un service militaire qu'il avait complètement oublié. Là encore, son métier pianistique va le désigner chaque fois qu'il est question de spectacle. Il devient copain du déjà célèbre Maurice Chevalier qui accomplit son service dans le même régiment et lui fait découvrir le monde du music-hall à l'occasion de ses permissions. Mais la guerre éclate et le jeune compositeur, entré dans l'armée à vingt et un ans, n'en ressortira qu'en 1919 après sept ans de service… Fait prisonnier en 1918, il impressionne un officier allemand par ses talents musicaux, en profite pour s'évader et termine la guerre incognito, en jouant du piano chez une jeune ballerine-poétesse de Kassel.

De retour à Paris fin 1919, Yvain reprend son métier dans les cabarets où s'imposent les nouvelles danses inspirées par le jazz. Il découvre les musiques américaines : notamment l'« Alexander's Ragtime Band » d'Irving Berlin. Après une première chanson à succès (« Savez-vous danser le fox-trot ? »), Maurice Chevalier le présente à

Albert Willemetz, toujours en quête de musiciens pour ses innombrables chansons, destinées aux revues du Casino de Paris. Dès 1920, les deux artistes s'associent dans « Cach'ton piano ». Quelques mois plus tard, dans « Paris qui jazz », Mistinguett crée son plus grand succès : « Mon homme », paroles de Willemetz, musique d'Yvain (certains Américains, aujourd'hui, croient que « My Man » est un standard de Broadway !). Ils s'associent alors dans une première opérette sur un livret d'Yves Mirande pour les scènes parlées, Willemetz se chargeant d'écrire les *lyrics*. Créé en 1922 au théâtre Daunou, *Ta bouche* est un exemple accompli de comédie musicale à la française : un sujet moderne et léger (des histoires d'amour et de tromperies dans une station balnéaire) ; une alternance de scènes de comédie, de chansons et d'ensembles enjoués (« Non non, jamais les hommes »). Dans les finales particulièrement, Yvain montre un métier efficace autant qu'original pour faire chanter ensemble tous les protagonistes. Qu'il s'agisse de construction, de contrepoint, d'orchestration, de courbe mélodique ou de rythmes subtils, la nouvelle formule de l'opérette a trouvé son maître.

Jusqu'à la Seconde Guerre mondiale, opérettes et comédies musicales se succéderont au nombre d'une ou deux par an, régularité d'autant plus impressionnante qu'Yvain compose également de nombreuses chansons pour les revues. Tour à tour, il fait représenter dans les théâtres parisiens *Là-haut !* (1923), *La Dame en décolleté* et *Gosse de riche* (1924), *Pas sur la bouche* et *Bouche à bouche* (1925), *Un bon garçon* (1926), *Yes* (1928), *Elle est à vous* (1929), *Kadubec* (1930), *Pépé* (1931), *Encore cinquante centimes* (1932, en collaboration avec Christiné), *Oh ! Papa* (1933), *Vacances* (1934), *Un coup de veine* (1935)... Parmi les plus marquante, figure *Là-haut !*, toujours signé Mirande et Willemetz, avec Maurice Chevalier en jeune premier et Dranem qui lui ravit la vedette dans le rôle de l'ange gardien. *Pas sur la bouche* relance le style boulevardier de *Ta bouche*, avec un entrain irrésistible dans l'ensemble du « Quai Malaquais ». Le livret est signé André Barde, désormais principal collaborateur d'Yvain. La distribution accorde une place grandissante aux fantaisistes comiques, telle la grivoise Pauline Carton dans « Par le trou de la serrure ». Les œuvres suivantes font appel à de nombreuses vedettes du music-hall et bientôt de cinéma comme le fantaisiste Milton. La jeune Arletty crée *Yes* dont l'accompagnement est entièrement écrit pour deux pianos, dans l'esprit du duo de Jean Wiener et Clément Doucet.

Dans chacune de ces opérettes, Yvain perfectionne sa spécialité : le finale polyphonique en forme de conversation musicale, où les paroles s'enchaînent et se superposent sur un rythme effréné. Quelques bonnes recettes expliquent sa production abondante. Mais, surtout, il sait merveilleusement mettre en valeur le rythme théâtral. Le sens de la comédie se traduit, dans sa musique, par une véritable jubilation dans l'agencement des parties, ce qui autorise Arthur Honegger, alors jeune compositeur en critique musical, à écrire : « J'aime l'invention spontanée et l'allure de cette musique. Il y a, dans *Là-haut !*, des pages charmantes écrites avec une réelle élégance. Un finale d'Yvain, c'est ficelé comme un finale de Haydn. Ce petit musicien est un maître. Une telle emprise sur la foule prouve quelque chose et n'est pas le fait du premier venu. »

Maître d'œuvre du renouveau de l'opérette parisienne des années 1920, le jeune Yvain mène une existence à l'image de ses livrets. Il aime les voitures de sport, travaille dans des villas sur la Côte d'Azur. Il se lie avec les musiciens américains de passage à Paris, en particulier Richard Rodgers et George Gershwin, avec lequel il improvise à quatre mains. Il se déplace dans les capitales où ses pièces sont reprises. *Un bon garçon* est adapté à Broadway sous le titre *Luckee Girl* (1928). Durant les années 1930, Yvain signe également de nombreuses musiques de film, dont la fameuse chanson de *La Belle Équipe :* « Quand on se promène au bord de l'eau ». Il collabore avec Henri-Georges Clouzot à ses débuts. Après quelques chansons comme la merveilleuse « Je chante la nuit » (pour Yvonne Printemps), ils signent ensemble *La Belle Histoire*, opérette en douze tableaux... aujourd'hui perdue. Mais il se tourne également vers le nouveau genre qui commence à supplanter la comédie légère : l'opérette à grand spectacle, à laquelle il apportera d'importantes contributions depuis *Au soleil du Mexique* (1935) jusqu'à *Chanson gitane* (1946), quelques années avant sa mort, en 1965.

Comme Offenbach et Messager, Maurice Yvain a donné musicalement le ton d'une époque. Voilà qui rend d'autant plus déplorable le silence sur son œuvre dans les décennies qui ont suivi sa disparition. La revanche semble toutefois se dessiner depuis l'adaptation au cinéma par Alain Resnais de son opérette *Pas sur la bouche* (2003) avec un Darry Cowl irrésistible dans le rôle de concierge créé par Pauline Carton ; puis, au fil de reprises de plus en plus nombreuses, comme celle de *Ta bouche* joué partout en France par la compagnie Les Brigands. Plus récemment, les Frivolités Parisiennes ont monté, sous la direction avisée de Christophe Mirambeau, d'excellentes productions de *Yes*, *Gosse de riche* et *Là-haut !* Cette dernière, comédie d'utilité publique, incarne si bien l'esprit parisien qu'elle mériterait de figurer en permanence à l'affiche des grands boulevards. On peut déplorer en revanche que la SACD, héritier légal du compositeur, ne fasse presque rien pour sa mémoire, hormis la remise d'un « prix Maurice-Yvain » qui récompense rarement un artiste d'opérette, tant le genre est oublié par cette noble maison qui en a pourtant bien profité.

Z

Zoos

Leurs jours sont probablement comptés. La lutte engagée entre les défenseurs du bien-être animal et ceux qui aiment découvrir les animaux dans les zoos se terminera par la victoire des premiers. Après avoir donné tous les gages sur le soin apporté aux bêtes sauvages, il faudra renoncer purement et simplement à présenter des animaux enfermés pour le plaisir des humains… Ainsi va l'air du temps où l'on préfère découvrir les autres espèces à la télévision que de les montrer dans les villes comme une attraction. Peut-être a-t-on raison. Le sentiment de pitié pour l'animal en cage a balayé, quoi qu'il en soit, ce goût qu'avaient nos grands-parents pour les sorties à la ménagerie et la découverte des espèces exotiques, effrayantes autant qu'attendrissantes – sans parler des faits divers, comme l'histoire de ce « poilu » à peine rentré de la guerre… et dévoré vif dans la fosse aux ours. Pour autant, ce face-à-face ne manquait pas toujours d'intérêt quand les animaux, nourris, logés, blanchis, protégés, nous observaient de leur côté avec une curiosité non dissimulée. C'est pourquoi je continue à aimer les zoos et cette rencontre à laquelle ils nous invitent avec les autres espèces.

Jules Renard ne saurait être soupçonné de manque d'attention à la condition des animaux, lui qui les regarde comme des frères et déplore parfois leur condition de reclus : « L'oiseau en cage ne sait pas qu'il ne sait pas voler. » Mais il se passionne aussi pour cet étrange situation, comme il le note au fil de ses sorties au jardin d'Acclimatation : « Des jeunes filles font effort pour ne regarder, des singes, que leurs grimaces, mais il faut bien voir le derrière rouge et la petite carotte flétrie. On ne dit rien, on se rattrape en disant : "Oh ! le sale !" quand il cherche les poux de l'autre et les lui mange avec une touffe de poils. Cet œil profond et brusquement trouble. Ils ont des éclairs d'humanité, insignifiants. Leur œil épluche : leur pensée "épluche" à peine » (17 avril 1902).

On notera pour le moins que les architectes des zoos ont déployé beaucoup de talent pour accueillir les espèces sauvages dans une sorte de double de la cité humaine. Un des aspects touchants de la ménagerie du Jardin des Plantes, à Paris, tient dans cette volonté d'offrir à nos cousins à poils et à plumes une condition qui les fait ressembler à n'importe quel bourgeois parisien. Le projet fut certes d'abord scientifique, quand les naturalistes du XVIIIe siècle commencèrent à rassembler leurs collections zoologiques, puis à concevoir des jardins scientifiques et autres ménageries nécessaires à leurs recherches. Mais le XIXe siècle a transformé le zoo en spectacle et en élément de la ville moderne. Pour héberger et mettre en scène les espèces sauvages, les architectes de la Belle Époque ont soigné les apparences : comme ces détails Art nouveau de la « faisanderie » qui héberge les oiseaux dans un véritable hôtel de charme. Conçu en 1880 par Jules André, Grand Prix de Rome, ce bâtiment a un charme fou avec son appareillage de couleurs, ses toits, ses corniches et ses clochers chinois. Un peu plus loin, la grande volière fut édifiée pour l'Exposition universelle de 1889. Mais les amateurs de pureté Art déco seront tout aussi enchantés par les murs et les hublots du pavillon des reptiles – temple des espèces visqueuses et dangereuses édifié en 1926 ; sans oublier cette chaumière d'agrément où un couple de baudets du Poitou se soustrait facilement aux regards de la foule comme une famille bourgeoise en sa maison de campagne (ce bâtiment de 1890 s'est inspiré du hameau de la Reine à Versailles).

Les locataires de la ménagerie vivent en ménage, comme les autres, ce qui intensifie l'échange si poignant qu'on peut entretenir avec eux : quand humains et animaux se regardent dans les yeux et se demandent ce qu'ils font, côte à côte, sur cette planète. Paris, au XIXe siècle, se réinventait comme un cosmos. Les bâtisseurs de la cité imaginaient qu'on devait y trouver l'univers en miniature avec ses maisons, ses boulevards, ses lacs, ses forêts, ses parcs fleuris et ses espèces innombrables. Miraculeusement conservé jusqu'à ce jour, le Jardin des Plantes continue à jouer, dans l'organisation urbaine, son rôle de monde sauvage à la mesure du citoyen.

Zweig, Stefan

« Je suis heureux et léger, merci Paris ! » (*Journal*, 1913.)

Table

Du même auteur *(suite)*

Chez d'autres éditeurs

Sommeil perdu, Grasset, 1985.

Requiem pour une avant-garde, 1995 ; nouvelle édition, Les Belles Lettres, 2005.

À propos des vaches, 1987 ; nouvelle édition, Les Belles Lettres, 2000 (La Petite Vermillon n° 194).

Le Grand Embouteillage, Le Rocher, 2002.

Ma Belle Époque, Bartillat, 2007.

Ballets roses, Grasset, 2009.

La Nostalgie des buffets de gare, Payot, 2015.

Dans la même collection

Ouvrages parus

Philippe Alexandre
Dictionnaire amoureux de la politique

Albert Algoud
Dictionnaire amoureux de Tintin

Claude Allègre
Dictionnaire amoureux de la science

Tetiana Andrushchuck et Danièle Georget
Dictionnaire amoureux de l'Ukraine

Metin Arditi
Dictionnaire amoureux de la Suisse
Dictionnaire amoureux de l'esprit français
Dictionnaire amoureux d'Istanbul

Pierre Assouline
Dictionnaire amoureux des écrivains et de la littérature

Jacques Attali
Dictionnaire amoureux du judaïsme

Alain Baraton
Dictionnaire amoureux des jardins
Dictionnaire amoureux des arbres

Christophe Barbier
Dictionnaire amoureux du théâtre

Jean-Baptiste Baronian
Dictionnaire amoureux de la Belgique

Alain Bauer
Dictionnaire amoureux de la franc-maçonnerie
Dictionnaire amoureux du crime

Olivier Bellamy
Dictionnaire amoureux du piano
Dictionnaire amoureux de Chopin

Yves Berger
Dictionnaire amoureux de l'Amérique (épuisé)

Laurent Binet et Antoine Benneteau
Dictionnaire amoureux du tennis

Adam Biro
Dictionnaire amoureux de l'humour juif

Patrice BLANC-FRANCARD
Dictionnaire amoureux du jazz

Denise BOMBARDIER
Dictionnaire amoureux du Québec

Éric BOUHIER
Dictionnaire amoureux de San-Antonio

Hervé BOURGES
Dictionnaire amoureux de l'Afrique

Jean-Claude CARRIÈRE
Dictionnaire amoureux de l'Inde
Dictionnaire amoureux du Mexique

Jean DES CARS
Dictionnaire amoureux des trains
Dictionnaire amoureux des monarchies

Michel DEL CASTILLO
Dictionnaire amoureux de l'Espagne

Antoine DE CAUNES
Dictionnaire amoureux du rock

Patrick CAUVIN
Dictionnaire amoureux des héros (épuisé)

Jacques CHANCEL
Dictionnaire amoureux de la télévision

Malek CHEBEL
Dictionnaire amoureux de l'Algérie
Dictionnaire amoureux de l'islam
Dictionnaire amoureux des Mille et Une Nuits

Jean-Loup CHIFLET
Dictionnaire amoureux de l'humour
Dictionnaire amoureux de la langue française

Catherine CLÉMENT
Dictionnaire amoureux des dieux et des déesses

Richard COLLASSE
Dictionnaire amoureux du Japon

André COMTE-SPONVILLE
Dictionnaire amoureux de Montaigne

Gérard DE CORTANZE
Dictionnaire amoureux des Sixties

Xavier Darcos
Dictionnaire amoureux de la Rome antique
Dictionnaire amoureux de l'école

Bernard Debré
Dictionnaire amoureux de la médecine

Jean-Louis Debré
Dictionnaire amoureux de la République

Alain Decaux
Dictionnaire amoureux d'Alexandre Dumas

Didier Decoin
Dictionnaire amoureux de la Bible
Dictionnaire amoureux des faits divers

André Deledicq et Mickaël Launay
Dictionnaire amoureux des mathématiques

Jean François Deniau
Dictionnaire amoureux de la mer et de l'aventure

Bertrand Dicale
Dictionnaire amoureux de la chanson française

Alain Duault
Dictionnaire amoureux de l'opéra

Alain Ducasse
Dictionnaire amoureux de la cuisine

Benoît Duteurtre
Dictionnaire amoureux de la Belle Époque et des Années folles

Jean-Paul et Raphaël Enthoven
Dictionnaire amoureux de Marcel Proust

Nicolas d'Estienne d'Orves
Dictionnaire amoureux de Paris

Vladimir Fédorovski
Dictionnaire amoureux de Saint-Pétersbourg

Dominique Fernandez
Dictionnaire amoureux de la Russie
Dictionnaire amoureux de l'Italie
(deux volumes sous coffret)
Dictionnaire amoureux de Stendhal

Franck Ferrand
Dictionnaire amoureux de Versailles

Luc Ferry
Dictionnaire amoureux de la philosophie

Élisabeth de Feydeau
Dictionnaire amoureux du parfum

Jean-Louis Fournier
Dictionnaire amoureux du Nord

Patrice Franceschi
Dictionnaire amoureux de la Corse

José Frèches
Dictionnaire amoureux de la Chine

Max Gallo
Dictionnaire amoureux de l'histoire de France

René Guitton
Dictionnaire amoureux de l'Orient

Claude Hagège
Dictionnaire amoureux des langues

Hervé Hamon
Dictionnaire amoureux des îles

Daniel Herrero
Dictionnaire amoureux du rugby
Dictionnaire amoureux de l'Ovalie

Homeric
Dictionnaire amoureux du cheval

Francis Huster
Dictionnaire amoureux de Molière

Gilles Jacob
Dictionnaire amoureux du Festival de Cannes

Daniel Jouanneau
Dictionnaire amoureux de la diplomatie

Serge July
Dictionnaire amoureux du journalisme
Dictionnaire amoureux de New York

Alain Juppé
Dictionnaire amoureux de Bordeaux

Christian Laborde
Dictionnaire amoureux du Tour de France

Jacques Lacarrière
Dictionnaire amoureux de la Grèce
Dictionnaire amoureux de la mythologie (épuisé)

André-Jean Lafaurie
Dictionnaire amoureux du golf

Pierre et Olivier de Lagarde
Dictionnaire amoureux du patrimoine

Mathieu Laine
Dictionnaire amoureux de la liberté

Jack Lang
Dictionnaire amoureux de François Mitterrand

Gilles Lapouge
Dictionnaire amoureux du Brésil

François Laroque
Dictionnaire amoureux de Shakespeare

Michel Le Bris
Dictionnaire amoureux des explorateurs

Bernard Lecomte
Dictionnaire amoureux des papes

Anne Lehoërff
Dictionnaire amoureux de l'archéologie

Nicole Le Douarin
Dictionnaire amoureux de la vie

Jean-Yves Leloup
Dictionnaire amoureux de Jérusalem

Pierre Lemaitre
Dictionnaire amoureux du polar

Évelyne Lever
Dictionnaire amoureux des reines

Paul Lombard
Dictionnaire amoureux de Marseille

Peter Mayle
Dictionnaire amoureux de la Provence

Michel Meyer
Dictionnaire amoureux de l'Allemagne

Christian Millau
Dictionnaire amoureux de la gastronomie

Richard Millet
Dictionnaire amoureux de la Méditerranée

François et Valentin Morel
Dictionnaire amoureux de l'inutile

Pierre NAHON
Dictionnaire amoureux de l'art moderne et contemporain
Alexandre NAJJAR
Dictionnaire amoureux du Liban

Henri PENA-RUIZ
Dictionnaire amoureux de la laïcité

Gilles PERRAULT
Dictionnaire amoureux de la Résistance

Jean-Christian PETITFILS
Dictionnaire amoureux de Jésus

Loïck PEYRON
Dictionnaire amoureux de la voile

Jean-Robert PITTE
Dictionnaire amoureux de la Bourgogne

Bernard PIVOT
Dictionnaire amoureux du vin

Gilles PUDLOWSKI
Dictionnaire amoureux de l'Alsace

Yann QUEFFÉLEC
Dictionnaire amoureux de la Bretagne
Dictionnaire amoureux de la mer

Christiane RANCÉ
Dictionnaire amoureux des saints

Alain REY
Dictionnaire amoureux des dictionnaires
Dictionnaire amoureux du diable

Pierre ROSENBERG
Dictionnaire amoureux du Louvre

Jean-Marie ROUART
Dictionnaire amoureux de Jean d'Ormesson

Élisabeth ROUDINESCO
Dictionnaire amoureux de la psychanalyse

Marcel RUFO
Dictionnaire amoureux de l'enfance et de l'adolescence

Ève RUGGIERI
Dictionnaire amoureux de Mozart

Danièle SALLENAVE
Dictionnaire amoureux de la Loire

Elias SANBAR
Dictionnaire amoureux de la Palestine

Jérôme SAVARY
Dictionnaire amoureux du spectacle (épuisé)

Jean-Noël SCHIFANO
Dictionnaire amoureux de Naples

Alain SCHIFRES
Dictionnaire amoureux des menus plaisirs (épuisé)
Dictionnaire amoureux du bonheur

Robert SOLÉ
Dictionnaire amoureux de l'Égypte

Philippe SOLLERS
Dictionnaire amoureux de Venise

Michel TAURIAC
Dictionnaire amoureux de De Gaulle

Frédéric THIRIEZ
Dictionnaire amoureux de la montagne

Denis TILLINAC
Dictionnaire amoureux de la France
Dictionnaire amoureux du catholicisme
Dictionnaire amoureux du Général

Trinh Xuan THUAN
Dictionnaire amoureux du ciel et des étoiles

André TUBEUF
Dictionnaire amoureux de la musique

Jean TULARD
Dictionnaire amoureux du cinéma
Dictionnaire amoureux de Napoléon

Mario VARGAS LLOSA
Dictionnaire amoureux de l'Amérique latine

Hubert VÉDRINE
Dictionnaire amoureux de la géopolitique

Dominique VENNER
Dictionnaire amoureux de la chasse

Jacques VERGÈS
Dictionnaire amoureux de la justice

Pascal VERNUS
Dictionnaire amoureux de l'Égypte pharaonique

Frédéric VITOUX
Dictionnaire amoureux des chats

Olivier WEBER
Dictionnaire amoureux de Joseph Kessel

Jean-Michel WILMOTTE
Dictionnaire amoureux de l'architecture

Denis ZERVUDACKI
(sous la direction de)
Dictionnaire amoureux de l'entreprise et des entrepreneurs

À paraître

Anne-Laure BÉATRIX
Dictionnaire amoureux des musées

Allain BOUGRAIN DUBOURG
Dictionnaire amoureux des oiseaux

Vincent DULUC
Dictionnaire amoureux de la Coupe du monde

Mathilde LEVESQUE
Dictionnaire amoureux de l'éloquence

François ROLLIN
Dictionnaire amoureux de la bêtise

Achevé d'imprimer en octobre 2022
par Normandie Roto Impression s.a.s.
61250 Lonrai
N° d'impression : 2205311
Imprimé en France